나달의 언덕 2

나달의 언덕

2

THE HILL OF NADAL

아드소 장편소설

가하

나달의 언덕 2

지은이 아드소
펴낸이 이형기
펴낸곳 도서출판 가하

초판인쇄 2017년 6월 8일
초판발행 2017년 6월 15일
출판등록 2008년 10월 15일 제 318-2008-00100호

주소 서울 영등포구 양평로 67, 1209 (당산동5가, 한강포스빌)
전화 02-2631-2846 **팩스** 02-2631-1846

www.ixbook.co.kr

ISBN 979-11-300-1789-1 04810
      979-11-300-1787-7 04810(set)

값 12,800원

Part 5.

악몽

그는 낡은 집 문 앞에 서 있었다. 돌과 흙으로 벽을 쌓고 억새지붕을 얹은 평범한 돌담집이었다. 천천히 몸을 돌려 주위를 둘러봤다. 집 주위엔 붉은 안개가 자욱이 껴 있어 지척도 분간하기 어려웠다. 하지만 그는 시야에 보일 리 없는 안개 너머를 볼 수 있었다.

태풍이 휩쓸고 간 듯 폐허로 변한 마을이었다. 나무 위, 마당 안, 절벽 아래, 무너진 돌담 아래에도 시체가 쌓여 있었다. 안개와 시신들이 얽혀 을씨년스러운 분위기가 마을을 둘러싸고 햇빛이 내려쬘 틈조차 내어주지 않고 있었다.

마을은 죽어 있었다.

시체는 썩지 않고, 먼지가 쌓인 가재도구에도 더 이상 거미가 집을 짓지 않았다.

약한 비가 내려 그의 어깨를 적시기 시작했다. 일대가 붉은 비안개에 싸여 있는 듯했다.

마을을 훑은 투명한 갈색 눈동자가 커다랗게 팽창했다가 수축했다. 그는 다시 집 앞에 서 있었다. 아무 소리도 들리지 않았다. 바람 소리 하나 존재하지 않았다. 귀가 멀어버린 것 같았다. 손바닥으로 귀를 두드려봤지만 소용이 없었다. 귀가 멍멍한 게 아니었다. 그저 원래부터 세상에 소리가 없는 것처럼 그러했다.

그는 자신의 두 손을 내려다보았다. 손등을 보았다가, 손바닥을 보았다. 손바닥 바로 위 허공에서 긴 실 같은 게 반짝인다 싶더니 순간 손바닥이 따끔했다.

아! 갑작스러운 아픔에 손을 움찔 오므렸다.

손바닥에 붉은 선이 나 있었다. 상처였다. 가늘고 예리한 상처에서 스멀스멀 피가 흘러나왔다. 처음엔 기분 나쁠 정도로 천천히 흘러나오던 피는 어느 순간 비디오를 빨리 돌린 것처럼 철철 흘러넘쳤다. 역겨울 정도로 기이한 장면은 강렬한 피 냄새 때문에 꿈이라고 여겨지지 않았다. 지독한 현실감에 머리가 핑 돌았다.

그는 텅 빈 눈을 하고, 조금 전부터 자신을 기다리고 있는 문 앞에 가 섰다. 떡하니 버티고 선 나무문은 슬쩍 몸을 부딪치기만 해도 산산조각이 날 듯 낡아 보였지만, 그는 알 수 없는 위압감을 느꼈다. 나무의 벌어진 틈 사이로 새까만 어둠이 보였다.

이 문을 열면 어떤 광경이 보일지 그는 이미 알고 있었다.

열지 마. 열지 마. 그가 외쳤지만, 그의 손은 자신의 것이 아닌 것처럼 느리게 손을 뻗었다.

문이 비명 같은 경첩 소리를 내며 천천히 열렸다. 나무문에 손 모양의 핏자국이 선명하게 묻어났다.

끼이익.

열린 문 틈 사이로 죽은 이들이 보였다. 배에 창이 꽂힌 여자, 눈을 감지 못한 노인, 강제로 목이 매달린 사내. 그 뒤로 불타는 시체 더미가 보였다. 한 발을 내디뎠다. 첨벙 하는 소리에 발을 내려다보았다. 피 웅덩이였다.

죽은 여자의 시신 곁에서 무엇인가가 꾸물댔다. 아이였다. 아주 어린 아이. 아이는 이런 상황에서도 공포라고는 모르는 천진한 눈을 하고 있었다. 아이가 문가에 선 그를 발견하고 까르르 웃었다.

그는 본능적으로 아이를 보호하기 위해 다가갔다. 그때 누군가가 그의 어깨를 밀치며 집 안으로 뛰어들었다. 스르릉. 그 누군가가 빼 든 검이 빛에 반사되어 번쩍였다.

안 돼! 다급히 손을 뻗으며 외쳤지만 그는 소리를 만들어내지 못했다. 검이 아이의 목을 댕강 잘라버렸다. 아이의 머리가 데구르르 굴러 그의 발 앞에 와 멈췄다. 그제야 소리가 들렸다. 귀를 단단히 막고 있던 막이 찢어진 듯 일시에 온갖 소리가 밀려들었다. 통제를 잃고 미친 듯이 뛰는 심장 박동 소리와 가빠지는 숨소리가 피범벅이 된 손바닥으로 쏟아졌다.

저절로 무릎이 꿇렸다. 덜덜 떨리는 손을 뻗어 아이의 머리를 잡아들었다. 아이의 눈은 그를 원망하고 있었다.

배에 창이 꽂힌 여자가 머리를 번쩍 쳐들었다.

「다른 사람처럼 굴지 마. 역겨우니까.」

목이 매달린 사내가 눈을 뜨고 그를 노려보았다.

「어째서 웃고 있는 거지.」

불타는 시체 더미들이 외쳤다.

「우리는 이렇게 고통스러운데.」

그가 들고 있는 머리통이 눈을 크게 부릅뜨고 입을 벙긋거렸다.

「너무하잖아.」

22

"……젠장."

정현은 눈을 뜨며, 동시에 욕설을 내뱉었다. 눈을 감고 숨을 천천히 골랐다. 짙은 어둠이 방 구석구석까지 차지하고 앉아 넓은 침대에 누워 있는 그를 응시하고 있었다.

이불 속에서 한 팔을 빼내 눈을 덮었다. 두꺼운 이불이 들렸다 가라앉으면서 서느런 바람이 얇은 옷 속을 파고들었다. 땀으로 흠뻑 젖은 몸에 한기가 닿자 소름이 돋았다.

눈을 가리고 있던 팔을 내려 목을 더듬었다. 목울대가 만져졌다. 이불을 들춰 몸 여기저기를 만져보았다. 괜찮다, 다친 덴 없어. 당연하지. 그는 굳은 얼굴로 반쯤 들었던 머리를 다시 베개에 누였다. 빠짝 마른 입술 사이로 안도의 한숨이 흘러나왔다.

밤새 악몽으로 가득 찬 머리를 얹고 있던 베개 역시 흥건히 젖어 있었다. 오늘처럼 등, 베개, 누운 자리 할 것 없이 축축이 젖은 날엔 바로 일어나 샤워를 해야 했다. 안 그러면 어김없이 다음 날 감기가 들었다.

'일어나야 되는데……'

몸에 들어찬 열기가 한참이 지나도 가라앉질 않았다. 오랜만에 겪는 일이었다. 고등학교 때 이후로는 이런 종류의 악몽을 꾸지 않는데.

이마에 달라붙은 머리카락을 쓸어 넘겼다. 실눈을 뜨고 천장에 달린 전등을 응시했다.

'한지은 때문인가.'

그녀 때문에 다시 이런 꿈을 꾸는 건가.

지은을 떠올리자 언제 악몽을 꿨냐는 듯 지친 그의 얼굴에 엷은 미소가 떠올랐다.

눈을 감고는 있지만 다시 잠들 생각은 없었다. 시계 초침 소리가 들려왔다.

째깍. 째깍. 째깍.

몇 시지?

째깍.

아직 새벽인가.

째깍.

5시? 6시? 오늘이 무슨 요일이더라? 월요일이던가? 잠깐만, 오늘이 며칠…….

뭘 안심하고 있는 거지'?

심장이 멎었다. 시계도 멈췄다. 세상이 멈췄다.

방심하고 있었던 만큼 사고가 완전히 정지했다. 등줄기를 타고 올라온 섬뜩한 감각이 머리를 뚫었다. 번뜩 고개를 돌려 옆을 보았다. 그의 옆에 나란히 무언가가 누워 있었다.

어둠 속에 더 새까만 어둠이 있었다.

잊고 있었던, 하지만 너무나 익숙한 공포가 핏기가 가신 그의 얼굴을 어루만졌다.

그것이 새빨간 두 눈을 떴다.

그리고 새빨간 입을 그믐달 모양으로 벌리고 웃었다.

그것이 말했다.

항상 긴장하라고 했을 텐데.

멈춰 있던 심장이 한꺼번에 맥을 토해냈다. 정현이 끄윽, 질린 비명을 삼키며 시트를 움켜쥐었다. 새빨간 눈을 피해 급히 몸을 일으키던 그는 반도 못 일어서고 돌처럼 굳어버렸다.

누군가가 그의 허리께에 양다리를 벌린 채 시퍼런 칼날 끝을 아래로 겨누고 서 있었다. 새벽 여명을 닮은 푸르스름한 칼날에 그의 두려운 눈동자가 선연히 비쳤다. 그가 절망하길 기다렸다는 듯 검이 그의 목에 꽂혀들었다.

"생전 이런 일이 없으신 분인데."

수영이 걱정스러운 얼굴로 전화 수화기를 내려놓았다. 강희가 얼음을 채운 커피를 후루룩 소리 나게 마신 뒤 심각하지 않은 목소리로 대꾸했다.

"사장님이라고 완벽할 수 있나요. 지각하실 수도 있죠."

"한 번도 그런 적이 없는 분이니까 그렇지요. 강희 씨, 스타킹 올이 나갔어요."

수영의 점잖은 지적에 강희는 의자에서 앉은 채로 다리를 이리저리 돌리며 수선을 피웠다. 그걸 본 한석이 한심스럽다는 듯이 혀를 찼다.

지은이 커피와 머핀이 담긴 플라스틱 바구니를 들고 사무실로 들어왔다. 한석이 그녀에게서 바구니를 받아들며 말했다.

"강희 씨 말대로 사장님이라고 지각하지 말란 법 있습니까? 수년 동안 한 번도 지각을 안 하셨으니 하루쯤은 늦어줘야 인간미가 있죠. 오전에 회의가 없는 날로 하셨다면 더 좋았겠지만."

정현의 지각으로 예정되어 있던 미팅이 두 시간 뒤로 연기되었다.

"사장님은 아직도 안 오셨나요?"

지은이 누구에게랄 것도 없이 물었다. 수영이 스케줄 다이어리를 챙기며 말했다.

"아니요, 방금 정문에 도착하셨다고 연락이 왔어요."

"사장님 같은 분이 어떤 이유에서 한 시간 넘게 지각을 하셨을까? 주말이라고 화끈하게 노셨나?"

한석의 가벼운 말투에 수영이 미간에 주름을 잡고서 들고 있던 다이어리로 그를 가리켰다.

"말조심해요, 한석 씨. 비서라는 사람이 왜 그렇게 입이 가벼워."

"예예, 잘못했습니다. 그런데 미혼인 성인 남자가 화끈하게 놀면 안 되나요? 그게 흠이나 되나?"

"한석 씨."

수영이 얼굴에 엄한 빛을 띠자, 한석은 한 손을 들어 보이곤 바구니를 들고 사무실 안쪽으로 들어가버렸다. 수영이 몇 가지 비품을 챙겨 들고 사무실을 나갔다.

지은은 스타킹을 벗고 맨다리로 돌아다니는 강희에게 시선을 둔 채 정현을 생각했다.

'왜 지각을 한 거지? 어젯밤만 해도 그런 기미는 없었는데.'

지은은 어제 늦게까지 정현과 인터넷 메신저로 대화를 나눴다. 그녀가 잘 시간이라고 말해도 그는 12시, 그의 표현대로라면 0시가 될 때까지 그녀를 놓아주지 않았다.

나눈 대화는 정말 시답잖은 것들이었다. TV에서 오락 프로가 나오고 있으면 그게 얼마나 웃긴지에 대해 얘기를 나눴고, 드라마가 나오면 드라마 내용에 대해 얘기를 나눴다. 최근에 본 영화 얘기를 하다가, 책 얘기를 하다가, 음악 얘기를 하는 식이었다. 예전에 그가 사준 게임 책 내용에 관해 정현이 퀴즈를 내면 지은이 맞히는 짓을 자정까지 했다. 그 때문에 잠을 별로 못 자서 늦잠을 잔 걸까? 아니야, 그럴 리가.

지은은 창가로 다가가 블라인드를 끝까지 올렸다. 머리만 간신히 들어갈 정도로 작은 창문을 열었다. 창 밖으로 고개를 내밀어 아래를 내려다봤다. 정문 앞에 차가 서 있는 것이 보였다. 바람이 머리칼을 어지럽게 헝클었다. 아침 바람이 제법 쌀쌀해졌다.

"무슨 일이야, 대체? 오늘 오전에 미팅 있는 거 몰랐어?"

인후가 차에서 내리는 정현에게 작은 목소리로 말했다. 하지만 정현은 그의 말을 못 들은 건지 굳은 표정으로 그를 시나쳐 빌딩 안으로 들어가버렸다.

무시당한 인후가 눈썹을 찡그리며 정현의 뒤를 쫓아가려 하자, 운전석에서 내린 민익이 달려와 인후를 잡아 세웠다. 민익이 심각한 표정을 하고 머뭇거리는 목소리로 말했다.

"녀석이 좀 이상해."

"정현이가 이상한 게 하루 이틀인가."

인후는 민익의 가라앉은 얼굴에서 이상한 낌새를 챘지만 평소 하던 대로 가볍게 대꾸했다.

"그런 거 말고, 정말로."

직원들이 인후를 보고 인사를 하자 민익은 그들이 지나갈 때까지 잠시 말을 멈추었다. 그리고 다시 주위가 한산해지자 아까보다 더 낮아진 목소리로 말했다.

"시간이 돼도 안 나오는 거야. 그래서 문을 열고 들어가봤지."

"사람을 기다리게 하고 말이야……."

민익은 투덜대며 신발을 벗다가 멈칫했다. 이쯤에서 항상 대답이 들려오는데 아무런 대꾸가 없었다. 신발을 마저 벗고 올라가 집 안을 둘러봤다. 이상했다. 아무 기척이 느껴지지 않았다. 늦어도 지금 시간이면 부산하게 거실을 왔다 갔다 하거나 욕실에서 출근 준비하는 소리가 들려와야 되는데…… 지나치게 조용했다. 마치 빈집 같았다.

민익은 빠르게 걸어가 주방 안으로 고개를 내밀었다. 어제 함께 저녁 식사를 한 뒤 설거지까지 끝내고 깔끔히 정리된 상태 그대로였다. 아침도 먹지 않은 모양이었다.

민익은 그제야 침실 쪽을 보았다. 문이 굳게 닫혀 있었다. 아직도 자나?

커튼이 쳐진 집 안은 여태 새벽이었다. 아침 햇살이 안으로 전혀 들어오지 못하고 있었다. 민익은 발코니로 다가가 커튼을 걷었다. 아직 아무도 찾지 않아 싸늘한 흰색 소파 위로 이른 아침의 푸르스름함이 묻어났다.

발코니 문을 열자, 쌀쌀한 아침 향기를 머금은 바람이 콧속을 파고들었다. 어제 그가 어지르고 간 거실은 깨끗이 청소가 되어 있었다.

어제 정현이 컴퓨터로 뭔가를 하는 동안 민익은 TV를 보며 거실을 지저분하게 만들었다. 그가 과자 부스러기를 흘릴 때마다 정현이 잔소리를 했다. 한 사람은 저지레를 하고 한 사람은 잔소리를 하는 이 패턴은 이제 개그 콤비의 만담처럼 익숙해져버려서 항상 반복될 뿐 변화할 기미는 보이지 않았다.

청소한다고 늦게 잤나? 조심성 없이 발꿈치로 쿵쾅쿵쾅 걸어 침실로 갔다. 정현은 항상 민익의 그런 걸음걸이를 지적했었다.

민익이 방문을 열어젖혔다.

"야! 아직도 자는…… 거야…….."

침대에 걸터앉아 있는 정현을 본 민익이 말끝을 흐렸다.

민익은 문고리를 잡은 채 잠시 가만히 있었다. 정현은 민익이 소리를 지르며 들어오는데도 아무 반응이 없었다. 두 손으로 침대 가장자리를 붙잡고 등을 돌린 채 조용히 앉아 있었다. 한밤중 어둠에 싸여 있다면 주위 물건과 전혀 분간이 안 갈 만큼 그에게선 어떤 움직임도 생기도 느껴지지 않았다. 민익이 보기에도, 등으로만 보이는 정현의 기색이 아주 이상했다.

민익은 뭔지 모를 괴이쩍은 기분에 인상을 찌푸렸다. 하지만 그는 느낌만으로 행동이 조심스러워지는 사내가 아니었다.

민익은 금세 어지러운 생각을 떨쳐버리고 정현에게 다가갔다.

"지금 뭐하는…….."

정현이 자신의 어깨를 잡으려는 민익의 손목을 움켜쥐었다. 네 손가락으로는 손목 부분을 그러쥐고 엄지로는 손마디 부분을 지그시 눌렀다. 그 간단한 행동만으로도 민익은 손목이 꺾여 부러질 것 같은 고통을 느꼈다. 비명이 안 나올 수가 없었다. 믿을 수 없을 만큼 굉장한 악력이 팔 전체, 아니, 온몸을 옴짝달싹 못하게 마비시켰다.

그런 짓을 하고 있는 정현의 모습은 기이할 정도로 편안해 보였다. 고개를 숙인 채 시선은 여전히 아래로 두고 있었다. 편한 게 아니라 아무 생각이 없어 보였다. 그의 눈은 영혼이 빠져나간 듯 텅 비어 있었다. 마치 그의 손이 따로 노는 것 같았다.

민익이 정현의 손을 떨쳐내려는 움직임을 보일 때마다 정현은 더 세게, 효과적으로 민익의 행동을 제압했다. 결국 민익은 주저앉을 것처럼 무릎을 구부렸다. 그제야 그의 손목을 틀어쥐고 있던 힘이 조금 느슨해 졌다. 정현이 낮고 탁한 목소리로 말했다.

"너는 진짜인가?"

정현의 힘이 약해진 틈을 타 민익은 그의 손을 세게 뿌리치고 멀찌감 치 물러났다. 그리고 사나운 눈으로 정현을 노려보며 대꾸했다.

"뭐?"

손목을 만지작거리는 민익을 옆눈으로 올려다보며, 정현이 다시 한 번 물었다.

"너는 진짜인가?"

괴상한 말투였다.

"그러고는 욕실로 들어가버리잖아! 정말 열 받는 게 뭔 줄 알아? 잠꼬 대를 한 거라면 사과하고 털어버리면 되는 거지, 지금까지 차 타고 오는 동안 입 꾹 다물고 말 한 마디 안 하는 거야! 미안하다는 말도 없어, 빌어 먹을! 이거 보여?"

민익이 인후 앞에 제 손목을 들어 보여주었다. 시퍼렇게 멍이 들어 있 었다.

"심하네."

"심하다 뿐이겠어? 손목이 나가는 줄 알았다고. 미친놈, 미쳤다 미쳤 다 하니까 진짜로 미쳐버렸나."

민익의 목소리가 높아지자 인후는 차분한 표정으로 입술 앞에 손가락 을 세워 보였다. 민익이 지나는 사람들의 눈치를 보며 입을 다물었다. 인후가 피식 웃으며 손등으로 민익의 가슴을 툭 치고는 빌딩 쪽으로 몸 을 돌렸다.

인후는 급히 정현의 뒤를 쫓았다. 정현이 엘리베이터 안으로 들어가는 게 보였다. 인후가 다급히 정현을 불렀지만, 그가 도착하기도 전에 문은 눈앞에서 매몰차게 닫혀버렸다.

인후는 엘리베이터 문 앞에 발을 쿵 찍으며 낮게 욕설을 내뱉었다. 그리고 하나하나 숫자가 올라가는 엘리베이터 숫자판을 올려다보았다.

빌딩 정문 쪽을 보았다. 차는 벌써 사라지고 없었다.

「너는 진짜인가?」

인후도 들어본 적이 있는 말이었다. 딱 한 번이었지만.

정현과 별로 친하지도 않았던 고등학교 시절, 야자를 마치고 반장인 인후는 가장 마지막까지 교실에 남아 있었다. 그리고 잠들어 있는 정현을 깨웠다가 민익과 비슷한 일을 당했었다. 민익은 그래도 자신에 비하면 나은 편이다. 손목에 멍이 든 정도니까. 그는 벽에 메다꽂혀 뒤통수에 혹이 났었다. 하긴, 뇌진탕을 안 일으킨 게 어디야.

인후는 갑자기 그때가 떠올라 뒤통수가 뜨끔해졌다. 당시 정현의 살기등등한 눈빛은 십여 년이 지난 지금도 잊히질 않는다. 그건 평범한 고등학생이 지닐 만한 눈이 아니었다.

무의식중에 뒤통수로 손을 가져간 인후는 신경질적으로 인상을 찌푸리며 머리칼을 헝클었다.

'내가 전생에 무슨 큰 죄를 저질러서 친구를 사귀어도 저런 걸 사귀었지? 업보다, 업보. 이번 생엔 착하게 살아야지. 정말 착하게 살 거야.'

인후는 누군가가 인사를 해오자 오만상 찌푸리고 있던 표정을 펴며 웃어 보였다. 그리고 웃고 있는 입 안쪽으로 이를 갈며, 슬그머니 손을 뻗어 엘리베이터의 버튼을 눌렀다.

정현이 엘리베이터에 오르자 직원들이 인사를 해왔다. 지켜보는 사람이 불안할 정도로 파리한 얼굴의 정현 때문에 직원들은 엘리베이터 숫자판에 시선을 고정한 채 숨 막히는 침묵을 견뎌야 했다.

사람들이 하나둘 내리고 정현만이 남았다.

마지막 사람이 내리고 엘리베이터 문이 닫히자, 그는 조용히 눈을 감고 떨리는 한숨을 내쉬었다. 한 손으로 얼굴을 짚고 엘리베이터 구석에 몸을 기댔다.

오늘 꿈속에서 그는 모두 다섯 번 죽었다.

처음엔 자신의 방에서 칼에 목이 찔려, 두 번째는 똑같은 상황에서 목이 베여, 세 번째는 절벽에서 떨어져, 네 번째는 심장에 말뚝이 박혀, 다섯 번째는 정말 지독하게도 회사 정문 앞에서 차에 치여 죽었다.

그러니 차에서 내리는 그의 귀에 인후의 목소리가 들릴 리 없었다.

힘없이 내리고 있는 오른손이 가늘게 떨렸다. 이 엘리베이터도 곧 추락할지 모른다. 붉은 눈의 목소리가 늘어진 테이프 음향처럼 느릿하고 음산하게 귓바퀴를 맴돌았다.

뭘 안심하고 있는 거지?

항상 긴장하라고 했을 텐데.

사실이다. 정말 안심했다. 악몽은 끝난 줄 알았다. 살해당하는 꿈을 마지막으로 꾼 것은 정말 기억도 안 날 만큼 까마득한 옛날이니까. 수험생 때에는 아무렇지도 않게 입시 준비를 했으니 그 무렵부터 꾸지 않았다고 보면 될 것이다. 벌써 십 년도 훨씬 전의 일이다.

그런데, 이젠 그 평온했던 십 년이 도리어 꿈처럼 느껴졌다.

정현은 여전히 한 손으로 얼굴을 감싸 쥔 채 눈을 번쩍 떴다.

그럼, 그녀를 만난 것은 진짜인가?

엘리베이터 문이 열렸다. 진오는 안으로 들어오려다 말고 정현이 있는 것을 보고 멈춰 섰다. 그는 문이 닫히려는 것을 발을 뻗어 막았다. 그리고 문가 근처에 서 있는 정현으로부터 사선 방향에 자리를 잡고 섰다.

정현은 진오에게 눈길조차 주지 않고 여전히 눈을 감은 채 얼굴을 벽에 대고 있었다. 진오는 무방비 상태인 정현을 유심히 살폈다.

이 정도로 가까운 거리에서 이토록 자세히 그의 얼굴을 뜯어보는 것은 처음 있는 일이었다. 진오의 가느다란 눈이 더 가늘어졌다.

요즘 지은은 진오에게 거리를 두고 있었다. 그가 예전에 지은에게 그러했듯이 이번엔 그녀 쪽에서 선을 그어놓고 선배 이상으로는 대하지 않으려고 한다. 자신이 하는 것은 괜찮아도 당하는 입장은 그리 유쾌하지 않았다. 어장 관리란 걸 해볼 생각도 없는 건가, 후배님?

진오가 불만스럽다는 쪽 입가를 일그러뜨리며 짧게 혀를 찼다. 일종의 시비 내지는 도발이었지만 정현에게선 아무 반응도 없었다.

진오는 자신에게 재수 없다고 말하던 지은을 떠올리고 슬쩍 웃었다. 사실 진오에게 있어 지은은 편하고 귀여운 후배 이상이었다. 진오 스스로도 징그럽다고 여기는 부분이긴 하지만, 선예에 대한 미련이 없었다면 진작 지은의 마음을 눈치챈 그는 귀여운 후배와 연인 관계가 될 수도 있었을 것이다. 사람을 관찰하기 좋아하는 진오는 지은의 괜찮은 면도 그녀의 오랜 친구들만큼이나 잘 알고 있었다.

저 남자는 그녀의 그런 가치를 한눈에 안 걸까?

창백한 정현의 얼굴을 오랫동안 보고 있자니 진오는 자꾸 이상한 상상이 들었다. 그는 무의식중에 정현을 따라하듯 머리를 벽에 살짝 기댔다. 아침부터 왜 저렇게 피곤한 면상이지? 밤새 무슨 짓을 하고 돌아다녔기에?

"피곤해 보이십니다, 아침부터."

진오는 저도 모르게 말을 뱉고 속으로 신음을 흘렸다. 애써 태연한 척 얼굴을 가장했다. 정현이 눈을 반쯤 뜨고 그를 보았다.

"괜한 오해를 받으시겠습니다."

뼈가 있지만, 가벼운 농담조의 말투였다. 진오는 말을 뱉고 엘리베이터 숫자판을 보았다.

그의 말에 눈을 내려뜨고 있는 정현이 미소를 지었다.

고맙게도 저 시건방진 놈의 목소리가 붉은 눈의 목소리를 밀어냈다. 죽은 듯 정체되어 있던 피가 순간 꿈틀거리는 게 느껴졌다. 현실감이 돌아왔다.

정현은 얼굴을 짚고 있던 왼손을 내렸다. 그리고 엘리베이터 긴급 제동 버튼을 눌렀다. 엘리베이터가 덜커덩 멈춰 섰다. 진오가 놀란 눈으로 그를 보았다. 정현은 느릿하게 진오가 서 있는 쪽으로 몸을 돌리고 섰다.

"남진오 씨."

목이 잠긴 듯 목소리가 평소보다 낮고 거칠었다. 그것이 진오의 귀엔 위협적으로 들렸다. 정현의 눈은 정확히 진오를 보고 있지도 않았다. 눈을 진오에게 비껴둔 채 작지만 명확한 어조로 혼잣말을 하듯 말했다.

"그녀가 당신의 어떤 점을 보고 좋은 사람이라고 생각하는 건지 모르겠어. 뻔히 알면서 떠보듯 말하는 그 음흉한 속내도 그렇고, 남이야 어떻든 자기만은 좋은 사람이란 소릴 듣고 싶어 하는 점도 그렇고, 우유부단한 데다, 그래, 정작 용기를 내야 할 때에는 내지 않고 쓸데없는 데만 만용을 부리는 점이 최악이야. 은근히 긁는 타입이라 대놓고 욕도 못하겠고, 그녀가 그렇다니까 맞장구를 쳐주긴 했지만 역시 잘 모르겠어. 대체 어떤 점이 좋다는 걸까……. 아니야, 그녀가 그렇다면 그런 거겠지. 내가 모르는 뭔가가 있을 거야."

진오는 반박할 엄두를 못 내고 있었다. 아래에선 숨 막히는 기운이, 위에선 누군가가 어깨를 누르는 듯한 기운이, 위아래로 위압적인 느낌이 그를 치받고 동시에 짓누르는 통에 얼굴이 점점 딱딱하게 굳어갔다. 사장의 직위를 벗어던진 정현의 눈이 진오를 향했다.

　"그녀를 좋아할 수 있어. 안 좋아했다가 좋아할 수 있지. 뒤늦게 아차 할 수 있어. 이해해."

　상대의 낯빛이 본인의 창백한 얼굴을 닮아가는 걸 아는지 모르는지, 정현은 확인 사살이라도 하듯 손가락을 흔들며 진오를 가리켰다. 진오는 굳은 표정으로 입술을 딱 붙인 채 눈동자만 굴려 그의 손끝을 잠시 보았다가 다시 그의 눈을 쳐다봤다.

　"단순히 자신을 따르던 후배를 빼앗긴 것 같은 분함도 좋고 질투라도 상관없어. 얼마든지 상대해주지."

　진오를 가리키며 흔들리던 그의 손가락이 멈췄다.

　"하지만 진심이어야 돼."

　정현의 얼굴에서 아지랑이 같던 미소조차 사라졌다.

　"그게 만약 하찮은 경쟁심이나 네놈의 허영심을 채우려는 데서 나오는 행동이라면, 만약 그딴 걸로 그녀의 마음을 어지럽게 한다면……."

　엘리베이터 안의 공기가 완전히 사라졌다.

　"넌 죽어."

　진오의 귀에 재판 종결을 알리는 판사의 나무망치 소리가 세 번 들려왔다. 그렇게 자신의 말을 마친 정현은 엘리베이터 긴급 제동 버튼을 눌렀다. 진오가 느끼기엔 상당히 오랜 시간이었지만, 고작 일 분도 채 안 되는 시간 동안 멈춰 있던 엘리베이터가 다시 움직이기 시작했다.

　정현이 내리기 직전 진오를 보며 돌연 싱긋 웃었다.

　"얼굴 펴요. 괜한 오해 사겠네."

그가 내리고, 문이 닫혔다. 진오는 그제야 크게 숨을 토해냈다. 자신이 숨을 참고 있는지도 몰랐다. 진오는 두 손으로 엘리베이터 손잡이를 잡고 주저앉을 것 같은 몸을 지탱했다. 엘리베이터가 움직이는 것이 새삼 어지럽게 느껴졌다.

'죽어?'

다른 사람이 그런 말을 했다면 '유치하기는.' 하며 코웃음을 쳤을 것이다. 하지만 방금 정현이 한 말은 남자들 사이에 흔히 오가는 욕설이나 과격한 수사 따위가 아니었다. 말 그대로 정말 죽이겠다는 것이었다. 단순 위협이 아니었다.

평생 살기란 걸 느껴보지 못한 진오는 자신이 방금 뭣 때문에 그 정도로 긴장했는지 이해하지 못했다. 평화로운 세상에서 태어나 평범한 인생을 당연한 듯 누려온 사람이 어느 날 갑자기 전쟁터 한가운데에 던져진 것도 모자라 누군가가 자신에게 총부리를 겨누고 있는 걸 발견할 때에나 비슷한 기분을 느낄까.

진오는 정현이 내리면서 한 말을 떠올렸다. 따라야 될 명령처럼 진오는 무의식중에 굳은 얼굴을 펴려고 해봤지만 경직된 얼굴 근육들은 말을 들어주질 않았다. 굳게 닫힌 금색 엘리베이터 문에 자신의 것 같지 않은 얼굴이 비쳐 보였다.

지은은 사장실 앞 비서 자리에 앉아 있었다. 정신과 상담을 받을 생각에 심경이 복잡했다. 망설이는 지은에게 혜경은 정신과 치료에 대한 편견이라도 있는 거냐고 한소리 했지만 그게 아니었다. 괜히 몰라도 될 것을 알게 될까 봐 두려운 것이었다.

"귀엽네요."

지은은 눈을 똥그랗게 뜨고 옆자리에 앉은 수영을 보았다. 그리고 말을 건 수영의 시선을 따라 자신의 손을 내려다봤다. 지은은 그림을 그리고 있었다. 며칠 전 사내망에 공모전 관련 게임 시놉시스가 공개됐다. 그래서 지은은 요즘 시간이 날 때마다 일러스트 노트와 연필을 붙잡고 있었다.

수영이 지은이 그린 이등신 캐릭터를 눈으로 가리키며 말했다.

"재밌는 캐릭터네요. 지은 씨의 독창적인 캐릭터인가요?"

"아, 예. 아직 많이 이상해요."

지은이 쑥스러운 미소를 지었다. 수영은 따뜻한 눈길로 그녀를 바라보며 우아하게 웃었다.

"이상하지 않아요. 표정도 풍부하고 어떤 성격의 캐릭터인지 바로 알겠네요. 이런 선명한 캐릭터가 필요한 게임들이 있지요. 혹시 공모전을 준비하고 있나요?"

지은은 아차 싶었다. 비서직으로 들어온 신입 사원이 근무 시간 중에 딴짓을 하고 있는 걸 선배에게 들킨 셈이었다. 하지만 수영의 목소리는 여전히 부드러웠다.

"전 그림 잘 그리는 사람들이 부럽더라고요."

그때 엘리베이터가 도착하는 소리가 들렸다. 정현이 내렸다. 수영과 지은이 동시에 일어났다. 엘리베이터에서 내려 지은을 발견한 정현의 눈은 두 사람을 스쳐 지나가는 동안 그녀에게 박혀 떨어질 줄을 몰랐다. 수영의 차분한 시선이 그에게서 지은에게로 옮겨 갔다. 정현이 걷는 속도를 멈추지 않고 그대로 두 사람을 지나 방으로 들어가며 말했다.

"한지은 씨, 따라 들어오세요."

지은이 머뭇거리자 수영이 조용히 말했다.

"들어가보세요."

지은은 일러스트 노트의 표지를 덮은 후 얼른 그의 뒤를 따랐다.

수영이 걸려온 전화를 받는 것을 보고, 지은은 조심스럽게 문을 닫았다. 그리고 몸을 돌려 그를 보았다.

"무슨 일……."

뒤돌아서서 초조하게 손톱 끝으로 입술을 갉작거리고 있던 정현은 문 닫히는 소리가 들리자마자 몸을 돌려 지은을 껴안았다. 지은의 말소리는 그의 가슴팍에 묻혀버렸다.

머리 위로 쏟아지는 그의 숨소리가 거칠었다. 혹시나 그녀가 이대로 사라져버릴까, 불안함을 지닌 채 그녀를 꼭 껴안고 있는 그의 분위기가 곧 무너질 것처럼 위태로워 보였다. 그녀를 안고 있는 그의 손이 미세하게 떨렸다.

그걸 느낀 지은은 차마 그를 밀어낼 수가 없었다. 대신 그의 뒤로 손을 빼내 잠시 머뭇거리더니 곧 등을 토닥여주었다.

"왜 그래요? 무슨 일 있어요?"

그녀의 걱정스러운 목소리에 정현은 눈을 감아버렸다.

"미안해."

그가 미안하다고 말했다. 무엇이 미안하다는 걸까.

지은이 고개를 들어 정현을 보려 했지만, 그는 그녀의 머리를 자신의 가슴에 기대게 하고 계속해서 미안하다고만 말했다.

정작 울고 있는 것 같은 건 본인이면서 그는 그녀를 달래듯이 그녀의 머리칼을 계속해서 쓰다듬었다. 본인을 달래고 있는 걸까.

지은은 그의 심장 소리가 정상이 될 때까지 규칙적으로 그의 등을 토닥였다. 마침내 그의 숨소리가 부드러워졌다. 지은이 그에게서 반쯤 몸을 떨어뜨렸다. 정현은 안정된 듯 고요한 눈으로 그녀의 새까만 눈을 들여다보았다. 지은이 진지하게 물었다.

"이유도 모르고 미안하단 말을 들을 수는 없어요. 뭐가 그렇게 미안한데요?"

정현이 머쓱한 미소를 지으며 손가락으로 볼을 긁적였다.

앗! 지은은 그가 당황하는 순간을 놓치고 싶지 않았다. 얼른 그에게서 떨어져 한 발자국 뒤로 물러섰다. 그리고 팔짱을 끼고 미심쩍은 눈초리로 그의 전신을 훑었다. 입가엔 모처럼의 기회를 잡은 만족스러움이 미소로 화해 달려 있었다. 그녀가 거드름을 피우는 듯한 표정을 하고 한쪽 앞발치를 장난스레 여러 번 까닥거리며 말했다.

"저번에는 고맙다가 레퍼토리더니 이번엔 미안하다?"

정현이 어물어물한 목소리로 말했다.

"원래 좋아하는 사람한테는 다 고맙고 미안하고 그런 거야. 그런 것도 몰라, 지은 씬?"

"흐음."

"뭐야, 그 눈은?"

"제 눈이 어떤데요?"

"통쾌해하고 만족스러워하는 것 같은 표정이잖아. 뭐가 그렇게……아, 나한테 안긴 게 그렇게 만족스러웠나? 자, 다시 한 번 안겨봐."

저 유들거리는 꼴을 보아하니 정신을 차린 게 분명했다.

지은은 정색하며 문 쪽으로 몸을 돌렸다. 정현이 얼른 달려가 그녀의 어깨를 잡았다.

"미안해. 농담이야. 지은 씨는 나한테 한없이 고맙고 미안하고, 그런 감정 안 생겨?"

"회의가 11시 반으로 연기됐어요."

"비서 다 됐군, 상사를 몰아세울 줄도 알고. 수영 씨 옆에 있어서 그래."

"배울 게 많은 분이에요."

"그건 맞아. 말해봐, 생일 선물로 뭐 받고 싶어?"

"또 뜬금없이……. 글쎄요. 출퇴근용 차? 노란색으로."

"많이 뻔뻔스러워졌네. 가르치는 보람이 있어."

아직 머리가 완전히 개운치 못한 정현은 속으로 정말 차를 사줘야 되나를 고민했다. 그의 진지한 표정을 보고 지은이 농담이라고 덧붙이자, 그는 고개를 끄덕였다.

더 오래 있다가는 수영에게 어떤 변명을 해도 이상할 것 같았다. 지은이 방을 나가기 위해 문고리를 잡았다.

"지은 씨."

그를 돌아봤다.

"내가 누구지?"

표정은 웃고 있지만, 그의 목소리는 훨씬 낮아져 있었다.

"네?"

"내가 누구냐고."

"……사장님이요."

그런 대답을 원한 게 아니었다. 지은은 바로 덧붙였다.

"정현 씨요. 잘생기고, 뻔뻔스러운, 머핀 타워 대표 서정현이요."

희미하게 짓고 있던 그의 미소가 길게 늘어지며 흡족한 표정을 만들었다. 그는 그녀의 대답을 확실히 기억해두려는 듯 손가락으로 이마를 톡톡 두드렸다.

"좋아, 마음에 들어."

"3대륙을 뒤흔드는 젊은 CEO. 결혼 적령기 여심을 흔드는 미혼의 인기남."

정현이 놀란 눈을 하고 그녀를 봤지만, 지은은 닫히는 문 사이로 그를 놀리듯 엄지를 들어 보이며 방을 나가버렸다.

그녀가 나간 방 안이 휑했다. 11시 30분에 회의라. 손목시계를 보았다가, 벽시계를 보았다. 초침 움직이는 소리가 들렸다. 째깍. 째깍. 째깍. 열린 창문 틈 사이로 바람이 들어와 철제 블라인드가 살짝 들렸다가 유리창에 부딪쳤다. 그 소리가 이상할 정도로 크게 들려왔다. 가느다란 바람 줄기가 귀를 자극하는 것이, 꼭 붉은 눈의 목소리처럼 느껴졌다.

뭘 안심하고 있는 거지?
항상 긴장.

"회의 지각했으니까 벌금 십만 원!"

인후가 방문을 벌컥 열어젖히며 소리쳤다. 방 안의 정적은 온데간데없이 사라지고, 문밖에선 지은과 수영이 웃음을 참는 소리가 들려왔다. 인후가 몸만 방으로 들어온 채 목을 밖으로 내밀고 그녀들에게 농담을 던졌다. 결국 지은과 수영이 참던 웃음을 터뜨렸다.

문을 닫은 인후는, 얼빠진 얼굴로 자신을 바라보고 있는 정현의 앞에 와 섰다. 그리고 대뜸 손을 내밀었다.

"십만 원."

정현은 조용한 눈으로 인후의 눈동자를 들여다보았다. 가정이 있는 남자, 지켜야 할 것이 확실한 사내의 눈은 흔들림이 없었다. 정현은 인후가 내민 손바닥을 보았다. 저 손에 십만 원을 쥐여주면 칼에 목이 베이는 일은 없을 것 같았다.

정현은 한쪽 입가를 일그러뜨리며 상의 안주머니를 뒤졌다. 인후가 두 손을 비비며, 빛나는 눈으로 정현의 상의를 빠져나오는 지갑을 응시했다. 인후의 입가에 사악한 미소가 걸렸다. 아, 기뻐라. 인후는 자신도 모르는 사이 그렇게 업보를 쌓아갔다.

23

검은 가지 끝, 비가 그쳐 가는 흐릿한 풍경 위로 꺼져가는 연기가 피어올랐다.

불에 새카맣게 탄 낮은 나무가 남은 잎 하나 없이 언덕에 서 있었다. 그 위태로운 가지에 검은 새가 날개를 접고 앉았다. 까마귀의 깃털을, 올빼미의 눈을, 매의 발톱을, 늑대의 영혼을 가진 새는, 언덕 아래서 분주한 제 주인을 주시하고 있었다.

주인의 시선이 짧은 순간 새에게로 향했다.

짙은 금색 눈동자에 피로가 스쳤다. 그것도 잠시, 얼굴 곁으로 붉은 피가 분수같이 솟구치자 나른해 보이는 시선이 방향을 틀었다. 그가 의도했기에 아주 느리게 흘러가는 것 같던 시간이 본래의 속도를 되찾았다.

아일은, 피를 뿜고 고꾸라지는 상대의 목에서 자신의 검을 뽑는 걸 간단히 포기했다. 대신 슬쩍 몸을 틀어 죽은 자가 떨어뜨리고 있는 창을 잡아 그대로 죽은 자의 몸을 뚫고 달려드는 적의 몸까지 꿰뚫었다. 두 구의 시체가 쓰러지기도 전에 양쪽에서 칼날이 달려들었다.

아일은 미끄러지듯이 상대의 품으로 파고들었다. 갈비뼈가 부러지는 소리와 함께 말이 들이받은 듯 적의 몸이 공중에 거꾸로 붕 떴다. 그자의 목이 땅에 부딪혀 꺾이기도 전에 그 뒤에서 적이 달려드는 것이 보였다. 아일의 단검이 적의 가슴에 박혔다. 바특이 붙어 있어 피가 얼굴을 덮어 시야를 가려도 아일은 눈을 감지 않았다.

냉정한 시선이 괴성과 살기의 방향을 살폈다. 흐르는 듯한 동작으로, 반대 방향에서 달려드는 적의 손목을 베고, 그대로 뒤이어 달려오는 두 명의 목을 베었다.

쉬지 않고 살의가 맺힌 칼끝이 그의 뒤를 노렸다. 그가 뒤로 도는 것과 동시에 적의 팔이 꺾였다. 우둑. 이어 적의 손에 잡혀 있던 칼이 적의 배에 박혔다. 아일은 빠르게 시체를 밀쳐버리고, 검자루까지 피로 흥건한 단검 대신 시체의 배에서 뽑혀 나오는 검을 오른손에 잡았다. 그리고 다음 상대의 허리를 베었다. 죽은 자의 손에서 창이 떨어지기 전에 빼앗아 그대로 공중으로 던졌다.

너덜너덜해진 한쪽 팔을 붙잡고 넘어지는 로바키에게 이민족이 도끼를 휘두르며 달려들었다. 시뻘건 날이 로바키의 앞머리를 스쳤다. 그의 머리가 박살 나려는 찰나, 이민족의 얼굴이 로바키 얼굴 바로 앞에 와 멈추었다.

이민족의 눈에서 빛이 사라져간다 했더니 입에서 울컥 피를 뿜었다. 날아온 창이 이민족의 몸을 뚫고 로바키의 벌어진 다리 사이를 지나 그대로 땅에 박힌 것이다.

움찔움찔하던 이민족은 로바키의 얼굴 위로 피를 토하고는 축 늘어졌다. 로바키는 짜증스럽다는 듯이 시체를 옆으로 밀어뜨리고 창이 날아온 방향을 보았다.

아일이 시체의 목에서 자신의 검을 뽑고 있었다. 비가 칼날을 타고 흘렀다. 붉은 피가 씻겨 내려가고 푸른 검신이 드러났다. 그의 주위로 시체가 쌓여 있었다. 움직이기 불편해 위로 올라가고 올라간 것이 언덕 끝이었다.

그래도 적들은 '에드가'를 향해 끝없이 달려들었다. 그 꼴이 꼭 언젠가 그림으로 본, 전쟁의 신에게 달려드는 바마에라들 같았다. 전쟁과 죽음의 신에게 속박되기 전 바마에라는 신의 무서움을 알면서도 자신들의 긍지를 위해 그에게 달려들었다. 그리고 피의 대가를 치러야 했다.

지옥 같은 아비규환 속에서 언뜻 그 모습을 본 로바키는 생각했다. 나 같으면 저 피 덮어쓴 귀신에게 달려들지 않을 것이다.

하지만 이민족들은, 자신들의 존경했던 지휘관이자 뛰어나고 고매했던 형제를 죽인 사내를 찢어발겨 그의 피로 목욕을 해야만 이 죽음의 행렬을 멈출 생각인 모양이었다.

다시금 적들이 각자가 아는 최악의 저주를 퍼부으며 아일에게로 다가섰다. 이제 적어도 저주에 한해서는 저들의 언어를 알아들을 수 있을 것 같았다.

흥분이라도 하면 빈틈이라도 생길 것을. 전투와 싸움에 관한 한 고지식한 면이 있는 아일은 첫 스승의 가르침대로 방심이라고는 하지 않았다. 쥐를 잡을 때에도 전력투구하는 늑대가 얼마 남지 않은 적을 상대하며 언덕을 내려오고 있었다.

아일은 제 무기에 애착이 전혀 없는 사람처럼 굴었다. 적의 몸에 박힌 검이 쉽게 안 뽑히겠다 싶으면 깨끗이 포기하고 상대의 무기를 사용했다. 제 손에 무기가 없을 때에는 상대도 손에서 무기를 떨어뜨리게 했다. 무기가 없을 땐 제 몸이 무기였다. 그의 손에 잡힌 적의 손가락은 부지불식간에 꺾이고 무기를 떨어뜨렸다. 단단한 근육질의 팔과 다리도 처참하게 부러졌다. 적의 몸에 난 상처는 가장 좋은 약점이었고, 기사도 같은 건 배운 적 없는 늑대는 적의 약점을 물어뜯는 데 망설임이 없었다. 목이 반쯤 잘린 마지막 적이 몸을 기괴하게 틀며 쓰러졌다.

피가 줄줄 흐르는 손목을 붙잡고 주저앉아 엉덩이로 뒷걸음질 치는 어린놈이 아일이 내려가는 길을 막고 있었다. 어린 눈에 담긴 것은 명백한 공포. 아일은 걸어가는 속도도 늦추지 않고 그대로 검을 휘둘렀다. 뜨거운 피가 공기 중에 출렁이고, 살기조차 제어하는 듯한 차가운 얼굴 뒤로 시체가 하나 더 늘었다.

나무 위에 앉아 있던 검은 새가 그제야 큰 날갯짓을 하며 하늘로 날아올랐다.

아일 에드가 클레이모어.

클레이모어가를 상징하는 검은 새가 그의 이름을 확인시켜주었다.

살아남은 사람들 중에선 이제 에드가가 가장 계급이 높을 것이다. 로바키는 그런 생각을 하며, 창에 꽂혀 죽은 이민족에게 마지막 눈길을 주었다. 이민족의 시뻘건 눈이 그를 향한 채 부릅뜨여 있었다.

죽은 자의 미처 감지 못한 눈에 산 자의 얼굴을 함부로 담지 마라, 그러면 사신이 얼떨결에 산 자의 영혼까지 데려간다.

그런 서늘한 우스갯소리를 누가 했더라.

'아, 저놈이다.'

로바키는 다가온 아일이 내민 손을 잡고 겨우 일어서며 질렸다는 투로 말했다.

"내 목은 내가 챙겨."

아일은 별말 없이 하늘 위를 날고 있는 '자신의 또 다른 눈'을 올려다보았다. 주인의 명령을 받은 검은 새가 머리 위를 지나 금세 울창한 침엽수림 사이로 사라졌다.

흙은 이미 붉은색으로 변한 지 오래다. 내려가는 길마다 시체 더미였다. 피비린내와 비 비린내가 섞여 들이마시는 공기마저 불쾌했다. 로바키가 피가 흐르는 상처를 틀어막으며 욕설을 중얼거렸다.

"절벽 너머에 떨궈놓고 다리 끊어버리는 것도 아니고 이런 일이 벌써 몇 번째야."

"이쯤 되면 의도를 읽지 않는 것도 민망하군."

아일이 입안에 고인 피를 뱉어내고 서늘한 미소를 지었다.

로바키는 석연치 않은 표정으로, 앞서가버리는 아일의 뒷모습을 눈으로 좇았다. 전장의 가장 높은 고지에서, 살아남은 동료들을 향해 내려가던 아일의 걸음이 순간 살짝 느려졌다. 검자루를 고쳐 잡는다 했더니, 푸른 검날이 괴롭게 숨을 헐떡대고 있는 반 시체의 목을 빠르게 베고 돌아왔다. 생명의 불꽃은 거의 사그라지고 고통만 남았던 눈이 비로소 안식을 찾았다.

로바키는 느리게 내려오다 발끝에 차이는 시체를 보고는 걸음을 멈추었다. 전투가 시작되자마자 목이 날아간 대장의 몸뚱이였다. 머리는 어디 간 거야?

지금까지 그들의 부대를 지휘하러 온 대장들 중에서도 단연 최고라 할 만한 명청이였다. 앞선 전투에서, 지휘라고는 공격 시작을 명하고 뒤로 빠져 있던 게 다인 자였다. 크롬헬 출신들이 알아서 각 부대를 이끌지 않았다면 진작 괴멸당했을 것이다. 대장 놈이 일찍 죽어서 다행이라고, 덕분에 전투 초반에 아일에게 지휘권이 넘어가서 그나마 이만큼 살아남은 거란 생각을 하며 로바키는 실쭉 웃었다. 그는 비에 젖어 미끄러워진 언덕을 넘어질 것처럼 빠르게 내려왔다. 그리고 아일의 어깨를 잡고는 속삭이듯 말했다.

"네가 지금까지 벌인, 몇 개 안 되는 즉흥적인 일 중에 가장 마음에 들어."

머리, 꼬리 다 떼고 하는 말이었지만 아일은 로바키가 하는 말을 이해했다. 하지만 대답은 하지 않았다.

로바키는 전투가 시작되던 순간을 기억했다. 첩보조가 전한 엉터리 정보 덕분에 부대가 이번에도 또, 벌써 몇 번째, 이번엔 최악의 적을 앞에 두고 포위당했다. 얼빠진 대장 놈이 얼빠진 얼굴로 상황 파악도 못하고 적의 용맹무쌍한 지휘관에게 투항을 명령했다.

'미친 새끼야, 너 같으면 포위한 적에게 투항하겠냐.'

라는 말이 목구멍에서 간질간질할 때, 로바키의 눈에 조금 떨어진 곳에 있던 아일의 얼굴이 보였다. 아일이 눈으로 말했다. 정확히는 로바키를 포함한 크롬헬 출신들에게 해야 할 일들에 대해 명령했다.

어느 순간, 아일이 쏜 화살이 적의 지휘관을 향해 곧장 날아갔다. 그걸 눈치챈 적의 누군가가 대신 맞고, 분노에 찬 적장의 포효, 전투의 시작, 비명이 이어졌다. 아군과 적이 섞이고, 얼빠진 대장 놈이 얼빠진 얼굴로 두리번거리다 목이 날아가고, 아일이 그 수라장을 헤치고 적장에게 다가갔던 것까지 생각이 난다.

로바키가 언덕을 내려가는 아일을 뒤쫓아 가며 말했다.

"그 얼빠진 놈 목을 벤 게 사실은 우리들 중 하나가 아닐까란 생각도 들어."

사실 대장이 살아남았더라면 아일은 군법 위반으로 목이 잘렸을 것이다. 로바키는 상처에서 고통을 느끼면서도 신나는 표정을 감추지 못하고 말했다.

"아까 저 밑으로 굴러 떨어지면서 무슨 생각 한 줄 알아?"

시끄러운 전장의 여운 탓에 그렇게 큰 소리로 말해도 말소리가 잘 안 들리는 듯했다.

"벤클로에가 우릴 돌처럼 굴려댄 게 고맙다고! 그 새끼한테 고마움을 느끼다니 내가 미쳤지!"

그리고 더 큰 목소리로 소리쳤다.

"우리 동네에! 대륙전에 참가했다가 지가 죽인 놈만큼 원귀를 붙여 왔는지! 밤마다 미친놈처럼 뛰어다닌 노인네가 있었거든! 나도 그렇게 되는 게 아닌가, 갑자기 그 노인네 생각이 나는 거야.”

그렇게 말하고 로바키는 살아남은 동료들을 향해 손을 번쩍 들어 인사했다. 아일이 피식 싱겁다는 듯이 웃었다. 긴장이 풀리자 방심을 놓치지 않고 피로가 덮쳤다. 미처 다 뱉어내지 못한 피가 목구멍을 타고 내려갔다. 정신이 번쩍 들었다.

“분명 승리 이외의 것을 약속받은 놈들이 있어. 적인지 아군인지 모를 놈들부터 솎아내야겠군.”

“흐음. 이제 네겐 그럴 권리가 있지.”

마침내, 대장의 머리를 발견한 로바키가 싱긋 웃으며 답했다.

“아, 실컷 잤어요?”

정현이 눈을 뜨자, 팸플릿을 보고 있던 지은이 싱긋 웃으며 물어왔다. 그녀의 입이 거짓웃음을 짓고 있었다. 정현은 턱을 괴고 있던 손을 내리고, 흐리멍덩한 눈으로 주위를 둘러봤다. 미술관 한편에 마련된 휴게실의 소파 위였다. 정신을 차린 정현의 귀에 사람들이 왁자지껄 대화를 나누는 소리가 한꺼번에 밀려들었다.

며칠 전, 정현은 지은이 길 가다가 받은 ‘현대미술판화전’ 광고 팸플릿을 유심히 보는 것을 보고, 그녀에게 주말 데이트를 신청했다.

당일, 굳이 일찍 만나자는 정현의 성화에 지은은 새벽부터 일어나 꽃단장을 했다. 머리도 오랜만에 정성스레 드라이를 하고, 작년 겨울 끝 무렵에 사 한 번도 입어보지 못한 원피스를 처음으로 꺼내 입었다. 선물로 들어온 구두 상품권으로 산 새 구두도 신었다. 밖에 나가보니 꽤 쌀쌀한 날씨라 다시 집으로 들어가 얇은 코트도 꺼내 입었다.

정현은 항상 그렇듯 차에서 나와 그녀를 기다리고 있었다. 차체에 몸을 기대고 서서 하늘을 올려다보고 있던 그는 용케 지은이 오는 걸 알고 뒤를 돌아보았다. 그리고 잠시 놀란 듯 멈칫했다. 곧 그의 얼굴에 미소가 번졌다. 아침 일찍 일어나 부산을 떨었을 그녀의 모습이 눈에 선했다.

정현이 그녀에게로 달려와 손뼉을 치며 호들갑스럽게 말했다.

"정말 예뻐, 지은 씨. 뭘 입어도 예쁘지만 오늘은 더 예뻐."

그러고는 괜한 말을 덧붙였다.

"그런데 화장이 평소보다 짙네? 하마터면 못 알아볼 뻔했어."

쑥스러운 미소를 짓고 손가락으로 볼을 긁적이던 지은은 그 말에 입꼬리를 내렸다. 그리고 코웃음을 친 뒤 그를 밀치고 조수석 문을 벌컥 열어젖혔다. 차 문에 정강이를 찍힌 정현은 차 보닛을 짚은 채 신음을 흘렸다.

잠시 뒤 숙이고 있던 고개를 든 정현이 조수석에 앉은 그녀를 가리키며 신음이 미세하게 섞인 목소리로 말했다.

"안전벨트……."

두 사람은 곧장 미술관으로 향했다. 지은은 정말 오랜만에 전시를 제대로 즐겼다. 정현이 있다는 것도 잊고, 설명을 해주는 도슨트와 금세 친해져서는 한참 동안 요즘 미술계 동태에 대해 이야기를 나누었다. 반면 어젯밤 한숨도 제대로 못 잔 정현은 거의 제정신이 아니었다. 정신이 몽롱해지려고 하는 순간마다 손톱이 살을 파고들 정도로 꽉 주먹을 그러쥐었다. 그 증상은 흑백 판화를 보면서 더 심해졌다.

가장 견딜 수 없었던 것은 한쪽 벽면 전체를 채우고 있는 커다란 판화였다. 그 커다란 사각형 틀 속에 담긴 세상은 흑백, 두 가지 색상으로만 이루어져 있었다. 그것을 한참 동안 보고 있으니, 머리가 어지럽고 어느 순간부터 숨도 가빠졌다.

결국 그는 지은에게 양해를 구하고 전시장을 빠져나왔다. 그리고 화장실에 갔다가 휴게실에 들러 소파에 앉았는데…….

"내가 오래 잤나?"

정현이 겸연쩍은 미소를 흘리며 물었다. 지은은 팸플릿을 보며 고개를 절레절레 흔들었다.

"아니요, 많이 안 잤어요. 전화를 해도 받지를 않길래 혹시나 무슨 일이 생겼나, 미친 사람처럼 남자 화장실 앞을 서성이다가 이 넓은 전시관을 오르락내리락 하고 그랬지만, 정현 씨가 많이 잔 건 아니에요. 곧 전시관이 문 닫을 시간이지만, 많이 잔 건 아니에요. 네, 많이 안 잤어요."

"……그럼, 좀 웃지?"

"응? 나 웃고 있는데?"

"눈이 전혀 안 웃고 있잖아."

정현은 피곤한 표정을 숨기지 못하고 한 손으로 얼굴을 쓸어내렸다. 그리고 잠기운에 그만 앓는 소리를 하고 말았다.

"미안해, 요즘 잠을 제대로 못 자서 깜박 졸았나 봐."

지은이 표정을 풀고 진지한 목소리로 물었다.

"잠을 잘 못 자요? 왜요, 또 어릴 때처럼 나쁜 꿈이라도 꾸는 거예요?"

그녀의 얼굴색이 어두워진 걸 본 정현은 번뜩 정신을 차리고 재빨리 손을 내저었다.

"아니. 일한다고 바빠서 그러지. 일어나. 밥 먹고, 영화 보러 가자."

"심야 영화요? 잠이 부족하다면서 무슨 심야 영화예요."

복도에서 벌어진 작은 소란에, 페렐에게 말을 건네던 벤클로에가 방문 쪽을 쳐다보았다. 소파에 거의 몸을 눕히고 있던 모뤄도 지루한 기색의 얼굴을 문 쪽으로 돌렸다.

방문이 갑작스럽게 열리고, 어수선한 분위기가 방 안으로 뛰어들어 왔다.

"무슨 짓이냐?"

테이블 가장 상석에 앉아 있던 페렐이 무례를 참을 수 없다는 듯 신경질적인 반응을 보였다. 눈가에서 시작되어 턱까지 이어지는 상처가 더 붉어지고 더 흉측하게 일그러졌다.

아무리 그 속은 사적인 회동에 가깝다지만 엄연히 군부 회의란 이름을 걸고 있었다. 못 들어가게 가로막는 비서관들을 뿌리치고 방으로 들어온 아일을 보고 페렐이 다시 한 번 경고조로 말했다.

"귀환 보고는 기다렸다가……."

"기다렸다가 보고를 드리기엔 너무 피곤해서요."

아일이 고집스러운 미소를 지으며 세 간부가 앉은 테이블로 성큼성큼 다가왔다. 피로로 창백해진 얼굴만 빼면 사지를 뚫고 온 사람이라고는 믿기지 않을 정도였다. 당장 주저앉고 싶다는 몸을 달래며 아일은 평소보다 예민하고 빠른 어조로 말했다.

"마침 모여 계시네요. 한 분씩 찾아뵙고 말씀드리기 귀찮았는데."

물건의 품질에 자신 있는 상인이 상품을 자랑스레 내보이듯, 아일은 들고 온 상자의 뚜껑을 던져 버리고 회의 테이블에 올려놓았다.

아일을 제외한 방 안의 그 누구도 상자 속에 담긴 머리의 주인을 실제로 만나본 적은 없었다. 하지만 모두가 그게 누구의 머리인지는 짐작할 수 있었다.

　군사 대국 다이런의 간섭에서 완전히 벗어나기 위해 갈라마 족의 흩어진 세력을 규합해 국가 대 국가로 전쟁을 선포한 젊은 족장이 있다. 아니, 있었다. 그 족장의 머리가 노인의 것처럼 하얗고 눈동자는 보기 드문 보라색이란 것도 새로울 게 없는 정보였다. 하지만 그 족장의 머리가 상자에 담겨 다이런 노체 모뤄의 크롬헬 무관 학교 회의실 테이블에 올라와 있다는 건 분명 신선한 정보였다.

　아일이 다소 과장된 목소리로 말했다.

　"피차 번거로우니 칭찬은 들은 셈 치겠습니다."

　호감 없는 놈들의 재미없는 이야기를 듣느라 거의 반수면 상태였던 모뤄가 재밌다는 듯이 웃으며 아일을 보았다. 그러고는 의아하다는 표정으로 고개를 갸웃했다.

　"일개 단장인 자네가 왜 귀환 보고를 하러 왔지?"

　"제 위로는 상관이 한 명도 남아 있지 않습니다."

　아일이 "유감스럽게도."라며 묵직한 자루를 테이블 위로 던졌다.

　쿵.

　쇠로 만들어진 군번줄 뭉치가 벤클로에의 앞으로 쿵 하고 떨어졌다.

　생명의 무게를 담은 소리가 가벼울 리 없다. 계산적일지언정, 동료의 목숨까지 이해득실의 산수에 넣지는 않는다. 늘 가짜 웃음을 걸고 있는 벤클로에의 입에서 미소가 사라진 것도 무리가 아니었다. 자신이 키워 낸 전장으로 보낸 이들의 시신이 지금 테이블 위에 놓여 있었다.

　벤클로에는 무거운 낯빛으로 아일을 보았다. 귀환하자마자 곧장 보고를 하러 돌아온 아일의 얼굴에 피곤한 기색이 역력했다. 답지 않게 능글맞게 구는 건, 지금 피곤해서 돌아버리겠다는 소리일 것이다. 그렇지, 이놈도 인간이지. 벤클로에는 왜 그동안 자신이 그를 역사 속 인물쯤으로 생각했는지 이해가 되지 않았다. 갑자기 든 생경한 기분에 벤클로에는 아무 말 없이 군번줄 뭉치를 담은 주머니를 쓰다듬었다.

그는 진심으로, 저만 한 인원을 데리고 살아 돌아온 아일에게 고마움을 느꼈다.

"돌아오지 말라고 보내는 전쟁, 이라고 부른다더군요."

벤클로에가 멈칫하고 아일을 보았다. 능청스럽던 태도는 간데없고 강렬한 금색 눈이 페렐을 응시하고 있었다. 페렐이 잔인한 입매를 뒤틀며 웃었다. 그의 상처가 더욱더 붉어지고 흉측하게 일그러졌다.

스스로가 뱉어낸 말의 의미를 견디지 못하고 금색 눈동자가 흔들렸다.

"감옥행 대신 군역을 택한 범죄자, 날과 칼등도 구분 못하는 부역인, 실은 첩자가 아닌가 싶은 어처구니없는 정보조, 비적 무리를 진압한 게 지휘 경험의 전부인 사령관까지."

참담한 목소리가, 그러나 결코 흥분하지 않은 어조로 군부의 간부들을 추궁했다.

"급히 꾸린 오합지졸. 그런 자들을 길동무 삼아 죽으라고 보내는 건 괜찮습니다."

죽으라면 죽는다. 그렇게 배웠으니까.

창백한 얼굴은 그에 어울리는 개탄을 담고 테이블 위의 자루를 보았다.

"하지만 쓸모없는 전쟁에 죽으려고 크롬헬에 들어온 자들이 아닙니다. 죽을 자리 정도는 납득할 만한 이유를 만들어주십시오."

"이유를 묻는 복종이 복종일 리 있나."

페렐이 탁한 목소리로 받아쳤다.

"크롬헬에서 무얼 배웠나, 에드가."

늙은 간부가 젊은 지휘관의 순진한 감성을 조롱했다.

"왕실과 국가에 대한 스스로의 충성심을 증명했다고 생각해. 밝은 면을 보라고."

아일은 말문이 막혔다. 감정적인 항의도, 괜찮은 논리도 이런 부류의 사람들을 추궁하는 데에는 별 소용이 없다. 아일은 그것을 뼈아픈 경험을 통해 알고 있었다. 아일은 할머니 히비커스에게 하던 대로 최대한 빨리 자리를 뜨는 것으로 시간 낭비를 줄이기로 했다.

"무례를 용서하십시오."

군말 없이 어떤 징계도 받겠다는 듯 아일이 자세를 바로 하고 섰다. 다시 표정 없고 나른한 평소의 그였다.

모래알을 씹는 것 같은 침묵이 흘렀다.

모뤄가 싱글거리며 커다란 손을 마주쳤다.

"무인은 모든 다툼을 전장에 묻고 와야 하는 법이야. 살벌한 추궁은 정치인에게나 어울려. 내란을 진압하고 온 영웅에게 긴 휴식만큼 좋은 상도 없지."

"자세한 보고는 회의가 끝난 뒤에 듣지."

벤클로에가 모뤄를 도와 은근히 아일의 도망을 거들었다.

아일이 예를 표하고, 들어왔을 때처럼 크고 빠른 걸음으로 방을 나갔다. 어찌할 바를 모르고 서 있던 비서관들도 허둥지둥 방문을 닫고 나갔다.

페렐은 아일의 뒷모습을 끝까지 노려보다 방문이 닫히는 것과 동시에 시선을 접으며 걱정스럽다는 투로 말했다.

"모뤄 경, 사윗감은 좀 더 유순한 늑대로 골라보시지요."

누구 좋으라고. 모뤄가 듣기 싫다는 듯 커다란 손을 내저었다.

"흐음…… 난 또 누군가 했네."

부드럽지만 또렷한 목소리가 대화에 난입했다.

테이블에 앉은 세 사람이 숨을 멈추었다. 갑작스러워서라기보다, 감히 그의 존재를 잊고 있었다는 것에 세 사람은 놀라고 있었다.

창 쪽을 바라보고 있던 높은 등받이 의자가 방향을 돌려 세 사람 쪽을 보았다.

검은 장발의 사내였다. 옷마저 모두 검었다. 얼굴엔 금색 가면을 쓰고 있어 외양만 보았을 때에는 연극 무대에 오른 배우라 해도 그럴듯했다. 가면의 입 부분에는 구멍 없이 굳은 일자 입매가 그려져 있고, 눈은 상대가 눈동자를 읽을 수 없을 정도로 가늘게 웃는 모양이었다. 검은 옷은 지나치게 헐렁한 품이라 사내의 체격이 큰지 작은지 마른지 우람한지도 분명히 알 수 없었다. 결국 사내의 것이라고 규정할 수 있는 것은 슬쩍 드러나 있는 단단한 팔목, 목소리, 그리고 이 세상 것 같지 않은 이질적인 분위기뿐이었다.

고귀한 분위기는 사내의 사칫 흐트러져 보이는 자세에도 흠집이 나지 않았다. 그를 마주 보고 있자면, 그는 삶의 희로애락 중 노여움과 슬픔은 겪어본 적도 없고 겪을 일도 없을 거란 생각이 든다. 그래서 그의 분위기가 이질적이란 것이었다. 그는 완벽하면서도 뭔가가 크게 결여되어 있는 것처럼 느껴졌다.

벤클로에는 그의 앞에서 정말 무릎을 꿇지 않아도 되는 것인가, 다시 한 번 생각했다. 저 사내가 그리하지 말라 했다. 사내를 처음 소개받은 벤클로에가 무릎을 꿇고 고개를 처박자, 사내는 웃는 목소리로 '빨리 일어나지 않으면 서 있고 싶은 의지가 없는 듯한 두 다리를 잘라버리겠다.'고 했다. 사내의 두 번째 이름이 엘칸이라는 것이 불현듯 떠올랐다.

미친 왕 엘칸.

그리고 에드가의 이름을 받은 아일의 얼굴도 떠올랐다.

사내보다 나이가 많고 노련한 세 사람이 그의 눈을 한 번이라도 오랫동안 쳐다볼 기회가 있었다면, 젊은 사내의 가면 속 검은 눈 너머에 흐르는 교만과 깊은 권태로움을 읽어낼 수도 있었을 것이다. 고귀한 가문, 왕가 라우니트의 왕자 헤르첸이 흥미롭다는 투로 말했다.

"모뤄 경의 사윗감이라는 걸 보니 저 친구가 에드가 클레이모어로 군."

모뤄는 난처한 표정을 숨기지 못하고 허허, 웃음을 터뜨렸다.

"호사가들이 하는 말이지요."

"리디아의 짝은 내가 정해주고 싶은데. 동생처럼 여겨지는 아이라."

솔직한 모뤄는 왕자의 장난스러운 말을 흘려보내지 못하고 표정을 굳혔다.

"난 여동생이 없잖나. 아…… 이제 남동생도 없지. 자꾸 잊어버려."

왕자가 괴로운 듯 중얼거렸다. 그러다 가면이라도 바꿔 쓴 광대처럼 순식간에 꾸며낸 그림자를 물리치고 밝게 말했다.

"혹여 저 친구를 사윗감으로 생각하고 있다면 그 이야기처럼 되지 않게 조심해."

왕자는 위엄을 내던지고 재밌어 죽겠다는 듯이 말했다.

"크롬헬 모뤄도 초대 에드가를 자기 양아들로 삼으려고 했었지 않나. 뭐, 뒤의 이야기야 알다시피 엉망진창이 되어버렸지만. 저 친구가 에드가의 인생을 닮아 있다면 결국 모뤄 경의 뜻대로 흘러가지 않을 게 아닌가?"

"안 그래?"라며 왕자는 웃었다.

아일이 에드가의 인생을 그대로 따라간다면, 폭군 엘칸의 이름을 받은 왕자는 대체 어떤 짓을 저지르겠단 말인가. 벤클로에는 떠오른 의문을 말로 뱉지 못하고 속에 담아두었다.

미치광이 왕의 이름을 받은 젊은 왕자가 갑자기 생각났다는 듯이 말했다.

"그러고 보니 나와도 인연이 있는 친구군. ……납득할 만한 이유라…… 그래, 죽을 이유는 주어야지."

왕자는 등받이에 몸을 깊게 기대며 동의를 구한다는 듯 세 사람을 쭉 둘러보았다.

"인상적이야. 잠깐이었지만, 그가 이 방에서 가장 윗사람인 줄 착각할 뻔했어."

크롬헬 구석에 위치한 목욕탕은 사람이 있으나 없으나 언제나 조용하다. 대규모의 인원이 한바탕 휩쓸고 간 자리는, 까마귀와 시체만 남기고 모두 빠져나간 전장처럼 음산했다. 바닥에 남은 물기와 뜨거운 공기마저 없었다면 스산한 공터와 다를 바 없다.

아일은 물통째 들어 정수리에 물을 여러 번 들이부었다. 눈에 달라붙어 있는 죽인 자들의 마지막 시선을 씻어냈다.

비명 소리, 무구가 부딪치는 소리, 나팔소리, 토악질 소리, 끊기고 찢기고 꽂히고 부서지는 소리도 어두운 하수구로 빨려 들어갔다. 동료와 이민족의 다를 것 하나 없는 피 냄새도 지웠다. 상처에서 딱지가 떨어지고 다시 피가 나고 물에 씻겨 내려갔다.

모두 헛짓이다. 그런다고 사라질 리 없는 흔적이다.

"자네, 잘 안 죽는군."

고개를 들어 소리가 들려온 입구 쪽을 보았다. 젖은 머리카락이 이마에 달라붙어 시야를 가렸다. 하지만 목욕탕 벽을 치고 구석까지 정확히 들려온 목소리가 벤클로에의 것이란 건 알 수 있었다.

벤클로에는 스스로도 놀랄 만큼 솔직한 말을 뱉고 잠시 뜸을 들였다.

그 말에 기겁한 건 오히려 벤클로에였다. 아일은 얄미울 만큼 덤덤한 표정으로 벤클로에를 응시했다. 그러다 한 번 더 물통째 물을 덮어쓰고는 물소리가 잠잠해지자 말했다.

"교관님이 알려주신 것만큼 유용한 것도 없더군요. 놀리는 손을 사용하는 법, 구르는 법, 마무리하는 법, 갖고 노는 법, 거짓말, 기만, 보고서 작성 요령까지."

칭찬이라도 바라는 것처럼 아일이 벤클로에를 바라봤다.

"아쉽네요, 가르치는 일이 천직 같아 보였는데."

조용한 음성이 목욕탕을 가로질렀다.

"제자들을 팔아넘겨 얻은 자리는 그만한 값어치를 하는 것 같습니까?"

미소 따윈 지어본 적도 없는 사람처럼 굳은 표정을 한 벤클로에가 팔짱을 풀고 목욕탕 안으로 들어왔다. 밝은 곳에 있다 어두운 곳으로 들어오는데도 서로의 표정이 어둠 속에서 훨씬 더 잘 보이는 듯한 건 기분 탓일까.

두 걸음 정도를 사이에 두고 멈춰 선 벤클로에가 복잡한 심경을 담아 말했다.

"아니. 올라와보니 의외로 시시한 풍경이라 황당할 정도야."

변명도 안 하는군. 아일은 쓴웃음을 지었다. 일찌감치 포기를 배워서든 단순히 귀찮아서든, 추궁에 일체 변명을 하지 않는 자신이 그와 닮아 있다는 것을 깨달았기 때문이다.

"누구나 아는 명소는 명소가 아니라더군요."

"여기가 평민 출신 무관이 올라갈 수 있는 가장 높은 자리다."

단정적인 말투였다. 아일이 조용한 눈길로 벤클로에를 보았다.

딱히 표정을 담고 있지 않은 그 금색 눈동자가 벤클로에는 늘 마음에 들지 않았다. 괴롭힘에 가까운 훈련에 고꾸라지면 고꾸라지는 대로 화가 나고, 잘 버티면 잘 버티는 대로 질투가 났다. 아일은 벤클로에가 어린 시절 듣고 읽었던 이야기 속 영웅의 현신이었다. 그리고 언젠가 상관이 될 제자였다. 자신의 한계를 비추는 거울이기도 했다.

"자네 같은 이는 생각해본 적도 없을 한계란 거다. 앙카바룬 붉은 탑 꼭대기는 아니더라도 언덕쯤은 올라갈 수 있지 않을까, 아예 끝이 보이지 않으면 몰라, 눈앞에 고지가 빤히 보이는데 올라가보고 싶은 게 사람 마음이지."

쓸데없는 얘기까지 했다. 다 잊어버리고 이것만 기억하라는 듯, 벤클로에가 특별히 힘을 주어 명료한 어조로 말했다.

"제2왕자가 '결국' 죽었다."

아일의 표정엔 별 변화가 없었다.

"유감이네요. 아직 어릴 텐데."

"흥미로운 연극이지. 흥행이 보장된."

물통을 내려놓던 아일이 멈칫했다.

"크롬헬은 유명 극단인 셈이고. 자네는 인기 있는 배우야."

"……."

벤클로에를 향해 마주 보고 선 아일이 시무룩한 표정을 지었다. '피차 알고 있지만 모른 척하기로 한 거 아닙니까?' 그 암묵적 합의를 깨고 뻔한 소리를 하는 벤클로에를 탓하는 듯 보였다. 벤클로에가 그답지 않게 흥분한 목소리로 말했다.

"너만 아니었어도, 죽음에 영광을 부여하기 위해 크롬헬을 찾아온 이들이 그렇게 많이, 허망하게 죽지는 않았을 거야."

"……."

"자네만 일찍 죽었더라도 좀 더 쉽게 신문 지면을 채울 수 있었겠지!

아버지를 쏙 빼닮은 제2왕자가 우연히도 잘 나가지 않는 사냥에서 운 나쁘게 미친 말을 탔다가 낙마해서 사경을 헤매고 있다더라, 그 말은 원래 제1왕자의 것이라더라, 제2왕자가 죽으면 공화파가 십 년간 공들인 일이 수포로 돌아간다더라 뭐라 뭐라, 빌어먹게 따분한 얘기! 그렇다고 어제까지 멀쩡히 공화파 의원들을 만나고 다녔던 왕자가 병으로 죽었다고 하기엔 너무 많이 써먹어서 진부하지? 쓸데없는 소문만 무성하게 만들 테지. 어차피 정치 얘기는 지겨우니까, 사람들은 옳다구나, 에드가의 위대한 죽음, 아니지, 내심 기대하고 있던 극적인 죽음이라고 해야 하나? 그래, 네 죽음을 안주 삼아 이삼 년쯤은 떠들었겠지. 그럼 저 보따리에 담길 군번줄이 조금은 줄어들었을 수도 있어."

"아니면 모두 죽든가요."

"아니. 전쟁은 거기서 끝났을 거야. 주연이 죽으면 연극도 끝나니까."

"제가 주연인 줄은 미처 몰랐네요."

"알았어! 네놈은 그걸 알고도 바득바득 살아 돌아온 거야!"

"제 부하고 제 동료였습니다."

흥분한 벤클로에를 진정시키려는 듯 낮고 엄격한 목소리였다.

"제 부대원들입니다. 고작 야만인들의 소요 따위에 올라갈 전사자 명단으로 남겨둘 순 없었습니다. 에드가가 죽은 전투라고 불릴…… 별 의미 없는 정치놀음의 엑스트라로 만들 수는 없었습니다. 그들은 그보다 더 존중받아야 합니다."

그래서 살아남았다. 이민족 세력을 규합하려는 젊은 새 족장의 목을 베고 돌아왔다. 소요가 아니라 전쟁으로 만들었다.

벤클로에가 숨을 들이켰다. 그리고 흥분을 채 떨쳐내지 못한 목소리로 말했다.

"아쉽지는 않나? 조상처럼 비극의 주인공으로 두고두고 회자됐을 텐데.”

비극이란 말에 아일이 웃었다.

“진작 대본이라도 주시지. 어째 오는 사령관들마다 하나같이 얼간이들이라 희극인 줄 알았습니다.”

목욕탕에 들어온 뒤로는 처음으로 벤클로에가 웃음이라 할 만한 표정을 지어 보였다. 뒤돌아서 가는 벤클로에를 향해 아일이 소리쳤다.

“다음 공연은 언제입니까?”

벤클로에가 그대로 걸어가면서 웃음을 섞어 말했다.

“글쎄, 극단주 마음대로겠지.”

어두운 목욕탕과 밝은 복도의 경계에서 벤클로에가 멈춰 섰다.

“오해할까 봐 얘기해두는데, 난 자네를 아껴.”

퍽이나. 아일이 대답 대신 우습다는 표정을 지었다.

어두운 구석에 있는 아일의 얼굴이 보이기라도 하는 것처럼 벤클로에가 말했다.

“진짜야. 원래 가장 신경 쓰이게 하는 자식이 가장 어여쁜 법이지. 그 증거로, 아직 난 자네한테 애인이 있다는 얘기를 모뤄 님께 하지 않았어.”

“제가 영화관에 들어오기 전에 뭐라고 그랬죠?”

지은이 팔짱을 낀 채 무표정한 얼굴로 물었다. 정현은 그녀의 눈을 피하며 꿀꺽 침을 삼켰다. 거참, 시선 따갑네. 그는 곤란한 미소를 지어 보이며 관자놀이를 긁적였다. 지은이 대답을 재촉하듯 고개를 기울였다.

“뭐라고 그랬죠?”

"……아무래도 내가 잘 것 같으니까 액션으로 보자고."

"그래서 정현 씨가 뭐라고 그랬죠?"

"……절대 안 잘 테니까 로맨스로 보자고."

목소리가 갈수록 기어들어갔다. 지은이 입가를 길게 잡아당기며 웃었다.

무섭다, 저렇게 웃지 좀 말지. 정현은 실없는 웃음을 흘리며 곁눈질로 그녀를 살폈다. 지은이 구두 앞부리를 까닥이던 것을 멈추고, 팔짱을 풀어 그의 얼굴 앞에 손가락 두 개를 세워 보였다. 그리고 그의 눈을 찌를 듯 흔들었다.

"영화 시작하자마자 자는 사람은 나 처음 봤어요! 아니, 영화 시작이 뭐야, 예고편 나올 때부터 잠들어서는 내리 두 시간을 잤어요. 알아요? 그렇게 피곤하면 집에 가지, 왜 심야 영화를 보자고 한 거예요? 나 참, 정말 이해가 안 가네. 내가 나쁜 사람 같잖아요. 피곤한 사람 질질 끌고 다니고, 좋아하지도 않는 전시회에 데려가고."

"미안해. 입이 열 개라도 할 말이 없어. 지은 씨 옆에 있으니까 자꾸 잠이 오잖아. 자꾸…… 자고 싶어져."

그렇게 말하고 정현은 실실 웃었다. 지은이 무섭게 얼굴을 굳히는 걸 본 정현은 웃음이 새어나오는 입을 틀어막았다. 시답잖은 농담을 던져봤지만, 정현과 마찬가지로 잠이 부족한 지은은 그의 농담에 전혀 반응해주지 않았다.

그러다 갑자기 생각났다는 듯 정현이 손을 짝 마주치더니 손목시계를 보았다. 아주 중요한 말을 할 것처럼 숨을 길게 들이마시고는 짧게 숨을 내뱉었다. 그리고 눈부신 미소를 지어 보였다. 고작 미소 하나에 화가 사그라지는 자신이 우스워 지은은 일부러 미간에 더 주름을 잡았다. 그녀의 그런 방어까지 완전히 무너뜨릴 만큼 따뜻한 목소리로 그가 말했다.

"지은 씨, 생일 축하해."

"······아."

지은은 멍한 표정으로 백에 든 자신의 휴대전화를 찾았다. 정현이 자신의 손목시계를 보여주었다. 자정이 삼십 분 전에 지났다. 오늘은 그녀의 생일이었다.

"가장 먼저 축하해주고 싶었어."

이것 봐. 나만 나쁜 사람 만들잖아.

지은은 무슨 말을 해야 될지 몰라 눈을 찡그리고 정현을 보았다. 그가 활짝 두 팔을 벌리고 자못 비장한 얼굴로 말했다.

"내가 선물이야. 이렇게 포장도 예쁘게 해 왔잖아. 날 얼마든지 만져도 좋아. 부끄럽지만 참아볼게. 자, 날 맘대로 해."

감동은 정말 잠깐이었다. 그의 또렷한 음성은 크지는 않지만 항상 주위 사람들을 주목시켰다. 적지 않은 사람들이 매표소 앞에 서 있다가 두 사람을 돌아봤다. 지은은 그와 일행이 아닌 것처럼 빠르게 뒷걸음질 쳐 그에게서 떨어졌다. 고개를 절레절레 흔들며 도망치는 지은에게 정현이 소리쳤다.

"아니, 왜 도망가? 내가 부끄러워? 지은 씨, 내가 부끄러운 거야?"

지은은 절대 걸음을 멈추지 않고 그를 돌아보며 으르렁거렸다. 그리고 엄지와 검지를 거의 맞닿기 직전까지 붙인 것을 들어 보이고는 엘리베이터 쪽으로 도망쳤다.

벤클로에가 왜 그런 소리를 했는지 알겠다.

아일은 정말로 피곤해 죽을 것 같은 표정으로 방문을 연 자세 그대로 서 있었다.

동료를 잃고, 부하를 잃고, 포로로 잡혔다가, 놈들을 죽이고 도망치고, 깨진 부대를 다시 조직하고, 죽음이 몇 번이나 목덜미를 스치고 간 지난 이 년이 그저 꿈이라는 것처럼, 크롬헬 내 그의 방은 이곳을 떠날 때와 마찬가지로 똑같은 모습을 하고 있었다.

그리고 떠나던 날과 오늘이 딱 맞붙은 이틀이라는 듯, 그의 책상 위에 놓여 있는 편지의 겉면을 보는 순간 그 내용이 바로 어제 본 것처럼 생생히 떠올랐다.

한숨이 나올 만큼 별거 없던 내용. '라야'란 여자가 보낸 저택의 일상사.

지친 눈이 책상 옆을 보았다. 그동안 그에게로 온 편지가 쌓여 아예 탑을 만들고 있었다. 탑이 여러 개니 사원쯤으로 불러도 될 것이다. 현실 감각을 떨어뜨리는 소품이다. 이해할 수 없는 상황은 피로를 불러일으킨다. 자신은 지금 육체의 피로만으로도 충분히 벅찬데.

"답장은 도저히 못하겠다고 해. 너무 밀렸다고."

상의 대신 붕대를 감고 있는 로바키가 침대 위에 엎어져서 웅얼거리는 목소리로 농담을 던졌다. 아일은 초인적인 힘을 발휘해, 이제 제발 아무 데라도 좋으니 쓰러져달라고 아우성치는 몸을 달래어 책상까지 갔다.

의자에 풀썩 앉아 직접 팔에 새 붕대를 감았다. 다 나아가는 줄 알았던 상처에서 새로 피가 났다. 방금 두 번의 전투를 연이어 뛰어서 그렇다, 라고 머릿속 목소리가 말했다. 아일은 속으로 조소했다. 붕대를 고정하는 동안 눈은 편지 사원을 응시하고 있었다.

편지의 탑 중에서 하나를 아무렇게나 뽑았다. 누군가가, 아마도 에드가를 동경하는 후배 중 하나가 정리해놓았을 탑이 와르르 무너졌다. 딱 편지 한 장을 들 정도의 힘밖에 남아 있지 않았다.

아일은 침대로 가 가장자리에 주저앉았다.

『라야 윈터스입니다.

오늘은 잠이 와서 조금밖에 못 써요. 섭섭하게 생각하지 마요.』

'누가 섭섭하게 생각한다는 거야.'

『오늘은 날씨가 제법 괜찮았어요. 바람도 유난히 친절하고, 하늘은 빵 처럼 부풀었다니까요.』

'또 이상한 표현……. 누가 외국인 아니랄까 봐.'

아일은 짧게 혀를 찼다.

그녀는 형용사와 동사를 터무니없이 사용했다.

『신문에 본인 얘기 나오는 거 알아요? 깜짝 놀랐어요. 아일 에드가 클 레이모어라고 신문에 엄청 큰 글씨로 박혀 있어서 기절하는 줄 알았어 요. 마님과 같이 신문을 보던 중에 발견해서 전사자인 줄 안 마님이 기 절하셨어요. 마님은 정말로 기절하셨어요.』

"……."

기절하고 싶은 건 나다.

의식은 못하고 있지만 아일은 라야의 편지에 대꾸를 하고 있었다. 비 슷한 세계지만 완전히 다른 주변인을 가진, 이상한 꿈을 꾸고 있는 기분이다. 편지 속에서 그녀가 표현하는 어머니는 그의 어머니 아넷 같지 않았다.

피곤이 넘쳐 지금 어쩌면 가수면 상태일지도 모른다, 그런 생각을 하며 아일은 편지 사원의 무너진 잔해를 보았다. 역시나 의식은 못하고 있지만, 너무 짧은 편지라 아쉽기까지 했다. 하나 정도는 더 읽고 싶은데 도저히 저기까지 갈 엄두가 안 난다. 아일은 책상에 좀 더 가까이 있는 로바키에게 말했다.

"로바키, 옆에 편지 하나만 집어줘."

로바키는 엎어진 자세 그대로 손만 들어 손가락 욕을 해 보였다. 같이 욕설로 맞받아칠 기운도 없어 아일은 두말 않고 침대에 쓰러지듯 누웠다. 침대와 하나가 된 몸은 이제 다시는 일으켜지지 않을 것처럼 천근만근이었다. 겨우 팔 하나를 들어 얼굴 위로 편지를 가져왔다.

『라야 윈터스입니다.
신문에 본인 얘기 나오는 거 알아요? …….』

'글씨가…… 몰라보게 좋아졌군…….'
그걸 마지막으로 아일은 완전히 의식을 놓았다.
그의 손이 놓쳐버린 편지가 잠든 얼굴 위로 내려앉았다. 의식 너머로 그리운 향기가 났다. 소리가 들리는 듯도 했다.
폭포수 소리를 닮은, 비록나무가 바람에 흔들리는 소리.

24

라야는 뜨거운 햇빛을 가리기 위해 팔을 들어 얼굴을 가렸다. 하지만 정오의 햇볕이 그녀의 볼을 흥분한 것처럼 이미 발갛게 만든 후였다.

큰 비록나무가 흔들리며 시원한 소리를 냈다. 라야는 나무에 등을 기대고 두 다리를 쭉 뻗은 채 하늘을 올려다보았다.

클레이모어가의 저택은 가까이서 볼 때보다 멀리서 보아 주변의 숲과 들을 배경으로 삼을 때 더 웅장해 보였다. 이제 그 그림 같은 모습도 익숙한 풍경이 되어버렸지만.

바람이 치마 속을 파고들었다. 다가온 바람이 자리를 털고 일어서려는 라야에게 은밀히 속삭였다. 바람의 말을 들은 라야가 놀란 눈을 했다.

오전 내내 북쪽으로 놀러 나갔던 바람이 돌아왔다. 저택의 비록나무가 바람을 맞았다. 라야의 귀엔 큰 폭포수 소리가, 아일의 귀엔 빗소리가 들렸다.

라야는 기척도 없이 다가와 어느새 앞에 서 있는 아일을 보고도 담담한 표정이었다. 바람이 미리 일러줬으니 놀랄 것도 없다. 그녀의 눈 속 바다는 파문 하나 없이 잠잠했다.

아일이 들고 있던 뭔가를 그녀 곁으로 던졌다. 편지 뭉치가 마른 잔디 위를 굴렀다.

바람이 들판을 타고 내달렸다. 하얀 치마 위로 비친 그의 그림자가 바람에 펄럭였다.

조용한 눈길로 그녀를 응시하던 아일이 주위를 둘러보더니 주변에 다른 이가 없다는 것을 확인하고 이윽고 그녀에게 시선을 고정했다.

라야가 편지 뭉치에 눈을 두고 말했다.

"돌아온다는 얘기 못 들었는데……."

"내게 편지를 보낸 이유가 뭐지?"

단도직입적이다.

평소 감정을 얼굴에 잘 담지 않는 인간이 짓는 표정은 의도를 읽기가 쉽지 않다. 저 말을 액면 그대로 받아들이면 되는 것일까? 정말 순수하게 편지를 보낸 이유가 궁금한 걸까? 아니면 감히 고용인 따위가 친구인 양 편지를, 그것도 이 년간 지치지도 않고 보내 쓰레기를 떠안겼다고 탓하는 것일까?

표정을 읽을 수 없는 금빛 눈이, 고민하는 라야의 얼굴 구석구석을 살폈다.

두 사람은 서로의 속내를 살피기 위해, 검을 겨누듯 시선을 교환했다.

"사람 좋은 토프 윈터스의 조카, 라야 윈터스."

놀랍게도 그가 미소를 던졌다.

"그래, 네가 얼마나 사랑받고 자란 아이인지 잘 알겠어."

먼저 심중을 드러내 보인 것은 그였다. 그것은 평소 그가 검을 겨룰 때의 방식과 비슷했다. 앞서 자신을 내주는 척하고, 달려드는 상대를 취한다.

하지만 라야의 어리둥절해하는 눈과 마주하자 그의 평상심이 미약하게나마 흔들렸다. 무기도 없는 어린아이에게 검을 겨누는 것처럼 자신이 어리석고 우습게 느껴졌다. 갑자기 모든 것이 피곤해졌다.

라야에게서 세 발자국 정도 떨어진 곳에서, 그가 나무에 몸을 살짝 기대고 섰다. 답답할 만큼 항상 곧은 자세였던 그가 처음으로 긴장을 풀었다. 그 느긋한 모습이 그의 타고난 성격과 너무나 잘 어울리는 듯해서 라야는 대꾸하는 것도 잊고 잠시 그를 망연히 쳐다보았다.

그가 말을 이었다.

"마음 가는 대로 호의를 베풀고 호감을 얻어 온 사람은 너처럼 그렇게 자라겠지. 다가서는 것도, 거절당하는 것도 두려워하지 않는 사람으로. 이미 알고 있겠지만 난 그러지 못해서…… 네가 진심으로, 부럽다."

아일은 그녀를 만난 이래 가장 긴 말을 하고 있었다. 그리고 '부럽다.'고 말하는 순간엔 쓸쓸한 미소까지 지었다. 그 차분한 목소리에 비아냥은 없었다.

라야는 예상치 못한 그의 솔직함에 어떻게 반응해야 할지 몰라 반신 반의하는 표정으로 그를 보았다.

"내가 불쌍해 보였나?"

바람이 흠칫했다. 말의 온도가 달라졌다.

라야가 어리둥절한 눈을 했다. 그의 말투는 조용하고 침착한 그대로 였지만 순간 눈빛에 불순물이 섞여 들었다. 비참함.

"얼마나 못났으면 제 부모한테서도 사랑받지 못할까, 내가 가엾게 느껴졌어?"

그가 다소 격해진 말투로 말했다.

"내가 이 길을 가는 게 정말 에드가란 이름 때문에 강제로 끌려가는 것이라 생각했나? 것도 아니라면, 예쁘게 만들어 놓은 에드가 이야기에 너무 빠졌거나? 난 그가 아니야. 주제 넘는 짓도 한두 번이다, 차이드인."

부러움과 질투, 자조를 담아,

"사랑받고 자란 아이야."

그의 목소리는 대사와 왜 이리도 이질적인 걸까.

"순진한 호의가 칼이 되어 박힐 수 있다는 왜 몰라."

그 칼이 그녀 자신을 향한다는 것이라면 저 말은 위협이 될 것이요, 그를 향하는 것이라면 원망일 것이다. 그는 또다시 '함부로 사람에게 다가서다 큰일 날 수 있다'고, 아무도 가르쳐주지 않는 규칙을 가르쳐주는 걸까.

"······최근에 출간된, 나달 앙루라는 사람이 쓴 책에 이런 얘기가 나와요."

정말 뜬금없다.

이 여자는 항상 저렇게 뜬금없는 소리를 한다.

라야가 들어보라는 듯 검지를 들었다. 아일은 한순간 말을 잇지 못했다가 눈을 가늘게 뜨고 말했다.

"내가 꼭 알아야 하나?"

"나달 앙루요? 아니요, 모르는 게 당연해요. 저도 얼마 전에 알게 된 사람이거든요. 최근 주목받는 신진 학자라나 봐요. 에른스트 아카데미에 교수로 있다고 하던데."

"저자 말고, 네가 지금 하려고 하는 말. 그걸 내가 알아야 하나?"

"일단 들어봐요. 딱히 할 일도 없잖아요. 그러니까 이 년 만에 돌아와서는 마님도 뵙지 않고 바로 저를 찾아온 거 아니겠어요?"

"······."

"이 나달이란 사람은 관찰하길 좋아하나 봐요. 책 내용이 죄다 정성들인 관찰이거든요. 이 사람은 수년간 다름하얀여우 무리를 쫓아다니며 그들의 생태와 습성을 연구했대요. 다름하얀여우라고 알아요? 모르는 표정이네. 모르는 표정 맞죠? ······네, 반응 좋은 청자 역할은 기대도 안했네요. 다름하얀여우는 주로 차이드 내 사막 숲에서 서식해요. 아주 영리하고, 체계적인 사회 조직을 가진 동물이죠. 한밤중 숲에선 인간보다 더 똑똑하다고까지 말하니까요. 모성과 부성이 깊은 동물로도 유명하죠."

라야는 뒷짐을 지고 다음 말을 생각하듯 공중으로 눈을 돌렸다. 그녀는 지금 그와 바람과 꽃과 풀과 나무를 청중으로 두고 있었다.

"그런데 이 다름하얀여우에겐 한 가지, 특이한 육아 습성이 있어요. 보통 한 번에 두 마리 내지 세 마리의 새끼를 낳는데, 하나만 선택하고 나머지는 어미가 양육을 포기하는 거예요. 부모의 보살핌과 애정은 선택된 한 마리에게만 쏟아지죠."

아일이 나무에 기댄 채로 팔짱을 꼈다. 어디 한번 해보고픈 만큼 해봐.

라야가 총명한 눈을 빛내며 의미심장하게 웃었다.

"나달 말이, 한정된 먹이와 열악한 환경에서 무리를 이어나가기 위한 나름의 방법일 거래요. 버림받은 새끼는 부모의 냉담 속에 도태되어 죽는 게 일반적이죠. 안됐지 않아요?"

"……."

"물론 그 버림받은 새끼 중에선 어떻게든 살아남아 성체(成體)가 되는 아이도 있어요. 나달이 주목한 것은 바로 이 살아남은, 버림받은 새끼예요.

자기가 버림받았다는 것을 모르는 새끼는 처음엔 어미에게 젖을 달라고 매달리죠. 자신에게도 이빨을 가는 법, 사냥하는 법을 가르쳐달라고 아비에게 애교도 부려요. 하지만 뿌리쳐지고, 때론 공격당하고, 배제되죠.

아사(餓死)와 무관심. 어미 여우가, 선택하지 않은 새끼를 죽이는 두 가지 방법이에요.

이런 새끼들은 어느 시점이 지나면 자기가 버림받았다는 걸 알아요. 깨닫는 게 아니라 그저 포기한 걸 수도 있겠네요. 더 이상 먹이를 나눠 달라고 구걸하지도, 애써 무리에 소속되려고 하지도 않아요. 일반적으로 두 해가 지나면 짝짓기를 시작하는데 그런 것에도 무관심한 경향을 보인다고 해요. 아니면 지나치게 집착하거나요. 남의 상대를 빼앗으려고 하는 식으로요. 무리 사회를 어지럽히죠. 무리를 존속시키려는 의지가 없는 거예요. 마치 자신은 다름하얀여우가 아니란 것처럼, 스스로를 부정하는 것처럼 말이죠.

하지만 의외로 열성인 부분도 있어요. 성체가 되어 부모가 될 세대로 인정받고 나면 무리에서 특정 자리가 주어지는데, 그것에 누구보다 적극적이 된다고 해요. 사냥을 할 때 보다 앞서려 하고, 적에게 보다 공격적이고, 자기 자리에 위협이 되는 어린 세대는 물어 죽이기까지 한대요. 무리의 우두머리를 지키는 역할이 주어지면 몇 날 며칠이고 먹지도 자지도 않고 맡은 일을 해내기도 한다네요? 그러다 굶어 죽기도 하고요.

이 정도면 본능을 넘어서는 순종이라고 봐야 하지 않을까요? 기이한 적극성, 기이한 순종. 아까와는 반대죠. 자연스러운 모습이 아니에요. 정말 무리에 대한 본능적인 충성일까요? 무엇을 무리에게 보여주려는 걸까요? 그게 아니라면, 자기 자신에게? 무엇을 증명하려고 하는 걸까?"

"……."

"정말 흥미로운 건, 이들이 부모가 된 이후예요."

라야는 장난기 어린 미소를 짓고 반짝이는 눈으로 아일을 응시했다.

"마찬가지로 새끼를 선택해야 할 순간이 오면 그들도 부모 세대처럼 한 마리의 자식을 선택해요. 그런데 버림받은 경험이 있는 녀석들은 여기서도 이상한 육아 경향을 보여요. 그나마 선택한 새끼한테마저 냉담

하게 대하는 거예요. 당연히 배고프다, 춥다며 품으로 파고드는 새끼를 질겁하며 밀어내는 거예요. 새끼를 죽이는 일도 비일비재하다네요. 그들은 새끼에게서 무엇을 봤기에 그러는 걸까요?"

라야는 아일이 숨을 들이켜는 것을 보았다. 그의 목 언저리가 조금 붉어져 있었다.

"나달은, 이것을 인간에게도 대입할 수 있다고 하더군요. ……애정 결핍이란 말로."

"……."

땀을 다 식혀버리는 것 같은 싸늘한 정적이 흘렀다. 바람도 그의 반응을 기다렸다.

누군가가 앞에 있다는 걸 잊어버린 게 아닌가 싶을 정도로, 길게 생각에 잠겼던 아일이 한참 만에야 입을 열었다.

"……다시 묻지. 내게 편지를 보낸 이유가 뭐야?"

그의 눈이 라야의 발치를 향했다.

그의 시선을 따라 자연스럽게 라야의 시선도 바닥에 떨어진 편지 뭉치로 향했다. 적어도 저기 있는 편지들은 봉투가 개봉되었구나. 입구 봉인이 뜯긴 봉투가 편지 묶음 가장 윗자리에 묶여 있었다. 읽어보긴 읽어봤나 보네.

"차이드에는 신분의 높고 낮음이 없다지?"

부드러운 목소리. 하지만 서늘한 질문에 라야가 의아한 눈을 들었다.

방금 전까지 그녀를 지켜주던 나무가 그의 얼굴에 음산한 그림자를 드리우고 있었다. 그늘 속에 있는 그는 살짝 미소까지 짓고 있었다.

"곡식도 나지 않는 불모의 땅에서 겨우 인간 흉내나 내며 살아가는 자들이 무슨 위가 있고 아래가 있을까. 어미의 품에서조차 내쳐진 야만인들에게 경외심을 바란다는 게 애당초 무리가 아닌가, 무시하면 그만이지만⋯⋯."

공기에 긴장이 배어들었다. 바람이 떨었다.

입과 달리 웃고 있지 않은 금빛 눈에 붉은 기가 짙어졌다.

"날벌레처럼 눈앞에서 얼쩡거리는 게 거슬려. 입바른 소리도, 순진한 소리도 도가 지나쳐. 불편하고 귀찮아. 윗사람을 짜증 나게 하다니, 그건 죽임을 당해도 할 말이 없는 죄지."

겁먹은 바람이 라야 뒤로 숨었다. 그의 몸에 남아 있던 피 냄새가 언뜻 바람에 묻어 왔다. 라야의 말간 눈이 흔들렸다. 두려운 기억이 되살아났다.

라야는 굳은 얼굴로 반발자국 뒷걸음질을 쳤다. 본능적인 움직임이었다. 아일은 티도 나지 않을 것 같은 그녀의 그런 작은 움직임을 내려뜬 눈으로 주시하다, 문득, 바람에 몸을 누이는 들판을 바라보았다.

한참 뒤 들판을 응시한 채로 그가 말했다.

"그렇게 생각하는 자들도 있다는 거다, 이 나라엔."

그녀를 집어삼킬 것 같던 위험스러운 분위기가 삽시간에 자취를 감췄다.

그는 여전히 들판을 바라보고 있었다. 라야는 멍한 표정을 지었다가, 생각을 정리해보려는 듯 고개를 숙였다. 전쟁터를 지나오며 목격했던, 패자와 여성들이 당해야 했던 끔찍한 장면들이 다시 깊숙한 어둠 속으로 사라졌다. 라야는 떨리는 한숨을 내쉬었다.

그녀가 완전히 안심했을 때, 아일이 고개를 돌려 라야를 보았다.

"그들과, 내가 다를 거라고 생각하나?"

그의 눈에 현연히 떠오르는 격정.

라야는 눈을 부릅뜨며 숨을 멈추었다. 그의 격정은 그녀가 일찍이 보아온 남자들의 욕정과 닮아 있었다.

머리보다 몸이 빨랐다. 라야는 '그의 공간'에서 뛰쳐나왔다.

며칠 전까지, 자신의 목을 노리는 칼날을 피해 적의 품으로 파고들어 상대를 베고 다닌 그였다. 이 정도 거리는 그에게 제 품속이나 마찬가지였다.

거짓말처럼 그와 그녀 사이의 간격이 사라졌다. 아일이 도망치는 그녀를 우악살스럽게 끌어당겼다. 바람이 그녀의 등 뒤에서 얼른 도망쳤다. 거친 나무가 그녀를 받았다. 나무만큼 단단한 손이 그녀의 몸을 강하게 붙잡았다.

놀라 뱉어낸 숨조차 그에게 빼앗겼다. 강제로 입술을 열고 들어온 혀가 거칠게 입안을 헤집었다. 날카로운 불덩이를 삼킨 듯했다. 순식간에 숨이 말라버렸다.

그의 손이 위태롭게 젖혀진 목을 어루만졌다. 부드러우나, 짐승에게 강제로 음식을 삼키게 하는 무자비한 손길. 숨을 삼키자 괴롭게도 심장까지 뜨거워졌다. 아릿한 통증에 라야가 몸을 부자연스럽게 비틀었다. 잔인한 음성이 귀에 달라붙었다.

"야만인들은 일찍부터 자유연애를 즐기고 사막의 여인들은 이른 나이에 어미가 된다지?"

라야는 차이드 어로 욕설을 뱉으며 그에게서 벗어나려 했다. 그러다가 보았다. 그의 눈을.

그가 눈에 멸시를 담았다. 하지만 이것은 '거짓'.

그녀의 직관이, 이것은 거짓이라고 말했다. 어째서?

충격으로 커진 라야의 눈이, 연기를 하고 있다는 아일의 눈에 비치었다.

"너는 어때? 남자의 품에서 열에 취해 몸을 떨어본 적이 있나?"

부드럽게 등을 쓸어내리는 손길과 머리채를 움켜쥔 손길, 모욕하는 말과 그에 상반되는 부드러운 목소리의 간극에 라야는 혼란스러움을 느꼈다. 그의 눈과 그녀의 눈이 과격하게 부딪쳤다.

"내게 필요 이상으로 접근하는 이유가 뭐야?"

이것은 '진실'.

"저런 수고스러운 짓을 하면서까지 너의 이름을 내게 각인시킨 이유가 있을 거 아니야? 내게 첫눈에 반하기라도 한 건가?"

이것은 '반쯤 거짓'.

아일이 그녀의 턱을 잡고서 부푼 입술을 매만졌다. 그의 손에 감긴 붕대의 감촉이 거칠었다. 흩어진 편지 봉투가 바스락 소리를 내었다.

그가 애무하는 듯한 음성으로 속삭였다.

"전장을 지나왔다면서 배운 게 없나 보군."

그의 입술이 귓가에 닿았다.

"어린 소녀의 체험은 꿈과 같아서 묘지를 보고도 꽃밭 같았다, 라고 기억하나 보지?"

다시 목소리가 위협적이다. 그가 어둠 속에 잠겨 있던 끔찍한 기억들을 강제로 끄집어냈다. 그의 예민한 오감과 그녀의 초자연적 감각이 두 사람의 눈에 같은 영상을 비추었다. 전쟁이라 부르는 것들의 참상.

패자의 머리를 잘라 돼지 먹이로 던져주는 자. 제 자식을 죽인 자들의 밑에 깔려 있는 여자. 아이들을 모아놓고 칼을 쥐여주는 병사. 눈앞에 펼쳐진 오래된 두려움과 바로 앞에 자리 잡은 현재의 두려움. 과거에서 눈을 돌리자니 '말로만 가엽다, 가엽다 하였지 결국 제 안위가 더 중하다는 것이냐!' 원망하는 죽은 이들의 목소리가 들려왔다.

그에게 반항할 마음이 허물어졌다. 눈앞에 펼쳐지는 장면들에서 그녀가 눈을 돌리려 하자, 턱을 잡고 있는 손에 힘이 더해지는 것이 느껴졌다. 그의 음성이 거친 바람과 섞여 날카로운 날을 달았다.

"그 군사들 속에 내가 있을 거란 생각은 해보지 않았나?"

이곳의 바람 소리는 자주 물기에 젖어 있다. 그래서 착각한 것이리라.

그리 생각하여도 마지막 말은 도저히 위협으로 들리지 않아 라야는 찌푸린 눈으로 그를 쳐다보았다. 그것을 확인해보기도 전에 그의 입술이 다시 그녀의 것을 덮쳤다. 침략자가 전리품으로 여인을 취하는 데 상냥한 애무가 있을 리 없었다.

사나운 입맞춤 뒤엔 다시 다정한 목소리.

"너는 또, 나한테서 무엇을 원해?"

라야는 그에게 갇힌 채 창백해진 얼굴로 모자란 숨을 들이마시려고 가슴을 들썩였다.

그는 말과 말 사이에 몇 번이나 진실과 거짓을 섞었다. 이 얼마나 능숙한 거짓말쟁이인가.

만물에서 사랑스러움과 놀라움을 찾아내는 그녀의 기질이 그가 하는 연기와 그 속에 숨은 진실을 구별해냈다.

하지만…… 그의 방식은 분명 뒤틀려 있었다.

라야는 이를 악물고, 제 얼굴을 어루만지는 손을 사납게 밀쳐냈다. 그리고 그와의 사이에 생긴 틈을 놓치지 않고 허리춤 안쪽에 두었던 단검을 빼 들었다. 섬뜩한 빛이 번뜩였다. 아일이 순간적으로 몸을 물려 그녀에게서 떨어졌다.

냉정하고 침착한 눈이 라야가 든 단검을 살폈다. 가볍고, 가늘고, 날카로운, 잘 벼린 칼이다. 그녀에게 안성맞춤이다.

라야가 그를 향해 칼을 겨누고, 완벽하지는 않지만 그럴듯한 자세를 잡았다. 공포에 얼어붙지도, 수치심에 비틀거리지도 않았다. 방금까지 그를 도와 그녀를 가두고 있던 나무가 이제 그녀의 든든한 지지대가 되었다. 그녀의 얼굴이 흥분으로 붉었다. 비장해 보이기까지 하는 표정과, 배운 티가 나는 자세에선 꾸며내지 못하는 생명력이 느껴졌다.

아일은 그녀의 자세가 아주 멋지다고 생각했다. 어디선가 검 다루는 법을 배웠구나. 그의 눈에 흥미로운 빛이 떠올랐다. 라야는 흐트러진 옷차림을 추스르지도 않았다. 그녀는 '타고난 신분'이란 족쇄를 차지 않은 인간이었다. 자유로운 사막의 아이였다.

"난 내 발로 국경선을 넘었어."

누가 에메랄드빛 바다는 격랑이 없다 하였던가. 아일의 입가에 옅은 미소가 스쳤다. 그는 산뜻하게 동의했다.

"그래. 넌 네 발로 다이런에 왔지."

"저택에서 일하기로 한 것도 내가 선택한 거야!"

"그렇게 생각하나? 본인이 선택했다고?"

"당연하지. 내 의지로, 내 발로 차이드를 떠나 다이런에 왔어. 내가 사람들한테 물어물어 이곳을 찾았어. 누가 데려온 게 아니야! 당신도 알잖아. 당신이 날 발견했으니까."

그래. 자신이 그녀를 발견했다.

아일은 낯선 감정을 느꼈다. 낯선 것 이상이다. 평생을 살아오면서 처음 느껴보는 감정이었다. 드물게도 기분 좋은 종류의 것이었다. 자신의 것 하나 없는 꼬마가 흙장난을 치다가 발견한 빛나는 유리구슬. 별거 아닌 물건이지만 소년에겐 엄청난 의미가 있다. 아니, 별것이 아니라서 더 의미가 있다. 딱히 탐내는 이가 없을 테니까.

소유욕은 아니다. 제 것이 아닌 것을 제 것으로 만들고 싶어 하는 것이 아니다. 이미 소년이 아닌 청년은 영원한 소유 따위는 믿지도 않는다. 목숨도 영원히 제 것이 아닌데 하물며 사람을? 그저, 한때든 영속이든, 독점의 확인일 따름이다. 첫 만남에서, 그는 그녀와 함께하는 공간과 시간, 그리고 그녀를 잠시나마 독점했었다.

태어나 가진, 최초의 독점. 내 것.

제 것이라 인지하는 순간부터는 후에 누가 그것을 빼앗아 가도, 하찮다 말해도, 몸에서 떨어져 있어도 늘 신경이 쓰이는 법이다.

아, 그래서 그랬군. 그래서 이 여자가 보통 이상으로 신경이 쓰였던 거였다.

그깟 편지 수천 통을 보내도 불쏘시개로 쓰면 그만이었다. 같은 여자를 시내에서 수십 번 마주친다 한들 눈이 갈 리 없었다. 보따리를 쏟는게 아니라 마차가 통째로 뒤집힌다고 해도 그가 이미 나간 발길을 되돌릴 이유가 되지 못한다.

아일은 그것이 궁금했다. 돌아온 크롬헬에서 밀린 편지를 읽으면서 느낀 감정. 그것에 라벨을 붙여주고 싶었다.

그래서 돌아오자마자 가장 먼저 그녀를 찾았다. 이것을 확인해야 했다. 그런데…….

이 유리구슬이 생각보다 가시고 노는 재미가 상당하다.

또 이런 기분을 느낀 적이 있었던가, 살아온 인생을 되짚어보게 만들만큼 흥미로웠다. 아일이 노골적으로 재밌다는 표정을 지었다.

저건 '진짜'야

"나도 알아!"

바람이 속삭이자 라야가 흥분을 참지 못하고 소리쳤다. 불편한 침묵과 달궈진 공기 사이는 바람이 채웠다.

"난 내 의지로 이곳에서 일하기로 했어. 날 패전국 사람이나 전리품처럼 대하는 건 참지 못해. 내가 원한다면 난 언제든지 이곳을 나갈 수 있어."

"그러면 네 백부에게 책임을 묻겠지."

단순하고 명쾌해서 더 잔인한 반박이었다. 라야는 한 대 얻은 맞은 듯한 얼굴이 되었다.

아일이 빙글거리며 웃었다.

"노예제가 없어졌다 하여 예속이 사라질까? 기르던 개를 풀어준 지 십 년이 지났다지만 여전히 집을 나가는 개는 얼마 없지. 똑똑한 이들이 아무리 광장에서 여러분은 이제 시민입니다를 외쳐봤자 영혼부터 노예인 자들도 있다. 그래, 네 아버지는 분명 달랐던 거 같군. 풀어주기도 전에 제 이빨로 끈을 끊고 나갔다지?"

고약한 말 속에서 갑작스럽게 등장한 '아버지'로 인해 라야의 검 끝이 사정없이 흔들렸다.

"네가 나가도 네 백부는 저택에 남을 거다. 동생이 함께 떠나자고 해도 이곳을 떠나지 못한 사람인데 하물며……. 반쪽짜리 다이런 인, 이제는 노예에서 평민이 된 백부를 둔, 저택의 고용인. 광장 소음꾼들 말대로라면 분명 네게는 그럴 자유가 있어. 하지만 네가 이 집에 발을 들인 순간부터, 노예였던 네 아버지를 대신해, 네가 여기 있는 이유는 이십 년 전으로 소급해 당위로 돌아간 거야. 네 아버지가 이 가문에 바쳐야 했던 충성, 네 백부가 대신 해야 했던 노동을 자식인 네가 갚아야 하지 않을까? 뭐, 그 의무를 내팽개쳐버린다고 해도 상관없어. 일상에서나 전장에서나 결국 괴로운 건 남은 사람들이니까."

"자기연민도 정도껏 해."

건방진 말을 나불거리는 학생을 꾸짖는, 선생의 엄격한 목소리였다.

그의 느물거리던 태도가 얼어붙었다.

맑은 초록색 눈동자가 이글거렸다. 라야는 그가 멈칫하는 순간을 놓치지 않았다.

"크롬헬 출신이라는 당신이 전쟁에 대해 부정적인 생각을 가지고 있다는 건 알고 있나요? 그러면서도 신문에까지 나는 대단한 전쟁 영웅?

마음에도 없는 소리, 상대가 상처받을 말을 쏟아내는 것. 기이한 공격성, 기이한 순종. 어디서 많이 듣던 소리 아닌가요? 나달 앙루가 쓴 다른 책에 이런 말이 나오죠."

그놈의 나달 앙루.

괴상한 이름, 안 외우려야 안 외울 수가 없겠다.

"사람은 새로 만나는 사람도 자신이 이미 겪었던 사람의 틀 속에 구겨넣으려고 한다고요. 당신이 지금껏 어떤 사람을 만나왔는지, 그들이 당신한테 무슨 과도한 요구를 해왔는지는 모르겠지만, 그 사람들한테 퍼부을 화를 나한테 쏟지 마. 내가 당신한테 원하는 거? 있었죠. 당신이 집에 돌아왔으니 그것도 없어졌어요. 편지를 보낸 이유? 당신 어머니, 마님과의 내기였어."

흥분한 라야는 반말과 경어를 마구잡이로 사용하고 있었다.

아일이 이해가 안 된다는 얼굴을 했다. 내기? 어머니와의 내기? 자신을 놓고? 이 년간? 누구와? 저 아이와? 벌레가 무섭고 더위가 무섭고 추위가 무서운 어머니가, 집안에서 부리는 하녀와, 아들을 놓고, 내기를 했다?

라야는 아일의 표정을 보고 묘한 승리감을 느꼈다. 저 남자가 진짜 얼굴을 드러내게 하는 건 즐거운 일임에 분명했다.

아일은 그녀가 기다리고 있을 게 뻔한 질문을 하고 싶지 않았지만 하지 않을 수 없었다.

"어떤 내기?"

아주 맑은 날, 따뜻한 보슬비가 얼굴을 치는 것 같은 기분이 들 때가 있다. 라야는, 태양이 바람하고만 대화를 나누는 것을 시샘한 구름이 아닌 척 둘의 대화를 엿듣는 중이라서 그렇다고 했다. 처음 그 말을 듣고는 괴상한 표현이라고 생각했는데, 그녀의 표현은 이상한 만큼 기억에 오래 남는 편이다.

아넷은, 따뜻한 보슬비가 얼굴을 치는 기분을 느끼고 막 잠에서 깼다.

"마님, 아일이 왔어요."

그 소리를 듣고 일어났는지, 깨자마자 그 소리를 들었는지는 모르겠다. 눈을 뜨자 처음 보이는 것은 라야였다. 그녀의 눈동자가 얼굴 바로 위에서 아넷을 깨웠다.

아넷은 숨이 막힐 정도로 아름다운 초록빛 눈을 보고 잠시 말문이 막혔다. 하지만 어디 그런 적이 한두 번인가. 처음엔 그렇게 갑자기 가까이 다가오지 말라고도 했었다. 소용이 없었다.

아넷은 침대에서 무거운 몸을 일으켜 앉았다. 그리고 '아일보다는 도련님이나 작은 어른이란 호칭이 적당하지 않겠니?'라고 라야에게 말해야 하나를 고민했다. 그러다 번뜩 정신이 들었다.

"누가 왔다고?"

"아일이요. 아드님이요. 에드가요. 도련님. 작은 어른이라고 해야 하나?"

라야가 주저앉아 침대 위로 턱을 올려놓고 뿌루퉁한 표정을 해 보였다.

"결국 내기에 졌어요. 마님 말이 맞았네요. 그는 끝내 답장 같은 건 보내지 않았어요."

"변수가 있었잖니. 전쟁에 나갔으니 답장할 시간이 없었잖아."

살아 돌아온 것만도 다행이지.

아넷은 마음이 쓰라려서 실제로 심장이 아파왔다. 얽힌 것처럼 속이 답답해 가슴 부위를 약하게 두드렸다. 근육과 살은 없고 뼈만 있는 것 같은 앙상하고 새하얀 손목이었다.

라야는 별로 놀라지 않아 하며 컵에 물을 따라 아넷에게 건넸다.

"그가 왜 편지를 보냈냐고 묻기에 우리 내기 얘기를 했어요."

'우리'라는 표현이 친근감 있어 좋다고 생각하다가, 아넷은 깜짝 놀라 되물었다.

"내기 얘기를 했어?"

"그럼 뭐라고 해요. 잡아먹을 것처럼 뭘 원해서 그렇게 편지를 보냈냐고 묻는데. 그에게 뭘 요구하는 사람이 많나 봐요?"

라야는 입매를 비틀며 몰래 웃었다. 반쯤 뼈를 섞은 말이었지만 아넷을 겨냥한 말은 아니었다. 하지만 아넷은 슬픈 표정을 지었다. 아차 싶어 라야는 밝은 어투로 말했다.

"길게 얘기하지 않았어요. 마님과 저의 소일거리로 시작했다고 했죠. 제가 일기 쓰듯 편지를 쓰고, 마님은 교정을 해주시고, 저는 글공부를 하고, 마님은 쑥스러워서 도저히 보내지 못하시는 편지를 제가 대신 보내고……. 그렇게 놀라면 또 기절하세요. 걱정 마세요, 마님이 쑥스러워서 못 보내신 편지를 제가 보냈다고는 안 했으니까. 제가 글공부를 하고 마님이 교정을 봐주기로 하셨는데, 그러다가 내기까지 하게 됐다고만 했어요. 당신이 저택에 다시 돌아올 때까지 한 통이라도 답장을 한다면 나의 승리, 보내지 않는다면 마님의 승리."

어머니는 '그가 답장을 보내지 않을 것'이라는 쪽에 걸었다. 그것을 전해 들은 아일이 순간 미묘한 표정을 지었다는 것까지는 말하지 않았다.

하지만 라야가 말하지 않아도 아넷은 그 말을 전해 들은 아들이 무슨 생각을 했을지 염려되어 낯빛이 가라앉았다. 아넷의 안색을 살피며 라야가 심각한 척 말했다.

"그가 저에게 패악을 부렸어요."

아넷이 물을 마시며 무슨 소리인지 못 알아듣겠다는 듯이 눈썹을 치

떴다. 라야가 말했다.

"그가 제게 강제로 키스를 했어요."

아넷은 그만 사레가 들려 이불 위로 물을 뿜었다.

캑캑거리는 아넷에게서 컵을 받아 치우고 등을 쓸어내려주며 라야가 말했다.

"마님이 혼쭐을 내주셔야 해요."

"정말 그 아이가 그랬다고?"

"엄밀히 말해 그건 키스가 아니었어요."

당연히 첫 키스도 아니죠, 라는 말은 머리에만 두었다.

"아…… 걔가 왜 그랬을까……. 상처를 입었다면 미안하구나."

"사실, 자꾸 뒤틀린 소리를 하는 게 짜증이 나서 속을 들쑤셨거든요. 그러니 이쪽 잘못이 아주 없다고는 할 수 없지만…… 아니요! 전 마님께 사과를 듣고 싶은 게 아니에요. 그리고 마님은 자꾸 아이라고 하시는데 그 사람은 이미 어디로 보나 아이의 모습은 아니라고요. 당연히 사과도 어른인 그의 몫이죠. 대신 부모가 꾸지람을 할 수는 있겠죠. 어서 혼내준다고 약속해주세요."

소녀의 어리광이나 고용인의 분수도 모르는 억지가 아니었다. 라야의 눈은 올곧고, 의연한 목소리는 정당한 요구를 하고 있었다. 아넷이 어깨를 움츠리며 말했다.

"하, 하지만 네 말대로 그 아이는 이미 어른이고, 난 한 번도 그 아이를 혼내본 적이 없는걸."

"자식을 겁내는 부모가 어디 있어요? 전 공놀이를 하다가 다 쓰러져가는 문 좀 부셨다고 얼마나 혼났는데요."

"난 그 아이를 겁내는 게 아니야. 단지…… 어떻게 대해야 할지 모르는 것뿐이야."

"마님도 참 딱하시네요. ……여하튼 제가 졌어요. 결국 에른스트행은 날아갔네요."

라야는 어깨를 으쓱하더니 침대 모서리에 풀썩 앉았다. 크게 마음 쓰지 않는 척했지만 감정을 숨기지 않는 얼굴이 실망을 말했다. 보는 사람이 미안해질 정도로 서글픈 그 표정에 아넷은 어쩜 이 아이는 이렇게 솔직할까 웃음이 나왔다.

"그 아이가, 돌아오자마자 너를 찾은 걸 답장이라고 봐도 되지 않을까?"

라야는 그 말에 탈출구를 찾아낸 토끼처럼 눈을 이리저리 굴렸다.

"맞아요……. 그렇게 볼 수도 있겠네요."

그러고는 머리를 주억거리며 기꺼이 수긍했다.

"아드님은 돌덩이 머저리가 아니었어요. 감정을 주고받는 게 가능하다는 거죠. 그래요, 어차피 편지란 것도 결국 주고받는 거니까."

라야가 손가락을 튕기고 아넷을 가리켰다.

"답장이네요. 답장을 받았어요. 나의 승리."

억지 승리다.

하지만 어차피 승리에 욕심이 없었던 아넷은 아무 반박도 하지 않았다. 대신 '아무리 평범한 모자 관계는 아니라지만 어머니 앞에서 아들을 돌덩이 머저리라고 하는 건 좀 그렇지 않니?'라고 하려고 했는데 말할 타이밍을 놓쳤다.

벌떡 일어난 라야가 춤을 추기 시작했다. 즉흥적이고 흥에 겨워 추는 엉망진창 춤이었다. 아넷이 웃었다.

"그렇게 좋아?"

"마님이 보고 계시지 않았다면 이미 날아갔을 거예요."

"내기에 이긴 게 좋은 거니, 학교에 다니게 된 게 좋은 거니?"

"아히름을 떠나 세르노다에 가보게 된 게 좋아요. 아로마니 바다가 그렇게 아름답다면서요?"

"아름답지. 네 눈만큼 아름다워."

"굉장하겠네요."

"하여간 넉살은."

"넉살 빼면 시체죠. 근데 저 정말 아카데미에 갈 수 있는 거 맞나요? 제 반응이 너무 귀여워서 농담하시는 거 아니죠? 그렇다면 그렇다고 말씀해주세요. 화내지 않을게요. 대신 마님이 절 부르시는 소리를 두세 번 정도는 못 들은 척할 거예요."

"그래, 네가 이겼어."

아넷이 말을 완전히 끝내기도 전에 라야가 침대 위로 달려들어 그녀를 안았다. 깜짝 놀란 아넷의 눈이 부엉이 눈만큼 커졌다가 천천히 제 크기를 찾았다. 미소를 짓느라 평소보다 작아진 듯도 하다. 그 짙은 금색 눈동자에 담긴 빛은 작은 당황과 자족감(自足感).

약한 아넷을 생각해서 나름대로 신경 써서 부드럽게 그녀를 안은 라야가 일어서며 말했다.

"일하는 데엔 절대 부족함이 없도록 할게요. 약속해요."

아넷이 답으로 미소를 지었다.

라야는 급기야 콧노래를 부르고 손을 위아래로 흔들며 깡충깡충 뛰어 침대 주위를 빙글빙글 돌기까지 했다. 만약 아일이 열린 문틈으로 그 꼴을 보고 있는 걸 알았더라면 그렇게 오랫동안 방정맞게 춤을 추지는 않았을 것이다.

아일은 문고리를 잡은 채 방에는 들어가지 못하고 있었다.

노크를 해도 반응이 없어 문을 열었더니, "그가 저에게 패악을 부렸어요."라는 말이 날아들었다. 그리고 이어 들려온 "그가 제게 강제로 키스를 했어요."란 말에 어머니가 마시던 물을 쏟는 것을 보고 아일은 당황을 넘어 자신이 곤경에 처했음을 알았다. 아, 저 여자를 죽였어야 했다.

선생에게 자신의 치부를 밀고하는 또래 여자아이를 보는 눈으로, 아일은 라야를 노려보았다. 그는 그 상태로, 이어지는 두 여자의 대화를 들었다. 연기를 중단한 얼굴이 갖가지 감정을 담았다. 어머니 아넷이 라야에게 하는 이야기는 아일 자신에 대한 것이라 그는 정말 오랜만에 어머니와 대화를 하는 기분이 들었다. 동시에, 어머니와 라야가 오늘 하루 동안 나누는 대화가 자신과 어머니가 오 년간 나눈 대화를 합친 것보다 길 것이라는 생각이 들어 헛웃음이 났다. 어머니와 친근하게 대화를 나누며 그녀 앞에서 어린 딸처럼 춤을 추는 라야에게 질투까지 나려 했다.

'자기연민이네.'

아일은 조용히 방문을 닫고 나왔다.

복도를 걷자, 일정한 간격으로 난 창문에 그의 모습이 비쳤다가 벽에 숨었다가 다시 비쳤다. 그가 우뚝 걸음을 멈추었다. 유리창에 비친 그는 처음엔 무표정이다가 점점 입가에 미소를 띠더니 실제의 아일보다 생기 있는 표정이 되었다. 유리 속 아일은 솔직하게 라야에 대한 흥미를 내비쳤다.

'편지를 읽으면서 사용하는 어휘가 늘어난다는 생각은 했지만, 거기서 그 말이 튀어나올 줄은 몰랐어.'

'예전보다 더 위험스러운 말을 뱉는 여자가 되었더군.'

유리 밖 아일이 걱정스러운 표정을 했다.

유리 속 아일이 편지를 쓰는 듯한 동작을 해 보였다.

'사람을 분석하는 취미가 있는 줄 알았으면 답장을 보내보는 건데, 아쉬워.'

'로바키랑 비슷한 타입이야. 그래서 그렇게 후한 건지도 모르지.'

'후해?'

'내가 어째서 그 여자를 그대로 놔뒀는지 모르겠어.'

유리 밖 아일과 유리 속 아일은 잠시 함께 고민했다. 유리 속 아일이 말했다.

'귀찮아서? 그 여자가 잘못될 경우 어머니에게 설명을 해야 되잖아.'

'그건 그렇겠지. 분명 엄청 귀찮은 일이 될 거야. 모르는 사람이 보면 어미와 딸인 줄 알겠더군.'

'질투하는 거야?'

'어머니가 나 외의 사람들과는 편하게 지내는 게 아닌가 하는 의심까지 들어.'

'아, 그건 분명 자기연민인 거 같군.'

계단을 내려가던 중 아일이 우뚝 멈춰 섰다.

"그러고 보니…… 저 여자, 나보고 머저리라고 하지 않았나?"

그리고 짧게 혀를 차며 위층 쪽을 돌아보았다.

"수명이 길 여자는 아니야."

만발한 니암나무 꽃잎이 햇빛 속에 눈처럼 날렸다. 그래서 여름 눈꽃이라 불렸다.

비록나무는 붉은 벽돌 저택의 자랑거리였지만, 한 가지 종만 너무 울창한 것은 저택의 풍경을 낭비하는 격이라며 누군가가 아버지 그레엄에게 말했다. 그래서 니암나무를 몇 그루 심었던 것이 어린 시절의 기억으로 남아 있다. 그때 심은 것이 벌써 비록나무만큼 커져 가지를 사방으로 뻗치고 커다란 그늘을 만들고 있다.

여름이 시작되는 것을 알리는 하얀 눈꽃이 아일의 눈앞에 가득히 날아올랐다.

좋지 않던 기분도 풀리게 할 만한 경치지만, 현재 아일의 심정은 차라리 전장이 낫겠다 싶었다.

그는 자신이 제일 혐오하는 사람을 고민할 것도 없이 바로 댈 수 있었다. 가장 싫어하는 장소는 그 혐오하는 사람과 함께 있는 공간이었다. 가장 싫은 순간은 그 혐오하는 사람의 말에 대답을 해야 할 때였다. 갈라마 인들과의 전쟁에서 멍청한 지휘관과 삼중 첩자의 멋진 합작으로 초반 전투 때 포로로 잡혀 고문을 당하기도 했지만, 단언하건대, 이것보다는 덜 고통스러웠다.

"민회라는 걸 열겠다더구나. 개들이 제 우두머리를 뽑더니 이제 인간들의 테이블에까지 개밥 그릇을 밀어 넣겠다는 거지."

동쪽 건물로 돌아와 정원에서 책을 읽으려니 다섯 장도 넘기지 않아, 히비커스가 시반을 대동하고 아일을 찾아왔다. 읽고 있는 책의 내용조차 읽기 싫다는 듯, 아일은 히비커스를 발견하고는 보고 있던 책을 덮어 테이블 아래로 내려버렸다.

아일이 심드렁하게 대꾸했다.

"이미 평민 출신들이 공회에 참여하고 있습니다. 한 단계 거치나 두 단계를 거치나 매한가지 아닙니까."

그리고 의아한 표정을 지어내며 말했다.

"고문 후유증으로 기억이 흐릿해서 그런데, 정치 얘기를 나눌 만큼 우리가 친밀했었던가요?"

"정치 얘기가 아니라 경외와 주제에 대한 얘기다. 누가 대체 정치를 한다는 말이냐. 당장 먹는 것만 빼앗겨도 네발로 걸으며 구걸할 것들이다. 그런 것들이 고작 글을 읽을 수 있고 떠들 자리를 얻었다 하여 나라와 영지의 질서에 대해 논한다고? 새가 헤엄치는 법을 가르치겠다는 게 더 그럴듯할 게다."

아일은 그녀를 비껴 시선을 먼 풍경으로 흘려버리며 대꾸했다.

"분명 그런 고루함이 미덕인 시대도 있었지요. 이왕지사 이렇게 된 것 생각을 좀 바꿔보시는 건 어떻습니까. 더 이상 가신들을 시켜 흉포하게 세금을 걷지 않아도 그들 스스로 정해진 날짜에 정해진 세를 내놓지 않습니까? 공화파들이 잘 쓰는 말이 있지요. '시민의 의무'라던가?"

"그놈의 공화주의자 놈들! 언제부터 공화정이란 말이 개들과 겸상한다는 뜻이 되었는지. 말을 더럽히는 건 글쟁이들만으로 차고 넘치거늘, 정치인들까지! 이게 다 현 국왕이 너무 물러서 그렇다."

아일은 그녀의 말에 몸을 슬쩍 뒤로 빼고는 맞은편에 앉은 히비커스를 잠시 물끄러미 쳐다보았다. 그녀와 거리를 두려 한다는 것 같은 제스처였다. 힐끗 히비커스의 뒤쪽을 보았다. 히비커스 뒤로 세 보 정도 떨어진 곳에 시반이 서 있었다. 불현듯 시반의 얼굴이 누군가를 닮았다는 생각이 들었다. 누구지?

"자살을 하시려는 거라면 좀 더 온건한 방법을 알려드릴 수 있습니다."

아일이 말했다. 히비커스가 코웃음을 쳤다. 중년의 나이를 훨씬 지나 노령에 접어든 그녀의 눈가에 짙은 주름이 잡혔다. 그 주름에 끼인 것은 넉넉함이나 회한이 아니라 여전히 교만과 탐욕이었다.

히비커스가 말했다.

"이 주 뒤에 기번가에서 꽤 큰 연회를 열 거라더구나. 둘째 아들과 드바이어가의 막내딸의 혼인을 발표할 셈인 게지. 네가 에스코트를 해줘야겠다."

마주 보고 대화를 나눌 만한 인내심이 다 떨어져, 옆에 둔 책의 표지를 쳐다보고 있던 아일이 시선을 들었다.

"농담이시겠죠."

"지난주 공회에서 바르피어 경이 세 딸들을 데리고 참석하겠다고 언질을 주었다지."

"아버지께요?"

그제야 아일은 자신이 아직 아버지를 만나지 않았다는 걸 깨달았다.

"네가 사교계에 모습을 비치지 않는 덕분에 얄궂게도 네 가치가 더 올라간 것 같더구나."

히비커스의 얼굴에 음험한 기쁨이 흘렀다. 아일은 그녀 앞에서 보란 듯이 자살하고 싶은 충동을 억눌러야 했다.

"어차피 제 생각을 묻지 않을 거라면 제가 갈 이유도 없지요. 아버지께 에스코트를 부탁하세요."

"네가 가야 한다."

히비커스만큼 '내가 너를 이만큼 무시하고 있다.'고 느끼게 하는 이도 드물 것이다. 아일은 그만 뒤틀린 감정을 목소리에 싣고 말았다.

"제 시신을 가져가세요."

시신을 가져가라는 말은 시신과 관계를 가진다, 는 말과 동음이의어라, 히비커스는 역겹다는 듯이 말했다.

"야만인들과 어울리더니 상스러운 표현을 배웠나 보구나."

아일이 낮게 웃고는 말했다.

"불쌍한 갈라마 인들, 젊은 지도자를 잃은 것도 모자라 원수의 고약한 말본새에 대한 누명까지 쓰다니."

"흥, 그럼 크롬헬에서 배운 거겠지."

"그건 부정하기 어렵네요. 분명 그쪽일 겁니다."

실제로, 몹시 하기 싫은 일을 하게 됐을 때 크롬헬 생도들 사이에서 쓰이는 표현이었다. 히비커스가 싫어하는 꼴을 보니 기분이 한결 나아졌다.

"모뤄 선제후가 너를 사윗감으로 눈여겨보고 있다고 여기저기서 떠들더라마는, 남들이 건드리지 못하게 침 발라놓는 것 같은 그런 방식이 아주 불쾌해."

"마침내, 제 귀에도 그 얘기가 들어오는군요."

히비커스는 아일의 비아냥을 깔끔히 무시하며 말을 이었다.

"바르피어 가문이라면 모뤄가의 기세에 주눅 들지도 않겠지. 돈놀이를 하는 가문치고 바르피어가의 귀(耳)를 빌려보지 않은 집안이 없다더구나. 기번 선제후가 이번 연회에서 두 번째 상석을 그에게 내어준 것만 봐도 그렇지. 현 바르피어 가주는 욕심이 많은 자야. 그 점이 마음에 들어."

"정말 그분이 마음에 드시나 보네요. 전 제 혼사 이야기인 줄 알고. 아름다운 고모님이 세 분이나 생긴다는 얘기인 줄 알았더라면 좀 더 집중해서 듣는 건데. 어느 집안이라고요?"

뱀의 서늘함을 닮은, 짙은 청색 눈이 가늘어졌다. 께름한 시선이 아일의 가면 위를 날름거리며 핥았다. 히비커스가 말했다.

"왜 그렇게 능글맞아진 게냐?"

바람이 불어와 아일의 이마를 쓸어 넘겼다. 머리카락에 가려 있던 상처가 슬쩍 보였다. 심한 상처는 아니었다. 얼마 안 있어 아물 상처였지만, 누구 말마따나 전쟁이 아니라 순회 공연이라도 하고 온 것 같은, 적당한 피로와 적당한 짜증, 적당한 안정감을 균형 있게 담고 있는 아일의 얼굴에서 유일하게 참전의 흔적을 느낄 수 있는 부분이었다.

바람이 깜짝 놀라 다시 앞머리칼을 쓸어 그의 이마를 덮어주었다. 비록나무가 소리를 내었다. 아일의 귀에는 빗소리가, 히비커스의 귀에는 비웃는 웃음소리가 들렸다.

문득 아일이 비밀 이야기라도 할 것처럼 테이블 쪽으로 몸을 기댔다.

그리고 은밀한 목소리로 말했다.

"갈라마 인들은 괴상한 고문법을 쓰더군요. 정신을 잃지 않을 만큼만 육체적 고통을 준 뒤에……."

아일은 테이블 위에 떨어진 니암나무 꽃잎을 양손으로 날리지 않게 끌어 모았다.

"앞에 검은 향로를 가지고 오는 겁니다. 딱 봐도 좋은 용도에 쓰이는 걸로는 보이지 않지요."

음산한 웃음소리가 비록나무가 흔들리는 소리에 가렸다. 아일이 붕대가 단단히 감겨 있는 오른손의 검지를 들어 입술 앞에 세워 보였다. 바람이 잠잠해졌다.

히비커스는 떨떠름한 표정으로 아일의 왼손 아래 뭉쳐져 있는 니암나무 꽃잎을 바라보았다.

이 여름 눈꽃 나무 덕분에 유랑 상인들은 어두운 밤에도 길을 잃지 않는다고 한다. 햇빛을 품은 듯, 달빛을 내는 듯, 새하얀 꽃잎 색이 아일의 손에 감겨 있는 붕대의 색과 비교되면서 기이한 인상을 주었다.

"고문자들은 형겊으로 눈을 제외한 얼굴 전체를 가립니다. 향을 맡아 본인이 미쳐버리면 곤란하니까요. 그리고 말하지요. '네가 그림자가 없는 사람이라면 괜찮다.' 겁먹게 하기에 그만한 말도 없지요. 그림자가 없으면 그게 귀신이지, 사람이겠습니까? 사실 갈라마 인들의 그런 유머 감각이 제 취향이긴 했지만."

"무슨 말이 하고 싶은 게냐."

때마침 바람이 불었고, 아일은 테이블에서 몸을 떼고 두 손을 벌렸다. 여름 눈꽃이 천천히, 바람이 흐르는 선로를 따라 날아올랐다. 반쯤은 아일의 얼굴 주변을, 반쯤은 히비커스의 주위를 돌았다. 그리고 몇 장 정도는 시반에게까지 날아갔을 터.

아일이 느릿하게 한쪽 무릎을 끌어올려 의자 위로 아랫다리를 세우고 앉았다. 히비커스는 일찍이 오늘처럼 손자가 자신에게 방종한 태도를 취하는 걸 보지 못했다. 지난 이 년간, 대체 무슨 일이 일어난 건가.

아일이 능청을 걷어낸 건조한 어조로 말했다.

"향로에서 피어 오른 검은 연기는 공기나 바람을 타고 흐르는 게 아니라 꼭 의지를 가지고 살아 움직이는 것 같습니다. 그들의 말에 의하면 그건 분명 '살아 있다'더군요. 검은 연기는 피고문자의 귓속으로 들어가 머리에 자리를 잡는다고요."

아일이 관자놀이를 두드렸다.

"그리고 벌레처럼 피고문자의 그림자를 탐색하는 거지요. 최초의 죄가 뭔지, 가장 최근에 한 거짓말이 뭔지, 언제 누구를 상대로 어떤 이유에서 살의를 품었고, 어떤 멍청한 생각을 했고, 어떤 수치를 당했고, 어떤 혐오스러운 욕망을 가지고, 누구에게 음탕한 마음을 가졌었는지. 피고문자가 잊어버린 줄 알았던 기억까지 모조리 훑어 전시하는 게 그 벌레의 임무인 거지요. 음, 발가벗겨진 기분이 드는 게 새로 태어나는 것 같은 기분마저 듭니다."

"내게 그 말을 하는 의도를 모르겠구나. 위로라도 해주랴?"

"그런 일을 겪었으니 성격이 어느 정도 바뀐다 하여도 이상할 것 없다는 얘기를 하려는 겁니다. 요즘도 두통이 있는 걸 보면 후유증이 오래 가려나 봅니다."

"흥, 용케 그 변태 같은 놈들에게서 빠져나왔구나."

걱정을 하는 말투는 아니었다. 굳이 분류하자면, 맡긴 대로 제대로 세공이 되어 나온 보석에 대한 감탄이나 만족에 가까웠다.

"향로가 중간에 엎어지지 않더라면 분명 다른 녀석들처럼 미쳤겠지요. 아닌가, 미친 이후에 향로가 엎어졌었나?"

아일이 혼잣말처럼 말했다. 히비커스는 관심이 떨어진 표정을 지으며 일어섰다. 그녀가 말했다.

"바르피어 경의 차녀가 알맞은 짝이라고 생각한다. 참하고 똑똑해. 약빠른 면이 둔한 것 같지만 맹랑한 요즘 것들 같지 않아서 좋아. 그렇게 알아두거라."

"저는 가지 않습니다."

아일이 웃는 얼굴로, 하지만 단호한 말투로 말했다. 히비커스의 미간에 짜증이 몰렸다.

"고문 후유증이란 핑계를 언제까지 댈 건지 두고 보자!"

"인간이 짐승과 다른 점은 제 후손을 남길지 말지 어느 정도 선택할 수 있다는 거지요."

"······뭐라고?"

히비커스의 신경질적인 목소리가 얼어붙었다가 경악을 담고 되물었다. 짜증으로 주름진 얼굴이 그대로 굳어버렸다. 아일은 잡고 있던 무릎을 의자 밑으로 내렸다. 그리고 더할 나위 없이 바른 자세를 하고 앉고는 잘못 들을 수 없을 만큼 또렷한 목소리로 말했다.

"연회에는 가지 않습니다."

그가 다시, 후손을 남기지 않으니 결혼을 하지 않으니 하는 말을 하지 않은 것만으로도 히비커스는 놀라운 안도감을 느꼈다. 정말 미쳐버린 것 같은 손자 놈이 그것보다 더 미친 소리를 내뱉기 전에 자리를 떠야겠다고 생각했다. 시반이 히비커스를 따라 몸을 돌리기 전 아일과 잠깐 눈을 마주쳤다. 그는 그대로 눈인사도 없이 히비커스의 뒤를 쫓았다.

아일이 고개를 갸웃했다. 한 번도 생각해보지 않은 거였는데, 시반은 지금껏 한 번도 그에게 아랫사람이 윗사람에게 하는 인사를 한 적이 없다. 크롬헬에서 계급 구분 없이 동료들과 어울렸던 덕에 시반의 그런 태도가 딱히 불쾌하지는 않지만 참 이상한 점이 아닌가.

히비커스와 시반이 떠난 정원은 그제야 본래의 아름다움을 되찾았다.

니암나무 꽃잎이 흩날렸다. 비록나무 가지가 바람에 너울댔다.

자세를 편히 하려고 다리를 꼬고 오른손으로 옆자리를 짚는데 내려둔 책이 잡혔다.

어느 날 갑자기 눈앞에서 푸른 불기둥과 함께 홀연히 사라져버린 부모를 찾으러 지혜로운 소년이 어린 두 동생과 함께 모험을 떠난다는 내용의 소설이었다.

얼마나 어린 시절에 읽었던 책인지는 기억나지 않지만, 아버지 곁에서 읽은 최초이자 최후의 책이라는 것은 알고 있다. 곁에 있어도 살가운 온기가 느껴지지 않는 아버지와, 책 속에 등장하는 따스하고 자애로운 아버지의 차이는 소년에게 동화와 현실이 이만큼 다른 것임을 분명하고도 혹독하게 일러주었다.

적어도 그가 그런 것을 비교적 덜 충격적으로 받아들일 수 있는 나이가 될 때까지 이 책을 읽지 말았어야 했다. 아니다, 서재에 있는 모든 책을 금지해야 했다. 그랬다면 그는 자신이 특별히 괴상한 가족 속에 있다는 것을 알아채지도 못했을 테니까. 책들은 대부분 해피 엔딩이었고, 선하고 용기 있는 주인공들은 책을 읽고 있는 소년을 동정했다. 그리고 그가 책을 읽는 동안 느끼는 감정이 무엇인지도 가르쳐주었다. 정말 친절하고 못돼 처먹은 주인공들이었다.

이제 와서 난데없이, 이 책을 읽지 않았더라면 자신이 이 정도로 허한 기분을 안고 살지도 않았을 거란 생각이 든다.

아……. 그녀 말대로다.

자신은 스스로를 연민하고 있는지도 모른다.

분리된 자아. 내향적이고 감상적인 아이와, 크롬헬과 클레이모어 가문의 상징으로서의 에드가. 다들 후자를 원하니 전자는 거의 드러나지 않고 안에서 후자를 관찰하는 게 역할이다.

누군가는 그를 가엾게 여겨야 했다. 아무도 그러지 않으니 연민은 그의 몫이었다.

적확히는, 거의 드러나지 않는 내향적이고 감상적인 아일의 몫이었다. 분명 연민은 자기애를 소비하는 면이 있다.

그렇다고 아무나 그를 동정해서는 안 된다. 자존심 때문이 아니다. 그는 히비커스같이 상대를 끌어내리고 눌러 자신의 우위를 느껴야만 만족하는 오만한 자들을 혐오했다.

그를 잘 알지도 못하는 자들이 남발하는 동정은 우월감의 확인일 뿐이다. 두말할 것 없는 오만이다. 그래서 연민은 그 스스로가 할 일이었다. 설사 그것이 자기애를 깎아먹는 일이 될지라도 히비커스 같은 인간을 늘리는 것보다는 나은 것이다.

한기가 느껴졌다. 귀에 에어컨 돌아가는 소리가 들렸다.

에어컨? 지금이 여름이었던가?

정현은 소파에 깊숙이 누이고 있던 몸을 반쯤 일으켰다. 깜깜한 거실 속에서 TV만이 빛을 내고 있었다. 빛은 그의 앞쪽에 놓인 테이블까지 오지도 못했다. TV는 화면 조정 시간을 나타내고 있었다. 거실 한쪽 벽에 달린 작은 에어컨에서 계속 서늘한 바람이 흘러나왔다.

왜 여기서 잠이 든 거지?

한 손으로 이마를 짚고 고개를 숙였다. 아무 생각도 나지 않았다.

리모컨을 들어 다른 채널로 돌렸다. 케이블 채널에서는 드라마 재방

송을 하고 있었다. 빠르게 채널을 돌려보았다. 쇼 프로, 외국 드라마, 축구 중계, 애니메이션, 게임 방송, 영화, 요리 채널……. 영화. 다시 영화 채널로 돌렸다. 그래, 그녀와 봤던 영화다. 언제 봤더라.

……오늘 밤에 심야 영화로 봤었지. 오늘이 그녀의 생일이라 가장 먼저 축하를 해주고 싶어서 자정까지 싫다는 그녀를 억지로 붙잡고 있었다. 그래, 그랬었다.

정현은 턱을 괴고 희미하게 웃었다. 그러다가 뭔가를 깨닫고 표정이 싸늘하게 굳었다. 지금 영화관에 걸려 있는 영화가 TV에 나올 리…… 없지. 게다가 그녀의 생일은 여름이 아니라…….

정현은 떨리는 한숨을 가늘게 내쉬었다. 이마를 쓸고 그대로 손을 내려 눈을 가렸다.

에어컨 소리가 멈췄다. TV가 뚝 소리를 내며 저절로 꺼졌다. 정적이 흘렀다.

정현은 무기력하게 말했다.

"죽일 거면 뜸 들이지 말고 빨리 죽여."

그의 등을 무겁게 짓누르고 있던 어둠 속에서 검은 인영이 느릿하게 모습을 드러냈다. 명암이라고는 찾아볼 수 없는 새까만 옷자락이 검은 불길처럼 너울거렸다. 정현은 뒤를 돌아보지 않아도 그것을 볼 수 있었다. 이건 꿈이니까.

인영이 새빨간 입을 그믐달 모양으로 벌리고 웃었다. 정현은 아예 눈을 감고 소파 등받이로 머리를 누였다. 베란다의 커튼이 바람에 살랑거렸다. 그 틈을 비집고 들어온 달빛이 그의 체념한 얼굴을 비추었다. 그림자가 둥글게 휜 낫을 높이 치켜들었다.

'그것'은 꿈의 주인에게 다시 한 번 기회를 주었다. 그대로 눈을 감고 그림자가 되어 자신을 죽일 것인가, 아니면 눈을 뜨고 순순히 죽음을 받아들일 것인가. 그 대단한 배려에 정현은 눈을 감은 채 소리 죽여 웃었다. 잠시 뒤 웃음을 그친 그가 천천히 눈을 떴다.

오직 그 순간만을 위해 벼리고 벼린 듯한 거대한 낮의 날이 푸른 달빛에 번뜩였다.

25

"으아아함."

지은은 베개에 얼굴을 몇 번 부빈 뒤에도 발로 이불을 서너 번 걷어차고서야 완전히 몸을 일으켰다. 머리를 감고 제대로 말리지도 않고 자버렸더니 머리카락이 있는 대로 뻗쳐 있었다.

다시 뒤로 풀썩 누웠다. 그 바람에 먼지가 햇살 아래 꽃가루처럼 날렸다. 보고 있는 것만으로도 코가 간질간질했다.

어제 정현과 헤어지고 집에 들어와 샤워를 한 뒤, 시간을 확인해보니 새벽 3시가 훌쩍 넘어 있었다. 그래도 오늘은 꿈을 꾸지는 않았다. 꿨는데 또 잊어버렸나?

창문을 한 단계 거쳐 들어오는 햇살이 적당히 따뜻하고 적당히 다정했다. 넓게 파인 티셔츠가 흘러내려 반쯤 드러난 어깨를 햇빛이 감실감실 간질이는 게 느껴졌다. 어서 일어나라고, 그녀의 어깨를 다독였다. 흐리멍덩한 눈으로 벽시계를 찾았다. 초침이, 12시를 가리키고 있는 시침 위를 지나고 있었다.

생일날, 아침 식사를 거르고 바로 점심을 먹는구나. 어째 이놈의 동생들은 밥 먹으라는 소리도 없나.

지은은 거의 구르다시피 침대에서 내려왔다.

"오늘은 내 생일이니까 너희들이 밥……을……."

지은은 주방에 서 있는 사람을 보고는 멈춰 서서 뒷머리를 긁적였다.

"아직 꿈인가…….."

"그래, 아직 꿈이야."

정현이 느긋한 목소리로 대꾸했다.

설거지를 끝낸 그가 앞치마를 벗어 식탁 의자에 걸어놓고 그녀를 돌아봤다. 지은은 다가오는 정현을 바라보았다. 꿈결이라 그런지 그의 움직임이 평소보다 훨씬 느릿해 보였다.

정현이 한결같은 미소를 띠고 바짝 다가와 섰다. 한 손으로 허리를 짚고 그녀를 내려다보았다. 그의 눈이 흐릿했다. 정말 꿈이라서 그런 걸까? 지은은 그런 생각을 하며 무의식중에 그와 비슷한 눈빛을 했다.

그가 내리고 있던 손을 들어 올려 지은의 뻗친 머리카락 끝을 만지작거렸다. 강아지 털을 쓰다듬는 것 같은 나른하고 조금은 장난스러운 손길이었다. 지은은 잠이 덜 깬 얼굴로 그냥 물끄러미 그의 행동을 지켜봤다. 그가 말했다.

"처음 만났을 때보다 머리가 많이 길었네."

"……이거 꿈인가요?"

지은이 몽롱한 목소리로 물었다. 정현은 천연덕스러운 표정으로 고개를 끄덕였다.

"응, 꿈이야."

그의 손이 그녀의 머리카락 깊숙한 곳까지 파고들었다. 지은은 묘한 감각에 목을 젖히며 뒤로 넘어질 것처럼 휘청거렸다. 정현이 그녀의 팔목을 잡아 일으키며 말했다.

"그런 의미에서, 굿모닝 키스."

아직 잠이 덜 깨서 눈을 찌푸리고 있던 지은이 반사적으로 주춤 물러섰다. 발꿈치가 벽에 쿵 닿았다. 정말 하려던 것일까. 지은의 그런 반응에 정현의 얼굴에서 그녀를 놀리는 것 같던 짓궂은 미소가 사라졌다.

지은의 맨발을 내려다본 그의 눈이 전신을 훑고 올라와 아직 제 빛을 찾지 못한 까만 눈을 응시했다. 그가 머리카락을 만지고 있던 손을 내렸다. 정현은 손등으로, 손가락으로 지은의 뺨을 부드럽게 쓸고 어루만졌다.

'뭐, 뭐…….'

지은은 말도 제대로 나오지 않았다. 반사적으로 목을 움츠리며 눈을 질끈 감았다. 그가 더 가까이 몸을 붙여왔다. 눈을 감고 있어 그가 내뿜는 향기와 열기가 더 예민하게 느껴졌다. 이건 꿈이야. 그렇지 않고서야 이 상황을 설명할 길이 없잖아.

긴장된 숨을 들이마시자 은은한 로션 향이 함께 밀려들어와 명치끝에 맺혔다. 긴장한 몸을 사린 채 얼굴을 뒤로 슬금슬금 물렸지만, 그럴수록 그의 손길은 더 은밀하고 또한 과감해졌다. 벽이 대책 없이 물러서는 그녀의 뒷머리를 막았다.

그의 손가락 끝이 파르르 떨리는 속눈썹을 스쳤다. 엄지가 눈가를 문질렀다.

지은은 가슴 위에 방어적으로 모으고 있던 두 손을 꼭 오므렸다. 찌릿한 감각이 등줄기를 타고 흘렀다.

그가 지금 무슨 생각에서 이런 접촉을 하는지 그의 표정을 보고 싶었지만, 두려웠다. 이 상태에서 그의 눈을 바라봤다간 뭔 일이 벌어질 것 같았다. 분명 태연한 표정을 짓고 있을 거야. 이쪽에서 놀란 표정을 지으면, 또 빙글거리고 웃을 거다.

그녀의 팔을 잡고 있던 손이 떠난다 싶더니 곧 아랫배와 허리의 경계쯤에 그의 손이 닿는 것이 느껴졌다. 그 커다란 손은 욕정을 품고 있다기엔 조용히 머물러 있었고, 단순한 접촉이라기엔 손가락이 너무 내밀하게 움직였다. 몸을 흠칫흠칫 떨 때마다 그의 손이 그녀 몸의 떨림을 온전히 느끼고 있었다.

"으음……."

묘한 소리가 새어나왔다. 얇은 티 위로 그의 손가락이 움직이는 게 느껴졌다. 그녀가 흥분한 걸 눈치챈 것이 분명했다. 그의 손가락이 노골적으로 배를 쓸고 아래로 내려갔다. 하지만 위험한 곳까지는 내려가지 않았다. 실제로 손을 아래로 움직였는지도 알 수 없었다. 그저 눈을 감고 있는 그녀가 상상으로 그런 감각을 떠올렸을 수도 있다. 그는 늘 그렇듯, 놀리는 것처럼 그녀를 흥분시키고 상대의 반응을 즐기고 있었다.

지은은 아랫배에 힘을 꽉 주고 눈을 감은 채 속으로 되뇌었다. 너무 생생해서, 몸이 이상할 정도지만, 아무리 생각해도 이건 꿈이리라. 이게 다, 어제 그가 이상한 소리를 해서…….

그는 항상 죽은 듯이 잠을 잤다. 정말 어디가 잘못된 게 아닐까 싶을 정도로.

숨은 쉬고 있는 걸까, 몇 번이나 그에게로 고개를 숙여 숨을 쉬는 것을 확인하고서야 안심을 했다.

잠들어 있는 그의 얼굴을 쳐다보면서 민망한 생각을 아예 하지 않았다고 하면 거짓말이다.

약지가 얼굴선을 따라 턱으로 미끄러져 내려와 입술을 매만졌다. 그의 손길이 원하는 대로, 그녀의 마음이 원하는 대로 입술이 살짝 벌어졌다. 순간 그의 손이 완전히 움직임을 멈췄다. 그가 긴장하는 것이 느껴졌다. 그가 긴장을 해? 지은은 살짝 눈을 떴다.

미소를 찾아볼 수 없는 그의 표정이 경직되어 있었다. 평소처럼 장난이라고 하기엔 그의 분위기가 낯설었다. 그녀를 응시하고 있는 그의 눈빛이 저릿할 정도로 묵직했다.

장난이었다. 설거지를 막 끝낸 정현은 지은이 방을 나오는 소리에 고개를 돌렸다가 그대로 굳었다. 한쪽 어깨를 다 드러낸 채, 방금 잠에서 깬 얼굴을 한 그녀가 몽롱한 눈으로 그를 바라보고 있었다. 숨이 멎었다. 얼른 시선을 거뒀다.

자신을 보고도 놀라기는커녕 당연히 꿈이라고 생각하는 게 괘씸해서 장난을 칠 요량이었다. 허락한다면 뺨에만 가볍게 입을 맞출 생각이었다. 그러면 어젯밤 꿈으로 인해 더 이상 숨쉬기를 포기하고 딱딱하게 굳어버린 듯한 심장이 다시 온기를 되찾을 것 같았다.

하지만 그녀의 얼굴에 손을 갖다 대는 순간 그런 그의 생각을 비웃듯 온몸에 전류가 흘렀다. 애초에 그런 단순한 욕망이 아니지 않느냐는 듯, 머릿속에 누군가가 비웃는 소리가 들려왔다.

허리가 뻐근해지고 무너지려는 몸을 버티기 위해 등이 저절로 펴질 만큼 강력한 충격이 몸을 꿰뚫었다.

실수다. 뒤늦게 실수란 생각이 들었다. 그녀에게 손을 대지 않을 때에만 그는 그녀 앞에서 냉정을 유지할 수 있었다. 자신의 손길에 그녀의 입술이 열리는 걸 보는 순간, 그의 단단한 이성이 송두리째 흔들렸다. 굳어 있던 심장이 뜨겁게 전율했다.

그래, 이런 여자다. 너는 내게 이런 존재야.

살아 있다는 것이 생생히 느껴졌다. 혈관이 요동치고, 뜨거운 피를 뒤집어쓴 심장이 펄떡였다. 심장이 그녀를 향해 달음박질쳤다. 그녀의 몸이 점점 뜨거워지는 것이 손아래에서 느껴졌다.

눈을 감은 채 붉어진 얼굴의 그녀가 작게 한숨을 내쉬는 게 보였다. 묘한 기쁨에 정현의 입가가 치켜 올라갔다. 하지만 머릿속을 간질이는 뭔가가 그의 행동에 제동을 걸었다.

정현은 미소를 씹어 삼키며 손을 뗐다. 아쉬움에 완전히 거두지도 못하고 손을 그녀의 얼굴 곁에 놔둔 채 열을 삭였다.

지은이 살짝 눈을 뜨는 것이 보였다. 정현은 웃으려고 노력했다. 평소처럼.

그런데 평생 웃지 않은 사람처럼 입이 굳어 움직이지를 않았다. 눈이라도 돌리려고 했다. 맙소사, 눈을 뗄 수가 없었다. 저 까만 눈동자 속에 순간 스치는 빛조차도 놓치기 싫었다. 어떻게 이 여자 없이 그 긴 세월을 살아왔을까. 아니, 한 번도 이 여자가 곁에 없었던 적은 없다.

정현의 감정과 아일의 감정, 지은의 눈과 그녀 눈 속에서 보이는 라야의 흔적이 그를 혼란스럽게 만들었다. 어찌할 바를 몰라 비명이라도 지르고 싶은 심정이었다. 그때 구세주가 나타났다.

"지나가도 돼요?"

화장을 하고 외출복을 갖춰 입은 예은이 방에서 나와 있었다.

정현은 굳은 얼굴에 간신히 엷은 미소를 달고 뒤로 물러섰다. 그리고 지나가라는 손짓을 했다.

지은은 예은을 보고서야 이게 꿈이 아니란 것을 깨달았다. 아니다, 이렇게 생생한 감각이 꿈일 리 없다는 생각은 어렴풋이 하고 있었다. 이게 꿈이 아니란 걸 인정하는 순간 모든 것이 끝나버릴 것 같다는 생각에 모른 척 스스로를 속였을 뿐이었다.

지은은 양손으로 벌게진 얼굴을 감싸고, 두 사람 사이를 유유히 지나가는 예은을 보았다. 예은이 신발을 신다 말고 돌아보며 말했다.

"아, 언니. 생일 축하해. 미역국 맛있더라. 잘 먹어."

"너, 너는 어디 가는데?"

"친구 만나러."

신발을 신고 일어선 예은이 셔츠의 어깨 자락을 추켜올리는 제스처를 해 보였다. 지은은 훤히 드러나 있는 자신의 어깨를 보고 꺅, 비명을 지르며 옷을 추슬렀다. 예은은 운동화 끝을 몇 번 바닥에 두들기고 문을 열었다. 그리고 정현을 향해 말했다.

"밥 잘 먹었어요. 또 놀러 오세요."

"안 그래도 그러려고요. 재밌게 놀다 와요."

정현은 마치 제 집인 양 예은을 배웅했다. 예은은, 근사한 미소를 띤 채 손을 살랑살랑 흔드는 그의 모습에 잠시 얼굴을 붉혔다가 피식 웃으며 문을 닫았다. 집 문 닫히는 소리가 오늘만큼은 백 톤짜리 철문이 닫히는 소리만큼 육중하게 들려왔다.

지은은 팔을 교차시켜 셔츠의 양쪽 어깨 자락을 움켜잡고 정현을 쏘아보며 소리쳤다.

"뭐예요?"

"뭐냐니?"

"우리 집에 왜 와 있는 거예요?"

"보고 싶어서."

헤어진 지 아직 반나절도 안 지났는데!

"누가 문 열어줬어요?"

"처남이."

"……동현이요?"

"바로 알아듣네."

정현이 능글맞은 웃음을 흘렸다. 당황스러운 기색을 숨기려는 그녀의 모습이 귀여웠다. 다시 가슴이 뻐근해졌다.

"이놈의 자식! 동현이 지금 어딨어요?"

"아침 먹고 독서실 갔어. 정말 착실한 학생이야."

그가 두 손을 짝 마주치며 발랄하게 말했다.

"자, 일어났으니까 씻고 밥 먹자. 홍합미역국으로 만들어봤어. 너무 맛있어서 기절할지도 몰라. 그럼 내가 직접 침대로 옮겨 주지. 일부러

기절해도 모른 척해줄게. 네게 준 생일 선물은 아직도 유효하니까. 그리고 밥 먹고 나면 부모님한테 안부 전화 드려야지? 안 버리고 키워주셔서 감사합니다. 뭐해? 어서 움직여."

지은은 정현에게 떠밀려 자기 방으로 내몰렸다.

그가 방문을 닫고 나간 뒤에야 지은은 꽉 잡고 있던 셔츠 자락을 놓았다. 벽에 머리를 대고 스르륵 주저앉았다. 벽에 밀려 셔츠가 가슴 바로 아래까지 올라갔다. 허연 배가 드러나자 지은은 누가 보기라도 하는 것처럼 급히 옷을 내렸다. 고개를 뒤로 젖히고 머리를 벽에 쿵 찧었다. 양손으로 아직까지 뜨거운 얼굴을 감싸고 눈을 감았다. 예전에 선예가 했던 말이 떠올랐다.

「섬세한 손이야.」

맙소사.

「거칠거나, 노련하거나. 양쪽 다 좋아.」

지은은 자신이 아는 동서양 모든 신의 이름을 불렀다.

내 주변에는 이상한 소리를 하는 사람들밖에 없어. 가장 이상한 건 그런 말을 기억하고 있는 나고.

지은은 열이 가라앉을 생각을 하질 않는 얼굴에 손부채질을 했다.

"그렇게 빤히 쳐다보고 있으면 못 먹어요."

지은이 뚱한 얼굴로 말했다. 정현은 알겠다는 듯이 고개를 끄덕이고 자신도 수저를 들었다. 그녀의 집 냉장고에 있던 걸로 만들어낸, 간소하지만 손 갈 곳은 많은, 알차고 정갈한 상이었다. 홍합도 마트에서 떨이로 파는 것을 지은이 사 온 것이었다. 그래놓고는 그냥 놔둔 거였는데, 지금 이렇게 홍합미역국으로 만들어져 나올 줄이야. 정현이 두부부침을 먹는 걸 보고 나서, 지은은 그의 눈치를 보며 미역국을 한 숟갈 떴다. 그리고 감탄했다.

"아."

정현이 칭찬을 기다리는 소년처럼 득의양양한 미소를 지어 보였다. 지은은 대답 대신 밥을 먹었다. 같은 밥솥으로 한 거 맞아? 그녀가 눈을 찌푸리자 정현이 고개를 갸웃했다. 된장찌개에 숟가락을 넣었다. 정현은 얼른 찌개 속에 들어 있는 두부를 집어 그녀의 숟가락 위에 올려놓아주었다. 그리고 이번에야말로 칭찬을 해달라는 눈으로 그녀를 주시했다.

지은은 어깨를 추스르며 숟가락을 입에 넣었다.

"아."

나물을 먹었다.

"와."

두부부침을 먹었다. 잠깐만, 이거 두부 맞아? 두부란 게 원래 이런 식감이었나? 겉은 바삭하고 속은 부드럽고?

정현이 두 손을 모으고 싱글거리며 말했다.

"어때, 맛있지? 난 정말 손으로 하는 건 못하는 게 없어. 난 정말 좋은 남편이 될 거야. 솔직히 말해봐, 탐나지?"

"말도 안 돼!"

지은이 버럭 소리를 치며 젓가락을 내려놓았다. 정현이 놀란 얼굴을 했다. 지은은 정말 화가 나기라도 한 것처럼 말했다.

"불공평해! 이건 뭔가 이상해요. 이건 말도 안 돼!"

"그 정도로 화를 낼 일인가?"

"보통 사람들을 대표해서 화내는 거예요. 신부 수업이라도 따로 받은 거예요? 그렇다고 해줘요. 그럼 좀 위로가 될 것 같아."

"응, 평생 신부 수업을 받아왔어."

"좋아요. 위로가 됐어요."

지은은 흡족한 미소를 짓고 다시 밥을 먹기 시작했다.

"우리 집엔 몇 시에 온 거예요?"

"7시쯤?"

"초인종 눌렀어요?"

"아니, 동현 군이 조깅 다녀오길래 같이 들어왔지. 그 친군 왜 그렇게 부지런한 거야?"

"걔가 좀 그래요. 잠도 별로 없고."

지은이 정현 쪽에 놓인 김치 그릇으로 손을 뻗자 그는 아예 그릇을 그녀 앞으로 옮겨주었다. 그녀는 사양하지 않고 그릇을 앞으로 당겼다. 아침밥도 거르고, 일어나자마자 몸이 잔뜩 긴장을 했더니 운동을 한 것 같은 시장기가 느껴졌다. 잠깐만, 왜 그런 짓을 했는지 따지지를 못했잖아! 지은이 미역국에 밥을 말다 말고 정현을 노려봤다. 정현은 젓가락으로 두부를 집다가 의아한 표정을 지었다. '왜?' 지은은 이를 악물고 다시 밥을 말았다.

그녀가 퉁명스러운 말투로 말했다.

"옷을 바꿔 입은 걸 보니까 집에 갔다 온 거 같긴 한데. 왔다 갔다 하는 시간을 생각해보면 잠을 거의 못 잤겠네요. ……잠 좀 잤어요?"

"아, 응."

정현이 불분명한 목소리로 대답했다. 마지못해 하는 대꾸였다. 말을 피하는 기색이 역력했다. 지은이 이마에 주름을 잡고 따지듯 말했다.

"대답이 뭐 그래요? 정말 잤어요?"

"잤지, 그럼."

의심스러운 눈초리가 시선을 피하는 정현의 눈을 쫓아왔다. 그가 드물게 살짝 인상을 쓰며 말했다.

"잠 좀 안 잔다고 안 죽어. 몸이 못 견디겠으면 쓰러지겠지. 쓰러지면 자면 되는 거고."

지은이 국그릇에 숟가락을 내려놓고 어르는 말투로 말했다.

"그렇게 되기 전에 자야죠."

그러고 보니 정현의 그릇에 담긴 밥의 양은 그녀 것의 반도 되지 않았다. 어제도 그는 저녁밥을 남겼다. 당시엔 입맛이 없나 보다 하고 넘어갔었는데, 지금 보니 그게 아니었다.

"말해봐요. 요즘 잠 잘 못 자죠?"

"물 마실래?"

정현은 불쑥 일어나 냉장고로 갔다. 그의 얼굴은 웃고 있었지만 웃고 있는 게 아니었다. 그 정도도 눈치채지 못할 만큼 지은은 둔한 사람이 아니었다. 그는 대답을 피하고 있었다.

"요즘 지나치게 업 되어 있는 거 알아요?"

"누가? 내가?"

목소리에 신경질이 배어 있었다. 표정은 숨겨도 목소리는 어찌할 수가 없었다. 짜증이 몰려왔다. 잠을 못 자서 느끼는 피곤보다 어떻게 대화를 피해야 할지 모르겠는 이 상황이 더 짜증이 났다. 그녀를 걱정시키고 싶지 않은 마음과 왜 모른 척해주지 않는 거냐는 원망이 그의 표정까지 점점 언짢게 만들고 있었다.

지은이, 냉장고에서 물통을 꺼내 들고 컵을 꺼내기 위해 뒤돌아 서 있는 그의 등을 응시하며 대꾸했다.

"네, 사람이 조금 실없다고 할까."

"나 원래 그런 소리 많이 들어. 많이 친해져서 그런가 보지."

까칠한 목소리가 꼭 빈정대는 것처럼 들렸다.

지은이 미간을 찡그렸다.

"그런 게 아니잖아요. 컨디션이 안 좋아서 일부러 더 밝은 척하는 것 같단 말이에요."

여전히 뒤돌아선 채 그가 고개를 살짝 기울이는 것이 보였다. 그가 화를 내고 있는 게 느껴졌다. 하지만 멈출 생각은 없었다.

"솔직히 말해보세요."

힘이 실린 목소리였다. 도망치는 그를 꾸짖는 듯했다.

"요즘도 악몽을 꾸는 거예요? 그래서 제대로 못 자는 거죠?"

"……"

"저한텐 말해도 되잖아요!"

물통을 움켜쥔 그의 손에 핏줄이 섰다.

"라야도!"

동시에 들고 있던 물통을 싱크대에 세게 내리쳤다. 싱크대가 쿵 울리면서 쌓아놓은 식기들이 흔들렸다. 지은은 놀란 눈을 하고 숨을 멈췄다. 뒤이어 들려온 그의 목소리가 가늘게 떨렸다.

"라야도 그렇게 말했지."

정현의 것 같지 않은 지독히 낮은 목소리였다.

난 라야가 아니에요. 그 말이 목구멍까지 나왔다. 하지만 뱉을 수는 없었다. 쓴물을 삼키듯 다시 밀어 넣었다.

정현은 슬쩍 고개를 돌려 어깨 뒤를 보았다가 그녀와 눈이 마주치기 무섭게 시선을 돌렸다.

"참을 만하니까……."

노기를 띠고 흔들렸던 목소리가 다시 잠잠해졌다.

"참을 만하니까 말하지 않는 거야."

억눌린 것 같은 음성이 지은의 마음을 더 아프게 했다.

그녀에게 화를 내는 게 아니었다. 그는 그녀에게 화를 낼 수 없는 사람이었다. 그 스스로가 알고, 지은도 어렴풋이, 아니, 어쩌면 본능적으로 그것을 알고 있었다.

그가 컵을 꺼내 물을 따랐다. 물통을 들고 다시 냉장고로 갔다. 그는 물통을 제자리에 놓고도 냉장고 문을 연 채로 가만히 서 있었다. 냉장고의 냉기로 몸의 열을 가라앉히려는 듯이.

정현이 가슴이 에일 정도로 힘없는 음성으로 말했다.

"영 못 참을 것 같으면, 그때 얘기할게."

냉장고 엔진 돌아가는 소리만이 들려왔다. 싱크대 수도꼭지에서 떨어진 물방울이 아직 담긴 거라곤 젓가락 몇 벌이 전부인 물속으로 사라졌다. 수면에 잔잔한 파문이 번졌다.

정현은 감고 있던 눈을 뜨고 냉장고 문을 닫았다. 그리고 고개를 돌렸다가 놀란 눈을 치켜떴다. 자신을 때릴 것처럼 날아오는 손을 반사적으로 붙잡았다. 지은이 으르렁거리는 표정으로 그에게 잡힌 손목을 빼내려고 팔을 거칠게 흔들었다. 정현은 기겁한 표정으로 화를 내는 그녀를 쳐다봤다.

"지, 지금 뭐하려던 거야?"

"뭐? 지쳐 쓰러지면 자면 된다고요? 어디 한 번 저한테 흠씬 두들겨 맞고 쓰러져보세요."

"아! 잠깐만! 지은 씨, 잠깐만! 아파!"

지은은 잡히지 않은 다른 손으로 정현의 팔과 어깨를 두들겨 팼다. 그냥 맞아주기엔 손이 매서웠다. 결국 다른 쪽 손도 그에게 잡히고 말았다. 양손목을 모두 붙잡히자 지은은 거세게 반항했다. 몸을 흔들며 손을 잡아 빼려고 했다. 정현이 미간을 찌푸리며 자못 엄한 말투로 말했다.

"그만해."

정현은, 여전히 거칠게 몸을 흔들며 심지어 발로 그의 정강이를 차려고 하는 지은의 팔목을 세게 잡아당겼다. 그 바람에 두 사람의 몸은 위험스러울 정도로 밀착됐다. 정현은 감전이 된 듯 온몸으로 느껴지는 찌릿한 감각을 즐기며 나지막하게 말했다.

"난 맞는 걸 즐기는 취향 같은 거 없어."

"정현 씨는 사람을 자꾸 발끈하게 만들어요!"

"발끈하면 사람을 때리나?"

지은이 분한 표정으로 입술을 깨물었다. 그가 눈을 가늘게 뜨고 칭얼거리는 아기를 달래듯 속삭이는 목소리로 말했다.

"난 매 맞는 남편은 되기 싫어."

"무슨……! 그런 식이면 정현 씨가 아까 한 짓도 폭력이죠. 내 몸에 손댈 때 내 동의 받았어요?"

"그……!"

'이, 이겼다……!'

지은은 말문이 막힌 그를 보고 속으로 환호를 질렀다. 처음이다! 말싸움에서 그를 이겼어!

그녀의 승리를 확인해주듯 정현이 잡고 있던 팔을 놓아주었다. 지은은 손목을 만지작거리며 그를 흘겨봤다. 정현은 중지로 관자놀이를 문지르며 씁쓸한 미소를 지었다.

"놀라게 했다면 미안한데, 난 얼굴만 만져…… 잠깐만, 그만 때리라니까."

지은은 손이 자유로워지자 다시 정현을 때리기 시작했다. 정현은 작게 한숨을 내쉬었다. 일단 그녀가 속이 풀릴 때까지 맞아주기로 했다. 그래, 맞으라면 맞아야지. 그는 그녀에게 등과 한쪽 팔을 내어주고 다른 쪽 손으로 눈을 가린 채 잠시 생각에 잠겼다.

오늘 새벽 그는 악몽에서 깨어나자마자 미친 사람처럼 집을 뛰쳐나왔다. 정신을 차려보니 지은의 집 앞이었다. 십여 년 만에 찾아온 악몽은 더 지독해지고 더 끈질겨졌다. 밤새, 아니, 시간과 장소를 불문하고 잠깐만 눈을 붙여도 기다렸다는 듯이 쫓아와 그를 괴롭혔다.

그녀를 만났기 때문에 다시 이런 일을 겪는 게 분명했다. 그녀가 그를 만난 이후 아일이란 이름을 기억해냈듯이, 자신도 그녀 때문에 다시 악몽에 시달리는 것이리라.

온몸을 두르고 있는 전생의 쇠사슬이 그녀에게 반응해 하루하루 그의 목을 조여왔다. 그는 그녀에게 기쁨을 느끼는 순간순간마다 심장을 터뜨릴 것처럼 옥죄어오는 사슬도 느껴야 했다. 그의 손에 죽어간 이들이 묻는 소리가 들려왔다.

「네 죄는 다 갚은 것인가? 진정 그렇게 생각하나?」

미칠 노릇이었다. 그녀와 가슴 벅찬 하루를 보내면 그날 밤은 어김없이 그녀의 미소에 가슴이 떨렸던 횟수만큼 죽어야 했다. 밤새 그런 일을 겪고도 그는 다음 날이 되면 또다시 그녀를 찾았다. 오늘처럼. 악몽에서 깨어난 아이가 엄마의 품속을 더 깊이 파고들 듯이.

그는 하루에도 수십 번 스스로의 의지를 확인하듯 자문자답했다.

지난 십여 년간의 평화롭던 삶과 그녀를 만난 이후의 삶 중 선택하라면?

대답은 한결같았다. 고민할 것도 없다. 당연히 그녀를 선택한다. 악몽이 평생 쫓아오겠다면? 그래, 싸워주지.

자신이 이렇게 결연한 의지로 버티고 있는데 이 아가씨는 얼굴 좀 만졌다고 날……, 아, 배도 살짝 만졌나. 정말 살짝 만졌는데.

정현이 뒤로 고개를 돌렸다. 매타작은 멈출 생각을 하지 않았다. 그녀에게만은 온화하기 이를 데 없는 정현도 이제 슬슬 짜증이 나려고 했다. 내가 뭘 어쨌다고, 진짜!

정현은 몸을 홱 돌리고 그녀의 팔목을 잡았다. 한마디 하려고 입술을 떼던 그는 지은의 눈가에 눈물이 그렁 맺힌 것을 보고 멈칫했다. 지은은 곧 눈물이 떨어질 것 같은 눈을 하고 화가 난 목소리로 말했다.

"힘든 일 있으면 말을 해야죠. 숨기고 있는 거, 속으로 삭히는 거, 하나도 안 멋있어요. 어리광 좀 부려도 돼요. 약한 티 내도 된다고…… 그 정도는…… 괜찮단 말이야……."

"……."

지은이 자신 때문에 눈물을 흘린다는 게 기쁘기도 하고 괴롭기도 해 정현은 참담한 표정으로 그녀를 바라보았다. 목이 꽉 메어와 아무 말도 나오지 않았다. 달변가인 그가 그녀를 달랠 어떤 위로의 말도 생각해내지 못했다.

정현은 붙잡힌 손목을 아플 정도로 비틀어대는 지은을 가만히 끌어안았다. 지은은 순순히 안겼다가 눈물이 옷깃에 떨어지기 무섭게 주먹으로 그의 가슴을 밀치고 빠져나왔다. 그리고 손등으로 거칠게 눈가를 훔치고 눈물이 나는 게 분하다는 표정으로 정현을 노려보았다.

정현이 힘없이 웃으며 다시 그녀를 끌어안았다.

그렇게 웃지 말라고! 그렇게 웃지 말란 말이야! 말 대신 그런 마음을 주먹에 실어 지은은 다시 그를 밀쳐냈다. 그러면 정현은 또다시 그녀를 껴안았다. 도망치면 다시 끌어안고, 도망치면 다시 끌어안고, 물러서면 다가가서 또 끌어안았다.

더 이상 세는 것을 포기해버린 많은 날과 달, 계절과 해를 보내며, 눈을 뜨면 곁에 그녀가 없다는 사실에 실망했다. 항상, 언제나, 늘 너를 그리워했어. 오직 너를. 오직 너 한 사람만을 기다렸어. 이 넓은 우주에서, 감당할 수 없을 만큼 큰 공간과 긴 시간 속에서 만날 약속을 정하지 않고 헤어져버린 너를 미친놈처럼 기다렸다.

그러다 결국 널 만났어. 지금 이렇게 너를 만질 수 있어. 지금 이런 내 심정을 어떻게 설명할까.

그는 그녀가 자신을 받아들일 때까지 끈질기게 손을 뻗었다. 그녀를 쫓아가며 다시 또 끌어안듯, 끊임없이 그녀를 원하는 자신의 마음을 느껴보라는 것처럼.

네가 사랑스러워. 사랑스러워서 나 같은 건 아무래도 좋다는 생각이 들어.

"다시 날 좋아해줄 줄 알았어."

지은이 밀쳐내는 것을 포기하고 그에게 완전히 안겼을 때 그가 말했다.

"네가 날 좋아하게 되는 건 당연한 거지만……."

지은은 정현의 가슴에 얼굴을 묻은 채 주먹으로 그의 등을 퍽 쳤다. 정현이 몸을 떨며 웃었다.

"당연한 거지만, 그래도 이왕이면 너를 만나기 전에 좋은 사람이 되어 있고 싶었어. 네가 모처럼 좋아한 사람이 나쁜 남자면 너까지 이상한 사람이 돼버리잖아."

지은은 코를 훌쩍이고는 다시 주먹으로 그의 등을 쳤다.

"그래봤자 하나도 안 아파."

"조금 전엔 아프다고 해놓곤."

"난 엄살이 심하거든."

정현은 좀 더 꽉 그녀를 안았다. 그녀의 향기가 머지않아 멈출 것처럼 불안하게 뛰던 심장을 다독였다. 손에 닿는 그녀의 보드라운 감촉이 뻣뻣하게 굳은 근육을 이완시키고, 그녀의 체온이 그의 마음을 안정시켰다.

꿈만 같다. 그래, 이런 때 사용되는 표현이군.

'내 경우는 좀 다른가.'

지은의 머리 위에 뺨을 대고 있는 정현이 편안한 미소를 지었다.

"어이쿠, 죄송. 휴대전화를 두고 가서."

현관문을 벌컥 열어젖힌 예은이 서로 안고 있는 두 사람을 발견하고 손으로 눈을 가리며 말했다. 지은은 귀에 예은의 목소리가 파고들자, 감고 있던 눈을 번쩍 뜨며 정현을 있는 힘껏 밀쳐버렸다. 불의의 기세에 정현은 미처 대응도 못하고 싱크대에 사정없이 처박혔다.

지은은 예은을 보고 황망한 표정을 지었다가 뒤늦게 넘어진 정현을 발견하고는 미안해서 어쩔 줄 모르는 표정을 지었다. 정현은 싱크대 손잡이에 머리를 부딪친 건지 뒤통수를 감싼 채 고개를 숙이고 있었다. 예은이 신발장에 놓아둔 휴대전화를 집어 들고 점잖은 목소리로 말했다.

"다 좋은데, 식탁 위에선 그러지 마."

무슨 소리야! 지은이 소리치기 전에 예은은 혀를 낼름 내밀고 문을 닫고 나가버렸다.

지은이 정현에게 다가가 머뭇거리는 목소리로 물었다.

"괘, 괜찮아요?"

정현은 넘어지면서 손목까지 접질렸는지 머리를 감싸고 있던 손 중 하나를 내려 보란 듯이 지은의 눈앞에 흔들어 보였다. 잠시 잊고 있었던 피곤이 한꺼번에 몰려왔다. 정현이 원망 어린 눈으로 그녀를 올려다보았다.

"저번 술래잡기 때에도 생각했었지만, 지은 씨 혹시 운동부 같은 거였어?"

"농담하지 말고요."

"농담? 지금 내 꼴을 보고도 그런 말이 나와? 자신의 힘을 제대로 파악해! 그러고 보니 아까 맞았던 데가 다 욱신거리잖아! 분명 멍들었을 거야. 키스 마크는 못 남겨줄 망정 멍이라니."

"⋯⋯."

"이런 힘의 불균형은 곤란해. 지은 씨가 나를 덮치려고 하면 속절없이 당해야 하잖아. 아, 물론 좋기야 하지만, 그래도 조금 부끄럽달까. 그러니까 반드시 먼저 얘기를 해줘. 그래야 뒤로 넘어질 때 마음의 준비라도 하지. 허리라도 삐면 어떡해? 내가 다치면 지은 씨한테도 별로 좋을 거 없잖아?"

어느 순간부터 담담한 표정으로 정현의 말을 듣고 있던 지은이 손을 올려 그의 어깨를 쓰다듬었다. 정현이 긴장으로 어깨를 굳혔다.

지은이 손에 힘을 주고 은근한 목소리로 말했다.

"일단 잠부터 자요. 내가 도와줄게요."

"⋯⋯우리 밥 먹던 중 아니야? 밥 먹자, 지은 씨."

"⋯⋯."

"어서 자요."

지은은 정현과 함께 보던 쇼 프로가 끝나자 TV를 완전히 끄며 말했다. 그 말에 정현은 오렌지 주스를 마시다 말고 눈을 살짝 치켜떴다. 목을 젖혀 일단 마시던 주스를 다 마셨다. 지은의 눈이 자연스럽게 그의 목을 쳐다보았다. 천천히 위아래로 움직이는 목울대를 빤히 바라보고 있자니, 지은은 갑자기 목이 타는 느낌이 들어 자신의 주스 컵을 찾았다. 그녀는 유리컵 밑바닥을 내려다보며 마른침을 삼켰다.

주스를 다 마신 정현이 컵을 테이블 위에 올려놓았다. 그러고는 옆에 앉은 지은의 허리에 자연스럽게 손을 가져갔다. 지은이 그의 손을 쳐내며 날카로운 목소리로 말했다.

"장난치지 말고요. 지금 내 눈앞에서 자란 말이에요. 집에 가선 또 안 잘 거 아니에요. 이 상태로 어떻게 월요일에 출근을 해요? 소파에서 자요."

"소파에서?"

"그럼요?"

"보통 침대에서 자라고 하지 않나?"

"……그냥 소파에서 자요."

"보통은 침대에서 자라고 하면, 남자가 '아니, 소파에서 잘게.' 그러잖아."

"몰라요, 그런 거. 어서 자요. 이불 가져다줄게요."

지은이 뭔가를 피하듯 벌떡 일어났다. 정현이 환한 햇빛이 들어오는 베란다 쪽을 쳐다보며 눈을 가늘게 떴다.

"이렇게 밝은데 어떻게 자?"

"커튼 쳐줄게요."

"내가 자는 동안 지은 씨는 뭐하고? 생일인데."

"방에서 컴퓨터라도 하고 있으면 돼요. 볼 거 많아요. 준성이가 추천한 영화도 봐야 하고, 아프리카 다큐도 봐야 하고……."

"아프리카 다큐?"

"선예가 보내준 거예요. 아프리카 가자고 우리들끼리 여행계도 잠깐 만들었거든요."

"흐음."

"언젠가는 갈 거예요."

지은이 방 옷장에서 이불을 꺼냈다. 두툼한 이불을 꺼내주려고 가장 밑에 있는 것을 빼내다가 옷장 안에 있던 이불이 모두 우르르 쏟아졌다. 지은은 한숨을 내쉬고 쓰러지듯 이불 위로 주저앉았다. 그리고 이불 더미에 상체를 풀썩 기댔다. 빨아서 햇빛에 잘 말린 뒤 넣어둔 이불에선 좋은 향기가 났다.

"좋아. 대신 한 가지 약속해."

정현의 목소리가 가까이서 들려왔다. 지은은 머리를 이불에 묻은 채 고개를 모로 돌렸다. 정현이 문틀에 기댄 채 서 있었다.

"내가 자는 동안 절대 내 근처에 오지 않기야."

"안 그래요!"

발끈한 지은이 상체를 일으키고 소리쳤다.

"농담 아니야."

그는 진지한 표정이었다.

"절대 내 근처에 오지 마. 내가 끙끙 앓아도, 비명을 질러도, 살려달라고 애원해도 절대. 깨울 생각도 마. 내가 일어나서 지은 씨한테 직접 걸어오기 전까지 내 곁에 오지 마."

지은은 심상찮은 분위기를 감지하고 오로지 그를 안심시키기 위해 고개를 끄덕였다.

"알았어요."

지은은 푹신한 솜이불을 들었다. 그리고 부피가 버거운 듯 휘청거리며 걸어왔다. 정현이 미소를 지으며 두 손을 뻗었다. 지은은 그에게 이불을 건네주고 그의 눈을 바라본 뒤 살짝 고개를 숙였다가 몸을 돌렸다. 그러다 다시 그를 돌아보며 물었다.

"막 뭐 때려 부수고 그러는 건 아니죠?"

"……모르지."

정현이 씩 웃고 돌아섰다.

"아, 잠깐만요. 이것도 가져가요."

지은은 베개를 집어 들어 던졌다. 그보다 더 곧을 수 없을 만큼 멋진 직선 궤도를 그리며 날아간 베개가 정현의 머리를 퍽 치고 그가 들고 있는 이불 위로 떨어졌다. 두 팔로 이불을 받치고 있던 정현은 손도 써보지 못하고 얼굴 정면으로 베개를 받아야 했다.

고개가 뒤로 젖혀진 정현이 천천히 머리를 바로 하고 지은을 탓하는 눈길로 응시했다. 지은이 미안하다는 눈빛을 보냈다. 정현이 몸을 돌려 거실로 가며 중얼거렸다.

"이런 게 힘의 불균형이란 거야."

— 화요일 저녁 7시에 보기로 했어. 괜찮지? 너무 긴장하지 마. 그냥 친구 언니랑 대화한다고 생각해. 그럼 끊는다.

"혜경아, 잠깐만. 나 혼자 가는 거 아니지? 너도 올 거지?"

— 첫날은 같이 가줄게. 항상 보던 역에서 만나면 되지? 끊는다.

"야, 나 말 아직 안 끝났어. 왜 자꾸 끊으려고 그래?"

— 기다리는 전화가 있어서.

"누구? 아, 그 남자? 잘돼가고 있어? 우리 혜경이 몇 년 만에 하는 연애래. 맨날 전화하고 그런가 부지?"

— ……

"여보세요? 혜경아?"

회전 의자 위에 양반다리를 하고 앉아 빙글빙글 의자를 돌리던 지은은 수화기 너머에서 아무 소리도 들려오지 않자 휴대전화를 귀에서 뗐다. 전화가 끊어지지 않은 걸 확인하고는 다시 휴대전화를 귀에 바싹 붙이며 말했다.

"혜경아? 끊었니?"

— 아니. 듣고 있어.

"무슨 일 있는 거야? 목소리가 왜 그래?"

— 지은아…… 그 사람이 전화를 안 받아. 문자를 보내도 답장도 없

고……

"……너 지금 우는 거야?"

– 울긴 누가 울어! 나 박혜경 그깟 일로 울지 않아!

울먹거리는 혜경이라니, 지은은 상상할 수가 없었다. 혜경은 참았던 것이 폭발해버린 듯 흥분한 목소리로 빠르게 말을 뱉어냈다.

– 바람둥이 자식! 조신한 여자가 좋아한다고 해서 체질에도 안 맞는 혜진이 흉내까지 내줬더니! 처음 만났을 때부터 마음에 안 들었어. 보자마자 자기는 조신한 여자가 좋다나? 제 엉덩이 가벼운 건 생각 안 하고, 웃겨, 진짜! 난 그 인간이 말하기 전까지 '조신'이라는 단어가 아직도 사용되는 말인지도 몰랐어! 지금이 쌍팔년도야 뭐야? 조신? 조신 좋아하시네. 저 하는 짓은 21세기면서 요구하는 건 18세기야, '18세기!'.

"혜경아, 욕은 하지 마."

지은이 점잖은 말투로 혜경을 타일렀다.

– 예쁘장하게 생겨서 오냐 오냐 해줬더니 사람 무서운 줄 모르고. 싫증이 났으면 싫증났다고 말을 해야 될 거 아니야? 잠수를 타? 잠수? 만나기만 해봐라! 하나를 보면 열을 안다고, 지은이 너도 여우 사장 조심해! 친구가 그 모양인데 녀석이라고 다를까!

지은은 여우 사장이란 말에 정신이 번쩍 들었다. 굽히고 있던 허리가 저절로 쫙 펴졌다.

"여우 사장? 정현 씨가 거기서 왜 나와? 친구? 그 사람이 정현 씨 친구였어? 무슨 소리야?"

– 몰라, 끊어! 여우 사장 보고 그 인간한테 내 말 꼭 전해주라고 그래. 길에서 나 만나지 않는 게 좋을 거라고. 내 눈에 그 가벼운 엉덩이가 보이는 날엔 그날이 그놈 황천행 편도 티켓을 끊는 날이 될 테니까.

"황천행은 아마 거의 편도 티켓이지."

– 잠수를 타? 잠수를? 내 어이가 없어서. 끊어!

혜경은 일방적으로 전화를 끊어버렸다.

지은은 엄지로 휴대전화 창을 문지르며 벽시계를 보았다. 정현을 거실에 두고 방으로 들어온 지 네 시간이 흘렀다. 그동안 영화도 한 편 보고 책도 읽었다.

'화장실은 가도 되겠지?'

방문을 살짝 열고 문틈으로 거실 쪽을 살폈다. 거실 소파 위에 둘둘말린 이불 뭉치가 보였다. 정현이 워낙 겁을 줘 지은은 머릿속으로 이런 상황에선 이렇게 대응하고 저런 상황에선 저렇게 대응해야지 하는 시뮬레이션까지 해본 터였다. 그런데 너무 조용히 자잖아?

지은은 소파 쪽을 쳐다보며 입을 삐죽댔다. 고양이 걸음으로 방을 나와 화장실로 갔다. 화장실 문을 조용히 닫고 한숨을 내쉬는 그녀의 눈에 칫솔 건조기가 보였다. 세 남매의 칫솔 끝에 새로운 칫솔이 나란히 걸려 있었다.

'어느 색으로 할래요?'

식사를 마친 지은은 새 칫솔을 꺼내 와 정현에게 고르라고 했다. 손가락으로 턱을 괸 채 넥타이를 고르듯 신중한 표정이던 정현은 오렌지색 칫솔을 선택했다.

지은은 칫솔 건조기 문을 열었다. 정현의 오렌지색 칫솔을 빤히 쳐다보았다. 주말, 그것도 생일날, 집에서 함께 아침 식사를 했다. 서로의 칫솔이 나란히 걸려 있고, 거실에선 한 사람이 자고 있고, 한 사람은 그 옆에서 편히 쉬고 있다. 너무 자연스럽다.

그는 항상 이렇다. 어느새 당연한 것처럼 곁에 와 있다. 그것을 인식하는 순간 새삼 그 사실을 의식하는 자신이 이상하게 여겨질 정도였다.

지은은 정현의 칫솔을 집어 들었다. 오렌지색 칫솔. 오렌지 주스. 지은은 정현이 오렌지 주스를 마시던 장면을 떠올리고 짧게 숨을 들이마셨다. 번뜩 고개를 들어 거울을 봤다. 얼굴이 발그레해지고 있었다. 지은은 칫솔을 다시 건조기에 꽂았다.

화장실 문을 조심스럽게 열었다. 소파 쪽에선 아무런 움직임이 없었다. 지은은 까치발로 살금살금 방으로 걸어갔다.

톡톡.

"으응?"

지은은 이상한 소리를 듣고 멈춰 섰다. 집 밖에서 들려오는 소리 같았다. 눈가를 잔뜩 찌푸리고 거실 쪽을 보았다. 베란다 유리문에 드리운 커튼 아래에서 작은 그림자가 어른거리는 것이 보였다. 지은은 최대한 소리를 내지 않고 빨리 걸어 베란다로 다가갔다. 그리고 정현을 슬쩍 본 뒤 쭈그리고 앉아 커튼 아래를 들추었다. 참새였다. 참새가 베란다 문턱까지 올라와 부리로 닫힌 유리문을 두드리고 있었다.

지은이 입 앞에 손가락을 세우고 조용히 하라는 듯 몇 번 쉬쉬거렸다. 그래도 참새가 문을 두드리는 것을 멈추지 않자 손을 휘이 저으며 가라는 제스처를 했다. 그녀의 성화에 결국 참새는 푸드득 날아가버렸다. 정현이 몸을 뒤척이는 소리가 들렸다. 지은은 몸을 움찔하며 뒤를 돌아봤다. 정현은 여전히 이불 속에 들어가 있었다. 얼굴까지 완전히 이불 속으로 들어가 정수리의 머리카락만이 살짝 보일 뿐이었다.

'왜 저렇게 방어적으로 자는 거야? ……설마, 진짜 내가 덮칠까 봐?'

지은은 쭈그리고 앉은 자세로 슬금슬금 발을 움직여 소파로 다가갔다.

26

겨우 초저녁이었다.

겨울에는 겨울잠을 자듯 일찍 잠이 들더니 날이 더워지자 아넷은 기력이 허하다며 또 이른 잠을 청했다. 아넷이 잠든 틈에 라야는 서재에 내려왔다. 두 손으로 잡아도 둘레를 다 감싸지 못하고 두 팔로 안아야 옮길 수 있는 다이런 어 사전을 꺼내는데, 책장 빈 공간 너머로 아일이 불쑥 모습을 드러냈다.

"으앗, 깜짝이야."

서재는 제 구역이라는 듯 놀라 뱉는 목소리가 서슴없다. 라야의 놀란 표정은 놀라게 한 상대에 대한 짜증을 잠깐 품었다가 경계 어린 기색으로 완성되었다.

두 사람 사이를 책장이 가로막고 있어도 긴장감은 여전했다.

그녀의 표정 변화를 말없이 바라보던 아일이 두꺼운 사전이 빠져나가 비어 있는 책장 공간으로 손을 내밀었다.

"내놔."

조용한 울림이 이곳이 서재라는 것을 지적하는 듯했다. 역시나 위협적인 대사와 이질적인 목소리다.

라야가 고개를 갸웃했다. 뭘 내놔? 되묻는 것 대신 눈썹을 올렸다. 사전을 달라는 건 아닐 테고. 라야는 이 남자가 뭘 달라는 걸까 싶어 무엇인가를 요구하고 있는 그의 손을 보고 팔을 지나 그의 얼굴까지 쳐다보았다. 손부터 팔꿈치까지 감긴 붕대가 신경이 쓰였다. 어째서 신경이 쓰이는 걸까? 그의 공격성을 떠올리게 해서?

……그런데 뭘 내놓으라고?

"가지고 있는 단검. 내놓으라고."

그 말에 라야는 석고물을 뒤집어쓴 것처럼 굳었다. 표정부터 몸까지 눈에 띄게 뻣뻣해졌다. 얼굴이 너무 새하얘진다 싶더니 누가 등에 채찍이라도 휘두른 듯 소스라치게 놀라며 크게 뒷걸음질 쳤다. 그만 뒤쪽 책장에 쾅 부딪쳤다. 아픈지도 모르고 오직 저 말에 일그러진 얼굴을 하고 두꺼운 사전을 끌어당겨 두 팔로 꽉 안았다. 몹시 방어적인 태도였다. 지나친 반응이다. 경계심이 스무 배는 커진 듯 보였다.

아일이 속으로 흥미롭다는 표정을 지었다.

라야가 고개를 저으며 말했다.

"시, 싫어요. 안 돼요."

빠르게 내젓는 고개가 싫어, 싫어, 안 돼, 싫다고 외쳤다. 들고 있는 사전으로 그의 손을 내려찍지 않은 게 용하다.

소중한 물건이구나. 에드가 안의 감상적인 아일이 반사적으로 내민 손을 오므리려는 걸 에드가가 다시 펼치며 말했다.

"어머니와 가장 가까이 있는 사람이 흉기를 가지고 있게 할 수는 없어. 네가 호위를 겸하고 있지 않은 이상, 불필요한 물건이다."

"이건 흉기가 아니에요!"

"'이건'이라고 하는 걸 보니 지금도 지니고 있나 보군."

라야는 손등으로 멍청한 입을 막았다. 들고 있는 사전이 버거워 보였다.

아일이 말했다.

"숨기기 좋고, 큰 힘 들이지 않고 목을 베기 좋아서 여성과 암살자들이 애용하는 검이지.”

“아니에요. 무기로 가지고 있는 게 아니에요.”

“아, 내가 전장에 너무 오래 있어서 장신구를 검으로 잘못 본 건가?”

“누군가가 날 공격하려 한다면 장신구가 아니라 손도 무기가 될 수 있어요. 이건 내 일부 같은 거야. 잠시 무기로 썼다고 손을 가져가겠다고 할 수는 없어요.”

“실제로 이 나라에선 윗사람을 상처 입힌 하인의 손을 자르기도 했지.”

‘당신은 다치지도 않았잖아.’라는 말이 튀어나가려는 걸 입술을 다물어 막았다. 라야가 애처롭게 말했다.

“이건 그냥 칼이 아니에요.”

“널 괴롭히려고 검을 내놓으라는 게…….”

“엄마 거야.”

부모 자식 간의 정 같은 네 인색할 세 뻔한 남사시만, 자신의 마음을 알아주길 바라며 간절함을 담은 목소리가 떨렸다.

“유품이라는 말로 부르고 싶지 않지만, 유일하게 남아 있는 엄마 물건이에요. 엄마가…… 마지막에, 내게 준 거란 말이에요. 그래서 늘 가지고 다니는 거예요. 안 된다고 하면 앞으로는 방에 놔두고 다닐게요.”

우는 연출까지 할 생각은 없었는데, ‘마지막’이란 말이 입으로 나오자 머리가 어머니의 마지막 모습을 떠올렸다. 한심한 머리, 장소가 틀렸어. 눈물이 고였다.

“오늘 충분히 충격적이에요. 하루에 견딜 수 있는 충격분을 넘어섰다고요. 한 번만 봐줘요. 봐달란다고 봐줄 사람 같지는 않지만 그래도 한 번만 모른 척해줘요. 부탁이에요.”

생각에 잠긴 듯 머리를 기울이고 있던 아일이 펼치고 있던 손바닥을 뒤집었다. 일단 그것만으로도 한결 안심이 되었다. 책장 받침대를 짚고 있는 그의 손이 아직 생각 중이라는 듯 중지를 까닥였다. 그럴듯한 이유가 더 필요한 모양이었다.

턴 체인지를 알리는 종소리가 울리기 전에 패를 내놔야 하는 사람처럼 라야가 다급한 어조로 말했다.

"마님한테 말해도 좋아요. 괜찮다고 하실걸요? 마님이랑 나, 꽤 친한 사이거든요."

아, 별로 좋은 패가 아니었나 보다.

아일의 표정이 시큰둥해졌다. 평소 같으면 그가 무표정에서 그래도 표정이라 할 만한 것을 짓고 있다는 것에 신기해했겠지만 지금은 그럴 형편이 못 됐다. 다른 패가 필요했다.

"편지 때문에 아직도 기분이 별로인 건가요? 난처하게 했다면 미안해요. 그렇게까지 싫어할 거라고는 생각 못했어요. 답장을 하지 그랬어요? 길게 쓰기 싫으면, 닥쳐라든가, 그만 보내라든가. 그러면 더 이상 안 보냈을 거예요."

이미 슬쩍 보인 적이 있는 패는 효과가 적다. 다른 패를 내놓자.

"우리 키스도 한 사이잖아요."

맙소사. 라야는 자기가 한 말이 아니라는 것처럼 입을 쩍 벌렸다. 이것이 바로, 그녀도 이미 알고 있는 그녀의 단점이었다. 심각한 상황에도 유머를 잃으면 안 된다는 강박 관념이라도 있는 사람처럼 군다는 거. 지금 제 입에서 나와 귀에 들려온 말을 믿을 수 없다는 듯, 엄청난 자기혐오로 라야의 이마가 구겨졌다. 자신이 지금 중대한 폭행 사건을 가벼운 농담거리로 만들어버렸다.

차라리 울어버릴까. 하지만 자신이 뱉은 어이없는 발언에 눈물도 어처구니가 없는지 쑥 들어가버렸다.

아일은 재미없는 연극을 보는 관객의 얼굴을 하고 있었다. 라야는 저런 표정을 한 관객이 맨 앞좌석에 앉아 있다면 연극을 하던 도중 무대를 뚜벅뚜벅 내려가 그의 멱살을 잡고 '보기 싫으면 제발 좀 나가!'라고 소리칠 의향이 있었다.

"본인을 놓고 내기를 해서 화난 거예요? 그래요, 인정해요. 그건 화날 수 있어. 내가 잘못했어요."

라야는 사전도 놓아버리고 두 손을 모아 보였다. 두꺼운 책이 바닥에 떨어지면서 내는 소리를 양탄자가 반쯤 흡수했다. 퉁 하는 소리에 아일이 눈을 내려 책장 너머의 바닥을 보았다.

그가 빤히 쳐다보고 있지 않으면 라야는 훨씬 생각이 잘 돌아갔다. 윤활유라도 바른 듯 혀도 잘 움직였다. 너무 과하게 움직여서 문제였다.

"그렇구나, 애정 결핍이니 그딴 망할 소리를 해서. 맞아요, 내가 도련님에 대해 뭘 안다고 그딴 소리 하겠어요? 예전에 잠깐 본 게 다인 사이인데. 그러니까 애정 결핍이라고 한 건……, 새로운 단어를 배운 아기가 뭔지도 모르고 마구잡이로 계속 말하는 거와 비슷한 거예요. 전 말을 한창 배우고 있는 외국인이잖아요?"

아, 유효패인지 망패인지 그가 표정으로라도 알려줬으면 좋겠다.

순간 자신이 그의 입장이라면 의미 없이 그런 말을 했다는 것에 더 불쾌함을 느낄 것이라는 생각이 들었다.

"아니에요, 사실은 맞아요. 주제넘은 소리였던 건 인정하지만 완전 헛소리는 아니었어요. 경우에 따라서는, 당사자보다 주변인을 살필 때 문제의 본질에 더 가까이 다가갈 수 있는 거라고, 이걸 외부 관찰이라고 부른다고 나달이 그랬죠. 아니, 그쪽이 문제가 있다는 게 아니라…… 그렇다고 문제가 없지도 않지만……. 직관도 섞고, 추리도 약간 치고, 하지만 대부분 내가 이 년 동안 경험하고 보고 들은, 관찰에 의한 판단이라고 할 수 있죠. 그중에서도 특히 당신 할머니는 제대로 이상한…… 아니, 이 사람이 어디 갔어.”

그야말로 쏟아내듯 말을 뱉다가 그가 있던 자리를 보았다. 그는 없고 빈 공간만 남아 있었다. 정말 잠깐이었다. 말을 지어내야 할 때 사람의 얼굴에서 공중으로 시선을 옮기고 다시 사람을 쳐다보는 그 얼마간의 시간에 그가 시야에서 사라졌다.

그리고 또 딱 그만큼의 시간이 지나고, 인기척에 고개를 돌리니 바로 옆에 그가 서 있었다. 이건 정말 비명이 나올 만했다. 낮의 일이 생각나면서 몸이 얼어붙었다. 그녀의 근육이 굳어가는 게 아일의 눈에 보일 정도였다. 그녀를 더 놀라게 하지 않으려는 것인지, 그가 믿기지 않을 만큼 온유한 어투로 말했다.

“다시 말하지만…….”

아일은 허리를 굽혀 한 손으로 사전을 주워 들었다.

“널 괴롭히려고 검을 내놓으라는 게 아니야.”

그가 빈손을 움직여 라야에게 양손을 들어보라는 손짓을 했다. 라야가 두 손바닥을 펼치자, 아일이 그 위에 사전을 올려놓았다. 책 무게 때문에 라야의 상체가 휘청했다.

아일이 계속 말했다.

“날붙이를 지니고 있으면 굳이 꺼낼 필요가 없는 상황에서도 그것에 의존하게 되지. 몸만 피하면 되는 위험에도 그걸 꺼내 들게 될 거다. 작은 위험을 크게 만들 수 있어.”

“방에 두고 다닐게요. 약속해요.”

“약속을 참 잘하는군.”

아일이 냉소했다. 라야는 언제 또 그를 앞에 두고 약속이란 말을 했었는지 떠올려보려 했다. 그런 적 없는데?

생각을 한다고 그에게서 시선을 떨어뜨린 그 짧은 순간에 그가 또다시 시야 밖으로 벗어났다. 무거운 책이 그녀의 두 팔을 봉쇄하고 있어 거동도 불편했다. 그렇게 그녀가 그의 움직임을 미처 좇지 못한 사이, 뒤쪽으로 돌아간 아일이 그녀의 치맛자락을 거침없이 들췄다. 사내의 손이 전보다 더 은밀한 부위에 닿았다는 것에 하체가 제 것이 아닌 양 굳었다.

음흉한 손길은커녕 욕정 한 방울 흘리지 않는 무덤덤한 손이 그녀의 허벅지를 훑듯 타고 올라가 숨겨진 단검을 찾아냈다. 순식간에 목표물을 손에 넣은 그가 한 발자국 물러났다. 눈 깜짝할 사이에 벌어진 일이었다. 감각만 반응하고 사고는 그것을 좇아가지 못할 정도로 짧은 시간에 상황이 종료됐다.

그가 검집에 새겨져 있는 표식을 유심히 살펴보고 있는 걸 눈으로 보고 나서야 라야는 성난 비명을 질렀다. 망할 자식, 책을 주워준 것도 의도한 거였어!

창문을 등지고 선 아일이 검집의 표식이 잘 보이게 창 쪽으로 몸을 틀며 물었다.

"내가 크롬헬을 떠나 있는 동안에도 편지를 보낸 건 왜지?"

알 게 뭐야, 라고 소리치는 대신 라야는 책을 집어던지고 그의 손에, 단검에 달려들었다.

아일은 덤벼드는 라야의 한쪽 손목을 부드럽게 잡아챘다. 고작 그런 가벼운 제압에도 그녀의 몸이 공중에 들렸다. 아일은 바닥에 나뒹굴지 않을 만큼만 거칠게 그녀를 밀어냈다. 책장을 붙잡고 간신히 넘어지지 않은 라야를 보며 그가 말했다.

"그 덕분에 내 우편물을 맡은 녀석은 수신인이 읽지 못하는 편지들을 어떻게 처리해야 되나 고민하느라 불면증에 걸렸다더군. 사과 편시라도 보내는 게 어때?"

"당신은 말을 적게 할 때가 좋았어!"

아일이 크게 웃었다. 라야는 끝내 알지 못했지만, 그녀는 그날 그때 처음으로 그의 진짜 웃음소리를 들었다.

다정한 목소리가 그녀를 달랬다.

"자꾸 그러는데, 흥분해서 경어를 잊지는 마. 정말 죽는 수가 있어."

라야가 조롱조로 대꾸했다.

"분명 그딴 이유로 죽으면 억울하고 황당해서 저세상 문턱을 넘어갈 생각도 못하겠네. 하지만 외국인이니까 이해해주지 않을까?"

"애정 결핍, 자기연민이란 단어를 사용하는 외국인을?"

그에게서 솜씨 좋게든 실수로든 무력으로 단검을 빼앗는 건 불가능했다. 다시 한 번 그를 설득하기 위한 목소리에 애원을 담았다. 놀라울 정도의 솔직함도 담았다.

"그래요, 당신 말대로 내가 주제넘었어요. 우리 첫 만남이 꽤나 인상 깊은 편이었잖아요? 그래서 의미 있는 사람이라고 생각했나 봐요."

순간 아일의 표정이 창백해졌다. 의미 있는 사람이라니. 저만큼 당황스럽고 낯선 말은 난생처음 들어본다. 그런 무서운 말은 하지 말라는 듯이, 아일이 경직된 얼굴로 라야를 조용히 응시했다. 라야는 말을 멈출 생각이 없었다.

"당신이 항상 뚱한 표정인 것도 신경이 쓰였어요. 우리 엄마…… 집에 엄마의 처녀 시절 초상화가 걸려 있었는데 그 시절의 엄마도 그런 표정이었거든요. 내가 본 엄마는 항상 웃는 얼굴인데. 우리 엄마보다 예쁘게 웃는 사람은 없어요. 그래서 당신도……."

당신도 웃으면 어떤 표정으로 웃을까 궁금했다, 는 말은 하지 않았다. 그제야 부끄러운 기분이 들었다. 사랑도 연민도 아닌, 그저 호기심이었다. 하지만 처녀의 호기심은 사랑과 비슷한 모습을 하기도 한다. 그걸 알기에 라야는 거기까지만 말했다.

"누구라도 당신 가족과 지내보면 알걸요, 평범한 사람들은 아니라는 거. 말하고 싶은 걸 말하지 못하는 사람들이야. 아, 당신 할머니만 빼고."

그가 픽 웃는 걸 보고 용기가 생겼다.

"내가 어머니와 자주 편지를 주고받았다는 얘기를 하니까 마님이, 당신 어머니가 당신한테도 편지를 보내고 싶어 하셨어요. 내가 보내는 건 아무 소용이 없다고 말했는데도 마님은 내가 보내길 바라셨다고요! 그러다가 내기까지 하게 된 거예요."

"그렇다고 치고."

"그렇다고 치는 게 아니라 그게 진실이라니까."

"또 반말."

"진실이라니까요."

"그럼, 내가 크롬헬을 떠나 있는 동안에도 편지를 보낸 건?"

아일은 '전쟁에 나간 기간 동안'이란 말 대신 '크롬헬을 떠나 있는 동안'이란 표현을 썼다. 그 차이를 구별해 내는 스스로의 지각력에 라야는 뿌듯함을 느꼈다. 누군가에게 자랑할 수 없다는 게 아쉬웠다.

라야가 말했다.

"내가 피곤해 죽겠다는 날에도 마님은 계속 편지를 쓰게 했어요. 당신이 그 빌어먹을 전쟁에 나가 있는 동안에도 계속 쓰게 했다고! 이게 대체 무슨 바보 같은 짓이냐고 하는데도 전혀 먹히지 않았어. 당신 방에 쌓인 그 엄청난 편지들은 엄밀히 말해 내 잘못이 아니야!"

"또 반말."

"내 잘못이 아니에요! 전쟁에 나갔다고 갑자기 보내지 않으면 불길하다면서 마님이 계속 쓰게 했다고요. 전쟁 중에 받은 편지는 내용이 갈수록 짧아진 거 못 느꼈어요? 그게 다 억지로 써서 그래요. 내 잘못이 아니야! ……요.”

아일은 이제 심심찮게 웃긴 연극을 보는 관객의 얼굴을 하고 있었다. 라야는 저런 표정을 한 관객이 맨 앞좌석에 앉아 있다면 연극을 하던 도중 무대를 뚜벅뚜벅 내려가 그의 멱살을 잡고 ‘망할 자식아, 이건 비극이거든!’이라고 소리칠 의향이 있었다.

다음 순간 라야는 말을 잇지 못했다. 재밌는 연극을 보게 해준 값인지 아일이 라야의 손 위에 턱하니 단검을 올려놓고 그녀를 지나쳐 가버렸다. 라야는 황당한 표정으로 제 손에 회수된 단검을 쳐다보았다. 빼앗으려고 달려들 때의 격정과 돌려달라고 애원했던 말들이 허무해질 정도로 간단한 회수였다. 또 빼앗길세라 라야는 단검을 얼른 품 깊숙이 감추었다.

아일이 사전을 주워 드는 걸 보면서 라야가 말했다.

“믿어줘서 고마워요.”

“믿어? 뭘?”

사전 부록에 딸린 지리 부분에서 ‘차이드’를 찾아보며 아일이 대꾸했다.

“내가 위험하지 않다고 생각해서 돌려준 거 아닌가요?”

“아니. 널 저택에서 내보내라고 할 거야.”

“…….”

“농담이야.”

“……당신은 농담 같은 거 하지 마요.”

농담이라고 했지만 그가 시선을 책에 두고 있는 터라 그의 진짜 속내를 알 수가 없었다. 라야는 품속에 둔 단검을 손으로 한 번 더 만져보았다. 그리고 한풀 누그러진 투로 말했다.

"애정 결핍이라고 한 거 미안해요. 사과할게요."

그에게는 침묵도 말인 모양이었다. 그녀에게로 고개를 돌린 그가 '관심 없어.'라고 눈으로 말했다. 머쓱해진 라야가 말했다.

"난 제법 친절한 사람이에요. 자칭이 아니라 모두 그렇게 얘기한다고요. 아, 당신 할머니만 빼고. 히비커스는 날 반쪽 야만인이라고 부르죠."

"뭐?"

"반쪽 야만인이요. 전혀 상처받지 않아요. 가학성애자들이 하는 말에 일일이 화를 낼 필요는 없으니까요."

"……내가 그 사람을 싫어하는 건 맞지만, 내 앞에서 그녀를 가학성애자라고 하는 건 너무 위험하지 않나?"

"그렇게 생각하기엔 당신 표정이 즐거워 보이는데요? 여하튼 난 친절한 사람이에요. 상대가 상처 입을 만한 얘기는 안 한다고요. 그런 내가 왜 당신한테 그런 못된 말을 했는지 모르겠어요."

"반성을 한다니 다행이군."

"반성은 하지 않아요. 왜 그럴까 하는 거지."

"미안하다더니 반성은 안 한다고?"

"……그러네요. 반성하지 않는 사과는 사과가 아니죠. ……내가 왜 그랬을까. 왜 그랬는지 모르겠으니까 반성도 못하는 거예요."

'허, 그러셔.'라고 그가 눈으로 말했다. 그러다가 문득 떠오른 생각이 있어 희미하게 미소를 지었다.

"날 처음 가르쳤던 선생님 말이 난 은근히 한 대 치고 싶게 생겼다더군."

"그 선생님이 지금 내 앞에 있었으면 달려들어 껴안았을 기야."

라야가 반색하며 대꾸했다. 아일이 슬며시 웃었다. 라야는 놀라운 것을 본 것처럼 눈을 끔벅였다.

애잔한 미소였다. 보고 있는 사람이 내가 뭐 잘못했나, 심장이 덜컹할 만큼 안타깝고 유약한 미소였다.

대체 무슨 생각을 하고 있길래, 어떤 삶을 살았기에, 저런 식으로 웃는 걸까. 저렇게 웃는 사람에게 공격성 따위가 있을 리 없다, 는 생각까지 들었다. 그녀의 호기심과 모성적 본능을 이토록 동시에 자극한 것은 일찍이 없었다.

라야는 못 볼 걸 본 사람처럼 미간에 주름을 잡고 말했다.

"왜…… 왜 그런 식으로 웃어요? 방금 무슨 생각 했어요?"

"……내가 어떤 식으로 웃었는데?"

라야는 손으로 자신의 입술을 만지작거리며 그의 웃음을 따라 해보려 했다. 흉내도 낼 수 없었다.

아일은 자신이 죽은 오서를 떠올렸다는 걸 알아챘다. 그리고 겐과 오서와 함께했던 제법 즐거웠다고 할 수 있는, 얼마 안 되는 추억의 잔상도 무의식중에 떠올렸다는 것도.

그 순간 자신이 어떤 표정을 지었는지 궁금했다. 하지만 이 여자의 반응을 보니 별로 보기 좋은 표정은 아니었나 보다.

아일은 약간 민망해졌다. 사전을 책장에 꽂고, 말을 돌렸다.

"로바키란 녀석이 있지. 별명이 점쟁이야."

"친구인가요?"

친구라…… 물론 둘도 없는 친구다.

"동료야."

'친구'란 말은 아일에게 터부가 되어버렸다.

"그 녀석은 나에 대해 많은 얘기를 해주지."

"그래서 그 사람한테도 강제로 키스를 했나요?"

아일은 이제 웃는 걸 숨기지도 않았다.

"키스는 안 했지만 그놈 입을 막아버리고 싶은 순간은 많았지."

라야는 문득 창 쪽을 바라봤다. 달이 보였다. 완연한 밤이었다. 창에 내려앉아 있던 붉은 기운은 별빛에 자리를 내주었다. 라야는 책장에 몸을 반쯤 기대며 조심스러운 투로 물었다.

"그 사람이 어떤 얘기를 해주는데요?"

너무 깊은 질문인가. 갑작스러운 접근에 두드러기 반응을 일으키는 건 아넷이나 아일이나 똑같았다. 라야는 방금 자신이 발견한 모자의 공통점을 그에게도 알려주고 싶었다. 그의 말대로 자신은 지금 그에게 필요 이상으로 접근하려 하고 있었다. 그것이 아직도 호기심 때문인지는 이제 그녀도 확신할 수 없었다.

라야가 무슨 생각을 하는지 알 리 없는 아일은 의외로 순순히 대답했다.

"그가 보는 나, 내가 보는 나. 현재 이야기도, 내가 절대 말하지 않은 과거도, 가끔은 아주 먼 미래도."

"당신이 그 모든 얘기를 잠자코 듣고 있었다는 게 믿기지 않네요."

"로바키는 내가 듣고 있든 말든 신경 쓰지 않고 얘기하니까. 보통은 자려고 누운 상태일 때 얘기하지. 그놈이 잠들 때까지 난 그 얘기를 듣고 있어야 돼."

"갑자기 그 사람이 좋아졌어요."

"실제로, 너와 비슷한 구석이 많은 거 같기도 해. 그 녀석 덕분에 난 내 얘기를 좀 더 멀리서 볼 수 있었지. 녀석의 말재주는 꽤나 좋은 편이라, 내 얘기가 아니라 생각하고 들으면 재미가 있거든. 솜씨 좋은 이야기쟁이들이 그런 것처럼, 딱 맞춰지는 이음새에 훌륭한 공감, 여운까지 완벽한 이야기. 내가 왜 그때 그런 생각을 했는지, 왜 그런 행동을 했는지 이해하게 됐어. 게다가 최근엔 기대까지 가지게 됐지. 혹시나, 아직 보지 못한 뒷장에 재밌는 얘기가 기다리고 있지는 않을까…… 하는."

"자신을 이해하게 되는 기회는 분명 드물죠. 좋은 친구네요."

그녀의 '친구'라는 표현에 아일은 굳이 '동료'라고 수정을 가하지 않았다.

"그래. 녀석에게 한 번도 말한 적은 없지만 고맙다고 생각해. 언젠간 말해야겠지."

"감사의 말은 빠를수록 좋아요. 경험상 하는 말이에요."

"……어느 날 녀석이 내게 이런 말을 했지. '넌 책임감이 있다기보다 겁쟁이야. 제멋대로 살 자신이 없으니까 원치도 않는 삶을 사는 거라고.'"

이미 느낀 거지만, 아일은 연기에 꽤 재능이 있었다. 라야는 한 번도 본 적 없는 로바키라는 사람이 바로 눈앞에 나타난 줄 알았다. 로바키의 화난 목소리를 연기하고는, 자기는 그런 적 없는 것처럼 싱긋 웃으며 아일이 말했다.

"싸우는 도중에 나온 말이라, 이후에 진심이 아니었다고 말하긴 했지만……. 그 말은 도저히 남의 이야기라고 생각하고 들을 수 없었어. 때로는 화가 났을 때 하는 말이 진실에 가깝지."

"우리 아버지는 화났을 때 하는 말은 마음에 담아두지 않는 게 좋다고 하던데. 그런데 밤이 되니까 솔직해지나 봐요?"

"그럴지도. '달은 태양과 달리 개입하지 않으니까.'"

"'지켜만 볼 뿐. 그래서 더 사악한 달아.' 저도 《차가운 달 아래》 좋아해요. 작가가 그 작품 이후로 절필한 게 아쉬워요."

"절필을 한 게 아니라 죽었어."

"네?"

"그 작가, 크롬헬 출신이었어. 그 책을 내고 얼마 안 있어 대륙전에 참 전했고, 돌아오지 못했지."

"……빌어먹을 놈의 전쟁. 다이런은 재능 있는 이들을 전쟁에 빼앗기고 있어."

그녀와의 대화는 즐거웠다. 아일은 그것을 분명히 인식했다. 그가 자연스럽게 웃었다. 낮에 쓰는 가면은 라야가 단검을 품에 감추었듯이 어딘가로 치워버린 모양이었다.

눈치 없게도 침묵이 두 사람 사이에 끼어들었다. 달빛이 아직 불을 켜지 않아 어둑한 서재 안을 들여다보았다. 창가에 서 있는 니암나무가 바람에 가지를 흔들며 하얀 꽃잎을 몇 장 서재 안으로 들여보냈다.

그는 침묵도 말로 활용하지만, 라야는 아니었다. 라야는 침묵이 불편했다. 둘 사이에 자리를 잡고 앉은 침묵을 밀쳐내듯 라야가 장난스러운 투로 말했다.

"너무 솔직해서 좀 부담스럽긴 한데, 덕분에 우리 사이의 과도한 긴장이 풀린 느낌은 드네요. 다말 보마가 그랬죠. '솔직함만큼 근사한 안주도 없다.'"

"란 에드가가 그랬지. '내가 솔직해질 때는 곧 죽을 사람과 대화를 할 때뿐이다.'"

"……지금 제가 검을 뽑아야 하나요?"

라야가 가슴팍에 슬쩍 손을 두며 말했다. 아일이 옅게 웃으며 부드러운 눈길을 보냈다. 그것은 분명 호의였다. 아일이 말했다.

"어머니께 가서 전해. 그런 억지 승리 말고 분명한 답장을 받았다고. 네 말대로 부담스러울 정도로 솔직하고 잡다한 이야기를 한 건, 너와 친해지고자 가져온 안주가 아니라 사과를 하고자 함이야."

라야가 팔짱을 끼고 고개를 끄덕였다.

"으흠. 친교의 안주가 아니라 사과의 의미로 가져온 와인이다? ……
잠깐만, 제가 억지 승리 한 걸 그쪽이 어떻게 알죠?"

그녀의 장난스러운 반응을 무시하며 아일이 정중한 어조로 말을 이었
다.

"낮에 저지른 짓을 사과한다. 잠깐이었지만 소중한 것을 빼앗아 놀라
게 한 것도 사과하마. 미안하다."

"반성하나요?"

"……반성해. 하지만 오늘 이후로 칼은 방에 놓고 다녀야 할 거야."

"알았어요. 완전히 용서를 하는 건 며칠 걸릴 것 같아요."

"그러든가."

아일은 볼일이 끝났다는 듯이 몸을 돌렸다.

어쩌면 그는 검을 압수하려고 온 게 아니라 사과를 하러 그녀를 찾아
온 건지도 모른다. 그게 맞을 것이다. 라야는 소리 낮춰 웃으며 "수줍음
이 많은 건 모자가 똑같네."라고 중얼거렸다. 귀 밝은 아일이 달빛에 무
섭게 새하얘진 얼굴을 휙 돌렸다. 이것도 정말 비명이 나올 만했다. 라
야는 비명을 지르고 얼른 입을 막았다. 아일이 고개를 절레절레 흔들며
서재를 나갔다.

"징그러운 시대다."

아일이 좋아하는 철학자는, 나라가 안팎으로 시끄러운 요즘을 그렇게
표현했다. 국경 밖에서는 이제 그 시작이 언제였는지, 어떻게 끝을 내야
하는지 아무도 모르는 것 같은 전쟁이 간헐적으로 계속되었다. 나라 안

은 정치 테이블에 평민을 참여시키느냐, 시킬 거라면 몇 명을 허락할 거냐의 문제부터 늙은 왕의 다음 후계 문제, 자잘한 제후들 간의 다툼 등으로 인해 하루도 신문이 얇은 적이 없었다. 그것에 대해 "당최 오늘 저녁에 뭘 먹을지에 관한 중차대한 문제를 생각할 틈조차 없다."고 아일이 좋아하는 철학자는 투덜거렸다.

"난 크롬헬에 안 들어왔으면 의사가 됐을 거야."

로바키가 아일의 어깨에 붕대를 감으며 말했다.

아일은 지금이 언제인지 생각해보려고 애썼다. 고문 후유증으로 시간 감각이 둔해졌다. 돼지 같은 지휘관 놈이 어처구니없는 지휘로 부대를 고스란히 갈라마 인들의 포로로 갖다 바쳤다. 그리고 아일을 포함한 몇 명이 본보기로 고문을 당하다가, 천우신조로 도망친 직후일 것이다.

아일은 피범벅이 된 양손을 내려다보았다. 손가락 두 개의 감각이 이상했다. 손과 팔에 묻은 피는 대부분 제 것이 아니라 다른 이의 것이었다. 아일의 눈이 미처 떨쳐내지 못한 살기로 번들거렸다. 그 돼지 같은 지휘관 놈을 직접 죽였어야 했다. 고문을 받다가 미쳐버린 것 같은 지휘관 놈은 적의 야영지가 불길에 휩싸이자 제 발로 절벽에서 뛰어내렸다. 그 모습을 떠올리니 정말 아쉬운 생각이 들었다.

로바키가 아일의 얼굴 앞으로 불쑥 머리를 드밀며 말했다.

"정신 차려."

아일이 짜증스러운 표정을 지었다. 신경이 어느 때보다 예민해 귀에다 대고 바로 고함을 지른 듯했다. 로바키가 말했다.

"고문 안 당한 사람이 이런 말 하긴 그렇지만, 우리는 십여 년간 벤클로에한테서 고문 비슷한 건 충분히 당해봤잖아."

로바키를 못 알아보기라도 하는 것처럼 그를 쏘아보던 아일이 순간 헉 소리를 내며 이마를 짚었다. 극심한 통증을 느꼈다. 머릿속에서 검은 연기가 꿈틀거렸다. 고통스러운 신음이 악문 이 사이를 빠져나왔다. 다른 생각은 할 수 없을 만큼 죄책감이 순식간에 뇌를 잠식했다. 아일이 번쩍 눈을 뜨고 고개를 들었다.

"미안······."

갑작스러운 사과에 로바키가 놀란 얼굴을 했다. 아일이 로바키를 명한 눈으로 응시하며 말했다.

"미안, 로바키. 미안하다. 내 탓이야. 내 탓이다······."

아일은 난데없이 사과를 해대는 것도 모자라 무시무시한 힘으로 로바키의 양팔을 붙들고 늘어졌다.

"우리 부대가 유독 험한 곳으로 내몰리는 것도, 네가 중요한 때 동생의 곁을 지키지 못한 것도, 내가 여기에 있기 때문이야."

"잠깐만, 내 동생?"

"미안해, 미안하다. 네게 정말 할 말이 없다."

"······이게 무슨 까마귀 몸에 잉크칠 하는 소리야. 태어날 때부터 약한 놈이라 다섯 해 넘기 전에 죽을 거라더니 제 수명의 두 배나 더 살았다고 했잖아. 군인이 어떻게 늘 가족 곁에 있어. 그럴 거였으면 크롬헬에 들어오지도 않았지."

"네 하나 남은 가족이잖아."

광기에 사로잡힌 눈은 이제 눈물까지 글썽였다. 으악, 로바키는 기겁을 하며 귀신이라도 본 것처럼 막사 안에 다른 부대원들이 없는지 확인했다. 그리고 눈물이 흘러내리려는 아일의 눈을 우악스럽게 문질러 닦았다. 로바키는 아일 앞에 한쪽 무릎을 꿇고 앉았다. 그리고 그가 낼 수 있는 가장 다정한 목소리로 말했다.

"물론 그렇지. 하나 남은 가족이었지. 이제 정말 세상에 나 혼자뿐이라는 생각도 하긴 했어."

"가족이 살아 있다고 그런 기분을 안 느끼는 건 아니야."

아일이 넋이 나간 눈으로 중얼거렸다. 로바키가 짜증스러운 표정을 지으며 정신 차리라는 듯 아일의 뺨을 세게 한 대 후려쳤다. 그러고는 아일의 턱을 붙잡고, 단단히 말했다.

"슬퍼, 맞아. 하지만 너 때문은 아니야. 이게 무슨 미친 대화야. 지금 우리가 하는 얘기를 다른 놈들이 들으면 소름 끼친다고 우릴 발로 밟을 거다."

그리고 로바키는 낄낄 웃었다. 하지만 길게 웃지는 못했다. 아일의 눈을 보니 아직 제 빛이 돌아오지 않고 있었다. 아일이 중얼거렸다.

"내 탓이야, 내가 있어서 그래……. 두고 보면 알겠지…… 검을 휘두르다 휘두르다 열 받치면 내 머리부터 날려버려. 그럼 집에 갈 수 있을 거야……."

"집 같은 거 이제 없다니까."

"미안해. 미안하다. 정말 미안해……."

"아구창을 날려버리기 전에 그놈의 미안하다는 소리 좀 집어치워."

"……버텨봐. 버텨보자…… 언젠가는 끝나겠지. 끝나겠지……."

다른 크롬헬 출신 부대원들이 막사 안으로 들어왔다. 분위기가 이상한 걸 눈치챈 동료들이 아일과 로바키를 쳐다보았다. 로바키는 안 되겠다 싶었는지 혀를 짧게 차고 일어섰다. 로바키는 상태가 좋아 보이지 않는 아일의 눈앞에 손가락 세 개를 들어 보였다.

"에드가, 딱 세 대만 때릴게. 그동안 정신 안 차리면 내가 직접 걸리적거리는 네놈을 죽여버리겠어."

그리고 주먹이 날아왔다.

아일은 지끈거리는 관자놀이를 문지르며 상체를 일으켰다. 이곳이 어디인지 생각해보려고 했다. 생각해볼 것도 없었다. 창 밖으로 비록나무와 니암나무가 보였다. 아직 아침 동이 트기 전이었다.

'세 대만 때리겠다더니 다섯 대나 때렸었지, 빌어먹을 새끼.'

잠자리에서 미적대는 성격이 못 되어 아일은 금방 침대를 빠져나왔다.

세수를 하고 얼굴을 닦는 동안 '실수로' 거울을 보았다. 그는 거울을 보는 일이 드물었다. 자기 자신을 들여다보는 일은 거울을 통해서가 아니라도 어릴 때부터 신물이 날 정도로 해온 일이었다.

크롬헬에 있는 상담사와, 주변인을 통해 정보를 수집하는 분석가 덕분인지, 거울을 보는 일이 예전처럼 그렇게 싫지 않았다. 왜 싫어했었는지도 모르겠다. 하루아침에 강박을 이겨낼 수도 있는 걸까? 만약 정신을 다루는 의사가 있다면 그 두 사람은 분명 괜찮은 의사가 될 수도 있을 것이다. 아일은 그런 생각을 하며 슬쩍 웃었다.

검을 챙겨 연습장으로 향했다. 오서에게서 훈련을 받았던 그곳은 이제 더 이상 저택 사람들에게서 연습장이라고 불리지 않는다. 하지만 아일에게 그곳은 언제까지나 연습장이었다. '미친 여름'이라고 불렸던 그해 여름, 그 진득한 더위가 잊힐 리 없었다.

복도를 걷는 동안 첫새벽의 어둠이 물러가는 것을 느꼈다.

이른 아침의 강렬한 햇빛에 눈을 찌푸리며 연습장에 들어서는 순간, 그는 '그것'을 보았다.

아일이 지닌 섬세한 감각과 예민한 지각이 그의 몸을 붙들었다. 불필요한 움직임을 막았다. 발을 땅에 붙이고 눈만 크게 뜨고 머리와 심장만

작동하도록 만들었다. 그리고 '그것'을 감상하게 했다.

'그것'은 단검 훈련을 하는, 아니, 검무를 추는 라야였다.

검을 가지고 흐르듯 움직이고 빙그르르 돌기도 하니 검술 훈련이라고 볼 수도 있겠지만, 그것은 분명 춤이었다.

검술이 가진 특유의 자제력이 보이지 않았다. 검을 휘두를 때 생기는 순간적인 불손과 검 끝에 맺힌 이기심이 없었다. 바람을 가르는 칼날은 겸손하고 자유로웠다. 그녀의 검 끝에 인내 따윈 없었다. 인내는 인간의 것. 유한하지 않은 존재는 폭발하고 폭발할 뿐이었다. 그 넘치는 생명력에 경외감마저 들었다. 아일은 신선한 충격에 휩싸여 그녀를 바라보았다.

라야는 즐거움에 취해 웃는 얼굴을 숨기지 못했다. 여름 아침 바람도 상쾌하니 딱 좋았다. 그녀에게 바람은 좋은 댄스 파트너였다. 그녀가 검을 든 손을 바람에게 내밀면 바람은 그 손을 잡고 그녀가 팽그르르 돌 수 있도록 도와주었다. 바람 속을 돌고 있자면 근사한 기분이 들었다. 어려운 움직임도 아니었다. 엄마가 가르쳐줘서 수천 번은 추었던 춤이었다. 엄마는 단검 수련의 기초라고 했지만 라야에게는 엄마와의 재미난 놀이였다. 가슴을 가득 채운 즐거움을 참지 못하고 라야가 소리 내어 웃었다. 웃음소리가 바람 향기만큼 깨끗했다. 아일은 심장이 뜀박질하는 걸 느꼈다.

아넷의 방에서 추던 엉터리 춤이 아니었다. 같은 여자가 추는 춤이라고는 믿기 어려울 만큼 지금 그녀가 추는 춤, 아니, 움직임은 완벽했다. 그렇다, 완벽했다.

흠잡을 데가 없었다. 흠을 잡을 생각은 할 수도 없을 만큼 자연스럽고 완성적이었다. 원래 그런 것이고 태생이 그러한데 흠이 흠일 수 없었다. 흠 또한 아름다운 춤의 한 요소였다.

어젯밤, 그녀의 검을 살펴보며 느낀 위화감은 이 때문이었는지도 모른다. 그녀의 손에서 검은 사람을 해치는 검이 아니었다. 생명을 거두고, 무언가를 상하게 하고, 자르고, 베는 검이 아니었다. 검을 처음 만든 사람은 혹시 춤을 도우기 위한 도구로 검을 만든 것이 아닐까. 그런 생각을 하게 만들 만큼 그녀의 움직임은 실로 아름다웠다.

아일은 심장의 뜀박질뿐만 아니라 전신을 빠르게 돌아 심장으로 모여드는 피도 느꼈다. 아주 끝내주는 술을 마시면 기분이 이럴 테지. 그는 그녀와 그녀의 춤에 분명코, 취했다.

만약 그녀가 저렇게 '흐르고' '날다'가 휘청거린다거나 넘어지기라도 한다면 아쉬움에 눈물이 날지도 모르겠단 생각이 들었다. 만약 저 움직임의 끝이 누군가의 심장을 찌르고 피로써 완성되어야 하는 것이라면 그는 기꺼이 제 목숨을 내어줄 용의가 있었다. 실제로 자살하고 싶은 충동을 억눌러야 했다. 죽는다면 그렇게 죽는 것도 좋을 터, 그런 생각이 어느 순간부터 머릿속을 떠나지 않았다.

라야가 장난스럽게 몇 바퀴 돌았다. 그리고 눈이 회랑 쪽으로 가는 순간, 그녀의 시선에 아일이 걸렸다.

"거짓말……!"

바람이 그녀의 손을 확 놔버렸고, 라야는 스텝이 꼬여 그대로 주저앉았다. 그녀가 놀란 눈으로 아일을 보았다. 허둥지둥 단검을 뒤로 숨겼다. 아일이 다가오는 것을 보고는 아예 뒤 허리춤에 단단히 챙겼다.

라야가 선수를 쳤다.

"마님이 일어나시기 전이에요! 마님 방에 가기 전에 검은 방에 놔두고 갈 생각이었어요."

"누구한테서 배웠지?"

성큼성큼 다가온 아일이 물었다. 그의 심상찮은 표정에 라야는 한 번 더 허리춤에 넣어둔 단검을 만져보았다. 그리고 말했다.

"춤 말인가요?"

"……정말 춤인가? 어제 날 위협할 때에도 넌 '자세'를 잡았어."

"위협이 되긴 했나요?"

"누구에게서 검 다루는 법을 배웠지?"

라야는 주저앉은 채로 아일을 올려다보았다.

"엄마요. 무슨 생각을 하는지 알겠는데, 위험한 일을 하는 분이 아니셨어요. 엄마는 그림을 그렸어요."

"차이드가 화가도 검을 다뤄야 할 만큼 위험한 나라인 줄은 몰랐군."

라야는 속으로 혀를 찼다. 어쩌면 이기죽대는 건 그의 화법일지도 모르겠다.

아일의 시선이 묘한 위치에 고정되어 있다는 걸 눈치챈 라야가 고개를 내렸다. 다리가 허벅지까지 훤히 드러나 있었다. 화들짝 놀라 올라간 치맛자락을 잡아 내리고, 라야가 긴장된 목소리로 말했다.

"엄마는 외할아버지한테서 배웠댔어요. 외할아버지는 람프할레만의 위대한 전사이자 왕이셨죠. 제가 태어나기도 전에 돌아가셨지만."

"왕?"

아일이 황당한 얼굴을 했다.

라야는 손가락으로 입술을 잠시 만지작거리다 말했다.

"왕이라는 말은 잘못된 거 같네요. 차이드에는 그런 게 없으니까. 뭐라고 해야 되지. 우두머리? 성주?"

어째서 '우두머리 혹은 성주'를 외할아버지로 둔 여자가 그 꼴로 다이런에 왔으며, 그녀의 어머니는 어떻게 다이런 노예 출신인 유랑 상인과 결혼을 하게 된 것이며, 죽거나 적어도 실종된 게 분명한 그녀의 아버지와 어머니는 어쩌다가 그렇게 되었는가 하는 궁금증이 아일의 머리로 와르르 쏟아졌지만 그는 아무것도 묻지 않았다. 묻지도 않았는데 벌써 골치가 아팠다. 이 여자한테서 뭔가를 하나 알아내려고 질문을 하면 네댓 개의 질문이 더 생겼다.

아일은 고개를 들어 해의 위치를 확인했다.

라야가 그의 눈치를 보며 일어서는 걸 보고, 아일은 별안간 짓궂은 생각이 들었다. 여느 하인들이 일을 나오려면 한 시간은 더 지나야 할 것이다. 아직 이른 시간이지? 그의 의견에 동의한다는 듯, 비룩나무가 크게 출렁일 정도로 시원하고 큰 바람이 불었다.

아일이 은근한 미소를 보내며 말했다.

"자세 한번 잡아봐."

"무슨 자세요?"

아일이 비룩나무 그늘로 이동하며 검집 끝으로 라야의 허리춤을 가리켰다. 라야는 얼떨결에 단검을 꺼내 양손에 잡았다. 그의 평소 목소리가 아무리 부드럽고, 그가 아무리 가벼운 차림을 하고 있다 해도, 그는 피부처럼 위압적인 분위기를 두르고 있었다. 라야는 주뼛거리다 어머니에게서 배운 대치 자세를 해 보였다. 그녀 자신이 봐도 멋들어진 자세다. 문제는 다음 동작이 안 되고 응용은 어림도 없다는 것이었다.

아일은 손가락으로 턱을 괴고 가타부타 말도 없이 한동안 그녀를 바라보았다. 그 찌르는 듯한 시선이 거북해질 때쯤, 아일이 고개를 갸웃하며 말했다.

"그 동작밖에 안 되나 봐?"

"자세만 잡아보라면서요."

실상을 꿰뚫린 라야가 자세를 유지한 채 발끈했다. 아일이 말했다.

"네 다음 동작이 전혀 보이지 않아. 면은커녕 점도 선도 안 보이는군. 네가 그 정도로 수준이 높지는 않을 테고, 다음을 안 배웠다는 소리겠지."

"배웠거든요? 까먹어서 그렇지……."

라야가 입을 실룩였다. 아일이 꾸짖듯 나직이 말했다.

"제대로 배웠다면 몇 해 지났다고 몸이 잊을 리 없어. 보나 마나 가르쳐주는 사람이 하는 말은 들은 체 만 체 하고 딴짓을 했겠지."

라야는 단검을 그에게 던져버리는 상상을 한 후, 자세를 풀었다.

"마님이 일어나시기 전에 가봐야겠어요. 요즘 좀 일찍 일어나시더라고요."

"실력에 비해 터무니없을 정도로 멋진 자세야. 폼 잡는 데만 쓰기엔 아까워."

"칭찬 고마워요. ……욕인가요?"

"어중간한 배움만큼 위험한 것도 없지."

"욕이구나."

그의 얼굴을 가리고 있는 그늘에서 낮은 웃음소리가 났다. 아일이 그늘에서 나왔다. 햇빛에 금발이 반짝였다. 라야는 그의 머리색을 처음으로 의식했다. 아일이 말했다.

"배우면 내보이고 싶어지는 게 사람이다. 학습의 자연스러운 단계야. 지식을 자랑하는 것 정도야 어설프게 떠들다 실수해도 비웃음만 당하면 그만이지만, 검은 달라. 어제만 해도, 네가 검을 아예 몰랐다면 내 정강이나 걷어차고 도망갔겠지. 그리고 그게 최선의 방법이었어. 어설프게 알아서 검을 빼 들고 멍청하게도 자세까지 그럴듯하게 잡다니. 손만 날아가면 운이 좋은 거지."

천천히 걸어온다 싶더니 큰 걸음이라 그는 어느새 그녀에게 바짝 다가와 서 있었다. 라야는 침착한 표정을 유지하려고 했지만 긴장이 되는 건 어쩔 수 없었다. 그의 손에도, 그녀의 손에도 들려 있는 검이 의식되었다. 아일이 말했다.

"그 춤도 마찬가지. 연회에서 주목이나 받으라고 그걸 가르쳐준 게 아닐 거야. 배우던 누군가가 딴짓을 하지 않았더라면 괜찮은 자세와 함께 괜찮은 선으로 이루어진 그림이 나왔겠지. 어머니가 화가라셨나? 이 미완성 그림을 보면 뭐라고 하실까. 자책감을 좀 느껴봐."

그러고는 정말 정신 차리라는 듯 라야의 눈앞에서 손가락을 튕겼다. 경쾌한 동작이었다. 그가 이런 분위기를 낼 수도 있었나? 실제로, 라야의 눈에 아일은 기분이 좋아 보였다.

라야는 괜스레 코끝을 긁적이며, 가까이 다가온 아일을 올려다보았다. 그리고 혼잣말처럼 말했다.

"전쟁의 해악이 무시무시하네요. 무뚝뚝한 군인을 잔소리 선생님으로 만들었어."

"배워."

"뭘요?"

아일이 눈으로 그녀의 손에 들린 단검을 가리켰다. 라야는 제 손에 왜 이런 게 들려 있지, 란 눈으로 낯설게 검을 내려다보고는, 고개를 들었다.

"검을 배우라고요? 언제는 검을 놔두고 다니라더니?"

"검을 뽑지 않기 위해서 배워."

이게 무슨 소리야. 그녀의 마음속 말을 읽기라도 한 듯, 아일이 그녀에게로 가까이 몸을 숙였다. 라야는 그만큼 상체를 뒤로 물렸다. 친밀한 사이가 아닌 보통 남녀 간의 안정적 거리가 아니었다. 어제부터 쭉 느낀 거지만, 라야는 그의 거리 감각이 일반적이지 않을지도 모른다는 생각을 했다. 어릴 때부터 몸을 부닥치는 일이 많았던 사람은 일반 사람과 공간 개념이 다른 걸까. 심리적 접근엔 그렇게 거부 반응을 보이던 사람이 물리적 접근은 이렇게 수월하다. 라야는 문득 그 점이 재밌다고 생각했다. 그녀의 눈에 순간 떠오른 흥미의 기색을 읽었는지, 아일이 슬며시 웃었다.

"많이 아는 사람일수록 덜 떠들지. 배울수록 스스로의 부족함이 보이는 법. 겸손하고, 무거워져. 검에 손이 가는 것을 신중하게 만들어. 어느 정도가 되면 웬만해서는 검에 손을 대지 않을 거다. 그럼, 네가 바라는 대로 그 검도 예쁜 장신구가 될 수 있을 거야. 해피 엔딩이네."

"누구 덕에 전쟁도 끝났다는데 새로운 직업을 알아보는 건 어때요. 교사나 배우를 추천합니다. 상인이나 정치인도 괜찮겠네. 거의 설득당할 뻔했어요."

라야가 과장되게 양팔을 펼치며 말했다.

꿈 깨, 라는 듯이 그가 다시 한 번 그녀의 얼굴 앞에서 손가락을 튕겼다.

"인류가 존재한 이래 전쟁이 그친 역사가 없다."

"지금 정말 선생님 같은 말투란 거 알아요? 난 배우기 싫어요. 굳이 나누자면 난 몸보다 머리를 쓰는 파라고요."

앙탈 부리지 마, 라는 듯이 아일이 또 손가락을 튕겼다. 자꾸 그에게 혼이 나는 기분이 들어 라야는 그만 거둬지는 그의 손을 잡고 말았다. 다시 그의 손에 감긴 붕대가 의식됐다. 일단 그의 손을 붙들고는 어떻게 처리를 해야 될지 몰라 라야는 눈을 굴리며 말했다.

"심심한 건 알겠는데, 검 같은 거 배우고 싶지 않아요."

"배우는 게 싫다면 반대로 하지. 날 가르쳐."

라야가 황당한 얼굴을 했다.

"내가 누굴 가르친다고요? 왜요, 새가 애벌레 보고 나는 법을 가르쳐 달라고 하죠."

"괜찮은 비유군. 애벌레도 자라면 새와는 다른 방식으로 날게 될 테니."

"……."

"황당한 짓을 하다가 새한테 잡아먹히지 않는다면 말이야. 가르치면서 배우는 것도 있어. 네 춤을 가르쳐줘. 차이드의 검법은 선이 많은 게 배우는 재미가 있을 것 같아."

"선인지 점인지 그건 모르겠고 난 안 배울 거예요. 가르치지도 않을 거고요."

"네 오전 두 시간을 빼달라고 어머니와 하녀장에게 말해두지."

"이봐요, 학생. 내 말 듣고 있어요? 학교 문 닫았다고요. 선생이 무자격자라 문 닫았다고."

아침 식사를 마치고 아넷의 방에 가려던 라야는 하녀장 밀러에게서 연습장으로 가보라는 얘기를 들었다.

착한 학생처럼 준비물인 단검을 들고 연습장 그늘에 얌전히 앉아 있는 아일을 보고서, 라야는 탄식처럼 신을 불렀다. 신이여! 피카온이여! 하나미온이여! 그녀가 아는 거의 모든 신의 이름을 불렀다. 그와 있으면 신을 찾는 일이 많은 듯하다.

그냥 해본 말은 아닐 거라고 생각했다. 그런 쓰잘머리 없는 농담을 하는 남자가 아니란 건 알고 있었다. 하지만 빨라도 다음 날 시작할 줄 알았던 수업은 학생의 넘치는 열의로 인해 당일부터 시작되었다.

라야는 딱 한 번, 춤을 보여주었다. 아일로서는 두 번째 보는 춤일 것이다. 그의 집요한 시선을 뒤에 두고 추는 춤이라 긴장 속에 시작되었지만, 라야는 곧 신이 나서 바람 속을 뛰어다녔다. 날 것처럼 다리를 내밀고, 유연하게 몸을 던지고, 공기놀이를 하듯 검을 다루었다. 그를 곤란하게 만들 생각으로 복잡하게, 더 길게 춤을 추었다. 기분 좋은 땀이 났다. 종국엔 그만 흥에 겨워서 회전을 연속으로 일곱 번이나 했다. 붉은 머리카락이 흔들리고, 땀이 빛 속에 흩날렸다.

춤이 끝나자마자 라야는 의기양양한 표정을 지으며 아일을 찾았다.

'봤지?'

박수가 나올 법도 한데, 그럴 리 없다. 회랑 근처 테이블에 앉아 있던 아일이 일어섰다.

"이게 보기에는 쉬워 보여도 스무 보까지 익히는 데도 한 달은 걸리거든요."

라야가 우쭐거리며 말했다. 아일이 친절하게도 수건을 들고 와, 몹시 불친절한 손짓으로 라야의 얼굴에 수건을 던졌다. 그리고 검집에서 단검을 뺐다. 얼굴에서 수건을 잡아 내리던 라야는 흐르던 바람이 웅크리는 소리를 들었다. 늑대의 탐색에 긴장하는 순록처럼, 공기가 움츠러들었다.

아일은 훌륭한 학생이었다.

라야가 훌륭한 선생이 아니라고 해서 학생의 천재성까지 알아보지 못하는 건 아니었다. 그녀는 어느 순간부터는 입을 멍청히 벌린 채 자신의 수제자를 바라보았다. 한 번의 가르침에 스승을 뛰어넘은 학생도 수제자라 부를 수 있다면 말이다.

모르는 사람이 봤다면, 라야의 춤과 아일의 춤이 같은 것이라고 절대 생각지 못할 것이다. 그의 손안에서 단검은 공기놀이에 쓰는 조약돌 따위가 아니었다. 당연히 라야보다 훨씬 능숙하게 다루어지는 검은 마치 그의 신체 일부처럼 보였다. 서늘한 검날은 라야의 것처럼 허공을 베지 않았다. 무엇인가를 벴다. 그의 손 같은 검이 지나간 자리에선 피 냄새가 났다. 그의 검, 아니, 손이 닿은 곳에선 보이지 않는 무언가를 가르는 소리가 들려왔다.

그의 귀에 들리는 음악은 분명 그녀의 것과 달랐다. 너무나 절묘한 템포와 타이밍에 맞춰 바람 속에 흩뿌려지는 피 냄새에, 라야는 음울하고 아름다운 명화를 감상하는 기분이 들었다. 억누르고 있는 살기는 가장 맛나게 물어뜯을 수 있는 공간에 적이 목을 들이미는 순간에 폭발했다. 이러한 감정들을 갈무리하는 그의 표정은 감탄스러울 정도로 차분했다. 그의 스텝 역시 자유롭기 이전에 절제되어 있었다. 그래서 더 격렬했다. 견고한 그림자가 그를 따랐다.

라야의 고양된 영혼이 춤을 추는 동안 바람과 하나가 되어 잠시나마 육체를 벗어나 신(神)이 될 수 있다면, 그도 그런 경지에 오를 수 있는 자였다. 자유로운 바람의 여신이 아름답듯이, 잔인하고 오만한 전쟁의 신 역시 아름다웠다. 그의 춤, 그의 검은 분명 아름다웠다. 라야는 그것을 인정했다.

그리고 문득 그런 생각을 했다. 그가 전투 중에 어떤 모습을 하는지는 영원히 알 수 없을지도 모르지만, 아주 조금은 엿본 게 아닐까 하는 생각. 문을 손가락 틈 사이 정도로만 열고 그 너머에 있는, 그의 전쟁터를 훔쳐보았다는 생각이 들었다.

난데없이 심장이 크게 한 번 욱신댔다. 라야는 이상한 기분이 들어 목 아래를 지그시 눌렀다.

그사이, 아일의 춤이 끝났다. 다가온 그가 건방진 눈으로 말했다. '어때?'

아일의 이마에 땀이 살짝 맺혀 있었다. 그는 땀도 자제할 수 있단 말인가? 라야는 그가 했듯이 수건을 그의 얼굴에 던져버릴까 하다가 생각만 하고 슬그머니 수건을 건네며 말했다.

"……엄마 말마따나 제가 배운 건 춤이 아니었군요."

"그래."

"이제 졸업장을 써주면 되나요?"

아일이 희미한 미소를 지었다.

라야는 뒤통수가 뜨뜻해지는 기분이 들어 하늘을 보았다. 태양의 위치가 더 높아졌다. 바람이 정수리를 간질였다. 아일이 테이블에 놓아둔 목검을 들고 왔다. 목검의 검신 부분을 잡고서, 라야에게 손잡이를 잡으라는 듯 내밀었다. 라야가 '아, 정말 하기 싫은데.'라는 표정으로 그를 쳐다보았지만, 이 선생은 학생이 열의가 있는지 없는지엔 딱히 관심이 없어 보였다.

크롬헬에 들어가 가장 힘들었던 점은 힘든 훈련도, 관심 이상의 경계 어린 시선들도 아니었다.

음식이 맛이 없을 거라던 오서의 경고는 슬퍼하는 제자를 위로하려던 농담이 아니다. 크롬헬에 가서도 한참 동안 동기들과도 말을 나누지 않아 '에드가는 혹시 벙어리가 아닌가.'란 소문이 돌 무렵의 어느 날, 아일이 발작적으로 격분했다.

'대체 이 차(茶)가 구정물과 다른 게 뭐야?'

사실 그날 그의 분노는 정말 차 맛이 끔찍해서라기보다 에드가를 향한 벤클로에 교관의 독점적 박해를 견디다 못해 폭발한 것에 가까웠다. 다른 이들이 처음 듣는 그의 목소리에 놀라고 있을 때, "복종을 위한 인내라더니, 그걸 위해서 마련한 차가 아닐까?"라고 로바키가 그의 말을 받았다. 그것이 아일과 로바키의 첫 대화였다.

아일은 돌아온 저택에서 크롬헬과 비교해 좋은 점을 찾아보려고 애쓰고 있었다. 그중 하나가 좋은 차였다. 어디 차뿐이겠느냐마는, 특히 차에 관한 한 까다로운 취향을 가지고 있는 히비커스 때문에 클레이모어의 저택은 항상 최상급 차를 구비해두고 있었다. 아일의 외가가 다이런 최대의 차 생산지를 영내에 두고 있는 것도 우연이 아니었다.

"이 정원의 풍경도 나쁘지 않구나."

차를 마시고 깊이 감탄하는 중이었던 아일은 말을 건 어머니를 보았다. 아넷은 아들이 아닌 정원 쪽을 바라보고 있었다. 혼잣말일까, 아니면 정말 자신에게 말을 건 걸까 고민하느라 아일의 대꾸가 늦는 사이, 아넷이 말했다.

"어떻게 한 번도 와볼 생각을 못했을까."

'그러게요. 원래 조용한 곳인데 요즘 부쩍 손님이 늘었네요.'

아일은 하마터면 머릿속에 있는 말을 뱉을 뻔했다. 가시가 있는 말이라 지나치게 심약한 아넷이 듣는다면 아마 기절을 할지도 모른다는 생각에 모골이 송연해졌다. 빈정거림이 지나치다. 정말 고문 후유증일지도 모르겠다.

그녀 말대로 이날 이전에는, 아넷은 한 번도 아들의 방이 있는 동쪽 건물에 와본 일이 없었다.

정오가 지난 시각, 정원 테이블에 앉아 총사령군부로부터 온 공첩을 읽고 있는데, 아넷이 차 바구니를 든 라야와 함께 찾아왔다. 아일은 너무 뜻밖의 방문에 잠시 제 눈을 의심했다. 라야는 어리둥절해하는 그를 흘긋 쳐다보고는, 그의 앞에 놓인 책을 마음대로 치워버리고 차 테이블을 차리기 시작했다.

아넷은 놀랍게도, 정말 놀랍게도 아일의 맞은편이 아닌 옆자리에 앉았다. 아일은 검이 이마를 스칠 때에도 안 느껴본 몸의 경직을 느꼈다. 아넷이 라야와 대화를 나누는 사이, 아일은 소매를 내려 붕대가 감겨 있는 팔을 가렸다.

아넷의 차는 아일의 것과 달랐다. 카나빌레 꽃잎을 우려낸 붉은 차.

카나빌레는 약으로 쓰였다. 아일은 붉은 차에 시선을 담갔다가 어머니의 안색을 살폈다. 얼굴이 예전보다 더 파리한 것 같기는 한데 표정이 밝아 병세가 좋아진 건지 나빠진 건지 알 수가 없었다. 분명 그녀의 표정은 밝아져 있었다. 여전히 활기는 없지만 생기 비슷한 건 엿보였다. 뭣 때문일까? 아일은 무의식중에 라야를 보았다.

그간 방문이 뜸했다는 고백을 한 후, 아넷은 다시 입을 다물었다. 얇은 입술은 뜻 모를 미소를 짓고 있었다. 찻잔을 든 손에는 늘 그렇듯이 결혼반지가 끼여 있었다. 마시던 차가 가는 손가락에 떨어진 것처럼, 얇은 반지에는 붉은 찻방울 같은 보석이 박혀 있었다.

아일은 어머니가 보고 있는 방향으로 눈을 돌렸다.

비록나무 그늘 아래서 라야가 아일이 일러준 방식대로 목검을 휘두르고 있었다.

배우기 싫다고 할 때는 언제고, 라야는 며칠 동안 진행된 수업에 꽤 만족하고 있었다. 재미가 붙었다. 기초부터 익히랍시고 체력 훈련이나 반복적인 휘두르기를 시킬 거라 생각했는데, 아일의 수업 방식은 실전에 가까웠다. 이미 알고 있는 춤의 보법을 나누어 실제로 대련에 써먹게 했다. 영광스럽고 무섭게도, 대련의 상대는 아일이 되어주었다.

"무턱대고 반응하지 마. 생각하고, 필요로써 움직여. 마구잡이로 휘두르는 건 주정뱅이도 할 수 있어."

그의 빈정거림은 수준급이었다. 차라리 과격하게 다루거나 혼을 내! 그러나 아일은 여간해서는 화를 내거나 목소리를 높이는 일이 없었다. 늘 점잖은 말투로, 말귀를 단번에 못 알아듣는 제자를 인내심 있게, 이기죽거리며 가르쳤다.

라야는 속으로 무수히 많은 욕을 했다. 차이드 어 욕으로도 부족해 다이런 어로 욕을 했다. 욕은 다이런 쪽이 훨씬 다양했다.

"자신의 영역을 만들어. 처음엔 작겠지. 하지만 내 영역이 만들어지면 그 안에 들어온 사람은 네 것이 된다. 상대의 의도도 감정도 네 의지에 묶이는 거야. 네가 원하는 흐름대로, 네가 원하는 바를 취할 수 있어."

아일은 좋은 선생이었다. 라야도 그건 알 수 있었다.

한 시간쯤은 대련을 하고, 후반 한 시간은 라야 혼자 배운 것을 복습했다. 그때마다 아일은 그늘 아래에 들어가 서 있었다. 절대 앉는 법은 없었다. 딱히 큰 관여가 느껴지지 않는 자세, 예사로운 표정, 지적 대신 쓰는 농도 짙은 침묵, 관찰적 시선. 라야는, 이것이 그가 크롬헬에서 후배들을 지도 감독할 때의 모습이란 것을 알았다. 이 남자가 어느 순간 팔짱을 풀거나 짧게 혀라도 차면, 그에게서 지도를 받던 이들은 '내가 무슨 엄청난 실수를 저지른 걸까? 혹시 검을 거꾸로 쥐고 있나?' 따위의 생각을 하면서 자신을 돌아볼 것이다.

딴생각을 하다가 목검을 놓쳐버렸다. 라야는 옷깃으로 땀을 훔치며 숨을 골랐다. 고개를 돌려 아일과 아넷이 앉아 있는 테이블 쪽을 보았다. 딱히 대화를 하는 걸로 보이지는 않는다. 일부러 자리를 비켜줬는데도 저 모양이다.

"저 아이한테 사과할 일이 있다고 들었어."

라야 쪽을 보고 있는 아넷이 문득 말했다. 아일이 고개를 돌려 아넷을 보았다.

아넷이 말했다.

"고용인이라지만 여자아이야. 예(禮)는 계급에 따라 다를 수 있어도, 마음을 상하게 하는 일에는 구별이 없다고 생각해. 난처한 행동을 잘하는 아이지만, 편지 일 때문에 화가 나 그런 행동을 한 것이라면 내 탓도 있고…… 화가 났다 해도 그런 행동은……."

아일의 눈이 살짝 커졌다. 아일은 아넷의 굳은 어깨를 보았다. 아들을 처음으로 혼내는 아넷은 잔뜩 긴장해 있었다. 아일은 당황한 기색을 감춘 채 담백한 어조로 말했다.

"예. 제가 잘못했고, 사과했습니다."

"아, 그래?"

정말 마음먹고 한 꾸중인데, 아일이 선선히 인정하자 아넷은 맥이 빠졌다. 뭐라고 해야 할지 며칠을 고심한 뒤에 겨우 찾아온 일이 허무하게 끝났다. 아넷은 원망스럽게 라야를 쳐다보았다. 말을 해줬어야지.

라야는 아넷의 속도 모르고 목검 휘두르기에 열중이었다.

아넷의 옆얼굴을 빤히 쳐다보던 아일이 물었다.

"……어째서 제가 답장을 안 할 거라 생각하셨나요?"

"어째서"라고 말했다. 원망이었다.

실제 답장을 보내고 보내지 않고는 중요하지 않다. '어째서 어머니가 아들을 그런 무심한 사람이라고 생각할 수 있나요?'라고 묻고 있었다. 그리고 만약 자신이 그런 사람이라면 아들이 그런 사람이 된 데에는 당신 책임도 있지 않느냐는 원망이었다. 아일은 질문을 하고서 금방 후회했다. 아, 고문 후유증이 분명하다.

아넷은 뜻밖의 질문에 입을 뻐끔거리다 어느 순간 한숨 같은 미소를 지었다. 아일의 눈에서 채근을 읽고, 아넷은 라야를 바라보았다.

"저 아이는 내기라고 생각한 모양이지만 난 약속이었어. 저 아이가 선택하고 남은 쪽을 내가 맡은 거뿐이야."

아일은 라야를 쳐다보지 않았다. 잠자코 아넷만 쳐다보며 어머니의 말에만 귀를 기울였다.

"재밌는 아이야. 활기가 넘치지. 나랑 달리. 보고 있으면 나까지 기운이 나서 저 아이가 권하는 것처럼 진짜 시내에 함께 놀러 갈 수 있겠다는 생각이 들어. 원래도 내가 묻지도 않은 얘기를 많이 하는 아이지만, 어느 날인가, 에른스트 아카데미 얘기를 꺼내더구나. 어떻게 하면 들어갈 수 있냐고 하면서. 내 본가가 세르노다에 있다는 걸 알고 물은 걸 테지. 그때 알았단다. 아, 내가 하려고 한다면 저 아이를 그 학교에 보내줄 수 있겠구나, 나 같은 이에게도 그 정도 힘은 있었어."

아넷은 일찍이 들은 적 없는 완강한 말투를 사용하고 있었다.

"공부 욕심이 있는 아이야. 성장하는 게 안 느껴지면 모르겠지만, 보이는데 어떡해. 도와주고 싶다는 생각이 들었단다. 나란 사람도 누군가에게 도움이 될 수 있겠구나, 그런 생각이 들었어. 너도 저 아이에게서 그런 면을 보아서 검을 가르쳐주는 거겠지?"

"아니요."

아일은 틈도 주지 않고 딱 잘라 말했다.

얼마나 쌀쌀맞게 베어내는지 간담이 서늘해질 정도였다. 아넷은 머쓱해졌다. 어울리지 않게 다부졌던 기세가 사그라졌다. 잠깐 침묵이 흘렀다. 아일은 그동안에도 무언가를 추궁하듯이 아넷의 얼굴에서 눈을 떼지 않았다. 이윽고 아넷이 기운 없이 웃으며 말했다.

"다들 애써주고 있지만, 내 몸이 세르노다에 있을 때보다 못한 거 같아. 그때에는 너와 바다도 보러 가고 했었는데."

아일은 어머니 앞에서도 가면을 쓴 것처럼 표정에 별 변화가 없었다. 하지만 테이블 위에 가볍게 놓고 있던 손이 주먹을 쥐었다.

아넷이 말했다.

"네 외할머니도 나이가 있으셔서 그런지 마음이 약해지셨나 봐. 몇 달간이라도 좋으니 딸과 노년을 보내고 싶다고 계속 편지를 보내오시지 뭐야. ……세르노다로 갈 거야. 저 아이를 데리고."

"……그럼 언제쯤,"

"너도 같이 가지 않겠니?"

뜻밖의 제안에 아일이 멍한 표정을 지었다.

클레이모어 가문의 독자(獨子)인 아일이 짊어진 책임, 다이런과 크롬헬에서 에드가가 가지는 상징성, 아넷이 잇고 있는 두 귀족 가문의 관계. 그 모든 것을 내려놓고, 어미가 아들에게 순수하게 동행을 제안하고 있었다. 여염집 아낙네가 어린 자식에게 시장에 가려고 하는데 너도 같이 가겠니, 라고 묻는 듯한 지극히 사사롭고 친근한 말투였다. 라야가 들었다면 예사로 들렸을 말이 아일에게는 생소하고 충격적인 것이었다. 너무 낯설어서 그것이 좋은지 싫은지 판단할 기준도 없었다.

"……네?"

그만 얼빠진 반문을 하고 말았다.

아넷이 미소를 지었다. 어머니가 이렇게 잘 웃는 분이셨던가?

"예전처럼 함께 바다에도 가고, 라야 말처럼 시장에도 가봤으면 좋겠어."

다시 애꿎은 침묵만 흘렀다. 어머니가 힘들여 꺼낸 말에 대꾸도 없이 앉아 있는 아들놈이라니, 한심하다. 바람이 그렇게 혀를 차며 정신 차리라는 듯이 아일의 뺨을 후려쳤다. 비록나무가 크게 가지를 흔들고, 아넷의 귀엔 언젠가 아들과 걸었던 아로마니 바닷가의 파도 소리가 들렸다.

아일의 앞머리칼이 날리고, 거의 다 아문 이마의 상처가 보였다. 아넷이 아픈 표정을 지으며 아일의 이마를 매만졌다. 아일의 표정은 아예 굳어버렸다. 생소함이 지나치면 두려움이 된다.

아넷이 착잡한 미소를 지으며 중얼거렸다.

"그런 표정은 정말 네 아버지를 꼭 닮았어."

뭐라 할 말을 못 찾겠다는 얼굴로 아일이 말했다.

"모르겠습니다. 성도 군부로 오라는 연락이 왔습니다. 어떻게 될지는 가봐야 알 것 같습니다."

"전쟁에서 돌아온 지 얼마나 됐다고 또……."

아넷은 어린 아들을 만지듯 서슴없는 손길로 머리카락도 쓸어 넘겨주었다. 아일은 잠시 입을 다물었다가 말했다.

"그런 건 아닐 겁니다. 만약 제가 선택할 수 있다면…….."

자신이 선택할 수 있다면 세르노다로 따라가겠다, 는 말이었지만 아일은 뒷말을 삼켰다. 지킬 수 있다는 확신이 없는 약속은 하지 않는 것이 옳다. 기대와 희망을 품었다가 실망하는 게 얼마나 힘든 건지 그는 잘 알고 있었다.

"으악! 벌이야, 벌이에요! 벌이다!"

라야가 멀리서 소리를 지르고 있었다. 공중에 목검을 내지르다 집어 던지고 팔을 허우적거리며 정원 여기저기를 도망 다니는 것이 보였다. 아일은 그 모습을 물끄러미 쳐다보고 있다가 아넷을 데리고 건물 안으로 들어가버렸다.

27

성도의 여름은 붉은 벽돌의 저택이 있는 아히름보다 산뜻했다.

자연을 주의 깊게 관찰하는 학자들의 말에 의하면, 끈적이는 여름은 다이런 남부에서 점점 북쪽으로 올라가고 있다고 한다. 다이런의 멸망을 예언하는 것과 다름없는 말이다. 그들 말대로 언젠가 끈적이는 여름이 성도에 도착하는 날, 더위에 미친 한 정치인이 공회장에서 난데없이 검을 휘두를 것이고 뜻밖의 장소에서 피를 본 다른 정치인들도 검을 뽑을 것이다.

아일은 눈앞에서 벌어지고 있는 격론을 보면서, 공회장에 들어가는 의원들에게서 검을 압수해야 하지 않나 생각하고 있었다. 그리고 자신도 지금 검을 차고 있지 않은데 전장 근처도 안 가본 귀족들이 장식에나 쓸 법한 화려한 검을 차고 있는 것이 이상하다는 생각도 하고 있었다.

"말이 되는 소리를 해요, 샤모아."

"말이 안 될 건 뭡니까, 모튼 경. 대변혁의 시작은 모두 말이 안 된다는 소리를 들었습니다. 아, 그리고 하다못해 이름 뒤에 의원이라는 호칭이라도 붙여주시지 않겠습니까? 경이 정말 예를 아는 분이라면 말이죠."

"'죽은 영지'의 민의원만 받아들인다고 해도 현 공회의원의 오분의 일이 넘습니다. 갈수록 늘어날 거고요!"

"갈수록 늘어난다면 그것이야말로 거부할 수 없는 시대의 흐름 아니겠습니까?"

"그럼 그 민의원들도 군역의 의무를 지든가요! 언제부터 권리가 의무와 떨어져 있었답니까? 말만 번지르르하지 어차피 민의원이 되는 자들은 학생입네 하고 군역을 빠져나가든가, 돈으로 자신을 대신할 용병을 구하지 않습니까? 평민 아닌 평민들!"

"좋은 지적이긴 하지만, 그 부분은 귀족들도 자유로울 수 없지 않나요? 그 평민 아닌 평민들이 귀족 흉내를 내는 평민이라고 불리는 것도 알고 계십니까? 견본이 나빠서 그런 건데 어떡하겠습니까. 언제부터 권리가 의무와 떨어져 있었던가, 그 말 그대로 돌려드리겠습니다. 경의 영지 내 인구가 십년 새 오분의 일이나 줄었다는 거 아십니까?"

모튼이 검자루에 손을 갖다 댔다. 말다툼 상대인 샤모아를 비롯한 공회장의 누구도 위협은 느끼지 않았다. 단순한 제스처일 뿐이었다.

아일은 모튼의 보석이 박힌 휘황찬란한 검을 보면서 생각했다. 저 검이 검집에서 뽑히는 일은 영원히 없을 것이다.

왕정파 모튼과 공화파 샤모아가 앉아 있는 자리는 꽤 떨어져 있어서, 어차피 화가 안 나 있어도 모튼은 소리를 질러야 했다.

"저 밖의 야만인들이 어느 날 기적과도 같은 깨달음을 얻어서 얌전해지지 않는 한, 제후와 제후의 후계들은 계속 전쟁에 나갈 테고, 제후의 영광스럽고도 불행한 죽음을 틈타 '죽은 영지'는 시민 도시가 되어버리겠지요!"

"아카데미 수학 시절에 들었던 걸 제가 제대로 기억하고 있다면 여성에게 가문의 계승을 인정할 수 없다는 법이 확정될 때 모튼 가문이 큰 노력을 기울였다고 하던데, 조상의 어리석음이 다이런의 봉건제를 무너뜨리고 있다고 공식적으로 인정하시는 건가요?

공회장이 술렁였다. 모튼이 한순간에 쉬어버린 것 같은 목소리로 말했다.

"지금 자신이 무슨 말을 했는지 아나, 샤모아?"

샤모아는 아차차, 라고 작게 말하고는 난감한 미소를 지었다.

과열된 열기를 꺼트리기 위해 의장이 나섰다. 의장은 원형 계단식의 의원석이 내려다보이는 높은 단상에 앉아 있었다. 의장인 와이즈 선제후가 냉소적인 어조로 말했다.

"재밌군요. 검투 경기가 금지되지 않아 존속했다면 바로 이런 열기를 느낄 수 있었을 거란 생각이 들었습니다. 흥미로운 장면을 보여준 두 의원에게 감사를 표합니다."

그러고는 그는 실제로 건조한 박수를 쳤다. 공회장의 소란이 수그러들었다. 와이즈가 심드렁하게 말했다.

"밥이나 먹고 계속합시다."

의원들이 자리에서 일어나 흩어졌다. 왕정파와 공화파들은 나가는 문도 달랐다. 아일은 참관석에 앉아 그런 모습을 지켜보다가 거의 마지막쯤에 자리에서 일어났다.

"아버지."

왕정파 의원석에 앉아 있던 그레엄은 느지막이 공회장 문을 나서다 아일을 보고 멈춰 섰다. 이 년 만에 보는 아들이었다. 주변에 사람들이 없어질 때까지 기다리고 그걸로도 부족한지 적막감이 들 때쯤에야 그레엄이 무미건조한 목소리로 말했다.

"어쩐 일이냐?"

"아버지가 집에 안 오시니 직접 뵈러 왔지요."

무슨 소리인지 못 알아듣겠다는 것처럼 그레엄이 침묵으로 답했다. 석상 같은 아버지의 얼굴을 마주하고 있자니 아일은 심신의 기력이 빠져 나가는 기분이 들었다.

아일이 피곤한 미소를 지으며 말했다.

"군부에서 불러서 왔습니다."

그레엄은 이제야 이해가 된다는 듯이 고개를 작게 끄덕였다.

아일이 말했다.

"어머니가 세르노다로 가신다는 거 알고 계신가요?"

"……그래. 그게 좋을 테지."

누구에게 좋단 말인가. 아일은 생각을 묻지 못하고 입속에서만 굴리다가, 두 사람 사이에 멀뚱히 서 있는 정적(靜寂)을 밀어내고 말했다.

"그럼, 약속 시간이 돼서 이만 가보겠습니다."

"그래."

같이 식사를 하러 가자는 말도 없이 그레엄은 아들보다 먼저 앞서가 버렸다. 아일은 한 번 뒤돌아보지도 않는 아버지의 뒷모습을 우두커니 바라보았다. 흔적 하나 없이 깨끗이 나은 이마의 상처 부위가 간지러워졌다. 아일은 이마를 손가락으로 긁적이고는 아무도 없는 복도를 걸어갔다.

모뤄 선제후가 정자세를 하고 선 아일에게 손짓으로 자리를 권했다. 모뤄의 집무실은 클레이모어 저택 안에 있는 그레엄의 개인 서재보다도 장식이 간소했다. 아일이 응접 테이블에 가 앉자, 모뤄가 몇 장의 서류를 정리한 후 그를 따라왔다.

덩치 큰 모뤄가 상석에 앉으니 테이블이 꽉 차게 느껴졌다. 모뤄는 호의 어린 시선으로 아일을 보았다. 의도적인 정적이 흘렀다.

고장 난 줄 알았던 괘종시계가 울렸다. 수명이 다 되었다던 시계는 멈춰버렸던 그 시각부터 다시 시계추를 흔들었다. 잉크병에 어긋지게 꽂혀 있던 만년필이 자리를 찾으며 딸깍 소리를 냈다. 아일은 말없이 모뤄의 말을 기다리고 있었다.

꼭 사윗감이 아니더라도 모뤄는 아일이 인간적으로 꽤 마음에 들었다. 침묵을 불편해하지 않는 태도도, 애써 상대의 환심을 사려 하지 않는 눈빛도, 경직되지 않는 분위기이면서 예에 대해 흠을 잡을 수 없다는 점도 모두 마음에 들었다. 이런 건 부모가 일부러 신경 써서 이런 자식을 만들려고 마음먹고 교육을 한다 해서 만들 수 있는 것이 아니었다. 장인의 실수로 만들어져 나온 것이 뜻밖에 굉장한 명품인 경우와 비슷했다.

보통 사람이라면 불편해서 비명을 지를 만큼 긴 시간 동안, 아무 말 없이 아일을 관찰하던 모뤄는 어느 순간 스스로 믿기 어려울 만큼 굉장한 소유욕을 느꼈다. 무슨 짓을 해서라도 이 사내를 내 사람으로 만들어야겠어.

"자네도 봐서 알겠지만, 공회에서 결정이 났어. 아직 잉크도 안 마른 의결서가 왕의 책상 위로 가는 중일 거야."

마침내 모뤄가 말했다.

"갈라마 인들의 농작지를 다섯 구획으로 나눌 생각이야. 북쪽의 하튀르란트, 남서쪽의 불름, 차이드 남쪽 사막숲과 접해 있는 가유타, 불겐, 페로타. 다섯 지역을 잇는 중앙에 뭐가 있는지는 지나온 자네가 더 잘 알겠군."

아일은 잠시 생각하고 대답했다.

"락차 협곡이 있지요."

"그래, 그곳에 관문을 세울 거야. 무기도, 반항심도, 대국에 대한 날 알만큼의 적개심도 지나지 못하는 관문. 그러면 갈라마 인들도 농작지에 함부로 야전삽을 박을 생각을 못하겠지. 농사꾼들이 농기구 대신 무기를 들면 쓰나. 각자에게 걸맞은 자리란 게 있지."

각자에게 걸맞은 자리. 아일은 속으로 쓰게 웃었다.

"난 자네를 락차의 대관으로 임명했으면 했어."

모뤄가 계속 말했다.

"그런데 자네를 대관으로 보낼 경우 간신히 수그러든 갈라마 인들을 더 들쑤시는 격이 될 거라고 하잖나. 그 뭐지, 보라색 눈을 가진 주동자 놈. 다른 사람은 몰라도 그놈의 목을 직접 벤 자네가 대관으로 오는 걸 반기지 않을 거라고. 난 그래서 더 좋다고 생각했는데 말이야. 그렇다고 문관을 보낼 수도 없지 않아?"

비서관이 차를 놓고 나갔다. 모뤄가 차를 권하고 먼저 찻잔을 입에 가져갔다.

"말이야 그런 이유를 대고 있지만, 사실 공화파가 견제하는 거란 걸 누가 모를까. 몇 년 안에 요지가 될 곳의 대관 자리에 자네를 둘 수 없다는 거지."

아일은 이 모든 얘기가 피곤하고 우스웠다. 우습지만 재미는 없었다. 왕정파는 왜 자신을 왕정파라고 생각하며 공화파는 왜 자신을 경계하는가. 차라리 검으로 싸우는 게 편한가, 창을 쓰는 게 좋은가란 나눔이 그를 규정하는 데는 더 쓸모 있는 구분이다.

이야기를 듣고 있는 동안 아일은 황당하게도, 라야와 대련을 하거나 대화를 나누는 게 시간을 훨씬 유의미하게 쓰는 것이란 생각을 했다. 그리고 정말 그런 생각이 황당하게 느껴져서 그의 단단한 시선이 흔들렸다. 모뤄의 주시를 느끼고 아일이 눈빛을 정리하며 말했다.

"외람되지만, 혹시 이것이 가능한지 여쭙고 싶습니다."

누군가는 신들이 세상을 만들 때 가장 처음으로 만든 숲이 잠겨 있어 그렇게 푸르다고 했다.

그만큼 푸른, 에메랄드빛 바다 아로마니에 비가 내렸다.

바다를 가로지른 바람이 비 향기와 바다 향기를 품고 아주 먼 곳까지 날았다. 길들지 않은 광야와 거대한 협곡을 지나 마침내 작열하는 사막에 다다른 바람은 품고 온 바다를 꼭 닮은 눈동자를 발견하곤 긴 비행을 멈추었다. 아로마니 바다에 비를 내리듯, 하늘을 올려다보는 소녀의 맑은 녹색 눈동자에 빗방울이 떨어졌다.

"아버지, 비 와요."

소녀가 눈가를 훔치며 어리광 섞인 말투로 말했다. 하지만 그녀의 아버지는 왕진 중이라 딸의 말에 대답할 겨를이 없었다. 아버지 대신 바람이 소녀의 머리를 쓰다듬듯 헝클었다. 소녀가 실망한 표정으로 문가에 서서 어두운 집 안쪽을 돌아봤다. 굳이 집에 들어가지 않아도 문밖까지 가난과 병의 냄새가 났다. 아버지는 준비해 온 약봉지를 왕진 가방에서 꺼내어 다리에 붕대를 감고 있는 노인에게 건넸다.

"운이 좋으세요. 이렛날 상인에게서 사둔 약재가 남아 있었어요."

"집까지 오시게 해서 죄송합니다, 나리."

노인은 고마운 마음을 표현할 길이 없어 약제사의 손을 잡고 또 잡았다. 부유하지만 선한 약제사는 진료비도 받지 않고 일어섰다.

"독한 약이니 꼭 식사 후에 드셔야 합니다."

그렇게 말하고 집을 나서던 그는 오늘 밤새 무너진다 해도 이상치 않을 낡은 집을 돌아보고는 다시 집으로 들어가 노인에게 가진 돈까지 내주었다. 사양하는 노인에게 끼니도 포함해 약이니 약재를 받을 때와 다름없이 기꺼이 받으면 된다는 억지까지 부렸다. 분명 그 돈은 오늘 왕진을 하면서 번 것일 것이다.

문밖까지 불편한 다리를 끌고 나와 온몸으로 배웅 인사를 하는 노인을 뒤로하고, 소녀의 아버지는 소녀와 함께 빈민가를 나왔다.

"아버지, 비 오려고 해요."

딸의 거듭된 일기예보에 약제사 에반 윈터스는 하늘을 올려다보았다. 아주 맑은 하늘이었다. 적어도 오늘 안에는 비가 오지 않을 것 같았다. 에반이 딸의 머리를 쓰다듬으며 인자하게 말했다.

"비는 올 것 같지 않은데?"

"쟤가 일러줬어요. 비가 올 거예요."

딸과 달리 에반은 바람에서 건조한 향기만을 맡을 수 있을 뿐이었다. 하지만 그는 딸의 말에 다시 하늘을 보며 신뢰를 담아 말했다.

"네가 그렇다면 그런 거겠지. 어서 집에 가야겠구나. 비가 오는데도 우리가 오지 않으면 엄마가 걱정할 테니까."

아버지의 얼굴 뒤로 태양빛이 강렬했다. 소녀는 참지 못하고 눈을 감았다.

눈을 떴을 때 그리움이 넘쳐흘렀고 눈물이 되어 흘렀다. 라야는 그렇게 꿈에서 깼다.

"……슬퍼서 운 게 아니라 반가워서 운 거니까 봐줘, 아버지."

창 밖에서 아침 새가 울었다. 라야는 거의 기다시피 침대에서 내려왔다. 아직 방 안은 어둑했다. 창 밖으로 비록나무와 니암나무가 아닌 여름 꽃들로 잘 정리된 정원이 보였다. 세르노다에 있는 아넷의 본가는 클레이모어 저택과 비교해 정원에 한해서는 훨씬 풍성한 색채를 가지고 있었다. 붉고 노랗고 희고 오렌지색인 꽃들이 가는 길목마다 시선 닿는 모든 곳에 흐드러지게 피어 있었다. 창틀에선 분홍 꽃의 진한 향이 났다.

라야는 베개 아래 넣어둔 단검을 꺼냈다. 그리고 검집에서 검을 뽑으려다 멈칫했다. 방바닥에 주저앉아 있는 그녀 앞에 아일이 한쪽 무릎을 꿇고 앉은 것이 환영으로 보였다. 그녀의 기억 속에서 그의 얼굴은 실제보다 선명한 표정을 갖고 있었다.

「검에 손이 가는 것을 신중하게 만들어. 어느 정도가 되면 웬만해서는 검에 손을 대지 않을 거다. 그럼, 네가 바라는 대로 그 검도 예쁜 장신구가 될 수 있을 거야. 해피 엔딩이네.」

'대답 안 하지?'라는 듯이 그가 그녀의 눈앞에서 손가락을 튕겼다. 라야는 간질거리는 코를 긁적이고 중얼거렸다.

"해피 엔딩이 좋긴 하지."

아침 새가 우는 소리가 두 마리로 늘었다.

세르노다 경비대는 아침부터 부산했다. 새로 부임하는 경비대장을 맞아야 하는 경비대원들은 할 일이 없는데도 할 일을 만들어 움직였다. 오전 내내 그랬더니 정오쯤 돼서는 훈련이라도 한 듯 피곤한 표정을 짓고 있는 대원들이 여기저기서 발견됐다.

검은 새가 경비대 외벽에 앉아 그 모습을 지켜보고 있었다. 땅바닥에 주저앉아 창을 세 번째 닦고 있던 대원이 같은 일을 하고 있는 동료에게 물었다.

"어째서 에드가 차밭이랑 학교밖에 없는 이런 곳의 경비대장으로 오는 거지?"

"몰라. 높은 분들이 하시는 일은 당최 뜻을 알 수가 없어. ……아. 그 때문인지도. 에드가의 외족이 이곳의 제후 일가잖아."

"맞아, 그랬지. 그걸 잊고 있었네."

"요즘엔 세를 관청에 내니……. 내 조모는 그저께 제후 일가가 다 죽었냐고 묻던걸. ……그래도 난 에드가를 볼 수 있게 돼서 좋아."

"나도 좋다."

"난 어제 에드가 전기를 한 번 더 읽고 잤다고."

"난 어제 잠을 못 이뤘어."

"그건 좀 지나친 거 같군."

"……."

"그런 소문을 들었지. 눈만 마주쳐도 목이 뻣뻣할 만큼 무시무시하게 생겼다고. 키도 보통 사내보다 머리통 네 개는 더 얹혀 있댔어."

"그 정도면 이미 사람이 아니지 않아? 난 그런 얘길 들었어. 목소리가 너무 낮아서 꼭 지하에서 들려오는 소리 같다고."

"에드가 단장…… 아니, 대장의 목소리는 그렇게 음침하지 않아. 적당히 낮고 힘이 있는 목소리지. 그래서 아무리 시끄러운 속에 있어도 그 명령을 놓칠 수가 없어."

두 대원은 대화에 끼어든 목소리의 주인을 찾아 뒤를 돌아보았다. 붉은색 고수머리의 젊은 사내가 장난스러운 미소를 짓고 서 있었다. 햇볕에 그을려 뱃사람만큼이나 검은 피부, 두 대원들보다 머리통 하나는 큰 키, 주먹을 쥐면 근육이 융기하는 단단한 팔뚝. 사내는 어딜 봐도 무인이었다. 두 대원은 낯선 인물의 등장에 얼어붙었다가 벌떡 일어섰다. 혹시, 혹시? 그들의 속마음을 읽고 고수머리 사내가 아니라는 듯 손을 저었다.

"그리고 에드가 대장의 키는 나보다 약간 더 크고, 얼굴은…… 얼굴은, 으음, 훌륭하지. 덧붙여, 앞으로 대장이 없는 자리라고 에드가, 에드가 이렇게 부르는 건 군규로 다루겠어. 반드시 존칭을 붙이도록."

고수머리 사내가 웃음을 지운 엄격한 얼굴로 말했다.

"메이튼!"

고수머리 사내를 부르는 목소리가 있었다. 그 짧은 부름에도 거기서 뭘 얼쩡거리고 있냐는 꾸짖음이 느껴졌다. 경비대 내 훈련장을 지나 건물 안으로 들어가는 복도로 젊은 사내가 걸어오고 있었다. 두 대원들은 다시 '혹시, 혹시?'란 의문을 가지지 않았다. 가까이 다가가 얼굴을 보지 않아도 알 수 있었다. 멀리서도 느껴지는, 그가 두르고 있는 존재감이 그를 증명했다.

큰 걸음으로 훈련장을 지나치면서 아일이 메이튼에게 손을 까닥였다. 메이튼이 달려가고, 두 대원들은 신임 경비대장과 신임 경비부대장을 향해 절도 있게 경례를 붙였다.

아일이 자신을 따라 건물 안으로 들어온 메이튼을 슬쩍 돌아보았다.

"출정의 여독은, 충분히 풀었나?"

"예."

메이튼이 생글거리는 얼굴로 따라붙었다. 아일이 말했다.

"네가 여기 지원했다는 소리를 듣고도 로바키가 뭐라 안 하던가?"

"평생 누구 꽁무니만 쫓아다닐 놈이라고 면박을 당했습니다. 점쟁이가 하는 말이라 얼마나 서늘하던지. 그리고 안부를 전해달라 하셨습니다. 토씨 하나 빠뜨리지 말고 전하라며 십 분 정도 인사말을 하셨는데……."

말해보라는 듯이 아일이 걷는 속도를 늦추었다. 메이튼이 머뭇거리다 말했다.

"제가 그 말을 그대로 전할 수는 없습니다."

"대부분 욕이겠지."

"핵심만 전하자면, 잘 지내라는 말이었습니다."

"너까지 없어져서 녀석이 많이 심심하겠어."

"일단 보기에는 교관 일을 즐기시는 듯했습니다."

"크롬헬 역사상 가장 잔소리가 심한 교관이겠군."

"안 그래도 생도들 사이에서 교관 대신 사감이라고 불리는 모양입니다."

아일이 소리 없이 웃었다. 메이튼이 말을 이었다.

"컬레이는 왼팔을 결국 못 쓰게 돼서…… 고향으로 돌아갔습니다. 거기서 경비대 훈련관직을 맡았다고 들었습니다."

"……것도 나쁘지 않지."

"그리고…… 드디어 대장이라고 부를 수 있게 되어 기쁩니다."

그에게 진작 주어져야 했을 직위였다. 메이튼은 전쟁에서 얼빠진 지휘관들을 볼 때마다 그런 생각을 하며 이를 갈았다. 더 좋은 자리로 갈 수도 있었던 메이튼이 아일을 쫓아 이곳을 지원한 것은, 자신이 가장 먼저 그를 대장이라고 부르고 싶어서이기도 했다.

라야는 마음먹은 대로 되어가지 않는 상황에 상심했다. 미안해하는 아넷에게 라야가 더 미안해서 그녀 앞에서는 표정을 밝게 하려 했지만, 아넷은 용케 그 속을 알고 더 미안해했다. 아넷은 라야에게 일부러 반나절 정도 휴가를 주었다. 평소 같았으면 서재든 시내든 뛰어갔을 테지만 이날은 정말 그럴 기분이 아니었다. 라야는 붉은 벽돌의 저택에서 챙겨온 목검을 들고 사람들이 잘 다니지 않는 건물 뒤편으로 갔다.

"쥬네에게 편지를 써야겠어."

누군가에게 속상한 마음을 털어놓고 싶었지만, 세르노다에는 아무런 연고가 없었다. 신선한 배움과 새로운 인연 등에 대한 기대로 시작되었던 세르노다의 생활은 생각보다 재미가 없었다. 괜히 크게 기대했다. 막연한 호감은 이래서 무섭다.

백부의 가족도, 얼마 없는 친구들마저도 주변에서 없어지자, 라야는 가족이 없는 자신의 처지가 새삼 서러워졌다.

검술 수련을 하고, 땀이 나고, 숨이 차고, 바람이 땀을 식혀주고, 숨을 고르는 동안은 자신의 처지를 잊을 수 있었다. 목검으로 연습을 할 때에는 단검으로 할 때보다 덜 눈치가 보였다. 마음껏 춤을 출 수 있었다. 누군가의 눈에 띈다 해도 실제 검이 아니니 둘러대면 그만이었다. 아일에게 고마워졌다.

"일취월장은 아니더라도 퇴보하지는 말아야 하는 거 아닌가?"

속말에 대꾸하는 듯한 목소리에, 라야는 공중에서 굴러 떨어지듯 급작스럽게 춤을 멈추었다. 심장이 정말 쿵 하고, 휘청하는 주인과 함께 바닥으로 내려앉으려는 줄 알았다.

"또 마음 가는 대로 휘두르고 있군."

거짓말.

라야는 거짓말, 이라고 혼잣말을 하며 뒤를 돌아보았다.

아일이 한심하다는 표정으로 서 있었다. 비록나무 아래는 아니지만 어떤 이름 모를 커다란 나무 그늘 아래서 팔짱을 낀 채 클레이모어 저택에서와 같은 자세로 그녀를 보고 있었다. 라야는 가까스로 넘어지지 않은 엉거주춤 자세로 그를 쳐다보았다. 이번엔 환영이 아니었다.

정이란 게 이렇듯 무섭다. 고작 한 달도 채 못 되는 기간 동안 매일 봐왔다고, 저 예민하고 위험하고 건방지고 우울하고, 때론 말도 못하게 무뚝뚝하고, 어떨 땐 반대로 잔소리가 심하고, 이기죽거려서 화를 돋우는 데는 선수고, 하지만 심약한 어머니가 상처를 보면 혹여 비위 상해할까 봐 그녀 앞에서는 항상 붕대 감긴 팔을 숨기는, 하는 일에 맞지 않게 섬세한 저 사내에게 정이 들어버렸다. 미운 정도 정이니까. 딱한 양반이다 생각하는 것도 마음을 주는 것이었다.

라야는 그의 목소리에 코가 시큰해진 게 자존심이 상해 뿌루퉁한 얼굴을 했다.

최근 라야는 사람이 몸으로 하는 뭔가를 함께 하면 대화만 나눌 때보다 훨씬 강력한 유대감이 생긴다는 것을 알았다. 그녀는 사랑 없이 그저

성욕만으로 관계를 나누는 이들을 이해할 수 없게 되어버렸다. 그깟 검술 좀 배웠다고 이런 기분을 느끼는데, 남녀가 몸으로 사랑을 나눈 뒤엔 어떻게 될까.

"넌 이상한 생각을 하면 그런 표정을 지어."

인내심 있게 라야의 대꾸를 기다리고 있던 아일이 결국 먼저 입을 열었다.

"그런 표정을 지은 뒤에는 항상 엉뚱한 소리를 하더군."

"……정말 미남이에요, 라든가, 애정 결핍이라고 한다든가."

"그래."

라야가 목검을 내리고 자세를 바로 했다. 그녀가 올 생각이 없어 보여서 아일이 라야 곁으로 다가갔다.

"잠깐만요."

라야는 아일을 향해 손바닥을 펼쳐 보이더니 다리를 절뚝거리며 근처 바위로 걸어가 앉았다. 이제 보니 그녀의 한쪽 신발 밑창이 떨어져 있었다. 그녀가 지나간 길에 붉은 점이 점점이 흘러 있는 것이 보였다. 아일은 핏방울을 확인하자마자 빠르게 그녀에게 다가왔다.

다가온 아일은 라야가 뭐라 할 새도 없이 한쪽 무릎을 꿇고 앉았다. 라야는 놀란 감정을 살짝 커진 눈에만 담았다. 아일은 서슴없이 라야의 발목을 잡아 신발을 벗긴 후 발을 살펴보았다. 날카로운 돌이 여린 발바닥을 찢은 모양이었다.

라야가 괜찮다는 듯이 밝은 기색으로 말했다.

"떨어진 신발을 억지로 고쳐 신고 있었더니 결국 다쳤네요. 기척도 없이 나타나서 놀라게 만든 아일 탓이 반이에요."

책망하는 투는 아니었다. 늘 하듯이 던진 농담인데 그는 자신도 그렇게 생각한다는 것처럼 대꾸가 없었다. 라야가 농담조로 말했다.

"업고 가달라고 안 할 테니까 걱정 마요."

아일은 아무렇지도 않게 제 손으로 그녀의 발바닥에서 모래를 털어냈다. 그리고 손수건을 꺼내 피가 나는 부위에 조심스럽게 갖다 댔다. 바위에 앉아서 그 모습을 지켜보고 있자니 라야는 얼굴과 뒷목이 후끈 달아올랐다.

절대, 한 번도 이 남자가 다친 사람에게 이런 다정하다고까지 느껴지는 행동을 할 거라고는 생각해본 적이 없다. 라야는 숨듯이 손으로 입을 가렸다.

그가 잡고 있는 발목이 조금 뜨거웠다. 다친 건 발바닥인데.

아일은 손수건으로 발을 묶은 뒤 라야를 보았다. 고개를 든 그는 동요를 전혀 느낄 수 없는 눈을 하고 있었다. 사무적으로 환자를 대하는 의사라면 이런 눈을 하고 있을 것이다.

라야가 얼굴을 반쯤 가렸던 손을 내리고 말했다.

"좋은 소식과 나쁜 소식이 있어요. 뭐부터 들을래요?"

"……좋은 소식."

"에른스트에서 저를 정식 학생으로 못 받아주겠대요. 하지만 이번 입학 희망자 중에 그래도 여자가 여섯 명이나 돼서 정식 학생은 아니지만 청강은 할 수 있게 해주겠대요."

"그게 어떻게 좋은 소식이야."

"상대적으로 좋은 소식이에요."

"나쁜 소식은?"

"저희 여학생들의 청강을 허락하겠다는 교수가 없어요."

"……."

아일이 가볍게 콧숨을 내쉬었다. 다음 순간, 라야는 놀란 눈을 끔벅였다. 손을 털고 일어선 그가 위로하듯 머리를 쓰다듬어주었다. 남자에게 하듯이 조금은 거칠고 투박한 손길이었다. 쓰다듬는다기보다 머리를 헝클어뜨리는 데 가까웠다. 제자나 후배쯤을 쓰다듬는 손길일 것이다.

그가 말했다.

"뭐, 시도는 좋았어."

"……시도로 안 끝낼 거예요. 교수들을 모조리 쫓아다니는 한이 있어도 수업을 들 거라고요. 그리고 목표가 생겼어요."

라야가 빨리 물어보라는 듯 손을 빠르게 까닥였다. 아일이 마지못해 물었다.

"뭔데? 말하고 싶은 게 있으면 그냥 말하지그래."

"그러면 대화하는 재미가 없잖아요. 난 최초의 에른스트 여성 교수가 될 거예요. 최초 외국인 교수이기도 하겠네요. 최초의 하녀 출신 여성 평민 외국인 교수란 칭호는 웬만해선 깨지지 않을 것 같죠? 두고 보자, 망할 놈의 교수들."

"오십 년 뒤쯤이면 가능할지도 모르겠군."

"오래 살아야겠네. 아, 시험 삼아 저한테서 배워보지 않을래요? 말이 좋아 내가 춤을 가르쳐줬다지 어디 가서 내가 아일 에드가 클레이모어를 가르친 사람이다, 라고 내세우기도 뭣하잖아요. 이왕 배우기로 한 거, 다른 걸 제대로 배워봐요."

"무엇을?"

"글쎄요……. 차이드 지리? 몸으로 익힌 거라 아주 빠삭하거든요."

"관심 없어. 피곤해."

"늘 피곤한 인상인 건 사실이에요. 본인이 그런 얼굴을 하고 있단 건 알아요?"

아일은 라야의 말을 무시했다. 라야는 그가 반응하든 말든 상관 않고 말했다.

에른스트에 가서 처음 만난 교수는 대머리였는데 말을 너무 빠르게 하는 데다가 사투리도 심해 거의 알아들을 수 없었다, 다른 여학생을 모두 만나보지는 못했지만, 지나가며 본 이 중에 엄청난 미인이 있었다, 자신과 비교해도 꿀리지 않을 것이다(이 부분에서는 그가 코웃음을 친 것 같기도 하다), 엄청난 규모의 도서관이 있다, 교수의 삼분의 이 이상이 귀족 출신이며 하나같이 몹시 거만한 말투를 사용한다…….

그녀는 말을 쏟아냈다. 쥬네에게 써야겠다고 마음먹은 편지 여덟 장 분의 이야기를 그가 지루해하며 몸을 돌리기 전에 다 해버릴 심산이었다.

하지만 말을 하는 동안 점점 이상하다는 생각이 들었다. 그전 같으면 쌀쌀맞은 표정으로 자리를 떴어도 한참 전에 떴을 그가 어찌 된 일인지 그녀의 말을 잠자코 듣고 있었다. 물론 중간 중간 비웃는 웃음을 날린다거나, 얘기를 듣는다기보다 쳐다보고 있다는 기분이 들게 만든다거나, 생각에 잠겨 있는 것처럼 보이기도 했지만, 어쨌든 그는 자리를 지키고 있었다.

"그런데 세르노다에는 어쩐 일이에요? 어머니를 뵈러 온 거예요? 그런 살가운 아들은 아니라고 생각했는데, 편지 공세가 효과가 있었나. 그렇게 흘겨보지 마요. 차라리 정면으로 노려봐요. 그게 덜 무서워요. 마님은 뵙고 온 거예요?"

"그래."

"정말 어머니를 뵈러 온 거예요? ……제자는 안 보고 싶었어요? 이제 날 첫 번째로 안 찾아오네. 마음이 식었나 봐. 흘겨보지 말라니까요. 정말 무서워요. 아, 요즘은 마님이 제 스승님이죠."

"……어머니가 네게 뭘 가르쳐주시는데?"

"예법이요. 며칠 전엔 세 번의 키스에 대해 들었어요. 손등에 먼저 입을 맞추고, 존경과 맹세의 의미로 중지와 약지에? 맞아요? 초대 에드가의 사랑 이야기책에 그런 삽화가 나온 게 다 이유가 있었더라고요. 난 왜 손가락에다 키스를 하고 있나 했어요. 이유를 알고 나니 제법 낭만적이에요. 결혼할 때에만 써먹기에는 아까워요. 옛날엔 기사가 왕에게 충성 서약을 할 때에도 했다면서요? 친구와 사제 간에도 오랜만에 만나면 그랬다고 하고. 길에서 어지간히들 했겠네요. 어때요, 오랜만에 만난 제자한테 오랜 예법을 보여줄 생각은 어…… 악!"

아일이 중지를 튕겨 라야의 이마에 꿀밤을 먹였다. 라야는 이마를 잡은 채 몸을 수그렸다. 아일이 라야와의 거리를 좀 더 좁혔다. 그의 발이 라야의 발끝에 살짝 닿았다. 라야는 그의 발을 잠시 보았다가, 이마를 감싸고서 고개를 들어 그를 원망스럽게 쳐다보았다.

아일이 내려뜬 눈으로 말했다.

"말이 많으면 실수를 하게 된다고 몇 번을 말해."

"꿀밤은 왜 때려요? 말로 해도 되잖아요. 게다가 난 부상자라고요."

"몸으로 익힌 배움은 휘발성이 적지. 네가 차이드 지리에 자신하는 것처럼."

"정말 죽이고 싶어."

아일이 가늘게 눈을 떴다.

"바로 그런 거르지 않는 말이 네 목숨 줄을 줄일 수 있다는 거야. 세상이 바뀔 때까지 살고 싶다면 그 되바라진 혀부터 단속해."

"나도 눈 있고 눈치 있고 눈썰미도 있거든요. 봐가면서 해요."

"허, 어떤 정보를 어떻게 잘못 모았길래 나는 그런 식으로 굴어도 괜찮은 상대라는 추론이 나오지?"

"당신은 잘못한 것에 사과를 할 줄 아는 사람이니까요."

라야가 야무진 말투로 응수했다.

"해당 추론의 아주 강력한 근거죠."

"……."

청신한 바람이 두 사람의 몸을 휘감았다. 바람은 눈을 가릴 정도로 거칠게 머리카락을 헝클고 옷자락을 뒤흔들더니 꽃향기와 아늑한 고요만 남기고 사라졌다. 라야가 하늘을 올려다보며 말했다.

"그리운 바람이네요. 정확히 하자면 이 년 전 다이런에 처음 왔을 때 만났던 바람이죠."

"믿기 어려울 만큼 정확하군."

"그거 알아요? 바람이 다니는 길엔 경계가 없대요. 그래서 바람은 시공간을 뛰어넘을 수 있는 거죠. 어느 날 집을 나섰는데 처음으로 맞은 바람에서 몹시 그리운 향기가 난 적 없어요? 이유도 없이 코끝이 시큰거린다거나? 그런 거죠. 바람은 시공간을 초월하니까! 수년 전의 바람이 지나다가 날 보고 어랏? 저 친구 낯이 익네 하면서 쳐다보는 거예요."

아일은 무슨 허황한 소리냐고 쏘아붙이지 않았다. 그저 멀거니 구름을 올려다보았다.

구름이 지나가면서 두 사람 위로 그늘이 졌다. 아일이 문득 말했다.

"네 손에 죽는 것도 나쁘진 않겠어. 전쟁 중에 죽는 것보다는 가르친 사람 손에 죽는 게 더 이야깃거리가 되지 않을까? 이름에 걸맞게 비극적이고."

"난 별로. 비극의 여주인공 같은 거 싫어요."

"왜 네가 여주인공이야? 주인공을 죽였는데 그냥 악당이지."

"아, 정말 죽이고 싶어."

아일은 외가에서 내어준 자신의 방으로 왔다. 어릴 시절, 몇 해 보낸

적이 있는 방이었다. 맞닥뜨린 상황에서 이질적인 부분이나 불안 요소를 찾아내야 하는 군인의 직업적 예민함이 방에서 예전과 달라진 점을 찾게 하고 있었다. 크게 달라진 것은 없었다. 벽장에 술병이 채워져 있는 것이 하나 달랐다. 술병을 꺼내 마개를 여는데, 노집사가 방으로 들어왔다. 집사는 아일의 손에 들려 있는 술병을 보고는 말없이 벽장 아래 칸을 열어 술잔을 내주었다.

"불편한 건 없으신가요?"

아일이 눈으로 말했다. '별로.'

무뚝뚝한 어조는 눈으로 말해도 전달되었을 것이다. 진짜 그런 듯, 집사가 옅게 웃었다.

"몰라보게 성장하셨네요."

아일은 술잔을 입으로 가져가다 말고 집사를 유심히 쳐다보았다. 낯이 익은 노인이었다.

"다시 모실 수 있게 되어 기쁩니다, 도련님."

'도련님'이란 말에서 아일은 오랜 기억 속의 한 사람을 떠올렸다. 자신에게 할아버지가 있다면 이런 사람이었으면 좋겠다, 는 생각이 들게 했던 사람이 있었다. 세월이 흘러 주름지고 노쇠한 것은 어쩔 수 없지만, 표정은 차가운 듯하면서도 말에는 다정함을 담고 있는 것이 분명 그 시절의 그가 맞았다. 그는 말벗이 거의 없던 어린 아일에게 몇 번 재미난 대화 상대가 되어주기도 했다.

반가움은 보일 듯 말 듯한 미소로만 표현했다. 두 사람은 말없이 부드러운 미소만 주고받았다.

집사가 나가자, 아일은 얼마 안 되는 술을 빠르게 마시고 빈 잔에 다시 술을 채웠다.

'하여간…… 내가 한 마디 하면 열 마디를 하는 녀석이다.'

원래는 어머니만 잠깐 뵙고 갈 계획이었다.

'무슨 생각이신지는 모르겠으나 바라시는 대로 제가 세르노다로 왔습니다, 어머니.'라고 보고만 하고 경비대로 돌아갈 생각이었는데, 우연히 만난 라야가 너무 떠드는 바람에 결국 날이 저물 때까지 있고 말았다.

생각에 잠겨, 혀만 적실 정도로 천천히 술을 마셨다. 아일의 눈이 깊어졌다.

과연 자신은 그녀의 막무가내 수다 때문에 미처 자리를 뜨지 못했나?

아니다. 그녀가 말을 끝맺지 않는다고 해도 평소처럼 돌아서서 가버리면 될 것이었다.

우연? 정말 우연히 그녀를 만났던 것일까. 아무에게도 그녀의 행방을 묻지 않고 오랜만에 찾은 외가의 저택을 살펴본다는 핑계로 이곳저곳을 돌아다니다 만났으니 우연이라고 우겨도 좋을 것이다. 하지만 스스로를 속일 수는 없었다. 그는 분명 라야를 찾아다녔다.

상대의 말을 귀담아듣고 신심을 담아 말한다. 이 내화의 대원칙을 그녀만큼 잘 지켜내는 사람을 본 적이 있을까. 그녀는 오직 자기가 말하기 위해서 상대를 멀뚱히 세워놓고 자기 좋을 대로 상대의 말은 흘려버리거나 되받아치는 짓은 하지 않는다. 그녀가 혼자 오랫동안 말하는 동안에도 상대는 대화를 하는 느낌을 받는다. 그것은 그녀가 당당하되 상대를 무시하는 마음은 티끌도 없는 자이기에 가능했다. 그녀는 그 누구에게서도 우월감이나 열등감을 느끼지 않았다.

검을 잘 다루어야만 좋은 대련 상대인 것은 아니다. 상대가 예측 못한 방향으로 검을 내지르고 신선한 움직임으로 상대를 기분 좋게 긴장시키는 것도 좋은 대련 상대가 될 수 있는 법 중 하나였다. 라야가 그러했다.

그녀와의 시간은 즐거웠다.

그녀의 다정하고 활기찬 목소리, 애써 특이점을 찾아내 타인과 구별

할 필요 없는 외모, 호감을 사려고 일부러 꾸며내지 않는 말, 거리낌 없는 접근, 풍부한 화제. 그로 인해 불쑥불쑥 느끼는 다채로운 감정.

라야가 말을 하는 동안, 그녀의 눈을 들여다보고 있자면 안락하고 편안한 장소에 와 있는 기분이 들었다. 그녀와 함께 있는 공간 자체가 순수해지고 시간 자체가 투명해졌다. 사회적, 태생적 짐을 다 던져버린 그라는 존재 본연이 그녀와 나누는 대화. 그 순간 이루어지는 대화 이외에는 아무것도 생각할 필요 없는 정념(正念)의 세계.

이 비슷한 기분을 어디서 느꼈더라. 침대? 아니다. 그것은 편안할 뿐 활기가 없다.

여인의 품? 아니다. 최후의 신음을 내뱉고 나면 사타구니 사이로 사라져버리는 그런 게 아니다. 그건 확실히 원초적이지만 허무함이 있다.

이걸 분명히 느꼈던 적이 있다. 어디서였지?

목으로 넘어가는 술이 뜨거웠다.

빌어먹을…….

깨닫지 말아야 했다. 드는 느낌을 애써 정리하려 하지 말아야 했다. 그녀와의 시간이 즐겁다는 걸 인지하고 나니 다른 이를 만나 어떤 대화나 행동을 한다는 게 평소보다 훨씬 더 쓸모없게 느껴졌다.

"에드가!"

생각을 날려버리듯 방문이 요란하게도 열렸다. 잿빛 머리 사내가 문을 열어젖히고 큰 방 안을 둘러보았다. 그러다가 방문 바로 옆에 서 있는 아일을 발견했다.

"르웨이."

아일이 상대를 알아보고 미소를 지었다.

르웨이는 거부할 새도 없이 달려와 그를 껴안았다. 덕분에 아일은 술을 엎지르지 않기 위해 술잔을 공중에 들어 올린 채 엉거주춤한 자세로 그를 맞아야 했다.

르웨이가 감격스러운 목소리로 말했다.

"돌아왔다는 얘기를 듣고 바로 클레이모어 저택으로 달려가는데, 가는 도중에 자네가 성도로 갔다는 소리를 들었지. 성도에 갔더니 또 자네가 세르노다로 왔다는 얘기를 듣고 마차를 돌려서 이곳으로 온 거야."

"괜한 일주를 했군."

"그러게. 결국 빙빙 돌아서 출발 장소에 온 셈이지. 아……, 이 친구, 진짜!"

르웨이는 아일의 얼굴을 한 번 더 쳐다보고는 다시 그를 끌어안았다.

"자네 얼굴이 못 알아볼 정도로 상했으면 어쩌나 걱정돼서 문 앞에서도 한참을 서성였어."

"쓸데없는 염려를 많이 하는 성격은 아니지 않아?"

"세월은 용감한 소년을 나약하게 만들지."

르웨이가 장난스럽게 경례를 붙였다. 그러고는 아일의 손에 들린 술잔을 가져가 남은 술을 단숨에 들이켰다. 제가 방의 주인인 양, 르웨이는 응접 테이블로 가면서 아일에게 따라오라는 손짓을 했다. 소파에 앉으며 르웨이는 지친 신음을 흘렸다. 그리고 말을 이었다.

"영웅을 친구로 두고 있는 내가 자네 얘기를 다른 입을 통해 들어야겠어?"

"허, 영웅이라."

"영웅이지, 그럼. 죽으라고 보낸 전쟁을 이기고 돌아왔는데."

맞은편 소파에 앉으려던 아일이 멈칫했다. 아일을 올려다보는 르웨이의 가늘어진 눈이 빛났다. 아일이 콧숨을 내쉬고 편안한 자세로 앉았다. 그리고 르웨이가 건네는 술잔을 받으며 말했다.

"누구 말마따나, 때로는 주변을 살필 때 문제의 본질에 더 가까이 다가갈 수 있다더니, 정말 돌아가는 상황 파악은 당사자인 우리보다 외부인들이 더 잘하는 거 같군."

르웨이가 아일의 술잔에 술을 채워주며 대꾸했다.

"알 만한 사람들은 알지. 직전까지도 반대가 많았어. 왜 하필 자네냐고. 새끼 사자가 더 자라기 전에 살아 있는 고깃덩이를 던져줘서 자기가 우리 속에 있는 걸 잊어먹게 할 속셈이었다는데, 왜 하필 그 고깃덩이가 자네여야 되냐고."

"고깃덩이……."

"비실거리는 먹이를 던져줘도 맛있게 먹을 것을, 왜 팔팔한 늑대를 던져주냐면서, 왕정파는 물론이고 공화파에서도 반대가 제법 거셌다지. 인재 낭비에, 노리던 바도 이루지 못할 거라면서. 거기다 희생이 예정된 출정이라니, 그 얘기가 아래로 알려지기라도 한다면 그 후폭풍을 어떻게 감당할 거냐면서, 대놓고는 못해도 뒤에서 왕실과 군부를 힐난하는 자들도 있었어. 그거야 표면적인 목적이고 위쪽에서 노린 건 따로 있었지만 말이야."

르웨이는 아일의 반응부터 살피고 말을 붙였다.

"제2왕자가 결국 죽었어. 자네도 들었지?"

"알아."

"겨우 왕실의 구린 소문을 막자고 자네를 희생시키려 했다니. 정말 터무니없는 계략이었지. 그딴 걸 계략이라고 부를 수 있다면 말이야. 꿍꿍이라고 하는 게 맞겠지. 페렐 선제후는 언제까지 자네 가문에 케케묵은 악감정을 품고 있을 생각이지? 대체 선조의 악연을 언제까지 잡고 있을 셈인 거야?"

"나한테 물어봤자……."

"페렐가는 후계를 넘겨줄 때 클레이모어 가문에 대한 원한도 같이 상속시킨다는 우스갯소리도 있어."

"당하는 입장에 있는 사람으로선 재미없는 농담이네."

"왕실 독단이라니, 이게 대체 몇 년 만의 일이야? 그거에 대해서도 말들이 많아. 큰 의미 없는 전쟁에 버리는 패로 크롬헬을 동원하다니 멍청한 짓거리였어. 하지만 알다시피 부대 배치는 군부가 전결권을 갖고 있어서……."

"사자니 늑대니 하는 비유는 이상하지만, 먹잇감이 싱싱하지 않았다면 그 갈라마 인 수장은 절대 거기까지 나오지 않았어."

"아, 그 때문에 첩자들이 부지런히 갈라마 인에게 얘기를 날랐다지. 여기 맛있는 고기가 있어요, 이번에 놓치면 언제 다시 올지 몰라요."

남의 얘기라고 웃으면서 하는군. 아일이 눈을 흘기며 비난의 미소를 던졌다. 르웨이가 술이 묻은 입술을 핥고 말했다.

"먹잇감이 되어야 할 늑대가 사자를 해칠까 봐 멍청한 조련사들을 여럿 붙여 보냈다면서?"

"사자가 조련사를 먼저 잡아먹었지."

"늑대가 사슬을 풀려고 사자 우리를 열어준 건 아니고?"

아일은 술잔을 입에 붙여둔 채 술잔 너머로 르웨이를 바라보았다.

"……날 떠보려고 그 먼 거리를 달려온 건가?"

르웨이가 두 손을 들어 보였다.

"아카데미에 들어갔더니 호기심이 많아졌나 봐. 똑똑쟁이들 속에 있으면 똑똑물이 들어."

아일이 피식 웃었다. 르웨이는 조심스럽게 말했다.

"하지만 정말 궁금한 게 너무 많은걸. 자네 입으로 직접 듣고 싶었어. 관보는 너무 요약되어 있고, 민간에서 발행하는 신문들은 과장이 심해. 이번에 새로 생긴 에른스트 주보에서는 자네의 외양을 얼마나 굉장하게 묘사하는지 혹시 내가 모르는 다른 에드가가 또 있나 했지. 자네가 잘난 건 부정할 수 없지만, 남자고 여자고 보자마자 무릎을 꿇을 정도는 아니잖아? 그랬다면 이미 내 무릎은 다 닳았겠지. 대체 문학가의 꿈을 왜 신문지상에서 펼치고 있는 건지. 자, 어서 그간 어떤 일을 겪었는지 얘기해봐."

"잊어버렸어."

"돌아온 지 일 년이 됐어, 십 년이 됐어? 몇 달 전 일을 벌써 다 잊었다고?"

"고문 후유증인가 봐."

아일은 히비커스에게도 써먹은 핑계를 대며 싱긋 웃었다. 그가 더는 말할 생각이 없다는 걸 알고 르웨이는 아쉬운 입맛을 다셨다. 르웨이는 몸을 돌려 창 밖을 보았다. 어느새 밤이었다. 들어올 때 얘기해뒀으니 지금쯤 자신이 묵을 손님방이 준비되어 있을 것이다. 르웨이가 술병을 옆으로 치워버리는 아일을 보며 말했다.

"성도에 간 김에 아버님을 뵙고 왔어. 아버님이 자네 얘길 하시더군. 자네가 참관하고 있는 것을 분명히 봤는데, 인사도 안 하고 갔다고 역정을 내셨어."

"아."

"아, 가 아니야. 정말 섭섭해하셨다고. '괘씸한 것, 어떻게 모퉈만 보고 갈 수 있어!' 하면서 식사하는 내내 짜증을 내셨어. 고기를 써는 손이 얼마나 살벌하던지 나이프가 나를 향할까 봐 다리에 힘을 주고 있어야 했다고. 실제로 포크는 몇 번 나를 향했지."

"선제후께 죄송하다고 전해줘."

"뭐야, 정치인 같은 말투잖아. 빈말은 농담으로라도 안 하던 친구가……. 전쟁 중에 무슨 일을 겪은 거야?"

아일이 살짝 인상을 썼다. 별안간 두통이 밀려왔다. 고문 후유증이 고질병으로 자리를 잡으려는 모양이다. 르웨이가 와이즈 선제후를 닮은 눈을 하고 그런 아일을 관찰하듯 쳐다보았다. 이마를 부드럽게 짚고서, 아일이 멀찍이 다른 미끼를 던졌다.

"아카데미에서의 수학은 어때? 기대한 것처럼 즐거워?"

르웨이가 제 무릎을 찰싹 치며 대답했다.

"놀라운 소식이 있어. 올해 에른스트에 입학을 희망하는 여성이 무려 여섯이나 있었지. 이대로라면 오십 년 안에 여성 교수가 나올지도 모르겠어."

"······그럴지도."

"늙은이들이 반대하는 바람에 정식 입학은 어려운 모양이야. 아, 맞아. 그 여성 희망자 중 한 명이 누군지 알아? 자네도 아는 사람이야."

아일은 이마에서 손을 떼지 못한 채로 르웨이를 지그시 쳐다보았다. 르웨이가 말했다.

"모뤄 선제후의 막내딸 말이야. 리디아라고, 어릴 때 우리 같이 한 번 봤잖아. 나야 그 뒤로도 몇 번 봤지만, 자네는 사교 모임에는 통 안 나오니······. 엄청난 미인으로 컸어."

"전혀 기억이 안 나는걸."

"대체 기억하는 게 뭐야? 내 얼굴은 잊지 않아줘서 고마워. 다음에 혹시 만나게 되면 반드시 기억해두라고. 부부의 연을 맺게 될지도 모를 여성이잖아?"

"······왜 다들 그런 소리를 하지?"

"응? 다른 혼처라도 있어? 아! 그리고 보니 바르피어 경이 자네 아버지에게 열렬한 애정 공세를 펼치고 있다는 소문은 들었지. 친구로서 조언을 해주자면, 난 그쪽도 괜찮다고 생각해."

"넌 모르는 얘기가 없군. 다이런 최고의 귀는 바르피어가 아니라 네놈 같아."

"자네한테만 하는 얘긴데……."

르웨이가 은밀한 얘기를 할 것처럼 테이블 위로 몸을 낮추었다. 그리고 나지막한 목소리로 말했다.

"난 목표가 있어."

"요즘 왜 이렇게 나한테 목표를 얘기하는 사람들이 많지?"

"삼십 년 안에 공회의장이 될 거야."

귀족 중에서도 위대한 가문 출신들만 맡을 수 있는 공회의장을 서출 출신이 맡겠다니, 제법 큰 꿈이었다. 물론 르웨이는 위대한 가문 중 하나인 와이즈 선제후 가문 출신이었다. 그러나 대외적으로는 일반 제후 가문의 적자인 아일보다 낮은 대우를 받았다.

아일이 반쯤 뜬 눈으로 말했다.

"어려운 목표네."

"큰 목표지. 가주가 될 수 없다면 공회의 우두머리 정도는 되어줘야지 않겠어?"

르웨이의 잿빛 눈이 지나치게 빛났다. 소파 등받이에 한쪽 팔을 걸친 채 자못 늘어진 자세로 천장을 쳐다보고 있던 아일이 문득 말했다.

"그것도 오십 년쯤 뒤면 가능하지 않을까……."

"그것도? 누가 또 세상이 바뀌어야 가능한 목표를 자네에게 말했나 보지?"

"그래. 내 주변엔 야망가들 천지군."

28

아일이 경비대 건물을 나올 때부터 그를 주시하는 눈이 있었다. 유랑 상인 같은 차림새였지만 그보다는 말끔하게 다린 제복이 어울릴 것 같 은 반듯한 인상의 사내였다. 사람이 붐비는 시각이라 아일이 요리조리 군중 사이를 헤치고 가는데도 사내는 능숙한 걸음으로 그의 뒤를 쫓았 다.

빠르게 걷던 아일이 길 한편에 우뚝 멈춰 섰다. 그는 자신이 지나온 길을 쳐다보았다. 그의 눈은 광장의 북적대는 군중들을 향해 있었다. 정 확히는 군중 속에서 자신을 부지런히 쫓아오고 있는 사내를 향해 있었 다.

"꽃 사실래요?"

어느새 다가온 꽃 파는 소년이 해맑은 표정으로 말을 걸었다. 생각에 잠긴 아일은 소년과 눈이 마주치고도 아무 대답이 없었다. 머쓱해진 소 년이 꽃을 든 손을 내리려고 하자 아일이 꽃을 잡았다. 아일이 잔돈을 받지 않자 소년은 싱글거리며 남은 돈을 복대 대신 자기 주머니에 넣고 싹싹하게 인사까지 마친 후 총총걸음으로 사라졌다.

"사람은 악해. 사람은 분명 착해지기 위해 태어났을 거야."

어깨 너머로 들려온 말에 아일이 뒤를 보았다. 벽에 난 창문으로 라야 가 얼굴을 내밀고 있었다. 아일은 고개를 들어 건물 벽에 달린 간판을 보았다. 식당이었다. 바닥과 창턱이 높아 라야는 앉아 있었지만 바깥에서 있는 아일과 거의 수평으로 눈을 마주칠 수 있었다. 라야가 턱을 괴고서 비스듬히 고개를 기울이고 말했다.

"방금 보고 나온 연극의 마지막 대사예요. 아일은 인간이 본디 악하다는 쪽을 믿죠?"

"오늘도 청강은 못했나 보군."

"네. 하지만 연극에서도 배우는 건 있어요."

"여학생들이 모여서 한꺼번에 교수를 찾아가보지그래. 네 말대로 엄청난 미인이 둘씩이나 있다면 교수들도 마음이 약해질 것 같은데."

"아니, 스승님. 지금 제자보고 미인계를 쓰라는 건가요?"

"유서 깊은 전술 중 하나지."

"그런데 아일이 지금 들고 있는 소품, 본인한테 되게 안 어울린다는 거 알아요? 나 줘요."

라야는 손을 뻗어 아일의 손에서 꽃을 가져갔다. 수수한 모양의 분홍 꽃은 외양보다 향이 걸작이었다.

라야가 꽃에 코를 박고 웅얼거리듯 말했다.

"난 운이 좋은 거 같아요. 어젯밤에 책을 읽었는데……."

주문한 요리가 나와서 라야는 잠깐 말을 멈추었다. 종업원이 가자, 다시 말을 이었다.

"주인공이 귀족 집안에서 일하는 하녀였거든요. 주인공이 중반까지 엄청나게 괴롭힘을 당하는 거예요. 주인 가족이 돌아가면서 괴롭히는 거야. 늙은 주인은 어린 하녀를 어떻게 해볼 심산으로 찝쩍거리지를 않나, 주인마님은 하녀가 부엉이를 닮았다면서 애먼 트집을 잡아 때리지를 않나, 하녀장은 없는 일 만들어가며 학대하고, 다른 하녀들은 주인공이 주인한테서 예쁨 받으니까 시샘해서 구박을 하는 거예요."

"그런 걸 왜 읽은 거야?"

"쥬네가 재밌다고 추천했어요. 결국엔 해피 엔딩이에요. 주인의 젊고 잘생긴 조카가 나타나서 하녀와 사랑에 빠지거든요."

"미치겠군. ……식사나 해."

아일은 바깥쪽으로 열려 있는 창문을 닫아버렸다. 라야가 다시 창문을 열었다. 그녀는 꽃을 흔들며, 걸어가고 있는 아일의 뒤에다 대고 소리쳤다.

"꽃 고마워요!"

아일은 한 번 뒤돌아보지도 않고 군중 속으로 사라졌다.

꽃은 창턱에 올려두고, 라야는 식사를 하기 시작했다. 그녀는 눈을 꽃에 두고 밥을 우물거리며 어제 일을 반추했다.

경비대 일이 바쁜지 며칠간 거의 모습을 보이지 않던 아일이 어제는 이른 저녁에 저택으로 돌아왔다. 그는 아넷의 방에 문안차 들러 어머니와 몇 마디 대화를 나누었다.

아일이 물었다.

"몸은 좀 어떠세요?"

"항상 똑같지. 간만에 어머니와 오래 얘기를 해서 그런가 기분은 좋아. 젊은 시절의 어머니는 이 정도로 말이 많지 않으셨는데 신기할 정도야. 오히려 말이 없는 편이셨지. 나이가 들면 성격도 변하나 봐. 아, 라야가 귀한 약차를 구해줘서 요즘은 잠도 잘 와."

"……다행이네요."

"새 임지에서의 일은 어떠니? 힘든 일은 없고?"

"다이런 어디를 가도 크롬헬보다 힘들지는 않습니다."

"그렇구나. 그런데 왜 그렇게 고단해 보이니?"

"……."

"마님, 도련님은 늘 이런 표정이세요."

라야가 아넷이 누워 있는 침대 곁으로 뛰어들며 끼어들었다. 아일은 내려뜬 눈으로 라야를 쳐다보다 꿀밤을 먹이려는 듯 손을 들어 올렸다. 라야는 방어적으로 이마를 감싸고 물러섰다. 아넷은 그런 두 사람을 보고 영혼이 웃는다고 할 만큼 희미하고 부드러운 미소를 지었다.

잠이 편히 들 수 있다는 꽃잎차를 마시고 아넷은 아들과 조금 더 대화를 나누던 중 까무룩 잠이 들었다. 아넷이 잠들고 나서, 아일은 잠든 어머니를 잠시 지켜보았다. 라야와 눈이 마주치자 아일이 나오라는 눈짓을 했다.

그리고 두 사람은 오랜만에 대련을 했다. 숙제 검사에 가까웠다. 그렇게 또 라야는 아일의 빈정거림을 한 시간쯤 듣고, 속으로 다이런 어로 된 욕을 복습할 수 있었다.

"확실히 넌 몸보다 머리를 쓰는 쪽이야."

"아하! 결국엔 내 머리가 좋다는 걸 인정하는군요."

"신이 공평하다면 이쪽으로는 미천한 재주를 가진 네게 미안해서라도 엄청난 머리를 주었을 테니까."

아일이 온화한 음성으로 신랄하게 말했다.

'더 이상은 못 참아!'

라야는 이를 부득 갈고 목검을 꼬나들었다. 급소고 뭐고 한 번쯤은 이 남자를 무릎 꿇게 만들어야겠다는 생각으로 명치를 향해 검을 휘둘렀다. 실수야, 멍청아. 이런 공격이 그에게 먹혀들 리가 없지, 라고 그녀의 머리가 말했지만 아둔한 몸은 반항심이 넘쳤다.

아일은 몸도 피하지 않고 막대만 휘둘러 달려드는 목검의 궤도를 바꾸었다. 라야는 본인의 힘을 감당하지 못해 그의 몸을 비껴 옆으로 고꾸라졌다. 분수에 몸이 반쯤 처박혔다. 안 빠지려고 버티다가 하체까지 난간을 넘어가 엎어지는 바람에 상의와 하의 반쪽이 홀딱 젖어버렸다. 머리까지 처박히려는 걸 두 팔을 희생하면서 막아냈다. 요란한 소동에 긴 머리를 묶고 있던 머리끈이 풀려 머리카락 아랫부분마저 물에 빠졌다. 아일이 막대로 제 어깨를 톡톡 두드리며 애처롭다는 듯한 미소를 지었다.

"검에 감정을 실을 때에는 자신도 그 날에 베일 것을 각오하고 있어야지. 몸으로 익혔으니 쉽게 잊진 않겠군."

라야는 분수대 바닥을 짚고 한참 동안 그대로 엎드려 있었다. 흘린 머리끈이 물 위를 둥둥 떠내려가 분수 중앙의 사자 조각상 뒤로 사라졌다. 이윽고 그녀의 어깨가 약하게 떨리기 시작했다. 아일이 막대를 내리고 황당하다는 어조로 물었다.

"우는 건 아니겠지? 그랬다가는 앞으로 대련이고 뭐고 없어."

그렇게 말하는데도 라야는 소리 죽여 흐느끼듯 몸을 떨며 일어날 줄 몰랐다. 아일은 속으로 혀를 차고 분수대로 다가갔다. 그녀의 머리카락 끝에 맺혀 있던 물방울이 빛을 담고 반짝이며 떨어졌다. 그녀의 팔을 스치고 떨어진 물방울이 수면에 작은 파문을 그렸다. 그리고, 그의 그림자가 그녀의 몸을 덮는 순간,

아일에게로 질풍노도와 같은 물벼락이 쏟아졌다.

과도하리만치 엄청난 양의 물이라 공격의 순간 반사적으로 몸을 물렀어도 공격 유효 범위를 벗어나지 못했다. 머리를 포함한 상체를 정확히 노리고 들어온 물세례가 제대로 먹혀들었다.

"꼴좋다!"

라야가 대야를 들어 보이며 의기양양하게 소리쳤다.

"나의 심혈을 기울인 계책에 빠진 소감이나 말해보시죠, 전쟁 영웅 나리?"

공들인 공격이 성공했다는 기쁨에 라야는 아예 분수에 도로 주저앉아

시건방진 웃음을 터뜨리며 아일을 향해 손가락질까지 해 보였다. 아무리 흥분을 했더라도 손가락질은 위험하지 않을까, 라고 그녀의 머릿속 목소리가 말했다. 라야는 얼른 손가락을 접었다.

언젠가는 대련을 하게 될 것을 예상해 며칠 전 대야를 하나 가져와 분수대 물속에 단단히 매어두었었다. 그를 어떻게든 분수대 근처로 끌고 오기 위해 얼마나 부단한 노력을 했던가. 그의 정신 공격을 무려 한 시간이나 버텼다! 결국 이런 멋진 성공이라니! 웃음이 나는 걸 막을 수가 없었다.

터무니없는 공격에 당해 충격이라도 먹은 걸까, 그는 정말 따귀라도 맞은 것처럼 비스듬히 돌아간 얼굴을 그대로 놔둔 채 잠시 서 있었다. 비의 신에게서 과격한 세례라도 받은 양, 머리카락은 물론이고 눈썹, 코, 턱, 목, 팔, 손가락 할 것 없이 물이 맺히고 흘러내린 구석이 있는 곳에선 죄다 물이 줄줄 흘러내리고 있었다. 지켜보던 바람도 조금 과하다 생각했는지 어디론가 도망가버리고, 약간 긴 정적이 흘렀다.

라야가 괜한 헛기침을 두어 번 한 후 짐짓 진중한 목소리로 말했다.

"아일은 황당하고 변칙적인 공격에 약한 구석이 있을 줄 알았죠. 꼭 훈련받은 전사들만 상대하리란 법은 없잖아요?"

그 말에 아일이 얼굴을 바로 했다. 표정이 사라져 창백해 보이기까지 했다.

그가 특유의 그 찍어 누르는 듯한 시선으로 라야를 보았다. 라야는 침을 꿀꺽 삼켰다. 그녀는 조금 주눅이 든 얼굴로 대야를 보았다. 대야 크기가 너무 컸나?

라야가 일어서려고 눈치를 보며 말했다.

"이럴 때도 있는 거죠. 항상 승리만 할 수 있나요……."

반쯤 몸을 일으킨 라야를 보며 아일은 막대를 단단히 고쳐 잡았다. 라야는 그의 목에 핏대가 서는 것을 보았다. 그의 젖은 팔뚝에서 근육이 불거졌다.

아, 이런.

라야는 본능적으로 다급히, 최대한 분위기를 가볍게 하고자 익살스러운 말투로 말했다.

"저, 젊은이, 오늘의 패배가 자네를 성장시킬……."

"까불지 마!"

일순, 아일이 긴 막대를 창처럼 내질렀다. 라야는 으악, 비명을 지르며 머리를 감싸고 분수대 밖으로 몸을 던졌다.

막대가 그녀가 있던 자리를 비스듬히 지나 뻗쳤다. 뭔가가 과격하게 부서지는 소리가 돌 파편보다 먼저 라야를 덮쳤다. 분수대의 사자 조각상이 박살 났다. 머리가 날아간 사자 조각상에서 하얀 돌가루가 부스스 흘러내렸다. 공기 중을 떠다니는 하얀 돌가루 먼지를 보고 라야가 머리를 감싼 채 믿기 힘들다는 듯 소리쳤다.

"미, 미쳤어요? 정말 날 죽일 생각이에요?"

아니, 그것보다 막대로 돌을 부숴버리는 게 가능한 거야? 저게 가능한 거야?

라야는 돌아보는 그의 눈에서 살기를 읽었다. '반쯤 연기'다. 하지만 반쯤 연기라면 그 반은 진심이란 소린가?

라야는 그가 몸까지 완전히 자신에게로 돌리자 비명을 지르며 일어서 도망쳤다. 그것이 그를 더 자극한 모양이었다. 그는 살벌한 분위기를 흘리며, 엄청난 속도로 도망치는 라야를 쫓았다. 그가 던져버린 막대가 흙바닥에 굴렀다. 바람이 두 사람이 떠난 공터에 혼자 남아 장난스레 막대를 굴려보았다.

맙소사, 진짜 쫓아오고 있어! 라야는 어느 순간 뒤를 돌아보고는 그가 쫓아오는 것을 확인하고 기겁하며 더 빨리 달렸다. 이렇게 빨리 달리는 것은 붉은 벽돌의 저택을 처음 찾았던 날, 사람 쫓는 악취미를 가진 귀족 남자에게 쫓겼던 때 이후로 처음 있는 일이었다. 그때 생각이 나면서 진짜 생명의 위협을 느꼈다.

저택 건물을 돌아 하인들이 다니는 뒷문을 빠져나왔다. 어지간하면 그만 쫓아올 만도 한데 그는 곧 따라잡을 것처럼 쫓아오고 있었다. 라야는 그 모습을 보고 다시 비명을 지르며 가도를 달렸다. 흙바람이 불었다.

라야는 정말 빨랐다.

말도 안 되게 빨랐다. 라야는 타격으로 돌조각을 박살 낸 아일이 놀라웠지만, 아일은 라야가 더 놀라웠다. 어떻게 저렇게 빨리 달리지? 여자가 맞긴 한 걸까? 크롬헬에서 제일 빠르다는 딜런 녀석도 저보다 빠르지는 않다. 간격이 좁혀질 듯하면서 좁혀지지 않았다. 농락당하는 기분마저 들었다. 자신이 따라잡지 못하다니 애초에 사람이 맞긴 한 걸까?

그는 라야를 처음 만났을 때 자신이 그녀를 요정쯤으로 생각했던 것을 떠올렸다. 그리고 지금 이 순간, 그녀가 정말 사람이 아니라 다른 존재였으면 좋겠다는 생각을 했다. 그렇다면 자신이 느끼고 있는 이 복잡한 감정들도 이해가 되고, 그녀와 함께 있으면 늘 벌어지는 낯선 상황들도 납득이 될 것 같았다. 그리고 바람도 가질 수 있을 것 같았다.

그녀가 인간이 아니라면, 유한한 존재가 아니라면, 인간이란 굴레를 쓰고 있지 않다면, 사회적 한계와 구속을 넘을 수 있는 존재라면…… 그렇다면 자신은 그녀에게 좀 더…….

'근데…… 정말 왜 저렇게 빨라?'

아일은 느려지려는 다리에 힘을 주었다.

라야는 바람이 등을 떠미는 바람에 뜀박질을 멈출 수도 없었다.

복잡한 골목으로 들어섰다. 스치는 사람들이 비 맞은 생쥐 꼴을 하고 무시무시한 기세로 달리는 그녀를 이상하게 쳐다보았다. 그런 걸 신경 쓸 틈이 없었다. 바람은 신이 나서 그녀를 부추겼다.

이쪽이야

라야는 바람만이 아는 골목의 지름길을 달렸다. 오래된 도시 세르노다의 매력적인 미로가 그녀의 도주를 도왔다. 골목 벽을 옆에 두고 달리면 트인 장소를 만날 때마다 활기찬 소리가 귓가를 스쳤다. 골목에서 전쟁놀이를 하며 뛰노는 아이들의 웃음소리, 가도의 시장 소리. 누군가는 흥정을 하고, 누군가는 빨랫감을 털고, 개는 주인을 맞으러 뛰어나갔다.

저들은 알까, 저것이 얼마나 축복받은 일상인지. 당신은 아나요, 아일?

라야는 이 기분 좋은 감각을 자신을 뒤쫓아 오는 그에게 설명해주고 싶었다. 하지만 박살 난 사자상이 떠오르면서 뜀박질 속도가 높아졌다.

와자지껄 떠드는 소리가 들려오는 선술집 곁으로 라야가 미친 듯이 달려가고, 잠시 뒤 아일도 그 뒤를 쫓으며 지나갔다.

"뭘 보고 있는 거야?"

바깥 창문을 멍하니 쳐다보고 있는 경비대원을 보고 메이튼이 물었다. 경비대원은 메이튼이 건네는 술잔을 받으며 어리둥절한 목소리로 말했다.

"방금…… 홀딱 젖은 모습으로 대장님이 지나갔습니다."

"홀딱 젖어? 대장이? 부르지 그랬어."

"그게…… 더 홀딱 젖은 여자를 엄청난 기세로 쫓아가고 있었습니다."

홀딱 젖은 모습으로 더 홀딱 젖은 여자를 쫓아 달려가는 에드가 대장이라……. 메이튼은 상상을 해보고 고개를 가로저었다.

"잘못 본 거겠지."

아일은 라야가 골목 어귀로 사라지는 것을 보면서 뛰는 것을 멈추었다. 숨이 차서 멈춘 것은 아니었다. 대체 무슨 바보짓을 하고 있나란 생각이 퍼뜩 들었다. 누가 보기라도 한다면 쓸데없는 구설수에 휩싸일 것이다. 여기가 아히름이 아니라 세르노다란 게 그나마 다행인가. 아, 이런. 다행일 리가. 여기는 귀족가의 자제들이 버글버글하게 모여 있는 에른스트 아카데미가 있는 곳이다.

한심한 생각이 들었다. 아일은 젖은 상의를 손가락을 집어 들추었다. 뜨거운 여름이라도 날이 저물기 시작하자 끝내주는 바람이 불고 있었다.

이쪽이야

키득. 아일은 바람이 장난스럽게 웃는 소리를 듣지 못했다. 하지만 기이한 감각이 그의 발을 골목의 특정 방향으로 이끌었다.

멈춰도 돼. 더 이상 안 쫓아와

바람이 속삭였다. 라야는 달음질을 멈추고 골목 벽에 기대었다. 발을 멈추자 숨이 한꺼번에 쏟아졌다. 옷자락을 꽉 움켜쥐고 물기를 짜냈다. 옷이 볼품없이 주름져버렸다. 그가 쫓아오는지 다시 한 번 확인하면서 고개를 돌린 채 라야는 반대쪽으로 걸어갔다. 골목 모퉁이를 도는데 누군가의 가슴에 머리를 박았다. 아, 지금 물에 젖어 있는데. 라야는 사과를 하려고 입을 열다 말고 웃는 표정 그대로 굳었다.

사내의 표정이 평소보다 분명하게 짜증스러운 피로를 담고 있고 물에 젖은 머리카락도 엉망이었지만, 이런 선명한 금색 눈동자를 가진 미남이 또 있을 리 없다.

"결국엔 잡힐 걸 괜한 체력을 쏟았다 싶지?"

이 익숙한 빈정거림도 그라는 증거다.

라야가 두 손을 펼쳐 흔들며 더듬거리는 말투로 강변했다.

"보, 복수예요."

그러면서 슬슬 뒷걸음질을 쳤다.

"복수?"

아일이 고개를 갸웃했다. 그의 기울어진 목이 여전히 마르지 않은 물로 번들거렸다. 그것이 조각상에 광택을 낸 것처럼 미끈해 라야는 잠시 뒷걸음질 치는 것도 잊고 그의 목을 바라보았다. 아일이 말했다.

"복수당할 만한 거리가 너무 많아서 뭐에 대한 복수인지 모르겠는데?"

"아니까 다행이네요. 예전에 나한테 걸레 빤 물을 쏟은 거 기억하죠?"

"……그랬지."

"그거예요. 그거에 대한 복수치고는 부드럽지 아……!"

그의 목에 대해 깊이 생각하지 않으려고 하면서 되는대로 발을 놓던 라야는 발아래 주먹만 한 돌멩이가 있다는 걸 눈치채지 못했다. 오른발이 돌멩이를 밟으면서 몸의 균형이 완전히 무너졌다. 몸이 뒤로 크게 휘청거리며 두 발이 공중에 떴다.

망할 자식, 잡아주지도 않아!

라야는 넘어지면서도, 반사적으로라도 손을 뻗지 않는 그가 괘씸하다는 생각이 들어 눈앞에 보이는 그의 멱살을 부여잡았다. 그가 그녀의 손을 뿌리치기 전에 중력이 그녀의 몸과 그의 몸을 끌어당겼다. 아일은 속으로 욕설을 뱉으며 중력을 실은 그녀와 함께 넘어졌다.

넘어져야 했다, 그녀의 몸 위로 완전히.

하지만 자연의 힘에도 반항하는 듯한 그는 한쪽 무릎은 땅에 내어주고 한쪽 무릎은 세워 간신히 넘어지는 것을 버텼다. 그녀의 머리를 사이에 두고 양손으로 땅을 짚어 그녀와 우스꽝스럽게 입을 맞추는 사태는 막아냈다. 놀라운 순발력이었다.

라야는 눈물이 핑 돌았다. 뒤통수가 제대로 땅에 부딪쳤다. 눈앞에 별이 번쩍였다. 진짜 눈물 대신 물방울이 그녀의 눈가로 떨어졌다. 라야는 눈물인가 싶어 눈을 깜박였다. 눈꺼풀 위로 또 물이 떨어졌다. 그의 머리카락에서 떨어지는 물이었다.

라야는 여태껏 그의 멱살을 거머쥐고 있었다. 젖은 옷깃은 손가락에 감고, 그의 심장 부분을 손바닥으로 누르고 있었다. 그의 심장 박동을 느끼고 손바닥을 통해 전달된 감각이 팔을 저릿하게 했다.

"돌발 행동도, 엉뚱한 짓도 정도껏 해!"

그가 태양의 여광을 등으로 가리고 있어 표정이 제대로 보이지 않지만, 그는 탓하는 말투를 쓰고 있었다.

"넌 걸레 빤 물을 덮어쓰고도 깨달은 게 없었지! 아직도 모르겠어?"

그의 목소리가 의식 너머에서 들려오는 것처럼 귓가에서 설렁였다. 라야는 가까이 느껴지는 그의 체온과 냄새에 집중하고 있었다. 그 때문인지 라야는 그가 순간 울먹인다고 느꼈다. 번뜩 정신이 들어 그의 얼굴을 똑바로 올려다보았다.

"조심하라는 거다."

역시나 울고 있지는 않았다. 그는 심각한 얼굴을 하고 단단한 말투로 말했다.

"이곳에선 나 같은 자들이 너 같은 이를 죽여도 아무도 죄를 묻지 않아. 이유야 적당한 걸 갖다 붙이면 그만이다. 그저 운이 나빴다, 왜 마차가 지나는 곳에 서 있었냐고 할 뿐이야. 죽은 사람만 억울하지."

"겐 얘기를 하는 건가요?"

아일의 눈이 커졌다.

라야는 닿아 있는 손바닥으로 그의 몸이 굳는 것을 느꼈다. 바로 위로 보이는 그의 눈동자에서 순간 영혼이 빠져나갔다 들어오는 것도 보았다. 라야는 그의 표정을 보고 가슴이 뻐근해졌다. 팔까지만 흘렀던 저릿한 감각이 심장까지 온 듯했다.

아일은 하마터면 버티고 있는 두 팔에 힘이 풀릴 뻔했다. 그는, 그런 충격 발언을 하고도 전혀 흔들림 없는 녹색 눈을 내려다보았다. 그는 그녀에게 그걸 어떻게 아냐고 묻지 않았다. 그녀가 주변인을 통해 정보를 수집하는 분석가라는 것은 그도 이미 알고 있는 것이었다.

라야가 쥐고 있는 멱살을 놓고 주먹으로 그의 심장 부분을 가볍게 콩 쳤다.

"당신은 모르고 있는 것 같지만, 사람들은 생각보다 많은 걸 보고 많은 걸 생각하고 있어요. 당신이 그 일로 얼마나 큰 충격을 받았는지 아는 사람들은 알고 있다고요."

"……대체, 무슨 소리를 하는 거냐."

"그 아이가 죽은 건 당신 탓이 아니에요. 당신 말처럼 아무도 죄를 묻지 않는다고 해서 사람들이 진짜로 그 아이를 죽인 사람이 누군지 모르는 건 아니라고요. 사람들은 당신 생각보다 훨씬 똑똑해. 원망해야 할 사람이 누군지 정확히 알아요. 그러니까 당신도 자신을 탓하지 말란 얘기예요. 당신이야말로 진짜 정도껏 해. 아무도 당신을 원망하지 않아. 오히려 당신을 걱정한다고."

"……누가 말이냐?"

"마님이요, 당신 어머니요! 라스 씨요. 제 백부가요. 그 일을 아는 많은 사람들이요. 그 이야기를 들은 제가요."

아일은 입을 살짝 벌린 채 가만히 있었다. 하지만 결국 대꾸 없이 상체를 일으켜 앉았다. 한 손으로 눈을 가리고 한참을 있었다.

라야는 앉은 채로 슬그머니 그의 곁으로 다가갔다. 아일이 손을 내렸다.

"난 겐의 얼굴을 기억하지도 못해."

그가 우습다는 듯이 말했다.

"친구라고 할 만한 첫 번째 사람인데, 한평생의 마지막도 아니고 겨우 몇 년이 지났다고 녀석의 얼굴이 기억나지 않아. 네가 날 어떻게 생각하고 있는지는 모르겠지만 네 염려처럼, 난 그렇게 섬세하지 않아."

"하지만 기억하잖아요. 그와 했던 이야기, 그때 분위기, 바람, 냄새, 어떤 해 여름에 그 아이와 함께했었다는 걸 기억하고 있잖아요. 이름이나 얼굴 같은 건 상관없어요. 중요한 건 본질이죠."

"교수가 되겠다더니 날 진짜 첫 번째 학생으로 삼기로 작정한 건가?"

라야는 그의 비아냥을 무시하고 말했다.

"시간이 한참 흘러서 우리가 각자 가정을 가지고 서로의 얼굴이 흐릿해지더라도 당신은 어느 날 떠올리겠죠, 오늘 이런 일이 있었다는 걸. 그래, 어머니를 모시던 괴상한 하녀 하나가 나한테 물을 대야째 들이부어서 골목을 미친놈처럼 뛰어 다녔었다, 그런 일이 있었어."

그렇게 말하고 라야는 맑게 웃었다. '각자' 가정을 가진다는 말을 할 때에는 목에 뭔가 걸리는 느낌이 들었지만 신경 쓸 정도는 되지 않았다. 라야는 새끼손가락을 세워 보이며 말했다.

"전 일찍 안 죽을 거예요. 그래야 최초의 여성 교수도 될 수 있을 테니까요. 그러니까 다시는 걸레 빤 물을 뒤집어씌우는 식으로 경고할 필요 없어요."

아일이 뭐하자는 거냐는 눈으로 라야의 새끼손가락을 보았다. 라야가 "아, 이건 차이드 식이지." 하면서 손을 내렸다. 그리고 아일의 손을 잡았다.

그녀는, 이제 붕대를 풀어 깨끗해진 그의 오른손 중지에 조심스럽지만 과감하게 입술을 내렸다. 혼란스러운 표정의 아일을 쳐다보며 라야가 웃었다.

"약속할게요. 조심조심하면서 재밌게 살 테니까, 그렇게 걱정하지 마요."

라야를 물끄러미 쳐다보던 아일이 말했다.

"맹세를 하려는 거라면 중지가 아니라 약지다."

"……잉?"

라야는 식당 종업원이 옆자리를 치우는 소리를 듣고 어제 기억에서 빠져나왔다. 반쯤 먹은 요리는 식었고, 식당 손님들도 많이 빠져나갔다.

라야는 오른손을 펼쳐 내려다보았다. 그의 심장 박동 소리가 손바닥에 붙어버렸다. '이곳'이 이 몸의 생명을 관장하고 있다고, 그가 뱉는, 뱉을 맹세와 그가 가진 긍지와 자존심과 의지는 모두 이곳에 모여 있다고 외치는 것 같은 강렬한 소리였다.

예전 자신의 몸을 붙들었던 아일의 손을 떠올렸다. 마음먹는다면 눈을 똑바로 뜨고 바라볼 수 있는 태양 같은, 짙은 금색 눈동자를 생각했다. 눈앞에 있던 그의 목에 대해 생각했다. 닿아 있던 다리를 생각했다. 그녀는 타인의 신체에 대해 이렇게 특별히 분별하여 생각해본 일이 없었다. 어쩌면 그는 그녀 평생에 처음 만나는 완벽한 타인, 완벽한 객체였다.

그가 차가운 가면 뒤에 감추어진 진짜 감정을 그녀에게만 드러낼 때마다 라야는 아무도 모르는 보물을 숨겨두고 보는 듯한 희열을 느꼈다. 당연하지 않나? 자신에게만 솔직해지는 사람, 그런 이를 어떻게 다른 사람과 똑같이 생각할까.

그렇게, 단순히 만나는 게 기다려지는 사람이라고만 생각했다. 어제까지는.

그래, 시작은 그의 머리색이었다. 그의 손에 감긴 붕대가 먼저였나?

그의 손에 들려 있던 검. 그의 손, 그의 목, 팔, 다리, 발, 눈, 목소리. 망할, 이제는 심장까지! 다음엔 뭘 의식하게 될까. 그냥 이제는 아예 그라는 존재 자체를 의식한다고 보는 게 맞을 것이다.

'……아.'

라야는 알았다.

자신은 분명 어느 순간부터 그를 의식하고 있었다.

창 밖을 내다보다가 광장 저쪽에서 아일이 다가오고 있는 것을 알고 얼마나 반가웠던가. 그가 가까이 다가와 꽃 파는 소년에게서 꽃을 사는 모습을 보고는 그의 본질이라도 목격한 것처럼 흥분했다.

라야는 창가에 놓아둔 꽃을 바라보았다. 심장에 산들바람이라도 부나 보다. 그런 생각이 드는 것과 동시에 꽃이 바람에 흔들렸다. 그녀가 올랐던 가장 높은 곳, 앙카바룬의 붉은 탑 꼭대기에 오르는 순간 만났던 그 시원한 바람이 지금 이곳에 다시 불었다. 바람이, 얽히고설켜 자란 감정과 생각의 나무에서 가시랭이를 날려버렸다.

라야는 꽃을 집어 얼굴 앞으로 가져왔다. 코앞에서 줄기를 빙빙 돌리자 진한 향기가 풍겼다. 자신의 마음을 깨달은 그녀가 슬며시 웃었다.

라야와 헤어진 아일은 광장 순찰을 도는 경비대원들을 만나 잠시 업무적인 대화를 나누었다. 극장이 있는 광장은 여느 때보다 많은 인파로 붐볐다. 유명한 극단이 세르노다를 찾았다고 했다. 아일이 생각하기에 다이런에서 세르노다만큼 평온한 곳도 없을 듯싶었다. 이곳에 있자니

이 도시 밖에서 벌어지는 크고 작은 정쟁과 나라 바깥에서 벌어지고 있는 다른 민족들과의 전쟁 같은 건 먼 역사 속의 이야기처럼 느껴졌다.

커튼콜과 함께 극장 밖으로 우레와 같은 함성 소리가 터져 나왔다. 거리를 지나는 사람들까지도 그 대단한 환호에 가슴이 벅차올랐다. 아일은 자신을 계속 미행하는 사내 쪽을 쳐다보는 대신 표정 없는 얼굴로 극장 쪽을 보았다.

그녀는 저 비싸고 큰 극장엔 한 번도 가보지 못했을 것이다.

그런 생각을 하니 이상한 기분이 들었다.

관객들이 거리로 우르르 몰려나왔다. 그들은 자신들이 본 아름다운 이야기를 세상에 전하는 것이 일생일대의 과제라도 되는 양 주위 사람에게 감상을 늘어놓기 바빴다. 쉽사리 가라앉지 않는 흥분과 감격이 광장의 웅성거림으로 변했다.

"다음 글은 나달 앙루의 문단 데뷔작 《만 개의 세계》입니다."

귀에 익은 이름이 들려오자 아일은 광장의 구석을 보았다.

중년의 낭독자가 광장 계단 한편에 앉아 낡은 책을 여러 권 옆에 쌓아두고 몇 명 없는 청중들을 집중시키고 있었다. 낭독자의 짤막한 손가락이 낡은 책장을 넘겼다. 이윽고 원하는 페이지를 찾은 손가락이 종이 위를 훑어 원하는 곳을 찾아 멈추었다. 낭독자는 돈 통 대신 놔둔 모자에 동전이 채워진 것을 보고 목을 가다듬었다.

"만 명의 사람이 있다면 세계 또한 만 개이다."

꾼답게 듣기 좋은 목소리가 광장 한편에 울리기 시작했다.

"나는 죽으면 황금빛 달 속, 흰 부엉이 나무 아래 앉아 나의 인생을 책으로 만들어 읽을 것이다. 그렇기에 단 하루의 페이지도 성의 없는 날로 채우지 말아야 한다. 작가가 대충 휘갈긴 책을 읽는 것만큼 고통스러운 시간도 없기 때문이다. 의미 없는 책을 읽기 위해 난 또 아까운 시간을 보내야만 한다. 고된 삶을 그저 운명이라 쓰지도 않을 것이다. 운명은 고정된 것이기에 선택과 후회가 들어갈 여지가 없다. 무기력한 슬픔과 도탄으로만 채워진 독백이라니. 주인공이 나인 이상 연민도 안타까움도 느낄 수 없다. 그저 지루하다. 만약 그렇다면, 그건 인생을 그리 쓴 나에 대한 형벌이 될 것이다."

감고 있는 눈 어름에 눈물이 어렸다.

정현은 잠에서 깨고 얼마 안 있어 자신이 흐느끼고 있다는 걸 깨달았다. 무슨 꿈을 꾸었는지도 모르겠다. 그리움인지 슬픔인지 외로움인지도 분간할 수 없었다. 그 감정의 색들은 이미 너무나 닮아 있어서 슬플 땐 외로움도 같이 느꼈고 외로울 땐 그리움도 따라왔다.

살짝 열린 베란다 문으로 선선한 바람이 불어왔다. 거실 한편에 놓인 꽃 화분이 은은한 향기를 풍겼다. 꽃향기를 품은 바람이 울고 있는 그를 다독였다.

하지만 그의 영혼은 여전히 꿈속에 머물러 있었다. 뜨거운 햇살이 눈꺼풀 아래를 비집고 들어오려 했다. 가슴에서 밀려 나온 울먹임이 서서히 눈가로 차올랐다. 고집스럽게 꽉 다문 잇새로 신음 같은 울음이 흘러나왔다. 아일이 정현의 심장을 온통 차지하고 있었다. 숨을 쉴 때마다 괴로운 흐느낌이 가슴을 먹먹히 채웠다. 그는 몸을 웅크리고 소파 안쪽으로 파고들었다.

그러는 정현의 어깨를 돌려 누르는 손이 있었다. 현실로 돌아오지 않는 정현의 정신을 잡아 일으킬 정도로 단호한 힘이 실려 있었다.

그의 얼굴 위로 무엇인가가 살포시 내려앉았다. 방금 전 그 단호한 힘의 주인이 맞기는 한 건지 더없이 조심스러운 손길이 귓가로 흘러내린 눈물을 닦아주었다.

그는 모든 그림자를 몰아내는 따사로운 온기를 느꼈다. 정체 모를 온기가 엄지로 그의 눈가에 고인 눈물을 훔쳐냈다. 그리고 따뜻한 손바닥을 내려 여전히 감은 눈을 뜨지 못하는 그의 눈두덩 위를 덮었다. 정현은 그 위에 자신의 손을 올렸다.

그녀란 걸 보지 않아도 알 수 있었다. 정현은 그녀의 손을 잡고 있는 손에 힘을 주었다. 라야가 지은의 모습일 때에도 한눈에 그녀를 알아봤듯이 그는 눈이 멀어도, 귀가 들리지 않아도 그녀의 영혼을 느낄 수 있었다.

지은은 정현의 들먹이는 가슴에 그에게 잡히지 않은 손을 얹었다. 토닥토닥. 그녀는 정현을 따라 눈물이 나려는 걸 참기 위해 입술을 당겨 꼭 다물었다. 이 사람을 어쩌면 좋을까.

잠시 뒤 정현의 가슴이 크게 부풀어 올랐다. 그리고 천천히 가라앉은 그의 가슴은 더 이상 흐느끼지 않았다. 정현이 눈을 가리고 있는 지은의 손을 살짝 잡아들었다. 지은은 가만히 그의 눈을 응시했다. 정현이 떴는지 감았는지 모를 정도로 가늘게 눈을 뜨고 말했다.

"가까이 오지 말라니까……."

웃음기라고는 찾아볼 수 없는 얼굴이 몹시 지쳐 보였다. 그답지 않았다. 그는 항상 여유롭고 자신만만해야 한다. 상대를 놀리고도 뻔뻔스러운 표정으로 웃어야 된다. 그게 서정현이다.

그런 생각이 들자 지은은 왈칵 눈물이 솟구쳤다. 다행히 그녀가 눈물을 보이기 전에 정현은 지은의 손을 놓아주고 제 팔로 다시 눈을 가렸다. 지은은 손마디로 눈물을 닦고 소파 옆에 무릎을 꿇고 앉아 있던 몸을 반쯤 일으켰다. 눈을 가리고 있는 그의 팔을 살며시 잡았다.

정현은 몸을 움찔할 뿐 그녀의 손을 거부하지는 않았다. 왜냐면…….

그는 결코 그럴 수 없는 사람이니까

불현듯 그녀의 머릿속을 스치고 지나가는 목소리가 있었다. 지은의 입가가 딱딱하게 굳었다. 놀랍게도 그 순간 지은은 그가 절대 자신을 거부할 수 없는 사람이라는 것을 직감했다. 그것은 어떤 번뜩이는 영감과도 같았다.

가느다란 목소리가 뇌를 간질였다. 그것의 정체가 뭔지 알 수 없어 지은은 이마를 찌푸리고 눈동자를 어지럽게 굴렸다. 그에게 닿아 있는 손끝부터 시작된 기이한 감각이 온몸을 휘감았다. 누가 알려주지 않아도 숨을 쉬고 밥을 먹을 줄 아는 것처럼, 형용할 수 없는 무언가가 그녀에게 확신을 주었다.

이 사람은 내 것이다. 내가 놓지 않는 한 그는 절대 날 떠날 수 없어

그녀의 손을 피해 달아나던 가느다란 목소리가 다시 한 번 뇌를 두드렸다. 지은의 얼굴에 기꺼운 미소가 떠올랐다. 누군가가 온전히 자신의 것이라는, 완벽에 가까운 희열이 가슴을 떨리게 했다.

절대적인 사랑.

자신에게 순종적인 추종자를 앞에 둔 자만이 지을 수 있는 미소가 슬그머니 그녀의 입가에 자리 잡았다. 평소의 지은이라면 절대 짓지 못할 자신만만하고 매혹적인 웃음이었다. 이 모든 것은 지은이 의식도 못할 만큼 짧은 순간 느낀 감정이었다.

하지만 최면에서 풀려나지 못한 듯 지은은 흐릿한 눈으로 정현의 입술을 응시했다. 자신의 것을 만지는 데는 긴장도 조급함도 없었다. 지은은 부드러운 손길로 정현의 이마를 쓸었다. 땀에 젖은 그의 머리를 쓰다듬었다. 이상한 낌새를 느낀 정현이 움직임을 보이려는 찰나, 지은이 두 손으로 정현의 얼굴을 잡고 자신의 입술을 그에게 가져갔다. 정현이 몸을 굳히는 것이 느껴졌다.

입술이 닿는 순간 정신이 번쩍 들었다. 한순간 지은의 몸을 차지했던 영혼이 빨려들듯이 다시 심장 속으로 숨어들었다. 슬퍼하는 그를 위로해주고 싶은 생각이었는데, 단지 그뿐이었는데. 지은은 입술을 떼지도 못하고 눈을 뜨지도 못했다. 심장이 쿵쾅대고, 바닥에 무릎을 대고 서 있는 다리가 후들거렸다.

수줍은 바깥 모습과 달리 그녀의 속에서는 당장 그의 몸 위에 올라타고 싶은 충동이 그녀를 부채질하고 있었다. 그를 이토록 원하는 자신이 두려울 정도였다. 그래서 정현이 뭔가를 해주길 바랐다. 애타는 마음을 담아 그의 입술을 살짝 핥았다. 정현은 무슨 생각인지 아무 반응도 없었다. 입술만 살짝 벌려 간간이 내뱉는 숨결로 그녀를 자극했다. 팽팽한 긴장감이 일순 폭발해버렸다. 지은은 그의 머리를 더욱 가까이 끌어당기며 깊숙이 키스했다.

도망치는 그의 혀가 야속해 애원하는 것처럼 그를 쫓았다. 피하는 듯한 정현의 태도가 그녀를 더 적극적으로 만들었다. 지은은 자신이 주도하면서도 일찍이 해본 적 없는 격정적인 입맞춤에 심장이 터져버릴 것만 같았다.

정말 이러다 죽는 게 아닐까 싶은 순간 정현이 소파 아래로 내리고 있던 손을 들어 지은의 머리를 부드럽게 쓸어내렸다. 천천히, 천천히. 느릿하게 움직이는 그의 혀가 서두르는 그녀를 달랬다. 그녀는 오늘이 지나면 그를 가질 기회가 영영 사라지는 것처럼 그의 입술에 빠져들었다.

도저히 정신을 차릴 수가 없었다. 기분 좋은 흥분이 배와 가슴, 그리고 머릿속에 물처럼 찰랑였다.

그 와중에도 이성은 남아 있는지 그의 몸을 어루만지지 않기 위해 손가락 사이로 흐르는 머리카락을 더 움켜쥐었다.

잠시 숨을 쉬기 위해 입술을 떼자 가쁜 숨을 몰아쉬는 그녀를 놀리듯 정현의 입이 살짝 미소를 그렸다. 입술 아래로 그걸 느끼면서도 지은은 자제할 수가 없었다. 키스를 즐기면서도 한편으론 그의 페이스에 말려든 것 같아 울컥한 마음이 들었다. 주도하고 있는 건 분명 자신인데!

그녀의 머리카락 몇 가닥을 들어 장난스레 만지작거리고 있는 정현의 손을 낚아채 그의 머리 위로 내리눌렀다. 한술 더 떠 그의 몸에 반쯤 올라타 가슴을 무릎으로 찍어 눌렀다. 정현이 어이가 없다는 듯 웃었다. 그러나 그 웃음도 곧 그녀의 입속으로 사라졌다.

얼마나 오랫동안 그에게 붙어 있었는지 모르겠다. 전희의 시작으로서의 키스가 아니라 키스를 위한 키스였다. 갈증 대신 충만함이 몸을 녹였다. 쓴맛은 전혀 없는 순수한 달콤함. 두려움이나 고통은 생각할 필요 없었다.

영혼을 밀어 넣듯 그의 입안으로 뜨거운 숨을 불어넣었다. 정현이 몸을 꿈틀하며 신음을 흘렸다. 지은이 살짝 입술을 뗐다. 그녀에게 반쯤 몸을 내어주고도 뭐가 좋은지 정현은 낮게 웃었다. 눈을 감고서 미소를 짓고 있는 그의 얼굴을 쳐다보고 있는 것만으로도 계속 입술이 닿아 있는 것처럼 가슴이 떨렸다. 그리고 그것이 은근히 부아가 치밀었다. 웃는 것도 내 허락을 받고 웃고 숨 쉬는 것도 내 허락을 받고 쉬어! 말도 안 되는 생각이었다. 그만큼 제정신이 아니었다. 어지러웠다. 미친 척 그에게 안기고 싶었다. 그것을 숨기기 위해 지은은 다시 그의 입술을 찾았다.

전화벨이 울렸다.

모른 척하려고 했지만 전화벨은 계속 울렸다.

결국 정현이 슬쩍 고개를 젖혔다. 그는 여전히 눈을 감은 채였기 때문에 지은은 노골적으로 아쉬운 표정을 지었다. 지은은 정현의 얼굴에서 손을 떼기 싫은 듯 요란하게 울어대는 전화통을 노려보았다. 화가 실린 그녀의 걸음 소리를 들은 정현이 고개를 소파 안쪽으로 돌리며 희미하게 웃었다. 지은이 전화를 받았다.

"예, 여보세요! 아…… 아빠?"

전화를 받은 성난 목소리가 금세 유순해졌다.

지은은 완전히 현실로 돌아왔다. 미쳤어, 미쳤어! 수화기를 타고 흐르는 태원의 목소리는 귓등으로 흘리고, 지은은 서랍장 유리문에 자신의 얼굴을 비춰 보았다. 아직도 뭐가 그리 부족한지 상대를 유혹할 것처럼 촉촉이 젖어 도톰해진 입술이 빨갛게 도드라져 보였다. 꺄악, 미쳤나 봐! 홀렸나 봐! 돌았나 봐! 완전, 완전, 키스에 환장한 사람인 줄 알겠다!

지은은 차마 뒤돌아보지 못하고 유리를 통해 소파 쪽을 살폈다. 정현은 아까 그 자세 그대로 누워 있었다.

– 지은아, 내 말 듣고 있는 거니?

"응? 아, 듣고 있어. 왜 전화한 거야?"

지은은 죄지은 사람처럼 더듬거리는 목소리로 말했다. 누가 머릿속에 불덩이를 집어넣었는지 머리만 뜨거웠다. 얼굴이 홧홧했다.

– 생일인데 전화 한 통 없길래 이상해서 했다니까. 전화가 잘 안 들려?

"들려. 왜 안 들려. 잘 들려. 엄마는? 엄마 옆에 있어? 좀 바꿔줘."

왠지 아빠와의 대화는 피하고 싶었다.

통화를 마친 지은은 살며시 수화기를 내려놓았다. 그리고 고개민 돌려 어깨 너머로 정현을 보았다. 소파로 가 정현의 머리맡에 조심스레 앉았다. 흠흠, 헛기침을 했다. 지은은 눈썹을 찡그리고 몸을 옆으로 기울여 정현의 얼굴 위로 귀를 가져갔다.

"이거 꿈인가?"

별안간 들려온 정현의 목소리에 지은은 화들짝 놀라며 얼굴을 들었다. 정현이 눈을 가리고 있던 팔을 힘없이 소파 아래로 떨어뜨리며 말했다.

"이거 혹시 꿈이야?"

술에 취한 듯, 꿈에 취한 듯, 키스에 취한 듯, 몽롱한 목소리였다.

아직 꿈에서 덜 깬 걸까. 지은은 눈동자를 굴리다 침을 꿀꺽 삼켰다. 그리고 스스로도 믿기 힘들 만큼 차분한 음성으로 대답했다.

"예. 꿈이에요."

지은은 손으로, 반쯤 뜨고 있는 정현의 눈을 쓸어 내려주었다.

"더 자요."

"음…… 행복한 꿈이네."

정말 모르는 건지 알고도 모른 척하는 건지 알 수 없었지만 어쨌든 성현은 눈을 감고 웃었다.

29

"서로 재수 기간이 엇갈려서 한동안 못 만났는데, 한참 있다가 만나도 꼭 어제 헤어진 것처럼 편하더라고요. 그때 확신했죠. 역시 우리들은 베프가 될 운명이구나."

지은은 부엌 식탁에서 케이크를 자르다 말고, 자신의 방에서 정현이 사진 액자를 들고 있는 것을 보고는 그가 묻지도 않은 친구들 얘기를 주절주절 늘어놓았다. 작은 액자에는 지은과 혜경, 선예, 준성 네 친구가 몇 년 전 포항 호미곶에 갔다가 '상생의 손'을 배경으로 찍은 사진이 들어 있었다. 정현은 액자를 책상 위에 세워놓고 방에서 나왔다.

그가 눈으로 케이크를 가리키며 물었다.

"저녁에 동생들이랑 생일 축하 노래라도 불러야 되지 않아?"

"이건 어제 동현이가 자기 먹고 싶다고 사 온 거예요. 제 생일 케이크는 예은이가 사 오기로 했어요. 저녁 먹고 가죠?"

지은은 두 손으로 접시를 들고 생긋 웃으며, 다가온 정현에게 접시를 건넸다. 정현이 케이크를 내려다보고만 있자 지은이 얼른 받으라는 식으로 접시를 치켜들었다.

정현은 뒷짐을 지고 있던 손을 풀고, 접시는 여전히 지은에게 맡긴 채 케이크 위에 얹힌 딸기를 집어 들었다. 그리고 딸기를 입에 넣고는 케이크를 내려다보던 시선을 그대로 지은에게 옮겨 관찰하는 듯한 눈길로 그녀를 보았다. 찔리는 게 있는 지은은 그의 눈을 피한답시고 시선을 내렸다가 그의 목을 보고 말았다. 망할 놈의 오렌지 주스.

딸기물이 든 생크림처럼 지은의 얼굴이 살짝 붉어졌다.

정현이 말했다.

"아저씨는 잘 계신대?"

머리가 뎅 울렸다. 지은은 아무렇지도 않은 척 고개를 숙여 밑을 보았다. 눈이 부엉이 눈만큼 커지고, 심장이 그에게 달려들어 키스했을 때처럼 비정상으로 고동쳤다. 그는 모든 걸 기억하고 있었다.

'잠든 게 아니었군.'

지은은 침을 꼴깍 삼키고, 고개를 들어 무슨 소리인지 모르겠다는 듯 눈으로 그를 보았다. 정현은 무표정한 얼굴로 지은을 바라보았다. 이 뻔 뻔스러운 아가씨 좀 보래요.

지은은 멋쩍은 웃음을 흘렸다. 끝까지 시치미를 떼면 그도 속아 넘어가지 않을까? 그래, 자기도 확신이 가지 않아 떠보는 것일 수도 있어.

정현이 말했다.

"잡아먹을 것처럼 키스를 해올 때는 언제고."

지은은 이제 더 이상 삼킬 침도 없었다. 목만 옴짝거렸다.

"아, 사랑인 줄 착각한 상대만 애가 타는 건가?"

정현은 정말 상처받았다는 듯이 손으로 심장을 지그시 눌렀다.

"아님…… 내가 밑에 깔려야만."

정현이 한 발짝 다가왔다.

"한지은 본연의 모습이 나오는 건가?"

지은이 숙이고 있던 고개를 번쩍 들었다. 그녀가 시선을 돌린 사이 정현은 어느새 그녀에게 바짝 다가와 있었다.

"내가 위쪽에 있으면 안 되나?"

정현이 짓궂은 미소를 던졌다. 그는 뒷짐을 진 채로 천천히 지은 쪽으로 몸을 숙였다. 지은은 검은 눈을 굴리며 뒤로 슬금슬금 물러났다. 엉덩이가 식탁 모서리에 가 닿았다. 그녀의 손에 든 접시가 기우뚱했다. 정현은 지은이 도망치지 못하도록 눈으로 그녀를 옭아매고 그녀의 손에서 접시를 슬그머니 빼앗았다. 그리고 식탁에 기대 있는 그녀 위로 몸을 겹쳤다. 긴 팔을 뻗어 식탁 반대편 쪽에 접시를 내려놓았다.

지은은 뭘 하는 거냐고 물을 엄두가 나지 않았다. 그의 가슴이 그녀 머리 위에 있고, 그가 움직일 때마다 아슬아슬하게 서로의 몸이 스쳤다. 정수리가 뜨끈뜨끈했다. 정현이 갑자기 지은을 번쩍 안아 식탁 위에 올려놓았다.

지은은 자신이 식탁에 올라와 있는 상황을 이해할 수 없어 휘둥그레진 눈으로 정현을 쳐다보았다. 정현의 입가에 참을 수 없는 미소가 번졌다. 지은의 동공이 커졌다. 지은은 도리질을 치고 두 손을 마구 흔들며 비명 같은 알 수 없는 소리를 질러댔다. 정현은 미소만큼이나 부드러운 손길로 지은의 머리칼을 귀 뒤로 넘겨주었다. 그의 손가락이 스쳐간 귓바퀴가 피부에 대고 바로 성냥을 그은 듯 뜨끔거렸다. 지은이 발을 바동거리며 겨우 말 같은 소리를 만들어 말했다.

"아니에요, 아니라고요!"

"뭐가 아닌데."

정현은 자기 귀가 어두워 그녀의 말을 못 알아들었다는 듯이 제 얼굴을 그녀의 얼굴에 바싹 가져갔다. 지은이 당황한 손길로 그의 가슴을 밀쳐내려고 하자, 정현은 아예 그녀를 안아버렸다. 지은의 몸이 긴장으로 딱딱하게 굳어 있었다. 정현은 쓴웃음을 삼켰다. 언제쯤이면 부드럽게 안겨올까. 정현이 지은의 귀에 속삭였다.

"뭐가 아닌데?"

"……내가 잘못했어요."

정현이 감고 있던 눈을 가늘게 떴다. 지은은 좀 더 명확한 목소리로 다시 말했다.

"미안해요. 내가 잘못했어요."

"잘못?"

지은은 그의 어깨에 입술을 묻은 채 눈을 깜박였다. 그리고 속으로 대꾸했다.

'키스한 거.'

"지은 씨가 뭘 잘못했는데?"

'덮친 거.'

정현은 지은에게서 몸을 떼고 그녀의 위팔을 단단히 붙잡았다. 그리고 여러 가지 감정이 뒤섞여 모호한 색을 띠고 있는 눈으로 그녀의 까만 눈동자를 들여다보았다. 지은은 그에게 잡혀 있는 어깨를 움츠렸다. 왜인지는 알 수 없지만, 웃고 있지 않는 그는 간혹 무섭게 느껴졌다. 지금처럼. 하지만 그의 시선을 피하고 싶지는 않았다. 그럼 그가 금세 자신의 생각을 읽고 아파할 것만 같았다. 정현이 말했다.

"내게 키스한 걸 사과하는 거야? 설마."

정현은 짐짓 진지한 투로 말했다.

"진심 어린 사과란 과거의 잘못에 대해 용서를 빌고 향후 같은 일을 반복하지 않겠다고 약속하는 건데…… 지은 씨 나랑 앞으로 키스 안 할 거야?"

정현이 장난스러운 미소를 지었다. 지은은 입술을 옴짝거렸다. 그리고 정말 대답을 고민하는 것처럼 고개를 숙이고 손톱으로 입술을 갉작거렸다. 정현은 한 손으로 지은의 목덜미를 받쳐 그녀가 고개를 들어 자신을 보게 했다. 어차피 다 까발려진 거, 지은은 모든 것을 포기하고 그를 따라 발그레한 미소를 지었다. 이제 얼굴이 붉어져도 상관없었다.

난 어차피 자는 남자를 덮치는 여자인걸.

지은은 잠시 그의 목을 보았다가 다시 눈을 들어 정현을 보았다. 정현은 눈을 내려뜨고 그녀의 입술을 바라보고 있었다. 지은이 보기엔 그의 표정은 변화랄 것이 없어 보였지만, 정현은 지금 속으로 숨을 고르고 있었다.

키스 한 번 했다고 사춘기 남자아이처럼 반응하는 꼴이라니. 머리가 고장 난 비디오처럼 한 시간 전 일을 계속 재생시키고 있었다. 애써 딴 생각을 하려고 해도 순간순간 드는 충동을 막을 수가 없다.

그녀에게 키스하고 싶었다.

잠결에 미처 느끼지 못한 그녀의 세세한 부분까지 더듬어 그녀를 흡족히 느끼고 싶었다. 몇 달 전이었다면 이렇게 망설이지도 않았을 것이다.

다시 악몽을 꾸지 않았다면 감히 용서받은 줄 알고 살아갔을 테고, 오래된 죄도 해묵은 불안도 다시 떠올리지 않았겠지. 차라리 전생에 대한 기억이 없었더라면…….

그랬더라도 자신과 그녀는 다시 만나 당연히 사랑했을 것이다. 분명히.

아무것도 모른 채 내키는 대로 마음껏 그녀를 안고 사랑하다…… 비명횡사하는 편이 훨씬 나을 듯싶었다.

정현은 한숨을 삼키며 지은의 발그레한 볼을 매만졌다. 엄지로 그녀의 입술을 쓸었다. 지은이 눈에 보일 정도로 몸을 움찔했다. 그의 손길에 키스했을 때의 감각이 되살아났다. 도톰한 입술이 다음을 기대하는 것처럼 살짝 벌어졌다.

정현은 지은이 나타나기 전엔 대부분 과거 속에서 살았고, 지금은 현재만을 살고 있었다. 그에게 아주 먼 미래란 그만큼 희미했다. 그녀가 그를 원하고 있었다. 수줍은 표정을 하고서, 눈만은 욕망을 숨기지 못한 채 뜨겁게 그를 응시하고 있었다. 그녀가 원하면 그는 응할 수밖에 없었다. 오늘 밤 지옥으로 떨어지든 내일 눈을 뜨지 못하든 그건 아직 다가오지 않은 미래의 일이었다.

정현이 지은의 턱을 감싸 올리며 몸을 숙였다. 그가 다가오는 것을 보면서 지은도 눈을 감았다. 곧바로 그의 입술이 와 닿았다. 지은은 기꺼이 입술을 열었지만 그는 무엇 때문인지 입술 문 앞을 서성이기만 했다. 부드럽게 문을 어루만지다 지은이 참지 못하고 다가가면 그는 숨을 못 쉴 정도로 자신의 입술로 그녀의 입술을 강하게 누르고는 금세 물러났다. 그리고 다시 그녀의 몸을 더 깊이 끌어당기며 입술을 포갰다.

그에게 모든 걸 맡기면 정말 모든 걸 느낄 수 있을 것 같았다. 그의 혀가 그녀의 입술을 나른하게 핥았다. 심장이 충격을 받은 듯 크게 흔들렸다. 손이 떨려 지은은 정현의 옷깃을 잡아 꼭 움켜쥐었다. 정현이 이끄는 대로, 그의 혀가 만들어내는 섬세한 자극이 입안 가득 들어찰 때까지 기다렸다. 최대한 맛을 음미한 뒤 음식을 삼키려는 것처럼, 어느 순간 그가 손으로 얼굴과 목을 짙게 애무하면 지은은 그제야 그가 선사한 맛을 삼켰다. 그리고 그에겐 만족스러운 신음을 내주었다.

지은은 그의 커다란 손이 자신의 얼굴을 감싸 쥐고 그의 팔이 자신을 옴짝달싹 못하게 구속하는 느낌이 좋았다. 자신이 그에 대해 소유욕을 느끼듯 그도 자신을 이토록 원하는구나 하는 것이 그의 단단한 손길에서 느껴졌다. 지은은 불규칙적으로 변하는 그의 숨소리에 귀를 기울이다 순간적으로 정신을 잃었다. 입술이 떨어지자 정현이 억눌린 신음을 뱉어냈다.

지은은 아쉬운 마음에 두 팔로 정현의 목을 감싸고 그에게 몸을 더 밀착시키며 그를 끌어당겼다. 키스를 하면서도 크게 흐트러짐 없던 그의 몸이 순간 흔들렸다. 정현은 자신의 목을 두르고 있는 지은의 팔을 풀어내고 바로 그녀에게서 떨어져 나갔다.

정현은 흐트러진 호흡을 가다듬는 동안 손등으로 발갛게 상기된 지은의 얼굴을 어루만졌다. 아직 흐릿한 지은의 눈을 바라보며 몸의 열을 가라앉히기란 쉬운 일이 아니었다. 정현은 지은의 가슴이 흥분으로 오르내리는 걸 보고 있다가 고개를 돌렸다.

"어이쿠야."

현관으로 들어오던 예은이 정현과 눈이 마주치고 점잖은 비명을 질렀다. 정현은 지은의 얼굴을 만지고 있던 손을 내렸다.

지은이 예은을 발견하고 태연한 척 말했다.

"일찍 왔네."

목소리가 떨렸다. 예은에게 들킨 부끄러움보다 키스의 여운이 남아서.

"응, 스터디가 빨리 끝났거든. ……아, 자전거에 뭐 두고 왔다."

예은은 어색한 연극조의 말을 하며 케이크 상자를 내려놓고 다시 밖으로 나갔다. 그녀가 자리를 피해주자 정현과 지은은 잠시 아무 말 없이 서로를 바라보았다. 정현은 그녀의 달아오른 이마에 길게 입을 맞추었다. 그리고 확실히 들으라는 듯이 지은의 귀에 입을 가져가 말했다.

"생일 축하해."

네. 선물 고마워요.

라고 하마터면 말할 뻔했다. 지은은 수줍게 웃었다.

머핀 타워 빌딩 10층은 네 명이 들어가기 알맞은 방부터 스무 명까지 들어갈 수 있는 대형 룸까지 크고 작은 방들이 다닥다닥 붙어 있는 구조로, 업무 시간 중에는 회의실로 이용되고 업무 시간 이후에는 사내 농아리들이 모임을 갖는 스터디 룸으로 용도가 바뀌었다. 절전 모드의 푸른 전등이 조용한 복도를 비추고 있었다.

복도 가장 끝에 자리 잡은 사인용 스터디 룸에서 목소리가 들려왔다.

"너 지금 자는 거야?"

진오가 황당하다는 말투로, 고개를 꾸벅이며 졸고 있는 지은을 깨웠다. 목이 앞으로 확 꺾이는 바람에 깜짝 놀라 잠에서 깼다. 지은은 멍청한 눈을 하고 진오를 보았다. 진오가 물었다.

"일이 많이 피곤해?"

"아니요."

지은은 양뺨을 때려 멍한 정신을 깨우려 했다. 진오가 피식 웃으며 다시 보던 것으로 눈을 돌렸다.

"괜찮네."

진오가 얼굴을 가리고 있던 일러스트 장을 내리며 말했다.

"정말 괜찮아요?"

지은이 생글거리며 물었다. 진오는 한 손으로는 일러스트 장을 잡고 한 손으로는 커피 잔을 들어 입으로 가져가며 고개를 끄덕였다.

"응, 진짜 괜찮아. 아직 감 안 죽었구나, 한지은. 이 캐릭터 빼고는 다 마음에 들어."

진오는 지은이 볼 수 있도록 일러스트 장을 뒤집어 보이며 말했다. 지은이 고개를 갸웃했다.

"그 캐릭터가 왜요? 나는 제일 마음에 드는데?"

"시놉을 잘못 본 거 아니야? 개성 있는 캐릭터도 좋지만 온라인 게임의 경우 한눈에 캐릭터 성격이 보여야지. 오히려 무난한 편이 좋다고."

그렇게 말하고 진오는 소리 내어 웃었다. 마음이 상한 지은이 정색하며 말했다.

"저는 그렇게 생각 안 해요. 이건 RPG잖아요. 시나리오를 즐기러 온 유저들이에요. 새로운 이야기를 찾아온 사람들이라고요. 눈에 빤히 보이는 캐릭터는 재미없어요."

"그래, 시나리오를 즐기러 온 유저들이지. 우리는 그 시나리오에 등장하는 캐릭터를 잘 구현해내면 되는 거야. 한눈에 어떤 성격인지 파악할 수 있어야지."

지은이 뚱한 눈으로 진오를 쳐다봤다.

"선배는 감이 많이 죽었군요."

"뭐야?"

진오가 가는 눈을 치켜뜨며 의자에 기대고 있던 몸을 일으켰다. 하지만 이내 다시 삐걱대는 소리를 내며 의자에 깊숙이 몸을 묻었다. 감정을 일일이 드러내기엔 너무 늦은 시간이었다. 더군다나 두 사람 모두 피곤하고 졸린 상태였다.

진오가 일러스트 장을 테이블 위에 내려놓으며 얕은 한숨을 내쉬었다.

"좋아, 잠시 쉬자."

지은은 입을 삐죽대며 테이블 위로 팔을 뻗어 일러스트 장을 자기 쪽으로 가져왔다. 진오가 손마디로 피곤한 눈을 비비면서 물었다.

"생일은 잘 보냈어?"

"예, 뭐……."

지은은 색연필로 일러스트 장에 그려진 캐릭터에 색칠을 하며 건성으로 고개를 끄덕였다. 진오가 테이블 위에 팔짱 낀 두 팔을 올리며 느물거리는 표정을 지었다.

"사장이랑 보냈어?"

다른 색연필을 집어 들던 지은이 손을 우뚝 멈추고 진오를 보았다. 그리고 이마를 찡그리며 날 선 목소리로 말했다.

"왜 그런 걸 묻고 그래요?"

"아니면 말지 왜 화를 내? 보살이 뭐 이래?"

"보살 아니에요! 자기들 맘대로 붙인 별명이면서."

"알았어, 알았어. 화내지 마. 무서워 죽겠네."

진오가 의자 팔걸이를 짚고 일어섰다.

"화장실 좀 갔다 올게."

진오는 지은의 곁을 지나면서 열심히 채색을 하고 있는 그녀를 위에서 내려다본 뒤 피식 웃고는 스터디 룸 문을 열었다. 그는 문을 반쯤만 열고 몸을 내밀어 인기척이라고는 들리지 않는 복도를 내다보았다. 아주 멀리서 사람들 말소리가 들려왔다. 모임이 진행되고 있는 룸은 손에 꼽을 정도밖에 되지 않았다. 진오는 다시 조용히 문을 닫았다. 그리고 손가락으로 관자놀이를 긁적이더니 지은을 돌아보며 말했다.

"지은아, 내가 선배로서 하는 말인데……."

상체를 거의 테이블에 붙이고 그림을 그리던 지은이 고개만 살짝 돌려 진오를 보았다.

"그 사람 말이야."

"누구요?"

"사장."

지은이 인상을 확 찌푸렸다. 진오가 얼굴 앞에 손을 내저으며 말했다.

"인상을 쓸 게 아니라, 들어봐. 좀 위험한 사람 같지 않아?"

"어서 화장실이나 갔다 와요."

지은은 더 들을 생각이 없다는 듯 고개를 숙이고 다시 색칠에 열중했다. 그런 그녀의 반응에 진오가 드물게 눈을 부릅뜨며 목소리를 높였다.

"그 인간이 나보고 뭐라고 그랬는지 알아?"

그리고 지은의 바로 옆자리 의자를 당기고 앉았다.

"뭐라고 그랬는데요?"

지은이 미심쩍은 눈으로 진오를 보았다. 새까만 눈동자에 진오의 얼굴이 둥실 떠올랐다.

별이라도 내려온 듯 밤이 되자 더 빛나는 것 같은 지은의 눈을 보고 진오는 잠시 말문이 막혔다. 전등 때문인가. 진오는 전등이 달린 천장을 흘깃 올려다보고 콧잔등을 긁적였다.

'죽인다고 그랬지.'

"뭐라고 그랬는데요?"

"아무튼 위험한 사람이야."

"네네, 그렇겠죠."

"너 왜 내 말을 안 믿는 건데? 나한테 안 이랬잖아."

진오가 두 팔을 벌리며 장난스러운 말투로 말했다. 지은은 코웃음을 치고 그에게 향해 있던 눈길을 완전히 접었다. 진오는 힘없이 팔을 내렸다. 사각사각. 조금 길다 싶은 시간 동안 색연필이 도화지에 스치는 소리가 말소리 대신 방을 채웠다. 색칠을 하는 지은의 옆얼굴을 가만히 쳐다보던 진오가 불쑥 말했다.

"이제 더 이상 날 좋아하지 않는 거야?"

지은이 고개를 번쩍 쳐들고 진오를 쳐다보았다. 진오는 흐릿한 미소를 짓고 있었다.

대체 무슨 의도로 저런 말을 하는 거야? 금세 '농담이야, 하하. 뭘 정색하고 그래?'라고 할 줄 알았는데, 진오는 그녀의 대답을 기다리고만 있었다. 지은은 그의 눈빛을 피했다.

"좋아해요. ……선배로."

"그 남자는? 남자로 좋아하고?"

진오가 입꼬리를 말며 고개를 테이블 쪽으로 기울였다. 보지 않으려고 해도 시야에 그의 떠보는 표정이 잡혔다.

지은은 태연한 척 표정을 느긋하게 하고 색연필을 바꿔 들었다. 마른 입술을 혀로 살짝 핥았다. 립글로스의 오렌지 향이 혀끝에 묻어났다. 오렌지 향. ……오렌지 주스. 그와 키스를 할 때 오렌지 맛이 났던가.

지은은 애써 무덤덤한 목소리로 말했다.

"우리, 사장님 얘긴 하지 마요."

"날 그저 친한 선배로 생각한다면 얘기할 수도 있지."

지은이 더 이상 눈길을 주지 않자 진오는 어깨를 으쓱하고 자리에서 일어났다.

문고리를 잡은 그가 뒤를 돌아보지 않은 채 말했다.

"그거 알아?"

색칠을 하던 지은의 손이 멈추었다.

"넌 날 진심으로 좋아하지 않아."

의지와 상관없이 지은의 고개가 돌아갔다. 진오는 돌아보지 않고 문 유리에 비친 눈으로 그녀와 시선을 맞추었다.

"내가 사랑 앞에 우유부단하고 은근히, 아니, 대놓고 재수 없는 놈일지는 모르겠지만 사람 보는 눈 하나는 자신 있지. 네가 날 진심으로 좋아한다고 생각했다면 내가 널 좋아하든 좋아하지 않든 난 너랑 사귀었을 거야. 난 그런 놈이니까."

그리고 몸을 돌려 지은을 내려다보았다.

"그런데 넌 날 그만큼 좋아하지 않았어. 그래서 사귀지 않았던 거야."

"아니에요……. 좋아했어요."

진오는 고개를 가로저었다. 그는 최근 그 어느 때보다도, 대학 시절 지은의 마음을 두근거리게 했던, 바로 그 표정을 짓고 있었다. 속으로

야 무슨 생각을 하든 진오는 상대의 말을 잘 들어주고 적절히 호응해줄 줄 아는 사람이었다. 고민이 생기면 많은 이들이 그에게 와 속을 털어놓고는 했다. 그는 고민을 털어놓는 상대의 말에 '내 너의 마음을 잘 알지.' 하는 눈을 하고 대화 내내 고개를 끄덕여주었다. 그리고 끝에 가서는 조금은 신랄한 충고를 해주기도 했다. 진오는 지금 그 모습을 하고 있었다. 지은은 다시 심장이 두근거렸다. 사랑의 감정이 아니라 추억에 대한 향수 때문에 가슴이 뛰었다.

진오가 조금 따갑기까지 한 목소리로 말했다.

"아니. 넌 적당히 좋아할 만한 사람을 찾았고 마침 내가 그 옆에 있었던 거야."

"아니에요!"

지은은 자신의 목소리가 억지스럽다는 생각을 했다.

진오가 날카로운 목소리로 그녀를 몰아세웠다.

"넌 항상 그랬어. 막상 사귀게 되면 애정 표현에 어색해했어. 순진한 게 아니야. 정말 모르겠다는 거였어. 남자들은 황당하지. 얘가 갑자기 왜 이러나? 날 좋아한 게 아니었나? 바람을 피우는 것도 당연해."

진오는 잔인하게 웃었다.

"친구일 때에는 그렇게 능숙하게 사랑을 전하다가 애인이 되면 멍해지는 거야. 그렇다고 가벼운 아이는 아니야. 다 진심인 거 같아. 사람을 좋아하는 마음이야 진심이겠지. 타인의 장점을 쉽게 찾아내는 건 너의 장점이기도 하지만, 글쎄, 어떨 땐 왜 저렇게까지 사람을 좋게 보나 싶기도 해. 뭘 저렇게 찾으려고 하나 문득 궁금해질 때가 있어."

진오는 턱을 긁적이며 고개를 갸웃했다. 수년간 지은을 관찰해오며 생각하던 바를 이렇게 일시에 풀어놓을 생각은 없었다. 그녀가 상처받을 테니까.

지은은 입술을 굳게 다물고 진오를 노려봤다. 악물고 있는 이가 뻐근할 정도였다. 정말 화가 나는 건 그의 말을 부정할 수 없다는 것이었다.

　"너 마지막 남자친구랑 헤어지고 나한테 와서 뭐라고 그랬어? 그놈이 다른 여자와 사귀고 있더라, 착하고 예쁜 여자더라, 헤어진 건 헤어진 거고 두 사람이 잘 사귀었으면 좋겠다, 그랬지?"

　"헤어지면 저주라도 퍼부어야 되나요?"

　진오는 눈동자가 보이지 않을 정도로 가늘게 눈을 뜨며 웃었다. 그는 팔짱을 낀 채 문에 등을 기대고 섰다.

　"적어도 헤어진 다음 날 할 말은 아니지. 넌 그전에도 그랬어. 사귀던 남자가 바람피운 게 들통이 나도 그냥 순순히 헤어지고 화 한 번 안 냈지. 네가 착하기만 해서 애들이 널 보살이라고 부른 줄 알아? 천만에."

　진오는 손가락 하나를 세워 지은의 머리 위 허공을 콕 찍으며 속삭이는 목소리로 말했다.

　"넌 질투를 안 하거든."

　지은이 날카롭게 소리쳤다.

　"질투를 해야 꼭 사랑인가요?"

　진오는 허공을 찍었던 손가락을 그대로 자신의 입술 앞으로 가져와 조용히 하라는 제스처를 했다. 목소리를 높이기엔 너무 늦은 시간이었다. 하지만 지은의 눈엔 '변명할 필요 없어. 너만 우스워지니까.'라고 하는 것처럼 보였다. 진오가 다시 팔짱을 끼며 대꾸했다.

　"사랑하는 사람이 다른 이를 좋아한다는데 아무렇지도 않다면 생판 모르는 남과 다를 게 뭔데? 좋아. 확인해보자."

　뭘?

　"그 남자."

　지은의 눈썹이 꿈틀거렸다. 진오는 그 작은 움직임도 놓치지 않고 밉살맞은 미소를 지었다.

"사장이 다른 여자와 키스하고 있는 모습을 상상해봐."

진오는 상체를 살짝 숙이며 덧붙였다.

"기분이 어때?"

정현이 다른 여자와 키스를 하고 있는 모습?

그저께 정현과 키스를 하지 않았다면 이런 상상도 하지 못했겠지? 그런 생각이 들 만큼 지은의 머릿속엔 괴로울 정도로 생생한 키스 신이 그려지고 있었다. 자신이 퍼부었던 그 거친 키스를 다른 여자가 그에게 한다? 그녀의 머리를 쓰다듬던 그의 손이 다른 여자를 어루만진단 말이지?

불행히도 지은의 상상은 키스로만 그치지 않았다. 지은과 정현의 키스는 키스에서 끝이 났지만, 그녀의 상상 속에서 어떤 여자와 정현은 그 이상의 것을 향해 달려가고 있었다.

치맛자락을 움켜잡고 있는 손이 부르르 떨렸다. 지은은 참담하게 일그러진 표정으로 말했다.

"대답, 안 할래요."

진오는 허탈한 웃음을 터뜨렸다.

"아니. 그 표정으로 대답이 됐어."

진오는 씁쓸한 미소를 지으며 몸을 돌렸다. 복도로 나가 서너 발자국 걷던 그는 이를 부득 갈고 다시 빠르게 걸어와 문을 열어젖혔다.

"지금 네 얼굴 좀 봐. 보살이 그런 얼굴을 하게 만드는 남자야. 그래도 안 위험하다고?"

진오는 지은의 대답은 듣지도 않고 문을 쾅 닫고 나가버렸다. 지은이 진오의 얼굴을 봤다면 그가 생각보다 충격을 받았다는 걸 알 수 있었을 것이다. 하지만 지은은 지금 그의 표정을 살필 여력이 없었다. 머릿속

상상을 멈추는 데 온 신경이 쏠려 있었다. 이것이 그저 상상이란 것을 알면서도 이토록 불쾌한 감정이 드는 건 대체…….

「질투를 하지 않다니, 그건 사랑이 아니야.」

불현듯 혜경의 목소리가 스쳐 지나갔다. 지은은 반쯤 입을 벌린 채 잔뜩 찌푸린 이마를 짚었다. 그녀는 그제야 정말 자신이 한 번도 연애 상대에게 질투란 걸 느껴본 적이 없다는 것을 깨달았다. 지금껏 그녀가 질투라고 생각해왔던 것들은, 그래, 고작 섭섭함, 아쉬움 따위였다.

지은은 이마를 짚고 있던 손을 그대로 쓸어내려 눈을 가렸다. 맙소사, 만약 그들이 말한 대로 질투를 해야만 사랑이라면 지금까지 내가 해온 건 뭐지?

어지러운 상념들로 인해 괴로운 상상은 끝이 났지만 머릿속이 복잡한 건 여전했다. 질투라고? 고작 다른 사람과의 키스를 상상하는 것만으로도 이토록 불쾌해지는, 이런 게 질투? 이렇게 자신이 작고 속 좁고 추하게 느껴지는 게 사랑의 증거라고?

등 뒤쪽에서 문이 열리는 소리가 들렸다. 지은이 멍한 표정으로 돌아보며 말했다.

"빨리도 갔다 와…… 아, 아 씨! 놀래라!"

너무 놀란 나머지 하마터면 의자에서 떨어질 뻔했다. 방금 전 그녀의 머릿속에서 어떤 여자와 진한 키스를 나누었던 정현이 문가에 서 있었다. 그는 문을 삼분의 일쯤 열고 그 틈으로 방 안을 살폈다. 진오가 없다는 걸 확인한 정현이 조용히 물었다.

"남진오 씨는?"

지은은 놀란 가슴을 쓸어내리며 말했다.

"화장실 갔어요. 학원 갔다가 바로 집에 간 줄 알았는데 왜 다시 돌아왔어요?"

정현은 문을 완전히 열고 손에 들고 있는 봉지를 들어 보였다.

"야식. 혹시나 해서 와봤지. 지은 씨야말로 왜 이렇게 늦게까지 있는 거야? 그리고 사람을 보고 뭘 그렇게 놀라?"

지은은 얼른 정현의 손에서 봉지를 빼앗으며 말을 돌렸다.

"뭐 사 왔어요? 초밥?"

"웬 초밥? 만둔데?"

"만두요? 갑자기 웬 만두예요?"

"내가 만두를 좋아해서. 이게 얼마나 맛있는 만둔데! 지은 씨 만두 싫어해?"

"아니요. 좋아해요. 뭐하세요? 들어오세요."

정현은 복도 쪽을 다시 내다보고는 방 쪽을 쳐다보며 말했다.

"치워."

"예?"

"노트. 내가 못 보게 치우라고."

"아."

지은은 봉지를 의자에 내려놓고 테이블 위를 급히 치웠다. 그녀가 일러스트 장의 표지를 덮는 걸 보고서야 정현은 안으로 들어왔다. 지은은 조용히 웃었다. 한때 그가 사장의 힘을 남용해 자격도 안 되는 자신을 비서로 채용한 건 아닌가 하는 의심을 하기도 했지만, 지금 생각하니 우습다.

테이블 정리를 끝낸 지은이 웃는 얼굴로 고개를 돌렸다. 정현의 입술이 바로 보였다. 재빨리 고개를 숙였다. 그러고는 괜히 색연필을 정리하는 척하며 곁눈질로 그를 살폈다.

옆에 나란히 서서 봉지를 뒤적이던 정현이 말했다.

"그냥 대놓고 쳐다봐. 무슨 생각을 하기에 그런 요상한……."

"단무지는 넉넉하게 가져왔어요? 난 단무지 없으면 안 먹어요!"

지은의 목소리가 복도까지 쩌렁쩌렁 울렸다. 그건 이상한 생각을 하고 있었다는 걸 시인하는 것과 다름없었다.

정현은 무표정한 얼굴로 눈만 굴려 목소리가 메아리치는 좁은 방 벽을 훑다가 고개를 숙이며 작게 웃었다. 지은도 그에게서 시선을 거두며 아랫입술을 지그시 깨물었다. 정현은 그녀와 함께 있을 때면 대부분 웃는 얼굴이지만, 회사에서는 저렇듯 표정 없는 얼굴로 있다가 간혹 슬며시 미소를 짓곤 했다. 그러면 지은은 그 모습이 그렇게 찌릿찌릿할 수가 없었다.

단순히 설레는 것과는 다른 느낌이었다. 그의 앞에 서면 오만 가지 감정 중 단 하나의 감정만이 모든 감정을 밀어내고 가슴을 가득 채우는 것 같은 기분이 든다. 예전에도 생각은 많은 편이었지만 정현을 만난 이후 한결 복잡해진 머릿속은 그의 말소리를 듣기 위해 종종 사고 활동을 멈추기까지 했다. 심박계의 그래프가 모니터를 깨부술 기세로 심하게 요동치다 삐, 소리를 내며 멈춰버리듯, 그렇게 어느 순간 단 한 가지 생각만을 남기고 깨끗이 비어버린다. 심지어 언젠가부터는 그를 바라보고만 있어도 가슴이 먹먹해지고 머리가 핑할 정도로 무거워졌다. 그가 말한 무거운 사랑이란 게 혹시 이런 걸까.

"집에 데려다줄게."

정현의 목소리에 진짜 무거운 듯 천천히 숙여지고 있던 지은의 머리가 번쩍 들렸다.

"네? 아니요, 버스 타고 갈 건데요."

정현은 들릴 듯 말 듯 작게 한숨을 내쉬었다.

"지은 씨가 그렇게 말하면 내가 순순히 물러날 것 같아? 내 방에 있을게. 끝나면 전화해."

철컥. 진오가 방문을 열었다. 그는 정현이 있는 것을 보고는 방으로 들어오다 말고 어정쩡한 자세로 우뚝 멈춰 섰다. 두 남자의 시선이 기묘하게 얽혔다. 정현이 똑바로 진오를 쳐다본다면 진오는 그의 시선을 비껴나 피하듯 눈을 굴렸다.

지은이 두 검지로 만두 봉지를 가리키며 말했다.

"야식이에요."

"……제 것도 있는 겁니까?"

진오가 문을 닫고 들어오며 무뚝뚝하게 물었다. 정현이 말했다.

"뭐, 하는 수 없이."

진오는 넉살도 좋게 지은과 정현 사이에 끼어들어 서면서 봉지를 뒤적거렸다.

"뭡니까? 초밥?"

팔짱을 낀 채 곱지 않은 눈길로 진오를 보던 정현이 그의 말에 눈을 치켜뜨며 말했다.

"뭐예요? 왜 이렇게 다들 초밥을 찾아? 둘 다 나와! 초밥 배터지게 먹여줄 테니까."

"됐습니다."

진오는 나무젓가락을 뜯어 만두 하나를 한입에 넣고는 웅얼거리는 말투로 대꾸했다.

"맛은 있네요."

그걸 물끄러미 보고 있던 정현이 한쪽 입가를 비틀어 올렸다. 정현의 표정을 발견한 진오는 볼을 가득 부풀린 채 만두를 씹던 것을 멈추었다. 정현이 음산한 미소를 달고 말했다.

"내가 거기에 침이라도 뱉었으면 어쩌려고."

진오는 거의 다 먹은 것을 뱉을 수도 없고 삼킬 수도 없어 입을 가리고 쿨럭 기침을 했다. 정현이 히죽 웃으며 말했다.

"당연히 농담이죠. 먹을 거에다가는 장난 안 칩니다."

진오는 힘겹게 목구멍으로 음식물을 넘기고 정현을 슬쩍 쏘아봤다. 하지만 그와 눈이 마주치자 금세 지은에게로 시선을 돌렸다. 두 남자 사이에 흐르는 이상한 분위기를 느끼고, 지은이 불편한 표정을 지었다.

진오는 방금 전 그녀를 몰아세운 것도 있고 여러 가지로 미안한 마음이 들어 만두 하나를 집어 그녀의 입에 넣어주었다. 지은이 거부감 없이 그걸 받아먹자 정현이 살짝 인상을 찌푸렸다. 그걸 본 진오는 여느 때처럼 눈을 가늘게 뜨고 음흉한 웃음을 지었다. 그러고는 단무지를 집어 만두를 오물거리고 있는 지은에게 건넸다. 정현은 대뜸 진오의 어깨를 잡아 돌리고는 그걸 날름 받아먹었다. 어이없어하는 진오에게 정현이 천연덕스럽게 말했다.

"남진오 씨는 시중드는 걸 좋아하나 보군요. 자, 만두도 하나 줘봐요."

"……."

진오는 젓가락을 내려놓더니 손으로 만두를 집어 정현의 입 앞에 가져갔다. 정현이 진오의 손목을 붙잡으며 말했다.

"왜 젓가락을 두고……. 손은 씻은 겁니까?"

"씻었던가? 기억은 안 나지만 씻었겠죠."

"씻었으면 씻은 거지 기억이 안 나는 건 또 뭡니까."

"사원을 동료로 생각한다는 사장님. 자, 사원을 믿으십시오."

"동료로는 믿어요. 그런데 손은……."

"그렇다면 입을 벌리시죠. 너무 깔끔 떨면 여자들한테 인기 없습니다. 아니, 절 못 믿으시는 겁니까? 사장님의 동료에 대한 믿음이 고작 이 정도였습니까?"

"믿어요, 믿는데……."

"그렇다면 그 믿음을 증명해보십시오. 자, 아."

두 사람의 어른답지 않은 실랑이에 지은이 뚱한 표정으로 중얼거렸다.

"둘 다 그만해요. 나이도 먹을 만큼 먹은 사람들이 뭐하는 거예요, 초등학생도 아니고……."

하지만 그녀의 목소리는 나름대로 진지한 두 남자의 귀까지는 닿지 못했다. 먹기 싫은 정현은 정현대로, 정현이 곤란해하는 게 신이 난 진오는 진오대로 지금 상황이 몹시 절박했다. 지은은 한심하다는 눈으로 두 남자를 쳐다봤다.

정현은 진오의 손에 한쪽 어깨를 붙잡힌 채 상체를 뒤로 물리고, 진오는 정현의 입에 만두를 집어넣기 위해 붙잡힌 손목을 비틀어댔다. 완력 싸움 통에 급기야 만두가 진오의 손을 벗어나 공중을 날았다. 만두는 지은의 머리를 치고 바닥에 툭 떨어졌다.

지은은 당황한 표정인 두 남자를 무표정하게 쳐다보았다. 두 남자는 동시에 기어들어가는 목소리로 미안하다는 말을 했다. 하지만 지은의 소리에 묻혀버렸다.

"그만들 해요, 쫌!"

민익은 빌딩 정문 앞에 차를 세워두고 휴대전화로 예능 프로를 보는 중이었다.

정말 휴대전화로 원하는 시간에 원하는 장소에서 지난 방송을 볼 수 있다니! 지난주 정현이 지은을 만나지 않는 딱 하루 중 반나절을 투자해 기계치 민익에게 알려준 신세계였다. 몇 년간 정현이 그에게 해준 일 중 가장 좋은 것일 거라고 민익은 생각했다.

게임에서 진 개그맨이 어느 벌칙을 받을지 결정하려는 순간 누군가가 조수석 쪽 차창을 두드렸다. 지은이 수줍게 웃으며 손을 흔들고 있었다. 민익은 잠시 멍한 표정으로 지은을 보다가 번뜩 정신을 차리고 도어록을 해제했다. 지은이 뒷좌석 문을 열고 인사를 하며 들어왔다.

민익은 얼른 휴대전화 볼륨을 낮추었다. 지은이 운전석 뒤쪽에 앉으며 미안한 얼굴로 말했다.

"저 때문에 괜히 기다리셨죠. 죄송해요."

"아니요. 저도 월급을 거저 받을 수는 없죠."

휴대전화에서 사람들이 우하하하 웃는 소리가 들려왔다. 개그맨이 진흙 바닥에 나뒹굴고 있었다. 대화가 끊겼다. 두 사람 사이에 어색한 침묵이 흘렀다. 지은은 에취, 기침을 한 뒤 얼굴을 살짝 붉히며 말했다.

"이젠 날씨가 제법 춥네요."

"그러게요."

민익이 무뚝뚝하게 대꾸했다. 대화는 더 이상 이어지지 못했다. 두 사람은 입을 다물고 민익이 거치대에 달아놓은 휴대전화만 쳐다봤다. 그리고 간간이 시간차를 두고 웃음을 터뜨렸다. 하지만 보던 프로가 끝나자 다시 분위기가 썰렁해졌다.

지은은 반쯤 감긴 눈으로 차 히터 소리에 귀를 기울였다. 그러다 고개를 바로 하는 척하면서 룸미러에 비친 민익의 눈을 보았다. 하지만 금세 시선을 밑으로 내렸다. 조금 무섭게 생긴 눈이야.

정현의 욕이라도 같이 하면 분위기가 좀 나아질까 싶어 운을 떼려는 찰나, 민익이 고개를 돌리며 물었다.

"캔 커피 드실래요?"

민익은 조수석에 벗어둔 정장 웃옷을 들추고 그 아래에서 캔 커피를 하나 꺼내 지은에게 건넸다. 아직 뜨거운 캔이었다.

민익이 캔을 따며 말했다.

"정현이가 안 내려오네요."

"그러게요."

민익이 간신히 꺼낸 말을 지은은 그가 그랬듯이 단답으로 대꾸해버렸다. 그렇게 대화의 기회가 다시 날아가버렸다. 돌풍이 불어 자갈이 차문을 툭 치는 소리가 들려왔다.

지은은 거의 감고 있던 눈을 반짝 뜨며 물었다.

"쿠키 드실래요?"

지은은 가방에서 주섬주섬 쿠키 박스를 꺼냈다.

두 사람은 휴대전화 속 광고에 눈을 두고 쿠키를 나눠 먹었다. 모르는 사람이 보면 본격적인 티타임으로 보일 법한 모습이었다.

지은이 물었다.

"정현 씨와는 언제부터 아는 사이세요?"

민익은 커피가 미지근해지자 물 마시는 듯 꿀꺽꿀꺽 들이켜면서 속으로 햇수를 셌다.

"오 년? 그쯤 됐네요. 정현이가 나에 대해 뭐라고 안 그래요?"

지은은 눈을 두 번 깜박였다. 했지, 길에서 주운 데다 성질이 사납다고.

"아니요, 별말 없었는데요. 그럼 학교 친구 사이는 아니시겠네요?"

민익은 묵묵부답이었다. 묻지 말아야 할 걸 물었나?

"저는 대학 안 나왔습니다."

민익이 룸미러를 통해 그녀와 눈을 마주쳤다.

"중졸이죠. 아니, 그것도 중퇴죠. 그러니까 초졸."

민익은 지은의 입이 살짝 벌어지는 걸 보고 시선을 피했다. 다 마신 캔을 우그러뜨렸다. 지은이 몸을 살짝 당겨 앉으며 조심스럽게 물었다.

"혹시 어디 아프셨나요?"

"네? 아니요."

민익은 얼빠진 목소리로 대꾸하며 고개를 돌렸다. 지은은 다행이라는 듯 웃었다. 민익이 당황해서 말했다.

"아파서 그만둔 게 아니라…… 뭐…… 당시 성격도 좀 지랄맞았었고, 공부도 하기 싫고, 또…… 집안 형편도 있고, 질풍노도의 시기고…… 겸사겸사."

지은이 하나하나 고개를 끄덕이며 얘기를 듣자, 변명 같은 소리가 길어졌다. 민익은 피하듯 몸을 바로 하고 정면을 보았다.

지은이 마지막 쿠키를 민익에게 권하며 말했다.

"정현 씨가 정말 늦게 내려오네요."

"그러게요."

말이 떨어지기 무섭게 빌딩 정문에서 정현이 큰 걸음으로 걸어오는 게 보였다. 그가 차 문을 벌컥 열어젖히고 원망 어린 목소리로 말했다.

"왜 아무도 전화를 안 받아?"

"예?" 지은이 눈을 동그랗게 뜨고 대답했다.

"엉?" 민익이 얼빠진 목소리로 대꾸했다.

"엘리베이터에 갇혔었단 말이야! 사람이 이 정도로 오랫동안 안 내려오면 전화를 해보든가, 찾으러 와야 되는 거 아니야? 다들 어떻게 이렇게 무심해! 내가 그 정도 인간밖에 안 돼?"

변명거리가 없는 지은과 민익은 정현이 화가 풀릴 때까지 한 마디도 못하고 그의 원망을 들어야 했다. 겨울이 코앞이었다.

혜경과 약속이 있는 날, 지은은 퇴근 시간이 되자마자 수영에게 양해를 구하고 바로 회사를 나왔다. 다행히 오늘은 정현이 밖에서 스케줄이 끝나는 날이라 그에게 따로 변명을 하지 않아도 되었다. 안 그랬다면 거짓말을 해야 했을 것이다. 꿈 때문에 상담을 받으러 간다는 말은 할 수 없었다.

기억도 못하는 꿈으로 그에게 헛된 기대를 품게 할 수는 없잖아.

「앞으로는 생각나는 게 있으면 바로 얘기해줘. 부탁이야. 틀려도 괜찮아. 모르는 게 당연하니까, 기억하고 있는 내가 이상한 거니까.」

지은은 생각을 털어내듯 고개를 가로저었다.

"지은아, 여기!"

지은은 지하철 계단을 내려오다가 먼저 와 기다리고 있는 혜경을 보고 기겁을 했다. 자신을 향해 손을 흔들고 있는 혜경은 전신을 가죽 의상으로 휘감고 있었다. 하이힐 굽은 분명 10센티 이상 될 것이다. 그녀의 트레이드마크인 긴 생머리는 포니테일로 높게 묶었다. 치마는 간신히 엉덩이만 가리고 있어 그녀의 쭉 뻗은 다리가 한층 더 길어 보였다. 심하게 말하면 다리밖에 안 보였다.

평소에도 화려한 패션을 즐기는 아이이긴 했지만 오늘은 좀 심하네. 다가오지 마, 이것아. 지은은 슬금슬금 도망쳐서 구석으로 갔다. 혜경은 지은의 속도 모르고 씩씩한 걸음걸이로 쫓아와 그녀 앞에 섰다. 지은은 고개를 쳐들고 혜경을 봐야 했다.

다가온 혜경이 두 손을 모으더니 말했다.

"미안해서 어쩌지? 나 오늘 너랑 같이 못 갈 것 같은데."

"뭐? 왜?"

"중학교 때 친구들이랑 클럽에 가기로 약속해버렸어. 나 좀 봐주라. 실연당한 상처가 아직 아물지 않았어. 이럴 땐 과격하게 놀아줘야 되거든."

지은은 풀 죽은 목소리로 말했다.

"할 수 없지 뭐. 그럼 상담은 언제 받는 건데?"

"아니, 너는 오늘 가서 상담 받아. 내가 얘기 다 해뒀어."

"나만 가라고? 나 혼자 가서 민망하게 무슨 소리를 해."

"그럼 너, 상담받을 때에도 내가 옆에 있길 바랐던 거야? 어차피 상담은 의사 선생이랑 단둘이 해야 되는 거잖아."

지하철이 온다는 벨소리가 역에 울려 퍼졌다. 사람들이 입구 쪽에 가서 줄을 서기 시작했다. 지하철이 들어오는지 역에 강한 바람이 휘몰아쳤다. 그 기세에 지은의 머리카락이 얼굴을 가리자 혜경은 살뜰한 손길로 그녀의 머리를 귀 뒤로 넘겨주며 말했다.

"위치는 내가 문자로 보내줬지? 네가 생각이 많아서 자꾸 꿈도 꾸고 그러는 걸 거야. 우리들한테도 하기 힘든 이야기가 있을 수도 있는 거니까. 누군가에게 속에 있는 말을 시원하게 털어놓으면 아마 괜찮아질 거야. 내 생각은 그래. 오늘도 일하다가 졸았어?"

"점심시간에 잠깐 잤어."

혜경이 워낙 따뜻한 음성으로 말해서 지은은 어리광을 부리듯 말했다. 혜경은 고개를 끄덕였다.

"가봐. 지금 오는 거 타고 가면 시간 딱 알맞겠다."

혜경은 망설이는 지은을 지하철 안에 밀어 넣었다.

지은은 주사 맞기 싫은데 억지로 병원에 끌려가는 아이 같은 표정을 하고 문밖의 혜경을 바라봤다. 혜경이 손으로 전화기 모양을 만들어 얼굴에 갖다 붙였다. '도착하면 전화해.'

지은은 혜경의 입 모양을 보고 고개를 끄덕였다.

지하철이 출발했다. 지은은 그제야 사람들이 자신을 쳐다보고 있단 걸 알고 주뼛거리며 다른 칸으로 옮겨 갔다.

"지은 씨, 오늘은 나랑 안 놀아주는 거야?"

민익은 정현이 하는 소리를 듣고 어이가 없다는 듯 웃었다. 정현은 신경 쓰지 않았다.

"자꾸 이러면 집으로 쳐들어가서 처남 처제들이랑 노는 수가 있어. 그래. 조심해서 들어가."

지은이 보는 것도 아닌데 미소를 머금고 통화를 하던 정현은 전화를 끊자 금세 웃는 표정을 거뒀다. 민익이 룸미러로 그를 보며 말했다.

"하루 종일 보고도 그렇게 보고 싶냐?"

"그러니까. 이래서 다들 결혼을 하나 봐."

"정말 진지한가 보네."

정현은 늘어진 자세 그대로 눈만 날카롭게 뜨고 민익을 쏘아봤다.

"당연하지. 난 항상 진지해."

그리고 생각에 잠긴 듯 잠시 말을 멈췄다.

"아이를 낳는다면 몇 명이 좋을까? 지은 씨는 형제가 많은 집에서 자랐으니까 집이 썰렁하면 외로움을 탈지도 모르겠다. 세 명이 좋으려나. 아니, 그럼 지은 씨가 너무 힘들 텐데. 역시 두 명이 적당한가. 지은 씨 닮은 딸 하나, 지은 씨 닮은 아들 하나."

"널 닮은 자식은 필요 없는 거냐?"

"하나만 낳아서 잘 키워도 되지. 사실 난 아이가 없어도 그만인데. 아무래도 아이가 있으면 여행 가기도 힘들고 지은 씨 관심이 그만큼 아이에게 쏠리게 되잖아. 아, 그건 싫은데."

"너무 앞서간다는 생각 안 드냐? 지은 씨도 널 그렇게 생각할까?"

"……당연한 거 아니야?"

"미친놈, 당연하긴 뭐가 당연해."

아직 정현의 손안에 있는 휴대전화가 울렸다. 정현은 액정에 뜬 이름을 보고는 흠, 콧숨을 내쉬더니 느긋하게 통화 버튼을 눌렀다. 그리고 불성실한 말투로 전화를 받았다.

"무슨 일이야?"

전화를 건 사람은 희성이었다. 정현은 전화가 잘 안 들리는지 열려 있던 차창을 닫으며 말했다.

"클럽? 싫어. 그래, 가기 싫어. ……알았어. 삼십 분쯤 걸리겠지. …… 알았다니까!"

통화를 끊은 정현은 휴대전화 액정을 만지작거리다 눈치를 보고 있는 민익을 흘긋 보았다.

"갈래?"

민익은 흥흥흥 콧노래를 부르며 차 시동을 거는 것으로 대답을 대신했다.

지은은 휴대전화를 재킷 주머니에 넣고 다시 상담실로 들어왔다. 소파에 와 앉는 그녀를 보고 의사가 말문을 열었다.

"혜경 씨께 대충 이야기는 들었어요. 잠을 잘 못 잔다면서요?"

지은은 긴장된 표정으로 고개를 끄덕였다. 테이블에 놓인 찻잔에 잠시 눈을 뒀다. 지은이 시작을 망설이자, 의사가 말했다.

"그 남자에 대한 얘기부터 해볼까요?"

"남자요?"

"당신을 괴롭힌다는 남자 말입니다. 스토킹을 당하고 있나요?"

억지웃음을 짓고 있는 지은의 입가가 파르르 떨렸다. 혜경이, 이거 가만 안 둬.

"아, 그 남자요. 아니요, 스토킹은 아니에요."

"전해 듣기로 그 남자 때문에 상당히 괴로워한다던데 아닌가요?"

"괴롭다고 하기도 뭔가……."

이거 여차하면 이야기가 연애 상담으로 빠지겠어. 지은은 그런 생각을 하며 주름이 지려는 미간을 손가락으로 문질러 폈다.

"예, 괴로운 건 사실이니까, 맞아요."

"어떤 남자인가요?"

"그분은 제 상사예요. 저는 그분의 비서고요."

요란한 비트의 음악이 예민한 귀를 파고들었다. 정현은 노골적으로 싫은 표정을 했다.

화려한 조명은 넓은 클럽 홀이 들썩이는 것 같은 착시 현상까지 일으켰다. 멀쩡한 정신으로 걷는데도 몸이 붕붕 뜨는 기분이었다. 아일의 취향과 정현의 예민한 성격이 견뎌내기에 이 세상의 클럽은 너무 요란하고 지나치게 현대적이었다. 어떨 땐 이곳의 느낌이 전투가 벌어지기 직전 전장(戰場)의 팽팽한 분위기와 유사하게 느껴질 때도 있었다.

민익이 실실 웃으며 말했다.

"인상 좀 펴. 누가 너 후려갈기려고 잠복하고 있는 것도 아닌데."

"내 기분은 그래."

위층에서 그들을 발견한 희성이 사람을 보냈다. 정장을 차려입은 미남 웨이터가 그들을 VVIP석이 있는 위층으로 안내했다. 벽 전면이 유리로 되어 있어 그대로 홀이 내려다보이는 2층에서 희성과 인후가 그들을 맞았다. 정현은 인후를 보고는 안 그래도 날카로워진 인상에 더 날을 세우며 말했다.

"임신한 부인을 둔 유부남이 이런 데 와도 돼?"

"누군 오고 싶어서 왔냐. 이놈이 제 생일이라고 안 오면 절교라고 난린데 어떡해. 너도 그 협박에 온 거 아니야?"

인후가 인상을 쓰며 말했다. 희성이 키들거렸다.

"어떻게 모범생들은 끝까지 모범생처럼 구냐, 졸업한 지가 언젠데."

"그냥 집에서 볼 수도 있잖아."

정현이 쏘아붙였다. 희성이 말했다.

"나, 재벌 3세는 아니지만 풍족한 집 자식이야. 친구들 잘못 사귄 죄로 생일날 고작 클럽 빌려 노는 것도 이렇게 눈치를 봐야겠어?"

어느새 사라졌다가 2층 한편에 놓인 얼음 욕조에서 맥주를 가져온 민익이 테이블로 다가갔다. 그를 발견한 희성이 못마땅한 말투로 말했다.

"깡패 넌 왜 온 거냐? 누가 불렀다고."

민익은 맥주병의 뚜껑을 따고 한 모금 마시더니 선 채로 희성을 지그시 내려다보았다.

"네가 왜 깡패보고 깡패라고 부를 수 있는지 알아? 아직 깡패한테 안 맞아봤거든. 더도 말고 덜도 말고 딱 석 대만 맞으면 그 말이 쑥 들어갈 텐데."

"치겠다?"

희성의 도발에 민익은 가소롭다는 듯이 웃고 맥주를 들이켰다. 두 사람이 투닥거리는 건 종종 있는 일이라 정현과 인후는 그들 쪽은 쳐다보지도 않았다. 정현이 문득 생각이 났다는 듯 희성에게 물었다.

"저번에 동창회에 같이 왔던 여성분과는 잘돼가고 있는 거야?"

희성은 빈 잔에 얼음을 넣다 말고 멈칫했다. 잠시 뒤 "아." 그러더니 고개를 끄덕이곤 얼음을 채운 잔에 양주를 따랐다.

"난 또 누구라고. 내가 언제 여자 길게 만나는 거 봤어?"

"……이번엔 그런 줄 알았는데?"

"무슨. 하도 고모님이 닦달을 하셔서 선 한 번 본 거야. 우리 부모님 판사 며느리 보는 거 꿈이잖아. 지적인 데 약한 집안이라. 우리 부모님이 너희들 좋아하는 것도 네놈들이 공부를 잘해서야. 십 년도 더 된 얘기를 아직도 하신다. 허구한 날 나만 보면 네놈들 잘 있냐고 물어. 이 노인네들 기억은 어떻게 희미해지지를 않아."

"그럼, 헤어진 거라고?"

"헤어지고 말고 할 게 뭐 있냐? 한쪽이 연락이 없으면 무슨 뜻인지 알아야지. 알고 보니 언니 대신 동생이 나온 거더라고. 동생이 나온 건 상관없는데 재미가 없었어. 첫인상이 그렇게 고분고분한 성격은 아닌 것 같아서 일부러 조신한 여자가 좋다고 그랬지. 그러니까 진짜 그렇게 행동하는 거야? 물론 이해는 돼, 나 같은 남자 또 어디서 만나겠어. 그래, 까짓 거 여자가 내숭 좀 떨면 어때. 하지만 재미는 없더라고. 난 재미없는 건 딱 질색이라."

"그렇군. 그래서 그랬군."

술 위로 살얼음이 일 정도로 싸늘한 목소리였다. 정현이 한 말이 아니었다. 희성의 등 뒤에서 들려온 소리였다.

희성은 맞은편에 앉은 정현과 민익의 시선이 자신의 뒤를 향한 것을 보고는 조용히 술잔을 내려놓았다. 그리고 고개를 슬쩍 돌려 인후 쪽을 보았다. 인후는 아예 소파 등받이에 한 팔을 올리고 몸을 돌려 뒤쪽을 보고 있었다. 희성은 숨을 크게 들이마시고는 애써 침착한 목소리로 말했다.

"지금 내 뒤에 그 여자가 있는 거지?"

순간 눈앞에서 별이 번쩍였다. 혜경은 손바닥으로 희성의 뒤통수를 때리고 시뻘게진 손만큼이나 달아오른 얼굴로 말했다.

"난 또, 그런 줄도 모르고 며칠 어울리지도 않게 땅 파고 들어갔지."

희성은 머리를 감싸 쥐고 욕설을 내뱉으며 자리에서 벌떡 일어섰다. 아픈 것도 아픈 거지만 너무 쪽팔렸다. 사람들이 웅성거리며 주위로 모여들었다.

희성은 맞은 것을 티내지 않기 위해 손을 내렸다가 금세 다시 뒤통수를 움켜잡았다. 피 나는 거 아니야, 이거? 술병으로 내리쳤나? 대체 뭘로 때렸기에 이렇게 골까지 흔들려?

희성은 이를 드러내며 죽일 듯 그녀를 찾았다. 그리고 혜경을 보고는 말문이 막힌 표정으로 입을 벌린 채 그 모습을 위아래로 훑었다. 친구로 보이는 여자들이 혜경을 말렸지만 그녀의 눈에 일렁이는 불은 쉽게 사그라질 것 같지 않았다. 희성이 떠듬거리는 목소리로 말했다.

"꼬, 꼴이…… 그게 뭐야? 사파리에 취직이라도 한 거야?"

"내가 사파리에 취직을 했든 동물 조련사가 됐든 그거야 네가 알 바 아니고. 네 잡소리도 끝까지 들어줬으니 너도 내 말 끝까지 들어. 한쪽이 연락이 없으면 무슨 뜻인지 알 거라고? 알지, 잘 알지. 네가 빌어먹을 자식이란 거! 일단 사람을 사귀었으면 설사 싫증이 났다 하더라도 정식으로 마무리는 해야 되는 거란다, 아가. 넌 바람둥이도 아니야. 그럴 성격이 못 돼. 넌 그냥 가벼운 놈이야. 책임감이 없는 놈이지. 아직 꼬꼬마 수준에서 못 벗어나서 엄마 나 무서워잉 하는 차원에서 책임감이 없는 건지, 진지하게 상대를 책임질 수 없다는, 그래도 생각은 있는 차원에서 책임감이 없는 건지 그것까진 잘 모르겠지만, 어쨌든 넌, 머저리야."

"야!"

그녀의 속사포 같은 말에 희성은 반박도 못하고 버럭 소리만 질렀다. 혜경의 핏발 선 눈에 눈물이 맺혔다. 그녀가 한 발짝 내디뎠다. 그녀와 희성은 거의 같은 키로, 같은 눈높이로 시선을 교환했다. 혜경이 그의 눈을 찌를 듯 검지를 치켜세우며 말했다.

"내가 지금 우는 건 네게 차인 게 억울해서가 아니야. 너랑 보낸 시간이 아까워서도 아니야. 기뻐서 우는 거야. 아직까지 내 눈이 형편없구나, 아직 배울 게 한참 많이 남았구나, 그 사실이 너무 기뻐서, 가슴이 벅차서 우는 거야!"

"이게 진짜……."

희성은 구경꾼들의 눈치를 보며 어이없다는 웃음을 흘렸다. 혜경이 말했다.

"내 계산 아직 안 끝났어. 안경 벗어."

"뭐?"

"안경 벗으라고."

희성은 무슨 말인지 알아듣지 못해 눈을 찌푸린 채 머뭇거렸다. 혜경이 그의 얼굴에서 안경을 벗겨냈다. 그리고 바로,

퍼억!

혜경의 주먹이 그의 얼굴에 꽂혔다. 지켜보던 사람들이 비명을 질렀다. 와장창! 소리가 들려와야 순서겠지만, 주먹질이 있을 걸 예상한 정현이 미리 테이블 위를 정리한 뒤라 희성은 꽈당 소리만 내고 비교적 조용히 쓰러졌다.

클럽 경비원들이 달려왔다. 정현이 눈치를 주자 인후가 일어나 괜찮다는 듯 미소 띤 얼굴로 그들을 물러나게 했다. 정현은 테이블 위로 뻗은 희성의 귀에 속삭였다.

"안 일어나는 게 좋을 거야. 그게 덜 맞아."

이미 기절한 희성은 정현의 자상한 충고를 듣지 못했다.

혜경은 클러치 백에서 지갑을 꺼냈다. 그리고 지폐를 모두 꺼내 쓰러진 희성에게 던졌다. 구겨진 지폐들이 공중에서 흩날렸다. 몇 장 안 됐다.

혜경이 앙칼진 목소리로 말했다.

"데이트 하는 동안 들어간 돈은 반반으로 계산하지. 부족한 건 계좌 번호 찍어서 문자로 보내. 바로 보내줄 테니까."

혜경은 몇 발자국 걷다가 다시 돌아왔다. 그리고 손에 들고 있던 희성의 안경을 킥킥대고 있는 민익에게 던져주고는 사람들을 헤치고 계단을 내려가버렸다. 정현은 클럽에 들어온 이후로 가장 흥이 난 얼굴로 민익과 인후를 번갈아 쳐다보며 말했다.

"주먹은 저렇게 쓰는 거야."

그러고는 홀 쪽을 내려다보았다. 위에서 무슨 일이 벌어졌는지 알 리 없는 홀은 여전히 발 디딜 틈도 없이 음악에 맞춰 춤을 춰대는 사람들로 빼곡했다. 그들을 씩씩하게 헤치고 입구를 향해 걸어가는 혜경의 머리가 보였다.

아무도 희성을 챙기지 않아 그는 여전히 테이블에 쓰러진 채였다. 구경꾼들은 싸움이 끝나자 금방 흥미를 잃고 흩어졌다. 하지만 희성은 정신을 차리고도 일어날 생각을 못했다. 아주 작게 눈을 뜬 희성이 자신을 한심스러운 눈으로 내려다보는 정현에게 속삭였다.

"그런 눈으로 보지 말고, 나 좀 데리고 나가줘……. 쪽팔려서…… 걸어서는 못 나가겠어."

30

"황궁은 처음이지? 어떠냐? 우리 성이 훨씬 낫지?"

아버지가 큼직한 손으로 소녀의 머리를 쓰다듬으며 물어왔다. 소녀와 아버지는 성도(聖都) 황궁의 회랑을 지났다. 그녀는 고개를 한껏 젖힌 채 까마득하게 높은 천장을 올려다보며 걷고 있었다. 석재 창살 사이로 쏟아진 햇빛이 천장에 그려진 그림을 환상적으로 보이게끔 만들었다. 긴 천장에는 신화 속 이야기가 연속된 그림으로 그려져 있었다. 구름이 움직일 때마다 빛도 방향을 틀었다. 그림들이 살아 움직였다. 소녀는 날개 달린 사자가 입을 벌리며 날아오르는 것을 보았다. 하나의 이야기가 끝났다. 소녀는 뻐근해진 목을 옆으로 살짝 꺾고 시선을 내렸다.

아버지가 한참 멀어져 있었다. 모뤄는 일단 생각에 잠기면 딸이 함께 걷고 있다는 걸 잊어버리곤 했다. 황궁으로 들어서고 벌써 세 번째 그 사실을 잊어버렸다. 소녀는 부지런히 달려가 아버지를 따라잡았다. 발소리에 정신이 든 모뤄가 딸을 돌아보며 미안한 표정을 지었다. 소녀는 멀리서 들려오는 병사들의 훈련 소리에 잠시 회랑 바깥쪽을 쳐다보았다. 탑 망루에서 병사들의 머리가 꼼지락꼼지락 움직이는 것이 보였다.

"아니, 저게 누구야."

모뤄는 또다시 딸이 있다는 걸 잊어버린 듯 혼잣말을 하고는 큰 걸음으로 앞서가버렸다. 망루에 있는 병사들이 탑 아래쪽에 있는 다른 병사에게 무엇인가를 던지며 장난을 치는 모습을 보느라 소녀는 아버지가 사라진 줄도 몰랐다. 소녀는 뒤늦게 아버지를 찾아 달렸다. 회랑이 꺾어지면서 소녀는 잠시 방향을 잃었다.

회랑에 크게 울려 퍼지는 아버지의 목소리를 듣고 소녀는 소리가 난 방향으로 달렸다. 모뤄는 다른 사람들과 함께 있었다. 소녀는 옷매무새를 매만졌다. 다른 사람들 앞에서 흐트러진 모습을 보일 수는 없었다. 나이가 어려도 그녀는 귀족가의 여성이었다. 그녀는 우아한 걸음걸이로 소년에게 말을 걸고 있는 아버지를 향해 걸어갔다.

모뤄가 굽히고 있던 허리를 펴고 섰다. 소녀는 그의 우람한 등에 완전히 가렸다. 아버지의 얼굴을 볼 수는 없었지만 그의 목소리가 들떠 있다는 것을 알 수 있었다.

모뤄가 천천히 고개를 끄덕이며 말했다.

"생긴 건 양인데 눈은 늑대야. 늑대들 사이에 던져놓으면 큰일 나겠어. 먹이인 줄 알고 온통 덤벼들겠군. 어느 쪽이 더 큰일일까. 양인 척하는 늑대가 더 큰일일까, 양인 줄 알고 덤벼든 늑대가 더 큰일일까."

소녀는 생각했다. 아빠답지 않은 말투야.

"답지 않게 웬 비유십니까?"

말쑥한 외모의 중년 사내가 빈정거리며 말했다. 소녀는 입을 가리고 웃었다. 모뤄는 딸을 돌아보고는 그제야 생각이 났다는 듯 큰 입을 벌리고 웃었다. 그가 앞에 서 있는 소년을 보며 말했다.

"네게 소개해줄 아이가 있다."

소녀는 모뤄의 손에 이끌려 소년들 앞에 섰다. 모뤄가 말했다.

"내 딸이란다. 리디아, 인사하렴."

성명 의식이 시작되고 한참 시간이 흘렀다. 리디아는 지루함을 잊기 위해 머릿속으로 발음하기에 예쁜 이름이 좋을까, 글로 썼을 때 예뻐 보이는 이름이 좋을까를 저울질해보고 있었다. 하긴 결정을 내린다고 해도 자신의 의지대로 이름을 얻을 수 있는 것이 아니었다. 그녀는 잠이 오는 얼굴로 눈을 한 번 무겁게 감았다 떴다.

'이왕 받는 거 예쁜 이름이었으면 좋겠다.'

그녀는 쏟아지는 박수 소리에 숙이고 있던 고개를 들었다. 한 소년이 두 번째 이름을 받고서 단상을 내려오고 있었다. 리디아는 지루함을 견디지 못하고 입을 가리며 하품을 했다. 그녀를 시작으로 그녀의 오른쪽에 앉아 있던 여자아이가 하품을 하고 그 오른쪽에 앉은 소년이 기지개를 켰다. 하나둘씩 아이들이 지루한 기색을 드러냈다. 리디아는 왠지 그 모습이 웃겨서 한참을 지켜보다가 자신의 왼쪽을 쳐다보았다.

아버지가 소개해준 소년이 그녀 바로 옆에 앉아 있었다.

말수가 없는 소년이었다. 인상도 희미했다. 아무리 눈을 감고 있다지만 저토록 오랫동안 표정 변화 하나 없이 단정한 자세로 있을 수 있다는 게 신기했다. 리디아는 그가 썩 마음에 들지 않았다. 그녀는 시끄러운 것보다 정적을 더 싫어했다. 그녀에겐 소년의 차분한 분위기가 답답함으로 느껴졌다. 리디아는 무릎에 팔꿈치를 얹고 턱을 괸 채, 잠들어 있는 것만 같은 소년을 바라보았다.

이름이…… 그래, 아일. 아일 클레이모어.

조금 긴 듯한 앞머리가 소년의 감긴 눈꺼풀을 스쳤다. 유리 천장을 투과한 햇살이 그의 머리카락에 그대로 스며들어 빛났다. 리디아는 자신들과 따로 앉아 있는 왕자를 보았다. 그리고 그 옆에 앉아 있는 왕도 보았다. 그녀는 왕이 쓰고 있는 금관보다 소년의 금발이 더 눈부시다는 생각을 했다. 위험한 생각이었다. 입 밖으로 내서는 안 될 말이었다.

리디아는 다시 아일을 보았다. 그녀는 반쯤 넋을 잃고 그의 고요한 얼굴을 바라보느라 자신의 손이 그의 머리로 향하고 있다는 것도 깨닫지 못했다.

아일이 감고 있던 눈을 천천히 떴다. 그리고 고개를 돌려 자신이 붙든 손목의 주인을 보았다. 리디아는 머리에 손이 채 닿기도 전에 그에게 팔을 붙잡혔다. 당황한 빛이 역력한 두 눈에 그의 얼굴이 비쳤다. 방금 잠에서 깬 듯 고단한 표정이었지만, 그의 금빛 눈만은 그녀를 완전히 사로잡을 만큼 강렬했다. 진짜 태양처럼.

태양은 바로 볼 수 없지만 그의 눈은 얼마든지 바로 볼 수 있었다. 그녀는 그 점이 몹시 마음에 들었다. 그녀의 변덕스러운 마음이 어느새 그에게 관심을 보이고 있었다.

예쁜 눈이네. 노랗고 붉은, 보석 같아.

그의 손이 감싸고 있는 손목에서 맥박이 빠르게 뛰는 것이 느껴졌다. 아이들의 시선이 느껴졌다. 심장이 손목에 달려 있다니 이상한 기분이야. 그녀의 입가에 치기 어린 미소가 스쳤다. 그녀는 저도 모르게 붙잡히지 않은 다른 손을 들어 그의 눈을 만지려고 했다. 하지만 그 손마저도 붙잡혀버렸다.

"뭐하는 짓이지?"

신경질적인 목소리가 아이들의 주목을 끌었다. 아일의 금빛 홍채 속 검은 동공이 살짝 커졌다. 그가 한 말이 아니었다.

리디아의 입에서 나온 말이었다. 소녀의 어린 목소리에 오만함이 비쳤다. '내가 만지려고 하는데 감히 막아?' 그녀의 유치한 속내가 들려오는 듯해 아일은 속으로 코웃음을 치고 손을 놓아주었다.

리디아는 인상을 찌푸리고 단상으로 시선을 돌렸다. 그녀는 크게 마음이 상했다. 방금 전까지는 기분이 아주 좋았는데.

단상에서는 여전히 끝이 보이지 않는 의식이 진행 중이었다. 시간이 지나도 화가 풀리지 않아 그녀는 미간을 찡그리고서 흘깃 아일을 쳐다보았다. 그는 이미 다시 눈을 감은 뒤였다.

　선예는 교실 앞문에 못 박힌 듯 서 있었다. 2학년 2학기 때 전학을 온
다는 것만으로도 충분히 주목거리였다.
　담임의 소개로 그녀가 교실에 들어서자 잠시간의 침묵 뒤 아이들이
일제히 웅성거리기 시작했다. 선예는 교단에 올라가 아이들의 시선을
한눈에 받을 자신이 없어져버렸다. 선생이 가까이 다가오라는 손짓을
했다.
　"수업 시작해야 되니까 인사들은 천천히 하고, 어디 앉으면 좋을
까……. 아니, 아직도 안 온 녀석은 뭐야?"
　선생이 빈자리를 가리키며 아이들에게 물었다. 맨 뒷자리에 앉아 있
던 혜경이 손을 번쩍 들고 말했다.
　"선생님, 지은입니다!"
　아이들이 킥킥대고 웃었다. 서너 줄 앞에 앉은 준성이 삐딱한 자세로
돌아보며 소리쳤다.
　"거의 매일 지각하는 인간이 하루 지각한 애를 일러바치는 거냐?"
　교실이 순식간에 웃음바다가 됐다. 선예는 자신에게 쏠렸던 시선이
분산되는 걸 느꼈다. 그녀는 관심의 뒷전으로 밀려났다. 긴장이 풀리면
서 선예의 입가에도 아이들을 따라 슬그머니 미소가 떠올랐다.
　젊은 남선생은, 대놓고 말다툼을 하는 혜경과 준성에게 장난스러운
타박을 놓았다. 아이들 사이에 다시 웃음이 터졌다. 시끌벅적한 분위기
의 반이었다. 선생이 선예를 보며 비어 있는 두 자리 중 창가 쪽을 가리
켰다. 선예는 아이들의 호기심 어린 눈길을 받으며 자리에 가 앉았다.

그때 뒷문을 열고 누군가가 들어왔다.

"죄, 죄송합니다."

지은이 선생을 발견하고는 허리를 굽실거리며 얼굴을 붉혔다. 교실에 또다시 폭탄이 떨어진 듯 아이들이 웃음을 터뜨렸다. 선생이 혀를 차며 출석부로 자리에 가 앉으라는 손짓을 했다. 농담을 건네는 혜경의 등을 주먹으로 퍽 치고, 지은은 잰걸음으로 걸어와 자기 자리에 앉았다. 그리고 "어!" 소리를 내며 선예를 보고 놀란 표정을 지었다.

앞자리에 앉은 아이가 전학생이라고 일러주자, 지은은 귀여운 비명을 질렀다. 선예는 그림자라고는 찾아볼 수 없는 웃음을 마주하고 잠시 말문이 막혔다. 지은이 달려온다고 땀이 난 오른손을 하얀 교복에 슥슥 닦고 선예에게로 내밀었다.

"안 그래도 짝이 없어서 서글펐는데 잘됐다."

선예는 지은의 손을 잡지 않고 물끄러미 내려다보았다.

"나는 한지은이야."

선예가 오래도록 가만히 있기만 하자 지은은 고개를 갸웃했다. 결국 지은은 손을 뻗어 선예의 손을 반강제로 잡고 마구 흔들어댔다. 선예는 얼빠진 표정으로 지은을 보며 생각했다. 참 따뜻한 손이네. 성인보다 조금 높다는 아기의 체온처럼 뜨거운 손이었다. 선예는 순간 이상한 마음이 들었다. 맞잡은 손에서 인 파장이 심장을 치고, 심장에서 인 파장이 가슴 전체를 울렁이게 했다. 갑자기 코끝이 찡해졌다.

왠지 몹시도, 그리운 느낌이 났다.

오후 3시경부터 비가 내리기 시작했다.

일기예보에도 없던 비였다. 건물 처마 밑은 비를 피하려는 사람들로 붐볐다. 거리엔 우산을 받쳐 든 사람들보다 손이나 가방 따위로 머리를 가린 사람들이 더 많았다. 비가 그칠 때까지 시간을 때우려는 사람들로 서점과 카페는 때 아닌 호황을 누렸다.

신호등이 빨간불에서 노란불로 바뀌었다. 멈춰 있던 차들이 움직일 준비를 했다. 파란불이 되자, 앞차를 재촉하는 버스의 경적 소리를 시작으로 긴 행렬이 움직였다.

진오는 오른손으로는 우산을, 왼손으로는 새 구두가 든 쇼핑백을 든 채, 서점 빌딩의 맞은편 인도에 서 있었다. 그의 눈이 보통 사람들만큼이나 커져 있었다. 길 건너 빌딩에 선예가 있는 것이 보였다. 그녀는 발치에 서점 로고가 찍힌 쇼핑백을 네 개나 내려놓고 빌딩 안쪽에서 비를 피하고 있었다.

'바로 집에 갔어야 하는 건데.'

학원에서 중국어 회화 수업이 끝날 때만 해도 맑은 하늘이었다. 선예는 이마를 구기고, 허리를 돌려 사람들이 북적이는 대형 서점 안을 보았다. 잠깐 들러서 신간을 본다는 것이 그만 한 시간을 훌쩍 넘겨버리고 말았다. 결국 비가 발목을 잡았다.

문득 든 생각이 있어 선예는 다시 서점을 돌아보았다. 지은이 여우 사장과 밤새 데이트를 했던 서점이 여기였지, 아마? 이 넓은 매장에 두 사람뿐이라면…… 흠.

그 조심성 많은 아이가 사내를 따라 저런 곳에 들어갔단 말이지?

'하여간 엉뚱한 순간에 대담하게 군다니까.'

「내가 그녀의 환생이 아니라면 좋아하지 않겠다고 하면 어떡해.」

선예의 이마가 확 구겨졌다. 전날, 지은이 고민하며 괴로워하던 것이 생각났다.

「그 사람한테…… 대답할 기회를 주고 싶지 않아.」

지은은 선예의 몇 명 안 되는 친구 중 하나였다. 아니, 선예의 친구는 모두 지은 때문에 생겨나고 확장되었다고 해도 틀린 말이 아니었다.

술김에 봐서 어떻게 생겨먹은 남자인지 잘 기억은 안 나지만, 만약 그가 지은을 아프게 한다면, 그것도 무슨 터무니없는 전생 타령 따위로 아프게 한다면, 선예는 자신이 할 수 있는 모든 방법을 동원해 그를 괴롭혀줄 용의가 있었다. 아무렴, 있고말고.

그걸 상상한 것만으로도 선예의 기분은 날씨만큼이나 우중충해졌다.

바로 앞 도로에 서 있던 택시가 빵, 경적을 울렸다. 선예는 바닥을 향해 있던 시선을 들어 올려 앞을 보았다.

그리고 '술김에 봐서 어떻게 생겨먹었는지 기억이 나지 않는 남자'의 얼굴을 마침내 떠올릴 수 있었다.

왠지 부끄러워서 지은에겐 말하지 않았지만, 정현은 혹시나 라야가 외국인으로 환생했으면 어쩌나 하는 생각에, 대학 시절 교양으로 들을 수 있는 외국어 수업이란 수업은 모조리 들었다. 졸업을 하고 나서는 꾸준히 외국어 학원에 다녔다.

인후는 그의 사정을 대충 알면서도, 틈만 나면 이어폰을 귀에 꽂고 사는 정현이 안쓰러워 그가 공부를 할 때면 옆에서 훼방 놓기 일쑤였다.

「애초에 모든 외국어를 한다는 건 불가능하다고.」

그때마다 정현은 씁쓸한 미소를 지으며 이어폰 줄을 만지작거릴 뿐이었다.

지은을 만난 이후론 학원에 나가지 않았다. 그 시간에 그녀와 함께 있는 쪽이 낫지.

하지만 그걸 어떻게 알았는지 지은이 잔소리를 해댔다.

「지금까지 배운 게 아깝지도 않아요? 외국어는 안 쓰면 잊어버린다고
요.」

결국 한 달 전부터 다시 학원에 다니기 시작했다. 일찍이 개인 교습의
자잘한 문제를 경험해본 그는 학원 쪽을 더 선호했다. 그가 원하는 조건
을 모두 갖추고 고급 회화 과정을 진행하고 있는 학원은 한 군데밖에 없
었다. 바로 그 외국어 학원이 있는 빌딩의 1층에는 대형 서점과 은행, 유
명 커피 체인점이 입점해 있었다.

수업을 마친 정현은 프랑스 인 선생과 대화를 하며 엘리베이터를 타
고 내려왔다. 프랑스 인 선생이 말하길, 두 달 뒤면 비자가 만료되어 프
랑스로 돌아가야 된단다. 한국에 다시 돌아올 거냐는 정현의 질문에 그
는 친구와 아프리카로 여행을 가기로 했다고 답했다. 평생의 꿈이었다
고, 충분한 돈을 벌었으니 이제 갈 수 있다고 말하며 그는 스물일곱 살
청년에 어울리는 패기 넘치는 미소를 지어 보였다. 정현은 마주 웃어주
며 생각했다.

'여기저기 다들 아프리카에 가겠다고 난리군.'

두 사람은 커피숍 앞에서 헤어졌다. 프랑스 인 선생이 어설픈 한국어
로 "잘 가요."라고 하자, 정현이 미소 띤 얼굴로 "Au revoir."라고 대꾸했
다.

정현이 어딘가로 전화를 걸었다. 잠시 뒤 수화기 너머로 어머니의 목
소리가 들렸다.

"어머니, 저예요. 물어볼 게 있어서요. 저번에 가르쳐주신…… 요
리……."

누가 그의 어깨를 두드렸다. 정현은 뒤를 돌아봤다.

웬 여자가 웃는 얼굴로 손을 흔들고 있었다. 정현은 '누구지?' 생각하
며 말했다.

"잠시만요. 제가 다시 전화 드릴게요."

그가 전화를 끊자, 여자가 손을 살짝 들어 보였다.

"지은이 회사 사장님, 맞죠?"

"……아."

빨리도 알아보네. 어디가 모자란 게 아니라면 자신의 얼굴을 한 번 봐서 기억을 못하는 남자는 단연코 한 명도 없다, 고 선예는 자신했다. 그녀가 어이가 없다는 듯 웃었다. 정현은 간단한 목인사도 없이 가만히 그녀를 쳐다보다 말했다.

"지은 씨 친구. 정선예 씨. 사막을 지나는 한 마리 새였으면 좋겠다던 분. 미니 선인장."

"어머, 그런 것까지 다 기억을 하고."

그러면서 모른 척을 해?

정현이 우산으로 바닥을 쿵 찍으며 빙글 웃었다.

"머리가 워낙 좋아서."

"그렇다고 치고, 여긴 어쩐 일이세요?"

정현은 손가락 하나를 세워 위를 가리켰다. 선예는 그의 손가락을 따라 고개를 젖혀 위를 올려다봤다. 그가 말했다.

"위에. 회화 학원."

"아, 나도 거기 다니는데. 1시 반 수업."

물을 잔뜩 먹은 스펀지를 한꺼번에 짜내기라도 한 듯 빗줄기가 갑자기 거세졌다. 우산 없이 길을 지나던 사람들이 비명을 지르며 처마 밑으로 숨어들었다. 정현은 누가 옆에서 나뒹굴어도 태연할 듯한 표정으로 선예를 보았고, 선예는 머릿속으로 지은이 울먹이며 말하던 장면을 계속 리플레이했다.

정현이 왼손에 들고 있던 우산을 오른손으로 바꿔 들더니 손목시계를 보았다.

"그럼, 난 이만."

몸을 돌리려는 정현을 선예가 붙잡았다.

"잠깐만요."

선예는 자신의 발아래 놓인 네 개의 쇼핑백을 가리켰다. 정현이 못 알아듣겠다는 표정을 하자, 빈손을 보여주었다. 그래도 정현이 영 못 알아듣겠다는 얼굴을 하자, 선예가 가볍게 콧숨을 내쉬며 말했다.

"우산이 없어요. 차 있죠? 가게까지만 데려다줘요."

정현이 공손한 거짓웃음을 지으며 말했다.

"마음은 그리고 싶은데 제가 바빠서 말이죠."

"신사는 아니로군요."

"예, 신사 아닙니다."

정현은 가벼운 대답만큼이나 산뜻한 미소를 던지고 몸을 돌렸다. 선예는 기가 막힌 표정으로 그의 뻔뻔한 뒤통수를 응시했다.

토요일이었다. 정현은 지은의 집에 갈 생각을 하고 있었다. 지은의 생일 이후로 그는 주말마다 예고도 없이 그녀의 집을 찾았다. 주말 저녁은 지은이 식사 당번이었기 때문에, 예은 동현 남매는 은근히 정현의 방문을 기다렸다. '오늘은 쇠고기 국을 끓여볼까.' 생각하며 우산을 펼치는 정현의 등 뒤로 선예의 목소리가 떨어졌다.

"지은이 고등학교 졸업 앨범 봤어요?"

정현이 천천히 고개를 돌려 선예를 봤다. 선예가 팔짱을 낀 채 묘한 미소를 짓고 있었다.

"지은이는 교복이 참 잘 어울렸죠. 하복이고 동복이고 하나같이 예뻤어."

정현은 실소를 흘렸다. 그리고 고개를 바로 하고 한 발 내디뎠다. 속으로는 '오늘은 가서 앨범을 몰래 찾아봐야겠다.'는 생각을 하면서.

"몇 년 전에 함께 바다에 갔었죠."

우뚝. 정현이 다시 걸음을 멈추자, 선예는 의미심장한 표정으로 눈웃음을 쳤다.

"지은이가 수영복 입은 거 봤어요? 못 봤을걸요. 앞으로도 보기 힘들지 않을까. 그때 남자들이 하도 우리들한테 치근거려서, 지은이가 이제 바다라면 신물이 난다고 했었거든요."

정현은 정지 동작으로 가만히 있더니 조용히 우산을 접었다. 그리고 뚜벅뚜벅 걸어와 선예 앞에 섰다. 선예는 고개를 삐뚜름히 젖히고 정현을 올려다보았다. 정현이 점잖은 목소리로 말했다.

"내가 그런 사람으로 보입니까? 수영복 사진에 넘어가는?"

"비키니였죠, 아마."

선예는 천연덕스럽게 주먹 쥔 손으로 턱을 누르며 회상을 하는 듯한 표정을 지었다.

"친구라서가 아니라 정말 같은 여자가 봐도 예뻤어요. 사진을 안 찍을 수가 없었다니까. 지은이가 어찌나 안 찍으려고 하는지 겨우 몰래 몇 장을 찍었죠. 그럼…… 가보세요."

정현이 기가 막힌다는 듯 웃었다.

"나 참, 어이가 없어서. 정말 내가 그런 사람으로 보여요? 수영복 사진에 넘어가는?"

"예, 알았다니까요. 가보세요."

"정말 내가 그런 사람으로 보여요? 수영복 사진에 넘어가는?"

"알았다니까요."

"정말 내가 그런 사람으로 보여요?"

"……."

"수영복 사진에 넘어가는?"

진오는 화방 문을 열고 들어가면서, 방금 전 함께 차를 타고 떠나던 정현과 선예의 모습을 떠올렸다. 망설이고 망설이다 결국 나설 기회를 놓쳐버렸다. 한심하다, 정말.

그 두 사람은 거기에 무슨 일로 온 걸까? 대화를 나누는 모습을 봐선 아는 사이 같았는데. 지은이 소개해준 걸까? 진오는 답답한 마음에 길게 한숨을 내쉬었다.

'천우의 기회를 놓치다니, 우유부단한 것도 정도가 있어야지.'

「그녀가 당신의 어떤 점을 보고 좋은 사람이라고 생각하는 건지 모르겠어.」

진오는 화방 문을 반쯤 연 채 멈춰 서서 미간을 찌푸렸다.

「우유부단한 데다, 그래, 정작 용기를 내야 할 때에는 내지 않고 쓸데없는 데만 만용을 부리는 점이 가장 최악이야.」

'그래, 정작 용기를 내야 할 때에는…… 내지 못하지.'

진오는 이마에 짜증을 덕지덕지 붙이고 화방 안으로 들어섰다.

"어? 진오 선배!"

화방 주인과 이야기를 나누고 있던 지은이 진오를 발견하고 달려왔다.

"엄청 우연이다! 뭐 사러 왔어요?"

뭣 때문인지 모르겠지만 오늘의 그녀는 조금 들뜬 것처럼 보였다. 지은이가 이렇게 귀여운 아이였나.

'사랑에 빠지면 예뻐진다더니…….'

진오는 피식 웃으며 지은의 머리를 거칠게 헝클어뜨렸다. 지은이 양손으로 흐트러진 머리를 감싼 채 놀란 눈으로 진오를 보았다. 진오도 자기 행동에 놀랐다. 이건 여동생한테나 하는 짓인데. 그가 멋쩍은 듯 흠 흠, 헛기침을 하고 말했다.

"화방에 미술 도구 사러 왔지 뭐 사러 오기는. 넌 뭐야? 파스텔 산 거 야?"

"아, 예. 갑자기 파스텔로 그려보고 싶어져서요. 집에 있는 줄 알았는 데 없더라고요."

지은은 24색 파스텔을 들어 보이며 웃었다. 그러더니 갑자기 생각났 다는 듯 왼손에 들고 있던 상자를 열었다. 뭔가 미묘하게 엉성한 모양의 머핀이 여섯 개 들어 있었다. 지은이 쑥스러운 미소를 지으며 말했다.

"하나 먹어봐요. 내가 만든 거예요."

"정말? 히야, 이런 재주가 있는 줄은 몰랐네."

머핀을 하나 집어 한 모퉁이를 베어 먹은 진오의 얼굴이 점점 굳어갔 다. 감상을 말하고 싶어도 입안 가득 버석한 맛이 들어차 입술을 뗄 수 가 없었다. 그랬다간 밖으로 부스러기가 다 튀어나올 것 같았다. 의외로 담담한 표정인 지은이 진오를 주시하며 말했다.

"역시 맛이 없군요."

진오가 목이 꽉 멘 목소리로 말했다.

"지은아, 네 재능은 다른 곳에 있는 것 같아."

"많이 솔직해졌네요. 예전이라면 그냥 맛있다고 해줬을 텐데."

"네가 더 이상 날 좋아하지 않으니까."

"흥."

지은은 미련 없이 머핀 상자를 덮었다. 진오는 도저히 다 먹을 엄두가 나지 않아 손에 든 머핀을 난감한 눈으로 내려다보았다. 덜 구웠는지 지 나치게 밀가루 색인 머핀의 하얀 단층 위로 방금 전 정현과 선예의 모습 이 둥실 떠올랐다.

"그래, 좋은 생각이 났다."

생각에 잠겨 있던 진오가 불쑥 말했다.

"이러자. 나한테 선예 씨를 소개해줘. 맞아, 그럼 되겠네."

지은이 입꼬리를 내리고 한심스럽다는 눈으로 진오를 보았다.

"선예는 소개팅 안 해요."

"아니, 왜? 네가 소개해줘도? 가장 친한 친구라며?"

"가장 친한 친구든 가족이든 누가 소개해주는 남자는 안 만나는 애예요."

자신을 더 이상 좋아하지 않는다는 지은 앞에서, 진오는 이제 낙담한 표정을 감추지도 않았다.

역시 하늘이 준 기회를 놓쳐버린 거였어. 후회를 해도 이미 때는 늦었다. 진오는 괴로운 심정으로 남은 머핀을 마저 입에 쑤셔 넣었다. 괴로운 심정은 순식간에 배가 되었다.

"들어오세요."

선예가 문을 열고 들어오라는 손짓을 했다. 정현은 빠른 시선으로 북카페 내부를 훑었다. 카운터에 앉아서도 구석 테이블에서 무엇을 하고 있는지 다 알 수 있을 정도로 아담한 크기의 가게였다. 정현은 양손에 들고 있던 쇼핑백을 가까운 소파 위에 놓아두고, 여기까지 데려다준 차비를 바로 요구했다.

"사진."

선예는 카운터 서랍 밑을 정리하다 말고, 앉으라는 듯 소파 위를 가리켰다. 그리고 다시 테이블 밑으로 사라졌다.

정현이 무뚝뚝한 말투로 말했다.

"사진부터 주고 정리하지그래요."

선예가 기막힌 표정으로 카운터 테이블을 짚고 일어섰다.

"가게에 무슨 사진을 갖다 놔요."

정현이 짜증 섞인 말투로 말했다.

"그렇다면 그걸 미끼로 내건 이유가 뭡니까? 가게에 있는 것처럼 얘기해놓고, 지금 나랑 뭐하자는 겁니까? 내가 한가해 보여요?"

"……왜 화를 내고 그래요."

"누가 화를 냈다는 겁니까?"

정현은 억지웃음을 지어 보였다. 선예는 문득 생각난 게 있어 지갑을 열었다.

"저기…… 이거라도 볼래요?"

정현은 한 손을 허리에 올린 채 미심쩍은 눈빛으로 선예가 내민 지갑을 쳐다보았다가 다시 선예를 쳐다보았다. 선예는 미간을 찡그리며 안에 든 사진이 보이도록 두 손으로 지갑을 잡고 활짝 펼쳐 보였다. 정현이 어서 빨리 가져와보라는 듯 손을 까닥거렸다. 선예는 어이가 없다는 듯 코웃음을 치면서도 어느새 그를 향해 걸어가고 있었다. 정현은 꼼짝도 않고 서서 그녀가 바로 앞까지 올 때까지 기다렸다. 자기도 기분이 별로 안 좋다는 걸 표시 내기 위해 선예가 눈썹을 치켜떴지만 정현은 신경도 쓰지 않았다.

그에게 지갑을 건네고, 선예가 팔짱을 끼며 말했다.

"고등학교 소풍 갔을 때 사진이에요. 놀이공원에 갔었는……데……."

선예는 변화하는 정현의 표정을 보고 말꼬리를 흐렸다.

지갑을 건네받은 정현은 투명 비닐 안에 들어 있는 사진을 가만히 손가락으로 매만졌다. 지은의 얼굴을 직접 만지듯 조심스럽게. 당시 그녀의 마음을 들여다보려는 듯 사진을 살피는 그의 눈이 더없이 진지했다.

그녀가 환하게 웃고 있었다. 행복해 보였다. 정현의 입가에 미소가 피어올랐다. 사진 속 그녀는 지금과 별 차이가 없었다. 그때에도 지은의 곁에는 혜경과 준성, 선예가 함께 있었다. 놀이공원의 화단을 배경으로 교복을 입은 네 사람의 즐거운 학창 시절이 손바닥 크기도 안 되는 작은 프레임 속에 선명히 담겨 있었다.

"이때가 몇 학년 때죠?"

사진을 들여다보던 정현이 불쑥 물었다. 선예는 정현의 표정 변화를 살피고 있던 터라 바로 대답을 하지 못했다. 정현이 눈을 들어 선예를 보았다. 그의 눈은 사진 속 지은을 바라보던 애정 어린 빛 그대로였다. 선예는 남자가 그런 눈을 하는 것을 처음 보았다. 한참 뒤 그의 시선을 피하며 그녀가 말했다.

"전학 오고 얼마 안 됐을 때니까, 2학년 2학기 때요."

2학년 2학기. 그럼 열여덟 살. 정현은 다시 사진을 보았다. 그녀가 열여덟 살 때 그는 대학생이었다. 그때 그녀는 소풍을 갔고, 이렇게 웃고 있었구나. 정현은 그 무렵 자신의 모습과 지은의 모습을 동시에 떠올려 보았다.

그가 대학 도서관에서 공부를 할 때, 그녀는 자기 학교 도서관에서 책을 찾았을 것이다. 그가 학생 식당에서 점심을 먹을 때, 그녀는 교실에서 친구들과 왁자지껄 점심을 먹었을 것이다. 그가 동아리 활동을 할 때, 그녀는 운동장에서 뜀틀이라도 뛰고 있었으려나.

그러다가 같은 영화관에서 각자 맨 끝 자리에 앉아 서로가 있는지도 모르고 아쉽게 엇갈리기도 했다. 그녀가 어디에 사는지 같은 하늘 아래 있기는 한 건지, 아무것도 모를 때에도 자신과 그녀는 늘 함께했다. 그녀는 정말 평범한 학창 시절을 보냈구나. 다행이다. 정말 다행이야…….

"맙소사."

선예의 놀란 목소리가 그의 고개를 잡아 올렸다. 눈꺼풀이 들리면서 고여 있던 눈물이 그의 뺨으로 흘러내렸다. 선예는 그만 입을 떡 벌렸다. 그녀는 당황스러움을 감추기 위해 얼른 손으로 입을 가리고 빠른 말투로 말했다.

"지금 우는 거예요? 아니…… 왜 울어? 왜 울어요? 대체 뭘 생각하고 우는 거예요?"

정현은 눈물을 닦지도 않았다. 그냥 웃었다. 우는 걸 감추고 싶은 생각도 없는 것 같았다.

좋은 이유로 우는 것은 감출 필요가 없다. 정현은 지금의 부모님께 그렇게 배웠다. 그리고 예전의 그녀가 말했었다.

「긍정적인 감정은 많이 말하는 게 좋댔어요. 자신에게도, 상대에게도.」

정현은 다시 사진을 내려다보았다.

"고마워요."

"예? 뭐가요?"

정현이 고개를 들어 선예를 보며 웃었다. 선예는 방어적으로 머리를 움찔했다.

"당신도, 혜경 씨도, 준성 씨도. 전부 다 고마워요."

정현은 지갑에서 사진을 꺼냈다.

"이 사진, 필름 갖고 있어요?"

선예는 입을 가리고 있던 손을 내리며 고개를 저었다.

"없죠, 당연히."

"여기 스캐너 없죠? 사진 좀 빌려 가면 안 될까? 다음 학원 수업 시작하기 전에 돌려줄게요."

"······싫어요. 그러다 잃어버리면 어떡해. 나도 아끼는 사진이란 말이에요."

선예는 정현의 손에서 사진을 홱 빼앗아 다시 지갑에 넣었다. 사진이 손에서 떨어지기 무섭게 정현의 얼굴에서도 미소가 자취를 감추었다.

「아니라고 하면 어떡해.」

선예는 심란한 표정으로 정현을 보았다.

「내가 그녀의 환생이 아니라면 좋아하지 않겠다고 하면 어떡해.」

지은을 대신해서 한 번 물어보고 싶었다. 지은이 그 여자의 환생이 아니라면 어떻게 할 거냐고.

"만약······."

선예는 성급하게 뛰쳐나간 말을 붙들었다. 내가 무슨 자격으로? 그 질문을 할 권리는 그 애에게만 있었다.

정현은 선예의 손에 들린 사진을 아쉬운 눈길로 쳐다보다가 쳇 하고 혀를 찼다. 그러고는 들릴 듯 말 듯 작은 목소리로 인사를 하고 가게를 나가버렸다.

선예는 이해할 수 없다는 표정으로 그가 사라진 문을 응시했다. 울기는 왜 울어. 이상한 사람이야. 선예는 왠지 모르게 뜨거워지는 뒷목을 긁적였다. 지갑을 얼굴 가까이 가져와 정현이 그랬던 것처럼 손으로 사진을 가만히 만져보았다. 그 시절의 추억이 손에 잡히는 기분이었다. 그녀의 붉은 입술에도 사진 속, 그 시절의 웃음을 닮은 아련한 미소가 번졌다.

정현이 카페를 떠나고 십 분쯤 지났을까.

선예는 덜컹 하는 소리를 듣고 사진을 보고 있던 눈을 들었다. 오늘은 쉬는 날이라 올라오는 계단에 물건을 쌓아놓았다. 혼자 있는 카페에 누군가가 들어오려고 하자, 선예는 경직된 자세로 문을 응시했다. 잠시 뒤

종소리와 함께 문이 열리고, 그 틈으로 지은이 빼꼼 머리를 내밀었다. 선예를 발견한 지은이 혀를 살짝 내밀며 웃어 보였다.

선예가 지갑을 닫으며 웃었다.

"어쩐 일이야. 오늘 쉬는 날인 거 몰랐어?"

"혹시나 하고 들러봤지. 넌 쉬는 날에도 가끔 나와 있잖아. 예고도 없이 들이닥치는 거, 그거 은근히 기분이 좋더라고."

마지막 말은 혼잣말처럼 작게 중얼거렸다. 선예가 못 알아들었다는 듯 눈을 치뜨자 지은은 고개를 흔들었다.

선예가 테이블에 가 앉으며 말했다.

"너희 사장 못 만났어? 방금 내려갔는데."

"사장? ……정현 씨?"

혹시나 자신이 정현을 따로 만난 것을 기분 상해할까, 선예는 지은의 눈치를 살폈다. 선예의 정황 설명을 들으면서 지은의 미간에 잡힌 주름이 깊어갔다.

지은이 팔짱을 끼고 중얼거렸다.

"수영복…… 사진……. 그런 게 있었나?"

"그 남자한테 줘도 돼?"

"당연히 안 되지. 그런데, 두 사람이 같은 학원 다니는 줄은 몰랐네."

지은이 주섬주섬 뭔가를 테이블 위에 올려놓았다. 선예가 고개를 끄덕였다.

"나도 처음엔 못 알아봤어. 그때랑 조금 다른 인상이라."

"술을 그렇게 마셔놓고 기억은 해? 기억을 한 게 용하다. 점심은 먹었어? 배 안 고파?"

지은은 머핀 상자의 뚜껑을 열었다. 그녀가 직접 만들었다는 말에 선예는 떨떠름한 표정으로 머핀을 받아 들었다. 울퉁불퉁하게 생긴 머핀이었다. 선예는 테이블에 놓인 자신의 지갑을 보며 머핀을 한입 베어 물었다. 연인의 사진을 보고 눈물을 흘리는 남자라……. 과연, 그토록 애틋한 인연이다 이거지? 전생? 죽음도 갈라놓지 못하는 사랑? 그럼 뭐해. 한쪽은 기억도 못…….

혀가 맛을 감지하자 선예의 선 고운 눈썹이 꿈틀했다. 머핀은 생긴 것만큼이나 맛도 더럽게 없었다. 선예가 "에이 씨." 짜증을 내며 머핀을 내려놓았다.

"반찬도 못 만드는 애가 무슨 빵을 만들어. 밀가루 맛밖에 안 나잖아."

"정말 그렇게 맛이 없어? 나름대로 색깔이 예쁜 걸로 골라 왔는데."

"설마 너, 맛도 안 본 거야?"

지은은 당당한 표정이었다. 그녀의 성의를 생각해서 선예는 한 번 더 머핀을 먹어보았다. 그리고 다시 얼굴을 일그러뜨리며 일어섰다. 냉장고로 가 주스를 찾았다. 지은이 입술을 불뚝 내밀고 실망스러운 눈빛으로 머핀 상자 안을 들여다보았다. 가장 작은 머핀을 꺼내 들었다. 머뭇머뭇하다가 끄트머리만 살짝 베어 물었다. 그리고 입을 오물거리며 천천히 맛을 음미했다. 이윽고 지은이 고개를 끄덕이며 말했다.

"정말 맛이 없구나. 회사 거랑 비교하면 이건 빵도 아니네. 정현 씨한테 먼저 안 먹인 게 다행이다."

"나로 테스트를 한 거야?"

선예가 눈을 흘기며 페트병째로 주스를 들이켰다. 갑자기 제빵은 왜한다고 난리래. 입가로 흘러내린 주스를 소매로 훔친 뒤 선예가 말했다.

"저번 주부터 상담 받는다며? 효과는 있는 거 같아?"

지은은 눈가를 찌푸리며 팔짱을 꼈다.

"그러려던 건 아닌데 어째 자꾸 분위기가 연애 상담으로 흘러가."

"맞잖아. 연애."

"아니야. 중요한 건 꿈이지. 내가 꾸고 있는 꿈이 진짜 내 전생인가, 전생이 맞다면 왜 자꾸 잊어버리는가, 완전히 기억하는 방법은 없는가. 그런데 선생님은 뾰족한 답변도 안 해주고 자꾸 나보고만 말하라고 하잖아."

지은이 갑자기 입술 앞에 손가락을 치켜세우며 누가 듣기라도 하는 것처럼 목소리를 낮춰 말했다.

"상담 받는다는 거, 정현 씨한테는 비밀이야."

"더 만날 일도 없어."

선예는 크게 심호흡을 한 뒤 남은 머핀을 몽땅 입에 털어 넣었다. 완전히 다 넘기지는 못하고 텁텁한 맛이 입을 가득 채운 가운데 선예가 힘겨운 목소리로 말했다.

"그래도 호두도 들어 있고 제법이네."

"호두? ……미안, 밀가루를 제대로 안 섞었나 봐."

"에이 씨, 퉤!"

지은은 백에서 티슈를 꺼내 테이블로 온 선예에게 건넸다. 선예는 껄끄러운 맛이 남은 혀를 주스로 헹구고 지은을 째려봤다. 지은은 깍지 낀 손으로 턱 밑을 받치고 진지한 말투로 말했다.

"레시피대로 했는데 왜 그렇지? 역시 인터넷은 믿을 게 못 돼."

"믿을 수 없는 건 네 요리 솜씨야!"

31

『다음번엔 저희가 일본으로 가겠습니다.』

정현이 공손한 일본어로 일본 협력 업체의 사람들을 배웅했다. 회의는 각자의 언어로, 인사말은 상대의 말로. 회의는 내내 통역으로 진행된 터라 일본인들은 상대 측 대표가 일본어를 해오자 살짝 놀란 표정을 했다. 정현이 예의 바르고 유창하게 배웅의 말을 건네자 일본인들은 안 그래도 회의 내내 흡족했던 마음을 표정에 그대로 드러냈다.

"네가 내려올 것까진 없었는데."

그들을 태운 차가 눈에 보이지 않게 되자 인후가 말했다.

정현이 웃었다.

"그런 데 자존심 세우지 말고 유하게 넘어가."

정현이 몸을 돌려 빌딩 안으로 들어왔다. 쫓아오는 인후에게 그가 말했다.

"젊고 유능하고 예의까지 바른 대표가 있는 회사라고 입소문 나면 좋잖아?"

"예에, 대표님 말씀이 옳습니다. 오늘 나 일찍 좀 퇴근해도 돼?"

"일찍도 아니잖아? 퇴근해. 오늘 은혜 씨 생일이지?"

"……네가 왜 남의 마누라 생일을 기억하고 있어?"

"머리가 너무 좋아서. 뭘 정색하고 그래?"

인후는 새끼손톱으로 눈썹을 긁적였다. 짧게 인사를 나누고, 두 사람은 서로 몸을 돌렸다. 엘리베이터에 올라탄 정현이 부드러운 미소를 지으며 목례를 하자 직원들이 인사를 건넸다. 정현이 누구에게랄 것도 없이 물었다.

"퇴근 시간인데 다들 다시 올라가는 겁니까?"

"애인이 사무실에서 기다리고 있어서요."

넉살좋게 생긴 뚱뚱한 남자 직원이 웃으며 그의 말을 받았다.

"애인?"

"네. 책상 위에서 항상 절 기다리고 있죠. 반듯한 네모 얼굴에, 조명이 없을 땐 빛이 되어주고, 저랑 영화도 같이 봐주고, 주말에 하루 종일 게임을 해도 불평 한 마디 없는, 심지어 일도 같이 해주는 사랑스러운 애인입니다."

"인간적으로는 슬픈데, 사장으로선 참 고마운 분이네요."

사람들이 일제히 웃음을 흘렸다.

7층에서 직원들이 우르르 내렸다. 뚱뚱한 남자 직원이 마지막으로 내리면서 정현에게 고개를 까닥였다. 문이 닫히는 틈으로 남자 직원의 눈이 엘리베이터에 남아 있는 여자에게 눈길이 닿는 것을 보고 정현도 자연스럽게 그쪽을 보았다. 정현이 말했다.

"고장 난 엘리베이터 놀이 할까?"

구석에 기대서서 무표정한 얼굴로 정현을 응시하고 있던 지은이 허리를 곧추세웠다.

"CCTV가 없다면 그것도 재밌겠죠."

손엔 머핀 타워표 커피 컵을 들고 있었다. 지은이 커피를 홀짝이며 엘리베이터 문 쪽을 바라보고 섰다. 부하 직원의 모습을 하고 있는 그녀에게 정현이 말했다.

"오늘은 지은 씨가 결정할 차례야. 뭐 하고 싶어?"

잠시 후 지은은 컵을 입술로 가져가면서 자그마한 목소리로 말했다.

"칵테일이요."

"칵테일?"

"칵테일을 종류별로 마셔보고 싶어요."

"술을 실컷 마셔보자 이거지? 오늘은 늦게까지 취한 채로 있고 싶다?"

금세 발끈해 쏘아붙일 거라 생각했는데, 지은은 다소곳이 커피를 홀짝일 뿐이었다. 정현이 웃다 말고 경직된 표정으로 말했다.

"정말이야?"

"……아니에요."

방금 그 대답 사이의 간극은 뭐야? 정현이 눈썹을 치켜 올렸다. 그녀의 얼굴 위로 쑥스러운 것 같으면서도 도발적인 미소가 번졌다.

순간, 엘리베이터가 덜커덩 멈춰 섰다.

"……"

"……"

정현은 엘리베이터 LED 화면을 보았다. 숫자는 15층에서 멈춰 있었다.

정현이 인터폰을 눌렀다. 거의 동시에 스피커에서 관리인의 목소리가 들렸다.

– 계시죠?

"네, 사람 있습니다."

– 에고, 이놈의 엘리베이터가 요즘 고장이 잦네요. 고친다고 고쳤는데 아예 통째로 뜯어고치든가 해야지. 잠시만 기다리세요. 금방 꺼내드릴게요.

관리인의 느긋하고 길다면 긴 답변이 끝나고, 잠시 불편한 침묵이 흘렀다. 정현은 CCTV를 흘깃 쳐다보고는 지은의 정수리를 쳐다보았다. 지은은 그런 제안을 해놓고 이런 상황에서도 큰 동요 없는 얼굴로 엘리베이터 문만 쳐다보고 있었다.

정현은 괴로운 한숨을 삼켰다. 그가 원망스러운 눈으로 그녀를 쳐다보았다.

본인이 얼마나 잔인한 짓을 했는지 알까. 그가 그녀를 얼마나 원하는지 알면 해서는 안 될 말이었다. 농담으로라도 그런 여지를 주어서는 안 된다. 정말 그를 원하는 게 아니라면 그런 틈도 보이지 말아야 한다. 지금까지 그래왔듯이.

그녀가 항상 그의 반 장난스러운 유혹에 파르르 화를 내며 거부해왔기에 그는 마음 놓고 자신의 욕망을 농담 삼아 드러낼 수 있었다.

그녀의 집 소파에 함께 앉아 있다가도 어쩌다 서로의 다리가 스치기라도 하는 날엔 온몸이 비명을 질러댔다. 그녀의 숨결이 맨살에 닿기라도 하면 그녀를 향해 움직이려는 손을 멈추기 위해 팔 근육을 아플 정도로 긴장시켜야 했다. 그는 그녀를 생각하는 것만으로도 몸이 뜨거워지는 사람이었다.

겉으로는 신사다운 척 웃는 얼굴로 그녀의 얘기에 대꾸를 하고 있지만, 속으로는 그녀의 손이 몸을 어루만지면 얼마나 기분이 좋을까, 그만 생각을 한다. 만약 그녀가 그의 머리를 들여다볼 수 있다면 그가 만들어낸 원색적인 장면들에 아마 경악을 할 것이다.

그녀는 자기가 가끔씩 얼마나 유혹적으로 웃는지 알까. 알 리 없다. 알면 그런 식으로 웃지 않을 테니까. 그녀의 눈썰미가 조금만 더 좋았다면, 그녀가 그렇게 웃을 때마다 그의 입가가 딱딱하게 굳는 것도 눈치챘을 것이다. 그때마다 몸이 뛰쳐나가는 걸 막기 위해 그가 허리를 꼿꼿이 세우고 주먹을 움켜쥐고 있다는 것 또한 눈치챘을 것이다.

그녀는 본인이 원하든 원하지 않든, 웃는 횟수만큼 그를 유혹하고, 눈이 마주치는 횟수만큼 그를 신음하게 했다. 어떤 의미로는 그에겐 하루하루가 고문인 셈이다.

최근엔 낮 동안 풀리지 않은 갈증이 꿈이 되어 나타난다. 매번 속는다. 현실에서는 그렇게나 잘 참으면서 꿈속에서는 그녀가 유혹을 하면 유혹하는 족족 넘어간다. 그리고 항상 결정적인 순간에 잠에서 깼다. 장난하는 것도 아니고, 오춘기라고 하더니 정말 그런가 보다. 웃기게도 꿈에서 깨어나 방 천장이 보이면 가장 먼저 느끼는 건 배신감이었다.

꿈에서 깨면 바로 일어나지 않고 침대에 그대로 누워 생각에 잠겼다. 생각하는 것은 항상 같았다. 매번 같은 질문을 던지고 같은 사고의 과정을 거쳐 같은 결론이 나왔다.

정말 때가 왔을 때, 그녀가 진정 나를 원할 때, 나는 과연, 그녀를 안을 수 있을까.

그녀와 하나가 되는 순간, 그가 짊어진 징벌의 짐이 또다시 그녀에게 옮겨 가는 것은 아닐까?

언제 끝날지는 모르지만, 이제 곧 끝나가는 것 같은데, 치러야 할 대가의 시간이 거의 끝나가는 것도 같은데…….

그러기도 전에 그녀와 행복의 정점을 누리면 혹여, 그 빌어먹을 시간을 재고 있던 모래시계가 다시 반대로 뒤집히지는 않을까.

그런 생각이 들면 무서워서 미쳐버릴 것만 같았다. 끓어올랐던 몸이 순식간에 얼어붙어버린다.

같은 짓을 반복할 순 없다. 또다시 그 미친 세월을 버텨낼 자신이 없다.

또다시 그녀를 잃을 순 없어. 두 번은 안 돼.

악몽을 꾸지 않는 날엔 그녀에 대한 꿈을 꿨다. 매일같이 찾아오던 사신(死神)이 왜 찾아오지 않을까, 그 의문에 대한 답은 그녀에 대한 꿈을 세 번째 꾼 날 깨달았다.

그녀의 꿈을 꾼 날은 하루 종일 그녀를 잃을지도 모른다는 두려움에 떨어야 했다. 그것은, 악몽보다 더 끔찍하다.

그가 웃음기 없는 표정으로 말했다.

"좋아. 가."

그의 대답을 들은 엘리베이터가 다시 움직이기 시작했다.

정현이 내리면서 뒤를 돌아보았다.

"안 내려?"

지은이 컵을 들어 보였다.

"휴게실 갔다가요. 먼저 퇴근해요. 곧 쫓아갈게요."

지은은 문이 닫힐 때까지 멀어져가는 그의 등을 물끄러미 쳐다보았다.

커피를 주문하고 기다리는 그 짧은 시간 동안 그녀는 또 깜박 잠이 들었었다. 잠들지 않으려고 정신을 빠짝 차리고 있었는데도 잠시 방심하는 순간을 놓치지 않고 수마(睡魔)가 머리를 눌렀다. 어김없이 꿈을 꿨다. 그녀는 처음으로, 아일과 라야가 입을 맞추고 있는 장면을 보았다. 그것은 충격이었다.

두 사람뿐인 정원.

두 사람은 사람들의 시선을 피해 꽁꽁 숨겨온 자신들의 마음을 모두 드러내고 있었다. 상대의 영혼까지 껴안을 것처럼 서로를 강하게 끌어 안은 채 키스를 나누고 있었다.

지은은 키스를 하는 당사자가 아니라 제3자가 되어 그 모습을 지켜봐야 했다. 꿈속임에도 질투와 분노로 몸이 부들부들 떨렸다. 아일과 라야. 그간 지은의 꿈속에서 서로 애틋한 눈빛을 나누기만 할 뿐, 여태껏

한 번도 그 이상의 행동을 한 적은 없었는데.

내심 안심하고 있었나 보다. 그래, 서로 마음은 있으면서 결국 죽을 때까지 속내를 털어놓지 못했겠지. 그래서 뒤늦게 후회한 그가 저렇듯 자신에게 매달리는 거겠지.

나는 다르다. 나는 다른 세상에 살고 있다. 그와 결혼도 할 수 있고 원한다면 얼마든지 사랑을 나눌 수도 있다. 그녀와는 다르다. 그렇게 알게 모르게 우월감을 느꼈나 보다.

연인인 두 사람이 키스를 하는 게 뭐 어떻다고, 라야는 자신이라고, 마음을 달래도 봤지만 소용이 없었다. 얼마나 강렬한 감정인지 꿈에서 깨고도 장면이 잊히질 않았다. 다른 꿈은 그렇게도 빨리 흐릿해지더니.

두 사람의 몸짓은 다소 다급하게까지 보였다. 그대로 정사로 이어지는 것이 당연할 정도로 격렬한 모습이었다. 그것이 마지막 키스라도 되는 양 두 사람은 뜨겁게 서로를 껴안고 열렬히 상대의 입술을 찾았다. 그들에겐 항상 마지막 포옹이고 마지막 입맞춤이었다. 라야가 아니면 안 되는 그의 심정이 지은, 자신의 것처럼 생생히 느껴졌다.

미친 사람이 제 옷을 찢어발기듯 심장이 갈가리 찢기는 심정이었다. 한 인간으로서 그의 사랑에 감동했다. 그리고 감동한 만큼 그 사랑이 자신을 향한 게 아니란 생각에 모든 걸 부셔버리고 싶었다. 그 사람이, 저 남자가, 서정현이 사랑하는 사람이 생겼으니 자신을 놓아달라고 애원하는 것만 같았다.

차가운 벽 뒤로 몸을 숨기고 주저앉아 귀를 막았다. 두 사람 간의 밀어를 듣고 싶지 않았다. 두 사람이 서로를 원하며 서로를 부르는 소리도 더 이상 듣고 싶지 않았다. 그런 호기심은 없다. 궁금하지 않아. 아무것도 궁금하지 않아! 그의 과거 따위는 알고 싶지 않아. 두 손으로 양쪽 귀를 단단히 막은 채 고개를 빠르게 가로저었다.

이해할 수가 없었다. 어째서, 이건 내 꿈인데……. 이게 진짜 내 전생이라면, 라야가 나라면 내가 왜 이런 기분을 느껴야 되는 거야? 왜 그녀가 아니라 다른 사람의 눈으로 이런 장면을 지켜봐야 되는 거야! 왜 이토록 마음이 아픈 거야! 정말 이게 내 전생이긴 한 거야? 혹시 다른 사람이 아니고?

생각이 거기까지 미치자 몸이 얼음장처럼 차갑게 식어버렸다. 내리쬐는 햇볕은 너무나 따뜻한데, 지은은 지독한 추위를 느꼈다. 발끝이 동상에라도 걸린 듯 아파왔다. 그녀가 망연자실한 표정으로 중얼거렸다. 그만해, 이제.

퇴근 후, 지은이 약속 장소로 왔을 때 정현은 통화 중이었다. 미소까지 짓고.

업무상 짓는 예의 바른 웃음이 아니었다. 그녀와 함께 있을 때나 짓는 편안한 미소였다. 지은은 창 밖을 바라보고 있는 그의 눈에서 그가 자신에게 늘 보내오던 것과 비슷한 종류의 애정을 읽었다. 저런 표정으로 웃는 건 나만 보고 해줬으면 좋겠어. 가슴이 콩알만큼 쪼그라드는 게 느껴졌다. 숨통도 함께 쪼그라드는 기분이었다.

지은을 발견한 정현이 전화를 끊었다. 지은은 그의 휴대전화에 흘깃 시선을 주었다가 빙긋 웃으며 자리에 앉았다. 그리고 그냥 한 번 물어본다는 식으로 가볍게 물었다.

"누구 전화예요?"

"별거 아니야."

별거 아냐? 지은의 웃고 있는 입가가 살짝 굳었다. 정현이 테이블 위로 몸을 수그리며 싱글거렸다.

"우리 엄청 오랜만에 만나는 것 같지 않아?"

"오랜만은 뭐가 오랜만이에요. 매일 보잖아요."

지은이 툭 내뱉듯이 말했다.

왜 또 저러는 거래? 정현은 손을 들어 종업원을 불렀다.

뭔가 내내 불만스러운 기색이던 지은은 칵테일이 나오자 금세 표정이
풀렸다. 술이 들어가니까 기분이 더 좋아졌다. 약간 흥이 난 듯 어린아
이처럼 이런저런 얘기를 알아서 늘어놓았다.

세 잔까지는 아주 기분이 좋아 보였다. 별로 취한 것 같아 보이지도
않았다. 정말 멀쩡해 보였다. 정현이 말리는데도 굳이 네 잔째 칵테일을
주문해 마시더니 결국 혀가 꼬부라지기 시작했다.

정신을 잃는 건 한순간이었다.

딱 한 모금. 정현이 화장실에 다녀온 사이 다섯 잔째 칵테일로 두 번
째 스크루 드라이버를 주문한 지은은 딱 한 모금을 마시고는 그대로 테
이블에 머리를 박고 쓰러졌다.

놀란 정현이 테이블 위로 몸을 숙이는데, 강시처럼 몸을 벌떡 일으킨
지은이 흐리멍덩한 눈으로 그를 찾았다. 눈빛을 제외하고는 정상으로
보였다. 혹시 연극을 하는 건 아닐까? 정현은 잠깐 그런 생각을 했다.

지은은 그가 한 번도 들어본 적이 없는 목소리로 투정을 부리듯 말했
다.

"전부 다아아아 마음에 안 들어!"

이 여자가 취했구나. 정현은 다시 자리에 앉았다.

지은은 갈증이 나는지 목을 만지더니 손가락을 세워 그를 가리켰다.

"그냥 평범하게 흰색 셔츠로 입으면 안 돼요?"

"뭐?"

앞뒤 다 잘라내고 하는 말이라 알아들을 수가 없었다. 정현이 되묻자
지은은 테이블 위로 몸을 뻗어 그의 셔츠 자락을 잡아당기며 말했다.

"이거, 이거. 검은색 셔츠는 왜 입은 건데요?"

그렇게 말하고 지은은 배시시 웃었다. 그리고 알겠다는 듯이 손가락을 흔들었다.

"알겠다. 시크해 보이려고."

"……그런 생각, 해본 적도 없어."

정현은 터무니없는 지적에 어이가 없다는 듯 웃었다. 그녀의 말에 대꾸할 필요가 있을까. 이미 그녀는 제정신이 아니었다. 생떼가 본격적으로 시작됐다.

"본인이 잘생긴 거 안다면서? 그럼 좀 특이한 거 입어도 되잖아. 형광 연두색이라거나……."

"그래, 형광 연두색 셔츠를 파는 곳을 알면 꼭 알려줘."

"셔츠 단추는 왜 세 개나 풀어헤친 건데? 누구를 유혹하려고! 몸에 그렇게 자신 있어요?"

"세 개가 아니라 두 개야. 그리고 요즘 누가 단추를 끝까지 채워 입어?"

"동현이는 그럽디다!"

"그건 교복이잖아."

"교복이랑 다를 게 뭔데! 다 맨몸 가리려고 입는 거지."

그러고는 감정이 북받쳐 오르는 듯 울먹거리는 목소리로 말했다.

"나한테는 애인 있다고 말하라고 해놓고는, 자기는 막 그런 식으로 섹스어필이나 하려고 하고……."

"그건 또 무슨 억지야."

"나한테는 애인 있다고 말하래놓고는……."

"결혼반지라도 끼고 다닐까?"

정현이 왼손 약지를 만지작거리며 옅게 웃었다. 지은은 그의 말을 듣고 있지도 않았다. 자기 말만 하기 바빴다.

"그리고 아까 그거, 그거…… 통화는 누구랑 한 거예요? 헤벌쭉 실없이 웃기나 하고."

"어머니 전화야."

그 말은 알아들은 건지 지은은 멋쩍은 표정을 지으며 뒷머리를 긁적였다. 그리고 혼잣말처럼 중얼거렸다.

"하여간 다 마음에 안 들어. 생긴 것도 마음에 안 들고 목소리도 마음에 안 들고 옷 입은 것도 마음에 안 들어."

"질투해줘서 고마워. 자, 어떡할래? 잠깐 자고, 술 깨면 집에 갈까?"

"자기는 누가 잔다는 거예요!"

지은의 커다란 목소리가 좁은 방 안에 울려 퍼졌다.

정현은 웃는 얼굴로 그냥 눈을 감아버렸다. 지은은 몇 번 그에게 말을 걸다가 대꾸가 돌아오지 않자 혼잣말을 하기 시작했다. 잠시 뒤 웅얼대는 목소리마저도 완전히 사라졌다. 정현이 살짝 눈을 떴다. 지은은 꾸벅꾸벅 졸고 있었다.

정현은 턱을 괴고 그녀의 얼굴을 바라보았다. 뭣 때문에 그렇게 기분이 상한 거야.

"응, 지은 씨? 뭣 때문에 기분이 상한 거야?"

정말 그녀의 대답이라도 구하려는 것처럼 정현이 낮은 목소리로 물었다. 당연히 대답은 들려오지 않았다. '그때'와는 상황이 다르다는 것을 알면서도, 대답이 들려오지 않자 그 사실이 그렇게 슬플 수가 없었다. 비슷한 상황이 기억을 되새김질하고, 기억이 감정에 반응을 일으켰다. 가슴에 오래된 슬픔이 차올랐다.

그의 눈이 살짝 커졌다. 잠에 취한 지은의 몸이 기우뚱 옆으로 기울었다. 정현이 얼른 몸을 뻗어 테이블 위로 그녀를 받았다. 그래도 깨지 않을 정도로 지은은 곤히 잠들어 있었다. 정현은 그녀의 옆자리에 앉아 자신의 어깨에 그녀의 머리를 기대게 했다. 그녀의 몸이 닿아 있는 부위가 뜨거웠다. 그녀의 머리카락을 쓰다듬다가 정수리에 입술을 지그시 눌렀다. 지은이 웅얼거렸다.

"정현 씨……."

정현은 희미하게 웃으며 그녀를 보았다. 잠꼬대로 그의 이름을 부른다는 게 좋았다. 그녀의 눈가에 물기가 고여 있었다. 눈물을 닦아주려고 그녀의 얼굴로 손을 뻗었다.

"좋아해요."

손이 미처 그녀의 뺨에 닿기도 전에 멈췄다. 그의 눈이 방향을 잃고 흔들렸다. 귀 기울이지 않으면 들리지도 않을 만큼 작은 목소리였다. 잘 못 들은 건가? 숨소리를 착각한 건 아니고? 내가 듣고 싶어서 그냥 그녀의 숨소리를 그리 들은 게 아닐까?

그녀는 여전히 잠들어 있었다. 살짝 벌어진 작은 입술이 약한 숨을 간간이 내쉬었다.

"좋아해요……."

심장 뛰는 소리조차 시끄러웠다. 할 수만 있다면 잠시 심장도 멈추게 하고 싶었다. 오감 중 청각만이 곤두섰다. 숨까지 멈추고 그녀의 목소리에 귀를 기울였다. 그녀가 흐느끼듯 말했다.

"좋아해요……."

숨이 턱 막혀왔다. 좋아한다는 말이 머리에 빽빽이 들어차 그 무게감에 고개가 절로 숙여졌다.

지은이 숨 쉬는 걸 대신하여 내뱉듯 말했다.

"좋아해……."

뜨거워지는 눈을 감았다. 이미 연인과 다름없는 관계지만 그녀는 한 번도 좋아한다는 말을 해주지 않았다. 당연하다면 당연한 사실을 그녀의 입으로 확인받는 순간 가슴에 가득 찬 슬픔이 기쁨으로 변했다. 다른 감정은 느낄 수도 없었다. 기쁨밖에 아는 감정이 없다는 것처럼 기쁨만을 느꼈다.

그는 눈을 감은 채 감격스러운, 하지만 조금은 원망스러운 목소리로 말했다.

"그런 얘긴 제정신일 때 하는 거야."

"좋아해……."

눈물이 어린 눈으로 그녀를 보았다. 알면서도, 이미 그녀가 그를 어떻게 생각하는지 알면서도 '좋아한다'는 짧은 말에 어린애처럼 기뻐한다. 말의 힘은 이만큼 크다.

굳이 되돌려 받고자 하는 마음은 없었다. 그녀를 향해 손을 뻗으면서도 그녀가 잡아주지 않아도 상관없다 생각했다. 그냥 이런 사람이 있다는 것만 알면 된다고, 당신을 이만큼 소중히 여기는 사람이 있다고, 그것만 알면 된다고. 예전에 당신이 존재만으로 나를 살려냈듯이, 나도 당신에게 그런 존재가 되는 것으로 충분하다 여겼다.

그런데 욕심이 생겼다.

이왕이면 당신의 가장 가까운 곳에 있는 이가 나였으면 좋겠어.

"좋아해……. 좋아……."

정현은 자신의 입술로 그녀의 입을 막았다. 좋아한다는 말이 그의 입 속으로 사라졌다.

문득 두려움이 커져서 그녀의 고백을 삼켰다. 신의 보물을 훔친 도둑의 심정이 이럴까. 애써보지만 결코 숨길 수 없다는 걸 알기에 그녀를 담은 심장이 미친 듯이 뛰었다. 아예 더 뜨겁게 만들어 심장을 태워버릴까? 그러면 아무도 모르지 않을까. 그녀를 안고 있는 몸이 애처롭게 떨렸다.

　지은이 그의 허리를 꼭 껴안았다. 정현은 입술을 살짝 떼고 그녀를 보았다. 지은은 여전히 눈을 감고 있었다. 그 평온한 이마에 가볍게 입을 맞추었다. 하나처럼 맞닿아 있는 두 심장이 같은 박자로 고동쳤다. 정신이 들자 그의 예민한 감각이 그녀의 모든 것을 잡아냈다. 그녀의 체온, 그녀의 향기, 그녀의 살결, 그녀의 숨소리, 그리고 그녀의 입술. 붉은 입술이 살짝 벌어진 채 그를 불렀다. 가슴에서 흘러넘친 감정이 머리 꼭대기까지 차올라 이성 따윈 남아 있지 않았다.

　정현은 지은의 얼굴을 감싸 쥐며 입술을 내렸다. 지은은 본능적으로 그를 받아들였다.

　입맞춤은 그가 그녀를 기다려온 세월만큼 길고 느렸다. 피와 섞여 돌아가는 술기운이 두 사람의 몸을 더 뜨겁게 만들었다. 그리고 서로의 혀가 뒤엉키는 순간 그것이 도화선이 되어 더욱 맹렬히 타올랐다. 두 사람의 입술이 떨어졌다가 다시 포개지기를 수차례, 참을 수 없는 신음과 흐트러진 호흡이 공기를 흔들었다.

　방 안 공기가 짙어질수록 그의 자제력도 함께 흔들렸다. 그녀의 어깨 위로 흘러내린 머리카락을 손으로 헤집고 그녀의 하얀 목덜미에 입술을 묻었다. 그의 뜨거운 입술과 혀가 목에 닿자 지은이 몸을 떨었다. 그녀가 흐느끼듯 그의 이름을 불렀다.

　정현의 눈이 번쩍 뜨였다.

　열로 흐릿하던 눈동자에 차가운 빛이 돌아왔다. 그녀의 치맛자락을 허벅지 위로 끌어올리던 손을 멈추었다. 욕망을 해소하지 못한 손끝이 갈 곳을 찾지 못해 덜덜 떨렸다.

　그래서 그녀의 등과 머리를 더 단단히 붙잡고 자신의 품으로 깊숙이 끌어당겼다.

격렬함이 사라진 뜨거운 공기는 그녀에게 안온감을 안겨주었다. 지은은 그의 품속에서 다시 깊은 잠에 빠져들었다. 그녀의 뺨에 얼굴을 갖다 댔다. 흥분이 채 가시지 않은 그녀의 숨소리가 자신의 것처럼 들려왔다. 그녀의 귓가에 바싹 다가가 있는 그의 입술이 할 말이 있는 것처럼 달싹거렸다. 마음이 넘쳐서, 애정이 넘쳐서 도저히 말로 내뱉지 않고는 버텨낼 수가 없었다. 살기 위해, 숨을 뱉듯 마음을 내뱉었다.

"사랑해……."

Part 6.

32

거친 비바람에 막사의 휘장이 풀럭였다. 굵은 빗줄기가 벽과 지붕을 두드렸다. 그 소리에 홀려 입구라도 열어주면 검은 귀신이 달려들 것만 같은, 시커먼 어둠이 막사 바깥에 자리했다. 아일은 로카비가 천을 찢어 컬레이의 허리 상처를 동여매는 것을 지켜보았다. 그는 컬레이의 왼팔이 멀쩡한 것을 보고 이것이 꿈이란 것을 알았다. 다음 전투에서 팔을 특별히 잘 챙기는 게 좋을 거라는 충고를 해주고 싶었지만 입이 떨어지지 않았다.

"스물셋쯤 되면 결혼을 할 겁니다."

컬레이가 히죽거리며 말했다. 로바키가 야유하는 듯한 말투로 대꾸했다.

"네 재주를 감안하면 촉박한 계획이네. 짝부터 찾고 얘기하는 게 어때?"

"고향에 있다고 하지 않았습니까?"

"뭐라고? ……허풍 떠는 거라고 생각했지. 너 같은 놈을 기다리는 여자가 있단 말이야? 네가 없는 틈을 타 다른 놈의 고백을 받지 않았을까? 돌아가보니 이미 임신 육 개월째라거나."

"질투는 기껍게 받아들이겠습니다. 여기 오기 전에 약속을 했지요. 살아 돌아가면 고향 경비대 장교에 지원할 테니 같이 살아달라고."

"청혼을 했다고? 이야, 이거. 에드가, 이놈 봐. 우리보다 훨씬 어른이잖아?"

"살 확률보다 죽을 확률이 높은 놈이 출정 전에 그런 약속을 받아둔다는 게 못된 건지 알면서도, 그렇게 약속이라도 하면 살아 돌아가겠다는 의지가 더 강해질 것 같았습니다."

"너, 책 좀 읽으라니까. 원래 전쟁 나가기 전에 결혼 약속 같은 거 하면 그놈은 못 돌아가."

"꼭 그렇게 못돼 처먹은 말을 해야 속이 시원합니까?"

"이 자식이, 눈 튀어나오겠다! 어디다 대고 바락바락! 결혼할 여자 있다고 네가 뭐라도 되는 줄 알아? 위계질서가 엉망이야!"

로바키는 컬레이의 목을 조르고 컬레이는 로바키의 얼굴에 침을 튀겨가며 소리를 지르는 모습이 아득하게 느껴졌다. 꿈속의 아일은 두 사람에게 조용히 하라고 말했지만, 꿈을 꾸고 있는 아일은 그러지 않아도 되는데 라고 생각했다. 싸우는 두 사람의 목소리가 암전하듯 잦아들고, 요란한 빗소리가 귀에 가득 고였다.

정오부터 더위를 식히는 소낙비가 내렸다.

머릿속 진득한 상념도 씻어 내리는 듯한 굵은 빗줄기가 창틀을 쳤다. 아일은 경비대 입구로 누군가 우산을 쓴 채 뛰어들어 오는 것을 보고 유리창에 서린 김을 손가락으로 닦아냈다. 잠시 뒤 방문이 열리고 메이튼이 들어왔다. 급히 뛰어왔는지 우산을 썼는데도 메이튼의 어깨는 반쯤 젖어 있었다. 아일이 돌아서자, 메이튼이 말했다.

"확인했습니다."

아일은 메이튼에게 자신을 일주일째 쫓아다니는 사내의 뒤를 밟아보라고 일러두었다. 문이 닫히면서 다시 빗소리가 방 밖으로 밀려났다.

메이튼이 다가와 말했다.

"샤모아의 수하였습니다."

아일이 한쪽 눈썹을 치켰다. 전혀 뜻밖의 이름이 나왔다.

"그 샤모아 은행의 샤모아입니다. 원래 타본을 생산지 삼아 차 무역을 하던 사람인데, 타본 자기 유행 때 큰돈을 벌어 기번 은행을 인수했다지요. 이십 년 전, 대홍수 때 왕실에 삼십만 드루를 기부하면서 서임의원이 되었습니다."

"아, 부자셨군."

아일은 아버지를 뵈러 들렀던 공회에서 왕정파 의원과 격론을 벌이던 샤모아의 얼굴을 떠올렸다. 샤모아의 날카로운 눈매와 능글맞은 인상에서 정치인과 상인의 얼굴을 동시에 떠올렸던 것은 헛짚은 게 아니었다.

"공화파 내에서도 강경파 인물입니다. 서임의원이라면 오히려 평민들과 거리를 두려고 하기 마련인데 시민운동에도 지원을 아끼지 않는다고 하네요. 윗대에 희미하게 귀족 피가 섞여 있긴 하지만 조부 대부터는 완전한 평민으로 살아와서 그런지 본인도 스스로의 정체성을 평민이라고 생각한다더군요. 현재 공화파의 입이라고 불리고 있지요."

"입이니 귀니 뭐가 많군. 다이런의 허파도 있겠어."

라야한테 하듯이 실없는 농담을 했더니 메이튼은 못 알아듣고 눈만 끔벅였다. 아일이 물었다.

"자네 아버님은 공회장의 어느 쪽에 앉아 계시지?"

메이튼이 젖은 곱슬머리를 털며 겸연쩍은 미소를 지었다.

"저희 집안이야 이곳 세르노다의 오분의 일도 안 되는 작은 시골 영지를 갖고 있는데요. 자그마한 스툴이 공회장의 오른쪽에 놓이나 왼쪽에 놓이나 신경 쓰는 이가 있겠습니까. 속 편해서 좋지요."

"내 눈엔 똑같은 의자로 보이던데."

아일이 창 쪽을 쳐다보면서 혼잣말처럼 말했다. 메이튼은 주머니를 뒤적여 쪽지를 꺼내 아일의 손에 직접 건넸다.

"샤모아가 묵고 있는 저택의 주소입니다. 본래 세르노다 출신이라고 합니다. 차 무역을 시작할 당시부터 본가를 루바헨으로 옮기기 전까지 살았던 저택을 그대로 소유하고 있습니다. 현재는 별장으로 쓰고 있는 걸로 보입니다. 에른스트 아카데미에 교수로 있는 은사가 은퇴식을 한다고 해서 닷새 전 세르노다에 왔다고 합니다. 은퇴식에나 참석하고 돌아갈 것이지, 왜 남의 뒤꽁무니에 꼬리를 붙이고 난리인지……."

"나도 궁금하군."

아일은 메이튼이 건넨 쪽지를 펼쳐보며 희미하게 웃었다. 메이튼은 그가 세르노다로 온 뒤로 자주 웃는다는 생각을 했다.

아일이 집으로 찾아왔다는 비서관의 보고를 받고 샤모아는 놀란 표정이 되었다. 그는 마시던 차를 넘기지도 않고 입에 담고서 생각에 잠겼다. 이윽고 그의 목이 움직이고 입에 머금고 있던 차가 식도로 넘어갔다. 샤모아가 문 앞에 선 비서관을 향해 짧게 말했다.

"모셔."

잠시 뒤 아일이 예를 표하며 방으로 들어섰다. 샤모아의 날카로운 시선이 아일을 빠르게 훑었다. 아일은 늘 하던 대로 관심과 경계로 범벅된 시선을 능수능란하게 받아넘겼다. 서로에 대한 사전 탐색은 샤모아가 찻잔을 내려놓고 책상에서 일어서는 시간 안에 끝이 났다. 샤모아가 정말 놀랐다는 듯이 흥분한 기색을 과장하며 아일을 맞았다.

"에드가."

조금 빠른 걸음으로 다가온 샤모아가 아일에게 서슴없이 악수를 청했다. 자신의 아들뻘인 아일의 손을 꽉 잡고서 친밀하게 인사를 건네는 자수성가한 정치인의 눈에서, 드러나는 적의를 읽어내는 것은 어려웠다. 오히려 노골적인 호감만이 읽혔다. 샤모아가 걸걸한 말투로 말했다.

"클레이모어 경이라는 호칭보다 이편이 좋겠지?"

"편하실 대로."

"안 그래도 내 꼭 한번 자네를 만나고 싶었어. 바로 닿는 연이 없어서 만남을 아쉽게 미루던 차에 자네가 세르노다로 왔다는 소리를 들었지."

"네, 사람을 보내셨더군요."

단도직입적이고 완곡한 추궁에 샤모아의 웃는 입매가 잠깐 굳었다. 샤모아가 웃음을 터뜨렸다.

"물 건너 장사를 하다 보면 내 눈이 안 보이는 곳에서 무슨 일이 일어날지 몰라 늘 불안하게 돼. 불신덩어리가 되어버려."

샤모아는 아일을 응접 테이블로 안내하면서 말을 계속했다.

"그런 게 쌓여서, 오랫동안 지켜보고 단단히 준비하지 않으면 사업을 쉽게 시작하지 못하게 되어버렸지. 나이가 들어서 조심성이 는 것도 있겠지만 말이야. 기분이 상했다면 사과하지. 아, 차 들어."

하녀가 다과를 가져오자 샤모아가 수더분한 손짓으로 차를 권했다.

"나도 차로 일어선 사람이라 차 하나는 끝내주는 걸로 마시지. 자네 자당의 집안에서 구하는 것만큼 좋은 차라고 자신해."

"세르노다에 남은 일이 있으신 겁니까?"

아일이 정보의 균형을 맞추기 위해 넌지시 물었다. 파이를 잘라 입에 넣던 샤모아가 포크를 입에 문 채 눈을 동그랗게 떴다. 너에 대해 많은 것을 알고 있다고 은연중에 드러내고 있는 샤모아에게 아일이 나 역시 당신에 대해 알아본 바가 있다고 응수한 것이었다.

괜히 다이런의 귀라고 불리는 바르피어가 높이 평가되는 것이 아니었다. 정보는 힘이고, 정보의 불균형은 힘의 불균형과 다름없었다. 그걸 모르는 멍청한 귀족들도 많았다. 그런 귀족들은 공회에 자리를 차지하고 있다 해도 정치인이라고 부를 수 없다. 샤모아는 그렇게 생각했다.

포크를 물고 있는 샤모아의 입이 흡족한 미소를 그렸다. 솔직함을 담은 샤모아의 표정은 소년의 것처럼 호감이 갔다.

"단도직입적인 걸 좋아한다는 얘기는 들었지만, 차 한 잔 마시면서 얼굴 감상할 시간도 안 주는 건가? 좋아. 까놓고 얘기하지."

샤모아가 포크를 내려놓고 두 손을 비볐다.

"우리 쪽에 자네가 앉을 의자를 놓았으면 해."

아일이 작게 콧김을 내뿜었다.

"저는 정치인이 아닙니다."

"언젠가 될 게 아닌가. 모뤄 선제후도 누구보다 오래 전장에 머물렀지만 지금은 검을 지팡이처럼 사용하시지. 아이쿠, 이 소리를 선제후께서 들으시면 묵직한 지팡이 맛 좀 보겠냐고 달려드시겠군. 비밀이네? 정치인이 별건가? 나라 돌아가는 일에 한마디 보탤 수 있으면 정치인이지."

"저희 집안은……."

"왕정파지."

'피는 붉은색이지.'라고 하는 것처럼 이미 알고 있는 것, 당연한 것을 말하듯 확고한 어조였다. 샤모아는 단숨에 이어 말했다.

"공화파가 있기 전부터, 왕정파가 있기 전부터 왕의 충성스러운 기사 클레이모어가. 어떻게 시조를 그렇게 잃은 클레이모어가가 왕가에 그런 충성을 보일 수 있는지 모르겠어. 내가 란 에드가였다면 가문의 명예 회복을 위해 다이런의 검이 되는 대신 황궁으로 쳐들어가 왕의 목부터 베었을 거야."

"……란 에드가는 분명 흉포한 면이 있지만 자기의 깜냥은 아는 사람이었으니까요."

"맞아! 사실 그래서 난 초대 에드가보다 란 에드가가 더 좋아. 어느 정도 사나우면서 영악한 면도 있다는 게 마음에 들어. 라우니트가가 또다시 배신했다는 걸 알았을 때, 란 에드가가 그런 우직한 선택을 한 건 분명 의외였어. 아, 그 노래도 있잖아? 두려움을 모르는 왕이 말하길, 태양은 눈을 감았고, 달도 더 이상 그대의 편이 아니오……."

샤모아는 밝은 느낌으로 노래를 흥얼거렸다. 하지만 노래의 배경이 어두운 탓에 밝은 기운이 점차 잦아들었다.

두려움을 모르는 왕이 말하길,

태양은 눈을 감았고,

달도 더 이상 그대의 편이 아니오

검은 새의 눈이 아무리 어둠에 밝다 하나,

금야는 늑대의 울음소리가 왕의 휘장에 닿지 못할 것이오

기사의 침묵에 승리를 확신한 왕이 고함쳤다네

깃털을 뽑아 피를 닦고, 발톱을 뽑아 바치시오,

약속하건대,

그대를 에워싼 푸른 범들을 물려 이빨만은 남겨주겠소

오만한 기사가 말하길,

늙은 왕이여, 푸른 쥐들을 물러나라 하시오, 검은 새의 발톱은 사납고,

장담하건대,

검은 새는 쥐의 수를 세지 않소

아일은 동료들을 떠올렸다.

연이은 전투로 병사들이 지칠 대로 지친 상황이었다. 창에 기대어 억

지로 잠을 청하여도 어둠이 귀를 파고들고 바람이 어깨를 흔들어 잠도 쉬이 들지 못하는 밤이었다. 입을 떼는 이가 없었다. 고요가 군대를 에워싸고 있었다.

그때 누군가가 저 노래를 부르기 시작했다. 모르는 이가 없는 노래.

당시 다이런 왕이었던 두마란 왕은 차이드 요지에서 격전을 치르고 있던 란 에드가에게 지원군을 보내주기로 해놓고 약속을 어겼다. 차이드에 왕이 있던 시절, 차이드의 왕이 어마어마한 대군으로 에드가의 군대를 둘러싸고 그에게 투항을 권유했다.

란 에드가의 선택은 투항이 아니었다. 그리고 승리하였다. 당연한 패배를 믿기 힘든 승리로 이끈 그에 대한 경외와 찬탄을 담아, 그것을 목격한 차이드 인 혹은 다이런 병사 누군가가 지어 부르기 시작한 노래가 전 대륙에 퍼져 지금까지 이어져왔다.

한 명이 노래를 부르기 시작하자 다른 병사들도 따라 불렀다. 그렇게 군대가 합창을 했다.

'여기 승리의 상징이 우리에게 있다! 승리가 확실한 군대가 무엇을 두려워하는가!'

"그 멋진 노래가 만들어지게 된 것도 어쩌면 두마란 왕 덕분이니 우리 후세들은 그 비겁한 왕에게 감사해야 되려나."

샤모아의 혼잣말 같은 질문에 아일은 회상에서 벗어났다. 샤모아가 턱을 쓰다듬으며 말했다.

"피해자를 선조로 두고 있는 자네 앞에서 이런 얘기를 하는 게 이상하긴 하군. 아, 그렇지. 나는 두마란 왕이 그의 뒤통수를 친 덕분에 란 에드가가 그 어려운 상황을 돌파할 수 있었던 게 아닐까란 생각도 해본 적이 있어. 반드시 살아 돌아가 이번에야말로 저 라우니트가 놈들을 쓸어버리겠어! 이런 마음으로 말이야.”

그렇게 말하고 샤모아는 아일의 기색을 살폈다. 아무 반응도 없었다. 아일은 가볍게 그러쥔 양손을 무릎 위에 올려놓고서, 희미하게 웃는 듯 무표정인 듯한 얼굴로 시종일관 같은 태도를 취하고 있었다. 그도 그런 것이 샤모아의 이야기는 재미는 있지만 그 내용이 너무나 위험스러웠다. 반박하기에는 공감이 가는 말을 하고 있고, 그렇다고 맞장구를 치기에도 애매했다.

“자네가 ‘우리’ 제안을 받아들인다면 자네를 ‘내가 가장 좋아하는 에드가’의 자리에 올려줄 수도 있어.”

능청스러운 말을 하고 샤모아는 소년처럼 웃었다.

샤모아는, 상대의 눈치를 보는 사람처럼 이 젊은 사내 앞에서 주절주절 떠드는 자신이 문득 이상하게 여겨졌다. 적당한 솔직함은 상대의 신뢰를 얻기에 좋은 방법이라는 게 샤모아의 지론이었다. 하지만 아일 앞에서 자신은 너무 솔직해지고 있었다. 마치 평소 존경하고 좋아하던 인물을 만나 그의 마음을 끌고자 애쓰는 소년이 된 기분이었다. 그것도 저 에드가라는 사내가 가진 재주라면 재주일 것이다. 그런 생각을 하고 샤모아는 웃었다.

“사실 우리 둘은 이미 공통점을 가지고 있어.”

어떤 공통점? 아일이 눈으로 물었다.

정말 말이 없는 사내군. 샤모아는 속으로 쓰게 웃었다.

“우리 둘 다, 제2왕자가 죽는 바람에 기분이 더러워지는 경험을 해야 했지.”

샤모아는, 아일이 차를 마시지 않으면 자기도 마시지 않겠다는 듯이 찻잔을 든 채 아일을 눈으로 재촉했다. 아일은 하는 수 없이 찻잔을 들었다. 좋은 차향이 코로 스며들었다. 샤모아가 딱 한 모금 마신 뒤 느긋한 어조로 말을 이었다.

"우리가 제2왕자를 십여 년간 구워삶고 교육하면서 노린 바가 없다는 건 말이 안 되지. 요즘 같은 시대에 착한 왕이 될 수도 있었겠지만, 그렇다고 정말 그 순박한 소년이 왕이 될 거라고 생각한 사람은 아마 공화파 내에서도 없었을 거야. 아쉬워. 알다시피 어린 나이였잖아? 나도 자식을 가진 아비인데 어찌 안 안타까울까. 하지만 세간에서 말하는 것처럼 그것 때문에 우리가 무너지지는 않아."

"의원님, 저는 아직 그쪽에 의자를 놓기로 하지 않았습니다."

샤모아는 그의 '아직'이라는 표현이 마음에 들었다. 아일의 말에는, 자신은 아직 당신네들 편이 아니니 모른 척해주기 어려운 이야기는 더 이상 하지 않는 게 좋을 거라는 경고가 담겨 있었다. 아일은 중요한 얘기는 오히려 말의 행간에 넣어두는 사람이었다. 샤모아는 그 점조차 마음에 들었다. 아일의 정중한 경고에도 불구하고 샤모아는 의도적으로 말을 멈추지 않았다.

"제2왕자가 죽건 말건 뭔 상관이야. 어차피 떠들고 만들고 싸우는 건 정치인들이 하는 건데?"

공화파의 입은 과격하군, 이라고 아일은 생각했다.

"이봐, 에드가. 제2왕자는 상징일 뿐이야. 전쟁에 명분이 필요하듯이 정치는 상징 싸움인 게지. 그런 의미에서 자네는 정말 탐나는 상징이지. 어느 쪽에서든 군침 흘릴 만해. 왕정파는 왕조 시대 충성의 상징으로서, 공화파는 극적인 반전(反轉)의 상징으로서."

아일은 샤모아의 '군침 흘린다'는 표현에서 얼마 전 그를 '새끼 사자에게 던져주는 고깃덩이'에 비유했던 르웨이의 말이 떠올랐다. 이제 와서 르웨이에게 화를 냈어야 했나 하는 생각이 들었다.

아일의 집중에 약간 흥이 난 샤모아가 계속 말했다.

"왕정파니 공화파니 죽일 듯 싸워도 사실 어느 쪽이 이겨도 하루 벌어 하루 먹고사는 이들과는 상관없는 일이야. 공화파가 공회를 장악한다고 해서 갑자기 천지가 뒤집혀 매일 먹을 것이 풍족해지고 내일 죽을 사람이 안 죽는 게 아니란 말이지. 왕정파가 이기면 백성이라고 불리고, 공화파가 이기면 시민으로 불리는 것뿐이야. 호칭이 달라지는 것 외에 무슨 차이가 있나? 저들은 그딴 거에는 관심 없어."

그때쯤 돼서 아일은 마시고 있는 차가 정말 좋은 것이라는 생각을 했다. 이런 자리가 아니었다면 훨씬 더 즐길 수 있었을 것이다. 아쉬웠다.

라야라면 이 차에 대해 풍부한 격찬의 말을 쏟아낼 것이다. 그녀가 또 어떤 괴상한 표현을 할는지 궁금했다.

마부는 눈에 익은 식당을 발견하고 마차를 옆길로 몰았다. 시끄러운 거리의 소리가 잦아들고 마차는 잠시 오르막길을 올랐다. 시원한 바람이 분다 싶어 라야는 마차의 창문을 활짝 열었다. 기지개를 켰다. 깜박 졸았다. 슬픈 꿈을 꾸는 바람에 눈가가 젖었지만 다른 손님이 없어 당황할 일은 없었다. 한 차례 소낙비가 지나간 풍경은 마음이 뻥 뚫릴 정도로 청명했다. 가로수들이 늘어서 있는 아름다운 주택가. 싱싱한 초록 나뭇잎 사이로 여름바람이 불어왔다.

고서점가를 지나 찻집을 두 번 정도 만났다. 적어도 세르노다의 찻집 안에서는 귀족과 평민이 계급의 구별 없이 공간을 공유해야 했다. 승합마차를 호위하듯 길 양쪽으로 빼곡하게 들어선 오래된 목가옥들이 세르노다가 한 번도 침공당하지 않은 도시란 걸 증명하고 있었다. 늦은 시간이라 거리를 다니는 사람은 드물었다. 모두 집으로 돌아갈 무렵이었다. 덕분에 목적지로 가는 긴 길은 오래된 수도원 복도처럼 적막했다. 주택가가 끝나갈 때쯤, 나지막한 언덕이 시야에 들어왔다.

마차에서 내리고 말굽 소리가 멀리 사라지자, 라야는 언덕의 끝을 올려다보았다. 그녀는 포석길을 따라 언덕을 올랐다. 낮다 싶었는데 올라가다 보니 숨이 찼다. 꽤 높은걸, 이거. 눈에 바로 보인다고 높지 않다고 생각했더니.

언덕의 꼭대기에 오르자 잔디가 깔린 평평한 공간이 나왔다.

결코 넓지 않은 면적의 공간 중앙에는 테이블로 보이는 것이 덩그러니 박혀 있었다. 번개라도 맞은 듯 세로로 딱 반으로 나뉜 나무를 또 가로로 토막을 내 테이블처럼 만든 것이었다. 나무 굵기가 한 삼백 년은 산 것처럼 보였다. 가벼운 마음으로 앉기 부담스러울 정도였다. 빛나는 지성으로 무장하고 배움에 대한 이글거리는 열망을 갖춘 뒤에야 착석하기가 덜 송구스러울 듯싶었다. 그 위용이 대단해도, 책이며 필기도구가 올라와 있고 의자로 보이는 둥근 나무토막도 주위에 몇 개 놓여 있으니 테이블이 맞을 것이다.

"세상에……."

라야는 언덕 끝으로 갔다가 비명 같은 감탄의 소리를 냈다. 눈 아래로 세르노다가 내려다보였다. 거대한 성벽처럼 느껴지던 에른스트 아카데미가 자그마하게 보였다. 세르노다의 복잡한 거리도 한눈에 보였다. 경비대 건물도 발견했다. 시장과 항구가 저녁이 되어가자 하나둘씩 불을 켜고 있었다.

그리고 에메랄드빛 바다 아로마니가 있었다. 태초의 광야가 그곳에 있었다. 바람이 생명의 향기를 그녀에게 전해주었다. 수평선에 시선을 두고 라야는 오랜 시간 감동에 젖었다.

아일에게도 이 풍광을 보여주고 싶다는 생각을 했다. 뜬금없이 그가 떠올랐다. 그에 대한 호감 이상의 감정을 깨닫고 요즘 그가 안 보일 때에도 그에 대한 생각을 많이 하긴 하지만 여기까지 와서 그를 떠올릴 줄이야.

올 가치가 있는 곳이었다.

이곳을 알려준 사람에게 고맙다는 말을 해주고 싶었다. 스쳐 지나가던 학생이 "나달 교수가 그 언덕에 눌러 산다지?"라고 말했다. 그 소리를 주워듣고 라야는 이곳을 찾았다. 그 소리만 믿고 여기까지 오다니 무모한 결정이라고 할 수도 있겠지만, 오늘 나달에게서 청강을 허락받지 못한다고 하더라도 라야는 선택을 후회하지 않을 자신이 있었다.

그 정도로 지금 보이는 이 광경은, 정말이지 입이 떡 벌어지는…….

"절경이지!"

등 뒤에서 갑자기 등장한 목소리가 그녀의 어깨를 잡아 흔들었다. 그만큼 인상적인 목소리였다. 소년의 것처럼 높은 어조는 주인의 얼굴마저 기대하게 만들었다.

라야가 바다로 향해 있던 몸을 돌려 뒤를 보았다. 아! 라야는 또다시 감탄했다.

활력이 넘치는 사내였다. 맑고 이지적인 눈동자는 명민해 보이는 인상의 대부분을 차지하고 있었다. 그 푸른 눈동자가 도저히 히비커스의 눈과 같은 색이라고 생각할 수 없었다. 천진난만한 눈은 아직 소년의 감수성을 품고 있었다. 그래서인지 사내의 나이는 도무지 짐작이 되지 않았다. 웃으면 십 대처럼 보이기도 하고, 서른 초반으로 보이기도 하고, 눈을 감아 눈동자가 보이지 않으면 오십 대로 보이기도 했다.

의문의 사내가 흥분한 목소리로 말했다.

"지금 자네가 생각하고 있는 사람이 누구지?"

"네?"

"지금 자네가 이 절경을 보면서 생각한 사람 말이야! 빨리 말해! 누구지? 누구야?"

대답하지 않으면 바다로 떠밀어버릴 것 같은 엄청난 닦달에 라야는 그녀답지 않게 말을 어물거리다가 말했다.

"아, 아일?"

"아일? 그게 누군지는 모르겠지만 여하튼 자네는 그 사람을 사랑하는군!"

"뭐라고요? ……아니, 그것보다 누구신지?"

"그게 뭐가 중요해! 이름 따위가 뭐가 중요하냐고! 내 직업이 뭐가 중요해!"

이 사람은 왜 이렇게 큰 소리로 얘기하는 걸까? 사내는 온몸으로 얘기하는 듯했다. 언제나 조용한 목소리로 얘기하는 아일과 정반대되는 사람이었다. 라야는 그런 생각을 하고 얼핏 재미있다는 표정을 지었다. 사내가 눈을 부릅뜨고 라야에게 달려들 듯이 몸을 내밀었다. 그 기세에 라야는 몸을 움찔했다. 그러나 뒤로 물러서지는 않았다. 사내에게서 나쁜 기운은 조금도 느낄 수가 없었다. 사내가 소리쳤다.

"뭐가 재밌는 거지? 재미있다는 표정이군! 사실 난 재미있는 사람이지. 사실이야! 제대로 봤어!"

정신 나간 사람일까? 라야는 슬슬 이 남자가 미친 사람이 아닐까 하는 생각을 했다. 사내는 라야의 눈을 빤히 들여다보다가 "아아!" 감탄을 내질렀다. 그러고는 정말 미친 사람처럼 언덕 가장자리로 달려갔다. 라야는 그가 언덕 아래로 뛰어내리려는 건 줄 알았다. 사내는 절묘하게 끄트머리에 멈춰 서 소리쳤다.

"어머니가 그러셨지! 누군가를 사랑하는지 아닌지 알아보려면 다쇼퐁 아이스크림을 먹어보라고!"

저 남자는 왜 바다를 향해 소리를 치고 있는 걸까.

"다쇼…… 그게 뭐죠?"

"세상에서 최고로 맛있는 음식이지! 그걸 먹을 때 똑같은 걸 사다주고 싶은 사람이 있다면 그 사람이 사랑하는 사람이라고! 아버지가 그러셨지! 자기가 누구를 아끼는지 궁금하다면 끝내주게 멋진 풍경을 찾아가보라고! 그 사람에게도 이걸 보여주고 싶다! 고 떠오르는 이가 있다면 그것이 사랑하는 이! 내게 소중한 사람이라고!"

사내는 언제부터인지 이상한 물건을 입에 갖다 댄 채 말을 하고 있었다. 원뿔 모양의 도구였는데 나팔처럼 보이기도 했다. 라야가 조심스럽게 사내의 등 뒤로 다가가며 물었다.

"진짜, 뭐 하는 분이세요?"

사내가 홱 몸을 돌렸다. 그의 검은 머리칼이 바닷바람에 헝클어졌다. 사내는 그런 것은 전혀 신경 쓰지 않는 태도로 눈을 빛내며 말했다.

"별을 관찰하는 사람이지. 예술가이기도 하고."

별은 그의 눈에 박혀 있는 듯했다. 라야는 테이블에 놓인 책을 잠시 보았다가 혹시 하는 마음에 힘을 주어 물었다.

"그럼 혹시 에른스트의 나달 앙루라는 분을 아시나요? 청강을 청하러 왔어요. 언덕 위의 현자라고 불린다던데."

"언덕 위의 괴짜를 잘못 들은 건 아니고?"

"역사를 가르치신다고 하던데."

"아…… 분명 천문학자는 과거의 이야기를 본다는 점에서 역사가적인 면이 있지."

"누군가들이 들려주는 이야기를 주워 담는다는 점에선 문학가라고 할 수도 있겠네요."

"이 아가씨, 얘기하는 재미가 있군."

사내는 기분 좋게 웃었다. 바람 향기가 느껴지는 싱그러운 웃음이었다. 성인 남자가 이런 미소를 지을 수도 있구나. 라야는 약간 감명을 받았다. 그러다가 한순간 바다에 시선을 두었다가 넋을 빼앗겼다.

어둠의 장막이 내리고 있는 바다 위로 빛이 떠오르고 있었다. 그것은 별이었다. 하늘의 별이 바다에 비친 것이 아니었다. 천장의 별과는 다른 위치, 다른 모양으로 바다에 별이 뜨고 있었다.

"운이 좋은 사람이야. 좋은 시기에 언덕을 찾았어."

라야는 사내를 쳐다보았다. 사내가 말했다.

"바다반딧불이지. 웃긴 게, 이름은 반딧불인데 해파리야. 성체가 된 해파리들이 이 시기에 수면 위로 올라와 탈피를 하는 거지. 벗겨진 표피들이 저렇게 빛을 내는 거고."

내려다보이는 시가지의 가도로 등불 빛이 강처럼 흐르고 있었다. '어떻게 집에 돌아가지.'란 생각을 잠깐 했다. 그러나 하늘의 별과 지상의 별, 바다의 별이 동시에 빛나는 광경을 몸을 한 바퀴 회전시켜 한 번에 눈에 담고 나니 그런 생각은 날아가버렸다. 그런 소리를 들어서일까, 정말 아일이 엄청 보고 싶어졌다. 그는 이런 광경을 본 적이 있을까. 아일에게 반드시 이걸 보여줘야겠다는 결심을 했다.

"어때, 사랑하는 사람이 누군지 알겠나?"

사내는 또 그런 소리를 했다. 라야는 배시시 웃었다. 사내는 라야의 속마음을 보기라도 한 것처럼 원뿔 나팔을 겨드랑이에 끼고는 두 손으로 박수치는 시늉을 했다. 그때 짓는 표정은 나이 많은 어른처럼 보였다. 인자하고 따뜻했다. 사내가 고개를 쳐들고, 놀랍게도 조용한 목소리로 말했다.

"저 하늘 위에 보이는 별들은 모두 과거의 이야기들이야. 이미 흘러가버린 시간들의 흔적. 사실 우리를 이루는 모든 것은 사라진 저 별들의 이야기로 만들어진 거지."

"……그런가요?"

"그래. 생명을 담고 있는 그릇들은 수명이 다하면 모두 썩어 본래 이루고 있던 물질로 돌아가게 돼. 후세가 사는 터전이 되고 하늘이 되고 바다가 되고 앞서간 이들의 이야기를 전하는 바람이 되는 거야. 악인도 영웅도 범인도 상관없이 종국엔 모두 그렇게 되는 거야. 우리는 그렇게 또 먼 미래의 누군가들이 되는 거야."

사내는 원뿔 나팔을 입에 붙이고 하늘을 향해 아아, 소리를 내본 뒤 말했다.

"이 현재의 목소리, 그리고 이 목소리를 전하는 바람은 미래를 향해 가겠지. 멋지지 않아? 별들을 관찰하는 동안 우리는 과거와 현재와 미래를 동시에 보고 있는 거야."

그렇게 말하고 사내는 아이처럼 가벼운 움직임으로 한 바퀴 빙 돌았다. 라야는 다시 찬찬히 주위를 둘러보았다. 그들은 지금 하늘과 바다와 지상의 별들을 동시에 보고 있었다. 뭐라 표현할 수 없을 만큼 아름답고 장엄한 광경이었다. 그의 말처럼 과거와 현재, 미래라는 절대 동시에 만날 수 없는, 세 개의 다른 세계가 붙어 있는 장면을 목도하고 있다는 생각이 들었다. 그것은 인간의 한계를 벗어난 체험이었다.

검은 하늘을 올려다보았다. 엄청난 별 무리가 보였다. 순간 감지할 수 없을 정도로 드넓은 세상에 혼자 서 있다는 기분이 들었다. 감당할 수 없는 고독이 그녀를 덮쳤다. 급작스럽게 목이 멨다. 설명하기 어려운 감정이 심장에 어지럽게 엉키어 팽창됐다. 눈물이 한 방울 뚝 떨어졌다. 사내는 그걸 보고도 당황하거나 그녀를 놀리지 않았다. 사내는 고개를 끄덕였다.

"눈물을 흘리는 것도 이해가 돼."

"아, 갑자기 내가…… 엄청 작게 느껴져서……."

"사람은 한 번에 이해할 수도 없고 마음에 담을 수도 없는 엄청난 뭔가를 보면 눈물이 난다고 하더군."

라야는 눈가를 얼른 문질러 닦고 민망한 표정으로 얼굴을 붉히며 사내를 보았다. 라야가 목이 잠긴 목소리로 말했다.

"저는…… 라야 윈터스라고 해요."

"아, 인상에 어울리는 이름이군. 내 이름은……."

사내는 오른손을 옷에 슥슥 닦고 악수를 청했다. 그녀에게 악수를 청하는 사람은 그가 처음이었다.

"나달이라고 해. 나달 앙루. 잘 부탁해."

33

하늘을 부지런히 오르던 달도 한숨 쉬어가는 시각이었다.

아일은 경비대 집무실에서 서류를 검토하고 있었다. 검은 새가 우는 소리를 얼핏 들었다. 그래서 창 쪽을 쳐다보는데, 방문이 열렸다. 문손잡이를 잡은 채로 메이튼이 눈알을 굴리고 있었다. 이해가 안 된다는 표정이었다.

아일이 물었다.

"퇴근 안 하고 뭐해?"

"퇴근 안 하고 뭐해요!"

메이튼 뒤에서 라야가 고개를 내밀고 소리쳤다. 아일도 메이튼과 비슷한 표정이 되었다.

"제가 여자인지, 외국인인지, 아카데미 학생인지는 신경도 안 쓰더라고요. 배우고 싶으면 배우는 거래요. 정말 멋진 분이죠?"

아일은, 책상 위로 거의 올라오려는 라야를 조용히 쳐다보았다. 라야는 흥분을 감추지 못했다.

"그분이 쓰신 책에 대해서도 얘기를 나눴어요. 얼마나 말씀을 재밌게 잘하시는지 시간 가는 줄 모르겠더라고요. 그런 재주를 가져야만 교수가 될 수 있는 거라면 전 어려울지도 모르겠어요. 제가 아직 못 읽은 책도 있다니까 다음에 가져다주기로 하셨어요. 진작 선생님부터 찾아뵙는 건데. 아, 그거 알아요? 선생님은 최연소로 교수가 되셨대요. 자기 자랑도 얼마나 자연스럽게 하시는지. 놀라운 부분이 너무 많아서 어디에 집중해서 놀라야 할지 모르겠어요."

"일단 책상에서 내려가."

아일이 말했다. 라야는 그 말에 자신을 내려다보았다. 말하는 동안 몸이 점점 책상 위로 올라와 급기야 의자에 앉아 있는 아일에게 얼굴을 들이밀고서 말을 하고 있었다. 라야는 책상 위에 무릎을 꿇고 앉아 멋쩍은 웃음을 흘렸다.

"오늘도 집에 들어오지 않을 생각인가요?"

라야가 책상에서 내려오며 물었다. 아일은 서류를 챙겨 서랍에 넣고 성가시다는 표정으로 그녀를 보았다.

"바빠."

"며칠 전에도 바다에 가자고 하니까 비슷한 소리 했었죠? 입버릇인가 봐요."

"내가 왜 너랑 바다에 가? 생각 좀 하고 말해. 언제까지 외국인인 척할 셈이야."

"나 외국인 맞는데. 그건 그렇고, 그날 우리 두 사람이 싸운 뒤에 내가 마님 방에 가서 마님과 무슨 얘기를 나눴는지 궁금하지 않아요?"

"우리가 언제 싸웠다는 거야? 싸우는 건 대등한 사이에 하는 거지."

"말을 해도 꼭 그렇게 정나미 떨어지게 해야겠어요? 어쨌든, 궁금하죠?"

"안 궁금해. 그리고 너무 늦었어. 어머니를 두고 이 시간까지 그렇게 돌아다니는 건 일하는 데에는 부족함이 없도록 하겠다던 약속을 어기는 거 아닌가?"

"아, 그거에 대해서도 그날 마님과 무슨 얘기를 나눴는지 들어보면 알게 돼요."

"대체 무슨 생각으로 여기에 온 거야?"

"아일 말대로 너무 늦었잖아요. 승합 마차도 탈 수 없는 시간이고. 부지런히 걸으면 자정까지는 도착할 수 있겠다 싶어서 선생님과 헤어져서 걸어오고 있는데 주정뱅이들이 지나는 여자들한테 찝쩍대는 걸 봤단 말이에요. 어떻게 그런 사람들이 길거리를 돌아다니게 할 수가 있어요? 도시의 안녕과 평화를 책임지고 있는 경비대의 직무 유기라고요. 그때, 아! 언덕에서 내려다보니까 경비대 건물이 근처에 보이던 게 딱 생각났죠. 그래서 직접 항의하러 온 거예요."

"그럼 항의서나 작성하고 가."

"그건 됐고, 집에 데려다주시면 감사하겠어요. 퇴근길이죠? 같이 들어가요."

"바쁘다니까."

"아, 그럼 나도 이제 더 이상 몰라요. 난 너무 지쳤고 이렇게 피곤한 상태로 털레털레 걸어서 그 긴 길을 가면 중간에 범죄자의 표적이 될 게 뻔해. 살해당하게 되면 이건 모두 경비대장 탓이라는 문자를 남기고 죽을 거야. 어차피 오늘 안에 돌아가지 못할 거라면 여기 소파에서 자죠, 뭐. 근데 무슨 소파가 이렇게 딱딱해?"

라야는 소파를 눕기 좋게 정리한 뒤 본격적으로 자리를 잡고 누웠다. 두 팔을 교차해 양손을 겨드랑이에 끼고 단단히 잘 준비를 했다. 라야는 머리를 소파 가장자리에 댄 채로 누워 아일을 보았다. 그녀가 물었다.

"정말 마님과 무슨 대화를 나눴는지 궁금하지 않아요?"

아일은 한결같은 표정이었지만 이미 나갈 채비를 하고 있었다.

며칠 전이었다. 아일은 저택의 제 방 소파 위에 자못 흐트러진 자세로 앉아 있었다. 그것은 요즘 심각하게 줄어든 사적인 시간을 공적인 시간과 구분 짓기 위한 의식적인 행동이기도 했다.

그는 총사령군부의 사환이 주고 간 서류뭉치를 읽었다. 바람에 창문이 덜컹거렸다. 아일은 눈만 들어 창을 응시했다. 바람이 들여보내달라는 듯이 두어 번 창문을 흔들더니 잠잠해졌다. 아일은 한 손으로 뒷머리를 받치고 아예 소파에 드러누웠다.

잠시 뒤 문 열리는 소리가 들리고 인기척이 느껴졌다. 아일은 굳이 머리를 소파 밖으로 빼내 누군지 확인하지 않았다. 라야가 한 손을 등 뒤로 감춘 채 슬금슬금 다가와 헛기침을 했다. 아일은 머리를 뒤로 젖혀 라야를 보았다. 라야는 주먹으로 입을 막고 뭔가 말하려는 것처럼 주뼛거리고 있었다. 아일은 참을성 있게 기다렸다. 라야가 누워 있는 그를 내려다보며 우물우물 말했다.

"클레이모어 저택에 있었더라면 백부나 미르시에게 먼저 줬을 거예요. 지금 여기는 세르노다고…… 아직 그만큼 친해진 남자도 없고…… 아일에게서 배운 것도 있고 고마운 부분도 있고 미안한 점도 있으니까……. 사실 마님께 드리고 싶은데 마님께 드릴 정도로 잘 만들지는 않아서……."

"서론이 길어."

그의 재촉에 라야는 등 뒤로 숨기고 있던 손을 들어 보였다.

"제가 새로운 배움을 시작했거든요."

라야가 엄지와 검지로 무엇인가를 잡고 있었다. 시야에 잡히는 순간 그 무엇인가가 반짝였다. 팔찌였다.

아일은 읽던 서류를 가슴팍에 내려놓고 팔찌를 유심히 쳐다보았다.

아무 무늬도 없고 특별한 세공도 없는, 굵은 실 정도 굵기의 가느다란 은색 링 팔찌였다. 그게 진짜 은인지도 의문이었다. 그녀가 새로 시작했다는 배움이 팔찌를 만드는 것을 의미하는 거라면 그 배움의 기초 중의 기초라 할 만한 물건이었다.

라야는 본격적으로 이야기할 것처럼 소파 뒤로 가 등받이에 몸을 기댔다.

"저택에 우유 배달을 하러 오는 길모라는 아이와 친해졌어요. 주근깨가 그렇게 귀엽게 난 남자아이는 처음 봤어요."

"넌 잡초를 보고도 예쁘다고 하니."

'그러니 그런 호평을 믿을 수가 있나.'라는 생략된 말을 알아듣고 라야는 웃었다. 분명 아일이 있는 앞에서 그런 소리를 한 적이 있다. 그가 그것을 기억한다는 게 신기했다.

라야는 소파 등받이 위에 팔꿈치를 올리고 그의 얼굴을 좀 더 생기 있는 표정으로 내려다보았다.

"길모는 아침에 숙부의 일을 도와 우유 배달을 하고 오후에는 할아버지의 일을 도와 액세서리 세공 일을 배워요. 전 일주일에 두 번 정도 길모를 따라가서 액세서리 만드는 법을 배우고 있어요. 길모의 어머니는 타본 인이시죠. 그 점 때문에 길모랑 더 친해진 것도 있어요."

팔찌가 그녀의 손안에서 까닥까닥 움직였다.

"할아버지는 무섭지만, 쫓아내지는 않으시더라고요. 좋은 분들이세요."

"신이 네 재능을 배분할 때 무척 귀찮았나 보군. 친화력에 몽땅 몰아넣은 게 분명해."

그의 농담 같지 않은 농담에 라야가 맑은 목소리로 웃었다.

"청강을 못하고 있으니 비는 시간에 다른 거라도 해야지 않겠어요? 뭔가 성과물이 보여야 후원해주시는 마님 볼 낯도 서고."

그러고는 팔찌를 들고 있는 손을 소파 안쪽으로 내렸다. 아일은 가슴 위에서 까닥거리고 있는 팔찌를 잠시 응시하다가 그것을 받아 들었다.

라야는 무거운 것을 들고 있다 놓은 것처럼 홀가분한 얼굴을 했다.

"무난해서 클레이모어가의 가주 팔찌와도 어울릴 거예요. 차이드에선 검은색과 붉은색을 은색과 어우러지게 쓰죠."

"내가 가주 팔찌를 찰 때까지 이 팔찌가 성할까."

"그럼 할 수 없고요. 에른스트의 학생들을 보면 팔찌를 많이 차고 있던데, 아일은 왜 하지 않나요?"

"글쎄, 생각해본 적 없는데."

아일은 팔찌를 차지 않고 손가락 사이로 빙글빙글 돌려보았다. 라야는 턱을 괴고 창 쪽을 보았다.

"크롬헬 남자들은 멋 내기에는 관심이 없나요?"

"크롬헬에서는…… 팔찌보다 목걸이를 하지. 귀걸이나."

라야는 슬쩍 눈을 내려 아일의 귀를 보았다. 진짜다. 귀걸이는 없지만 귓바퀴에 작은 흔적이 남아 있었다. 라야는 "오." 하는 감탄사를 내며, 자기도 모르게 소파 안쪽으로 몸을 무리하게 숙여 그의 귀에 손을 가져갔다. 아일이 머리를 움찔하며 그녀의 손을 쳐내듯 잡아챘다. 두 사람의 얽힌 시선으로 어색함과 긴장이 따라붙었다.

라야는 그의 손안에서 제 손을 비틀어 빼냈다. 그리고 머쓱한 미소를 지으며 검지로 콧등을 긁적였다.

"아, 그 팔찌 말이에요……, 다 의미가 있어요."

라야가 다시 밝은 표정으로 말했다.

"일식을 상징해요."

"어딜 봐서……."

아일이 팔찌를 이리저리 돌려 보며 중얼거렸다. 라야는 두 팔을 번쩍 쳐들고 연극조의 말투로 말했다.

"평소엔 의식을 못하다가, 달이 잠시 해를 가리는 순간 우리는 해가 있다는 걸 깨닫죠. 태양이 얼마나 위대한지, 얼마나 굉장한 빛을 내는지. 고난이 당신에게도 그런 의미가 되길 바라요."

"……해몽이 굉장하군."

아무 장식도 없는 링 팔찌에 과분한 의미 부여다.

아일은 슬쩍 미소를 지었다. 그리고 왼 손목에 팔찌를 차보았다. 차보고 말고 할 것도 없었다. 손목에 비해 팔찌가 너무…….

"너무 큰데?"

아일이 언짢은 투로 말했다. 라야는 눈을 몇 번 끔벅이더니 뒷짐을 지고 딴청을 했다. 그러다가 좋은 생각이 났다는 것처럼 말했다.

"살을 찌워서……!"

아일은 팔찌를 쓱 빼내 테이블에 올려놓고 다시 서류를 읽기 시작했다. 라야는 억울하다는 표정을 했다.

"치수를 재겠다고 했으면 아일이 그러라고 했겠어요?"

아일은 주먹에 머리를 기댄 채 서류만 볼 뿐이었다. 라야는 입을 삐죽거리며, 조금 전부터 들여보내달라고 난리인 바람을 챙기러 창문으로 다가갔다. 창문을 열자 바람이 커튼을 밀치고 급하게 들어왔다. 커튼이 크게 부풀어 올라 펄럭였다.

라야는 한 달 새 그가 정말 바쁜 사람이란 걸 알았다. 새벽같이 나가서 늦게 돌아오는 날이 태반이고 외박을 하는 날도 있었다. 어쩌다 일찍 들어오거나 쉬는 날이면 어떻게 알았는지 별의별 손님이 다 찾아왔다. 그래도 업무 때문에 그를 찾는 손님은 그나마 낫다. 그와 친분을 쌓고자 찾아오는 친척이나 귀족들은 아일을 피곤하게 만들었다. 그를 찾는 사람이 많아지면서 아넷의 본가에서 일하는 하인들이 힘들어지자, 아일은 아예 며칠씩 집에 들어오지 않아버렸다.

이날은 나흘 만에 집에 돌아온 것이었는데, 아니나 다를까, 팔촌쯤 되는 외척이 그를 찾아왔다. 라야는 피곤한 와중에도 흐트러짐 없이 손님을 맞는 아일에게 진심으로 감탄했다. 측은한 마음이 들었다. 그가 맡고 있는 책임들이 에드가란 이름 때문이 아니라 순전히 그의 능력 때문에만 주어진 거였다면 그는 좀 더 편한 마음으로 그 책임을 받아들였을 것이다.

그에게 자연스럽게 주어지는 것은 없었다. 그의 빛나는 외모도, 매사에 무관심하고 열의 없는 인상이 될 수 있는 것이었다. 아랫사람이 존중을 숨기지 못하게 만드는 그 차분한 음성도 음유 시인의 것처럼 공허하게 들릴 수 있었다. 타고난 섬세함과 영민함도 까딱하면 예민하고 유별난 성격으로 평가될 수 있었다. 그가 가진 장점들은 치열하고 고단한 노력으로 간신히 유지되고 쟁취할 수 있는 것이었다. 타인이 그를 규정하는 거의 모든 것이 그에겐 고달픈 투쟁으로 얻은 노획물인 셈이었다. 그가 늘 피곤하고 나른한 표정인 것도 이해가 되려 했다.

아넷의 본가 저택은 높은 지대에 있어서 2층 창문에서 세르노다 시가지가 훤히 내려다보였다. 창 밖을 내다보고 있던 라야가 말했다.

"다음 쉬는 날에 바다 보러 가지 않을래요?"

"아니."

기껏, 쉬는 날 손님들에게서 도망치라고 꺼낸 말인데 아일은 쌀쌀맞게 받아쳤다. 심지어 '정말 어이없는 제안이군. 내가 왜 너랑 바다를 가?'라고 눈으로 말하기까지 했다. 라야가 발끈했다.

"마님을 모시고 가자는 거예요."

"……그럴 시간 없어."

"관둬요, 그럼. 나랑 마님만 갈게요."

라야는 방을 나와 곧장 아넷의 방으로 달려갔다.

"마님, 저랑 바다에 가지 않으실래요?"

"아니."

아넷이 아일과 비슷한 표정을 하고 똑같은 대답을 하자 라야는 주저 앉을 뻔했다. 아일과 달리 아넷은 대답 후 희미하게 웃었다.

"요즘 같은 날씨라면 난 바다에 도착하기도 전에 쓰러질 거야."

"마차를 타고 갈 건데요? 마차도 그늘 아래로만 지나가도록 해요."

"내가 세르노다까지 오는 동안 얼마나 멀미를 했는지 기억하지? 네가 만들어준 환약 덕분에 그나마 덜 한 거였어."

"……그랬죠."

"결국 바다를 보기는커녕 같이 간 너까지 헛일을 한 게 되겠지."

"헛일이 아니에요. 가다가 도중에 돌아와도 가는 동안 함께하잖아요. 그게 어떻게 의미 없는 일이에요?"

"너 혼자 다녀오려무나. 이곳은 어릴 때부터 시중을 들어준 하녀들도 많으니 네가 꼭 내게 붙어 있을 필요가 없어. 너를 여기에 데려온 것도 네게 많은 걸 경험하게 해주고 싶어서이니까. 기껏 세르노다까지 왔는 데 아직 아로마니 바다도 한 번 못 봤다는 게 말이 되겠니."

아넷은 침대에 누운 채로, 곁에 앉은 라야의 손을 매만졌다. 항상 얼음처럼 차가운 손이었는데 웬일인지 이날은 뜨거울 정도로 따뜻해서, 그래서 그 손이 어머니 손처럼 여겨져서 라야는 뭐라 설명할 수 없는 기분이 되었다. 라야가 말했다.

"전 정말 운이 좋은 거 같아요."

"그래, 넌 운이 좋지."

아넷이 동의하자 라야는 검지로 볼을 긁적이며 웃었다. 아넷이 말했다.

"'미처 전생에서 운을 챙겨 오지 못했다 하여 내가 현재 디딜 땅까지 빼앗아 갈 수는 없다. 내가 불러올 운은 이생의 것.' 네가 운이 좋다면 그건 라야, 네가 불러온 운일 거야."

아넷이 한 말의 앞부분은 특이한 가락이 있는 것이 희곡에 나온 말을 인용한 듯 보였다. 하여간, 다이런 인들의 연극에 대한 지극한 애정이란……

"그 말 아일에게 해줘야겠네요. 제가 한 것처럼 말해도 되나요?"

라야의 넉살에 아넷이 갑자기 슬픈 미소를 지었다. 아넷이 혼잣말처럼 말했다.

"왜 너한테 이러는 것처럼 그 아이에게 그래주지 못했을까."

아일은 혼란스러웠다. 라야에게서 전해 듣는 어머니의 말과 행동은, 어린 시절 읽었던 소설 속에 등장하는 부모처럼 따스했다. 그의 어머니가 아니었다.

……설사 그렇다 하더라도 어쩌란 말이냐.

라야는 아일을 길에 남겨두고 어디론가 뛰어갔다. 서늘한 달빛이 홀로 남은 아일의 얼굴을 비췄다. 밤바람에 큰 구름이 흐르고, 구름이 잠시 달을 가렸다. 라야가 돌아오자 그림자 속에 숨어 있던 길고양이가 그의 발 옆을 지나갔다. 생각에 잠겨 있던 아일은 달려온 라야가 건네는 것을 얼떨결에 받아 들었다.

"이게 뭐야?"

"다쇼퐁 아이스크림이요. 나달이 먹어보라고 했거든요. 세상에서 가장 맛있는 음식이라면서. 어떻게 마침 딱 지나는 길에 있네요. 먹어보라는 하늘의 뜻이죠."

"그렇게 모든 일에 일일이 의미를 갖다 붙이면 피곤하지 않나?"

"저언혀."

라야는 혀를 날름거려 아이스크림을 핥았다. 그리고 한입 크게 베어

물었다. 맛을 알았다는 듯 고개를 끄덕이며 그녀가 말했다.

"그런데 그 정도로 엄청나게 맛있지는 않은데요? 그냥 아이스크림인데?"

라야를 따라 경망스럽게 아이스크림을 먹을 수도 없고, 그렇다고 일부러 그녀가 자비를 들여 사 온 것을 팽개칠 수도 없어 아일은 조금 전보다 더 혼란스러운 표정이 되었다. 라야가 두 걸음 정도 앞서 걸어가며 말했다.

"언덕에 꼭 같이 가봐요. 정말 그런 풍경은 아일도 못 봤을걸요? 마님도 모시고 갔으면 좋겠어요. 오르막이 있어서 못 가려나. 아, 그래, 아일이 업고 가면 되겠네요."

아일은 라야가 보지 않는 사이 아이스크림을 빠르게 먹어버리고 손을 털었다. 라야는 뒤도 돌아보지 않고 계속 걸어가며 말했다.

"진작 나달을 찾아갔어야 해. 그가 에른스트에 교수로 있다는 걸 알았으면서도 어떻게 먼저 찾아가볼 생각을 못했을까요. 선생님은 나한테 먼저 악수까지 청했다니까요? 사람이 됐다는 거지."

"젊은 여자 손을 한 번 잡아보려는 속셈이었을 수도 있지."

아일이 메마른 미소를 지으며 빈정거렸다. 라야가 도끼눈을 뜨고 아일을 돌아보았다.

"그런 분이 아니라니까요? 삐뚤어진 인간이 아닌 이상, 선생님을 만나보면 누구나 그분이 좋은 분이란 걸 알 거라고요."

"네가 그렇게 생각하고 싶어서가 아니라?"

"내기할래요? 아일이 가서 만나보면 되잖아요."

"내기를 참 좋아하나 봐?"

"예전부터 궁금했던 건데, 혹시 혀가 뒤틀린 거 아니에요?"

고무줄의 끝을 한쪽씩 붙잡고 세게 잡아당기고 있는 것처럼 팽팽한 긴장이 두 사람 사이에 생겨났다. 라야가 매서운 눈으로 아일을 쏘아보았다. 아일이 맥없이 고무줄을 놓았다.

"아이스크림 녹고 있어."

라야는 허둥지둥 아이스크림을 먹어치웠다.

두 사람은 나란히 걸었다. 한 연인이 맞은편에서 걸어오고 있었다. 꼭 잡은 손을 몸 사이에 숨기고 고작 그것만으로도 얼굴이 상기된 두 사람은 사귄 지 얼마 되지 않은 사이처럼 보였다. 부둥켜안고 싶은 마음을 억누르는 것이 라야의 눈에도 보였다. 저 얼마나 선명한 감정인가. 라야는 그 마음을 상상한 것만으로도 볼이 발개져버렸다.

그들이 옆으로 지나가면서 라야는 아일 곁으로 조금 더 붙었다. 그녀의 팔이 그의 팔에 살짝 닿았다. 맨살이 스쳤다. 라야는 발간 미소를 지었다.

기다리는 가족이 있는 이들은 모두 집으로 돌아가고 길에는 연인들로 보이는 사람들만이 다니고 있었다. 라야는 다른 사람들 눈에 자신들이 어떤 사이로 보일지 궁금했다. 또 화끈거리는 볼을 새끼손가락으로 긁적였다.

슬쩍 눈을 돌렸다. 그의 가슴이 딱 보였다. 그의 얼굴을 올려다보았다. 아일은 골똘히 생각에 빠져 있었다. 그의 주의를 끌고 싶은 충동이 일었다. 라야는 돌연 팔을 뻗어 아일의 눈앞에서 손가락을 튕겼다. 그가 잘 그러듯이.

아일이 눈썹을 치켜 올리며 라야를 보았다. 라야가 뒷짐을 지며 말했다.

"이건 좀 믿기 힘든데……, 선생님은 전생의 기억을 가지고 계신데요. 선생님이 기억하는 대로라면 수천 년 전 대륙의 문명은 지금보다 훨씬 발전해 있었다고 해요."

"······교수가 아니라 미친 사람을 잘못 만나고 온 거 아니야?"

아일은 진심으로 걱정이 돼 물었다.

라야는 그가 농담을 하는 줄 알고 배시시 웃었다.

"나달은 그때에도 위대한 왕국의 천문학자였는데, 이십 대 중반 무렵쯤 노는 것에 늦바람이 들어서 방에 붙어 있는 날보다 놀러 다니는 날이 더 많았대요. 죽은 날도 스승님이 시키신 일은 하지 않고 바다로 놀러 갔다가 뭔가에 공격을 당했다고 해요. 그게 마지막 기억이래요. 그래서 나달은 죽을 때 충격 때문인지 수영을 전혀 못한대요."

"그거 참 정성 들인 핑계군."

"그때 좀 더 많은 분야에 대해 열심히 공부했더라면 지금 이 세상에 더 좋은 것을 많이 전할 수 있지 않았을까 후회된다고 했어요. 아, 나달에게서 청강을 받게 되었다고 다른 여학생들한테 알려줄 생각이에요. 나만 청강을 하면 미안하잖아요."

"하여간 오지랖은."

"오지랖이라고 생각해요?"

"그 선생 혼자 모든 어학생들의 청강을 받아들일 경우 다른 동료 교수들에게서 안 좋은 소리를 들을 거라는 생각은 못해봤나?"

라야가 걸음을 멈추었다. 생각지 못한 부분이었다.

라야가 머리를 굴리고 있는 사이, 아일은 살피는 눈길로 그녀를 보았다. 그는 아넷의 방에 들렀던 날 어머니가 라야에게 옷을 사주겠다고 스쳐가듯 말하던 것을 기억해냈다.

라야는 일반 평민들이 입는 옷보다는 세련되고 귀족 여인들이 있는 옷보다는 수수한 차림을 하고 있었다. 그녀가 본래 지닌 화사한 외모와 명랑한 기운 덕분에 꾸밈이 과하지 않은 차림은 소탈하거나 원숙한 느낌보다 단정하고 격식 있다는 인상을 주었다. 그의 시선이 그녀의 목덜미와 쇄골에 조금 오래 머물렀다.

복잡한 생각은 관두기로 했는지 라야가 머리 위쯤 되는 공중에서 손을 내저었다. 아일이 물었다.

"청강하겠다고 아카데미 안을 뛰어다니면 눈총 좀 받겠어?"

"눈총이 아니라 눈길을 받죠. 제가 또 한 미모 하잖아요."

라야는 제 입으로 말해놓고 자랑이 웃긴지 입을 막고 웃었다. 나달처럼 자연스럽게는 자랑을 못하겠어.

"같이 식사를 하자고 하는 건 좋은데, 어디 출신이냐, 윈터스가라는 이름은 처음 들어봤다는 식으로 신상에 대해 캐묻는 통에 남학생들과 어울리는 건 안 되겠더라고요."

"흠. 식사도 하셨어?"

"질투할 정도는 못 돼요. 나야 신분을 밝혀도 상관없지만 혹시 마님에게 폐가 될까 봐서요. 마님이 먼 친척쯤으로 소개를 해놓으신 것 같더라고요."

"상관없어. 에른스트도 예전 같지 않으니까. 평민이 하나 들어오나, 여자가 하나 들어오나, 평민 여자가 하나 들어오나 크게 다를 게 뭐겠어."

"……말에 뼈가 느껴지네요. 평민들이 들어와서 아카데미가 불순해졌다는 건가요?"

"사람들이 하는 말이야."

"같은 말을 쓰면 같은 생각을 하게 돼요."

"혹시나 해서 다시 짚어두는데, 아카데미 안에서는 이런 받고 쳐 넘기는 식의 대화는 삼가. 어린 여자한테 반박당하는 거 좋아하는 귀족 사내들은 거의 없을 테니까."

"아일은 그런 귀족 사내가 아니란 건가요?"

대답이 없었다. 아일은 뭔가를 가늠하듯 그녀의 얼굴선을 따라 느릿하게 시선을 흘렸다.

라야의 표정은 태연했지만, 항상 그렇듯 그의 침묵은 상대가 여러 상상을 하게 만들었다. 마침내 그의 시선이 초록색 눈동자에 고정되었다. 상대를 방심하게 만들어 뭔가를 얻어내려는 사람처럼, 부드러운 음성으로 그가 말했다.

"그러고 보니, 넌 항상 날 아일이라고 불러."

"……그랬나요?"

뾰족하게 반응하면 그가 다시 목소리에 칼날을 달게 될까 봐, 자연스레 그에 반응하는 목소리도 순해졌다.

모든 이들이 그를 에드가라고 불렀다. 스승이었던 오서도, 로바키와 르웨이도 마찬가지였다. 모두 '네가 해야 할 일이 뭔지 알지?' 확인하듯 그를 에드가라고 불렀다. 라야만이 그를 아일이라고 불렀다. 그것은 그의 본질, 그의 영혼이 불리는 느낌이었다.

'저 기술은 필히 배워둬야겠어.'

라야는 속으로 쓰게 웃었다. 아일이 그녀에게 검술을 가르칠 때 자신의 영역을 만들라는 소리를 했었다. 그 영역 안에 들어온 사람은 의도한 자의 의지에 묶이게 된다면서.

라야는 지금 그가 눈으로 옭아맨 탓에 몸을 돌려 걸어가지도 못하고 그가 생각을 정리할 때까지 서 있어야 했다.

고양이가 담에서 뛰어내리다 화분 따위를 깨는 소리가 났다. 아일의 눈이 반사적으로 소리가 들리는 쪽을 향했다. 라야는 튕겨 나가듯이 몸을 돌려 걸어갔다.

"마님이 하신 말, 아일도 아나요? 미처 전생에서 운을 챙겨 오지 못했다 하여 내가 현재 디딜 땅까지 빼앗아 갈 수는 없다."

아일이 뒤를 따라오는 소리가 들렸다. 라야는 한 발 한 발 나아가고 있는 자신의 발끝을 보며 말했다.

"이 나라에서 회자되기에는 너무 진보적인 말 아닌가요?"

"요즘은 시민 운동가들이 많이 인용하지만, 사실 그 말은 이백 년 전 귀족이 한 말이지. 귀족 출신 작가가 네 귀족 가문 사이에 일어난 전쟁을 배경으로 쓴 희곡에 나오는 말이야. 정작 그 말을 한 사람은 귀족 이외의 사람들이 딛고 있는 땅 따위에는 관심 없었을걸."

아일이 한쪽 입가만 올리고 웃었다.

라야가 고개를 비스듬히 돌려 아일을 쳐다보았다. 그의 손목에 눈이 걸렸다.

"내가 준 팔찌는 버린 건가요?"

"너무 크다고 했잖아."

"그러니까 살을 찌워서……."

아일이 끄응 하는 신음을 냈다. 라야가 반갑다는 얼굴을 하고 뒤로 돌아 그를 보았다. 그녀는 뒷짐을 진 채 위험스럽게 거의 뛰듯이 뒷걸음질치며 말했다.

"그 소리, 아버지가 종종 내셨죠. 언젠가 공놀이를 하다가 창문을 깬 적이 있는데, 아버지가 꾸중을 하시니까 당황해서 말도 안 되는 변명을 했거든요."

알 만하다. 아일이 눈으로 하는 대꾸를 듣고, 라야가 빙긋 웃으며 말을 이었다.

"한쪽 창이 깨져 있어서 균형을 맞추기 위해 깼다고 했죠. 그러니까 아버지가 방금 아일이 낸 소리랑 비슷한 소리를 냈어요."

아일은 한 번도 만나보지도 못한 그녀의 아버지를 적어도 그 순간만은 이해할 수 있을 것 같았다. 라야가 말했다.

"그래서……, 살을 찌워서라도 찰 생각이 없다는 건가요?"

"나는 무덤 속에 있다."

이제 다이런의 유일한 왕자이자 현 국왕의 유일한 후계자가 된 헤르첸이 말했다. 그는 황궁의 자신의 방 침대 위에 알몸인 채로 바르게 누워 있었다. 태어나 한 번도 노동을 하지 않은 매끈한 손이 벌거벗은 배 위에 다소곳이 놓여 있었다. 이불은 옆에 누운 나신의 여인에게 모두 내주고, 그는 꽤 오래 천장을 바라보았다. 그러다가, 숨소리도 내지 않는 여인에게 넌지시 물었다.

"그게 어떤 마음인지 알겠어?"

헤르첸은 아름다운 미소를 지으며 여인을 향해 고개를 돌렸다.

"너도 그것을 함께 느껴보았으면 했다."

그리고 여인을 격려하듯 그녀의 하얗고 둥근 어깨를 탁탁 두드리고는 몸을 일으켰다. 가벼운 몸짓으로 침대에서 훌쩍 내려와 창가로 갔다. 커튼을 걷자, 아침 햇살이 그의 기분 좋아 보이는 얼굴로 쏟아졌다. 멋진 날씨였다.

"지겹다."

지겨운 날씨가 되어버렸다. 헤르첸이 미소 띤 얼굴로 말했다.

"지겨워. 지겨워서 살 수가 없다."

그는 한 손으로 커튼을 붙잡고, 상체를 뒤로 빼 침대 쪽을 보았다.

"그렇다고 죽을 수도 없잖아? 죽을 이유 정도는 되지 않아."

하지만 지루하고 지루하다. 지겹고, 따분하다. 숨이 막힐 지경이다. 지겹다고 말하기도 지겹다. 아무리 지겹다는 티를 내고 있어도 아무도 해결해주지 못한다. 무슨 짓을 해도 무료하다.

그런 생각을 하면서 헤르첸은 웃었다. 비어 있는 웃음이었다. 그에게 웃음은 눈을 깜박이는 것과 같았다. 헤르첸은 이딴 게 왜 여기 걸려 있지 하는 눈으로 커튼을 올려다보았다. 커튼을 움켜쥔 주먹이 부르르 떨렸다. 우드득 하는 소리와 함께 커튼이 뜯겨 나갔다. 다시 심드렁해진 눈이 방을 둘러보더니 협탁 위에 올려둔 책에 가 닿았다.

나달 앙루의 《만 개의 세계》.

헤르첸은 커튼 자락을 밟고 침대로 왔다. 책을 들고 침대에 걸터앉았다. 헤르첸이 천천히 책장을 넘기며, 깊이 잠든 여인에게 말했다.

"이 작가는 만 명의 사람이 있다면 세계 또한 만 개라더구나."

헤르첸은 책을 침대 위에 던져버리고 다시 일어섰다.

"그렇다면 세상이 지겨운 것은, 내가 지겨운 탓일 게야. 그래…….."

그는 콧노래를 부르며 침실과 이어진 옆방으로 향했다.

왕자는 거울과 탁자 말고는 아무것도 없는 방으로 들어갔다. 다이런 어디를 뒤져도 이것보다 큰 거울은 없을 것이다. 그만큼 큰 거울이 방한쪽 벽을 채우고 있었다. 헤르첸은 물 항아리를 기울여 대야에 물을 삼분의 이쯤 채웠다. 노래를 흥얼거리며 손을 씻었다. 그는 수건으로 손을 닦는 동안 거울을 빤히 들여다보았다. 거울로 만들어진 벽은 실오라기하나 걸치지 않은 몸을 적나라하게 비추었다.

그의 말처럼 지금 그는 무덤 속이든 땅속이든 세상과 단절되어 있는 곳에 머물다가 갓 태어난 아기처럼 원초적인 모습을 하고 있었다. 감정을 숨겨서가 아니라 애초에 감정이 없는 듯한 텅 빈 눈과, 허리까지 내려오는 검은 장발이 서늘한 원초성을 더했다.

검은 눈동자엔 화산암 같은 권태가 굳어 있었다. 세상의 모진 풍파를 다 겪어내고 홀로 노년을 보내는 노인의 것처럼, 깊고 건조한 무료함이었다. 이십 대의 사내가 가질 법한 색이 아니었다. 뭔가 잘못되어 있다. 그의 눈을 한참 들여다본다면 누구나 무엇인가가 잘못되어 있다는 것을 알아챌 것이다.

하지만 성 안에, 그의 눈을 뚫어져라 쳐다보는 것으로 그의 본질을 파악하려는 시도를 할 만한 사람은 얼마 없었다. 멋모르는 아랫사람들의 시선은 왕자의 눈까지 가기 전에 그의 얼굴과 분위기에 벌써 가로막혔다. 성품까지 고아하다고 섣불리 단정하게 할 만큼 아름다운 껍데기였다. 그러나 그가 가진 성스러움은 어리석은 이들의 눈을 흐리게 만들려는 악마의 얕은 재주. 검은 눈의 심연엔 마그마 같은 들끓는 광기가 있었다.

헤르첸은 수건을 던져버리고 방을 나왔다. 침대 옆 협탁으로 가 서랍을 열었다. 금색 가면이 있었다. 헤르첸이 가면을 잡아들 때, 노크 소리가 들렸다.

왕자의 방에 들어선 시종장은 가장 먼저 침대 위를 살폈다.

"……."

시종장의 참담한 눈과 마주친 헤르첸이 빙긋 웃었다. 선물이에요, 라고 말하며 죽은 쥐를 가져다 놓는 고양이 같은 표정이었다. 이 고양이는 상대가 싫어할 거란 걸 안다는 게 다르다면 다르달까.

시종장은 방 밖으로 나와 시종들에게 조용히 지시하고, 다시 안으로 들어왔다.

헤르첸은 시종장이 챙겨주는 옷을 입은 후, 제 손으로 가면을 썼다. 가면을 쓰는 것은, 옷을 입는 것과 같은 무의식적이고 익숙한 동작이 아니었다. 마치 그것을 처음 써보는 듯한 의식적인 행위였다. 그리고 그가 직접 하는 몇 안 되는 일 중 하나였다.

어렵게 왕위에 오른 한 국왕이 있었다. 어릴 때부터 암살의 위협에 시달리면서 죽을 고비도 여럿 넘긴 뒤 그는 얼굴에 큰 화상 자국을 얻었다. 그래서 공식적인 자리뿐만 아니라 사적인 자리에도 언제나 가면을 착용하고 다녔다.

열세 살 무렵, 헤르첸은 왕가의 물건을 보관하는 창고에서 그의 가면을 발견했다. 누구의 허락을 받을 필요도, 받을 생각도 없는 왕자는 그 뒤로 장난감처럼 그 가면을 쓰고 다녔다. 장난감을 가지고 놀 나이가 지났음에도 왕자는 가면을 애용했다. 가면은 그의 또 다른 얼굴이었다.

"지겨운 날씨지?"

헤르첸은 기지개를 켜며 시종장에게 물었다. 시종장은 네, 라고 짧게 대꾸한 뒤 침대 위를 보았다. 어젯밤 사라졌다는 보고를 받은 시녀가 그곳에 있었다. 죽은 채로.

그녀는 언제 죽었을까.

관계가 끝난 뒤에 바로? 하던 도중에? 아침에 그가 일어난 뒤에?

그게 무슨 상관인가, 죽었는데.

시종장은 속으로 혀를 찼다.

잠잠하다 했더니 또 시작이다.

저 시녀는 자신이 죽을 가능성이 높다는 걸 알면서도 이 방에 들어왔을 것이다. 대체 무슨 생각이었느냐? 겁이 많아서 차마 왕자를 거역할 수 없어 따라온 것이냐. 그의 마음에 들어 아침까지 살아 있을 수 있다면 누리게 될지도 모를 화려함에 한번 목숨을 걸어본 것이냐. 그래도 예전 누구처럼 난자당해 죽지는 않은 걸 위안으로 삼거라. 누구인지 알아볼 수 있도록 얼굴은 보존하고 있지 않느냐.

시종장은, 창문을 활짝 열고 아이처럼 창 밖으로 몸을 내밀고 있는 헤르첸을 꺼림칙한 눈으로 쳐다보았다.

'미친 왕의 이름 받은 자.'

뒤처리를 하러 온 시종들이 문가에서 잠시 멈칫했다. 하지만 이내 익숙한 경험인 듯 방으로 들어섰다.

"그래. 좋은 생각이 났다."

헤르첸이 두 손으로 창턱을 잡고 서서 천진난만하게 말했다. 정리를 하는 시종들을 보고 있던 시종장이 몸을 돌려 헤르첸을 보았다. 헤르첸은 여전히 밖을 보고 있었다. 그가 다음에 한 말은, 시종들의 동작을 멈추게 하고 웬만한 일에는 표정이 변하지 않는 시종장의 얼굴까지 창백하게 만들었다.

"에드가를 만나러 가야겠어."

34

나달은 언덕에서 점심을 먹으며 수업을 했다. 통나무 테이블 위엔 책 대신 구운 닭과 애플 롤이 놓여 있었고, 나달 뒤로는 칠판 대신 에메랄드빛 바다가 보였다. 당연하게도 라야의 옆자리엔 다른 학생들 대신 바람이 앉아 있었다.

나달 본인이 수업이라고 말하니 수업이 맞겠지만, 라야는 자신이 이러고 있는 걸 아일이 본다면 무슨 소리를 할지 두려웠다. 정신 공격 두 시간짜리다.

나달이 뭔가를 먹고 있는 동안 드는 그런 생각들은, 음식을 삼킨 나달이 흥미진진한 얘기를 꺼내놓으면 금세 날아가버렸다.

"가문의 명예 회복은 모든 사람들이 예상한 선물이었지. 란 에드가는 그 이상을 원했어."

"그 청이 루브나와의 결혼이라고요?"

"그래, 두마란 왕은 찔리는 게 있었으니 란의 청을 관대한 척 들어주었던 거야."

"루브나 바슬 뢰니엥은 이미 마뉴 컴 페렐과 정혼한 사이라고 하지 않으셨나요?"

"혀 안 꼬이고 잘 말하는군. 그렇지. 본인들의 의지는 아니었지만."

"이해가 안 되는데요. 란 에드가가 왕에게 루브나와 결혼하고 싶다고 말한다 해서 왕가가 뢰니엥가와 페렐가의 혼사에 관여할 수 있나요? 왕이 마음대로 집안끼리의 혼사를 깨고, 또 맺게 할 수 있다고요?"

나달은 접시에서 남은 닭고기를 싹싹 긁어 먹으며 고개를 끄덕였다. 라야는 눈을 굴렸다.

"아, 루브나가 이미 란 에드가를 사랑하고 있었으니까 가능한 건가?"

"아니야, 그건 상관없어. 약혼을 했다 하더라도 아직 결혼하지 않은 상태라면 왕은 미혼 남성과 미혼 여성의 결혼을 강제 추진할 수 있어. 초대왕인 디아프 라우니트가 당시 미혼이었던 기번과 페렐의 짝을 찾아 주면서 생긴 전통이지. 왕가가 주선하는, 일종의 중매? 요즘은 거의 죽은 법이라고 할 수 있지. 마지막 칙명이, 그러니까…… 오십이 년 전에 있었어. 신관이 배석하고 넷 이상의 사람이 모인 곳에서 왕이 두 사람의 혼인을 발표하면, 양가의 부모가 동의하는 순간부터 당사자들은 칙령으로 부부가 되는 거야. 영광스러운 결합이지."

"영광은 무슨."

나달은 라야의 억센 대꾸에 으허허, 웃음을 터뜨렸다. 라야는 애플 롤을 슬쩍 떼어 입에 넣고 우물거리며 말했다.

"사랑하는 남자를 두고 다른 남자와 결혼하게 될 뻔한 루브나에게는 다행스럽고 감동적인 일이겠지만, 페렐은 몹시 화가 났겠는데요? 부모가 정한 혼사라고 해도 이미 마음속으로는 부인이라고 생각하고 있었을 텐데."

"당연하지. 게다가 루브나는 그 사납고 뻣뻣한 란 에드가가 첫눈에 반할 정도로 미인이었으니까."

"란 에드가도 대단하네요. 결국 참전을 한 것도 루브나를 얻기 위함이었네요? 가문의 명예를 회복해야 루브나 근처에라도 갈 테니까?"

"그렇지."

"페렐가가 가만히 있었나요?"

"가만히 안 있으면? 여자 때문에 반역이라도 하라고?"

"……란 에드가가 두마란 왕의 배신에도 끝까지 신의와 충성을 버리지 않은 것도 결국 루브나 때문이었어요. 선제후 가문인 페렐가에게서 루브나를 자유롭게 하려면 왕의 힘 정도는 필요하니까."

"그렇지. 그러고 보면, 에드가들은 하나같이 나라 전체가 시끄러워지는 사랑을 했어. 들리는 소문으로는 아일 에드가를 탐내는 가문들이 많다고 하던데, 내가 아비라면 내 딸에게 그런 혼처는 마다하라고 할 거야."

나달은 지나가는 말처럼 얘기했지만 라야의 귀엔 가볍게 들리지 않았다. 나달이 반쯤 남은 애플 롤로 손을 뻗자, 불만스러운 표정의 라야가 가로채 가버렸다. 공중에서 공기만 부여잡는 나달의 손이 애처로웠다. 라야는 속으로 흥, 코웃음을 치고 애플 롤을 한입에 다 먹어치웠다. 나달이 입맛을 다신 뒤 말했다.

"그 뒤로 페렐가는 공공연히 클레이모어가를 적대시하지. 세월이 대체 얼마나 흘렀는데 아직도 그러고 있는 건지……."

수업 종료를 알리는 바닷새 소리가 났다. 나달이 원뿔 나팔을 테이블에 탕탕 두드리고는 말했다.

"다음 시간에는 모뤄가와 와이즈가 사이에 있었던 사슴 전쟁에 대해 얘기해보자고. 수강료는 시금치 빵과 구운 달걀."

"감사합니다."

라야는 일어나서 기지개를 켰다. 그녀가 아는 최고의 절경이 두 눈에 담겼다. 이곳이 최고의 교실이 아니고 뭔가.

라야가 웃는 얼굴로 하얀 바닷새를 향해 손을 흔들었다.

"선생님!"

언덕 아래서 목소리가 들려왔다. 한 사내가 언덕을 올라오고 있었다.

잿빛 머리 사내가 숨이 턱까지 찬 모습으로 두 사람 앞에 와 섰다. 라야는 남자가 낯이 익다고 생각했다. 라야를 본 남자도 같은 생각을 하고 있었다.

나달은 왼뿔 나팔로 사내를 가리키고는 말없이 가만히 있었다.

사내가 한숨을 쉬며 말했다.

"선생님, 저 르웨이입니다. 르웨이 자에 와이즈."

"아, 그랬지."

"제 입으로 이런 말 하긴 그런데, 제 이름은 잊어버릴 수 있다 쳐도 와이즈라는 이름까지 잊어버리신다는 건 믿을 수가 없네요. 일부러 그러시는 거죠?"

"와이즈라는 이름을 잊어버린 게 아니라 자네 얼굴과 그 이름을 어울려 맞추지 못하는 것뿐이야. 그런데 자네가 여기까지 웬일인가?"

르웨이는 책을 테이블에 세게 내려놓고, 따지듯이 말했다.

"삼 년간 아카데미를 떠나 있기로 하셨다면서요?"

"그랬지. 공부도 해야 하고, 책도 써야 하고, 여행도 하면 좋고."

나달은 태평하게 대꾸했다. 르웨이가 단호한 표정으로 고개를 빠르게 저었다.

"삼 년 뒤면 저는 이미 에른스트를 떠나고 없을 겁니다."

"자네 사정에 맞추어서 내가 공부를 해야 하나?"

"어떻게 된 게, 막역한 친구가 전쟁에서 돌아오자마자 선생님께서 또 떠나시겠다는 겁니까?"

"이보게. 모르는 사람이 보면 우리가 꽤 돈독한 사이인 줄 알겠어. 라야, 우리는 평범한 사제 간이야. 오해 마."

르웨이가 돌아서 라야를 보았다. 미인이군. 르웨이는 찌푸렸던 이마를 확 폈다.

라야는 머릿속이 간질간질해 짜증이 나려 했다. 누구지? 봤다면 잊을 리가 없는데? 그러다 아일의 얼굴이 떠올랐다. 이런! 왜 이런 상황에서도 그가 떠오르지? 작작 해. 정말 뜬금없잖아.

"《태엽시계의 비밀》…… 에 나오는 시인의 이름이었지, 아마."

르웨이가 먼저 그녀를 기억해냈다. 라야도 거의 동시에 그를 생각해 냈다. 그녀가 알았다는 듯이 손가락을 튕겼다. 아, 이런. 아일에게 완전히 물들어버렸다.

아일은 책상에 그득히 쌓인 서류 더미를 보고 말문이 막혔다.

점심을 먹고 온 사이에 무슨 일이 일어난 거지? 누군가가 서류로도 사람을 질식시켜 죽일 수 있는가를 실험 중인 걸까? 비적들을 무리째 붙잡은 현상금 사냥꾼이 현상금을 요구하며 들이닥쳤나? 연쇄 살인범이 떼로 세르노다를 방문하기라도 한 걸까? 아니면 그 일들이 모두 동시에 일어났다거나? 그게 아니라면 삼십 분 전에 깨끗이 치우고 간 책상 위가 왜 저 모양이야?

아일은 방문을 닫고 안으로 들어와 책상에 가 앉았다. 그는 의자 팔걸이에 손을 올린 채, 책상에는 섣불리 손을 댈 생각을 하지 못했다. 바람이 재촉하듯 살짝 열린 창틈으로 들어와 종이 몇 장을 날렸다. 아일은 뒤로 손을 뻗어 창문을 닫아버렸다.

그는 이미 포만감이 든 상태에서 음식을 또 먹어야 하는 사람의 표정으로 서류를 집어 들었다. 중간 중간 욕을 중얼거리기도 했지만, 그는 성실한 성격답게 한 장도 허투루 읽지 않고 과제를 찬찬히 처리해 나갔다.

굳이 시계를 쳐다보지 않아도 등 뒤에서 빛의 색깔이 바뀌는 것으로 시간의 흐름을 알 수 있었다.

그렇게 오랜 시간, 종이 넘기는 소리와 시계 초침 소리에 둘러싸여 있자니 학자가 된 기분이 들었다. 아일은 서류에 서명을 하다가 문득 그런 생각을 했다. 만약 이 길을 가지 않았더라면, 그에게 다른 길을 선택할 기회가 주어졌더라면 어떤 사람이 되었을까 하는.

서류 더미는 아니더라도 책 더미 정도에는 둘러싸여 있지 않았을까.

아일은 잠깐 생각에 잠겼다가, 멈추었던 손을 다시 움직였다.

서류 무덤이 거의 정리되어갈 즈음, 창 밖에서 검은 새가 울었다.

그래서 창 쪽을 쳐다보는데 집무실 문이 열렸다. 문손잡이를 잡은 채로 메이튼이 눈알을 굴렸다.

저 표정, 이 장면. 왠지 기시감이 드는데?

메이튼은 정말, 정말 이해가 안 된다는 얼굴을 하고 있었다. 아일이 물었다.

"또 무슨 일이 일어났기에 그런 표정이야?"

"끝내주는 소식이 있어!"

메이튼을 밀치고 르웨이가 나타났다.

"놀라지 않을 수 없을걸요?"

라야가 함께 나타났다. 아일도 메이튼과 비슷한 표정이 되었다.

"루브나 바슬 뢰니엥과 마뉴 컴 페렐. 혀 안 꼬이고 잘 말한다고 나달이 칭찬해줬어요."

"굉장한데? 나도 루브나 바슬 뢰니엥을 말할 때에는 가끔 혀를 씹는데."

르웨이가 다정하게 라야의 말을 받았다. 아일은 여전히 책상 의자에 앉아, 테이블에서 떠들고 있는 라야와 르웨이를 미심쩍은 눈으로 쳐다보았다. 경비대로 올 때 길에서 산 튀긴 옥수수를 한 줌 쥔 채로, 라야가 아일을 보며 물었다.

"란 에드가와 루브나의 초상화는 없나요? 저택에서 한 번도 못 본 거 같은데. 어째서 초대 에드가의 사랑 이야기를 다룬 책은 그렇게 많으면 서 란 에드가의 연애담은 적어요?"

"그건, 페렐가가 그 이야기를 엄청 싫어하기 때문이지."

르웨이가 고개를 들이밀어 라야와 아일의 시선이 얽히려는 것을 가로 막았다. 그는 옥수수 봉투를 놔두고 굳이 라야의 손에서 옥수수를 가져 가 먹었다.

"란 에드가와 루브나의 사랑 이야기가 책으로 나오면 나오는 족족 페 렐가에서 모두 사 가버리거든. 문필가들은 돈이 급하면 란 에드가의 사 랑 이야기를 쓴다는 농담도 있어. 아예 전국을 돌아다니며 책을 거둬들 이는 일만 전담하는 고용인도 있다더군."

"거짓말."

"진짜."

"뒤끝이 무시무시하게 길지?"라고 덧붙이며 르웨이는 아일을 돌아보 았다. 잿빛 눈동자가 모든 것을 다 알고 있다는 듯이 음흉하게 빛났다. 르웨이는 맞은편의 넓은 소파를 두고 굳이 라야의 옆에 앉았다. 그리고 말을 하는 중에도 조금씩 몸을 움직여 라야에게 점점 가까이 붙고 있었 다. 그러면서도 종종 떠보는 눈으로 아일을 살폈다. 아일은 대수롭지 않 게 르웨이의 시선을 흘려버리고 라야에게 말했다.

"배운 걸 나한테 일일이 보고할 필요는 없어. 굳이 말하고 싶다면 어 머니한테 가서 해."

"안 돼요. 아일에게 먼저 말한 뒤에 당신 반응을 마님에게 전해야 한 단 말이에요."

"……지금껏 내 반응을 어머니한테 전했단 말이야?"

"자네가 첩자를 옆에 두고도 몰랐다니, 매우 매우 흥미롭군."

르웨이는 정말 즐거워 보였다. 아일은, 르웨이가 연약한 귀족 청년이 아니라 크롬헬 동료였으면 했다. 그랬다면 망설임 없이 한 대 칠 수 있었을 테니까.

"나가봐야 하니까 너도 적당히 하고 일어나. 그리고 메이튼! 밖에서 엿듣지 말고 들어와."

방문이 슬그머니 열렸다. 메이튼이 죄지은 표정을 하고 서 있었다.

"죄송합니다. 벌을 내려주십시오."

"내내 거기 서 있었던 거예요? 여기 와 앉아요."

라야가 화사한 미소를 날리며 맞은편 소파를 가리켰다. 메이튼은 라야의 눈에 정신이 사로잡혀, '앉지 마.'라고 눈으로 소리치는 아일을 보지 못했다. 그래서 홀린 듯 맞은편 자리에 가 앉았다.

아일이 짜증스럽게 혀를 찼다. 두 녀석을 내보내려고 했더니 한 놈이 더 늘었다.

메이튼이 반가운 목소리로 말했다.

"저번엔 경황이 없어서 인사를 못 드렸습니다. 윈터스 양이시죠?"

"절 아세요? 아일이 내 말을 했을 것 같지는 않은데."

라야는 말끝에 나긋한 미소를 달며 아일을 보았다. 메이튼이 말했다.

"그 이름을 모를 수가 없지요. 크롬헬에서 유명한 이름입니다."

"세상에. 아일, 왜 내가 크롬헬에서 유명인이라고 알려주지 않나요?"

아일은 대꾸도 하지 않았다. 마지막 서류에 서명을 마치고 펜을 내려놓았다. 그는 뜨거운 색깔의 눈동자에 찬 기운을 품고서 테이블의 세 사람을 쳐다보았다.

"모두 나가."

냉랭한 목소리가 축객령을 내렸다.

라야의 목소리가 서늘해지려는 공기를 데웠다.

"승합 마차가 끊겼어요."

"그러니까, 왜 그 시간이 될 때까지 있는 거야."

"여름은 해가 길잖아요. 아직 날이 밝아서 달이 뜨려면 멀었겠지 하고 얘기를 하다 보면 어느새 달이 떠 있더라고요."

라야는 하늘이 보이는 것처럼 천장을 향해 한 손을 부드럽게 뻗어 보였다. 세 남자의 눈에 순간 지는 해와 뜨는 달이 보였다. 창문도 닫혀 있는 방인데 저녁 바람이 불었다.

메이튼은 멍한 눈으로, 아일을 보고 있는 라야를 바라보았다.

메이튼은 꼭 사랑을 느껴야만 이런 표현을 쓸 수 있는 건 아니란 걸 알았다. 라야는 사랑스러운 여성이었다.

"나도 승합 마차의 종료 시각이 너무 이르다는 데 동의해."

라야와 아일의 두 시선 사이에 르웨이가 또 머리를 들이밀며 그녀의 말을 거들었다. 라야가 고개를 끄덕였다.

"그렇다니까요."

"안 그래도 아카데미 학생들의 의견을 모아 승합 마차 조합에 건의를 해볼 생각이었어. 학생 모두가 개인 마차를 가지고 있지는 않거든."

한 사람의 병사를 더 얻은 부대가 또다시 긴 이야기를 시작하고 있었다.

아일은 책상 옆 협탁으로 가 물을 한 잔 마셨다. 그리고 문으로 갔다. 문을 연 그가 차분한 목소리로 말했다.

"나가. 창문으로 내보내기 전에 방문으로 나가."

라야와 메이튼은 그의 말이 농담이 아니란 걸 알았지만 르웨이는 농담이라고 생각하고 웃었다. 두 사람도 엉겁결에 따라 웃었다. 하지만 아일이 조용히 문을 닫고 창가로 가 창문을 열자, 모두 부리나케 일어나 앞 다투어 방을 나갔다.

　다음 날도 라야와 르웨이는 집무실을 찾아왔다. 기가 막혀 하는 아일을 본체만체하고서 두 사람은 테이블에 간식을 늘어놓고 그날 수업의 뒤풀이를 했다.

　르웨이가 시금치 빵을 씹어 먹으며 말했다.

　"난 세르노다가 좋아. 찻집에서 친구들과 얘기를 나누고 있자면 내 옆자리에 앉아 있는 녀석의 아비가 드레스 메이커이고 나의 어머니가 정실부인이 아니고 내 앞에 앉은 놈이 기번 선제후의 아들이고 내 가문의 이름이 와이즈란 건 전혀 생각이 안 난단 말이지. 친구들과 이것에 대해 한 번 이야기를 나눈 적이 있는데 다른 녀석들도 공감하더군. 세르노다에 오면 전부 최면에 걸려. 다이런에서 이런 곳이 또 어디 있을까."

　"나달이 세르노다는 다이런의 미래라고 했어요."

　라야가 맞장구를 쳤다.

　"그 미래가 삼십 년 내를 의미하는 것이어야 할 텐데."

　르웨이가 '너도 한마디 거들어봐.' 하는 눈으로 아일을 보았다. 아일은 테이블을 치워버려야겠다고 생각했다.

　다음 날도 두 사람은 아일을 찾아왔다. 그리고 그다음 날도. 다음 날의 다음 날도. 다음 날의 다음 날의 다음 날도.

　아일은 이제 두 사람, 때로는 메이튼을 포함한 세 사람의 수다를 앞에 두고 일을 하는 것에 익숙해졌다. 아일이 바깥일을 하러 방을 나가도 라야와 르웨이는 집무실을 점령한 채 수업에 대한 소회를 나누었다.

　비가 오는 날이었다. 오전에 잠깐 지나가는 소낙비인 줄 알았던 비는 균일하게 굵은 소리를 내며 정오 이후까지 이어졌다. 아일은 오후 순찰과 야간 근무 일정을 확인하고 집무실로 돌아왔다. 자연스럽게 테이블로 향한 시선이 빈자리만 훑고 돌아왔다. 웬일로 시끄러운 인간들이 오지 않았다.

'비 때문인가.'

아일은 비에 젖은 창을 바라보았다. 방이 너무 조용한 듯해 창문을 열었다. 비가 추적추적 내려 창틀에 고였다.

창틀에 고인 빗물처럼 시간도 흐름을 멈춘 듯했다.

가끔 현실 감각이 흐무러질 때가 있다. 오늘 같은 때.

시간이 지나도 눈에 보이는 풍경이 고정되어 있고 귀에 담기는 소리도 일정할 때. 잡생각은 사라지고 비 냄새까지 더해져 오감이 선명해지면 도리어 살아 있다는 느낌이 흐릿해졌다. 아직 몸은 전장에 있고 자신은 지금 꿈을 꾸고 있는 게 아닐까 싶은. 어쩌면 이것은 아직 겐의 집 앞을 서성이는 소년이 꾸는 꿈이 아닐까.

손등에 빗방울이 튀었다. 아일은 손등을 내려다보았다. 그리고 세 번째 손가락을 한참 바라보았다.

"제가 지나가는 비가 아니라고 했잖아요."

라야가 방으로 가장 먼저 뛰어들어 오며 말했다. 고여 있던 시간이 다시 흘러가기 시작했다. 아일은, 뒤따라오는 사람들을 쳐다보고 있는 라야의 옆얼굴을 보았다. 빗속을 뛰어왔는지 그녀의 얼굴이 젖어 있었다. 르웨이가 접은 우산을 벽에 아무렇게나 기대 세워두며 그녀를 따라 들어왔다.

"같이 우산을 쓰고 가자니까. 하여간 활달한 아가씨야."

"그게 이 차이드 인 아가씨의 압도적인 매력이지. 라야가 점잖은 숙녀처럼 가장 마지막에 내려 자네가 든 우산 밑으로 들어갔다면 도리어 놀랐을 거야. 마차에서 가장 먼저 뛰어내리고 달려가야 그녀답지."

르웨이 뒤로 한 남자가 더 나타났다. 남자가 아일을 발견하고 입을 벌렸다.

"이럴 수가. 에른스트 주보에 쓰인 대로잖아. 거기서 표현한 에드가의 외양과 거의 흡사해. 과장하기만 좋아하는 형편없는 글쟁이들이라고 생각했는데 사실주의자들이었어."

"그 정도는 아니지요, 선생님. 그랬다면 제 무릎은 이미 다 닳아⋯⋯."

"나달 앙루라고 하네."

나달은 르웨이의 말을 귓등으로 흘리고 아일에게 다가와 악수를 청했다. 거의 반강제로 손을 잡힌 아일이 탐색하는 시선으로 나달의 눈을 보았다. 겉으로 보기엔 조용히 응시하는 것에 불과했다. 나달은 선한 웃음을 눈과 입과 보조개에 담고 말했다.

"초면에 이런 부탁 하는 게 이상하지만, 혹시 첫사랑에 대해 말해줄 수 있겠나? 란 에드가의 사랑 이야기를 제대로 써볼 생각이야. 하지만 그랬다간 페렐가에서 가만 안 있을 거 같아서 초대 에드가의 사랑 이야기도 함께 묶을 참이지. 그런데 아무래도 그것도 페렐가에서 다 쓸어 갈 것 같아. 아무에게도 읽히지 못하는 책이라니, 난 그런 슬픈 책은 쓸 생각이 없어. 그래서 자네 이야기도 같이 넣을까 해. 첫사랑 이야기 좀 해주겠나?"

"아니요."

아일이 단호하게 대답했다.

뒤쪽에선 라야와 르웨이가 이미 테이블에 먹을거리를 깔고 있었다. 평소보다 많이 까는 걸 보니 점심인 모양이었다.

라야가 아일을 보며 말했다.

"비가 와서 수업 장소를 바꿨어요."

"그럼 학교로 가야지 왜 이곳으로 와. 여기가 살롱인 줄 알아?"

"라야를 탓하지 말게. 진작 테이블 위를 가리는 큰 우산을 만들어 언덕 위에 두었어야 했는데 게을러서 그만……. 자리를 빌려준 값이라고 하긴 뭐하지만 내 책을 주겠네."

나달이 친근하게 아일의 어깨를 잡으며 말했다. 아일이 "필요 없습니다."라고 했지만 나달은 후줄근한 가방에서 《만 개의 세계》를 꺼내 역시나 반 강제로 아일의 손에 쥐여주었다. "초판은 돈 주고도 못 구해."라며 자기 자랑도 빼놓지 않았다.

오전 보고를 하러 들어온 메이튼이 자연스럽게 동석했다. 아일은 이제 모든 것을 포기하고 라야가 주는 자두를 받았다. 어차피 점심시간이었다.

아일은 책상에 앉아, 별에 대해 얘기하는 네 사람을 지켜보다가 나달이 준 책을 집어 들었다. 작가를 앞에 두고 읽는 책이라니.

"아일, 자네는 어떻게 생각하나?"

나달은 문장 끝에 마침표를 찍듯, 말끝에 꼭 저 말을 붙였다. '자네는 어떻게 생각하나?' 그러면 라야와 르웨이는 자신의 생각을 말해야 했다.

아일은 그가 자신을 아일이라고 불렀다는 것에 놀라 책을 읽던 것을 멈추고 나달을 쳐다보았다. 이상한 일은 이상한 일의 꼬리를 물고 나타난다더니.

"뭘 말입니까?"

"나달은, 사람이 한곳에서 태어나 몇 번의 생을 거치면 다른 땅에서 태어나 또다시 여러 생을 살게 된다고 생각한대요. 그래야 더 재밌다고요."

라야가 말했다. 나달이 덧붙였다.

"그렇다면 스쳐 지나가는 인연도 놀라운 것, 이렇게 함께 생의 한 부분을 공유한다는 건 정말 굉장하고도 굉장한 일이란 거지. 그런 의미에서 자네의 첫사랑 얘기를 해주지 않겠나?"

"그런데 저는 그 얘기 별로네요."

라야가 말했다. 나달이 황당해하며 라야를 보았다.

"뭐가? 저 친구의 첫사랑 얘기가?"

"아니요. 선생님 말씀이요. 그럼 한 번 지나간 이 생의 인연은 다시 만나기 어렵다는 말이잖아요. 기억을 못한다고 하더라도 분명 마음 깊이 슬픔을 느낄 거예요. 또 그렇게 생각하면, 이 생의 깊은 인연도 긴 관점에서는 스치는 인연에 불과하니 애써 괴롭게 마음을 쏟을 이유가 없다는 게 되잖아요. 누군가와 이별을 해도 그러려니……, 누군가와 만나도 언젠가 끊어질 인연인 것을……. 그건 너무, 슬퍼요."

르웨이가 턱을 매만지며 고개를 천천히 끄덕였다.

"저 역시 마찬가지입니다. 제가 몸 바쳐 뭔가를 한다 해서 그 결과를 꼭 이 생에서 볼 수 있는 건 아니지 않습니까? 설사 기억을 못한다 하더라도 저는 다음 생에서라도 이곳에서 태어나 내가 한 일의 결과를 확인하고 싶단 말입니다."

"난 좋은데. 전 완전히 새로운 세상 좋아요."

이런 종류의 이야기는 처음 나누어본 메이튼이 들뜬 목소리로 말했다. 크롬헬 동료들과 나누는 대화는 대부분 싸우는 얘기 아니면 내기 얘기, 여자 얘기, 야한 얘기, 음흉한 얘기……

"그렇다는데, 자네는 어떻게 생각하나?"

나달이 다시 아일을 돌아보았다. 다른 사람들의 시선도 아일에게 몰렸다. 아일이 말했다.

"저는, 다음 생이 있다고 생각하지 않습니다."

"정말 맥 빠지게 하는 학생이구먼."

나달은 아일을 학생이라고 불렀다. 아일이 묘한 표정을 지었다.

솜털까지 주뼛 서게 만드는 비명이 아일을 깨웠다.

옆 막사에서 누군가가 내지르는 비명이 이명까지 뚫고 귓속을 휘저었다. 비명이 머리를 잡고 뒤흔드는 듯했다. 머리에서 흐른 피가 귓바퀴를 따라 흐르는 게 느껴졌다. 정신이 금세 또 멍해졌다. 눈의 초점이 흐릿해지는 것을 눈치채고 채찍으로 갈기는 듯한 따귀가 날아왔다. 더 심해진 이명 너머로 단말마의 비명이 들렸다.

저렇게 비명을 질렀더라면 고문을 덜 당했을까?

중지를 부러뜨릴 때 저 정도로 비명을 질러줬다면 약지까지 부러지지는 않았을지도 모른다. 머리를 갈길 때나, 하다못해 발을 짓이길 때 기절해버릴 것을. 쓸데없는 고집을 부렸다. 누가 알아준다고.

얼마 동안 정신을 잃었지? 푹 자게 해줄 정도로, 앞에서 눈을 희번덕거리고 있는 갈라마 인들이 관대해 보이지는 않았다.

아일은 의식을 유지하기 위해 생각을 하고 또 했다. 의식을 유지하는 게 과연 잘하는 짓일까 하는 생각도 했다. 무조건 생각하려고 했다.

자신의 상태를 살펴보려고 애썼다. 하지만 정신을 잃고 있을 때나 눈을 떴을 때나 앞이 제대로 보이지 않는 건 매한가지였다. 감각 기관이 맛이 간 모양이다. 그게 아니라면 몸 여기저기가 불로 지지는 것 같이 뜨거우면서 동시에 얼음으로 문지르듯 싸늘할 리가 없을 테니까. 머리 어디가 터진 게 분명했다.

따귀를 맞으면서 입안이 터졌다. 그는 피를 뱉어내지 않고 삼켰다. 그 덕에 정신이 좀 들었다. 그러고 나니, 왜 갈라마 인들이 자신을 가만 내버려두고 있는가 하는 의문이 들었다.

고개를 간신히 들어 앞을 보았다. 정신을 잃기 전만 해도 눈앞에 있던 갈라마 인은 야비한 눈을 가진 놈, 심각한 눈을 가진 놈, 표정 없는 눈을 가진 놈 셋이었다.

그런데 이제는, 검은 복면을 쓴 두 명과 야비한 눈을 가진 놈이 서 있었다. 뭐하자는 거지? 죽이기 전의 의식 같은 건가?

아일은 그제야 자신 앞에 이상한 향로가 세워져 있다는 걸 알았다. 검은 향로였다. 야비한 눈을 가진 놈이 검은 헝겊으로 자신의 코와 입, 귀를 가렸다.

검은 향로에서 검은 연기가 피어나왔다.

연기는 바람을 타지 않았다. 그것은 뱀처럼 움직였다. 방해물을 만나면 순식간에 머리 방향을 바꿔 미끄러지듯 움직였다. 저딴 게 그냥 향일리가…….

"두려워하지 마라. 네가 그림자가 없는 이라면 괜찮다."

복면을 한 놈 중 하나가 갈라마 어 억양이 섞인 다이런 어로 말했다.

'그림자라……. 나는 본체보다 그림자가 훨씬 더 큰 사람이다. 어쩌라는 거냐.'

'어쩌라는 거냐.'라는 그의 건방진 목소리를 눈에서 읽기라도 했는지 갈라마 인들의 눈이 잔인하게 빛났다.

그리고 아일은 의식을 잃었다.

의식을 빼앗겼다. 그 뱀 같은, 검은 뭔가에게.

머릿속을 돌아다니는 '뭔가'는 그의 그림자를 찾아내 그와 갈라마 인들 앞에 늘어놓았다. 아주 긴 시간 동안, 아주 공들여. 실제 일어났던 일은 물론이고 그의 머릿속에서만 있었던 일까지 샅샅이 훑어 그의 눈앞에 주렁주렁 매달아놓았다.

중간 중간 중얼거리기도 하고 소리를 친 것 같기도 했다. 어차피 현실과 환상의 틀이 붕괴해서 아일은 자기가 무슨 말을 하고 있는지도, 어디에 있는지도 알 수 없었다.

죄책감과 연민, 무력감, 방향이 불분명한 분노와 환멸이 뒤섞인 영혼이, 몸의 장기를 뽑아내 전시하듯 하나하나 해부되어 그의 눈앞에 놓였다. 그는 산 채로 파헤쳐지고 있었다.

고문을 하는 갈라마 인들이 하나 몰랐던 게 있다면, 아일은 이미 평생 동안 스스로에게 그 짓을 해왔다는 것이었다. 익숙한 고통이었다. 아니, 절대 익숙해지지는 않지만, 그렇다고 너무 낯설어 공포에 떠는 일은 없었다. 그것이 매일 조금씩 이루어지는 고문이냐, 한꺼번에 이루어지느냐의 차이일 뿐이다.

물과 기름이 분리되듯 그의 어두운 영혼이 모두 드러난 순간 그의 정신은 오히려 깨끗해졌다. 이보다 더 맑을 순 없을 정도로 또렷한 의식이 이마 중앙에 고이는 기분이 들었다. 그의 영혼 안 가장 궁벽한 구석에 자리 잡고 있던 '살고자 하는 욕구'가 목을 베면 쏟아지는 피 분수처럼 솟구쳤다.

언젠가 누군가가 그랬었다. 끊임없이 꿈틀대야 인간이라고. 세상은 욕심과 욕심이 싸우는 곳이라고. 선한 욕심과 악한 욕심이 싸우는 곳이라고. 신이 인간에게 욕심을 준 것은 자신이 가져야 할 몫을 지키라고 준 것이라 했다. 날 고문하는 저들은 어떤가. 저들 중에는 이 전쟁을 어서 끝내고 집으로 돌아가길 바라는 자들도 있을 것이다. 가족들을 만나고 사랑하는 여인과 혼인을 하고 아이를 낳고 그저 소박한 날들을 살고 싶어 할지도 모른다. 저들은 다이런과의 전쟁에서 승리하길 원한다. 자신들과 가족들이 좀 더 자유롭기를 바란다. 그들의 욕심은 선한 욕심인가. 저들이 나를 고문하여 해친다 하여도 그걸 악하다고 할 수 있을까. 저들을 제압하러 온 자신은 그럼 악한 욕심을 가지고 있단 말인가. 욕심? 욕심이라……. 자신은 지금 욕심을 부리고 있나? 살고자 하는 것도 욕심인가!

"……겠다……."

신음과 다름없는 말소리였다. 갈라마 인들이 무슨 소리인지 듣기 위해 귀를 기울였다. 그때 바깥에서 요란한 소리가 들렸다.

불이 났다고 외치는 소리가 있었다.

갈라마 인들이 낭패라는 눈으로 천막 밖을 살피다 다시 들려온 목소리에 아일을 돌아보았다. 그리고 흠칫 몸을 떨었다. 고개를 처박고 있던 그가 머리를 들어 자신들을 노려보고 있었다. 그 눈빛이 그대로 송곳이 되어 보고 있는 사람의 머리통에 꽂힐 것처럼 섬뜩했다.

피에 젖어 본래의 색을 알 수 없게 되어버린 머리카락 사이로 너무 짙어 붉은색처럼 보이는 금빛 눈이 번뜩였다. 덫을 부수고 뛰쳐나오려는 맹수의 눈동자였다.

그래, 죽고 싶지 않다. 이곳에 오기 전까지만 해도 늘 죽고 싶다고 생각했던 것이 어이없게 느껴질 정도로 죽고 싶지 않았다. 하고 싶은 것이 있다. 그게 무엇인지 모르겠지만 하고 싶은 것이 분명 있다. 살고 싶다. 난 살아야겠다.

그의 눈에 천막의 찢어진 틈 사이로 일렁이는 화마가 보였다.

"살아야겠다……."

그의 절박한 목소리에 감응한 듯 미친 바람이 불었다.

향로가 엎어졌다.

진흙창이 밟혔다.

아일은 자신의 발을 내려다보았다. 이틀 동안 내린 비로 언덕 위의 잔디도 진창이 되어 있었다. 그는 나달이 수업을 한다는 언덕 위에 혼자서 있었다. 후덥지근한 공기가 저녁 바람으로 옷을 갈아입는 시간이었다.

아일은 푸른 장관에 매료되었다. 눈이 있고 심장을 가진 이라면 어찌 매혹되지 않을까. 라야의 말처럼 이런 절경은 쉽게 볼 수 있는 것이 아니다. 이걸 모르는 사람들이 있다는 게 안타까울 정도였다.

사실, 그의 눈에 에메랄드빛 바다는 아름답게만 보이는 것은 아니었다.

언덕 끝에서 내려다보는 물빛은 너무나 깊고도 맑아서, 오래 심취해 있으면 저도 모르게 그 푸른 원시의 품으로 몸을 던질지도 모를 일이다. 아일은 언덕의 가파른 절벽 아래에 있는 바다의 한 점을 뚫어져라 응시하다 위험성을 느끼고 눈을 들어 수평선을 바라보았다. 저 빛나는 금빛 선이 사라지면 하늘과 바다는 경계를 지우고 똑같이 어둠으로 물들 것이다.

'……아.'

생각났다.

이 푸른 정기. 원초성. 끝이 없을 것 같은 영원성.

아로마니 바다였다. 라야의 눈을 들여다볼 때 느꼈던 기시감은, 이것이었다.

"어쩐 일이야?"

어느새 나타난 르웨이가 뜻밖이라는 듯이 아일을 불렀다. 아일이 가볍게 웃으며 르웨이를 돌아보았다. 땀에 반질거리는 이마만큼 잿빛 눈동자도 기대로 반짝이고 있었다. 그들의 교실에 대한 감탄의 말이라도 준비해놓을 걸 그랬다.

르웨이는 들고 온 종이봉투를 테이블 위에 놓고, 자리에 앉아 숨을 가다듬었다.

"이놈의 언덕은 어떻게 올라올 때마다 숨이 차. 익숙해지질 않아. 진짜, 여긴 어쩐 일이야? 아, 드디어 윈터스 양의 설득에 넘어간 건가?"

르웨이는 하늘을 지나는 하얀 새를 향해 우아하게 손을 흔들었다.

"윈터스 양은 새가 지나가면 항상 이렇게 손을 흔들어. 나도 한 다섯 살쯤엔 그랬을까?"

"즐거워 보이는군."

"응, 즐거워. 요즘은 정말 하루하루가 재미나."

르웨이는 아일을 떠보듯 은밀한 손동작으로 라야가 앉아 있던 자리를 쓸었다.

"수업도 즐겁고, 매일 미인과 얘기도 나눌 수 있고…… 내 오랜 궁금증도 어느 정도 풀렸거든."

르웨이는 아일의 말을 기다렸다. 오랜 궁금증이 뭔지 물어봐달라는 눈치였다. 아일은 모른 척 르웨이에게서 등을 돌리고 섰다. 르웨이가 어쩔 수 없네 하는 얼굴로 웃고는 말했다.

"아일 에드가가 어떤 여인에게 곁을 내줄지 늘 궁금했지."

"……잘못 짚었어."

르웨이는, 아일이 말 앞에 둔 생각의 틈을 놓치지 않았다.

"내가 내일부터 뭘 할지 계획을 말해주겠어."

그러고 종이봉투 안에서 포도 몇 알을 꺼내 손에 덜어놓고 하나씩 우물거리며 먹었다.

"내가 아는 평민 사내들 중에서 괜찮은 놈들로만 골라 윈터스 양에게 소개를 해줄 생각이야."

아일이 어이가 없다는 표정을 지었다. 하지만 뒤돌아서서 들으니 르웨이의 목소리에 장난기가 없다는 걸 알 수 있었다.

"아카데미 출신 중에서 고를 거야. 똑똑하고 전도유망한 청년으로."

"에른스트의 귀가 고른 사람인데 어련하려고."

"그래, 제대로 중매 한번 서보려고."

아일은 반쯤 몸을 틀어 르웨이를 보았다. 르웨이는 두 손을 탁탁 털고, 늘어져 있던 자세를 바로 했다. 잿빛 눈동자가 금빛 눈동자를 도전적으로 응시했다.

"난 그 아가씨가 마음에 들어. 선하고 모험심 많은 미인이 좌절하고 상처받는 걸 지켜보는 것만큼 괴로운 일도 없지. 그렇다고 자네가 윈터스 양을 가지고 놀 거라고는 생각하지 않아. 그런 사내는 아니지."

"염려 많은 인간이 되어버렸다더니 진짜인가 보군."

"그 아가씨는 세르노다를 벗어나면 자신이 어떤 취급을 받는지 전혀 자각이 없는 것 같아."

"그건 사실이야."

아일이 낮게 웃었다. 르웨이도 따라 웃고는 말했다.

"그게 그 차이드 인 아가씨의 매력이긴 하지만, 한참 지켜보고 있자니 마음이 불편해져서 참을 수가 있어야지. 꿈은 아무리 행복해도 언젠가 깨어나야 하는 것이니까. 이 천방지축 아가씨야, 최초의 여성 교수라니, 정신 차리세요, 란 말이 목에서 간질간질하다고. 이럴 때마다 난, 날 뭐 같은 시선으로 보는 놈들과 똑같은 인간이 되어버린 기분이 든다고, 젠장."

다소 격앙되어 있지만 평소의 지어낸 경박함을 걷어낸 진중한 목소리였다.

"윈터스 양은 이미 내 동무야. 난 내 벗이 내 어머니와 같은 길을 가는 것을 손 놓고 지켜보지 않겠어. 어머니 때에는 내가 어찌할 수 없었지만 이번엔 가능하겠지. 에드가, 가주 팔찌를 찬 사내의 손은 그 자유로운 여성의 손과 어울리지 않아."

"두 번 말하게 하지 마. 잘못 짚었어."

"꼬맹이 린치 생각나?"

꼬맹이 린치. 와이즈 가문의 장자, 즉 르웨이의 첫째 형이 낳은 아들이었다. 열두 살 무렵, 르웨이가 "내 나이가 몇인데, 벌써 삼촌이 되어버렸어. 아저씨가 된 기분이야."라고 우는 소리를 했었다. 린치가 겨우 걸음마를 할 때 아일도 두어 번 본 적이 있다.

"만나도 못 알아볼걸? 엄청 컸거든. 이제 재수 없는 소리도 가끔 해. '엄마 말이 삼촌은 출신이 천하댔어. 천하다가 무슨 뜻이야?'"

"……."

르웨이는 속내를 알 수 없는 눈을 하고 웃었다.

"그럴 때마다 생각하지. 아니, 이놈이 언제 이렇게 자랐지? 가까이 있으면 그 사람이 변하는 걸 몰라."

아일도 그 말에는 동의했다. 몇 년 만에 어머니를 만난 덕분에 아일은 그녀가 변했다는 것을 알았다. 요즘도 어머니를 만나러 갈 때마다 느낀다. 익숙해지지 않고 매번 놀란다. 라야를 전담 하녀로 두기 전의 아넷과 지금의 아넷은 완전히 다른 사람 같았다.

르웨이가 검지를 세워 보였다.

"이번 전쟁의 유용성을 하나 찾았지. 우리가 오랜만에 만나는 덕분에 내가 자네의 변화상을 쉽게 눈치챌 수 있었다는 거."

아일은 르웨이의 목소리를 등 뒤에 두고, 미간을 살짝 접은 채 어둠으로 경계를 지워가는 수평선을 바라보았다. 르웨이가 말했다.

"그때 뭐라 그랬지? 하인들이 바닥을 닦는 이유. ……매일 바닥을 닦으며 스스로를 비추어 보라, 그리고 네 주제를 알라……고 했나? 소녀에게 그런 살벌한 말을 날리고 말이야."

"르웨이."

본론을 얘기해.

"그때 윈터스 양을 대하던 자네 모습과 오늘의 모습이 얼마나 다른지 꼭 말을 해야 할까?"

아일이 르웨이를 돌아보았다. 아일은 웃고 있었다. 그 미소가 세 수(手)를 앞서 보는 승부사의 은밀한 표정처럼 보여, 잿빛 눈동자는 순간 확신을 잃었다. 아일이 흔들림 없는 목소리로 말했다.

"달라 보이나? ……그럼 다행이군."

뭐가 다행이야?

무슨 뜻이냐고 물으려던 르웨이는 턱만 위아래로 움직이다 관두었다. 그새 다시 등을 돌리고 선 저 과묵한 사내가 순순히 속내를 얘기해줄 것 같지 않았다. 그렇게 입 모아 자랑하던 풍경을 보러 왔으니 그것에만 집중하겠다는 태도였다.

르웨이는 숨을 대여섯 번쯤 들이 내쉬고 말했다.

"자네가 마음이 없다고 해도…… 윈터스 양은 자네를 좋아해."

"알아."

조금은 당황할 거라 생각했다. 아일이 단박에 대꾸하자 르웨이는 멍한 얼굴이 되었다.

"……뭐?"

당황한 것은 르웨이였다. 성공하지 못한 공격은 공격자에게 되돌아온다더니.

"감정을 숨길 줄 모르는 녀석이니까."

그렇게 말하고 아일은 어두워져가는 바다를 찍어 누르는 시선으로 할퀴듯 쳐다본 뒤, 르웨이에게로 완전히 몸을 돌렸다. 맞은편에 와 앉은 아일이 느긋한 손짓으로 포도 봉투를 집어 자기 쪽으로 끌어당겼다.

"속이 빤히 보이지. 피부층 하나가 없는 건 아닌가 몰라."

아일이 능글맞은 투로 말했다. 르웨이는 갑자기 오랜 친구가 낯설어졌다.

농담 삼아 아일의 뒷담화를 하면 "그를 잘 몰라서 하는 말이에요."라며 라야가 입을 삐죽대던 것이 떠올랐다. 그러면 르웨이는 "아무리 그래도 내가 너보다야 에드가를 더 잘 알지."라며 짓궂게 받아쳤다. 어쩌면 이 모습이 그녀가 말한 에드가의 숨겨진 모습이 아닐까 하는 생각이 들어 르웨이는 눈가에 주름을 잡고 아일의 눈을 주시했다.

아일은 엄지와 검지로 포도 한 알만 집어 입에 넣고, 그것을 굴리고 씹는 동안 침묵으로써 르웨이의 조바심을 키웠다. 아일은 르웨이의 의문을 꿰뚫어 보았다.

"애정을 받으면 받은 만큼 돌려주라고 배운 모양이더군. 그래, 내가 애정을 줬지. 난 검술만 넘겨주는 법 따윈 모르거든."

아일이 가지런한 입매를 슬쩍 기울이고 웃었다. 르웨이가 눈썹을 찡그렸다. 우직하리만치 신중하고 절제된 말만 내뱉던 저 조용한 목소리가 장난기와 계산을 담고 있었다. '에드가'는 장난을 걸지도, 상대를 떠보듯 계산을 내보이지도 않는다.

르웨이의 타고난 정치적 감각이 그의 말에서 수(手)를 읽었다.

그는 대체 누구를 상대로 무슨 게임을 하고 있는 것인가? 상대를 도발하며 장기판에 말을 놓는 것 같은 태도는 그가 전장에 오래 있어서 자연스럽게 배어버린 냄새 같은 것일까?

이 친구와 이런 게임 같은 대화를 하게 되길 바란 적이 없다면 거짓말이겠지만, 왜 하필 지금인가. 그녀에 대한 중요한 이야기를 앞에 두고 짓는, 저 태연자약한 표정이 무신경하게까지 느껴졌다. 르웨이는 갑자기 갑갑해진 기분을 느끼며 말했다.

"……크롬헬 모뤄가 한 말이군. 내 말은 그 말이 아니잖아. 윈터스 양은 자넬 사내로,"

"네가 칼라의 작은 일꾼이 되어 그녀가 좀 더 일찍 꿈에서 깨도록 도울 수는 있겠지."

아일은 눈을 내려뜬 채 포도를 한 알 더 입에 넣었다. 그의 뒤로 두 개의 달이 떠오른 것이 보였다. 지하의 여왕, 꿈의 신 칼라의 얼굴을 표현할 때 흔히 언급되는 두 개의 달이었다. 커다란 백월 위로 오분의 일 정도 크기의 황금빛 달이 겹쳐 떠올라 있었다. 칼라는 금색 눈을 통해 자신의 작은 일꾼을 지상에 내려 보낸다. 여신의 일꾼들은 행복한 꿈을 꾸는 이들이 너무 오래 잠들어 있지 않도록 깨우는 임무를 맡는다.

당연하지 않은가. 행복한 꿈은 너무 오래 꾸면 깨는 순간 악몽이 된다.

아일이 부드럽게 웃으며 말했다.

"그리고 네 염려만큼 녀석은 순진하지도 않아. 얼굴에 속지 마."

르웨이는 살짝 속이 뒤틀렸다. 자신이 라야에게 생각보다 더 크게 마음을 주었구나, 라는 생각이 들어 그는 쓴웃음을 지었다. 남녀 간의 사랑은 아니었다. 큰 목표, 아니, 어려운 목표를 함께 가지고 있는 이에 대한 동지애에 가까웠다.

어느새 어두워진 바다를 쳐다보고 있는 아일을 향해 르웨이가 고까운 투로 말했다.

"즐거워 보이는군."

"응, 즐거워. 멋진 풍경이잖아?"

르웨이는 자신이 에른스트 아카데미 출신이 아니라 크롬헬 출신이길 바랐다. 그랬다면 저 밉살맞은 얼굴에 주먹을 한 대 날릴 수 있었을 테니까.

35

태양 볕이 '미친 여름' 못지않게 심상찮은 여름이었다. 세르노다의 8월은 '겨울 정원'의 달이었다. 연극 '겨울 정원'은 천재 극작가 사만티니의 데뷔작으로, 중세 무인 가문을 배경으로 한 비극이었다. 지금 방금, 연극계의 전설을 무대화한 연극이 막을 내렸다. 극장 밖으로 박수가 터져 나왔다. 저물녘의 선선한 냄새가 집으로 돌아가는 사람들의 등을 떠밀었다.

라야는 대형 극장이 있는 광장을 지나고 있었다. 그녀는 부러운 눈으로 비싼 극장을 쳐다보고는 다시 걸음을 재촉했다.

"라야?"

중성적인 목소리가, 인파를 뚫고 지나가는 라야를 불렀다. 라야가 고개를 돌리기도 전에 누군가가 그녀의 어깨를 확 잡아 돌렸다. 라야는 반짝이는 검은 눈동자에 비친 자신을 볼 수 있었다. 예전에도 긴 머리는 아니었지만 그전보다 훨씬 더 짧아진 머리 탓에 상대를 알아보는 데 시간이 좀 걸렸다.

"싱클레어?"

라야와 싱클레어는 못 믿겠다는 표정으로 서로를 바라보았다. 그리고 인파에 밀린 틈을 타 싱클레어는 아직도 놀란 얼굴인 라야를 끌어안았다. 싱클레어가 라야를 껴안은 채로 물었다.

"어떻게 된 거야? 어떻게 세르노다에 있는 거야? 너도 저택을 나온 거야?"

"얘기하자면 긴데……."

라야는 싱클레어의 어깨에 턱을 올린 채 웃으며 일 년 반 만에 만난 친구의 어깨를 토닥였다.

두 사람은 광장의 계단에 앉아 이야기를 나누었다. 싱클레어는 라야가 아넷의 후원으로 아카데미 학생 비슷한 것이 되었다는 것에 놀랐고, 라야는 싱클레어가 지금 '겨울 정원'을 공연 중인 극단의 단원이 되었다는 것에 놀랐다. 두 사람은 서로 상대방의 근황이 더 놀라운 것이라며 몇 분을 옥신각신했다.

싱클레어가 말했다.

"안 그래도 여기 오자마자 에드가가 이곳의 경비대장으로 있다는 소리를 들었어."

"그 사람 소문은 잘도 퍼지는구나."

"대화 한번 나눠본 적 없는 양반인데 그 집에서 일한 인연도 인연이라고 이름을 들으니 되게 반갑더라고. 덕분에 세르노다가 친근하게 느껴지는 건가 했더니 이유는 다른 데 있었어. 네가 있어서 그랬던 거야."

라야는 쑥스러운 미소를 지었다.

"전국을 돌아다니면서 연극을 하는 거야?"

"방랑벽이 있는 인간한테 어울리는 직업이지?"

"사실, 난 네가 그 비슷한 일을 할 거라고 생각했어. 하지만 그게 배우일 줄은 몰랐네."

"배우가 아니라 연출인걸. 아직 배우는 중이지만. ……말이 나와서 말인데 라야, 너 혹시 연극 해볼 생각 없어?"

"응?"

"이번 공연을 하는 내내 네 생각이 났어. 너에게 딱인 배역이 있거든.

단장도 준비하면서 계속 그 배역 때문에 투덜거렸어. 널 보면 아마……
아, 이런. 단장 심부름을 하던 중인데!"

싱클레어는 소리를 지르며 벌떡 일어섰다. 인사도 없이 극장이 있는
계단 위쪽으로 서너 발짝 뗐던 싱클레어가 뒤돌아 내려왔다. 그리고 대
뜸 라야의 팔목을 잡고 달렸다. 두 사람은 비명 같은 소리를 지르며 계
단을 뛰어올랐다.

라야는 단장과 이야기 중인 싱클레어에게서 조금 떨어져, 대형 극장
의 무대 뒤를 천천히 둘러보았다. 연극을 마친 배우들이 분장이 덜 지워
진 얼굴로 돌아다니면서 소품과 도구를 나르고 있었다.

"하고 싶다고 다 배우가 될 수 있는 줄 알아?"

극단의 단장은 라야의 얼굴을 언뜻 보고는 싱클레어에게 소리쳤다.
라야는 '전 배우가 되고 싶지도 않거든요?'라고 쏘아붙이고 싶었다. 하
지만 그녀의 되바라진 혀도 눈치는 있었다.

"단장도 그 역할에 베니는 맞지 않다고 생각했잖아요. 베니도 1인 3역
은 버겁다고 했고요. 이 아이를 보세요! 마치 린나우 역을 위해 태어난
것 같지 않아요? 얘는 예쁘기만 한 게 아니라고요."

싱클레어는 라야를 끌고 와 양어깨를 잡고 그녀를 단장 앞에 들이밀
었다. 단장은 시큰둥한 표정으로 라야의 눈을 들여다보았다. 싱클레어
말처럼 라야는 예쁘기만 한 게 아니었다. 시선을 한눈에 잡아끌어 상대
를 쉽게 놓아주지 않는 초록빛 눈동자는 어떤 장신구보다 강렬한 매력
을 지니고 있었다. 단장이 조금 진지해진 목소리로 말했다.

"매력만 있다고 무대에 오를 수 있는 게 아니야."

"라야의 핏줄의 반은 차이드의 모래로 채워져 있다고요. 어디 가서 우
리가 이렇게 차이드 어 억양을 가지고 다이런 어를 유창하게 하는 배우

를 구하겠어요? 얘는 원래 아히름에 있어야 하는 아인데 지금 세르노다에 있는 거예요. 무슨 뜻인지 모르시겠어요? 얘는 린나우 역을 하기 위해 이곳에 온 거라고요. 마침 우리가 그 위대한 연극을 공연하러 온 이곳에!"

라야는 '진정해, 싱클레어.'라고 말하고 싶었다. 싱클레어는 지나치게 흥분하고 있었다.

"잘할 수 있어요. 그치, 라야?"

싱클레어가 어깨를 잡고 흔드는 통에 라야는 억지로 씨익 웃어 보였다. 단장이 콧수염을 쓰다듬으며 라야를 위아래로 천천히 훑었다. 이건 거의 넘어왔다는 뜻이다. 싱클레어가 그의 확답을 재촉하듯 라야의 양어깨를 잡고 흔들었다.

"어떻게 생각해요?"

라야가 소파에 누워 있는 아일을 내려다보며 물었다.

"엉뚱한 짓이라고 생각해."

아일이 서류에 눈을 둔 채 대답했다. 놀라거나 빈정대는 기색이 없어서 더 얄밉다.

라야는 그의 머리카락을 죄다 헝클어버리고 싶은 충동을 느꼈다. 나달에게 선생 자리를 내어준 아일은 요즘 대련을 해주지도 않는다.

라야가 그의 머리맡에 무릎을 모으고 쭈그려 앉았다.

"난 나쁘지 않다고 생각하는데. 싱클레어 말이, 배우는 평민도 여성도 외국인도 상관없이 존중받고 환호받을 수 있댔어요. 그런 직업, 다이런에서 몇 없다고."

"최초의 여성 교수가 되겠다는 목표는 접은 건가? 아니면 최초의 하녀 출신 여성 평민 외국인 교수란 호칭에 배우 출신이란 것까지 덧붙이려는 거야?"

'눈이라도 마주치고 얘기하지.'

라야는 그가 보고 있는 서류를 빼앗아 찢어발기고 싶은 충동도 느꼈다. 라야가 샐쭉한 표정으로 말했다.

"사실, 여성 교수는 거의 불가능한 일이잖아요."

아일이 눈만 돌려 흘긋 라야를 보았다.

"너라면 가능할지도 모른다고 생각했는데."

그가 지나가는 말처럼 하는 말에 라야가 반색했다.

"정말요?"

"……아니야. 어려운 일이지. 잘 생각했어. 모처럼 현명해."

차분한 목소리가 달갑지 않은 동의를 했다.

"전 존중받고 환호받고 싶어요."

조금 기가 죽은 듯한 목소리에 아일이 서류를 들고 있던 왼손을 내리고 고개를 돌려 라야를 보았다. 그의 왼팔이 소파 아래로 늘어졌다. 라야는, 두꺼운 서류 뭉치를 붙잡고 있어 힘줄이 돋은 그의 손등을 바라보았다.

환호받고 싶어. 당신 옆에서도 당당하고 싶어. 요즘 들어 부쩍 그런 생각을 많이 한다. 그의 옆에 서면 움츠러들었다. 누구에게도 우월감과 열등감을 느끼지 않던 그녀가 작아지는 기분을 느꼈다. 라야가 기어들어가는 목소리로 말했다.

"꿈은 원래 바뀌는 거예요. 어릴 때부터 한 꿈만 가지고 쭉 버티는 사람이 오히려 드문 거라고."

그녀답지 않게 기가 팍 죽었다. 고개도 무릎 사이로 들어가려는 것처럼 점점 수그러졌다. 아일이 작게 콧김을 내쉬었다. 그는 오른손을 들어 중지로 그녀의 정수리를 꾸욱 눌렀다. 그 바람에 라야는 엉덩방아를 찧고 넘어졌다. 정말 머리가 무릎 사이로 들어박히려고 했다. 라야가 양손으로 머리통을 붙잡고 으으 하는 소리를 냈다. 아프다!

"그만해요, 뭐하는 짓이에요!"

라야가 그의 손을 붙잡아 머리에서 떼어내며 소리쳤다. 아일이 태연하게 말했다.

"너야말로 뭐하는 거야? 이 손에 한 맹세는 그냥 평소 자주 해대던 약속 같은 거였나?"

그날 그의 손가락에 입을 맞추며 맹세했다.

「조심조심하면서 재밌게 살 테니까, 그렇게 걱정하지 마요.」

재밌게 살겠다고 약속했다. 우스울 정도로 금세 기분이 좋아졌다. 라야가 히히 웃으며 몸을 배배 꼬았다. 아일이 눈으로 '뭐하는 짓거리야?'라고 타박했다. 라야가 주먹으로 그의 어깨를 가볍게 치고 말했다.

"사실 이 얘기, 아일에게 가장 먼저 하는 거예요. 내일은 나달과 르웨이에게도 물어볼 거예요. 그다음엔…… 마님한테."

"너에게 기대가 이만저만이 아닌 그 세 사람이 어떤 표정을 지을지 궁금하군."

"그렇게 밉살맞게 얘기할 때마다 난 당신이 물을 덮어썼던 모습을 떠올려요. 그 생각만 하면 기분이 좋아져."

일어선 라야가 양 입가를 길게 당기고 웃었다.

"대사는 많지 않아요. 하지만 중요한 역할이랬어요."

"아무리 작은 역이라도 연습할 시간이 있을까? 시간이 네게만 넉넉하게 주어진 게 아닐 텐데?"

"마님의 편의에 기댈 생각은 없어요. 잠을 좀 덜 자면 돼요. 오전에 일하고 남은 일은 돌아와서 자기 전까지 끝내고, 수업은 점심시간에, 당분간 오후 나머지 시간은 극단에서 보내기로 했어요. 마님이랑 꼭 보러 와요. 약속, 약속."

　그러면서 라야는 소파 아래 늘어져 있는 그의 왼손을 들어 올려 그의 새끼손가락에 자신의 새끼손가락을 걸었다. 제대로 해보기도 전에 아일이 손을 확 빼냈다. 그는 다시 서류 보기에 몰두했다. 라야가 아쉬운 듯 입맛을 다셨다.

　저런 무심한 남자가 뭐가 좋다고

　열어놓은 창문으로 들어온 바람이 그녀의 어깨를 스쳐 지나가며 말했다. 라야가 속으로 대꾸했다.

　'그를 몰라서 그래.'

　라야의 데뷔 무대가 있는 날, 아넷은 여윈 인상과 활기를 함께 품고 있었다. 매일 거듭되는 라야의 강권을 무시할 수 없어, 결국 아일은 아넷을 데리고 극장을 찾았다.

　저택을 나서기 전만 해도 아넷의 얼굴이 너무 파리해 보여 관두자고 생각했다. 하지만 아넷도 라야를 닮아가는지 가겠다고 고집을 부렸다. 극장에 도착한 아넷은 놀라울 정도로 생기 있는 눈으로 관객석을 둘러보았다.

　"좋아 보이시네요."

　2층 귀빈석에 앉아 1층을 내려다보고 있던 아일이 문득 어머니를 보고 말했다. 일시적이겠지만 건강도 좋아 보였다. 웬일로 화사한 색의 옷을 입어 겉모습도 좋아 보였다. 이날 아넷은 젊을 때처럼 아름다웠다.

　"그래. 설레."

　설렌다는, 다소 황당한 말을 뱉고 아넷은 소녀 같은 미소를 지었다. 그녀가 할 말이 있는 것처럼 아일 쪽으로 몸을 수그렸다. 아일 역시 반사적으로 어머니 쪽으로 몸을 숙였다. 그러면서도 마음 한편이 낯선 느낌으로 당황하고 있었다. 아넷이 속삭였다.

"여성들이 널 보고 소곤대고 있어."

아일은 귀를 물리고 아넷의 얼굴을 빤히 쳐다보았다. 자신을 쳐다보며 수군거리는 건 여성들만이 아니라고 말하려다가 말았다. 실제로, 에드가가 극장을 찾았다는 것을 알게 된 사람들이 클레이모어 모자가 있는 귀빈석을 살피고 있었다. 사교계 인사들이 이런 재미를 놓칠 리 없다.

귀족들과 잘 차려입은 부자들은, 사교계 가십에 대한 얘기를 떠들다가 옆자리로부터 에드가에 대한 이야기를 전해 듣고는 대화의 주제를 에드가와 정치 문제로 돌렸다. 2층 귀빈석에서 시작된 웅성거림이 1층까지 번졌다. 연극 시작 전의 흥분이 극장을 달구었다.

아넷은 귀부인 옆에 앉은 어린 숙녀가 자신의 아들을 보고 얼굴을 붉히는 걸 보았다. 자신이 칭찬받은 것처럼 아넷은 쑥스러운 표정이 되어 버렸다. 아넷이 무뚝뚝한 아들에게 말을 걸었다.

"이제 와서 이런 말을 하는 것도 웃기지만, 난 라야를 처음 보았을 때 겨울 정원의 린나우를 떠올렸어."

아일이 눈을 1층 관객석에 둔 채로 답했다.

"차이드 인이라 그런 거겠지요. 린나우보다 훨씬 얼뜬 인상 아닌가요? 표정 하나 숨기지 못하는 녀석이 첩자 역할을 어떻게 하겠다는 건지."

아, 어머니에게 아들의 반응을 매일 전해 나른 것도 일종의 첩자질이라고 볼 수 있나?

아넷이 말했다.

"네게 선견지명이 있었나 봐. 배운 검술을 이렇게 사용하게 될 줄 몰랐다며, 라야가 배우길 잘했다고 몇 번이나 말했어."

정작 가르쳐준 사람에게는 그런 말을 하지 않았다. 아일이 막이 내려와 있는 무대를 보며 조소를 흘렸다. 천방지축 녀석이 무대에서 어떤 실수를 할지 기대가 컸다. 그래도 아는 사람으로서 지켜보기 힘들 정도로 큰 실수는 하지 말라고, 응원도 잊지 않았다.

'비극을 희극으로 만들지 않을 정도로만 해.'

무대의 막이 올랐다.

극의 시작은 평범하다. 주인공 집안이라 할 수 있는 귀족 무인 가문의 다섯 형제가 하루를 보내는 모습이 큰 소란 없이 펼쳐진다.

"라야 맞지?"

아넷이 기쁜 목소리로 속삭였다. 막이 오르고 십 분 뒤쯤 라야가 무대에 등장했다. 아일은 아넷이 말하기도 전에 라야를 발견했다. 눈은 라야를 인식했지만 머리는 의문을 가졌다. 천방지축의 발랄한 여성은 거기에 없었다. 라야는 일상에 지친 피로를 단단한 가면 속에 숨긴 린나우가 되어 무대 위에 홀로 서 있었다. 고단한 표정에도 그녀는 빛이 났다. 그녀는 빛 속에 있었다.

라야, 아니, 린나우에게 다가온 사내가 말했다.

"어려운 일도 아니잖아? 원래 하던 일을 그대로 하면 되는 거야. 그래서 얻는 것이 자유라면 손해 보는 일도 아니지."

"누가 그러던가요, 제가 자유를 원한다고?"

앞좌석에 앉은 남성 관객이 린나우의 목소리를 듣고 입을 멍청히 벌렸다. 이국적인 억양이 섞인, 이 신인 배우의 목소리는 바로 먹을 수 있는 뭔가처럼 달콤했다. 훈련을 받아 더 명료해진 발음은 생크림 속 과일처럼 선명한 맛을 더했다.

라야가 맡은 린나우는 극의 초반부에 등장하는 인물이었다. 초반에 잠깐 등장하고 마는 인물이지만 극의 갈등을 점화하는 중요한 역할이기도 했다.

첩자로 다이런에 흘러들어온 린나우는 연락책이 끊기는 바람에 그대로 다이런에 머물게 된다. 재상과 군부의 요직들이 드나드는 고급 살롱에서 차이드 인 노예로 무희 일을 하며 초조한 하루하루를 보내던 그녀에게 한 사내가 찾아온다. 사내는 다이런 소속의 이중 첩자로 그녀가 차이드의 첩자란 것도, 연락책이 끊겨 오도 가도 못하는 표류 신세라는 것도 알고 있었다. 그가 그녀에게 거절하기 힘든 제안을 한다.

며칠 뒤 사내는 살롱으로 한 중년 남자를 데려온다. 그리고 남자에게 그녀를 소개한다. 바로 주인공 가문의 수장, 다섯 형제의 아버지였다. 린나우는 소개받은 남성 앞에서 춤을 춘다.

아일은 속으로 신음을 흘렸다. 그 춤이었다.

자신의 앞에서 추었던 차이드의 검무. 보는 사람의 눈을 빼앗고 심장을 움켜쥐는 춤. 그녀는 그 사실을 알고 추는 걸까.

아일은 팔짱을 끼고 있는 채로 주먹을 틀어쥐었다.

누구 마음대로 내 주머니에 있는 것을 허락 없이 빼내 가 돌려 보래……

위안 삼을 만한 게 있다면, 무대 위에서 린나우의 껍데기를 쓰고 추는 춤은 라야가 추는 춤만큼 자유롭지는 않다는 것이었다. 첩자 출신의 무희답게 절제된 춤이었다. 오히려 아일이 가르쳐준 것과 흡사했다. 검의 궤적과 몸이 그리는 선이 기존의 것보다 선명했다. 춤을 추다가 그대로 바람 속으로 흩어져 사라져버릴 것 같던, 그 춤만큼 아름답지는 않았다. 대신 우아하고 고상했다. 너무 참고 참아서, 그 고단함이 느껴져서, 보고 있는 관객이 눈물이 날 정도로 처연했다.

형제들의 아버지는 린나우의 춤을 보고 그녀에게 한눈에 반한다. 그것이 비극의 시작, 이야기의 시작이었다.

린나우는 형제들과 아버지를 이간질하고 그들의 수장이 여색에 빠지도록 만든다. 엄한 가장이면서 왕에게도 쉽사리 고개를 숙이지 않던 전쟁 영웅이 그렇게 이성을 놓았다.

린나우의 상대 배역은 따로 있었다. 그는 무인 가문의 차남 에시올이었다. 몹시 냉소적인 성격임에도 평소엔 예의 바른 미소로 상대를 대하는 인물이었다. 비극을 야기하는 중요 인물인 만큼 에시올 역을 맡은 배우는 꽤 미남이었다. 하인을 침묵으로 나무라는 시선, 절도 있는 움직임, 오래 연습한 듯 능숙하게 검을 다루는 모습까지. 무대 위에서 그는 완벽한 당시대의 기사였다. 라야는 에시올의 모습에서 아일을 떠올렸지만 그건 그녀만의 비밀.

린나우를 가장 먼저 의심한 것도 에시올이었다. 그녀를 항상 지켜보고 있었기에 그녀의 정체가 무엇인지도 가장 먼저 눈치챈 에시올. 그는 그 사실을 가족들에게 알리는 것을 망설인다. 그녀를 눈으로 좇는 사이 그는 그녀를 사랑하게 되었다.

이후 그녀가 적대 가문에 전한 정보로 인해 막냇동생이 큰 상처를 입자 에시올은 괴로워한다. 그가 자신이 누구인지 알았다는 것을 안 린나우가 에시올을 찾아온다.

에시올과 린나우가 정원에 앉아 여름 눈꽃 나무를 보며 말없이 앉아 있는 신은 연극 초반부의 명장면. 두 사람은 서로가 서로에 대해 알고 있다는 것을 알면서도 아무 말도 하지 않는다. 그래서 그에게 미안하다는 말도 할 수 없는 린나우가 먼저 자리를 뜨려 하자, 에시올이 그녀를 잡는다.

"어떤 말도 할 필요 없다. 가지 말고, 그냥…… 있어."

1막이 막바지에 다다르고 있었다. 자신이 원하는 것이 진정 자유인지 아닌지 알기 위해 린나우는 마지막 결행을 한다. 형제들의 아버지를 기다리며 독이 든 차를 준비한 그녀 앞에 에시올이 나타난다. 그의 얼굴을 보는 순간 긴장의 끈이 풀리고 린나우는 이성을 놓아버린다. 자신의 모든 것을 보여주려는 듯 검으로 에시올을 찌르는 린나우. 그러나 찌를 수 없다. 그의 심장 앞에서 멈춘 자객의 칼 끝.

린나우가 말한다.

"왜 그렇게 멍청히 서 있어요……."

"동전놀이 같은 거지."

동전 두 개를 양쪽 다 같은 면이 보이도록 붙여 내기에서 사기를 치는 것은 에시올이 잘하던 장난.

"동전을 쥐여준 건 다른 사람이라 하더라도 동전을 던지는 건 내가 할 수 있지. 어서 네 일을 하고 떠나."

그의 말대로 동전을 던지는 건 자신이 할 수 있다. 린나우는 검을 버리고 그에게서 몸을 돌린다. 그녀가 몸을 돌리기 무섭게 에시올이 독이 든 차를 마셔버린다. 그녀의 비명보다 그가 쓰러지는 것이 빨랐다. 죽어가는 그를 안고 린나우가 눈물을 흘린다.

"내가 누군지 알면 진작 막지 그랬어요. 본인이 못하겠다면 형제들에게 말하지 그랬어. 왜 모른 척했어. 날 왜 곁에 뒀어."

에시올은 린나우에게 안겨 슬픈 웃음을 짓는다. 왜 자신을 향해 처음으로 지어주는 솔직한 웃음이 이런 웃음일까. 린나우는 오열한다. 에시올이 말한다.

"내 마음이니 내 마음대로 할 수 있을 줄 알았다."

그가 그녀의 얼굴을 쓰다듬었다.

"널 보고 있으면 재밌으니까…… 그렇게 눈에만 담으면 된다 생각했다. 그런 표정 짓지 마라. 네 탓이 아니다. 잘못을 찾자면 내 마음을 내 마음대로 할 수 있을 거라 생각한 내 오만에 있다."

"당신이 죽으면 모든 게 엉망이 될 거예요."

"그렇겠지."

"당신이 그렇게 지키고자 했던 가문도, 가족도, 결국엔 이 나라도 엉망이 되어버릴 거예요. 왜 그랬어요? 뭘 보여주려고, 뭘 위해서 이런 짓을 한 거예요."

"모르겠다. 아무 생각도 나지 않았어. 그냥, 네가 그대로 나가게 할 수 없었다. 다시 뒤돌아봐주었으면 했다. 그것 말고는 아무 생각도 들지 않았어. 어리광을 부렸다. 난생처음 부리는 어리광이 왜 하필 지금, 네 앞인지……."

결국 에시올은 영원히 입을 다문다. 린나우가 그의 입술에 입을 맞춘다. 에시올이 죽기 전에 그녀의 키스를 받았는지, 그 후 린나우가 죽었는지는 지켜보는 관객도 알 수 없었다.

에시올의 죽음 이후, 음모를 알게 된 형제들은 저마다 각자의 방식으로 복수를 준비한다. 린나우를 고용해 자신의 형제를 죽음으로 몰고 간 적대 가문은 물론, 그 뒤에 있는 흑막 왕가 라우니트를 향한 복수. 정확히 라우니트가라는 말이 등장하지는 않지만 관객은 숨은 배후가 왕가라는 것을 알 수 있었다. 그래서 무너뜨릴 수 없는 대상에 맞서려는 한 가문의 이야기가 비극으로 끝날 수밖에 없다는 것을 관객은 알 수 있었다.

형제들은 저마다의 사랑, 저마다의 우정, 저마다의 맹세를 지키려다 한 사람도 빠짐없이 죽음을 향해 달려간다. 중반쯤 되면 관객들은 이제 그만하라고 형제들을 말리고 싶어진다. 이 연극에서 행복해지라는 말은 사치스러운 기원이었다. 관객들은 극의 인물들이 행복해지길 바라는 대신 살아남으라고 외쳤다. 무대 위 이야기가 아니라면 차마 지켜보기 힘든 처절한 삶이 관객의 심장을 쥐고 흔들었다.

극의 마지막, 주인을 모두 잃은 저택이 황량하다. 여름이지만 겨울처럼 황폐한 풍경을 배경으로 극은 막을 내린다. 어둠 속에서 소녀와 여인의 대화가 들려온다.

"아버지를 그려보았어요."

"으음, 하나도 안 닮았는걸. 아버지의 눈매는 이것보다 훨씬 무서워. 이렇게, 옆으로 쫙 째진 게 처음 보면 아, 정말 못되게 생겼는데, 싶어."

"그런 아버지를 왜 사랑했나요?"

"재밌어서. 사람들 앞에서는 웃고 있는데 돌아서면 투덜거리는 게 보였거든. 그래서 계속 쳐다봤지. 눈에만 담으면 된다고 생각했어."

여인의 얼굴은 보이지도 않는데 목소리만으로도 관객들은 눈물을 떨어뜨렸다.

"내 마음이니 내 마음대로 할 수 있을 줄 알았다."

오래전부터 아일은 사신이 들고 다닌다는 거대한 낫이 목 앞에 걸려 있다는 생각을 했다. 까딱 발을 헛딛는 순간, 그가 젊은 갈라마 인 족장의 목을 베었을 때처럼 일말의 주저함도 없이 사신의 낫날이 그의 목을 벨 것이다. 주저라니. 사신의 낫에 망설임이 있을 리 없다.

그런 느낌만 가지고 있던 것이, 시간이 흐르니 심상으로 존재하게 됐고, 또 언젠가부터 현연한 형상으로 실제 감각을 자극하기도 했다. 목에 섬뜩한 날붙이가 닿는 느낌에 잠에서 깬 적이 한두 번이 아니다.

그런 생각이 머릿속에 자리 잡고 있었기에, 바라보는 모든 풍경이 큰 의미가 없었다. 특별히 감정을 부여할 필요를 못 느꼈다.

그런데 그 똑같은 이유로, 이제 바라보는 풍경이 제법 흥미롭게 느껴졌다. 바람에 잠시 걸음을 멈추기도 하고 저무는 해를 바라보기도 하고 사람들의 목소리에도 귀를 기울이게 된 것은, 라야에게 물든 탓일 거다.

나쁜 기분은 아니었다.

아일은 웅성거리는 관객들의 목소리에서 린나우에 대한 평을 찾아 듣고 있었다. 그러다 힘없이 앉아 있는 아넷에게 눈이 닿았다.

"괜찮으세요?"

아들의 걱정스러운 목소리에 아넷이 고개를 주억거렸다. 두 사람은 연극이 끝나고도 귀빈석에 그대로 앉아 있었다. 인파를 헤치고 아넷을 데리고 나갈 엄두가 나지 않았다.

아넷은 너무 많이 울었다. 손수건이 흠뻑 젖었다. 아일이 자신의 손수건도 주었지만 그것마저 못 쓸 정도로 젖어버렸다. 저러다 혹시 쓰러지지는 않을까, 아일은 연극 중반부터는 극에 집중을 할 수가 없었다. 마지막 대사가 나오고 나서 아넷은 두 손에 얼굴을 묻고 울었다. 아일도 그 순간엔 어머니에게서 눈을 떼고 황량한 무대 위를 응시했다. 배우의 얼굴은 나오지 않았지만 그것은 분명 라야의 목소리였다. 이 넓은 극장 안에 아일만큼 그 점을 확신하는 사람은 단연코 없다.

"아버지를 많이 닮았어."

아일의 옆얼굴을 보고 있던 아넷이 말했다. 아일이 아넷을 보았다.

"네 아버지와 여기서 처음 만났지."

"……그런 일도 있었나요?"

아넷이 쑥스러운 미소를 지었다.

"무슨 연극이었는지는 기억이 안 나는데…… 난 친구와 함께하기로 되어 있었어. 그런데 무슨 일인지 친구가 오지 않았어."

아일의 것과 같은 금색 눈동자가 아일의 다리쯤에 시선을 두고 흐릿한 기억을 더듬었다.

"별로 보고 싶은 연극도 아니었고 몸도 좋지 않아서 휴식 시간에 일어나려고 했지. 그때 그 사람이…… 네 아버지가 들어왔어. 대뜸 미안하다면서, 설명도 없이 친구 자리에 앉더니 정신없이 연극을 보는 거야. 어이가 없어서 그 사람을 쳐다보고 있는 동안 연극이 끝나버렸어."

아넷은 지금 생각해도 웃긴다는 듯이 입을 가리고 웃었다.

아일은 갑자기 두려워졌다. 아넷이 얘기하고 있는 것은 사이좋은 부부의 첫 만남 같은 것이었다. 그가 아는 그의 부모는 그런 사람들이 아니었다. 몇 년간 별거를 하고 있어도 서로의 안부조차 궁금해하지 않는 사이다. 자신이 지금 정말 긴 꿈을 꾸고 있는 건 아닐까? 혹시 칼라의 작은 일꾼의 도움을 받아 꿈에서 깨어나야 하는 건 라야가 아니라 자신이 아닐까?

그가 검술을 가르쳐주고 그에게 꾸밈없는 호감을 표현하는 라야라는 여성은 애초에 존재하지도 않는 게 아닐까? 눈을 뜨면 갈라마 인들이 검은 복면을 쓴 채로 쳐다보고 있는 건 아닐까?

아넷은 아들의 흔들리는 눈을 보았다. 그녀는 젖은 손수건을 쥐고 있어 축축해진 손을 들어 아들의 얼굴을 부끄러운 듯 살짝 매만졌다. 그녀의 엄지가 아일의 눈가를 쓸었다. 그의 얼굴에서 떨어진 손이 어깨를 부드럽게 어루만지고 건장한 청년이 된 아들의 든든한 팔도 쓸어내렸다. 그 손길이 너무 따스해서, 아일은 이것이 정말 꿈이라고 생각해버렸다. 그 순간 감당하기 버거운 서글픔이 몰려왔다. 갑작스러운 현기증을 느꼈다. 몸이 기우는 느낌에 의자 팔걸이를 움켜쥐었다.

검은 연기.

하마터면 욕을 뱉을 뻔했다. 그 빌어먹을 것이 또 뇌를 긁고 지나갔다!

어머니 앞이라 간신히 몸을 버티고 있지만 곧 눈앞이 일그러졌다.

「비명을 질렀더라면 고문을 덜 당했을까?」

머릿속 목소리가 오래전 그가 속으로 했던 말을 재생했다. 놀리는 듯한 어조다.

아일은 어머니에게 기다리라는 말을 하고 재빨리 몸을 피했다.

사람들을 헤치고 빠르게 걸었다. 그는 사람들이 보이지 않는 복도 끝으로 몸을 숨겼다.

아일은 더 이상 견디지 못하고 머리를 부여잡고 주저앉았다.

아픈 것도 아픈 것이지만 전혀 알아들을 수 없는 말들이 머릿속에서 실타래처럼 얽혀 귓속을 나갔다 들어왔다 했다.

사람의 말이긴 한 걸까? 어떻게 들으면 갈라마 어처럼 들리기도 하고 차이드 어처럼 들리기도 했다. 어쩌면 타본 어일 수도 있다. 짐승의 울음처럼 들리기도 했다. 악마가 기도를 올린다면 이렇게 들릴 수도 있겠다는 생각도 들었다. 이런 걸 단순히 고문 후유증이나 두통이라고 말할 수 있는 걸까?

'빌어먹을 새끼들! 나한테 대체 무슨 짓을 한 거야?'

그의 머릿속에서 폐허의 신전을 세워두고 그의 칼에 스러져간 원혼들과 길을 잃은 짐승과 심심한 악마들이 경쟁하듯 저주의 기원이라도 올리고 있는 듯했다.

저항할 힘이 바닥났다. 그렇게 수많은 말과 말 속에서 그는 정신을 잃었다.

그래도 마지막 순간에 알아들을 수 있는 말이 하나 있었다.

「내 마음이니 내 마음대로 할 수 있을 줄 알았다…….」

36

아일은 눈을 뜨자마자 몸을 일으켰다. 두리번거리지도 않고 바로 일어나 그 장소를 벗어났다. 그렇게 오랜 시간 기절했던 건 아니란 생각이 들었다. 아직 극장 안에서 북적이고 있는 인파를 보니 확실했다. 안심하고 모퉁이를 도는 순간, 뇌를 뒤흔들었던 두통의 여파가 오금을 후려쳤다. 무릎이 휘청 꺾이는 것을 벽을 짚어 겨우 버텼다.

"에드가!"

반가운 얼굴이 달려왔다. 르웨이는 남의 속도 모르고 해맑은 얼굴로 다가와, 쓰러지려는 그를 껴안았다. 웅성이던 사람들이 두 사람에게로 시선을 모았다. 시선을 느낀 르웨이가 더 세게 아일을 그러안았다. 속내야 고마웠지만, 아일은 실눈을 뜨고 퉁명스럽게 말했다.

"사람들 보는 데서 이렇게 덥석덥석 안지 좀 마."

르웨이가 아일의 귓가에 속삭였다.

"보라고 하는 거야. 그래야 이 르웨이 자에 와이즈가 아일 에드가 클레이모어와 막역한 사이란 게 널리 알려지지. 입도 눈도 많으니 딱 좋군."

"날 이용하지 마."

"이용 좀 하자."

아일이 그의 가슴을 완전히 밀어버리기 전에 르웨이는 아일의 어깨를 잡고 몸을 물렸다.

"윈터스 양은 정말 배우가 되기 위해 태어난 게 아닌가 싶어. 반짝반짝하는 거 봤어? 난 몰랐어. 옆에 타고난 배우를 두고도 예쁘다고만 생각하고 말았다니, 내 눈에 실망했지. 다음에 만나면 꼭 데뷔 축하 키스를 해줄 거야. 아, 자네가 좀 전해주겠어?"

그러고 르웨이는 아일의 얼굴을 두 손으로 붙잡고 뺨에 입을 맞추려고 했다. 그전에 아일이 몸을 틀어 르웨이를 옆으로 던져버리듯 내팽개쳤다. 르웨이는 우스꽝스러운 모습으로 바닥에 뒹굴면서 에드가와 장난을 칠 정도로 막역한 사이라는 평가를 얻는 데 성공했다.

나달이 퉁퉁 부은 눈으로 다가왔다.

"손수건을 두 장만 챙겨 온 게 잘못이었어. 덕분에 소맷자락이 다 젖어버렸지 뭐야. 라야를 직접 보고 가면 좋겠지만 방해가 되겠지?"

"녀석 말이 찾아오지 말라더군요."

찾아갈 생각도 없는 사람한테 와서 라야는 무대 뒤로 찾아오지 말고 신신당부를 했다. 몇 번이고.

혹시 찾아오라는 소리를 돌려서 말하는 걸까 라는 생각도 해봤지만, 어차피 그녀의 의도가 무엇이든 찾아갈 생각은 없었다.

"그래, 어차피 모레쯤 볼 거니까. 잘 봤다고 전해주게."

"그러죠."

"희곡을 쓰고 싶어서 미칠 지경이야. 사만티니만큼 잘 쓰지는 못하더라도 내가 쓸 수 있는 희곡이 있겠지. 종이와 펜이 필요해. 어서 빨리 집에 돌아가고 싶어. 아, 그리고."

몸을 완전히 돌렸던 나달이 반 바퀴 회전해 다시 아일을 보았다.

"내 책 다 봤으면 돌려줘."

"……완전히 준 게 아니었나요?"

"아니야. 초판은 돈 주고도 못 구한다고 했잖나. 장소를 빌려준 값으로 줬으니 책도 빌려준 게지. 이 친구 보기보다 공짜 좋아하는 경향이 있군. 돈 주고 사서 봐."

"⋯⋯."

아일은 두 사람과 짧게 인사를 나눈 뒤 아넷에게로 돌아왔다. 아넷이 걱정스러운 눈빛을 보냈다.

"어디가 안 좋은 거니?"

어머니의 눈은 속일 수가 없다. 그걸 알 리 없는 아일은 남들에게 하듯 웃는 가면을 쓰고 그녀를 안심시켰다.

무심코 2층의 다른 귀빈석 쪽을 쳐다보았다. 아일의 얼굴이 굳었다.

두 발에 못이 박힌 듯 꼼짝할 수 없었다. 제 방 침대 위에 사자가 앉아 있는 것을 보거나, 한낮에 사신의 손이나 망자의 하얀 얼굴을 발견한다면 그럴 것이다. 장소와 너무 이질적인 것을 발견하면 사람은 사고가 멈춘다.

그의 눈이 멈춘 곳에 이상한⋯⋯ 것이 있었다.

그곳에만 어둠이 뭉쳐 있는 듯했다. 괴기한 어둠이었다. 그 어둠 속에, 금색 가면이 떠 있었다. 오싹한 가면이었다. 가면의 웃고 있는 눈이 아일을 향해 있었다. 웃고 있는데 웃고 있지 않은 눈이었다. 그의 뒤쪽을 보고 있다거나 우연히 시선이 마주친 거라고는 생각할 수 없을 만큼, 금색 가면의 보이지 않는 눈동자는 아일의 눈을 곧장 응시하고 있었다. 딱히 다른 움직임을 보이고 있지 않은데도 그것을 쳐다보고 있는 것만으로 소름이 돋았다.

"왜 그러니?"

아들의 굳은 얼굴을 보고 아넷이 그의 팔을 살며시 붙잡았다. 아일은 머리를 가볍게 기울여 괴상한 뭔가에 붙들린 시선을 빼냈다. 다시 그곳을 쳐다보았을 땐 이미 그것은 사라지고 없었다. 뭉쳐 있던 어둠도 함께 사라졌다. 빈 좌석만이 남아 있었다.

극단의 마차는 라야를 저택의 뒷문 앞에서 내려주었다.

검은 새가 우는 소리를 들었다. 라야는 잠깐 저택 쪽을 돌아보았다. 에시올 역을 맡았던 남자 배우가 그녀를 따라 마차에서 내렸다. 에시올의 가면을 벗은 남자는 의외로 수수한 인상이었지만, 목소리만은 무대 위에서처럼 남성적인 매력을 유지했다.

"우리가 너무 늦게까지 붙잡고 있었네. 취한 건 아니지?"

"아니에요. 전 얼마 마시지도 않았는걸요. 오늘 정말 즐거웠어요."

"내가 할 말이야. 이렇게 처음부터 끝까지 떨리는 마음으로 연기해본 게 얼마 만인지 모르겠어."

"그럼 그동안 네 상대였던 나는 뭐가 되냐?"라며 베니가 마차 창으로 고개를 내밀고 소리쳤다. 마차 안에서 웃음이 터져 나왔다. 에시올이었던 남자는, 수줍음이 있어 더 매력적인 미소를 지으며 라야에게 말했다.

"기분 좋으라고 하는 소리가 아니라 정말 우리와 함께 공연을 했으면 좋겠어. 한 번 더 잘 생각해봐. 넌 더 좋은 장소에서 네게 더 맞는 일을 해야 해."

마차에서 누군가가 야유를 했다.

"네가 그렇게 매달리니까 네 얼굴만 보고 다가온 여자들이 죄다 며칠 만에 질려서 떨어져 나가지."

웃음과 야유가 섞였다. 마차 주위로 기분 좋은 술 냄새가 풍겼다.

"잘 생각해봐."

남자는 라야의 손을 잡으려다가 어색하게 웃으며 그녀의 어깨를 가볍게 두드렸다. 고주망태가 되어 있던 싱클레어가 벌떡 일어나 마차 문을 열고 튀어나가려고 했다. "사랑해, 라야!"라고 큰 소리로 외치며 주정을 하는 싱클레어를 단원들이 마차 안으로 잡아당겼다. 마차의 고삐를 잡고 있는 단장이 떠나기 전 라야에게 말없이 손 인사를 했다. 싱클레어 말이 단장의 말수가 줄어든다는 것은 그의 기분이 그만큼 좋다는 뜻이라고 했다.

"다들 안녕히 들어가세요."

라야의 인사에 마차에 비좁게 앉아 있는 단원들이 술 취한 목소리로 화답했다.

철제문이 닫히는 소리를 뒤로하고 라야는 저택의 건물 뒤편을 지났다. 눈으로 2층에 있는 아녯의 방을 찾았다. 불이 꺼져 있어 안심이 되었다. 아녯은 요즘 다시 밤에 잠을 잘 이루지 못했다. 아픈 어머니를 두고 놀다 온 딸처럼 마음이 무거워졌다.

서둘러 들어가면 행여 잠든 저택이 깰까 봐 라야는 잠시 달빛 아래를 산책했다. 그리운 냄새가 코를 스쳤다. 기억을 자극하는 바람이었다. 칠흑 같은 어둠 속에 등불이 보였다. 분수대가 있는 곳이었다.

분수대 중앙에는 머리가 날아갔던 사자상 대신 앞다리를 치켜든 말조각상이 세워져 있었다.

그리고 그가 있었다. 아일이 분수대 앞에 우두커니 서 있었다.

라야가 신나는 걸음으로 빠르게 다가왔다.

"왜 그렇게 멍청히 서 있어요?"

극중에서 린나우가 에시올에게 했던 대사다. 그걸 알긴 하는 건지, 아일은 돌아보지 않은 채 조용히 웃었다. 그가 돌아보지 않으니 라야가 그의 곁으로 붙을 수밖에.

라야가 그의 얼굴 아래로 고개를 들이밀었다.

"날 기다린 거예요?"

"더워서."

라야는 눈물이 날 뻔했다. 린나우의 키스에 끝내 답해주지 못한 에시올이 되살아난 것 같은 기쁨을 느꼈다. 술에 취한 게 아니었다. 그녀는 연기에 취해 있었다. 어쩌면 에시올이 죽음으로써 에시올과 린나우의 사랑은 완성되었는지도 모른다. 사랑의 완성을 체험한 그녀는 배역에서 미처 빠져나오지 못하고 있었다. 극중에서 라야는 에시올을 보면서 아일을 떠올렸다. 그에게 마음껏 보내고 싶었던 애정 어린 시선을 에시올에게 보냈다. 그에게서 듣고 싶었던 말을 에시올의 입을 통해 들었다. 나의 에시올. 그녀가 술을 조금만 더 많이 마셨더라면 입 밖으로 그 말을 뱉었을 것이다. 나의 에드가.

"너무 더워서 잠이 안 오는 거예요? 마님은요?"

아일은 눈을 분수대 물에 담가둔 채 손가락으로 아넷의 방이 있는 쪽을 가리켰다. 자고 있잖아, 라고 대답하는 듯했다. 저러고 있으면 눈에 있는 열기가 좀 식기라도 하는 걸까. 피곤해 보이는 아일을 보고 라야가 고개를 기울였다.

"왜 그런 얼굴이에요? 나보다 더 피곤해 보여요."

"좀…… 피곤하군."

태양의 감시를 벗어난 금색 눈동자가 솔직함을 품었다. 아일이 마침내 라야를 보았다. 라야가 반가운 기색으로 말했다.

"에시올 말이에요, 당신을 좀 닮은 거 같지 않아요?"

결국 말해버렸다. 아일이 눈을 흘겼다.

"그런 불행한 인물을 누구한테 갖다 붙여."

퉁명스러운 대사와 다르게 웃음기가 섞여 있다. 그가 이어 말했다.

"그래도 그놈은 죽었다고 길길이 날뛰는 형제들이 있군."

"형제가 있었으면 좋겠어요?"

"생각해본 적 없어."

"아일은 '만약'을 잘 생각해보지 않는 거 같아요. 으음, 나도 혼자잖아요? 난 늘 있었으면 좋겠다고 생각했어요. 남동생도 좋지만 여동생이 더 재밌을 거야. 함께 시내 구경도 나가고 책 뒷이야기도 같이 상상해보고 최근에 본 미남 얘기도 하고."

뒤늦게 술기운이 올라왔다. 라야는 화끈거리는 목 언저리를 숨기듯 양손으로 몸을 감싸고 통통 뛰어 분수대 주위를 돌았다. 등불은 그가 서 있는 곳에 있는데 빛은 그녀의 주위를 따라다녔다. 그녀는 무대 위가 아니라도 빛 속에 있었다. 다시 현기증을 느낀 아일이 눈을 지그시 감았다. 어지럼증이 고질병으로 정착되려는 모양이다. 쓰러지지 않기 위해 분수대에 걸터앉았다.

"이렇게 충만함을 느낀 적이 없었어요."

어느새 달리기를 끝내고 돌아온 라야가 들뜬 목소리로 말했다.

"좋아하는 일을 찾으려고 그렇게 이것저것 하며 돌아다녔는데 어쩌다 하게 된 일에서 이런 기분을 느끼다니. 나달 말처럼 인생은 정말 알 수 없는 거네요. 말해봐요. 내 연기 어땠어요? 처음치고는 잘했죠?"

아일이 눈을 반쯤 뜨고 대답했다.

"어머니가 많이 우셨지."

"어, 괜찮으세요? 너무 울면 기운 빠지는데?"

"괜찮아. 그 정도는 아니야."

"아일은 어떻게 봤어요?"

"르웨이가 너보고 타고난 배우라더군. 나달도 잘 봤다고 전해달랬어."

"흐음. 당신은 어떻게 생각하냐고요."

"……실수는 못 찾았어."

"아……, 재미없다. 그게 다예요? 춤도 췄잖아요. 눈물 연기도 했고. 옷도 얼마나 예뻤는데. 머리도 풀기 아까울 정도야."

라야가 하나로 길게 땋은 머리를 손으로 만지작거리며 웅얼거렸다.

"맞아, 키스 연기도 했는데."

그녀의 눈이 반짝였다. 아일은 충동적으로 손을 뻗어 그녀의 눈을 만질 뻔했다. 거의 반쯤 올라갔던 팔이 자연스럽게 방향을 틀어 반대쪽 위팔을 잡았다. 아일은 당혹스러움을 감추려는 듯 피곤한 표정에 미소를 지었다. 키스 연기…… 그랬지, 키스 연기도 했었지.

초록빛 눈 대신 그녀의 입술에 눈을 두고, 그는 슬그머니 다리를 꼬았다. 그의 당황을 눈치채지 못한 라야가 두 팔을 공중에 크게 내저으며 말했다.

"키스 그거 진짜로 한 거 아니에요. 이렇게……."

라야는 대뜸 양손으로 아일의 얼굴을 붙잡고 잡아당겼다. 그리고 그의 입술에 엄지손가락을 대고 그 위에 입술을 갖다 댔다. 솔향 사이사이로 알싸한 술 냄새가 풍겼다.

라야가 얼굴을 물리고는 생글거리고 웃었다.

"이런 식으로 하는 거예요. 관객들이 눈치 못 채게 잘해야 돼요. 이것만 한참 연습했어요."

"……취했어?"

아일이 내내 내려뜨고 있던 눈을 완전히 뜨고 그녀를 주시했다.

"아주 조금 마셨어요. 쪼금."

라야는, 왼손으로는 여전히 그의 얼굴을 붙잡고 오른손으로 엄지와 검지를 거의 맞닿기 직전까지 붙인 것을 들어 보였다. 그리고 헤헤 웃었다. 안 취하기는. 한 번도 안 마셔본 술을 늦게까지 마셨는데 상태가 멀쩡할 리 없었다.

얼빠진 사람처럼 웃어대던 라야의 표정이 문득 돌변했다. 웃음을 지워버린 초록빛 눈이 그를 물끄러미 쳐다보았다.

이것은 그녀가 만든 그녀의 공간이었다. 그 안에 있는 아일은 아무리 그라 하더라도 그녀의 의지에 반해 쉽사리 몸을 움직일 수 없었다. 맑은 애정이 숨김없이 그의 눈으로 쏟아졌다. 사위가 고요했다. 어느 순간 라야가 얼굴을 기울였다.

그만.

라야는 멈칫했다. 바짝 다가간 얼굴을 물리지도 않은 채 실눈을 뜨고 그를 보았다. 그가 무언으로 그녀를 멈춰 세웠다. 아일은 그의 얼굴을 잡고 있는 그녀의 손을 붙잡았다.

그만.

한 번 더 말했다. 따뜻하다 못해 조금 뜨거운 큰 손이 라야의 왼손을 덮고 강제로 떼어내지도 않고 손등을 지그시 감쌌다. 그녀 스스로 손을 물리게끔 손목을 가만히 움켜쥐었다.

무엇을 그만하라는 건지 모르겠다.

지금 하려는 행동을 멈추라는 걸까? 설마 그를 향한 마음을 멈추라는 걸까. 정말 그녀에게 한 말일까?

그 자신에게 한 말은 아닐까? 멍청하게 그런 기대도 품어보았다. 라야의 손이 힘없이 아래로 떨어졌다. 달은 간섭하지 않으니 태양 아래서처럼 변명을 할 필요도 없었다.

아무 일도 없었다는 것처럼 아일은 조용히 일어나 그녀를 그대로 세워두고 걸어갔다.

"서요."

몇 발자국 떼지도 않았는데 라야가 큰 소리로 그를 불렀다.

"서!"

아일이 눈썹을 찌푸리며 고개를 돌렸다. 그가 그녀를 돌아보는 것과 거의 같은 순간에, 달려온 라야가 그의 멱살을 잡아채 아래로 끌어내렸다. 그리고 그의 얼굴을 잡아당겨 키스했다. 온몸으로 들이받는 기세에 그의 몸이 작은 몸에 끌려갔다. 술기운과 원망스러움이 거친 키스를 만들었다. 가볍게 입술만 갖다 댈 생각이었는데 들이박은 몸을 멈출 수가 없었다. 그가 응하지 않아도 상관없었다.

아일이 몸을 빼려는 것처럼 라야의 위팔을 잡았다. 잠시 입술이 떨어진 틈에 뭔가를 말하려던 그는 그녀의 입술에 막혀 다시 입을 다물었다. 두 얼굴과 두 입술, 두 몸이 더없이 밀착한 순간 그가 신음을 흘렸다. 넘치는 마음을 숨기지도 않고 날것으로 들이대는 그녀의 정열을 목석처럼 버텨내기에 그는 쇠약해져 있었다. 너무 오랜 세월 동안, 천천히.

라야는 두 팔로 그의 뒷목을 감고 그를 더 깊이 끌어당겼다. 그의 손이, 그의 팔이 허리를 안는 것이 느껴졌다. 그에게 깊숙이 안겼다.

뜨거운 술기운과 더 뜨거운 숨결이 섞였다. 서로의 숨을 가져가려는 듯, 두 얼굴이 더 이상 가까워질 수 없을 만큼 밀착했다. 몇 번이고 얕게 떨어졌다가 저를 원하는 듯 다시 겹쳐오는 그의 입술에 의식이 흐릿해져갔다. 온몸에 힘이 풀렸다. 그가 그녀를 강하게 끌어안았다. 그의 단단한 몸, 세차게 뛰는 심장, 지금 그의 머리를 지배하고 있는 열이 온몸으로 전해졌다. 무대 위에서의 충만함과는 비교도 되지 않는, 농밀한 벅참이 눈물이 되어 그녀의 감고 있는 눈가에 고였다.

시작은 그녀가 했어도 끝은 그가 냈다. 검은 새가 우는 소리를 듣고서야 그는 무아지경에서 빠져나와 감고 있던 눈을 떴다. 비로소 그가 그녀를 놓아주었다. 눈꺼풀이 반쯤 가린 금색 눈동자가 바특이 붙은 그녀를 내려다보았다.

"……예전 복수예요."

마지막에 역전된 관계를 의식 못하고 라야가 부끄러운 듯이 말했다. 그리고 아일의 얼굴을 자신의 소유인 것처럼 서슴없이 만졌다. 부드러운 손이 얼굴을 어루만지자 아일은 눈앞이 일그러지는 현기증을 느꼈다. 이것은 나쁘지 않은 현기증이었다.

라야는 언젠가부터 그가 혼란스러운 표정을 할 때마다 숨이 콱 막혀왔다. 남들은 단순명쾌하게 받아들이는 감정을 그는 항상 고민한다. 그를 더 일찍 알았더라면 좋았을 텐데. 그가 훨씬 어린아이였을 때 그가 외로울 생각도 못할 만큼 옆에서 떠들어줄 수 있었을 텐데. 그럼 그는 참지 못하고 짜증을 냈겠지. 왜 아무도 그에게 세상은 그렇게 괴로운 것만은 아니라고 얘기해주지 않았을까. 왜 이 사람을 그렇게 외롭게 내버려뒀을까. 이해할 수가 없다. 어떻게 이렇게 사랑스러운 사람을……!

라야는 자신이 모르는 시간 속에서 그가 만나온 모든 이들에게 화가 나고 질투가 났다. 그의 미래에 그와 함께할 사람에게 질투가 난다. 과거는 몰라도 현재, 미래의 그는 가지고 싶다고, 그의 숨을 삼킨 지금 그런 욕심이 생겨났다.

참을 수가 없다. 도저히 버틸 수가 없어. 술잔에 술이 넘치듯 넘쳐나는 마음을 뱉어내지 않고는 제정신으로 서 있기 힘들었다.

"나…… 당신이 좋……."

아일이 그녀의 이마에 부드럽게 입맞춤을 했다.

라야가 놀란 눈으로 그를 올려다보았다. 이런 따뜻한 키스를 받을 수 있을 거란 생각은 해보지 못했다. 웬일로 따뜻하게 군다. 이 사람의 경험과 배경 따위로 만들어진 후천적인 성격을 다 거둬낸 이 남자의 본질이다.

그가 웃었다. 그녀를 으스러져라 껴안고 입맞춤을 해준 남자가 맞기는 한 건지 그 표정엔 욕정도 갈망도 없었다. 사랑스러운 동생의 어리광을 들어주지 못해 미안한, 안쓰러운 미소였다. 그런 식으로 웃지 마. 라야가 울 것 같은 표정을 짓자 아일은 다시 그녀의 이마에 가볍게, 하지만 꽤 오랫동안 입술을 얹어놓았다.

입술을 떼고 그가 눈으로 뭔가를 말하려 했다. 싫어. 안 된다고 말하지 마.

"안 돼."

차라리 눈으로만 말하고 말지. 그는 단정 짓듯 입으로도 말했다.

"그건 안 돼."

"……왜 안 되는데?"

라야가 눈물을 뚝 흘리며 물었다.

지금 같은 관계라면 괜찮다. 친밀한 고용주와 고용인의 관계라면, 친구까지라면 상관없을지도 모른다. 그 이상은 안 된다.

아카데미에 평민이 학생으로 들어왔다. 여성이 학생으로 들어올 수 있다. 평민 여성이 학생으로 들어올 수도 있다. 하지만 여성 교수는 안 된다. 언젠가는 될 수 있을지 모른다. 그러나 지금은 아니었다. 오늘은 아니다.

아직은 그러할 수 없는 일이다.

"싫어……. 이런 거 싫어. 여기가 싫어. ……왜 하필 당신이야."

라야는 두 손으로 얼굴을 감싸고 주저앉았다.

"아까까지만 해도 진짜 기분이 좋았는데…… 엉망이야. 당신 때문에 엉망이 됐어."

완전히 취해버렸다. 술에 취하고 연기에 취하고 키스에 취하고 밤에 취하고 그에게 취하고 모든 것에 취해버렸다. 취해버렸다고 생각하는 게 그녀에게도 좋았다. 라야는 소리 내어 울었다. 아일은 그녀를 일으켜 세워주지도 않았다. 대신 그녀가 울음을 멈추고 힘없이 일어날 때까지 그대로 서서 기다렸다. 라야는 혼자 비척거리며 걸어갔다.

그녀에게서 몇 발자국 떨어져 아일은 라야가 방에 들어갈 때까지 그녀를 쫓아갔다. 달이 차가운 눈으로 두 사람을 지켜보았다. 두 사람이 걷는 복도로 내리는 달빛이 아름다웠다. 라야는 제 방으로 들어와 침대에 그대로 엎어졌다.

베개에 얼굴을 묻고 엉엉 울었다.

달빛이 아름다워 원망스럽기는 처음이었다. 바람을 느끼고 꽃을 아끼고 해와 달을 사랑하던 그녀가, 그렇게 처음으로 달을 원망했다.

검은 새벽이 지나고, 푸른 새벽이 지나고, 회색 아침이었다.

이슬에 젖은 나뭇잎이 바람에 작게 흔들거리기 시작했다. 바람이 점점 거세졌다. 나뭇잎이 이슬을 떨구고 주위의 수풀들이 촤르르 흔들렸다. 날카로운 폭풍이 나뭇잎을 매섭게 스치고 지나갔다.

아일은 보이지 않는 적을 상대하고 있었다. 그의 눈에만 보이는 적이 그에게로 달려들었다. 검의 견고한 선이 햇살에 달구어져가는 아침 공기를 차갑게 식혔다. 그는 눈을 감은 채로 움직이고 있었다. 적의 검이 그의 목을 노렸다. 허둥대는 일 없는 푸른 검이 적의 검을 막고 이어 상대의 옆구리를 베었다. 다음 적이 정면에서 달려들었다.

「왜 하필 당신이야.」

조용히 덮여 있던 눈꺼풀이 반쯤 뜨였다.

「당신 때문에 엉망이 됐어.」

금색 눈동자가 흔들렸다. 그가 멈칫하는 사이 적의 검이 기회를 놓치지 않고 그의 심장을 뺐다. 바람이 수풀을 흔들었다.

그는 정말 죽은 것처럼 검을 내리고 가만히 서 있었다. 상처가 점점 벌어져 피가 가슴을 적시고 복부를 적시고 다리로 흘러내려갔다. 두 발 밑에 피 웅덩이가 고였다.

아일은 자기 방으로 돌아왔다. 땀에 젖은 셔츠가 물먹은 겨울 이불보다 무거웠다. 윗옷을 벗어버리고 욕실로 갔다. 하녀 둘이 욕조를 닦고 있다가 그를 돌아보았다. 라야가 속을 알 수 없는 눈을 하고 그를 멀뚱히 쳐다보았다. 라야의 눈은 두꺼비눈처럼 부어 있었다. 다행인지 불행인지 그것을 보고도 웃음이 나오지 않았다. 그는 미소도 짓지 않았다.

다른 하녀는 그의 벌거벗은 상체를 보고는 시선 둘 곳을 찾지 못해 눈을 바쁘게 움직이다가 핑계를 만들어내 자리를 피했다. 마침 그녀가 라야에게 자신은 수도원에 들어갈 생각이었다며 신에 대한 찬송을 읊던 중에 일어난 일이었다. 라야의 기분이 조금만 더 좋았더라면 재밌는 일이라고 생각했을 것이다.

"나간 줄 알았어요. 워낙 조용히 나다니니 사람들이 알 수가 있나."

라야의 목소리는 평소와 다르지 않았다.

"술을 마시면 눈이 붓는다고 아무도 말해주지 않았어요."

라야가 뚱한 표정으로 부은 눈을 가리키며 말했다.

"마차에서 내린 것까지는 기억이 나는데 그다음은 생각이 안 나요. 검은 새가 울었던 거 같기도 한데……."

아일은 그녀가 일부러 모른 척한다는 것을 알았다. 라야도 그가 그 사실을 안다는 것을 알았다. 하지만 에시올과 린나우가 그랬듯이, 서로가 서로에 대해 알고 있다는 것을 알면서도 두 사람은 거기에 대해 아무 말도 하지 않았다. 그래야 했다.

"오늘은 점심시간에 못 찾아가요. 르웨이도 다른 일이 있다고 했고 저도 바쁘거든요. 약차도 사러 가야 하고 극단 사람들도 만나야 해요. 오후엔 내내 마님과 있을 거예요. 그러니까 기다리지 마요."

라야가 정리를 끝내고 일어섰다. 그녀는 그의 곁으로는 다가오지도 않고, 연극을 하듯 우아한 손짓으로 욕조를 가리켰다.

"끝났습니다, 도련님. 곧 목욕물을 준비하겠습니다."

그녀다운 명랑한 목소리였다. 라야는 평범하게 걸어 평범하게 그를 지나쳐서 조용히 욕실을 나갔다. 아일은 그녀를 돌아보지 않았다.

그가 생각에 빠져 있는 동안 목욕물을 가져온 하인들이 다녀갔다.

아일은 너른 욕조에 사지를 펴고 누웠다. 하인 한 명이 문 근처에서 수건을 들고 서 있자 물러가라는 손짓을 했다.

또 머리가 지끈거리기 시작했다. 한 손으로 눈을 가리고 숨 쉬는 것도 멈춰버리자 두통이 잠잠해졌다. 그가 눈을 덮었던 손을 아래로 내렸다. 중지에 맺혀 있던 물방울이 욕조 물 위로 똑 떨어졌다.

이제 어떤 순간에 두통이 생기는지 알 것도 같았다.

그가 자신의 그림자를 들여다볼 때마다, 그림자 속에 몸을 숨기고 있던 검은 연기가 꿈틀대는 것이다. 익숙하지 않은 감정에 혼란스러워할 때에는 더 심하다. 어둠의 찌꺼기를 먹고사는 검은 연기는 공기가 조금이라도 맑아지려고 하면 참지 못하고 버둥댔다. 최소한 전자는 쓰러지지 않고 버틸 수나 있었다.

큰 고통보다는 작은 고통이 낫지 않나? 그렇다면, 머리를 늘 '어두컴컴하게 유지하라.

이 소리다.

이게 그가 만들어낸 망상이 아니라 진짜 갈라마 인들의 고문법이라면 아일은 진심으로 그들에게 박수를 쳐주고 싶었다. 정말 지독하게 잔인한 놈들이 아닌가.

누가 더 나쁜 놈이냐?

그가 뒤틀린 미소를 지으며, 욕조의 뜨거운 물속으로 완전히 몸을 담갔다.

형

일어나봐

형

누군가가 그를 형이라고 불렀다. 한 번도 그런 호칭으로 불리어본 적이 없기에 의아하다 생각하며 눈을 떴다. 숨을 울컥 토하는 순간 코와 입으로 물이 들어왔다. 급히 수면 위로 팔을 뻗어 잡히는 대로 아무거나 붙잡고 몸을 일으켰다. 욕조 밖으로 물이 와르르 넘쳤다.

욕실 전등에 눈이 부셨다.

정현은 욕조 난간에 팔을 걸치고 가쁜 숨을 몰아쉬었다. 물이 바닥으로 쏟아져 내리는 소리를 들으며 점차 정신이 돌아왔다.

물 위로 올라온 그를 내려다보고 있는 사람이 있었다. 누구인지 알아보는 데 이 초쯤 걸렸다.

교복을 입고 있는 터라 규현은 물이 넘치는 욕조에서 한 발 뒤로 물러섰다. 욕실 슬리퍼가 물을 밟으며 찰방 소리를 냈다. 규현이 말했다.

"목욕하는 거 오래 걸려? 찾아봐줬으면 하는 책이 있는데."

"……네가 안 깨웠으면……."

사레가 들려 얕은 기침을 하며 정현이 대꾸했다.

"아마 익사했을 거야……."

"또 목욕하다가 잔 거야? 형 집에서는 욕조 쓰지 마. 큰일 나겠다."

"안 그래."

정현이 창백해진 얼굴로 고개를 가로저었다. 규현이 욕실 문을 닫고 나가며 덧붙였다.

"엄마가 한 시간 뒤에 저녁 먹을 거래. 그전에 책 좀 찾아줘."

문이 닫히고, 욕조에서도 물이 더 이상 범람하지 않자, 정현은 다시 정적 속에 남겨졌다.

수도꼭지에서 욕조 물 위로 물방울이 떨어졌다. 정현은 얼굴을 쓸어내린 후, 발끝에 닿는 욕조 마개를 뽑았다. 물이 빨려나가는 것을 바라보며 그는 잠시 앉아 있었다.

"그냥 새 책을 사라니까."

정현이 책장을 살피며 말했다. 규현이 옆 책장을 살펴보며 대꾸했다.

"형이 필기해둔 게 공부하기 편해서."

"저번에 책장 정리할 때 버렸지 않나?"

"내가 놔두라고 해서 놔뒀을걸. 형은 결혼 안 해?"

제목을 확인하면서 정렬된 책들을 쓸어가던 손이 멈칫했다. 정현이 동생을 돌아보았다.

"뭐?"

"결혼할 때 됐잖아."

"얘기가 뭐 그렇게 갑자기 건너뛰어?"

"따로 시간 내서 말하기도 그렇잖아. 생각났을 때 물어보는 거지."

질문을 한 규현은 특별히 대답에 집착하지 않는 표정으로 책장에만 시선을 두었다.

정현이 아버지를 닮았다면 규현은 어머니를 빼닮았다. 규현은 온순하고, 얌전하고, 침착한 분위기의 고등학생이었다. 한마디로 조용한 인간, 나쁘게 말하면 희미한 인상의 사람이었다. 키도 또래 평균 키 정도였다. 말할 때에도 어조의 변화가 거의 없어 무뚝뚝하게 느껴지기도 하지만 워낙 태생적인 목소리가 나긋해 차분한 인상을 더했다. 하지만 그런 모든 인상은 그의 눈을 정면에서 바라보는 순간 강단 있는 인상, 만만치 않은 인간이란 생각으로 변했다. 그런 점도 어머니를 닮았다.

정현이 동생의 옆얼굴을 보며 물었다.

"어머니 아버지가 뭐라고 하셨어?"

"아니."

"그런데 왜?"

"왜긴 왜야. 궁금하니까 그러지. 사귀는 사람 없어?"

"……."

정현이 머뭇거렸다. 그사이 규현은 입고 있는 교복 상의에 손톱만 한 자국이 묻은 것을 보고는 발아래 내려놓은 가방을 챙겨 들고, 방문을 열어놓은 채 옆방인 제 방으로 갔다. 잠시 뒤 옷을 갈아입고 온 규현이 다시 책장 앞에 섰다.

정현은 이중 책장을 밀고 안쪽 책장을 살피는 중이었다. 구석의 구석에서 책을 발견했다. 시종일관 무표정하던 규현이 싱긋 웃으며 정현에게서 책을 받아 들었다. 웃을 때에는 형 정현과 비슷한 분위기를 풍겼다. 규현이 책장을 훑어 넘기며 대수롭지 않은 투로 말했다.

"엄마랑 아버지야 아무 말 안 하시지. 고모가 올 때마다 뭐라 하셔서 그렇지. 남자가 자리를 잡았으면 결혼을 빨리 해야 더 큰다느니, 형이 뭐가 부족하냐느니……."

"부족한 게 왜 없어. ……어디가 고장 나 있는데."

정현의 혼잣말 같은 대꾸에 규현이 그를 빤히 쳐다보았다. 규현이 물었다.

"정말 그렇게 생각해? 형이 고장 나 있다고?"

"……흘려들어."

정현이 시선을 흘리며 웃었다. 그를 유심히 쳐다보던 규현이 펼치고 있던 책을 탁 덮으며 말했다.

"지난 주말엔 고모가 선 볼 여자 사진도 가져오셨어. 큰방에 있을 거야. 혹시 관심 있으면 가서 봐."

"관심 없어."

"고모가 형한테 바로 전화하겠다는 거 아버지가 화내서 말렸어."

"있다고 해."

"뭐가? 사귀는 사람? 있어?"

"……갑자기 엄청 피곤해진다."

정현이 앓는 소리를 하며 침대에 기다시피 올라가 엎드려 누웠다. 원래 정현의 방이었던 이 방은 그가 독립을 한 뒤에도 늘 쓰는 방처럼 깨끗이 유지되고 있었다. 자려던 건 아닌데 푹신한 베개가 머리를 받쳐주자 부족한 잠이 그가 못 일어나도록 뒷머리를 눌렀다.

규현이 자장가 같은 조용한 음성으로 말했다.

"자면 안 되는데? 밥 먹어야 돼."

"조금만……."

정현이 엄지와 검지를 맞닿기 직전까지 붙인 것을 들어 보이며, 애원하는 목소리로 말했다. 규현이 관찰하는 눈으로 형을 보았다. 정현은 누가 기절이라도 시킨 것처럼 대자로 엎어져 있었다. 목욕을 하고 나온 직후라 그런가, 평소보다 더 노곤해 보였다. 규현은 볼을 긁적이고는, 책을 겨드랑이에 끼고 장롱 문을 열었다. 이불을 꺼내, 침대로 가서는 정현의 위로 대충 집어던지듯 펼쳤다. 그리고 방을 나가는가 싶더니, 뭔가를 들고 돌아와 침대 옆 협탁에 놓았다. 비타민 통이었다. 정현은 동생이 왔다 갔다 하는 걸 알았지만 너무 피곤해서 그냥 눈을 감고 있었다. 그리고 그대로 잠이 들었다.

Part 7.

37

그는 '처음'을 기억한다.

서정현으로서 최초의 기억은, 사람이 없는 텅 빈 집의 풍경이다.

세 살 때 잠에서 깨 거실로 나왔더니 집에 아무도 없었다. 어린애가 빨빨거리며 집을 다 뒤져봐도 부모를 찾을 수 없어 마당에 나갔던 엄마가 돌아올 때까지 바닥에 주저앉아 한참을 울었다. 그의 엄마는 애가 그렇게 서럽게 울 수 있다는 것을 그때 처음 알았다.

주위에 아무도 없다는 것, 있던 사람들이 갑자기 사라졌다는 것, 그것에 대한 공포가 서정현이 기억하는, 이 세상의 첫 번째 기억이었다.

정현이 처음 '옛일'을 떠올렸을 때 그의 나이는 여섯 살이었다. 그리고 여름이었다.

아무것도 '기억'해내지 못했던 그 시절, 그는 꽤 똑똑한 아이라는 소리를 듣고 있었다. 또래보다 말이 빨랐고, 이해력도 좋았다. 어린이집에 잠깐 다닌 적이 있는데, 선생들은 그 나이같지 않게 차분하고 친구들과도 곧잘 어울리고 가르치는 것도 잘 익히는 그를 칭찬했다. 어머니가 그를 데리러 올 때마다 매번 칭찬했다. 다른 학부모들도 있는 앞에서. 애가 참 잘생기고 똑똑해요. 그의 어머니는 그 나이대 젊은 엄마들이 그렇듯 아들이 뛰어나다는 것이 무척 자랑스러웠다. 당연했다. 그의 아버지도 아들이 칭찬을 들으면 우쭐해지지 않을 수 없었다. 당연, 또 당연했다.

다섯 살쯤이 되니 성인과 대화를 하고 생각을 나눔에 있어서 전혀 무리가 없었다. 이쯤 되면 영재라는 소리를 들을 법도 했다. 하지만 그가 그 정도로 지적 능력이 좋다는 걸 알아챌 만큼 그와 대화를 오래 나눠본 사람은 드물었다. 겨우 그의 부모나 어린이집 선생 정도? 왜냐하면, 그는 누가 말을 걸기 전까지는 여간해선 입을 떼지도, 뭔가를 질문하지도, 요구하지도 않았기 때문이었다. 그걸 단순히 과묵하다고 할 수 있을지 모르겠지만, 그는 꽤 많이 과묵한 아이였다.

일단 말을 걸면 똑 부러지게 의사 표현을 하니, 그가 이상하다는 것은 그의 부모만이 어렴풋이 느끼고 있었다. 그리고 한 가지 더. 그는 그때까지 한 번도 엄마를 엄마라고, 아빠를 아빠라고 부르지 않았다. 그가 처음 한 말은 '엄마'가 아니라 '물'이었다.

부모는 당연히 아들이 뭔가 이상하다고 생각했다. 하지만 아들이 똑똑하다는 건 주위 사람들이 앞 다투어 증명해주고 있었기 때문에 애써 그것을 문제라고 생각하지 않으려고 했다. 똑똑한 아들은 한 번도 여느 또래들이 저지르는 크고 작은 사고에 휘말리지 않았다. 투정이나 이상한 버릇 따위로 부모를 걱정시키는 일도 하지 않았다. 호칭을 엄마 아빠라고 하지 않아서 그렇지 존댓말도 꼬박꼬박 써가며 의사 표현도 분명히 하는 아들이 문제가 있다고 생각할 수 없었다. 언젠가는 말하겠지, 그렇게 단순히 생각해버리고 말았다.

그렇다고 그가 일부러 뭔가를 의도해서 말을 하지 않은 것은 아니었다. 그는 스스로 자신이 이상하다는 의식조차 못하고 있었다. '그날'이 오기 전까지.

무표정한 얼굴을 한 소년이 거실 소파에 앉아 있었다. 주말 오전, 부모들이 집안일을 하는 동안 하나뿐인 여섯 살배기 아들은 TV를 보았다.

딱히 지켜보지 않아도 걱정이 안 되는 점잖은 아들이었다. 드라마인지 영화인지 특강인지 알 수 없지만, TV 속에서 강사의 모습을 한 남자가 연극적인 어조로 말했다.

"오래된 기억을 불러오려면 키워드가 필요합니다. 하나의 기억은 그 기억만으로 존재하지 않죠. 그 앞에 있었던 일, 그 순간 보고 듣고 맡고 느낀 것, 그 후에 벌어진 일. 모든 것은 연쇄 반응입니다. 뇌라는 하드웨어에 저장된 기억을 불러오기 위해서는 비밀번호가 필요한 법이죠. 자신이 잊어버린 줄도 모르고 있었던 과거의 일이 어느 순간 번뜩 생각날 때가 있지 않나요? 바로, 그 순간! 비밀번호가 눌러지고 좌르르, 금고의 잠금 장치가 풀린 것입니다."

"재밌니?"

정현이 말을 건 아버지를 보았다. 리모컨을 달라는 뜻으로 이해했는지 아버지에게 리모컨을 내밀었다. 명훈은 리모컨을 받아들며 아들 옆에 앉았다. 부모가 일할 동안 얌전히 잘 있었다는 칭찬의 뜻으로 명훈이 정현의 머리를 쓰다듬었다. 아들은 화면에 눈을 고정한 채 표정 없는 얼굴로 아버지가 끌어안으면 끌어안는 대로 몸을 맡겼다. 명훈이 물었다.

"모처럼 어디 놀러라도 갈까?"

그제야 정현이 명훈을 쳐다보았다. 시종일관 무표정하던 얼굴에 수줍은 미소가 떠올랐다. 명훈은 귀여워 죽겠다는 듯이 아들의 머리를 와락 품으로 끌어안았다. 부엌에서 시영이 앞치마를 벗고 나오며 말했다.

"그럼 어서 준비해."

정현은 서두르지 않고 높은 소파에서 조심히 내려왔다. 명훈이 리모컨을 들어 채널을 돌렸다. 시원한 파도 소리가 들려와, 거실을 가로지르던 정현은 잠시 멈춰 섰다. 여행 프로에서 외국의 에메랄드빛 바다를 보여주고 있었다. 소년의 맑은 갈색 눈이 화면 속으로 빨려 들어갈 듯, 처음 보는 에메랄드빛 바다를 뚫어져라 응시했다.

명훈이 아들을 보며 웃었다.

"우리도 다음 휴가 때 저기로 놀러 갈까? 어때?"

그러고 부인을 쳐다보았다. 시영이 입 모양만으로 '돈 없어.'라고 말하고 웃었다.

정현은 엄마 손과 아빠 손을 한쪽씩 잡고 아파트 계단을 내려왔다. 놀러 가자고 막상 나오긴 했는데 그냥 무턱대고 걸어 다니기엔 햇볕이 너무 강했다. 폭염이라 부를 만했다. 명훈이 아파트 입구에서 말했다.

"차를 땡볕에 세워놔서 뜨거울 거야. 기다려. 여기가 더 시원하네."

자상한 말을 남기고 명훈은 주차장 끝으로 뛰어갔다. 시영은 잠시 아들의 손을 놓고 우편함으로 갔다. 우편함을 연 시영이 "으앗" 하는 가벼운 비명을 질렀다.

태양을 보려는 듯 눈을 찡그리고 무리하게 하늘을 쳐다보고 있던 정현이 비명 소리에 어머니 쪽을 보았다. 하얀 시야가 정상으로 돌아오면서 바닥에 흩어진 편지 봉투가 보였다. 순간 정현의 동공이 커졌다. 감각 중에서 시각만이 도드라지게 반응했다.

눈이 잡아내고 있는 모든 것들 중에 편지 봉투 부분만 따로 떼어내 뇌에 갖다 붙이듯, 솟아오른 이미지가 확장된 동공에 들러붙었다. 갑자기 머리가 어찔하고, 몸이 기우뚱했다. 시영은 봉투를 줍느라 그걸 보지 못했다. 정현은 작은 몸의 균형을 얼른 되찾았다. 눈이 살짝 놀란 빛을 담고 두어 번 깜박였다.

"이제 시원하지?"

명훈이 운전을 하며 룸미러로 아들을 보았다. 정현은 짧게 네, 라고 대답했다. 조수석에서 시영이 우편물을 하나씩 살펴보고는 뒷좌석으로 손을 뻗어 아들에게 봉투 뭉치를 건넸다.

"쇼핑백에 좀 넣어놔줄래?"

정현이 작은 손으로 봉투 뭉치를 받아 들었다. 하지만 그것을 금방 쇼핑백에 넣지 않고 잠시 들고 있었다.

어째서?

어린 머리가 몹시 어른스러운 말투로 '어째서?'라는 의문을 떠올렸다. 그리고 그 의문을 내뱉은 목소리가 제 것이 아닌 것처럼 낯설어 소년은 눈알을 어지럽게 굴렸다. 뭐지?

더 이상한 기분이 들기 전에 쇼핑백에 봉투 뭉치를 넣어버렸다.

"정현아, 저기 봐."

차창 밖으로 도로를 따라 길게 펼쳐진 숲이 보였다. 폭염 속에서 숲이 진득한 푸른빛을 사방으로 뿌리고 있었다. 도로 위까지 푸른빛이 넘실대는 듯했다. 그것을 멍하니 바라보고 있던 정현의 눈이 어느 순간 살짝 커졌다. 그가 불현듯 중얼거렸다.

"숲……."

숲이란 말을 처음 배운 아이처럼 숲이라고 또렷이 말했다. 저곳에 가야 한다는 생각을 했다. 어째서? 또 머릿속에서 누군가가 말했다. '어째서?' 숲이 그를 강하게 이끌고 있었다. 이유는 당연히 알 수 없었다. 이유를 알 수 없는 감각이 있다는 것 자체도 기이하게 여겨질 정도로 어린 나이였다. 대화를 하는 중이던 명훈과 시영은 아들의 목소리를 듣지 못했고, 정현도 숲으로 가자는 말은 꺼내지 않았다. 차가 뜨거운 도로를 달렸다.

"정현이한테 미안하지도 않아?"

사실 정현이보다 자신한테 더 미안해해야 한다. 명훈은 그렇게 생각하며 울먹이듯 시영에게 말했다.

　"백화점이라니……. 기껏 놀러 간다고 데리고 나와서 쇼핑이라니! 이건 순전히 당신만 좋은 거잖아."

　"어차피 너무 더워서 야외에서 놀 수도 없잖아. 얼마나 시원해요. 에어컨도 나오고."

　시영이 매대에 놓인 티셔츠를 들어 올려 보며 대꾸했다. 정현은 다리가 아파서, 잡고 있던 아버지의 손을 잠시 놓고 주먹으로 다리를 두들겼다. 명훈이 그걸 보고 정현의 겨드랑이에 손을 넣어 아들을 번쩍 안아들었다.

　"이것 봐. 정현이도 다리 아프다잖아."

　"정현아, 다리 아파? 밥 먹으러 갈까?"

　시영이 물었다. 명훈이 정현에게 '제발.'이라는 애원의 눈빛을 보냈다. 정현이 시영을 보며 말했다.

　"다리가 많이 아픈 건 아닌데 배는 고파요. 밥 먹으러 가요."

　"그러자, 그럼."

　시영이 선선히 동의했다. 옷을 내려놓은 시영이 쇼핑백을 들고 앞서 가자, 명훈이 정현을 안아들고 "야호."라고 말하며 아들의 이마에 자신의 이마를 비벼댔다.

　"아…… 잠깐만, 잠깐만."

　시영이 에스컬레이터를 올라가다 말고 식당 층이 나오기도 전에 다른 층에서 내리며 두 사람에게 멈추라는 듯 뒤로 손을 흔들었다. 그리고 조금 빠른 걸음으로 앞서 걸어갔다. 명훈이 볼멘 목소리로 "왜, 또."라고 말하며 그녀를 쫓았다. 시영은 액세서리 코너에 가 있었다. 명훈은 '혹시 내가 기념일을 잊어먹은 건 아니겠지?' 하는 두려운 생각을 하며 유리 진열대 안을 눈으로 훑었다. 시영이 쇼핑백에서 반지 케이스를 꺼냈다. 그녀가 반지를 직원에게 보여주었다.

"사이즈가 너무 꽉 껴서 그런데 이런 디자인도 수선이 가능할까요?"

그녀가 직원과 대화를 나누는 사이 정현은 명훈 뒤에 딱 붙어 있었다. 그의 눈높이에 진열대 안이 바로 보였다. 갈색 눈이 뭔가를 발견하고 사정없이 흔들렸다.

루비 반지였다. 정현으로서는 그게 루비인지 뭔지도 알 수 없었다. 붉은 보석이란 게 중요했다. 그리고 그 크기가 '유사'했다. 무엇과 유사한지는 알 수 없었다. 단지 머리가 '비슷하다.'고 말했다. 캐럿이 크지도 않은, 일상용에 가까운 루비 반지, 그 붉은 보석이 눈에 비치는 순간 심장이 두근거렸다. 아주 안 좋은 방식으로.

밥을 먹는 내내 정현은 말이 없었다. 머릿속은 아까 본 반지 생각뿐이었다. 만약 그가 조금만 더 어렸더라면 그 자리에서 사달라고 졸랐을지도 모를 일이었다. 그 정도로 강렬한 감정이었다. 하지만 정현은 자신이 왜 반지 따위에 이런 감정을 품는지 이해할 수가 없었다.

'그리움'이란 단어가 뭔지는 알아도 그 순간 느끼고 있는 감정이 그리움이라고는 미처 생각지 못했다. 그런 강렬한 그리움을 느끼기엔 그가 이 세상에서 산 삶이 너무나 짧았다.

반지가 그리움을 자극하고, 그리움은 상실감을 깨웠다. 상실감은 노여움을 불렀고, 불같은 소유욕이 심장을 차지했다. 감정이 연쇄 반응을 일으키고 있었다. 그리움이라니? 상실감이라니? 소유욕? 그 모든 감정을 채워두기에 여섯 해를 산 심장은 너무 작았다. 여섯 해가 된 머리가 이해할 수 없는 것들이었다.

정현은 삽시간에 굉장한 피로를 느꼈다. 그가 떠듬거리는 목소리로 말했다.

"집에…… 집에 갔으면 좋겠어요."

"피곤하니? 거 봐, 애가 피곤하다잖아."

명훈이 기회다 싶어 시영을 나무랐다. 정현이 수저를 내려놓고 고개를 끄덕였다.

"……네, 피곤해요."

시영이 걱정스러운 표정으로 아들의 안색을 살폈다. 칭얼대는 아이가 아니었다. 그가 피곤하다면 정말 피곤하다는 것이었다. 세 사람은 얼른 식당을 나왔다.

이미 그의 금고는 열리고 있었다. 원래 열리지 말아야 할 금고였다. 어쩌면 헐겁게 닫혀 있던 것일 수도 있다. 언젠가 열리더라도 그렇게 일찍 열리면 안 되는 것이었을지도 모른다. 하지만 마지막 비밀번호는 그가 백화점 건물을 빠져 나올 때 눌러졌다.

태양빛이 너무 뜨거웠다. 후덥지근한 공기가 몸에 달라붙어 정현은 저도 모르게 하늘을 쳐다보고 말았다. 그리고 태양과 눈이 마주쳤다. 동공이 태양빛을 다 빨아들일 것처럼 팽창했다. 세상이 빙 돌았다.

'그녀'가 말했다.

「아일.」

그녀가 누구지?

그녀가 말했다.

「약속해요.」

뭘 약속해?

하늘에서 들려오는 건지 땅에서 들려온 건지 그의 머릿속에서 들려오는 건지 알 수 없는 소리였다. 세상에서 쏟아지는 소리처럼 여겨지기도 했다. 소리가 들려온 방향을 찾아 몸을 돌렸다. 눈이 정신없이 방향을 찾았다. 몸을 360도로 돌려 처음으로 되돌아왔을 때 그의 시선 앞에 한 여성이 서 있었다. 햇살 같은 여성이었다. 폭염 속 햇빛이 아닌, 겨울 숲을 깨우는 봄 햇살 같은 여자. 그녀가 따스하게 웃는 얼굴로 입을 벌리지 않은 채 말했다.

「왜 그렇게 멍청히 서 있어요.」

정현은 사무치는 그리움을 느꼈다. 이유를 알 수 없는 눈물이 고일 새도 없이 주룩 흘러내렸다. 놀란 표정 그대로 눈물이 흘렀다. 표정은 아직 정현의 것이었고, 눈물은 '그'의 것이었다. 정현이 한 발 내딛자 뒤에서 누군가가 그를 불렀다. 뒤를 돌아본 그가 몸을 흠칫 떨었다.

넝마를 덮어쓴 무엇인가가 웅크리고 있었다. 걸인인 줄 알았다. 배경은 여전히 백화점 앞이었다. 넝마에서 뿜어 나오는 음습한 기운이 배경을 잡아먹을 것처럼 일렁였다. 공간이 일그러졌다. 절대 이 세상 것이 아닌 것 같은 그것이 주문처럼 무언가를 계속 중얼거리고 있었다. 정현은 급하게 다시 여성 쪽을 쳐다보았다. 그녀는 사라지고 없었다.

「어째서 웃고 있는 거지?」

이 세상 것 같지 않은 낮은 목소리. 정현이 소스라치게 놀라며 넝마를 보았다. 넝마 사이로 원망스러운 눈빛이 그를 노려보고 있었다. 오금이 얼어붙었다. 넝마가 중얼거리듯 말했다.

「우리는 이렇게 고통스러운데…… 어째서 네놈은 그렇게 웃고 있는 거지?」

시체가 썩는 것 같은 고약한 냄새가 실제인 것처럼 코를 찔렀다.

「너무하잖아…….」

뒤로 주춤주춤 물러섰다. 등이 딱딱한 것에 부딪혔다. 그의 위로 큰 그늘이 졌다. 뒤에 선 것이 무엇인지 보기 위해 천천히 고개를 젖혔다. 그때까지 두려운 듯 쿵쾅쿵쾅 뛰던 심장이 멈추었다.

이미 주위는 검게 변한 후였다. 개기월식에서 붉은 달이 드러나듯, 어둠 속에서 새빨간 선 하나가 천천히 그믐달처럼 벌어졌다. 웃는 입 같은, 붉은 그것 위에 새빨간 두 눈이 번쩍 뜨였다. 붉은 눈이 정현의 얼굴 위로 천천히 제 얼굴을 가져왔다. 얼굴을 바짝 들이민 그것이 좀 더 크게 입을 벌렸다. 붉은 입김마저 느껴졌다.

뭘 안심하고 있는 거지?

균형을 잡을 수가 없었다. 작은 몸이 공포로 벌벌 떨리다 결국 무너져 내렸다. 시영이 핏기가 가신 얼굴로 달려오는 모습이 슬로 모션으로 보였다. 쿵! 머리에 딱딱한 바닥의 감촉이 느껴졌다. 백화점 건물 벽에 붙어 있는 광고판의 글자가 그림처럼 보였다. 아무리 봐도 글의 의미를 알 수 없었다. 저항할 방법도 알지 못한 채, 미시감(未視感)이 여섯 해를 산 소년의 뇌를 집어삼키기 시작했다.

꿈결처럼 들려오는 사람들의 목소리도, 그들이 입고 있는 옷도, 위로 보이는 건물 양식도 모두 처음 보는 것들이었다. 이질감은 세상이 아니라 그 자신에게서 느껴졌다. 정신이 반쯤 날아가며 시야가 불투명해졌다. 자신을 안아드는 여성의 어깨 너머로 붉은 눈이 입이 찢어져라 웃고 있었다. 붉은 눈이 말했다.

항상 긴장하라고 했을 텐데.

처음으로 혼절이란 것을 했다.

지옥 같은 한 달이었다. 정현에게도, 그의 부모에게도.

쓰러진 아이를 데리고 병원에 갔더니 일사병이랬다. 긴 꿈을 꾸는 듯 깨어나질 않는 아이를 데리고 집에 돌아왔다. 집으로 와 침대에 눕혀놓은 지 얼마 되지 않아 아이가 깨어났다. 비명을 지르며.

그의 부모 중 누구도 평생 그런 절박하고 처절한 비명을 들어본 적이 없었다.

깨어났다고 할 수도 없었다. 비명을 지르면서 일어난 아이는 달려온 부모를 낯선 사람 보듯 쳐다보았다. 적개심과 살기로 번들거리는 눈이 부모를 쏘아보았다. 그의 부모 중 누구도 평생 그런 적의를 경험해본 일 또한 없었다. 무엇보다 그건, 여섯 살짜리의 눈이 아니었다.

시영의 손가락이 몸에 닿자 그는 소스라치게 놀라며 뒤로 물러섰다. 침대 벽이 그를 가로막는데도 더 물러설 곳이 있는 것처럼 계속 발을 버둥대며 몸을 뺐다. 그리고 부모를 향해 거친 말을 뱉었다. 어디서 그런 말을 배웠는지도 알 수 없었다. 억양만으로 그것이 욕설 비슷한 것일 거라 짐작될 뿐이었다. 독기 어린 표정을 하고 전혀 알아들을 수 없는 말을 중얼거리던 아이는 갑자기 영혼이 빠져나간 듯 허물어졌다.

그대로 다시 정신을 잃었다. 잠든 상태에서 경련을 일으킨 것만도 여러 번이었다. 그러다 또 기절한 듯 고요히 잠들었다. 자는 내내 끙끙 앓았다. 신음과 비명이 간헐적으로 반복됐다. 급기야 몸이 불덩어리처럼 뜨거워졌다. 그대로 두면 타버릴 것 같다는 두려움이 엄습했다. 부모는 한밤중에 아이를 데리고 응급실을 찾았다. 딱히 원인도 찾을 수 없었다. 하루 종일 잠들어 있다가 비명을 지르며 깨고 악다구니를 쓰다가 기절했다. 밥을 먹을 수 없으니 병원의 도움을 빌 수밖에 없었다. 아이와 부모는 12일간 그런 미친 짓을 반복했다.

시영은, 집에 가서 잠을 자고 오라는 명훈의 성화에 사흘 만에 병원을 나왔다. 그리고 집으로 가지 않고 병원 근처에 있는 성당에 들렀다. 그녀는 두 시간이나 기도를 하고 병원으로 돌아왔다.

정현이 깨어나 있었다. 영민하던 눈이 빛을 잃은 채 멍한 시선을 어딘가로 보내고 있었다. 하지만 상체를 일으켜 앉아 있다는 것만으로도 시영은 감사했다. 그녀는, 12일 만에 건강함을 잃고 여위어버린 아들을 꼭 그러안았다.

그렇게 12일이 지났다. 오랜 수면과 열, 악다구니는 잠잠해졌다. 하지만 원래대로 돌아온 것은 아니었다. 정현은 예전보다 훨씬 과묵해졌다. 누가 말을 걸어도 대답을 하지 않을 때가 많았다. 본인이 알아서 물도 찾아 마시고, 몇 숟갈 먹지는 않지만 식사도 했다. 혼자 있는 시간이 많아졌다. 아니, 거의 혼자 시간을 보냈다. 자기 방에 앉아 멍한 얼굴로 생각에 잠겨 있는 것이 그가 낮에 하는 일의 전부였다. 밤이 되면 자고 싶지 않은 것처럼 침대 위에서 몸을 웅크리고 있다가 결국 잠이 들었다.

그의 부모는 그 한 달간 단 하루도 잠을 편히 자본 일이 없었다. 아들이 새벽에 깨어났기 때문이다. 비명이나 울음소리를 듣고 놀라 아들 방에 달려가보면 정현은 몸을 도사리고 울고 있기 일쑤였다. 그는 베개에 머리를 박고 울고 또 울었다. 숨이 넘어갈 듯 오열했다. 기도라도 올리듯 뭔가를 끊임없이 중얼거리기도 했다.

시영이 가장 슬픈 것은 아이가 그렇게 슬퍼하고 괴로워하는데 안아줄 수 없다는 것이었다. 시영이 방으로 뛰어들어 와 아들을 살피러 다가가면 정현은 눈물을 뚝 그치고 원망 어린 눈으로 그녀를 노려보았다. 그게 그렇게 상처일 수 없었다. 왜 아들이 자신에게 저런 눈빛을 보내는지 알 수 없었다. 잘못해서 그런 거라면 원망을 들어도 상관없었다. 아들은 이유도 알려주지 않았다. 울다가 화내다가 원망하다가 슬퍼하고 괴로워했다. 괴로워하는 것만이 자기가 할 수 있는 전부인 양.

그의 부모는 유연한 사고를 가진 편이었다. 어떤 것도 맹신하지 않았지만, 외계인도 있을 수 있다 생각했고 귀신도 있을지도 모른다고 생각했다. 만약 종교를 가져야 아이가 나아진다면 그럴 생각도 있었다.

어느 날, 낮이었다. 아들과 단둘이 식사를 하다가 시영이 중얼거렸다.
"굿이라도 해야 할까……."

그러고는 피식 힘없이 웃고 눈을 들었다. 정현이 밥을 먹다 말고 그녀를 똑바로 쳐다보고 있었다. 갈색 눈이 소리 없이 '말했다'. 그걸 지금 말이라고 하냐고.

아들의 눈이 그 순간만큼은 너무나 또렷하고 이지적으로 보여서 시영은 몹시 민망해졌다. 정현은 다시 말없이 밥을 먹었다.

12일간의 악몽으로 여섯 해를 산 소년의 정신은 화마가 휩쓸고 간 폐허처럼 변해버렸다. 기억은 계시처럼 단번에 깨닫는 것이 아니었다. 모래알처럼 잘게 조각난 기억 파편이 서로 유기적으로 들러붙는 데는 시간이 걸렸다. 그가 아일의 기억을 되찾는 데 걸린 시간은 총 18일. 그렇게 그는 30일째 되던 날, 아일의 인격과 가치관, 취향을 이루는 기억의 대부분을 되찾았다.

딱 한 달.

아일이 여섯 해를 산 소년의 심장과 머리를 차지하는 데 걸린 시간이었다.

그 중요한 30일째는, 명훈이 가지 않을 수 없는 출장으로 집을 비운 날이었다. 시영은 거실 소파에서 깜박 잠이 들었다. 그리고 무엇인가가 와장창 깨지는 소리를 듣고 번뜩 눈을 떴다. 그리고 반사적으로 아들의 방으로 달려갔다. 방문을 열자 보이는 것은 유리 파편으로 엉망이 된 바닥이었다. 정현이 침대에서 굴러 떨어지면서 협탁에 놓인 스탠드를 친 모양이었다. 작은 발과 손이 무방비하게 유리 파편 위에 놓여 있었다.

정현은 유리 파편을 깔고 주저앉아 어지러운 듯 이마를 짚었다. 손가락에서 잠옷 위로 피가 뚝 떨어졌다. 시영이 얼른 달려가 그를 안아들었다. 그를 침대에 올려놓고, 협탁 서랍에서 구급상자를 꺼냈다. 젊은 엄마가 감당하기 힘든 상황이었다. 젊은 나이라서가 아니라 어떤 어미가 이런 상황을 의연히 버틸 수 있을까. 현재 남편도 곁에 없다는 사실이 그녀의 눈물샘을 자극했다. 아들의 손에 난 상처를 치료하던 시영이 눈물을 떨구었다. 그것을 유심히 보고 있던 정현이 문득 조용한 목소리로 말했다.

"침대……."

"응? 침대?"

시영이 눈물을 얼른 닦아내며 되물었다. 정현이 반창고가 붙어 있는 손을 내려다보며 말했다.

"……큰 걸로 바꿔주세요."

아들이 먼저 말을 꺼낸 건 정말 오랜만이었기 때문에, 아니, 무엇인가를 부탁하거나 요구한 것은 처음이었기 때문에 시영은 기뻤다. 그녀는 기꺼운 웃음을 지으며 고개를 끄덕였다. 정현은, 울면서 웃고 있는 시영을 기이하다는 듯이 쳐다보았다.

그는 정현이 만나본 선생들 중 가장 불쾌한 인간이었다. 어떻게 교직을 직업으로 삼게 됐는지 의아할 정도로 아이들을 좋아하지 않는 티를 내는 남자였다.

"몇 페이지 읽을 차례지? 45쪽? 그럼…… 오늘이 13일이니까 셋째 줄. 맨 오른쪽, 이름이 뭐였지? 아, 그래. 네가 읽어봐라."

그가 코를 후비적거리며 펼친 책으로 정현을 지목했다. 내내 창 밖 하늘을 쳐다보고 있던 갈색 눈이 교탁 쪽을 돌아보았다. 생각에 잠겨 있던 눈이 깊고 고요했다. 그와 눈이 마주친 선생은 저도 모르게 추잡스러운 행동을 멈추었다.

한 학기가 넘도록 반 애들의 이름을 외우고 있지 않던 담임이 정현의 이름을 떠올렸다. 맞다, 서정현이랬지. 사실 어지간히 머리가 나쁘지 않고서야 외우지 못하는 게 이상했다. 결석을 사나흘에 한 번꼴로 하는 듯한 아이였다. 학부모 말로는 아파서 그렇다는데 초등학생 놈이 학교 오지 않으려고 떼쓰는 거야 흔한 일 아닌가, 어지간히 감싸고도는 학부모에, 문제아 놈이다, 그렇게 생각하고 말았다.

"45쪽."

담임은 기분이 상한 듯 그를 재촉했다. 정현은 의자 소리도 내지 않고 일어나 책을 읽었다. 배우가 되려고 어디서 연기라도 배우고 있나? 그런 생각이 들 정도로 분명한 발음, 듣기 좋은 속도의 목소리였다. 그러고 보니 얼굴도 멀끔했다. 담임은 기분이 더 나빠졌다. 아이 같지 않은 아이. 그가 제일 싫어하는 것이었다.

반 아이들이 모두 하교하고 텅 빈 교실에 정현은 혼자 남아 있었다. 수업이 끝난 지가 언젠데 책은 여전히 책상 위에 펼쳐져 있었다. 그의 시선은 작은 구름 한 덩이도 없는 맑은 하늘을 헤매고 있었다.

"왜 안 가고 있어? 집에 안 가?"

정현이 눈만 돌려 교실로 뛰어들어 온 여자아이를 쳐다보았다. 반에서 가장 키가 큰 여자아이였다. 다가온 여자아이가 커다란 눈을 깜박거리며 말했다.

"나 어제 너 병원에서 나오는 거 봤어. 어디가 아픈 거야?"

"……여기저기."

오늘 처음으로 나온 목소리가 조금 거칠었다. 여자아이는 아예 옆자리에 앉았다.

"다른 아이들한테는 비밀로 해줄게."

딱히 비밀로 해줄 필요는 없다고 말하려다 관두었다. 여자아이는 그와 자기만의 비밀을 만들고 싶어 하는 눈치였다. 정현은 여자아이를 빤히 쳐다보았다. 무엇인가를 찾으려는 듯, 아름다운 갈색 눈동자가 여자

아이의 새카만 눈동자를 조용히 들여다보았다. 여자아이는 부끄러워져서 얼굴을 붉히고 시선을 돌렸다. 그도 관심이 떨어진 듯 시선을 접더니 가방을 챙기기 시작했다. 여자아이가 말했다.

"우리 삼촌은 허리가 아프셔."

삼촌이란 말에 정현이 손을 멈추었다. 책을 넣던 손을 가방 안에 둔 채, 정현은 여자아이의 옆얼굴을 다시 유심히 쳐다보았다. 여자아이는 책상 밖으로 다리를 쭉 내밀고 발을 까닥거렸다. 그녀는 정현의 주목을 느끼고 밝은 목소리로 재잘거리기 시작했다.

"그래서 할머니가 계속 병원에 가셔야 해. 오늘은 할머니가 병원에 가시는 날이라 저녁은 또 혼자 먹어야 돼. 넌 집에 가면 엄마가 계셔?"

정현은 대답하지 않았다.

"난 혼자 밥 먹는 게 싫어. 맛있는 반찬이 있으면 그래도 빨리 먹을 수 있어서 좋아. 그런데 오늘은 아마 맛있는 게 없을 거야. 반찬 뭐 좋아해?"

정현은 철학적인 질문에 답변을 고민하는 사람처럼 뜸을 들였다. 그리고 말했다.

"계란찜."

"나도 계란찜 좋아해."

여자아이가 반가운 듯 대꾸했다. 정현은 가볍게 콧숨을 내쉬고 가방을 어깨에 메며 일어났다. 그리고 키가 큰 그녀를 올려다보며 말했다.

"일찍 집에 들어가. 요즘 이상한 사람 돌아다닌다는 얘기 못 들었어?"

몹시 어른스러운 말투라, 그녀는 키가 작은 그가 내려다본다는 느낌을 받았다. 그녀가 변명하듯 말했다.

"저번 미술 시간에 그림 일찍 그리면 선생님이 문제집 주신다고 해서."

"그래서?"

"선생님 기다리고 있는데…….."

"교무실로 가. 그 양반이 다시 교실로 올지 안 올지 어떻게 알아."

그녀는 정현의 말투가 정말 이상하다고 생각했다. 그가 어디가 아픈 건지 진짜로 궁금해졌다.

의사이기도 한 상담사는 곤란한 얼굴로 맞은편에 앉은 소년을 바라보았다.

외국으로 이민을 가게 된 대학 선배의 부탁으로 담당 환자를 넘겨받았다. 오늘이 두 번째 상담이었는데, 환자의 태도는 전날과 크게 다를 바가 없었다. 상담이 시작된 지 한참이 지났지만, 소년은 시선을 딴 곳으로 돌린 채 생각에 잠겨 있었다. 눈을 내려뜨고 있지만 아예 감고 있지는 않으니 자고 있는 것은 아닐 터. 어른인 그도 저렇게 오랜 시간 한 자세로 생각에 빠져 있을 자신은 없었다.

'그래, 누가 이기나 보자.'란 심정으로 참고 있던 상담사도 시계의 긴 바늘이 한 바퀴를 돌자 한숨을 내쉬었다. 소년이 상담사를 쳐다보았다. 상담사는 기회를 놓치지 않았다.

"요즘은 악몽을 꾸지 않아?"

"꿉니다."

감탄스러울 정도로 차분하고 우아한 어조였다. 그 짧은 말에서도 소년의 성격이 엿보였다. 상담사는 흐트러져 있던 자세를 자기도 모르게 바로잡았다. 뜻밖에도 정현이 먼저 대화를 이어갔다.

"저는 문제가 없습니다, 선생님."

뻔한 소리를 한다는 듯이 상담사가 미소를 지으며 말했다.

"세상에 문제가 없는 사람은 없어."

"선생님도요?"

정현이 장난스레 되물었다. 그 표정이 정말로 묘해서, 그가 전생을 기억한다는 게 사실일지도 모르겠다는 생각이 들었다. 상담사는 미소 진 얼굴로 말했다.

"내 얘기보다 네 얘기를 듣고 싶은데."

"저번에 선생님께 했던 얘기를 또 한다는 게…… 지겨워서요. 상담이란 게 원래 이렇게 했던 얘기를 또 하고 했던 얘기를 또 하는 건가요? 상담한 내용을 보셨겠네요. 선생님은 저의 어디가 문제라고 생각하시나요?"

상담사는 솔직해지기로 했다.

"전생을 기억한다는 게 흔한 일은 아니지."

"사실이 의심스럽다?"

"의심스럽다기보다 특별하다 정도로 해두자."

정현이 조용히 웃었다. 소년은 속내를 드러낼 생각이 없는 모양이었다. 그가 또 시선을 돌리려고 했다. 상담사가 물었다.

"최근에 꾼 악몽은 뭐지?"

"그전과 비슷합니다. 죽이고, 죽임 당하고……."

정현이 심드렁하게 대꾸했다. 갈색 눈동자가 전등불에 기이한 빛을 띠었다.

상담사는 조금 이해가 안 된다는 얼굴로 찻잔을 들었다. 과묵하다 뿐이지, 딱히 어두워 보이는 인상도 아니고, 성격 좋은 중산층 부모 밑에서 자란 소년이 왜 그런 꿈을 꾸게 되었을까. 상담사는 선배의 상담 의견을 없던 걸로 하고 자기 방식대로 상담을 하고 싶었다. 상담사는 찻잔에서 피어오르는 김을 눈으로 좇으며 물었다.

"난 악몽보다 전생에 대한 이야기를 자세히 듣고 싶어."

"그러고 보니 옛날…… 그러니까, 전생에서도 이런 식으로 제 얘기를 상담받은 적이 있죠. 그렇네요."

"그래? 그럼…… 죽는 순간은 어때? 그것도 기억나?"

정현은 뭔가를 떠올리고 얼핏 미소를 지었다.

"오늘은 이만하죠."

정현은 피곤한 표정을 지어내며 선을 잘랐다. 그리고 잠시 뜸을 들인 뒤 말했다.

"제가 문제가 없다고 한 건…… 상담으로 해결될 일이 아니란 소립니다. 애먼 곳에 비싼 돈이 나간다는 게 아깝다는 생각이 들어서요. 제 돈은 아니지만."

"부모님 돈이지."

상담사는 그를 떠보았다. 부모를 부모라고 생각하지 않는 듯한 그의 태도를 꼬집은 것이었다. 정현은 침묵했다.

상담사가 방을 나가려는 정현을 불러 세웠다.

"혹시 상담하고 이런 거 싫어해? 부모님 때문에 억지로 하는 거야? 아니면 내가 별로야?"

정현은 뜻밖의 질문에 난감한 표정을 지었다. 문고리를 잡은 채, 잠시 생각에 잠겼던 그가 말했다.

"제가 원해서 여기 오는 건 아니지만 선생님이 싫지는 않습니다."

정현이 오랜 기억을 더듬듯 어렴풋한 미소를 머금었다.

"전 상담사들을 좋아하거든요."

하얀 페이지 위로 핏방울이 떨어졌다.

정현은 침착한 손짓으로 코 밑을 훔쳤다. 손가락에 피가 묻어났다. 짝으로 앉아 있는 소녀가 깜짝 놀라 손을 들고 담임을 불렀다. 더운 날씨 탓에 짜증이 날 대로 나 있던 선생은 짜증스러운 표정으로 수업 중 일어난 불의의 사태를 쳐다보았다. 정현은 담임이 제일 싫어하는 그 아이 같지 않은 얼굴을 하고서, 손수건을 꺼내 피를 닦아냈다. 저 때문에 수업이 중단되고 반 아이들의 시선이 쏠려 있는데도 당황하는 기색은 찾아볼 수 없었다. 조용한 움직임만큼 상황도 빨리 정리되었다. 담임은 수업을 계속 진행했다.

"체육 시간에 쉴래? 내가 선생님한테 말해줄까?"

쉬는 시간에 반장인 여자아이가 정현의 자리까지 찾아와 물었다. 정현은 쉽게 멎지 않는 코피 때문에 머리를 숙이고 있었다. 그는 반장을 흘긋 쳐다보고는, 코를 막고 있던 티슈를 빼냈다.

'미친 여름'을 떠올리게 하는 날씨였다. 가만히 서 있기만 해도 땀이 줄줄 흘렀다. 여름 아지랑이가 피어오르는 운동장에 서는 순간, 정현은 반장의 친절을 거절한 것을 후회했다. 어떻게 된 게 자신은 늘 후회만 하는가, 란 생각에 몸 상태가 더 안 좋아졌다.

"너, 피구 잘해?"

정현은 말을 건 남자애를 쳐다보았다. 반에서 달리기를 가장 잘한다는 아이였다. 전반적인 인상이 크롬헬에서 제일 빠르던 딜런과 흡사하다는 생각을 하며, 정현이 짧게 대답했다.

"별로."

"그럴 것 같았어. 내 뒤에 서."

딜런을 닮은 남자애가 우쭐거리며 등 뒤를 가리켰다. 정현은 사양 않고 그의 뒤에 가 섰다. 흰 공이 아이들 사이를 지날 때마다 요란스러운 발소리와 즐거운 비명도 오갔다. 정현은 적당한 순간에 약한 공에 맞고 나가버릴 생각이었다. 그런데 제가 뱉은 말에 책임이라도 지려는 듯, 딜런을 닮은 소년은 여간해선 정현에게 공이 닿을 기회를 주지 않았다. 머리가 너무 뜨거웠다. 햇살을 화살로 만들어 정수리에 찍어 내리는 것 같은 날씨였다. 정현은 고개를 들어 태양을 노려보았다.

눈을 뜨자 보이는 것은 천장이었다. 벌떡 몸을 일으켰다.

"정신이 드니?"

양호 선생이 주전자를 들어 커피 잔에 물을 붓고는 숟가락으로 휘휘 저으며 물었다. 정현은 벽에 걸려 있는 거울을 보았다. 새하얗고 작은 얼굴에 박힌 소년의 갈색 눈이 그를 쳐다보고 있었다. 두 손을 들어 손 바닥을 보고 손등도 보았다. 굳은살도 박이지 않은 여린 손이었다.

정현이 침대에 앉아 있는 채로 물었다.

"제가…… 공에 맞아서 쓰러졌나요?"

"아니. 그냥 쓰러졌다던데? 아무래도 더운 날씨니까."

'정말 터무니없이 약해 빠진 몸이다.'

정현은 피로한 한숨을 내쉬며 덮고 있는 이불을 걷었다. 양호 선생이 그걸 지켜보며 말했다.

"이미 수업 시간 다 끝난 거 알지? 한참 누워 있었어. 우산은 가지고 있니?"

그제야 굵은 빗소리가 들렸다. 달아오를 대로 달아오른 땅을 식히려 비가 내리고 있었다.

정현이 교실 앞문을 열자, 남아 있던 아이들이 동시에 그를 돌아보았 다. 서너 명의 아이가 비 오는 밖을 내다보며 창가에 붙어 있었다. 우산 이 없어 엄마가 데리러 오는 것을 기다리는 모양이었다. 정현은 창가 쪽 에 있는 자신의 책상으로 가 가방을 챙겼다. 딜런을 닮은 남자애가 열에 서 벗어나 그의 앞에 와 섰다. 소년이 악의 없는 말투로 말했다.

"나도 어릴 때 약했는데 태권도 다니고 힘이 세졌어. 너도 우리 도장 다닐래?"

"생각해볼게."

정현은 가방에서 우산을 꺼내며 대충 대답했다. 반에서 가장 키가 큰 여자아이가 슬그머니 다가와 조심스러운 말투로 말했다.

"오늘도 나 저녁 혼자 먹어야 돼."

보통 아이였다면 '그래서?'라고 물었을 것이다. 여자아이가 다른 아이들 앞에서 미처 꺼내지 못하는 '그래서 오늘 자신을 데리러 올 사람이 없다.'는 말을, 머릿속은 어린애가 아닌 정현이 눈치채지 못하는 것도 이상했다. 정현이 숨을 깊게 내리쉬고 말했다.

"같은 방향이면 같이 가."

여자아이가 쑥스러운 미소를 지었다. 남자애 두 명이 의미가 불분명한 야유를 해댔다. 정현은 듣는 척도 않고 앞서 교실을 나갔다.

현관에서 먼저 신발을 갈아 신고, 뒤쫓아 나오는 여자애를 기다리는데, 그를 부르는 목소리가 있었다. 정현은 우산을 든 채로 눈을 살짝 크게 떴다. 시영이 우산을 쓰고서 그에게로 달려오고 있었다. 일을 마치고 서둘러 온 듯 복장은 아침에 직장을 나갈 때와 같았다. 시영은 정현 앞에 와서야 흐트러진 숨을 골랐다. 그녀가 환하게 웃으며 말했다.

"우산 가져갔었네. 그것도 모르고 정신없이 뛰어왔잖아."

짧은 스커트 차림에 하이힐까지 신고 잘도 뛰어왔다. 그녀의 다리가 비에 젖어 있었다. 그것을 본 정현은 마음이 심란해져서 엉겁결에 퉁명스럽게 말했다.

"비 좀 맞아도 괜찮아요."

시영이 한 손으로 무릎을 짚은 채 발랄한 말투로 말했다.

"안 되지, 그럼. 그런 소리 하려거든 엄마보다 키가 더 커진 뒤에나 해. 어, 이 예쁜 친구는 누구야? 설마, 우리 아들 여자친구?"

여자아이가 급히 고개를 숙여 인사했다. 정현은 대체 무슨 황당한 소리냐는 표정으로 어머니를 쳐다보았다. 어머니는 아들이 친구와, 그것도 여자인 친구와 있다는 사실에 감격해 아들의 그런 시선을 읽지 못했다. 정현은 말없이 여자아이에게 제 우산을 건넸다. 그리고 어머니가 왼손에 들고 있던 자기 몫의 우산을 가져갔다. 그가 빗속으로 걸어가며 우산을 펼쳤다. 말도 없이 가버리는 그를 두 여자는 멍한 눈으로 바라보았다. 투명 우산을 통해 성큼성큼 운동장을 가로질러 가는 정현의 모습이 보였다. 시영은 몰래 아픈 미소를 지었다. 하지만 여자아이와 눈이 마주치자 빙긋 웃어 보였다.

정현은 어머니를 오른쪽에 두고 횡단보도에 서 있었다. 그는 우산 끝에 매달렸다가 떨어지는 빗방울을 바라보았다. 그의 눈이 시야가 닿을 수 없는 아주 먼 곳을 떠돌고 있었다.

'라야.'

차들이 빨간불인 횡단보도를 빠르게 지나쳐갔다.

'이곳은 다이런과 너무나 많은 것이 달라.'

차바퀴가 비 웅덩이를 밟고 지나가면서 인도로 물살을 뿌렸다. 시영은 앗, 소리를 내며 뒤로 물러섰다. 그리고 아들도 뒤로 잡아당기려고 손을 뻗었지만 그전에 정현이 알아서 뒤로 물러섰다. 어머니의 손길이 거의 필요 없는 아이였다. 시영은 어깨를 축 늘어뜨렸다. 정현은 여전히 빗소리와 바람 소리에 귀를 기울이고 있었다.

'잊지 않으려고 해도 이곳의 새로운 기억들이 오래된 기억을 덮어버려. 이제 다이런의 바람이 어떤 냄새를 가지고 있었는지도 기억이 안 나.'

하지만 딱 하나 비슷한 것이 있다. 빗소리. 비가 내리는 날의 바람 냄새.

정현은 고개를 들어 투명 우산 위로 보이는 희뿌연 하늘을 올려보았다. 우산을 타고 빗물이 흘러내렸다.

'이왕이면…… 이왕이면 이걸 함께 느낄 수 있을 정도로 가까운 곳에, 네가 있었으면 좋겠어.'

늦은 밤이었다. 태풍이 지나가는지 창문을 흔드는 바람이 요란한 밤이었다.

인간이 내지르는 비명 정도야 쉽게 삼켜버릴 것 같은 태풍이 그는 도리어 고마웠다.

정현은 침대에 웅크린 채 베개에 작은 머리를 박고 있었다. 신음 소리가 방 밖으로 나가지 않게 하려고 베갯잇을 이로 꽉 깨물었다. 식은땀으로 잠옷이 다 젖어버렸다.

심장이 갈기갈기 찢기는 것 같았다. 심장병이라도 있으면 치료라도 받게 해달라고 부모라는 이들에게 매달리고 싶은 심정이었다. 그래도 예전보다는 많이 나아졌다. 최소한 비명은 지르지 않을 수 있게 되었다.

옛일을 떠올리고 울면서 깨어나면 그때부턴 마음의 준비를 하는 편이 좋다. 꿈을 꾸는 동안 느낀 그리움과 슬픔이 수용 한계를 넘어선 듯 심장이 실제로 터질 것처럼 아파왔다.

울음을 멈추고 버티다 보면 시계의 긴 바늘이 한 바퀴쯤 돌고 난 뒤 고통이 잠잠해졌다. 고통이 사라진 뒤 남는 것은, 황당하게도 상실감이었다. 그래도 고통스러울 때에는 그녀가 곁에 있었다는 듯이.

정현은 작은 몸에 맞지 않는 아주 커다란 침대 위에 대자로 누워 있었다.

완전히 지쳐버렸다. 이러니 고작 태양 좀 쳐다봤다고 맥없이 쓰러지지.

정현은 허탈감에 눈을 감았다. 그리고 창을 흔드는 태풍 소리에 귀를 기울였다.

누군가가 그의 이마를 쿡 찔렀다. 분명 그걸 느꼈다. 정현은 희미하게 눈을 떴다. 라야가 웃으면서 그를 내려다보고 있었다. 눈물이 왈칵 차올랐다. 이 어린놈의 몸은 눈물샘이 아주 헐겁기 이를 데가 없다. 고장이라도 난 것처럼 툭하면 눈물이 났다.

그의 생각을 알겠다는 듯이 라야가 입을 가리고 쿡쿡 웃었다. 눈물이 눈가로 흘러 베갯잇으로 사라졌다.

라야가 울지 말라는 듯이 조금 슬퍼 보이는 미소를 지었다. 그리고 다시 그의 이마를 장난스럽게 쿡 찔렀다. 하지만 거둬지는 손끝에 슬픔이 묻어 있었다. 바닷가의 고운 모래처럼 부드럽고 촘촘하고 쉽게 떨어지지 않는 슬픔이다. 그녀가 말했다.

그만 잊어.

'어떻게 잊어.'

그렇게 괴로워할 거 뭐하려고 안고 있어.

'어떻게 그래.'

남들도 다 그래. 남들은 다 잊고 새로 살아. 혼자만 왜 그래? 하여간 유별나.

'알아. 유별난 거.'

다른 사람들은 고작 몇 달 전 일도 다 잊어버리고 살아. 그래야 해. 안 그러면 살 수가 없어. 왜 스스로를 그렇게 괴롭혀?

'보고 싶어.'

보고 있잖아.

'만지고 싶어.'

미안. 그건 안 되는 거 알잖아. 왜 안 되는 걸 자꾸 달라 그래.

'미안해.'

못났다, 당신.

그런 그가 정말 꼴 보기 싫다는 듯이 라야가 사라졌다. 또다시 참을 수 없는 슬픔이 눈물이 되어 흘렀다. 이대로라면 새벽 안에 한 번 더 고통에 발버둥 쳐야 하는 걸 알지만, 바닥을 보이지 않고 계속 커지기만 하는 그리움과 슬픔은 어찌할 수 없었다. 정현은 심장이 다시 아파오는 것을 느끼면서도 자신을 던져버리듯 계속 울었다. 도와줘.

도와줘, 라야.

정현과 담임은 마치 눈싸움이라도 하듯 서로의 눈을 쳐다보고 있었다. 아이들이 하교한 이후의 교실이라 어차피 조용하지만, 두 사람이 만들어낸 무거운 긴장이 빈 교실을 한밤중 묘지처럼 싸늘하고 고요하게 만들었다.

그 광경을 교실 바깥에 숨어서 초조한 표정으로 지켜보고 있는 남자아이가 있었다. 딜런을 닮은 소년이었다. 소년의 한쪽 볼이 발갛게 부어 있었다. 소년은 불안한 듯 엄지손톱을 입에 물고 씹었다. 담임이 가보라고 해서 나오긴 했지만, 자기를 대신해 반 친구를 괴물에게 던져주고 온 기분이라 그냥 혼자 집에 돌아갈 수 없었다.

침묵을 깬 건 담임이었다.

"왜 그런 눈으로 쳐다보는 거냐?"

정현은 눈을 내렸다. 당연히, 겁을 먹어서는 아니었다. 너무 피곤했다. 밤새 악몽에 시달린 데다 몇 시간 자지도 못했다.

시영이 학교에 전화를 해 늦게 간다고 한 뒤, 정현은 1교시가 지나서야 등교했다. 그때 이미 담임의 눈에 찍힌 듯했다.

1교시에 거둬 갔다는 숙제를 제출하려고 교무실에 갔다가 보지 말아야 할 것을 보았다. 뭔 전화를 그리 하는지 허둥대던 담임이 책꽂이에 놓은 책을 떨어뜨렸다. 책 속에서 봉투가 튀어나왔다. 그리고 제대로 봉인되지 않은 봉투 입구에서 만 원짜리가 삐져나왔다. 돈 모서리가 정현의 신발 끝에 닿았다. 무심코 그것을 내려다보았다.

평소 같았으면 모른 척 눈을 거두고 교무실을 나갔을 텐데, 이날은 정말 피곤했다. 몸이 제 몸이 아닌 듯 나른해 한동안 시선을 거기에 고정하고 말았다. 촌지라고 말하지 않는 이상 그게 촌지인지 뭔지 알 게 뭔가. 하지만 담임은 아이 같지 않은 얼굴을 한 정현과 눈이 마주치자 도둑이 제 발 저리듯 얼굴을 굳혔다. 아마 제대로 찍힌 건 이때일 듯싶다.

수업이 끝나고 집에 가기 싫어 운동장 계단에 앉아 시간을 보내고 있었다. 하루 종일 기운이 빠진 상태로 있었더니, 깜박 잊고 교실에 신발 주머니를 놔두고 왔다. 그래서 교실로 돌아갔다.

"네가 봤냐고, 이 새끼야. 내가 여자애를 무릎에 앉혀놓고 있는지 어딜 만지는지 직접 봤냐고, 새끼야!"

담임이 남자아이의 뺨을 연거푸 때리고 있었다. 남자아이가 제대로 서지 못하고 비틀대자 담임은 멱살까지 잡고 따귀를 후려쳤다. 저학년을 상대로 하는 체벌치고 지나쳤다. 고약한 입이었다.

"너 같은 새끼가 제일 문제야. 멍청하고, 입만 싸고, 할 줄 아는 거라곤 먹고 싸는 것뿐이지. 너 같은 게 자라면 뭐가 되는 줄 알아? 너 같은 건……!"

유리창 너머로 교실 상황을 보고 있던 정현이 닫혀 있던 교실 문을 소리 나게 열었다.

담임은 아이의 멱살을 쥔 채로 얼어붙었다. 하지만 곧 자기 반 아이란 걸 알고 안도의 한숨을 내쉬었다. 담임이 제 분에 못 이겨 악독한 표정을 하고 소리쳤다.

"넌 뭐하느라 아직까지 얼쩡대는 거야?"

정현은 대답 없이 자기 자리로 갔다. 서두르는 기색도 없이 조용히 책상으로 가 신발주머니를 갖고 나왔다. 교탁을 지나던 정현이 멈춰 섰다. 정현이 담임을 보고 말했다.

"얘랑 같이 가기로 했는데 더 기다려야 하나요?"

한 번도 대화를 해보지 않아서 몰랐다. 담임은 그제야 정현이 표정뿐만이 아니라 말투까지 아이 같지 않다는 걸 알았다. 자신을 넌지시 책망하는 듯한 말에, 자제심이라고는 없는 담임이 분노의 방향을 틀었다. 담임이 아이의 멱살을 놓고 말했다.

"넌 이만 가봐."

소년은 볼을 붙잡고 울먹이며 교실을 뛰쳐나갔다. 그리고 담임과 정현은 한참 서로를 노려보았다. 담임이 입을 다물고 있는 정현에게 다시 한 번 더 물었다.

"왜 그런 눈으로 쳐다보는 거냐고?"

"방금 한 그 체벌."

정현이 고개를 들었다.

"학부모들이 있는 앞에서도 할 수 있으신가요?"

그래선 안 되었다. 그가 아일이었다면 그렇게 쉽게 눈에 감정을 드러내지 않았을 것이다. 하지만 그는 서정현이었고, 어린 몸에 담긴 심장은 모든 감정을 숨기기에 너무 작았다. 게다가 피곤한 상태였다.

그가 담임을 똑바로 쳐다보았다. 그리고 담임은 갈색 눈동자에 담긴 감정을 읽을 수 있었다. 반편이가 아니고서야 모를 수 없을 정도로 분명한 감정. 혐오.

담임의 얼굴이 무섭도록 굳었다. 두껍고 우악한 손이 저절로 위로 솟구쳤다.

이 천장은 얼마 전에도 봤다. 양호실 천장.

정현은 정신이 들었음에도 몸을 일으키기 쉽지 않았다. 밤새 악몽에 시달린 데다, 잠도 얼마 못 자고, 심지어 솥뚜껑만 한 손에 따귀까지 얻어맞았다. 바로 기절해서 몇 대를 맞았는지는 모른다는 게 그나마 다행인가.

"미안해……."

정현은 귀에 바짝 붙어 들려온 목소리에 깜짝 놀라 누운 채로 고개를 돌렸다. 양호실 침대 모서리를 붙잡고서 남자아이가 쭈그리고 앉아 있었다. 딜런을 닮은 소년은 제 뺨도 장난 아니게 부어올랐으면서, 정현의 뺨에 손을 살짝 갖다 대고는 흠칫 놀라며 손을 거뒀다. 그리고 울먹이는 목소리로 말했다.

"미안해, 나 때문에……."

"……네가 미안해할 일이 아니야."

아, 정말 이런 감정 느끼기 싫은데. 이놈의 몸뚱이는 매번 별것도 아닌 일에 울컥울컥한다. 거추장스럽기 짝이 없다. 소년의 분위기가 딜런을 닮았다는 것만으로 정현은 후배를 쳐다보고 있는 기분이 들었다. 그 순간 소년은 자신이 보호해야 할 부하였다. 이번에야말로 누군가를 제대로 지켜냈나? 현실감이 흔들렸다.

눈을 감았다 뜨면 사람만 그대로이고 배경만 다이런의 풍경으로 바뀌었으면 했다. 다이런이 아닌 전장의 풍경이라도 괜찮다. 그래도 그것은, 같은 하늘 아래 어딘가 라야가 있을 테니까.

"일어났니? 자주 오는구나."

눈을 뜨니까 배경은 그대로이고 양호 선생이 그를 내려다보고 있었다. 정현이 원망스러운 눈으로 양호 선생을 올려다보았다. 양호 선생이 고개를 갸웃하며 말했다.

"언제 깨어날지 몰라서 집에 전화하니까 어머니가 안 계시더구나. 그래서 아버지한테 연락했어."

침대를 내려오던 정현이 뭐하러 그랬냐는 듯이 양호 선생을 쳐다보았다. 그의 눈에서 불평의 기색을 읽은 양호 선생이 눈을 끔벅이며 말했다.

"내가 잘못한 거니?"

"……아니요. 감사합니다."

양호 선생은 애들이 왜 뺨이 부어서 이곳에 왔는지는 별로 안 궁금한 모양이었다. 알면서도 모른 척하는 것이거나.

정현이 양호실을 나오자 딜런을 닮은 소년도 따라 나왔다. 사실 상태는 정현보다 소년이 더 심각해 보였다. 정현이 현관에서 신발을 갈아 신으면서 말했다.

"병원에 가봐. 얼굴이 너무 부었다."

"미안해."

"안 미안해도 된다니까."

"미안해."

정현이 버럭 화내려는 찰나, 익숙한 목소리가 그를 불렀다. 양호 선생의 전화를 받고 온 아버지였다. 퇴근 시간이 아닌데 어떻게 왔는지 모르겠다. 햇빛에 눈이 부셔 정현은 눈을 가늘게 뜨고, 다가온 아버지를 보았다. 역광을 지고 있는 명훈은 정장 차림에 살짝 긴 앞머리를 올백으로 고정하고 있었다. 회사에서 바로 온 모양이었다. 달려오는 내내 걱정스러운 표정이었는지 이마에 주름이 자리를 잡았다.

정현의 볼이 살짝 부어 있고 입가에 피가 굳어 있는 것을 보자 명훈의 눈은 더 커질 수 없을 만큼 커졌다. 현장을 목격했다면 눈이 뒤집혔을 것이다. 명훈이 가방도 던져버리고 정현의 앞에 무릎을 꿇고 앉았다. 결코 저렴한 가격이 아닌 바지가 엉망이 되는 건 신경이 쓰이지 않는 듯 보였다.

"뭐…… 어쩌다가 이렇게 된 거야?"

"죄송해요……."

정현이 한 말이 아니었다. 정현보다 볼이 더 퉁퉁 부어 있는 소년이 주뼛거리며 말했다. 정현은 소년의 뒤통수를 한 대 후려갈기려다가 관두고, 소년의 눈을 바로 쳐다보며 말했다.

"미안하지 않아도 될 사람이 미안하다고 하면 진짜 미안해야 할 사람이 미안하다는 말을 하지 않게 돼. 미안하다는 말은, 그래서 함부로 해서는 안 되는 거야."

정말 알아들은 건지 알 수 없지만, 소년은 비장한 얼굴로 고개를 빠르게 끄덕였다. 명훈은 아이 같지 않은 소리를 하는 아들을 복잡한 눈으로 바라보았다.

정현은 차에 타고도 아무 말이 없었다. 어쩌다 그렇게 되었는지 설명해줄 생각이 전혀 없어 보였다. 명훈은 시영처럼 괴로운 마음을 아이 앞에서 숨기고 싶지도 않았다. 저절로 깊은 한숨이 나왔다. 뒷좌석에 앉아 창 밖을 보고 있던 정현이 흘깃 운전석 쪽을 쳐다보았다. 차가 빨간불에 멈춰 선 사이, 명훈이 룸미러로 정현과 눈이 마주친 채로 말했다.

"엄마가 보면 놀랄 거야. 아빠 친구 병원에 들러서 간단한 치료라도 받고 가자."

정현은 자동차 콘솔 박스에서 티슈를 꺼냈다. 그리고 티슈로 피가 굳어 있는 입가를 대충 닦아내고는 퉁명스럽게 말했다.

"됐어요. 그냥 가요."

"됐긴 뭐가 돼."

정현의 말투나 행동은 너무 어른스러워서 명훈은 문득문득 아들이 아이가 아니라 성인처럼 여겨졌다. 지금만 해도 그렇다. 그날 이후로 아들

놈은 한 번도 제 말에 순순히 따른 적이 없었다. 명훈은 아들의 말을 무시하고 병원으로 차를 몰았다.

병원에 도착해 명훈이 차 문을 열어주자, 정현이 내리기 싫은 표정으로 그를 올려다보았다. 명훈은 아들의 시건방진 눈을 볼 때마다 발끈하게 되는 자신이 어른스럽지 않다고 생각됐다. 정현은 하는 수 없이 차에서 내렸다.

"아들이 되게 점잖네."

치료를 끝낸 의사 친구와 명훈은 잠시 진료실을 나와 휴게실에서 대화를 나눴다. 명훈의 눈에 저 혼자 병원 계단을 올라가는 정현이 보였다. 명훈이 의사 친구의 말에 쓴웃음을 지으며 말했다.

"너무 점잖지. 아이치고."

"우리 큰애는 네 집 애보다 두 살은 많은데 아직도 같이 있으면 전쟁터가 따로 없어. 점잖은 게 좋은 거야. 아, 태원이 요즘도 만나?"

"바빠서 잘 못 만나."

의사 친구가 건네는 자판기 커피를 받아들며 명훈이 대꾸했다. 의사 친구가 자판기의 커피 버튼을 누르며 물었다.

"누가? 네가 바빠, 태원이가 바빠?"

"내가 바쁘지. 작곡가인지 떠돌이 여행가인지 모를 놈이 바쁘긴 뭐가 바빠."

"너희 둘은 여전하네. 태원이 딸내미들 봤냐?"

"아비를 하나도 안 닮았더만. 다행스러운 일이야."

"나도 아들만 둘이라 늦기 전에 딸 하나 갖고 싶어. 넌 둘째 생각 없어?"

"……모르겠다."

정현은 병원 건물 계단을 올라가 옥상으로 나왔다. 휴게실 겸 정원으로 꾸며진 옥상은 뜨거운 날씨 때문에 사람이 없었다. 화분의 나뭇잎이 햇빛에 질식할 것처럼 갈색으로 변해 있었다. 정현은 옥상 끝으로 걸어갔다. 철책 아래로 도시가 내려다보였다. 그 높이가 꼭 세르노다의 언덕에서 도시를 내려다볼 때와 비슷했다.

'내가 미친 걸까?'

기억하고 있는 옛일들이 그저 망상이었으면 했던 순간도 있었다. 그런 생각이 들면 곧 심장이 터질 듯이 아파와서 그리 오래 생각할 수도 없었다.

'정말 그런 걸까? 차라리 그랬으면 좋겠다. 고칠 수 있는 거라면 좋겠어. 약으로 고칠 수나 있나? 이게 상담으로 고칠 수 있는 거야?'

어김없이 심장이 조여들었다. 후덥지근한 날씨 때문에 숨도 막혀왔다.

'만난다고 해서 내가 그녀를 알아볼 수나 있을까? 나도 나를 못 알아보는데, 그녀를 알아볼 수 있을까?'

소년의 얼굴에 박힌 소년의 것이 아닌 눈이, 본래의 세상에서 다른 세상으로 외따로 떨어진 사람처럼 끔찍한 고독 속을 헤매었다.

'못 알아볼 리 없어. 제발 한 번만이라도 좋으니까 스쳐 지나가기라도……. 만약에 그녀가 이 세상에 없는 거라면 어쩌지? 나 혼자 이렇게…… 이렇게 태어난 거라면? 그녀는 저 멀리 어디 딴 곳에 있는 거라면? 내 근처에 있다는 걸 어떻게 확신하지? 이 도시에 있기는 한 걸까? 이 나라가 아니면 어쩌지? 이 별이 아니라면 어떡해! 언제까지 기다려야 되는데! 언제까지! 십 년? 이십 년? 삼십 년? 사십 년?'

그런 생각을 하는 동안 정현은 철책에 점점 가까이 다가서고 있었다.

'기다리고 있으라고 한다면 그럴 수 있다. 그래서 언젠가 만날 수 있다

고 한다면 평생이라도 기다릴 수 있어.'

눈앞의 철조망을 움켜쥐었다. 서늘한 감촉이 여린 손바닥을 파고들었다.

'그래도 못 만나면? 그래도 만날 수 없다면…… 난 어떻게 해야 되지? ……다시 태어나면 될까? 다시 태어나면…… 그녀가 내 곁에 있을까?'

지독한 더위에 표정도 녹아내린 듯, 그의 얼굴에서 표정이 사라졌다. 굳은 얼굴이 철책 위를 보았다.

두 손으로 철조망을 움켜잡고 철책 구멍에 발을 걸쳤다. 소년의 무게에도 철책이 기울어지는 소리를 냈다. 후텁지근한 바람이 땀에 젖은 귀와 목덜미를 핥았다.

산 정상이 가까워져올수록 바람 소리에 귀를 기울이게 되는 것처럼 철책을 오르며 바람 소리에 집중하던 그도 뒤쪽에서 무섭게 달려오는 발소리를 못 들을 순 없었다. 철책 꼭대기에는 손도 대보지 못했다.

절박하고 자제력을 완전히 잃어 무자비하게까지 느껴지는 손이 그의 몸을 잡아챘다.

분노 정도로, 안심 정도로 표현할 수 없는 복잡다단한 감정이 명훈의 얼굴을 뒤덮었다. 명훈이 정현의 어깨를 세게 붙잡고 소리쳤다.

"지금 너 뭐한 거야?"

정현이 아이란 걸 완전히 잊어버린 듯, 명훈이 아들의 어깨를 부여잡고 거칠게 흔들었다.

"뭐하려고 한 거냐고!"

정현은 짜증스럽다는 듯이 몸을 비틀어 명훈의 팔을 뿌리쳤다. 하지만 다시 붙잡혔다. 짜증이 나 미칠 것 같았다. 사람 손 하나 뿌리치지 못하는 어린 몸이, 약한 몸이 짜증이 나 돌아버릴 지경이었다. 명훈의 벌게진 눈에 눈물이 고였다.

"대체 뭐가 잘못된 거냐? 어디 속 시원히 말이라도 해봐! 아무 말 않고 속으로만 담아두고 있으면 알 수가 없잖아! 왜 네가 힘든 것만 보여! 그렇게 똑똑하다면, 너 혼자 그렇게 잘나 빠졌다면, 다른 사람들이 힘든 것도 볼 줄 알아야지! 내가 힘든 건 안 보여? 엄마가 힘든 건 안 보이냐고? 어떻게 너만 그렇게 괴로워 죽을 것 같은 표정이야!"

"내가 있어서 '당신'이 괴롭나요?"

정현이 도망치는 걸 포기하고 명훈의 눈을 똑바로 노려보았다. 소년의 입가엔 십 년을 산 소년이 절대 만들어낼 수 없는 미소가 걸려 있었다. 낙심을 숨기려 조롱을 가장한 미소에 명훈은 할 말을 잃었다. 정현이 가엽다는 듯이 말했다.

"버리자니 책임감 때문에 그럴 수도 없고, 어디 한 군데도 아니고 여러 군데 망가진 아이 고쳐 쓸 수도 없고……. 그럼 어떻게 할까요."

비웃는 미소마저 사라졌다. 무표정한 새하얀 얼굴이 말했다.

"죽을까요?"

그 순간 명훈의 얼굴은 아들보다 더 무표정해졌다. 치밀어 오르는 화를 참을 수가 없어 명훈은 따귀를 때릴 것처럼 손을 들어 올렸다. 정현은 눈도 한 번 깜박하지 않고 대등한 상대를 바라보듯 아버지를 보았다. 공중에서 멈춘 손이 부들부들 떨렸다.

다음 순간, 정현의 몸이 딱딱하게 굳어버렸다.

명훈이 정현을 힘껏 끌어안았다. 온몸으로 아들을 꽉 안았다.

명훈이 기운이 다 빠져나간 것 같은 목소리로 말했다.

"난 절대 널 때리지 않아."

명훈의 품에 안긴 정현이 눈을 어지럽게 굴렸다. 명훈은 아들의 작은 어깨에 얼굴을 묻고 흐느끼듯 말했다.

"네가 뭣 때문에 이러는지, 대체 무엇과 싸우고 있진 모르겠지만…… 무엇 때문에 내게 화풀이를 하는 건지 모르겠지만……. 난 절대 널 원망하지 않아."

"……."

"그래, 한번 해보자. 누가 이기나 한번 해봐. 네가 화나게 만드는 짓을 할 때마다 난 널 이렇게 꽉 안아줄 거다. 어디 한번 해봐."

아들을 끌어안고 있는 아버지의 몸이 떨고 있었다. 정현은 참담한 심정이 되어 눈을 감았다.

잠들기 전, 언젠가 라야와 나누었던 대화를 떠올렸다. 그러니까 꿈속에 그때의 모습이 보였다. 전날 그렇게 고생시켰으니, 원혼들인지 사신인지 뭔지 모르겠지만, 그들이 오늘 정도는 좋은 꿈을 꾸게 해줄 모양인 듯싶었다. 하긴, 괴롭혀야 될 상대가 지쳐서 죽어버리면 복수도 하지 못할 테니까.

라야가 품에 안긴 채로 내 얼굴을 올려다보며 물었다.

"다음 생이란 게 있을까요?"

"없었으면 좋겠어."

"정말?"

"그냥 저세상이란 게 있어서 너와 그렇게 영원히 살았으면 좋겠어."

라야는 잠시 손가락에 끼워져 있는 반지를 만지작거렸다.

"……만약에 있다면요. 만약에 있다면 어떻게 하죠?"

"그럼, 내가 널 찾아내겠지."

"말이야 뭘 못해."

내가 웃었다. 그녀의 표정이 사랑스러워 몸을 숙여 라야의 콧잔등에 입을 맞추었다. 그녀의 머리칼을 쓰다듬었다. 그 감촉은 진짜였다. 그 래서 꿈이라고 생각할 수 없었다.

라야가 고개를 젖혀 나를 올려다보았다.

"만약에 내가 안 예뻐도 당신이 알아볼까요?"

"지금은 예쁘다는 걸 전제로 얘기하는군."

"사실이니까."

내가 또 웃었다. 그녀와 있으면 계속 웃게 된다. 무표정하게 있는 것 이 근육을 억지로 붙들어두는 것처럼 더 피곤하다. 라야가 말했다.

"말해봐요. 내가 성격도 그저 그렇고, 말수도 적고, 사람들 속에 있으 면 있는지 없는지도 모르는 그런 사람이라도 당신이 날 알아볼까요?"

"알아봐."

"정말 말이라고 너무 쉽게 한다."

"알아봐. 분명히."

"내가 엄청 욕심 많고 못돼 먹은 여자라도?"

"알아봐."

"아니, 그래도 날 또 좋아할 거냐고요?"

"그렇겠지."

"거짓말. 내가 엄청 속물이고 까다로운 성격이라도?"

"반대로 묻지. 내가 못생기고 여자 등이나 쳐 먹고 성격도 삐뚤어진 사람이라면, 넌 날 좋아하지 않을까?"

"……안 좋아해요. 그걸 말이라고 해요? 여자 등을 쳐 먹어? 그런 인 간을 내가 왜 좋아해요? 그리고 성격은 지금도 삐뚤어졌어요."

"그래, 좋아하지 마. 그렇게 막 사는 인간이라면 좋아하지 마."

내 표정이 어떤 표정이었는지 모르겠다. 내 표정을 본 라야가 슬픈 얼 굴을 하더니 얼굴을 잡아당겨 키스를 해주었다. 그것이 너무 달콤해서 현실감 넘치는 꿈이 꿈이라는 걸 깨달아버렸다. 눈물이 조금 났다.

　잠에서 깬 정현은 몸을 움찔했다. 누군가에게 안겨 있었다. 꿈이 현실감이 넘쳐서 그런가, 진짜 현실로 돌아오는 데 시간이 좀 걸렸다.
　그의 방, 침대 위에서 그는 시영에게 안겨 있었다.
　시영은 조심스럽게 아들 방에 들어왔다가 그가 소리도 내지 않고 우는 것을 보고는 눈물이 쏟아지려고 했다. 자신이 울지 않기 위해 시영은 침대 위로 올라가 아들을 조용히 끌어안았다. 이번엔 용케 아들이 가만히 있었다. 깊은 잠을 자는 모양이었다.
　시영이 자장가를 불렀다. 아주 작은 목소리라 노래라기보다 말소리에 가까웠다. 소곤소곤대는 노랫소리가 아련히 들리고 어머니의 심장 박동이 귀에 느껴지자 현실감이 점차 돌아왔다. 요란하던 마음이 진정되었다.
　잠시 뒤, 완전히 정신이 든 정현이 말했다.
　"왜 이러고 계세요?"
　"잠이 안 와서. 우리 산책 갈래?"
　시영은 뜬금없는 제안을 하고는 정현의 대답은 듣지도 않은 채 아들의 외투를 챙겼다. 부모님 몰래 밤새 모험이라도 떠나는 남매처럼, 시영은 정현의 손을 잡고 2층 계단을 조심스럽게 내려왔다. 발소리를 내지 않으려고 애쓰며 내려오던 시영은, 계단 중간에서 삐걱 소리가 나자 정현을 돌아보며 입 앞에 손가락을 세워 보였다.
　정현이 아홉 살 때 명훈의 어머니, 즉 정현의 할머니가 돌아가셨다. 그래서 그전까지 살고 있던 아파트를 떠나 주택인 할아버지 댁으로 이

사를 왔다. 정현은 새삼 자신 때문에 큰 고민을 안고 죽은 노인네에게 미안해졌다. 갑자기 너무 미안해져서 할머니가 있던 방 쪽으로 시선도 못 돌릴 지경이었다. 아일의 기억을 찾은 이후로는 할머니라고 한 번 불러주지도 않았다. 정말 못돼 처먹은 손자다. 그가 그런 자괴감에 빠져 있든 말든, 시영은 정현을 거의 끌고 가다시피 해 앞마당으로 나왔다.

시영이 어깨에 걸치고 있는 카디건을 추스르며 말했다.

"그래도 열대야는 갔다, 그지? 밤바람이 선선해. ……맙소사, 지금 봤어? 정현아, 지금 별똥별 떨어진 거 봤냐고?"

명훈이 깰까 봐 도둑고양이처럼 조용히 나올 때는 언제고, 별똥별을 발견한 시영이 소리쳤다. 아마 잠귀가 밝은 명훈은 저 소리를 듣고 잠에서 깼을 거다. 시영은 별똥별이 지나간 방향으로 눈을 감고서 두 손을 모아 뭔가를 중얼거렸다. 눈을 뜬 그녀가 정현을 보며 발랄하게 말했다.

"이럴 땐 무슨 소원을 빈 거예요, 라고 물어야 되는 거야."

"…….."

"난 네가 행복하길 빌었어. 네가 평생을 함께할 수 있는 사람을 만났으면 좋겠어."

"평생 함께할 수 있을 만한 사람…… 그걸 어떻게 알아보나요?"

시영은 아들이 대답한 것이 기뻐서 흥이 난 목소리로 말했다.

"먼저 자신을 사랑하게 돼. 그 사람을 발견한 이 두 눈이, 그 사람을 부를 수 있는 이 목소리가, 그 사람의 숨소리를 들을 수 있는 이 귀가, 그 사람의 향기를 느낄 수 있는 이 코가……."

시영은 정현의 눈가, 입술, 귓바퀴, 콧등을 하나씩 만져가며 말했다. 그리고 마지막으로 아들의 두 손을 꼭 모아 쥐었다.

"그 사람을 만질 수 있는 이 손이, 모두 모두 사랑스럽게 느껴져. 그런데, 그렇게 자신이 너무너무 사랑스러워지고, 그렇게 자신이 소중해지는데도…… 그 사람을 위해서라면 내 모든 걸 내던져도 되겠다 싶어지는 순간이 와. 심지어 그 사람이 웃는 걸 볼 수 있다면 나는 조금 불행해도 상관없겠다, 그런 생각이 들어. 엄만 널 낳은 내가 정말 사랑스러워. 난 내가 정말 정말 소중해. 그런데, 네가 행복하다면 난 조금 섭섭해도 상관없어."

시영의 눈에 물기가 조금 어렸다.

"그러니까…… 네가 진심으로 행복해지기 위해서 지금 그렇게 고민을 하고 힘들어하는 거라면, 날 조금 속상하게 만들어도 괜찮아. 네가 억지로 행복한 척하고 결국 불행해진다면 나는 그것의 배로 불행하거든."

정현은 조용한 눈길로 어머니를 쳐다보았다.

이 사람은 저런 말을 어떻게 저렇게 천연덕스럽게 할 수 있을까.

정현의 미소를 본 시영이 눈을 크게 떴다. 그리고 입술 앞에 검지를 세웠다.

"쉿, 이건 아버지한테 비밀이다. 네 행복만 빌었다고 하면 아마 아빠가 섭섭해할 거야."

"……제가 '엄마' 대신에 '아버지'가 행복하길 빌면 되겠네요."

"그래, 그거 좋은 생각……."

시영은 잠시 경직되었다가, 부풀어 오른 눈물을 툭 떨구었다. 아들 앞에서 또 안 울려고 했는데 어쩔 수 없이 눈물이 흘렀다. 다른 부모는 아무렇지도 않게 들을 수 있는 그딴 말에 눈물이 났다. 시영은 울지 않으려고 흐른 눈물을 얼른 닦아냈다. 하지만 금세 또 눈물이 글썽글썽 고였다.

꿈의 여파인지 오로지 지금 상황 때문인지 정현도 몰래 눈물을 한 방울 떨어뜨렸다. 눈물 한 방울에 자신의 속에 있던 아일 조금 떨구어낸 느낌이 들었다. 많은 눈물을 쏟으면 이 아픔도 함께 씻겨 내려갈까? 그런 날이 올 수 있을까.

「약속해요.」

그래. 어디에 있을지 모르겠지만, 어딘가 있다면 반드시 만날 거다. 너는 행복해야만 한다. 이 고통이 그것을 위한 희생이라면 받아들일 수 있다. 아니, 기쁘게 받아들이겠다.

너의 천국에, 너의 세상에, 너의 행복 속에 내가 꼭 없더라도 상관없다.

"그러고 보니 우리 아들……."

여전히 눈물이 글썽한 눈으로 시영이 말했다. 그녀는 아들의 손을 만지작거리고 있었다.

"손가락이 참 길고 예쁘구나. ……피아노를 배워보지 않을래?"

"……예?"

짧은 잠이었지만 간만에 꿈도 꾸지 않은 숙면이었다. 정현은 침대에 엎어진 채로 고개를 모로 돌려 협탁 위의 비타민 통을 보았다. 침대에 걸터앉아, 비타민 통에 적혀 있는 '하루 권장 섭취량 두 알'을 확인한 뒤 비타민 두 알을 꺼내 씹었다.

"계란찜 다 먹은 거야?"

부엌으로 내려온 정현이 황당한 표정으로 식탁 위를 보았다. 규현이 빈 그릇을 치우며 무뚝뚝하게 말했다.

"깨웠는데 안 일어났잖아?"

"앉아. 새로 해줄게."

시영이 냉장고에서 계란을 꺼내며 웃었다. 밥을 다 먹고 거실로 가 있던 명훈이 신문을 가지고 다시 식탁으로 돌아왔다. 그리고 할 말이 있는 사람처럼 계속 정현을 흘깃거렸다. 정현이 물었다.

"무슨 하실 말씀이라도 있으세요? 아, 선 보라는 얘기라면 됐어요."

"규현이가 너 사귀고 있는 사람 있다고 해서."

정현이 슬그머니 도망치는 규현의 뒤를 노려보았다. 시영이 계란 푼물을 냄비에 넣으며 물었다.

"정말이야? 나도 만나보고 싶은데. 그냥 식사만 하면 안 될까?"

정현은 괜히 물을 마셨다. 명훈이 신문을 접어서 옆자리로 던져버리고 의자를 당겨 앉으며 물었다.

"여자친구가 부담스럽대?"

그러고는 갑자기 생각났다는 듯이 말했다.

"아, 그저께 내려간 김에 태원이를 잠깐 만나고 왔는데 그놈이 이상한 소리를 하더라?"

정현은 물 마시던 채로 가벼운 사레가 들렸다. 명훈이 이해가 안 되는 표정을 지었다.

"뭐라더라…… 자기 눈에 흙이 들어가기 전까진 정현이 네가 순진한 애 꼬드기는 걸 용납할 수 없다던가, 무슨 해괴망측한 소리를 하더니, 자기가 더러운 말을 뱉었다면서 갑자기 혼자 놀라고는 입을 물로 헹구고, 여하튼 미친 것같이 굴었어. 원래 혼자 북 치고 장구 치고 잘하는 놈이긴 하지만 그날은 한층 더 미친놈 같았지. 열 받아서 그놈 눈에 흙을 뿌려주고 왔어. 그놈이랑 무슨 일이 있었던 거야?"

"흙을 뿌리고 와주셔서 감사해요."

정현이 진지하게 말했다.

38

정현은 재킷 주머니에 양손을 찔러 넣고 테이블 앞에 서 있었다. 무표
정한 눈이 호프집의 어두침침한 조명 아래서 인사불성인 두 여자와 민
익을 훑어보았다.

본가에서 저녁 식사를 하고 휴대전화를 확인해보니, '술 한 잔 하자.'
는 민익의 문자가 와 있었다. 정현은 투덜대면서도 택시를 타고 한 시간
거리인 지은의 동네까지 왔다. 그 핑계로 지은의 얼굴이라도 잠깐 보고
가겠다는 생각을 하면서.

굳이 지은의 집까지 찾아갈 필요도 없었다. 지은은 민익과 같은 호프
집, 한 테이블에 있었다. 그녀 옆에는 테이블에 엎어져 자고 있는 혜경
도 있었다.

"아, 어서 와."

술 취한 민익이 정현을 보고는 벌건 얼굴에 활짝 미소를 지었다. 무서
운 눈매가 술기운에 순둥이처럼 처져 있었다. 민익은 테이블 위로 손을
뻗어, 포테이토 접시에 거의 머리를 박고 있는 지은을 깨웠다. 깨운다기
보다 말을 걸기 위해 그녀의 어깨를 잡아 흔들었다.

"지은 씨, 그거 아세요? 이놈 이거, 몽유병 있어요."

정현이 목소리를 낮춰 민익을 향해 위협적으로 말했다.

"죽고 싶어? 나 몽유병 아니야."

"그 비슷하잖아."

정현의 눈이 지은을 향했다. 지은은 자꾸 포테이토 접시에 머리를 박으려는 듯이 헤드뱅잉을 하고 있었다. 그런 지은이 안타까워 보였는지 민익이 지은의 어깨를 가볍게 밀자 지은은 혜경의 등에 머리를 기대며 잠들었다. 정현이 지은의 옆에 조심스럽게 앉으며 민익에게 물었다.

"어떻게 된 거야? 왜 지은 씨와 술을 마시고 있어? 왜 이렇게 많이 마셨어?"

"내가 먹인 거 아니야. 저…… 누구지?"

민익이 손가락으로 혜경을 가리켰다. 정현이 말했다.

"혜경 씨?"

"그래. 지은 씨 친구가 거의 다 먹인 거야. 먼저 한잔 하고 있는데, 뒤에 나타난 두 사람이 합석한 거라고."

"잘 왔다, 서정현."

호프집 주인인 동주가 나타난 정현의 어깨를 잡았다. 동주가 계산서를 내밀었다.

"혜경 씨가 네 이름으로 골든벨 울렸다."

"뭐?"

정현이 계산서를 들고 얼빠진 표정을 지었다. 동주가 눈을 빛내며 씩 웃었다.

"농담이야. 네 애인이 혜경 씨와 내기를 해서 이기는 바람에 시도는 무위로 돌아갔지. 네 그 얼빠진 표정을 보니 더 아쉽네."

"내기…… 무슨 내기?"

정현이 곤히 잠들어 있는 지은을 보며 물었다. 민익이 술잔을 채우며 대꾸했다.

"보면 몰라? 술내기지."

"……지은 씨가 이겼어?"

정현이 기특하다는 표정으로 지은을 보았다. 그녀의 팔을 슬며시 잡아당겼다. 저항도 없이 지은의 몸이 정현에게로 끌려왔다. 그녀의 머리가 힘없이 그의 어깨 위로 떨어졌다. 정현이 제 어깨에 기대 편히 잠들라는 듯이 그녀의 옆머리를 살며시 눌렀다. 그의 눈이 자연스럽게 다정한 빛을 품고, 그의 입이 기분 좋은 미소를 그렸다. 아가씨, 역시 내기에 강해.

술기운으로 붉어진 그녀의 뺨을 손가락으로 살짝 매만졌다. 그걸 본 민익과 동주가 한마디씩 했다.

"자리 피해줄까?"

"나 외롭다, 정현아. 뼈에 사무치게 외로워."

정현은 두 친구의 질투 섞인 소리를 어른스럽게 무시하고 말했다.

"동주 네가 혜경 씨 에스코트 좀 해줘. 민익이 넌 대리 불러서 가."

"누가 날 에스코트한다는 거야! 나 박혜경! 누구의 손도 빌리지 않는다!"

혜경이 벌떡 일어서며 소리쳤다. 옆 테이블의 시선이 쏟아지거나 말거나 혜경은 같은 말을 두 번 정도 더 한 뒤, 정현을 발견했다. 초점이 불분명한 시선이 지은을 안고 있는 정현을 위아래로 훑어보았다. 혜경이 혀 꼬인 목소리로 느릿하게 말했다.

"여우 사장…… 당장 내 친구한테서 손 떼."

정현은 도발이라도 하듯 지은의 뺨을 만지던 손을 그대로 둔 채 혜경을 지그시 올려다보았다. 그 침묵 어린 시선에 혜경이 꾸중 듣는 듯한 기분이 들려는 찰나, 정현이 말했다.

"그 여우 사장이란 건 뭡니까? 사장은 내 직함 같고……. 여우에 방점을 찍어야 되나?"

혜경의 소란에 지은이 깨어났다. 지은은 정현의 얼굴을 붙잡더니 "정현 씨다, 정현 씨."란 말을 반복했다. 같은 말을 반복하는 건 그녀 친구들 사이의 공통 술주정인 모양이었다.

손가락에도 술이 밴 듯 지은은 흐느적거리는 손가락으로 정현의 얼굴을 어루만지고 힘없이 그의 목을 잡았다가, 또 그의 어깨에 머리를 박기도 했다. 이마를 정현의 어깨에 비비적대더니, 위험스럽게도 그의 목덜미에 입술까지 가져갔다. 정현은 표정 관리가 되지 않았다. 지은이 술기운 섞인 호흡을 뱉어내며 웅얼거렸다.

"내가 누구 때문에 이렇게…… 응? ……이렇게, 술을 많이 마셨는지, 알아요?"

"알아."

"알긴…… 뭘 알아……."

지은의 머리가 그의 어깨에서 미끄러져 아래로 떨어졌다. 정현은 잠든 지은을 안아 들고, 친구들을 향해 얼른 흩어지라는 손짓을 했다.

"라야, 이것도 봐줘요."

열 살 여자아이가 라야에게 편지를 쓴 종이를 내밀었다. 라야가 '뭐라고?' 하는 눈으로 여자아이를 보았다가 앞에 놓인 종이를 보았다. 생각에 잠겨 있어 반응하는 것이 느렸다.

"아, 잘 썼는데? 글씨는 나보다 예뻐."

라야가 미소를 짓자 어린 소녀도 따라 웃었다. 라야가 웃으면 아이들은 따라 웃지 않을 수 없었다. 어린아이들은 웃음에서 저의를 읽지 않는다.

여자아이의 이름은 수엔이었다. 아넷의 저택에 우유 배달을 하러 오는 길모의 여동생이었다. 길모와 수엔의 부모는 선술집 겸 여관을 운영했고, 싱클레어의 극단이 그곳에 묵고 있었다. 라야가 요즘 여관을 자주 찾는 것은 당연했다. 아버지가 까막눈이고 어머니가 타본 인이라 수엔은 아직 다이런의 글을 익히지 못했다. 라야가 그녀에게 글을 가르쳐주고 있었다. 수엔이 물었다.

"라야는 차이드에서 자랐다면서 어떻게 그렇게 다이런 어를 잘해요?"

"아버지가 집에서 가끔 다이런 어를 쓰셨거든. 다른 나라 말을 한다는 게 멋져 보여서 나도 가르쳐달라고 했지."

"글은?"

"다이런 문자는 써놓고 보면 그림같이 생겼잖아? 역시나 멋있다고 생각했어."

"다 그렇게 단순한 이유로 시작하는 거지. 이 녀석이 남자친구에게 연애편지를 쓰려고 글을 배우는 것처럼."

싱클레어가 다가와 말했다. 수엔은 부끄러운지 라야의 손에서 편지를 홱 가져와 자기 얼굴을 가렸다.

여관의 좁은 홀은 극단 단원들만으로도 꽉 찼다. 아버지의 부름에 수엔이 술청 쪽으로 달려가자, 테이블에 걸터앉아 있던 싱클레어가 라야 옆에 앉았다.

"생각은 해봤어?"

"응? 아……."

"단장이 물어보랬어. 어울리지 않게 닦달이라니까. 저번 무대에서 네가 그런 터무니없는 실수를 했는데도 단장이 내게 와서 같이 갈 건지 물어보라고 했다고. 네가 정말 마음에 든다는 소리지."

라야는 세 번째 무대에서 실수를 했다. 에시올이 마지막 대사를 한 뒤 린나우가 바로 키스를 해야 하는데, 라야는 넋을 놓은 사람처럼 눈물만

뚝뚝 흘리고 있었다. 무대 뒤에서 싱클레어가 두 손을 흔들고 난리를 친 이후에야 정신이 든 라야가 에시올에게 키스를 했다.

"그렇게 훌쩍 떠날 순 없어."

"아직 두 달이나 남았는걸. 천천히 생각해봐. 난 같이 갔으면 해."

"이곳엔 선생님도 계시고, 난…… 마님 곁에 있어야 돼. 그리고……."

라야가 난데없이 두 손으로 자신의 양 뺨을 짝 소리가 나게 때렸다.

싱클레어가 눈을 깜박였다.

"지금 뭐한 거야?"

"아니야."

그 사람이 생각나서 그랬다고 말할 수는 없었다.

"라야."

라야가 고개를 돌려 문 쪽을 보았다. 홀로 바로 이어진 문을 열고 여관으로 들어온 사내가 라야를 향해 손을 번쩍 쳐들고는, 거칠 것이 없다는 듯 빠르게 그녀에게로 걸어왔다. 수다를 떨거나 카드놀이를 하던 중이던 단원들이 사내를 쳐다보았다. 사내는 목적인 라야 말고는 다른 사람들에게는 눈길도 주지 않았다.

"르웨이."

라야가 웃으며 사내를 맞았다. 르웨이는 오늘 아카데미의 다른 수업을 듣는다고 나달과의 수업엔 나오지 않았었다. 라야가 물었다.

"제가 여기 있는 건 어떻게 알았어요?"

"선생님께 물어봤지. 그대에게 할 말이 있어서 일부러 언덕까지 갔는데 없더군. 불필요한 운동만 했어."

르웨이가 테이블을 한 손으로 짚고 모서리에 몸을 기댔다. 관심 없는 것에는 일체 주의를 기울이지 않는 싱클레어가 무심한 시선으로 르웨이를 보았다. 그 눈빛 못지않게 심드렁한 눈으로 르웨이가 싱클레어를 내려다보았다. 두 사람 모두 '라야와 얘기해야 하니까 얼른 꺼져.'라는 뜻을 상대에게 보내고 있었다. 다행히 그런 불손한 말이 입 밖으로까지 나오지는 않았다. 라야가 유쾌하지 못한 기류를 감지하고, 아랫사람인 싱클레어를 먼저 소개하기 위해 입을 뗐다.

"아, 그러니까 이쪽은⋯⋯."

"르웨이 자에 와이즈요. 극단 사람인가 보군."

르웨이가 당당한 어조로 말했다. 싱클레어는 뭉툭한 코끝을 만지작거렸다. 라야와의 오붓한 대화를 방해한 사내가 귀족이라는 것은 척 봐도 알 수 있었다. 멀끔한 차림에 번듯한 위세를 풍기는 인상이 여간 높은 재상의 자제가 아닌 모양이었다.

"예. 저는 싱클레어⋯⋯. 와이즈?"

싱클레어는 클레이모어 저택에서 하녀로 있던 시절에 아일을 찾아온 와이즈의 서자를 기억해냈다. 라야와 에른스트 아카데미, 에드가와 와이즈의 서자. 퍼즐이 맞춰지듯 라야와 르웨이가 어떻게 만나게 됐는지 어렴풋이 이해가 되었다. 지금 앞에 있는 이 남자는 그 설마 하는 선제후 가문의 일원이 맞을 것이다. 예(禮)가 필요했다. 이곳이 다이런의 미래라는 세르노다라 할지라도.

그들을 주목하고 있던 단원들이 황급히 자리에서 일어났다. 심약한 사람들은 한쪽 무릎까지 꿇으며 과한 예를 표했다.

"그쯤 합시다."

르웨이가 소탈한 웃음을 지으며 사람들을 둘러봤다.

라야는 벌어진 상황이 당황스러웠다. 자신도 일어나야 하는 걸까? 불현듯 언젠가 쥬네가 했던 말이 떠올랐다.

「에드가와 그의 친구 중 누가 윗사람인지는 상황에 따라 다르지 않을까? 가문들의 수장이 모인 곳에서는 에드가가 상석에 앉겠지만 노인네들이 없는 자리에서는 와이즈의 서자가 앞에 나서기도 하겠지.」

다이런 왕위 계승의 찬반권은 개국 때부터 줄곧 네 개의 선제후 가문과 대신관에게만 주어진 권리였고, 르웨이의 아버지가 수장으로 있는 와이즈 가문은 그 선제후 가문 중 하나였다.

왕위의 정당한 계승자도 진정 왕이 되기 위해선 그들의 동의가 필요했다.

르웨이가 평소 아무리 가벼운 말투를 가장하고 뛰어난 친화력으로 에른스트의 귀이자 가장 넓은 발이라는 별칭을 얻었다 할지라도, 누구도 그의 이름 뒤에 붙은 와이즈라는 이름을 가벼이 여기지는 못했다. 르웨이의 서글서글함은 사자의 여유이지 집개의 알랑거림이 아니었다. 그렇다면 선제후 가문과 비슷한 위명을 가진 클레이모어가의 위세는 어떠한가?

라야는 아일과 르웨이가 지금껏 자신을 얼마나 관대하게 대해왔는지 깨달았다. 깨달음은 순간이고, 아이가 어른이 되는 것 또한 한순간에 계단을 오르는 것과 같았다. 라야는 그 순간 자신의 주제를 깨닫고 말았다. 주마등 같은 과거들이 흘러갔다. 주마등이라 할 법했다.

그녀 안의 소녀는 그 순간, 죽었다.

네 주제를 알라던, 그 서늘하고 안타까운 경고의 말.

가장 깨닫고 싶지 않은 순간에 그녀는 그것이 어떤 의미였는지 알아버렸다.

「그건 안 돼.」

그렇게 피하려고 했는데, 그렇게 그에 대한 생각을 하지 않으려고 했는데, 머릿속에서 다시 그의 목소리가 들렸다. 그 내용은 너무 괴로운데, 그 목소리는 또 듣기가 좋아서, 그 좋은 목소리가 그 순간만은 자신을 설득하고자 자신만을 상대로 하고 있어서, 고작 그런 이유에 또 심장이 떨렸다. 그만큼 또 슬펐다. 가슴이 먹먹해졌다.

싱클레어가 정중히 인사를 하고 자리를 피해주자, 르웨이는 기다렸다는 듯이 옆자리에 앉았다. 그가 곁으로 몸을 붙이며 작게 말했다.

"라야, 이번엔 정말 마음에 들 거야. 집안이 선박업을 하면서 돈을 벌었지. 녀석의 형이 민회의원이고, 이십 대에 민회의원이 되는 놈이 나온다면 이 녀석일 거라는 얘기도 있어."

"……또 그 얘기인가요? 전 관심이 없어요."

르웨이는 라야의 말투가 미묘하게 공손해진 느낌을 받았지만 크게 신경 쓰지 않았다.

"관심이 왜 없어? 사내한테 관심 없다는 거짓말일랑 하지 마."

"왜 갑자기 저한테 친구들을 소개해주려고 하나요?"

"기회가 아까우니까 그러지! 정말 괜찮은 사내야. 성격도 내가 보증한다고. 졸업 전에 결혼을 해서 와이즈 쪽으로 본가를 옮길 생각인가 봐. 참한 신붓감을 찾고 있다고 내게 직접,"

"르웨이."

라야가 정색한 표정을 지었다. 그만하라는 뜻을 보였음에도 르웨이는 그 남자만이 아닌 두셋의 신상까지 더 말했다. 메뉴판을 보면서 빠르게 말하고 있어 음식 설명을 듣고 있는 듯했다. 라야가 자리에서 일어섰다. 르웨이가 급히 그녀의 손목을 잡았다.

"알았어. 그만할게, 앉아. 오늘 선생님이랑 무슨 얘기를 했는지나 말해봐. ……혹시 젊은 교수들 중에 관심 있는…… 알았어, 알았어! 앉으라고, 앉아."

르웨이는 손가락을 튕겨 주인을 불렀다. 주문하자마자 나온 특제술을 한 모금 마시고, 르웨이는 감탄했다.

"이거 끝내주는데? 친구들과 또 들러야겠어."

르웨이는 단숨에 한 잔을 비우고 또 한 잔을 시켰다. 라야가 희미하게 미소를 지었다. 그늘진 미소라니, 그녀답지 않았다. 르웨이가 고개를 갸웃하고는 중얼거렸다.

"그러고 보니 에드가의 집무실로 찾아간 지도 한참이 되었어."

시킨 술이 테이블에 도착했다. 라야가 가라앉은 목소리로 말했다.

"르웨이는 제 친구인가요?"

"그렇지. 어디 가서 내 이름을 팔아도 괜찮아. 얼마든지 이용해먹어, 친구."

"아일한테 좋아한다고 말했어요."

르웨이는 마시던 술을 공중에 내뿜지 않았다. 대신 입으로 거의 들어 갔던 술이 턱으로 주르륵 흘러내렸다. 시간차 공격으로 사람을 당황하게 만드는 건 그 친구나 이 아가씨나 똑같다고 생각하며, 르웨이는 품에서 점잖게 손수건을 꺼내 입가와 목을 닦았다.

라야는 르웨이가 다시 내려놓은 반쯤 찬 술잔을 보며 말했다.

"사실은 좋아한다고 말하기도 전에 거절당했어요."

라야는 건드리기만 해도 울 것 같은 표정으로 르웨이를 보았다.

"저 그 사람을 좋아해요, 르웨이."

"갑자기 차이드에 가고 싶어졌어. 사랑에 있어서도 저돌적인 것은 차이드 여성들의 특성인가? 아니면 그대만의 독점적 매력이야?"

르웨이가 따뜻한 목소리로 대꾸했다. 라야는 힘없이 고개를 가로저었다.

"전 차이드 여성을 대표하지 못해요."

"그럼 윈터스 양만의 매력이라고 해두지."

"그 사람이 그건 안 될 말이래요. 난 모르겠어요. 왜 좋아하지도 말라는 건지. 그건 내 마음이잖아요."

그녀도 안다. 하지만 모르는 채로 있고 싶었다. 흥분한 라야의 목소리
가 커지려고 하자 르웨이가 목소리를 낮추라는 듯이 손가락을 입 앞에
세워 보였다. 라야가 슬픔이 뚝뚝 묻어나는 목소리로 말했다.

　"방법을 말해줘요, 르웨이."

　"라야."

　"당신이라면 알 수도 있을 것 같아요."

　르웨이는 옆 의자 등받이에 한 팔을 걸치고 생각에 잠긴 듯 잠시 말이
없었다. 그는 그녀에게 해줄 말을 신중히 고르고 있었다.

　"알겠지만 내 어머니는 정실부인이 아니지."

　목소리는 온화한 그대로였지만, 미간이 살짝 좁혀졌다. 잿빛 눈동자
가 과거의 경험을 하나하나 짚어가며 분노와 모멸감도 함께 떠올리고
있었다.

　"아버님은 큰어머님과 형님들 몰래 내게, 가문 간의 약속으로 얻은 자
식들만큼이나 개인 간의 합의로 얻은 자식 역시 소중하다는 말씀을 해
주셨지. 그러니 와이즈에 어울리는 당당함을 갖추라면서. 하지만 사실
그런 건 살아가는 데 크게 위로가 되지 않아. 아버님이 안 보이는 곳에
서 난 언제나 아둔해 보이려고 애써야 했거든. 처음엔 연기였는데 그 짓
을 평생 하다 보니 이제 이것이 원래 내 성격 같아. 맞아, 성격이 되어버
렸지."

　르웨이가 라야를 보았다.

　"에드가 말처럼 안 될 말이야, 라야."

　"르웨이."

　"그렇게 울 것 같은 표정을 해도 안 되는 건 안 되는 거야. 내 어머니
는 보통의 평민도 아니었어. 외조부께선 큰 보석상이셨지. 평민이라고
하기에도 멋쩍을 정도로 부유하게 살아온 어머니도 그런 취급을 받는

다고. 내 어머니는 큰어머님이 계실 때에는 아버님과 한 테이블에서 식사도 하지 못해. 라야, 네가 부족한 여성이란 게 아니야. 난 절대 그렇게 생각하지 않아. 하지만 난 지금부터 재수 없지만 흔한 귀족이 되어 말할 거야. 내 말이 아니야. 상처 받지 마."

그리고 르웨이는 짧게 숨을 삼켰다. 차가운 회색 눈동자가 초록빛 눈동자를 노려보듯 쏘아보았다.

"부모도 없는 천애고아가, 그것도 집안에서 부리던 하녀가, 반쪽 야만인이, 감히 에드가에게 붙어? 안 될 소리, 웃긴 소리지."

연기라지만 진심처럼 느껴지는 목소리가 몸 깊숙한 곳에서 으르렁대는 소리처럼 낮고 굵직했다. 다이런 인의 목소리를 대변하는 것처럼 여겨졌다.

"에드가라는 이름을 더럽혀도 유분수지. 크롬헬의 상징에게, 다이런의 영웅 옆에 누가 붙어 있다고? 설마, 진짜는 아니겠지? 잠시 즐기는 거겠지. 그거라면 상관없어. 모뤄 선제후가 이미 사윗감으로 찜해놨다고 하던데. 바르피어는 아예 세 딸을 데리고 세르노다로 찾아오려고 한다더군. 에드가가 어서 장난질을 그만두고 결혼을 해야 할 텐데."

라야는 모진 말을 받아들이느라 가진 활기를 모두 잃어버렸다. 르웨이는 그녀의 표정에 마음이 아팠다. 실제로 위장이 쓰려왔다. 르웨이가 미안한 얼굴을 하고 말했다.

"난 내 친구가 그런 추문에 휩싸이게 둘 수 없어. 에드가는 결혼을 안하면 안 했지 애첩을 따로 두고 또 혼인할 정도로 비위가 좋은 친구가 못돼. 난 나의 또 다른 벗이 내 어머니처럼 첩이 되는 것도 지켜볼 생각이 없어. 내 친구들이 낳은 자식이 나 같은 경험을 하게 할 생각도 없어. 거기까지만 해."

라야는 눈물이 떨어지기 전에 얼른 손등으로 눈가를 훔쳤다. 르웨이가 단호하게 말했다.

"마음이 더 커지기 전에 접어."

지은은 실눈을 떴다. 숙취로 지끈거리는 머리를 부여잡고 오른쪽 왼쪽으로 한 번씩 몸을 뒤척였다. 뺨에 닿아 있는 감촉이 부드러워 베개에 두어 번 얼굴을 비볐다. 그리고 기지개를 켰다. 깨끗한 피가 순식간에 발가락 끝부터 머리끝까지 쫙 도는 것이 느껴졌다. 어젯밤에 무슨 꿈을 꾸었더라.

"……."

「아일한테 좋아한다고 말했어요.」

아직 몸을 일으키지 않아서인지 그녀의 발 한쪽은 여전히 꿈속에 머물러 있었다. 지은은 꿈이 도망치지 못하게 눌러두려는 듯 베개를 뒤통수로 몇 번 고른 후 다시 깊숙이 머리를 묻었다. 바로 누워 가슴에 깍지 낀 손을 올리고 다시 눈을 감았다. 안개가 낀 것처럼 희뿌옇던 꿈이 형체를 점점 분명히 했다.

「그 사람이 그건 안 될 말이래요. 난 모르겠어요. 왜 좋아하지도 말라는 건지.」

라야가 했던 말이 혀 위를 뛰어다녔다. 누군가가 심장 부위를 주먹으로 가볍게 친 듯 가벼운 압박이 느껴졌다. 하지만 순간이었다. 라야의 대사는 심장으로 가 지은의 감정이 되지 않고 머리로 올라갔다. 지은의 입이 은근한 미소를 지었다. 그 웃음이 담고 있는 감정은, 안심과 우월감. 그리고 그것을 깨닫는 순간, 찡그린 미간에 자괴감이 고여들었다.

그때 휴대전화 진동소리를 들었다. 지은은 머리만 들어 소리가 들려온 방향을 쳐다보았다. 진동음이 들릴 때마다 책상 의자에 걸려 있는 재킷이 흔들렸다.

지은은 침대에서 내려오지 않고 팔을 뻗어 재킷에서 휴대전화를 꺼내 들었다.

"네, 여보세요."

— 일어났어?

정현이었다.

지은은 거울에 비친 자신과 눈이 마주쳤다. 거울 속 그녀는 어제 입었던 외출복을 그대로 입고 있었다. 집엔 어떻게 들어왔더라.

어제 저녁, 집에 있으면 계속 조는 것 같아서 아예 놀면 나을까 하는 생각에 선예한테 전화를 했다. 그런데 받지를 않아서 혜경한테 했는데 혜경이 술을 마시자고 했다. 정현의 친구라는 호프집 주인이 또 혜경을 꾀었고, 혜경이 정현의 이름으로 골든벨을 울리려고 해서 그걸 막으려고 술내기를 했는데 혜경이 먼저 쓰러지는 것까지 보고……. 그 뒤로는 과다 노출된 사진처럼 기억이 불분명했다. 한마디로, 필름이 끊겼다.

꿈결에 정현을 본 것 같기도 한데…….

지은은 무릎을 가슴으로 끌어당기고 벽 쪽으로 몸을 틀었다.

— 아침이야, 지은 씨.

"알아요."

요 며칠 꿈자리가 사나운 게 정현 때문이란 생각이 들자 목소리가 퉁명스럽게 나왔다.

— 그럼 침대에서 그만 내려오지? 해가 중천에 떴는데.

지은은 고개를 번쩍 쳐들어 눈으로 몰래카메라가 숨겨져 있을 만한 곳을 찾았다. 살그머니 일어나 방 여기저기를 살폈다. 책상 위에 쌓여 있는 책 더미 뒤도 살펴보고, 카메라가 달린 컴퓨터의 전원이 켜져 있는

지도 확인해보았다. 그녀가 뭘 하는지 다 알고 있다는 듯이 정현이 낮게 웃는 소리가 휴대전화 너머로 들려왔다.

— 난 서른다섯 살이 되면 여행을 할 생각이었어.

그의 엉뚱한 말에 지은은 키보드를 들추던 손을 멈추었다.

— 일단 우리나라부터. 우리나라에서 못 찾으면 다른 나라로. 그 나라에서도 못 찾으면 다음 나라로. 내가 좀 더 일찍 여행을 시작했다면 지은 씨가 전국 일주를 했을 때 만날 수도 있지 않았을까? 강원도 산골 어디쯤에서…… 지은 씨가 산에서 길을 잃고 어린애처럼 울고 있는 걸 내가 지나가다가 발견하는 거야.

"난 길 잘 안 잃어버려요."

— 그럼 내가 잃어버리는 걸로 하지.

정현이 조용히 웃는 모습이 눈앞에 그려졌다. 지은은 상상 속 그를 따라 웃었다.

— 정신 차렸음 밥 먹으러 나와.

밥? 지은은 반사적으로 방문을 쳐다봤다. 전화를 끊고 문을 벌컥 열어젖혔다. 식탁에서 예은과 동현이 밥을 먹고 있는 것이 보였다. 예은이 입에 숟가락을 가져가다 말고 지은을 보며 말했다.

"일어났어?"

"……정현 씨는?"

지은이 거실과 욕실 쪽을 살피며 물었다. 동현이 다 먹은 밥그릇을 개수대에 넣으며 눈으로 현관문을 가리켰다. 지은은 미끄러지듯 달려가 현관문을 열었다.

집 화단에 물을 주고 있는 정현이 보였다. 정현이 2층 문을 열고 나온 지은을 발견하고, 휴대전화를 쥐고 있는 손을 들어 살랑살랑 흔들었다. 지은은 잠시 멍한 눈으로 그를 쳐다보다가, 계단 난간에 몸을 기대며 아래쪽을 향해 소리쳤다.

"어디서 잤어요?"

"소파에서 잤지!"

그리고 정현은 추우니 들어가 있으라는 듯이 손을 내저었다.

현관문을 닫고 들어오는 지은을 보고, 예은이 입안에 든 것을 채 넘기지 않고 말했다.

"말만 한 처녀가 남자 등에 업혀서 들어오고……. 잘하는 짓이다."

지은은 멋쩍은 표정으로 머리를 긁적였다. 예은은 손가락질 대신 젓가락을 흔들었다.

"정현 씨가 가려고 하니까 '자고 가요, 네? 자고 가요. 이 늦은 밤에 어떻게 돌아가. 내일 일요일이니까 자고 가요.' 아빠가 봤으면 아마 뒷목 잡고 쓰러졌을 거야."

지은이 동현을 쳐다보자 동현은 대답 없이 고개만 끄덕였다.

동현이 자기 방으로 들어가 문을 닫는 것까지 지켜본 뒤 예은이 심각한 표정을 하고 목소리를 낮춰 물었다.

"이것도 기억이 안 나? 정현 씨가 언니, 침대에 눕히고 가려니까 자기 옆에서 자라고 붙잡은 거."

"……거짓말이지?"

"언니가 정현 씨 옷을 강제로 벗기려고 해서 정현 씨도, 지켜보는 우리도 정말 난감했어."

"마, 말도 안 돼! 내가 그랬을 리 없어! 아무리 정신이 나갔어도 내가 그랬을 리 없어!"

"응. 뻥이야."

예은은 밉살맞게 한 번 쿡 웃고 다시 밥을 먹었다. 지은이 등짝을 후려치려고 손을 들자, 예은은 짐짓 엄한 낯빛을 하고 숟가락을 들어 보였다. 밥 먹을 때에는 개도 건드리지 말라는 말이, 밥풀이 묻은 볼품없는 숟가락을 단단한 방패로 만들었다. 지은은 힘없이 손을 내렸다.

정현은 구두를 신고, 마당으로 이어진 계단을 내려왔다. 그는 도중 우뚝 멈춰 서서 자신을 따라 나오는 지은을 돌아봤다. 지은의 까만 눈동자에 비친 그의 얼굴이 사뭇 진지했다. 지은이 얼굴을 만지며 물었다.

"왜 그렇게 쳐다봐요? 내 얼굴에 뭐 묻었어요?"

그녀를 빤히 들여다보던 정현은 대답 없이 슬쩍 고개를 들어 하늘을 보았다.

어깨에 들쳐 메고 하루 종일 데리고 다니고 싶다는 말을 어떻게 해. 그녀를 보고 있으면 하는 생각도 표현도 사춘기 시절로 자꾸만 뒷걸음질 친다. 그녀를 그리워하느라고 그의 인생에서 사라져버린 그 시절을 이제야 찾으려는 듯이.

정현이 눈을 빛내며 물었다.

"혹시 학원 같이 다닐 생각 없어?"

"회화 학원요?"

"응. 난 연인들이 학원 같이 다니는 걸 보면 그렇게 부럽더라고."

"……그래요?"

"수험생 때, 늘 딱 붙어서 학원 수업을 받는 커플이 있었거든. 부러워서 한참 쳐다봤다가 싸움이 붙을 뻔했지."

지은은, 정현이 어린 커플을 쳐다보는 모습을 상상해보고 웃음이 터졌다. 그 남자는 웬 잘생긴 남자가 제 여자가 탐이 나 쳐다보는 줄 알고 초조했을지도 모르겠다.

지은의 웃고 있는 입매가 다시 일자를 그렸다. 정현은 단지 그 커플이 부러워서 쳐다봤던 것일까. 그들의 모습에 전생에서의 자신들을 겹쳐

본 것은 아닐까. 심장을 주먹으로 치는 듯한 압박감이 좀 더 세졌다.

"공모전 준비해야 해서 당분간은 안 돼요. 생각해볼게요."

얇은 옷을 입고 나온 지은이 추운 듯 양팔로 자신의 몸을 감쌌다. 계절을 넘어가려고 하는 바람이 어제보다 오늘 더 쌀쌀했다. 정현은 계단 손잡이를 잡고 뒷걸음질로 계단을 한 칸 더 내려갔다. 마른 햇살이 그의 얼굴을 비추었다.

"수업 마치면 전화할게."

지은은 힘없이 웃으며 고개를 끄덕였다.

"오늘은 수업 마치면 바로 집에 가요. 가서 푹 쉬어요. 내일 출근해야 되잖아요."

"알았어."

정현이 계단을 내려가다 말고 다시 지은을 돌아보며 장난스레 말했다.

"우리 꼭 부부 같지 않아?"

"어서 가요."

"아가씨, 좀 솔직해져보시지? 여보, 잘 다녀오세요, 한 번 해봐."

가슴에서 울컥 뭔가 치밀어 올랐다. 입을 오물거리다가 작은 목소리로 말했다.

"잘 다녀오세요."

"응. 다녀올게."

정현은 손을 흔들고 계단을 완전히 내려갔다. 그는 현관문을 연 뒤 마지막으로 지은을 돌아보고 들어가라는 듯 손을 내저었다. 지은은 계단 중간에 서서 담 너머로 그가 골목을 나가는 것을 지켜보았다. 마침내 그가 안 보이게 되자 그녀는 차가운 계단에 쭈그리고 앉았다.

예전엔 꿈을 꾸는 동안 느낀 감정만이 깨고 난 뒤에도 남아 심장과 뇌에 진득하게 달라붙어 여간해선 떨어지지 않았다. 그런데 요즘은 깨고 난 뒤에도 꿈의 구체적인 내용까지 생각이 났다. 만약 지은이 꿈을 꾼 뒤에 질투 따위를 느끼지 않았더라면 정현에게 달려가 당장 이 사실을 알렸을 것이다.

하지만 꿈의 내용까지 기억하는 이후로는 혼자서 그 감정을 정리하는 것만으로도 부끄러울 만큼 어두운 감정만을 느꼈다. 그 감정의 이름들은 대개 열등감, 적개심, 죄의식 따위였다. 분명 꿈속의 일을 '겪고 있는' 라야의 감정은 아니었다. 꿈을 '보고 있는' 제3자, 지은의 것이었다.

꿈에서 본 것이 진짜 전생이라면 지은은 라야와 자신이 무척이나 다른 인간이란 걸 인정해야만 했다. 꿈은 이렇게 말하는 듯했다.

한지은과 라야 윈터스가 얼마나 다른 존재인지, 네 눈으로 똑똑히 봐

지은은 모은 무릎 사이에 얼굴을 묻었다.

서정현이란 남자는 저에게서 무엇을 보고 사랑을 말하는 걸까. 라야의 환생으로서의 한지은이 아닌, 그냥 한지은에게서 사랑을 느끼는 부분이 하나라도 있을까?

'꼭…… 기억을 찾을 필요가 있을까?'

지은은 돌파구라도 찾아낸 듯 눈을 빛내며 고개를 들었다. 하지만 곧 다시 표정이 일그러졌다.

뻔뻔스럽게 남의 행복을 빼앗아 누리는 기분이었다. 그의 목소리가 다정할수록 억울한 죄책감도 커졌다.

심지어 정현을 원망하기도 했다. 왜 이런 고민을 하게 만드는 거야. 차라리 전생에 대한 기억이 없는 척 접근하지. 그랬더라도 서정현이란 남자한테 반했을 텐데.

전생의 저를 상대로, 아니…… '그 여자'를 상대로 질투를 하는 것도, 그의 앞에서 한없이 작아지는 기분도 정말 견딜 수 없이 싫었다.

이따금씩, 그를 놓아버리고 싶다는 생각이 들 만큼.

39

"한지은 씨는 사귀는 사람 있어요?"

예상치 못한 질문에 딸꾹질이 나왔다. 지은은 입을 가리며 입안에 든 커피를 삼켰다. 그리고 질문을 한 사람을 보았다. 서글서글한 인상의 남자 직원이 지은을 보며 반듯한 미소를 지었다. 며칠 전 진오가 같은 부서 사람이라며 소개해준 남자였다.

지은은 대답을 망설이며 주위 사람들을 둘러보았다. 무표정한 얼굴로 커피를 마시는 진오와 눈이 마주쳤다. 그의 옆에 서 있는 강희가 호기심 어린 눈길로 지은의 얼굴을 살폈다.

종이컵으로 입술을 가리며 지은이 말했다.

"네. 사귀는 사람, 있어요."

"아아."

남자 직원은 노골적으로 아쉬운 표정을 지었다. 아직 미련이 남은 목소리로 그가 물었다.

"혹시 무슨 일 하는 사람인지 물어봐도 돼요?"

"그냥…… 평범한 사람이에요."

"으하하하!"

진오가 뜬금없이 과장된 웃음을 터뜨렸다. 사람들이 의아한 눈초리로 그를 보았다. 진오는 의뭉스럽게 웃으며 손사래를 쳤다.

"맞아. 평범한 사람이지. 야밤에 만두를 사 오는."

"진오 씨도 아는 사람이야? 우리 회사 사람?"

남자 직원이 진오 쪽으로 몸을 돌리고 섰다. 진오가 키득대며 그를 돌아봤다. 그러나 지은과 눈이 마주치고는 크게 벌렸던 입을 다물었다. 지은은 입술을 꾹 다물고 엄지로 자신의 목을 그었다. 진오는 헛기침을 하고 남은 커피를 마셨다.

점심시간이 끝나기 전에 잠깐 눈을 붙이려고 지은은 강희와 헤어져 혼자 여자 휴게실로 향했다. 휴게실이 있는 층은 한밤의 병원 복도처럼 조용했다. 지은은 바닥에 비친 자신의 얼굴을 내려다보며 걷다가 창 쪽을 보았다. 통유리를 통해 도시 정경이 한눈에 들어왔다.

지은이 비상구 문 옆을 지나는 순간 갑작스레 문이 열렸다.

누군가가 그녀를 뒤에서 안아 비상계단 쪽으로 잡아당겼다. 지은이 비명을 지르려고 하자, 커다란 손이 그녀의 입을 막았다.

쿵. 철문이 닫히는 소리가 텅 빈 복도에 울렸다.

"휴게실 가던 길이었지?"

정현이 그녀를 어깨에 둘러멨다. 지은이 다리를 버둥거리며 날카롭게 소리쳤다.

"이러지 마요! 그냥 내 발로 갈게요!"

"싫어."

토라진 소년 같은 말투.

정현은 지은이 그의 얼굴을 못 보게 되자 표정을 지우고 대신 목소리에 표정을 담아 대꾸했다. 지은은 그의 어깨를 짚고 일어서려고 시도해봤지만 그럴 때마다 정현이 그녀의 다리를 추켜올리는 바람에 다시 머리를 거꾸로 하고 고꾸라졌다. 지은은 될 대로 되란 심정으로 두 팔을 늘어뜨리고 기운 빠진 목소리로 물었다.

"어디 가는 건데요?"

"자러."

아, 자러?

지은은 한숨을 내쉬고 주먹으로 그의 등을 힘없이 한 대 쳤다.

"농담이 아니라, 지은 씨가 옆에 있으면 편히 잘 수 있는 것 같더라고."

이런 말을 하고서, 정현은 정장 재킷을 벗고 넥타이를 풀었다. 지은은 얼굴로 날아오는 넥타이를 받아 들고 그가 셔츠 단추를 푸는 것을 지켜봤다. 길고 우아한 손가락이 단추를 풀어헤쳤다. 맨 위에서부터, 차례대로, 하나. 또 하나.

세 번째 단추를 풀던 손이 멈칫했다.

지은이 똥그란 눈으로 그의 손에서 얼굴로 시선을 들어 올렸다. 정현과 눈이 딱 마주쳤다. 그의 입가가 짓궂게 치켜 올라갔다. 지은은 입을 멍청히 벌리고 그를 바라보았다.

정현이 말했다.

"미안. 눈빛이 웃겨서 그만."

방을 나가려는 지은과 붙잡는 정현 사이에 승강이 아닌 승강이가 벌어졌다.

잠시 뒤, 정현은 긴 의자에 누워 바로 잠이 들었고, 지은은 푹신한 패브릭 소파에 정자세로 앉아 눈을 말똥말똥 뜬 채 이십여 분을 보냈다.

지은은 정현이 건넨 넥타이를 만지작거리며 방 안을 둘러봤다.

언젠가 들른 적이 있는 정현의 집 거실을 그대로 옮겨놓은 듯한 인테리어였다. 침대 형태의 커다란 패브릭 소파가 있고, 작은 테이블이 있고, 한쪽 벽에는 두 겹으로 된 슬라이딩 책장이 들어서 있었다. 바닥은 나무마루. 소파와 테이블 밑에는 양탄자가 깔려 있었다. 인테리어만 봐서는 도저히 도심에 우뚝 솟아 있는 회사 빌딩 내부라고 볼 수 없었다.

이 비밀스러운 장소는 문에 떡하니 '관계자 외 출입 금지'란 팻말을 붙이고 사장실 바로 밑에 자리하고 있었다. 정현은 이곳이 '머핀 타워에서 사장이 누릴 수 있는 유일한 특권'이라고 했다.

"잠이 안 와?"

지은이 멈칫하며 정현을 돌아보았다. 정현은 여전히 눈을 감고 있었다.

"잠이…… 다 깨버렸네요."

지은은 손을 모아 무릎 위에 놓았다. 정현이 고개를 돌려 지은을 보았다.

"한 번만 불러주겠어?"

그의 목소리가 평소와 다르게 느껴졌다.

"아일이라고, 한 번만 불러봐주겠어?"

여러 감정이 뒤섞여 모호한 표정이 그를 낯설게 만들었다.

지은은 그의 눈을 피해 넥타이를 만지작거리는 손에 시선을 고정했다.

"싫어요."

"싫어?"

"네. 싫어요."

되도록 장난스럽게 말하려고 했다. 심란한 마음을 들키지 않으려고 부러 미소를 지어보았지만 입가가 굳어 제대로 움직이지 않았다. 그래서 정현이 의자에서 일어나 곁에 와 앉는 것도 싫었다. 지은은 살짝 몸을 들어 소파 끝으로 피했다. 그녀는 좋아하는 사람들과 있을 때에는 침묵을 어색해하지 않는 사람이었다. 그런데 지금은 이 자리가 불편했다. 정현과 있는 것이 아니라, 꿈속의 그 남자와 함께 있는 것 같아서.

정현이 낯선 남자처럼 느껴졌다.

한참 뒤 지은이 말했다.

"점심시간 다 끝나가요."

그리고 넥타이를 두 손으로 들어 보이며 정현에게로 바싹 다가가 앉
았다.

"제가 넥타이 매줄게요."

다가가니까 도망칠 때는 언제고.

정현이 슬쩍 웃으며 물었다.

"넥타이 맬 줄 알아?"

"엄마가 하는 거 옆에서 봤어요."

"언제? 이십 년 전에? 잠깐만. 단추부터 잠가야지."

"아."

지은은 넥타이를 무릎에 내려놓고 정현의 셔츠 단추를 채우기 시작
했다. 처음엔 괜찮았는데 한 번 만에 채워지지 않자 손이 떨리기 시작했
다. 그 뒤로는 손가락 끝에 기름이라도 바른 것처럼 단추가 손에서 자꾸
미끄러졌다. 지은이 말했다.

"다른 데 좀 쳐다봐요."

"그동안 지은 씨는 날 실컷 뜯어보고?"

단추에 집중하고 있던 지은이 눈을 들어 그를 보고는 설핏 미소를 지
었다. 지은은 정현이 짓궂게 굴거나 유들유들 말하는 것이 좋았다. 꿈속
의 남자에게선 그런 모습을 찾아보기 힘드니까.

아일은 가볍고 밝은 느낌과는 거리가 먼 사람이었다. 그는 매사에 진
지하고 빈틈이 없고, 무엇보다 자신에게 엄격한 남자였다. 지은에게 정
현과 아일은 완전 별개의 인간이었다.

지은은 제대로 옷깃이 여며졌는지 다시 한 번 확인하고 만족스러운
표정을 지었다. 그러고는 셔츠 목깃을 세우고 넥타이를 걸었다.

테이블 위에 올려놓은 휴대전화가 진동했다. 지은은 넥타이를 붙잡은 채로 상체를 뻗어 휴대전화를 보았다. 그녀를 찾는 수영의 문자였다. 선망하는 선배의 문자에 지은은 넥타이를 매다 말고 황급히 자리에서 일어났다.

"정현 씨, 미안해요. 가봐야겠어요."

그러고는 정현이 미처 인사할 겨를도 없이 방을 나가버렸다.

의사는 아넷과 안면이 있는 사이로 보였다. 그는 오라버니처럼 온화한 미소를 띠고 아넷의 상태를 찬찬히 살폈다. 아넷이 누워 있는 침대 맡에는 아넷의 어머니인 마라 부인이 서 있었다. 그보다 더 뒤에서 라야가 초조하게 그 모습을 지켜보았다.

의사가 잡고 있던 아넷의 손목을 놓았다. 환자와 환자의 가족을 안심시키기 위해 항상 짓고 있는 미소에 슬픈 기색이 섞여 들었다. 의사가 혼잣말처럼 말했다.

"아이를 낳지 말았어야 해."

"그런 소리 마요."

아넷이 바로 대꾸했다. 단호함을 넘어 명령처럼 들리는 강한 목소리에 의사의 눈이 살짝 커졌다. 하지만 다시 웃는 얼굴로 의사가 말했다.

"난 의사니까, 아넷을 동생처럼 생각하니까 하는 말이야. 화를 내도 어쩔 수 없어. 세상 사람들이 에드가를 낳은 어미에게 그 무슨 끔찍한 소리냐고 해도, 사실은 사실이니까. 네게 출산은 큰 모험이었어. 난 네가 목숨을 잃을 줄 알았다."

새하얀 머리의 마라 부인이 머리를 끄덕이며 거들었다.

"아기가 운 좋게 태어난다고 해도 얼마 안 가 목숨을 잃을 거라면서, 산파가 어지간히도 겁을 줬었지."

아넷이 생각난다는 것처럼 마라 부인을 보며 웃었다.

"맞아요. 어머니가 아기를 포기하자는 말까지 하셨죠."

"그걸 기억하니?"

"기억하고말고요. 어머니가 우신 것도 그날 처음 보았고, 어머니가 절 사랑하신다는 것도 그때 알았어요. 그걸 알고 나니 아이를 더욱 포기할 수 없었어요. 반드시 낳아야겠다고 생각했어요. 어머니가 그 말을 하지 않으셨다면 약해빠진 전 그때 그 아이의 손을 놓아버렸을지도 몰라요."

"너도 참……. 자식을 사랑하지 않는 부모가 어디 있다고."

"있어요, 어머니. 그런 사람들도 있어요. 설사 아니더라도 그걸 느끼지 못하는 자식들도 많아요. 죽기 전에 그걸 알아서 얼마나 다행인지 몰라요."

"왜 그런 소리를 하는 거니?"

마라 부인이 얼굴을 찡그리며, 약한 소리를 하는 딸을 혼내듯이 언성을 높였다. 예전이었다면 몸을 움츠리며 눈에 띄게 벌벌 떨었을 아넷이 노모의 꾸중에 기쁜 듯이 웃었다. 기쁜 미소마저 생기가 없었다.

"정말 다행스럽고 기쁜 일이지요. 오라버니는 절 걱정했다지만, 난 행여나 아기가 날 닮을까 봐 걱정했어요. 오라버니, 그 아이가 얼마나 건강하게 자랐는지 아세요? 만나보셨나요?"

"만나보지는 못했지만, 산골에 처박혀 있는 게 아닌 이상 모를 수가 있나."

뻔한 자랑을 한다는 것처럼 의사가 눈을 흘기며 웃었다. 따라 웃던 아넷이 돌연 고통스러운 신음을 내며 이불 위로 몸을 숙였다. 기침을 하더니 각혈을 했다. 하얀 이불에 피가 튀었다. 라야는 튀어 나가듯이 침대로 달려갔다. 의사가 침착한 목소리로 지시했다.

"찬물 좀."

라야는 침대로 달려올 때보다 더 빠르게 찬물을 가지러 달려갔다.

의사가 돌아가고, 아넷과 한참 얘기를 나눈 마라 부인도 방을 나갔다. 아넷은 라야에게 침대 곁에 의자를 끌고 와 앉으라고 했다. 그리고 묻지도 않은 의사 이야기를 했다.

"친오라버니 같은 분이야. 어릴 땐 난 저 오라버니와 결혼할 줄 알았단다. 그런데 오라버니가 난데없이 수도원으로 들어가버리는 거야. 혼사 얘기도 자연히 없어져버렸지. 그런데 내가 결혼을 하고 나니까 또 파문되어서 나오지 뭐야? 어이가 없었어. 나와의 결혼을 피하려고 그랬나 하는 생각까지 했어. 자기 말로는 성직자들의 의료가 터무니없어서 제 발로 박차고 나왔다는데 알 게 뭐야. 그러고는 아카데미에 들어가서 의학을 배우더니 의사가 되었어. 사실 성직자가 되기엔 술을 너무 좋아하는 양반이지."

아넷은 각혈을 한 사람이라고 믿기지 않을 만큼 빠르고 경쾌한 어조로 말을 계속했다.

"아, 오라버니가 어머니에게 아일이 누굴 닮았냐고 묻는 거야. 그런데 어머니가 뭐라 하시는 줄 알아? 나랑 아이의 아버지 둘 다 안 닮았다는 거야. 그러면서 붙임성 없는 것만 제 아비를 꼭 닮았대! 어머니 말투가 원래 퉁명스러우시기는 하시지만 정말 너무해서. 넌 어떻게 생각하니? 눈은 나랑 똑같고, 얼굴선이며 생김생김이 그 사람이랑 똑같은걸? 머리도 제 아버지를 닮아서 똑똑하고. 아, 그 아이가 어릴 때 이런 일이 있었어. 아직 에드가의 이름을 받기 전에 말이야, 그이의 은사이신 교수님이 찾아오신 적이 있는데, 아일과 몇 마디 나눠보시더니 크면 꼭 자기에게로 보내라는 거야. 애가 영리하다면서. 그레엄은 우리 기분 좋으라고 하신 말이라고 했지만 난 그렇게 생각 안 해. 아일이 에드가의 이름을 받은 뒤에 한 번 더 뵌 적이 있는데 정말 아쉬워하셨다고. 아일에 대한 아쉬움과 에드가에 대한 기쁨이 뒤섞인 그분의 얼굴을 네가 봤어야 해. ……왜 그런 표정이니?"

"마님이 이렇게 말씀을 길게 하시는 건 처음 봐요."

"아, 그러게. 너한테 물들었나 봐. 아니면 죽을 때가 돼서 그런가?"

라야의 얼굴이 창백해졌다. 아넷이 싸늘해 보이기까지 하는 미소를 지으며 말했다.

"라야, 어린 너에게 할 말은 못 된다만 넌 죽음에 좀 더 초연해져야해. 내 시중을 끝까지 들려 한다면 말이야. 그게 싫다면 떠나."

떠나라는 말에서 냉기가 흘렀다.

라야가 당황한 표정을 수습하며 말했다.

"떠나라니요. 어떻게……. 죽음에 초연해지지도 못하지만 떠날 수도 없어요."

"연극은 어떠니? 다음 공연도 잘했니?"

아넷이 표정을 확 바꾸며 말을 돌렸다.

"아쉬워. 할 수만 있다면 네 공연을 모두 보러 갔을 거야. 하지만 공연 중에 죽기라도 하면 어떡해. 극단이나 다른 관객에게 못할 짓이잖아?"

"마님, 제발."

"난 곧 죽을 거야, 라야. 어쩌면 오늘 밤에 죽을 수도 있겠지."

그녀 평생 가장 확신에 찬 말이었을 것이다. 라야의 굳은 얼굴을 보고도 아넷은 말을 멈추지 않았다. 이제 애써 밝게 말해 죽음의 그늘은 숨기려 하지도 않았다.

"어떻게 확신하는 줄 알아? 보이지 않던 게 보이거든. 사신이나 혼령 따위가 보이는 게 아니야. 노력한다면 볼 수 있었을 텐데, 눈을 크게 뜨면 볼 수 있었을 텐데, 내가 어리석어서 보지 못했던 것들이 보이기 시작했어. 네가 내 아들을 마음에 두고 있다는 거 같은 거 말이야."

라야는 몸까지 굳어버렸다. 그와 대조적으로 아넷의 표정은 생생했다. 입꼬리를 강하게 끌어당길 힘이 없어 옅게 짓고 있는 미소가 얼마나 강인하고 뚜렷해 보이는지 라야는 아일의 것과 똑같은 금색 눈동자에서 눈을 떼지 못했다. 아넷이 담담하게 말했다.

"난 곧 죽을 테니까, 내가 이 세상에 큰 영향을 끼치지 못할 걸 아니까, 신께서 관대하게도 내 눈을 잠시 밝혀주시는 걸 거야. 죽음이 다가온 걸 느껴."

라야를 마주 보고 있는 눈이 더욱 빛났다.

"죽음을 앞에 두니까 말이야, 라야. 그전까지 엄청나게 생각되었던 것들이 아주 작게 보여. 당연하게 생각했던 것이 당연하지 않게 느껴져. 그게 별건가, 그게 뭐 대수라고, 그런 생각이 들어. 할 수만 있다면 난 그 아이를 강제로 끌고 와서 내 눈앞에서 너랑 결혼이라도 시키고 싶어. 내가 죽기 전에 당장 라야와 결혼해, 난 네가 결혼하는 걸 보고 죽어야겠어!"

그리고 아넷은 하하 웃었다. 그녀는 이 순간 아픈 사람이 아니었다.

"난 지금 죽음이 무서워서 강한 척하는 게 아니야, 라야. 내가 두려운 건 따로 있어."

아넷은 더 가까이 다가오라는 손짓을 했다. 라야가 침대 위에 걸터앉자 아넷이 그녀를 살포시 안았다. 힘이 없어 기댈 상대를 찾는 것 같은 동작이었다.

"무대를 보는 순간 알았어. 넌 그곳에 있어야 해. 사람들의 환호 속에. 네 백부에게 말해뒀어. 밀러와 어머니에게도 일러뒀어. 내가 죽으면 넌 얼마간의 돈을 받기로 되어 있어."

라야가 품에서 빠져나오려고 했다. 아넷은 말도 안 될 정도로 강한 힘을 발휘해 그녀를 끌어안았다. 조금 전보다 더 깊이 아넷의 품에 안겨버렸다. 라야는 어머니를 잃었을 때가 생각나서 몸까지 떨려왔다. 아넷이 라야의 머리카락에 얼굴을 비비고는 말했다.

"여길 떠나. 붉은 벽돌의 저택으로 돌아가지 말고 극단 사람들과 이곳을 떠나. 안 되는 걸 붙잡고 있지 마. 난 죽을 사람이니까, 곧 이 세상 사람이 아니니까 신분의 벽 같은 건 이제 재미없는 유머로밖에 안 보이지만…… 다른 사람들은 아니야. 그 아이와 너는 아니야. 두 사람은 이 세상에 오래 있어야 하니까. 그 아이는…… 정말 제 아버지를 닮아서 아무리 어미인 나라도 속을 알 수가 없어. 그 아이도 널 마음에 두고 있는지는 알 수 없지만, 설사 그렇다 하더라도 안 되는 일이야."

「그건 안 돼.」

아일의 목소리가 귓가에 울렸다. 라야는 눈을 감아버렸다.

아넷이 라야를 놓아주고 말했다.

"편지를 한 통 써주겠니?"

"……누구한테요?"

"그레엄에게."

"저번에도 말했지만 본인이 쓰지 않은 편지는 소용이 없어요."

라야가 눈물을 흘리지 않으려고 노력하며 말했다. 아넷이 고개를 저었다.

"왜 소용이 없어. 네가 써주어서 아일이 무사히 돌아왔잖니. 넌 운이 좋은 아이잖아? 그 운 좀 나눠주렴."

라야는 무심결에 창 밖을 쳐다보았다. 지금 아넷 곁에 있어야 할 사람은 자신이 아니었다.

나달은 눈을 감고서 바람을 온 얼굴로 맞고 있었다. 한동안 언덕이 조용한 줄 몰랐는데 난 자리의 휑함이 기분까지 울적하게 만들었다. 나달은 눈을 뜨고 테이블 위에 놓인 《만 개의 세계》 초판본을 보았다. 그리고 저 앞에 서서 바다를 바라보고 있는 아일을 쳐다보았다. 강건한 등이, 자신이 돌아볼 때까지 말 걸 생각도 하지 말라는 무언의 메시지를 보내고 있었다. 점심을 먹고 왔더니 저러고 서 있다. 벌써 삼십 분이 지났다. 나달은 그러거나 말거나 쓰던 희곡을 이어 썼다.

한참 글을 쓰던 나달이 고개를 번쩍 쳐들었다. 그리고 아일을 향해 물었다.

"난 인류애의 시작은 자기애가 아닐까 생각해. 자네는 어떻게 생각하나?"

"……그렇다면 전 인류를 사랑하긴 글러먹었군요."

뜻밖에도 대답이 돌아왔다. 나달이 고개를 천천히 끄덕였다.

"자네라면 그렇게 대답할 거 같았어. 자네는 자신을 별로 안 좋아하지?"

아일이 흘깃 눈길을 뒤쪽으로 던졌다. 나달이 말했다.

"딱하군. 분명 괜찮은 구석도 많은데 어디서부터 잘못됐을까."

사람을 앞에 두고 잘도 저런 소리를 한다.

아일이 웃었다.

"제 얼굴을 보면 한 대 치고 싶다던 사람이 적지 않더니, 분석하고 싶어지는 얼굴이기도 한가 보군요."

"누가 날 좀 죽여줘, 라는 얼굴을 하고 있어서 그런 게 아닐까?"

아일이 몸을 돌리고 섰다. 나달이 만년필의 깃촉으로 아일을 가리켰다.

"알겠다."

"뭘 말입니까?"

"자네가 왜 라야를 곁에 두는 건지 알겠어. 자신과 하나도 안 닮아서야."

"⋯⋯."

"사람은 상대에게서 자신의 어두운 모습을 발견하면 혐오를 느끼지. 오랫동안 자네 곁엔 조금 다른 모습을 한 자신밖에 없었을 거야. 주변이 온통 싫은 저로 도배되어 있으니 타인에게 마음을 내줄 수 있을 리 있나."

그러고 나달은 깃촉으로 자기 턱을 문질렀다.

"그런 이유에서 두 사람은 꽤 어울리는 짝이라고 볼 수도 있겠지만⋯⋯ 난 반대야. 어여쁜 제자가 마음고생 하는 건 못 보겠어. 마음고생만 하면 그래도 낫지. 몸 고생도 할 거야."

이놈이고 저놈이고 하나같이⋯⋯. 모두가 자신이 라야를 잡아먹기라도 할 것처럼 얘기한다.

"저를 오래 지켜본 것도 아니면서 어떻게 그리 잘 아는 것처럼 얘기하십니까?"

아일은 불만을 얘기할 때조차 감정을 혀에 두지 않았다. 그 차분한 목소리에서 나달은 그가 자제력이 뛰어난 사람이라는 것을 알았다. 일대일의 대화에서 그가 언성을 높이는 일은 거의 없을 것이다. 그가 입에 감정을 담는 걸 들으려면⋯⋯ 침대 위에서나 가능할까?

⋯⋯침대에서도 가능할까?

나달은 이상한 궁금증에 빠져 대답이 조금 더뎌졌다.

"내가 이래 보여도 관찰만으로 최연소 교수가 된 인물이야. 내가 별을 어떻게 보는 줄 아나? 한 별만 맹탕 쳐다보는 게 아니야. 옆에 있는 별도 같이 지켜봐야 해. 자네와 얘기를 나눈 일은 별로 없지만 자네의 몇 안 되는 친구들이 내 옆에 꼭 붙어 있지."

이 양반, 정말 관찰하기를 좋아하는군.

아일은 "나달이란 사람은 관찰하길 좋아하나 봐요."라던 라야의 말을 떠올렸다. 그놈의 다름하얀여우. 그리고 보니 애정 결핍이니 뭐니 그 소리도 이 인간이 했다.

바람에 종이가 날아가려고 하자 책으로 눌러놓은 뒤, 나달은 말을 계속했다.

"시야를 넓혀봐, 아일. 자네가 세모 모양의 사람만 봐왔다고 모든 사람이 진짜 세모인 건 아니야. 네모나 동그라미도 있다고. 아예 틀이 없는 사람도 있지 않을까?"

아일은 나달을 조용히 마주 보았다.

"빌린 책은 분명히 돌려드렸습니다."

"무반응도 반응이지."

"……더 하실 말씀이 없다면 가보겠습니다."

"그래, 다음엔 먹을 거라도 사 들고 와. 젊은 사람이 싹싹한 면이 없어."

그리고 나달은 종이에 눈을 두고, 이만 가보라는 손짓을 했다. 아일이 나달을 지나쳐 언덕을 내려가고 있는데, 나달이 급히 몸을 돌려 아일을 불렀다. 발까지 동동 구르며 빨리 되돌아오라는 손짓을 했다.

아일이 다시 언덕을 올라와 나달 앞에 서자, 나달이 말했다.

"정말 궁금한 게 있어."

"첫사랑 이야기를 해달라는 거라면 할 얘기가 없습니다."

"아니야! 그거 있잖아! 클레이모어 후손들은 알고 있다면서? 초대 에드가의 부인은 정말 사라진 라타니아 왕녀였나?"

"이거 맞아요."

라야가 들고 있던 책을 내려놓고 서점 주인의 손을 덥석 잡았다. 서점 주인이 의기양양하게 말했다.

"구하느라고 힘들었지. 누가 이런 오래된 약재 서적을 구하려고 하겠어? 새로 나온 게 얼마나 많은데. 수요가 적으면 그만큼 구하기도 어렵지."

라야가 고개를 끄덕였다. 그녀는 서점 주인이 책을 구한 과정을 중년 남자 특유의 과장을 섞어 으스대며 한 시간을 얘기해도 다 들어줄 용의가 있었다. 며칠간 내내 우울했던 기분이 조금 나아졌다.

"나, 아가씨가 연극에 나온 거 봤어."

서점 주인이 말했다.

"정말요?"

"극장에서 일하는 친구 놈을 만나러 갔다가 천장 틈에서 처음부터 끝까지 다 봤지. 아가씨인 걸 단번에 알아봤어. 그…… 아가씨가 한……."

"린나우요?"

"그래, 린나우. 린나우가 더 어른스러운 느낌이기는 했지만 단번에 알아봤다고."

"어떻게 보셨어요? 잘하는 것 같던가요?"

"잘하다 뿐이야? 아버지가 돌아가신 이후로 그렇게 운 건 처음이었어. 돌아오는 길에 아가씨가 부탁한 책을 꼭 찾아줘야겠다 생각했지."

라야가 쑥스럽게 웃었다.

"그런데 그런 책은 아가씨가 볼 만한 책이 아닌데. 배우가 아니라 약제사가 될 생각이야? 배우가 천직이라고 생각했는데."

"아버지가 보시던 책이에요."

"아버지가 약제사셨나?"

"네. 유랑 상인이셨는데 정착하고 약제사가 되셨죠."

다행히 친절한 서점 주인은 라야를 한 시간 동안 붙잡지는 않았다.

라야는 책을 보며 위험스럽게 길을 걸었다. 누군가와 부딪칠 뻔했지만 그전에 고개를 들어 상대를 가로막은 데 대한 가벼운 사과만 했다. 반사적으로 죄송합니다, 라고 한 뒤 상대를 쳐다본 라야는 일순 얼어붙었다. 이유는 알 수 없었다. 그냥 상대의 눈을 보는 순간 근육이 경직되었다.

라야와 부딪칠 뻔한 남자는 정말 미남이었다.

미남?

라야는 그가 미남이라는 생각을 했으면서도, 바로 이어 그가 정말 미남인가라는 생각도 했다. 사내의 분위기와 생김새는 분명 고상하고 몸가짐 또한 그녀가 보아온 어떤 귀족들보다 귀족적이었지만, 라야는 그가 아름답다고는 생각되지 않았다.

남자는 부스스한 부분은 한 올도 없는 장발을 은푸른 빛의 고리로 단정히 묶고 있었다. 검은 머리카락은 검은 유약을 바른 듯 윤기가 흘렀다. 하얀 피부는 한 번도 건물 밖을 나와 보지 않은 사람처럼 티를 찾아보기 힘들었다. 볕이 내리쬘 때 햇빛이 이 남자만 비켜가는 모양이었다. 머리카락에 바르고 남은 유약을 그의 눈동자에도 찍어놓은 듯했다. 아주 새까만 눈동자였다.

그가 뒷짐을 진 채, 그녀를 쳐다보며 부드럽게 미소 지었다. 그런데 미소를 짓고 있는 입매가, 눈썹이 본래 휘어져 있는 것처럼 원래부터 그렇게 생겨먹은 듯 보였다.

"안녕."

라야는 눈을 깜박였다. 남자가 그녀에게 인사를 했다. 어쩌다 그녀와 마주친 게 아니라 그녀를 만나러 온 사람 같았다.

"네…… 안녕하세요."

"그대를 연극에서 보았지."

라야가 이제야 이해가 된다는 듯이 웃었다. 남자가 이번엔 반대쪽으로 고개를 기울였다.

"어디 가는 길이야?"

남자가 친구처럼 물어왔다. 그는 말 같은 건 높여본 적이 없는 자였다. 라야는 그것을 본능적으로 알았다. 남자는 꼭 그녀만이 아니라 모든 사람들의 본능을 예민하게 만드는 사람이었지만 라야가 그것까지 알 수는 없었다. 남자의 입이 기묘한 미소를 그리며 말했다.

"이름이 뭐지?"

잠시 망설인 라야가 말했다.

"라야예요."

"라야."

"그쪽 이름은 뭔가요?"

"그런 거야 아무러면 어때."

"……."

이쯤 되니 제대로 이상한 사람이란 생각이 들었다. 라야는 가볍게 고개를 숙여 헤어지는 인사를 하고 남자를 지나쳤다. 남자는 섬뜩하게도 그녀를 따라 몸을 돌렸다.

"어디 가는 길이야?"

라야가 곁눈으로 따라오는 남자를 보며 대답했다.

"아…… 집에 가는 길이에요. ……같은 방향인가요?"

"아니, 그대를 따라가고 있어."

라야가 멈춰 섰다. 남자도 그녀를 따라 멈춰 섰다. 남자의 그려진 미소가 더 이상 미소처럼 보이지 않았다.

"저한테 용건이 있으신가요?"

"흐음. 경계하는 눈빛인걸? 다정한 여성인 줄 알았는데 상처받았어. 팬한테 이래도 되는 거야?"

"……하지만 상대 이름은 물어봐놓고 본인 이름은 말하지 않으면 이상하다고 생각할 수밖에요."

"일리 있는 말이야. 정체도 모르는 인간한테 경계심을 가지는 건 당연해."

"네."

"난 왕자야."

'혹시나' 했는데 '역시나'였다. 안타깝게도 미친 사람이었다. 혹시 농담인가 싶어 그의 눈을 쳐다보았다. 그의 검은 눈을 들여다보고 있자니 갑갑한 기분이 들었다. 라야는 자기도 모르게 한숨을 쉬고 말했다.

"아버지도 가끔 절 공주님이라고 불렀죠. 그런데 조심하세요. 아버지 말이 다이런에서는 함부로 그런 말을 했다가는 큰일을 치를 수도 있다고 했어요. 당신이 왕자인 건 당신과 저 사이의 비밀로 해두자고요."

라야가 손가락을 입술에 갖다 대고 윙크를 했다. '왕자'가 재밌다는 듯이 웃었다. 어째서인지 라야는 그가 더 이상 위험하게 느껴지지 않았다. 딱하다는 생각만 들었다.

왕자가 이를 보이며 웃었다.

"내가 왕자란 걸 안 믿는군."

"당신 말처럼 왕자인지 하녀인지 팬인지 그게 뭐가 중요하겠어요. 그런 건 이제 지긋지긋해요. 중요한 건 본질이죠."

"본질."

왕자가 라야의 말을 따라 했다.

40

    세르노다는 순찰을 도는 일도 심심하기 짝이 없었다. 산책을 하는 것과 별반 다를 게 없었다. 최근에 벌어진 가장 큰 사건은 에른스트의 학생들이 정치 얘기를 하다가 술집에서 패싸움을 벌인 일이었다. 무리로 모여 있는 데다 술기운까지 보태져, 출동한 경비대원들의 경고도 무시하고 싸움을 이어가던 귀족 자제들은 경비대장이 나타나자 순한 양이 되어 흩어졌다. 아일은 입도 한 번 떼보지 못했다.

    그는 세르노다의 이런 분위기에 너무 익숙해지면 안 되겠다는 생각을 하던 참이었다. 행인을 피해 아일 곁으로 붙은 메이튼이 목소리를 낮추며 말했다.

    "정보가 미흡해서 어제 보고를 하려다가 말았던 게 있습니다."

    아일이 눈만 돌려 메이튼을 보았다.

    "그런데 아무래도 미심쩍은 부분이 있어서……. 하나는, 무기를 소지한 채 세르노다에 들어온 자들이 있는 것 같습니다."

    아일이 멈춰 섰다.

    "있는 것 같습니다는 뭐야? 그런 걸 왜 보고하지 않은 거야?"

    순식간에 땀에 젖어버린 듯 메이튼의 목이 축축해졌다.

    "그게 확실하지 않아서……."

    "……그 자의적인 판단이 틀리지 않았길 빌어야 할 거야."

    세르노다는 귀족과 부유층의 자제들, 미래의 정치인, 공론을 만들고 사회 여론을 주도하는 교수들이 모여 있는 곳이었다. 겉으로는 평온해 보이고 실제로도 평화스러운 도시지만 정쟁의 불씨가 될 여지가 많은 곳이기도 했다. 세르노다에서 시작된 불씨는 언제든지 나라 전체로 옮겨 붙을 수 있었다. 세르노다의 안정은 사회 세력들 간의 팽팽한 힘겨루기 위에서 유지되고 있는 불덩이 같은 것이었다.

그런 이유에서 세르노다로 들어오는 사람들은 무기를 소지한 경우 입구에서 신고를 하게 되어 있었다. 암묵적인 약속이던 것이 이제는 법규가 되었다. 그런 규칙이 있는 곳은 기사들이 세운 나라 다이런에서 세르노다가 유일했다. 그만큼 엄격한 법규이기도 했다. 그런 이곳에, 신고도 없이 무기를 소지한 자들이 들어왔다?

아일은 금세 세르노다의 평온한 일상이 그리워졌다. 메이튼이 계속 말했다.

"입구에 배치된 대원들 중에 유난히 눈썰미가 좋은 놈이 있습니다. 용병들이나, 호위를 데리고 있는 자들이 지나갈 때마다 그놈이 1차적으로 체크를 하고 다른 대원들이 실제로 무기를 소지하고 있는지 확인하는 거죠. 그 녀석 말로는 어제 무기를 가지고 있을 법한 무리가 스물다섯 팀 지나갔는데……."

"스물다섯?"

평소의 세 배다.

"그런데 신고된 것은 스물넷밖에 없었다고 하네요. 그래서 녀석이 생각하기로 평소보다 많아 헷갈렸나 보다 했다는군요. 분위기만 어두침침하고 실제로는 무기를 지니지 않은 이들도 있으니 그런 경우라고 생각하고 말았다네요."

이게 다 연극 때문이란 데에 아일의 생각이 미쳤다. 라야가 함께 공연 중인 극단은 꽤나 이름 있는 공연단이라고 했다. 세르노다 인근에 사는 귀족들이 소문을 듣고 한 달 새 어지간히도 이곳을 드나들고 있다. 호위까지 데리고.

그 와중에 사고가 생기지 않길 바랄 뿐이다. 아일은 내심 극단이 빨리 세르노다에서 꺼져줬으면 싶었다.

"신고한 이들 중에 아직 이곳에 남아 있는 자들이 있는지 확인해봐."

아일은 몇 가지를 더 상세히 지시했다. 메이튼이 기민한 동작으로 한 발자국 물러섰다가 다시 몸을 돌려 말했다.

"아, 한 가지 더 있습니다. 이건 정말 확실하지 않은데……."

"그냥 말해."

"며칠 전에 들어온 유랑 상인들 사이에 갈라마 인이 섞여 있다는 소문이 있습니다."

아일은 두통이 몰려왔다. 갈라마 인이 세르노다에 들어오지 말란 법은 없지만, 걸리는 부분이 있었다. 왜 메이튼이 보고를 망설였는지 알 것도 같았다. 생선을 삼키고 목이 뜨끔한데 가시가 목에 박힌 건지 상처만 내고 지나갔는지 알 수 없는, 그 정도의 미묘한 이물감이었다.

아일은 전자의 문제가 더 심각하다고 판단했다. 메이튼에게 빨리 가보라는 눈짓을 하고 아일은 반대편으로 걸어갔다.

라야는 걸으면서도 계속 뒤를 확인했다. 남자가 계속 그녀를 쫓아오고 있었다. 라야가 빠른 걸음으로 걸어도 남자는 절대 서두르는 법이 없었다. 그런데도 거리가 좀체 벌어지지 않았다. 라야는 그가 자신의 팬이라고 한 말을 믿지 않았다. 다른 속셈이 있을 거라는 생각은 들지만 딱 꼬집어 나쁜 의도가 있다고 보기도 힘들었다. 수작이라도 부리면 정강이를 걷어차고 도망이라도 칠 텐데 그는,

"지겨운 날씨지 않아?"

라든가,

"세르노다는 원래 이렇게 따분한 곳인가?"

하는 소리만 늘어놓았다. 라야가 대답을 하지 않아도 혼잣말처럼 중얼거리고는 그녀를 따라왔다.

노천극장에서 연극이 진행 중이었다. 라야가 걸음을 멈추었다. 소녀에게 사랑을 고백하는 소년의 목소리에 발이 멎었다. 무대에선 그녀가 언젠가 책으로 읽었던 이야기가 공연되고 있었다. 사람들이 가설 관객석에 드문드문 앉아 있었다.

라야는 책과 약차 포장한 것을 소중히 가슴팍에 끌어안고 정신없이 연극에 빠져 들었다. 어느새 다가온 왕자가 그녀 옆에 섰다. 그는 무대 쪽은 보지도 않고 라야의 옆얼굴만 빤히 쳐다보았다. 누가 본다면 연극에 쓰는 인형을 거기 잘못 세워놓은 줄 알 것이다. 아주 새까만 눈동자가 머리카락 한 올까지 다 세어보려는 것처럼 그녀를 주시했다. 라야가 부담스러운 시선을 느끼고 그를 쳐다보았다.

"연극…… 안 보세요?"

"아는 내용이야."

"그래요?"

"다이런 인 중에 저 이야기를 책으로든 연극으로든 한 번도 접해보지 않은 이가 있을까? 왜 한 번 봤던 걸 또 저렇게 보고 있는 건지 모르겠어."

아주 새까만 눈동자가 정말 궁금하다는 것처럼 흑빛을 굴렸다. 그의 눈동자가 움직일 때마다 어둠이 흘러가는 걸 눈으로 보고 있는 기분이 들었다. 라야는 기묘한 느낌을 숨기며 대꾸했다.

"처음 볼 때와 두 번째 볼 때 느끼는 게 달라서 아닐까요? 좋은 책은 읽을 때마다 와 닿는 부분이 다르잖아요. 연극은 배우도 달라지니까 당연히 볼 때마다 다를 테고요."

"흐음, 배우가 달라서라. 그럴지도 모르지."

왕자가 그녀에게서 눈을 떼고, 무대 쪽을 쳐다보았다.

무대에서 소년이 소녀에게 숲은 위험하니 들어가지 말라고 소리치고 있었다. 소녀는 가족들이 그곳에 있다는 얘기를 들었다며 위험하더라도 가야 한다고 말했다. 망설이던 소년은 소녀를 뒤늦게 쫓아가지만 둘은 길이 엇갈리고 만다.

왕자가 문득 말했다.

"관객이 제일 즐거워할 때가 언제라고 생각해?"

"글쎄요……. 갈등이 해결됐을 때?"

왕자가 무대를 응시한 채로 대꾸했다.

"그럼 이건 어때? 관객들이 정말 처음부터 끝까지 주인공의 무사안일과 행복을 바랄까?"

그의 눈에서 또 한 번 어둠이 굴러갔다.

"어서 빨리 저 가엽고 용감한 소년이 고난에서 벗어나 사랑하는 소녀를 만나길. 어서 빨리 저 소녀가 헤어진 가족을 찾을 수 있기를. 저 소년과 소녀가 무사히 아무 일 없이 죽음의 숲을 지나갈 수 있기를……. 아니야, 라야."

어둠이 무대에서 눈을 돌려 그녀를 보았다.

"그런 건, 새빨간 거짓말이야."

그 순간만은 왕자의 눈도 웃고 있었다.

"사람들 속은 이렇지. 저 가엽고 용감한 소년이 고난에서 벗어나 사랑하는 소녀를 만나길……, 대신 그전에 잔뜩 고생을 한다면 재미있겠지! 저 소년과 소녀가 부디 죽음의 숲을 지나갈 수 있기를……, 대신 그전에 헤어져서 고난을 좀 당하는 게 신나겠지! 에시올이 죽지 않고 린나우와 도망쳐서 행복하게 사는 걸 봤다면 관객들은 어땠을까? 잘됐다 말은 하면서도 집에 돌아가서 자고 일어나면 내용을 까마득히 잊어버릴걸? 에시올이 죽어버렸으니까 겨울 정원을 두고두고 기억하는 거야. 관객들이 제일 흥분하는 순간?"

관객석에서 탄식이 흘러나왔다. 괴물에게 붙잡힌 소녀를 구하려던 소년이 다친 팔을 붙잡고 쓰러졌다.

"주인공이 괴로워할 때야."

라야는 무대를 쳐다보았다가 다시 왕자를 보았다. 그녀가 말했다.

"그런 부분이 분명 극에서 클라이맥스이긴 하지만 즐겁지는 않아요. 보는 사람도 주인공만큼…… 괴로워요."

"괴로워하면서도 즐거워하는 게 관객이야. 관객은 원래 변태라고."

하늘이 흐려졌다. 바람에서 비 냄새를 맡았다.

좁은 골목으로 들어온 라야는 남자를 따돌릴 생각으로 뒤를 돌아보았다. 왕자는 서너 걸음 떨어진 곳에 있는 서적 좌판 앞에 서 있었다. 좌판의 주인인 노파가 뭐라고 말을 걸었지만 그는 대꾸하지 않았다. 그가 좌판을 내려다본 채로 라야를 향해 곁으로 오라는 손짓을 했다. 이때다 싶어 도망가려던 라야는 망설였다. 다리를 다친 남동생을 모른 체하고 도망치려는 누나가 된 기분이었다. 어째서, 왜!

"그런 욕심 없나?"

결국 헤어지는 인사라도 하려고 다가온 라야에게 왕자가 물었다.

"어떤 욕심이요?"

라야가 통명스럽게 반문했다. 왕자는 좌판에서 낡은 책을 한 권 집어 들었다.

"그 왜, 뒷골목 소설에 나오는 것처럼, 미천한 출신의 여성이 왕자의 눈에 들고, 왕실에서는 볼 수 없는 밝음과 영리함으로 마침내 왕이 된 그의 마음을 완전히 사로잡아 왕비가 되는 로맨스. 기대해본 적 없어?"

"본인이 왕자라고 그런 소리 하는 거예요?"

왕자가 고른 책은 그녀가 재밌게 읽었던 소설이라, 반가운 기분에 라야는 밝은 웃음을 만면에 떠올렸다. 간만에 기분 좋은 웃음이 나왔다. 그걸 본 왕자의 눈이 조금 커졌다가 서투른 미소를 담았다.

"그래."

"저도 그런 소설 좋아해요. 그러려면 여자가 굉장히 당차고 똑똑해야겠죠? 다른 후궁들과 암투도 벌여야겠고? 타국의 귀족이나 왕의 호위 기사가 여잘 좋아할지도 모르고!"

"많이 읽어봤나 봐?"

"왕자님은 지금 제 마음을 모르시니까 그런 소리를……."

"헤르첸."

"네?"

"내 이름은 헤르첸이야."

"그래요, 헤르첸."

그녀의 입으로 자신의 이름이 불리자 순간 헤르첸의 얼굴에 불안정한 빛이 비꼈다.

"헤르첸은 제가 어떤 심정이니 모르니까 그런 얘기를 하는 거겠지만, 지금 그 소리는 걸음마가 안 돼서 울먹이는 아이에게 날아보는 건 어떠냐고 묻는 것만큼 황당한 얘기예요. 예전이라도 몰라도 지금 전 소박한 로맨스가 좋아요."

"이를테면?"

라야는 헤르첸에게 기다려보라는 듯 손바닥을 펼쳐 보이고는, 귀가 어두운 노파에게 다가가 곧 비가 올 거 같으니까 좌판을 거두라고 소리쳤다. 그리고 노파를 거들어 좌판 치우는 것을 도왔다. 헤르첸에게서 책을 건네받으며 라야가 말을 이었다.

"기사와의 사랑 이야기?"

"지루하군."

"어떻게 하냐에 따라 다르죠. 어린 시절부터 상처가 많은 기사는 다정한 하녀를 마음에 두고 있다가 자신이 가문의 수장이 되는 날 그녀에게 자신의 첩이 되라고 하는 거예요! 하녀는 '싫어!' 하면서 도망치고 남자는 여자를 쫓아오죠."

"으흠, 계속해봐."

"그러다 모험을 하고."

"모험까지 해?"

"남자는 여자에 대한 사랑이 얼마나 큰지 깨닫고 그녀에게 정식으로 청혼하는 거예요."

"소박하네. 욕심 많은 여성인 줄 알았더니 아니었어."

책을 주워 모으는 라야의 손에 빗방울이 튀었다. 사람들이 두 사람을 지나쳐 뛰어가고 있었다. 비구름이 각기 다른 색깔의 건물을 모두 잿빛으로 칠해버렸다. 라야가 손을 털고 일어나며 물었다.

"왜 제가 욕심이 많다고 생각했나요?"

"에른스트에 들렀다가 교정을 뛰어다니는 그대를 봤지."

"어, 에른스트 학생이었어요?"

헤르첸은 긍정도 부정도 하지 않았다. 그는 상대의 정보만 빼내고 자신의 정보는 여간해선 내어주지 않는 사람이었다. 그런 사람은 누구와도 친해지기 힘들었다. 하지만 그는 누구와도 친해지려는 노력이 필요 없는 자였다.

노파가 옆 골목으로 들어가는 것을 지켜보던 라야는 문득 이상한 점을 느꼈다.

"절 미천한…… 출신이라고 생각한 이유는 뭔가요?"

그녀가 찝찝한 기분으로 덧붙였다.

"제가…… 그렇게 보이나요?"

"그대가 스스로를 그렇게 생각하고 있으니까."

헤르첸의 얼굴에 드리운 그림자 위로 빛이 번쩍였다. 엄청난 천둥이 좁은 골목과, 길가의 건물, 하늘까지 흔들었다.

지진 같은 충격에 라야는 현기증을 느꼈다. 아주 새까만 눈이 가까이 다가왔다. 하지만 헤르첸은 그 자리에 서 있는 채였다. 그가 속삭였다.

"난 다른 사람의 눈엔 보이지 않는 것이 보이는 사람이야."

양쪽으로 오래된 건물이 바특하게 붙어 늘어선 골목 위로 먹구름이 꽉 꼈다. 사방이 벽으로 막힌 듯 삽시간에 주위가 어두워졌다.

"난 무덤 속에 있거든. 난 죽음과…… 아주 친해."

헤르첸의 목소리가 더 낮아졌다.

"죽음과 친한 사람…… 그대도 아는 사람이 하나 있지 않아?"

라야는 아넷을 떠올렸다. 하지만 헤르첸은 사람들의 본능을 예민하게 만드는 사람. 라야의 본능이, 이 사람이 지목하는 이는 아넷이 아니라고 했다. 다시 벼락이 때렸다. 라야의 머리에도 빛이 번뜩였다.

「아레욘이 왕자의 이름을 발표해. '엘칸'. 좌중 침묵. 다시 한 번 말하지. '헤르첸 엘칸 라우니트, 그게 너의 이름이다.'」

헤르첸의 눈에 먹구름 같은 어둠이 흘렀다. 아주 새까만 눈동자 속에 번개가 내리쳤다. 회색 하늘이 으르렁거렸다. 의문과 두려움이 섞인 초록빛 눈동자가 헤르첸의 눈을 들여다보다가, 그의 어깨 너머로 시선을 옮겼다. 헤르첸이 천천히 뒤를 돌아보았다. 빗줄기가 굵어지기 시작해 사람들이 오지 않게 되어버린 골목의 입구에 인영들이 서 있었다.

골목을 가로막고 서 있는, 눈에 보이는 괴인들만 다섯. 숨어 있는 자들도 있었다. 살기를 느끼지 못하는 라야도 그들의 존재를 느낄 수 있었다. 그들이 입고 있는 검은 옷자락이 바람에 펄럭이자 거센 비도 숨겨주지 못하는 진한 피 냄새가 풍겼다.

이제 번개와 천둥이 시간차를 두지 않고 뒤섞였다. 얼굴 아래까지 깊게 눌러쓴 로브 모자 아래로 유일하게 보이는 입술들이 미소조차 그리지 않고 굳게 닫혀 있었다. 검은 옷들은 두 사람이 공포에 완전히 사로잡힐 때까지 기다리는 모습이었다.

암살 대상은 자신이 죽는지도 모르고 죽는 것이 일반적이지만 이번 경우엔 의뢰자가 특별히 주문했다. 암살 대상이 포식자의 살기에 얼어붙어 꼼짝 않고 죽는 순간을 기다리고만 있는 먹이 수준으로 떨어질 때까지, 그때까지 기다리라고. 그 정도 인내심은 잔인한 암살자들에게도 있었다. 오랜만에 재미난 암살 대상을 재미있는 장소에서 재밌는 방법으로 죽일 수 있게 되었다며, 검은 옷의 우두머리는 내심 즐거워하고 있었다. 혈흔도 다 쓸려갈 만한 날씨였다.

천둥이 쳤다.

자신을 죽이려고 하는 여러 명의 사내들. 오랜 기억을 떠올린 라야의 몸이 조금씩 떨리기 시작했다. 그러다 어느 순간, 검술을 가르쳐주기 전 아일이 했던 말이 떠올랐다. 그러자 그가 곁에 있는 것처럼 몸의 떨림이 잦아들었다. 만약 라야가 지금까지 단검을 소지하고 있어 엉겁결에 검을 빼 들고 자세까지 그럴듯하게 잡았더라면, 그 순간 저들의 숙련된 검이 그녀를 베었을 것이다.

"호위대장의 말을 무시한 대가를 이렇게 치르는군."

헤르첸이 태평하게 말했다. 라야가 어이없다는 듯이 그를 보았다.

거세진 비바람이 라야와 헤르첸의 얼굴로 빗줄기를 뿌렸다. 잠시 뒤 그들의 얼굴이 피로 덮이면 그 흔적을 깨끗이 지워버리겠다는 듯이 비가 무자비하게도 쏟아졌다.

헤르첸이 라야에게 등을 보이고 섰다. 그녀를 보호하려는 움직임은 아니었다. 그저 자신을 향해 불손하게 저딴 살스러운 기운을 내뿜는 자들이 대체 어떻게 생겨먹었는지 확인해보려는 것이었다.

헤르첸이 천연덕스러운 목소리로 말했다.

"이곳 경비대장을 만나면 물어봐야겠어. 어떻게 저렇게 대놓고 자객 냄새를 풍기는 자들을 돌아다니게 하는 건지 말이야."

돌바닥을 내려치는 굵은 빗줄기 소리가 시끄러웠다. 그러나 왕자의 목소리는 흘려들을 수 없을 만큼 또렷했다. 오히려 잡소리가 사라져 더 잘 들리는 듯했다. 검은 옷들은 분명 그의 말을 들었다.

헤르첸이 라야를 돌아보며 말했다.

"혹시 검을 가지고 있나?"

라야는 헤르첸을 흘깃 쳐다보았다가 다시 검은 옷들을 노려보았다. 헤르첸이 말했다.

"……있을 리가 없나. 그대를 말려들게 하고 말았어. 사과는 하지 않겠어. 태풍이 민가를 쓸어버렸다고 해서 태풍이 사람들에게 사과를 하지는 않으……."

"도망쳐요."

"뭐?"

"보면 모르겠어요? 저 사람들 그냥 강도가 아니에요."

"그건 나도 알아."

그녀의 말을 확인시켜주듯 검은 옷 중 한 명이 소리쳤다.

"엘칸!"

라야는 이런 긴박한 순간에 그러면 안 되는 줄 알면서 눈을 감고 말았다. 엘칸. 헤르첸 엘칸. 그가 맞았다.

그들은 헤르첸이 누군지 몰라 확인하려고 이름을 부른 것이 아니었다. 헤르첸이 입꼬리를 늘어뜨리고 웃었다.

"아우의 어미가 보냈나? 그 녀석이 뒈진 건 내 탓이 아니래두 그러네."

검은 옷들은 과묵했다. 연극에서처럼 암살자와 암살 대상 간의 긴 대화 같은 건 없었다. 말장난을 할 생각이 없는 그림자들이 검은 옷자락에서 검을 빼 들었다. 손을 꺼내듯 자연스러운 동작이었다. 검이라고는 역사 공부를 하듯 황궁 뒷마당에서 휘둘러본 게 전부일 왕자를 상대하는데 자세를 잡을 필요도 없다고 생각하는 모양이었다. 그들은 하나같이 검을 늘어뜨리고 있었다. 그것만으로도 죽음의 위협을 느끼기에 충분했다. 라야가 반대쪽 골목으로 몸을 돌리며 다시 한 번 말했다.

"도망쳐요."

헤르첸이 그녀를 돌아보지도 않고 혀를 찼다.

"왕이 없는 사막의 아이야. 너희들의 사막에 왕이 사라진 이유는……."

아주 새까만 눈동자가 암살자의 손에 들린 검을 차갑게 응시했다.

"그 왕이 에드가에게 등을 보이고 도망쳤기 때문이야. 왕은 죽어도 왕. 하지만 도망친 왕은 살아도 왕이 아니지."

"그딴 멋진 대사를 읊고 있을 때가 아니라고요!"

헤르첸이 짜증스러운 표정을 지으며 라야를 돌아보았다. 라야보다 그녀가 뛰어가려는 길을 가로막고 서 있는 그림자가 먼저 눈에 들어왔다. 라야도 헤르첸의 시선을 알아채고 앞을 쳐다보았다. 도망칠 길 따위는 없었다. 보통 사내보다 덩치가 두 배는 되는 검은 옷이 퇴로를 단단히 차단하고 있었다. 앞과 뒤가 모두 막혔다. 라야와 헤르첸이 거의 동시에 골목 초입을 돌아보았다.

검은 옷들 중 맨 앞에 서 있던 자가 움직였다. 그가 코 위까지 덮고 있던 로브의 모자를 벗었다. 라야는 좋지 않은 조짐이라 생각했다. 얼굴을 밝힌 자객이 상대를 살려둘 리 없었다. 암살단의 우두머리치고는 얼굴에 상처 하나 없는 사내였다. 그것은 그의 실력이 그만큼 좋다는 뜻일 수 있었다. 그제야 헤르첸도 좋지 않은 징조라 생각하고 쓰게 웃었다. 모자를 벗은 자가 말했다.

"의뢰자께서 꼭 당신의 혀를 뽑아달라더군요."

"그 여자는 원래 내 혀를 탐냈지. 말재주가 없는 년이라."

"과연 듣던 대로……."

"미친 왕의 이름을 받은 자라고?"

헤르첸이 키득거리고 웃었다. 우두머리가 마주 웃었다.

"휘말린 아가씨에게 못다 한 사과는 니시에 나무 앞에서나 하십시오."

"필요 없어."

필요 없다는 말은 라야가 한 게 아니었다. 라야가, 암살자보다 먼저 그를 죽이고 싶다는 표정으로 헤르첸을 노려보았다.

우두머리가 머리 곁으로 들어 올린 손을 가볍게 까닥였다. 그림자들이 앞으로 튀어나왔다. 라야가 비명을 지르며 웅크리듯 벽에 붙어 주저앉았다. 헤르첸은 반대쪽으로 몸을 피했다. 그 순간, 라야와 헤르첸이 서 있던 자리로 거구의 검은 옷이 쓰러졌다. 두 사람의 뒷길을 막고 있던 자였다. 달려들던 검은 옷들이 움찔 멈춰 섰다.

거구가 왜 쓰러졌는지 파악하기도 전에 바람이 불었다. 쓰러진 이를 멍하니 쳐다보고 있는 라야와 헤르첸의 시야에 그림자가 스쳐 지나갔다. 빗줄기가 폭발하듯 검은 옷들을 덮쳤다. 그 바람에 몇몇은 눈을 감

있는지도 모른다. 그리고 그들 중 몇은 눈을 뜨기도 전에 피를 뿌리고 쓰러졌다. 나머지 몇은 눈을 뜨는 순간 쓰러지는 동료들을 볼 수 있었다.

'아일!'

라야는 그의 이름을 부르려는 입을 틀어막았다. 아일이 쓰러진 거구의 머리맡에 검을 든 채 서 있었다. 피 묻은 검이 거센 비에 금세 푸른빛을 되찾았다. 아일은 짧은 순간 눈을 내려 라야를 살폈다.

불청객의 갑작스러운 난입에도 암살자들은 크게 동요하지 않았다. 차가운 금색 눈동자가 정확히 암살자의 우두머리를 응시했다. 우두머리 역시 냉정을 잃지 않은 표정이었다. 도리어 곰곰이 생각에 잠긴 얼굴이었다. 이윽고 우두머리가 미심쩍은 목소리로 말했다.

"……에드가?"

에드가는 침묵했고, 반응을 보인 것은 다른 암살자들이었다. 암살자들이 자세를 잡았다. 숨어 있던 그림자들도 몸을 일으키고 무기를 꼬나들었다. 왕자와 라야를 사냥하려 들 때의 태도와는 사뭇 달랐다. 그 광경을 지켜보고 있던 헤르첸이 기이한 미소를 지었다.

검은 옷의 우두머리가 이죽거렸다.

"이렇게 영광스러울 데가 있나. 언제 한 번 만날지도 모른다고……."

우두머리는 말을 끝맺지 못했다. 아일은 암살자들이 한꺼번에 달려들기 좋도록 그의 말을 기다릴 생각이 없었다. 제일 가까이 있던 암살자가 불시에 날아든 아일의 검을 몸으로 받아내고, 곧장 숨 쉴 틈을 주지 않는 싸움이 벌어졌다.

라야는 비명을 지르지 않기 위해 노력했다. 자칫 그의 주의가 흐트러질 수도 있는 상황은 피하고 싶었다.

이건 그녀가 책이나 연극에서 익히 봐온 격투 장면이 아니었다. 아일은 자신을 해치려는 의도가 명백한 적을 앞에 두고서, '웬 놈들이냐'라든가, '물러서라' 따위의 불필요한 말을 하지 않았다.

암살자들 한 명 한 명이 그와 검을 맞부딪치고 신체 부위를 어디 한 군데 잃고 돌바닥에 쓰러지는 데는 그리 오랜 시간이 걸리지도 않았다.

라야는 그처럼 사람을 효율적으로 해치는 사람을 보지 못했다. 검술이나 무술에 대해 아는 게 적은 그녀도 알아챌 수 있을 만큼 그의 움직임은 압도적이었다. 그것은 훈련받은 암살자들을 상대로 하고 있어도 마찬가지였다.

사방으로 피가 튀었다. 한 사람을 향해 달려드는 무기들이 빠르게 움직이는 그를 쫓지 못해 중간에 방향을 잃고 허우적댔다. 압도적인 수가 압도적인 천재성 앞에 허물어졌다. 고작 십수 배의 인원으로는 그를 에워싸는 것조차 불가능했다.

왜 그가 에드가의 이름을 받았는지 알 것 같았다.

왜 사람들이 그를 전쟁 영웅의 현신이라고 부르는지 알 것 같았다. 그 이름에 걸맞은 재주가 따르지 않았다면 사람들은 오히려 그를 에드가라고 부르지 않을 것이다. 무를 다루는 신이 있다면 아일은 분명 그의 축복을 받았다. 사람을 해하는 것도 재능이라고 부를 수 있을지 모르겠지만, 그가 만약 저 길을 가지 않았더라면 그것은 엄청난 재능의 낭비라고 부를 만했다.

벼락과 천둥이 계속 몰아치던 하늘이 잠깐 소강상태에 들어갔다. 하늘이 거친 숨을 내뱉듯, 더 굵어진 비만 내리쳤다.

우두머리 한 명을 제외한 마지막 검은 옷이 비 웅덩이에 머리를 처박고 쓰러졌다.

억수같이 퍼붓는 빗속에서 아일의 검이 잠시 숨을 골랐다. 워낙 바른 자세로 서 있어서 그때까지 눈치를 못 챘지만 아일은 몇 군데 상처를 입은 상태였다. 그의 옷 옆구리 부분에 피가 번지고 있었다. 라야가 눈을 크게 뜨고 아일의 얼굴을 보았다. 다른 이들이 보기엔 대수롭지 않은 표정처럼 보여 배알이 꼴릴 만했지만, 라야는 그의 얼굴이 창백하다는 걸 알았다.

암살자의 우두머리는 부대자루처럼 골목 여기저기 엎어져 있는 시체들을 쳐다보았다.

그는 그만 감상에 빠지고 말았다. 군인이니, 이런 좁은 골목에서의 일대다(一對多) 싸움에는 약할 것이라 생각했다. 오산이었다. 그것도 큰 오산. 잘못된 판단으로 부하들을 잃었다. 요령껏 목적만 이루고 물러났어야 했다. 할 일을 잊은 죄의 대가치고 지나치다. 위대한 이름의 목숨을 취해보고 싶다는 치기 어린 욕심이 괴멸을 불러왔다.

쉽고 재미난 사냥이라 생각하고 가벼운 마음으로 온 사냥터에서 사나운 늑대를 만난 격이었다. 어차피 돌아가도 죽을 터, 여기가 무덤이라하더라도 노잣돈으로 에드가의 팔 한쪽 정도는 가져가야겠다. 그런 생각을 하며 암살자의 우두머리는 제 무기를 단단히 붙잡았다.

대치하고 선 둘의 얼굴로 비가 주룩주룩 흘러내렸다.

"그쯤 하고……."

목소리가 끼어들었다. 아일과 검은 옷은 여전히 서로를 노려보고 있었지만 의식은 소리가 들려온 쪽을 살폈다. 헤르첸이 벽에 기대선 채로 살벌한 긴장의 대치 속으로 태연히 들어서고 있었다. 관객이 되어 구경이라도 하는 모양새였다. 헤르첸이 극적 효과를 위해 시체로 뒤덮인 골목을 휘 둘러보고는 말했다.

"추가 갑자기 반대쪽으로 기운 것 같은데. 신은 대개 갑자기 기운 추 쪽에 서 있게 마련이지. 기왕지사 일이 틀어진 거 아예 방향을 틀어보는건 어떨까…… 제안을 해보고 싶어."

검은 옷이 적개심에 불타는 눈으로, 말을 하고 있는 헤르첸 대신 아일을 쏘아보며 으르렁거렸다.

"의뢰자를 배신하는 암살자는 죽음으로 은퇴하는 수밖에 없지."

"그러면 한 번 죽고 나한테 오는 것도 괜찮아. 이런 제안도 내가 구상하고 있는 것이 있으니까 할 수 있는 말이야."

"……그 구상에서 나는 빼주시오."

그 말이 끝나기 무섭게 고슴도치가 가시를 곤두세우듯 표창이 쏟아졌다. 아일이 시체를 들어 올려 앞을 가로막았다. 시야를 가린 시체의 어깨를 베고 칼이 비껴 들어왔다. 아일은 급히 허리를 낮추며 몸을 틀었다. 라야는 그 광경을 보지 않기 위해 손으로 얼굴을 가렸다.

칼날은 목표 대신 시체를 베었다. 아직 식지 않은 피가 공중에 뿌려졌다.

피의 주인이 마지막으로 동료를 돕기라도 하려는 것인지, 피가 섞인 빗물에 아일의 발이 미끄러졌다. 검은 옷이 송곳니를 드러내며 웃었다. 검은 옷의 검날이 베기 좋게 드러누운 아일의 목으로 떨어졌다.

빗발이 약해졌다. 비가 서서히 그치고 있었다.

암살자는 피를 몽땅 빨린 것 같은 허연 얼굴로 주저앉아 있었다. 먹구름이 걷힌 틈으로 햇빛이 내리자, 그가 입고 있는 검은 옷도 그새 세월에 바랜 듯 낡은 잿빛으로 보였다. 암살자는 팔뚝을 부여잡은 채, 넋 나간 눈으로 아일의 발치쯤에 있는 잘려나간 자신의 손목을 바라보았다. 아일이 암살자의 목 언저리에 검을 겨누었다.

"아직도 마음이 달라지지 않았나?"

헤르첸이 벽에 기대고 있던 몸을 바로 세우며 물었다. 아일이 눈을 돌려 헤르첸을 보았다. 검은 옷들과 상관없는 자인 것 같아 놔두긴 했지만 저 사내에게서도 불쾌한 기운이 느껴지는 건 마찬가지였다. 사실 거슬리는 건 검은 옷들보다 저쪽이었다. 마치 자기가 싸우고 승리한 것처럼 거드름을 피우며 헤르첸이 다가왔다.

"이상한 암살자들이야. 암살 대상은 놔두고 왜 자네한테 그렇게 불나방처럼 덤벼드는 건지. 자네한테 죽음을 끌어당기는 재주라도 있나 보지?"

아일이 눈을 가늘게 떴다. 마지막 말이 꼭 저주처럼 음산하게 들렸다. 다가온 헤르첸은 친근한 손짓으로 아일의 어깨를 잡았다. 아일이 시선에 냉기를 흘렸다. 헤르첸은 그걸 느끼고도 아무렇지 않게 웃음을 던지고는 암살자를 내려다보았다.

"난 그쪽의 손이 아니라 혀를 원하니 아직 제안은 유효해. 사실 꼭 필요는 없지만, 이야기를 좀 더 풍부하게 만들기 위한 양념이라고 할까? 담백한 요리는 내 취향이 아니라서. 목숨은 소중한 거잖아?"

알 수 없는 소리를 하며 헤르첸이 느물거렸다. 암살자는 한숨을 내쉬며 힘없이 웃었다. 그리고 동료들의 시신을 한 명 한 명 눈에 담았다. 그가 헤르첸을 잠시 올려다보고는, 곧 눈을 돌려 아일을 쳐다보았다. 헤르첸의 눈이 실처럼 가늘어졌다.

암살자가 홀가분한 미소를 지으며 말했다.

"싫소이다."

그리고 그는 혀를 깨물고 자결했다. 아일은 콧숨을 내쉬고 암살자의 몸이 쓰러지기 전에 검을 거두었다. 헤르첸이 손가락으로 턱을 두드리며 중얼거렸다.

"네놈도 목숨보다 귀한 게 있다는 건가. 암살자라도 기사의 피가 흐른다……?"

아일은 헤르첸을 놔두고 라야에게로 갔다.

라야는 그제야 조금 울었다. 안 울려고 했지만 소용없어 그냥 두 손에 얼굴을 묻었다. 아일은 손에 묻은 피를 대충 옷에 문질러 닦고 그녀에게로 손을 내밀었다. 하지만 어깨도 만지지 못했다. 로바키나 르웨이와는 덥석덥석 잘도 껴안았는데.

한참 망설이던 그는 그녀 앞에 무릎을 꿇고 앉아 스승의 손으로 제자의 머리를 쓰다듬어주었다. 라야가 벌게진 눈을 들어 아일을 보았다. 그녀가 아일의 품에 안겨 들었다. 든든한 손이 라야의 뒷머리를 부드럽게 감쌌다. 라야가 아일의 가슴에 얼굴을 묻고 속삭였다.

"저 사람⋯⋯."

비밀 얘기라도 하려는 것 같은 목소리에 아일이 라야의 정수리를 내려다보았다. 라야가 속삭였다.

"저 사람, 왕자래요."

"⋯⋯."

"도망쳐요."

도망치라니. 어디로? 내가 왜?

아일이 어이없다는 눈으로 뒤를 돌아보았다. 헤르첸은 암살자의 잘린 손을 물끄러미 쳐다보고 있다가 아일의 시선을 느끼고 그를 보았다. 아주 새까만 눈동자가 서로 닿아 있는 아일의 몸과 라야의 몸을 눈에 차곡차곡 담았다. 자신을 죽이러 온 암살자들의 시체 속에 서 있는데도 헤르첸에게선 놀란 기색이나 당황한 빛을 찾아볼 수 없었다.

누군가가 전장에 너무 오래 있다 보면 이상한 게 보인다고 했다. 악마가 시체들을 밟고 뛰어다니며 미처 사신을 따라가지 못하고 눈 속에 남아 있는 영혼을 수집한다고 했다. 그런 게 있다면 딱 저치처럼 생겼을 거란 생각이 들었다.

아일과 눈이 마주친 헤르첸이 예의 그 기묘한 미소를 던졌다. 아일은 저렇게 괴이쩍은 미소는 처음이라고 생각했다. 그 순간 머릿속 검은 연기와 공명이라도 하듯 두통이 시작됐다.

헤르첸이 뒷짐을 지고 느긋한 자세를 취했다. 명령조의 말이 떨어졌다.

"일어나서 예를 표하라."

"……"

아일이 손바닥 아랫부분으로 관자놀이를 누르며 천천히 몸을 일으켰다. 헤르첸은 금색 눈동자에서 자신을 향한 미심쩍은 빛을 읽었다. 라야와 만난 이래로 한 번도 미소를 완전히 지워본 적이 없던 왕자의 입매가 처음으로 굳은 일자를 그렸다.

여태껏 느껴보지 못한 어마어마한 굴욕감과 근원을 알 수 없는 분노가 헤르첸을 집어삼켰다. 그리고 그것은 순식간에 대체할 수 없는 충만감으로 변했다. 헤르첸은 진짜로 놀랐다. 자신에게.

이런 감정이 정말 책에만 존재하는 것이 아니었어!

헤르첸은 절박감에 냉정을 완전히 잃을 뻔했다. 그의 몸이 저절로 앞으로 향했다. 이 폭풍 같은 감정이 사라질까 두렵기까지 했다. 바로 이것이다! 바로 이것이야! 그는 심장이 자신에게도 존재한다는 것을 처음으로 느꼈다.

그가 평생 느껴온 권태와 갑갑증을 단번에 해결할 약을 찾은 듯했다. 에드가를 찾아 세르노다로 온 자신에게 난생처음으로 칭찬이란 것을 해주고 싶었다. 헤르첸이 조급하고도 거칠어진 목소리로 말했다.

"나는 헤르첸 엘칸 라우니트."

아일의 표정이 얼어붙었다. 팔뚝 상처에서 빗물을 타고 묽은 피 한 줄기가 빠르게 팔등으로 흘렀다.

헤르첸이 어르는 듯한 웃음을 지었다.

"너의 왕이 될 자다."

41

"더 필요한 게 있으십니까, 클레이모어 경?"

왕자의 시종이 귀족보다 더 귀족 같은 말투로 말했다. 아일은 시종이 내어온 세 번째 차를 바라보면서 '됐다'는 손짓을 했다. '대체 얼마나 더 기다려야 하는 거야?'라고 묻고 싶었지만 왕자를 재촉하는 말로 들릴까 봐 관두었다.

아일은 세 번째 차에는 손도 대지 않고 소파에 앉은 채 창으로 바로 보이는 정원을 쳐다보았다. 어제 내린 비로 '미친 여름'에 비견되던 기온이 한풀 꺾였다. 여름 눈꽃을 날리고 있는 니암나무와 파란 하늘이 보였다.

어제, 한 명뿐인 왕자의 암살 시도가 있었다. 왕정파도, 공화파도 이를 문제 삼아 서로를 공격하기 좋은 거리였다. 아니, 자신들이 공격당하지 않기 위해 선제공격할 필요가 있었다.

그걸 알고 그러는 건지 다른 속내가 있는 건지, 왕자는 그 일을 덮었다. 냄새조차 피우지 않고 깔끔히 덮었다.

그런 일이 있었다는 걸 아는 사람은 왕자와 아일, 라야, 왕자의 수족 정도뿐이었다.

그것마저도 각자 알고 있는 정보가 저마다 달라, 정보의 교집합이라고는 '진짜 암살자인지 부랑자인지 강도떼인지는 모르겠지만 웬 놈들이 왕자를 해하려고 했는데, 지나가던 경비대장이 이를 발견해 큰일이 나는 것을 막았다.' 정도였다. 왕자는 자신이 부리는 사람들로 현장을 수

습하고 아일에게도 협박에 가까운 협조를 요청했다.

「세르노다에서 왕자의 암살 시도가 있었다는 게 알려진다면 경비대장인 자네에게도 좋을 게 없잖아?」

헤르첸의 말에 아일은 동의하지 않았다. 자신에게 좋을 게 없다는 말은 맞았지만, 처벌받아야 할 게 있다면 처벌받아야 한다는 것이 그의 생각이었다. 왕자는 그의 의견 따위는 관심 없었다.

헤르첸은 도시 중심부에서 멀리 떨어진 외곽에 머물렀다. 왕정파 귀족의 별장이었다. 다음 날, 아일과 라야는 저택으로 초대를 받았다. 당연히 거부는 허용되지 않는 초대였다. 도망이라도 칠 줄 알았는지 왕자는 경비대까지 사람을 보냈다.

그렇게 업무 중에 끌고 와놓고서는, 정작 왕자는 두 시간째 코빼기도 보이지 않았다. 아일은 저택 1층의 응접실에 앉아 의미 없이 두 시간을 보내고 있었다. 코빼기도 보이지 않는 건 함께 초대받은 라야도 마찬가지였다. 아일이 어제 집에 들어가지 못하는 바람에, 두 사람은 골목에서 헤어진 이후로 여태껏 만나지 못했다.

"먼저 와 있었네요?"

그가 라야를 떠올리기 무섭게 그녀의 목소리가 들려왔다. 시종의 안내를 받으며 라야가 응접실로 들어왔다. 그녀는 아일의 옆자리에 와 앉았다. 아일이 곁에 바싹 붙어 앉는 그녀에게 말했다.

"맞은편에 가 앉아."

"보이는 경관이 여기가 더 좋잖아요."

두 사람은 대화 없이 한동안 창 밖을 바라보았다. 라야는 기시감이 들었다. 이걸 어디서…… 아, 겨울 정원에서 린나우와 에시올이 이렇게 나란히 앉아 니암나무를 바라보는 장면이 있다. 라야가 말했다.

"저걸 보고 있으니까 클레이모어 저택이 생각나네요."

대꾸는 없었다. 라야는 기분이 그리 나쁘지 않았다. 어제 끔찍한 꼴을 보고 믿기 힘든 일도 경험했지만, 아일과의 관계가 고백을 하기 전으로 돌아간 것 같다는 점이 모든 부정적인 감정을 상쇄하고도 남았다.

아일은 여전히 그녀에게 퉁명스러웠고, 때로는 다정하고, 냉소적이다. 이렇게.

"어떻게 하면 그런 일에 휘말릴 수 있는 거지?"

아일이 툭 내뱉었다.

"그게 지금 내 탓이란 거예요?"

"네 탓이란 게 아니라 어떻게…….."

아일이 목소리를 낮추고 그녀에게로 얼굴을 숙였다.

"이 세르노다에서, 왕자와, 그것도 왕자 암살이라는 엄청난 일이 벌어지는 현장에 있을 수 있는 거냐고."

그를 따라 라야의 목소리도 속삭이는 것처럼 작아졌다.

"그거야 나도 모르죠. 왕자 말이…… 태풍 같은 거래요. 천재지변이니까 나도 어쩔 수 없는 거죠."

"무슨 소리를 하는 거야, 지금?"

"몰라요, 나도. 그리고 왕자가 내게 먼저 접근했어요. 팬이라면서요."

"팬?"

"그 사람이 한 말이야 진짜인지 알 수 없지만, 저 팬 있는 거 모르죠? 어제 서점에 갔더니 서점 아저씨도 저를 보고 팬이랬어요. 아, 맞아. 어제 그 난리 통에 어렵게 구한 책이 엉망이 됐다고요. 햇볕에 말려놓고 왔는데 복구할 수 있을까 모르겠어."

"죽을 뻔했는데 그런 말이 나와?"

"계속 울고 있을 수는 없잖아요?"

괜찮지는 않았다. 하지만 너무 충격적이거나 현실감이 떨어지는 일은 머리가 사실이라고 금방 받아들이지 않는 모양이었다. 머리가 어제 목격한 것을 받아들일 때 연극이나 책의 한 장면이라고 치부해버린 듯했다. 라야가 아일 쪽으로 더 가깝게 머리를 기울이며 물었다.

"어제 제가 거기 있는 거 어떻게 알았어요?"

"순찰을 돌던 중이었어. 네가 소리치는 걸 들었지."

"내가 뭐랬더라?

"멋진 대사를 읊고 있을 때가 아니라더군."

"아."

대화가 끊겼다. 정원에서 꽃을 한 아름 안고 가는 하녀가, 멀리 던진 시선 안으로 들어왔다. 정원사쯤으로 보이는 하인이 섬세한 손길로 덤불에서 만개한 꽃을 잘라내 하녀가 들고 있는 꽃다발 위에 살포시 올려놓았다. 하녀는 이제 꽃다발이라고 부르기엔 과할 정도로 많아 그녀의 얼굴까지 가리고 있는 꽃 더미를 품에 안고 조심스럽게 발을 옮기고 있었다. 그 모습이 유쾌한 희극의 한 장면처럼 보였다. 라야가 말했다.

"저 하녀, 지금 꽃향기에 코가 얼얼할걸요."

"그렇겠지."

"나도 꽃다발 선물 받고 싶어요."

"팬이 더 늘어난다면 가능할 거야."

아일이 무심히 대꾸했다. 라야는 아일의 옆구리를 보았다. 어제 아일은 경비대원들을 동원해 길을 통제하고 상황 정리를 하느라 부상을 방치하고 있었다. 의사한테 가야 한다며 화도 내고 애원도 하는 라야를 아일은 경비대원을 시켜 저택으로 돌려보냈다. 하지만 돌아간 줄 알았던 라야가 의사를 현장 근처까지 데리고 오자 어쩔 수 없이 치료를 받았다. 하루가 지나고 당연히 새 옷을 갈아입은 터라 상처는 보이지도 않는데, 라야는 그의 상처 부위를 쳐다보는 것만으로도 제 살갗이 베인 듯 아렸다. 그녀가 머뭇거리는 목소리로 물었다.

"많이 아파요?"

아일은 대꾸 없이 왕자가 등장할 법한 문 쪽을 쳐다보았다. 라야는 그의 옆얼굴을 쳐다보다가 그의 위팔을 보았다. 그러고 보니 팔도 다쳤었다. 라야는 그의 팔을 만지려는 것처럼 손을 들어 올렸다. 하지만 옷에 손가락만 스치고 손을 내렸다. 아일이 그녀를 돌아보며 작게 말했다.

"다쳤다는 얘기, 어머니한테는 하지 마."

"할 리가 있겠어요. 말이 나와서 말인데, 마님 좀 자주 찾아……."

"뭘 그렇게 붙어서 속삭이고들 있나? 연인처럼 보여."

등장 예고도 없이, 왕자가 능글맞은 소리를 하며 나타났다. 목욕을 하고 나와 깨끗하고 간소한 옷으로 갈아입은 헤르첸은 투명한 표정을 하고 있었다. 세월에 눌어붙은 먼지와 흙도 다 문질러 닦은 듯한 검은 눈동자가 방으로 들어서자마자 아일을 찾아 기꺼운 빛을 번뜩였다. 그리고 라야를 보고 미소를 지었다. 미소에 담긴 뜻은 알 수 없었지만 이번엔 가짜로 웃는 것이 아니었다. 아일과 라야가 그의 앞에 무릎을 꿇으려 하자, 헤르첸이 짜증스러운 미소를 지었다.

"예를 표하면 죽여버릴 거야."

헤르첸은 목욕물에 피로를 벗겨내면서 작위적인 미소와 후천적으로 익힌 법도도 내던져버린 듯했다. 아일과 라야가 멈칫하는 틈에 헤르첸은 가벼운 걸음으로 두 사람 사이를 지나치며 중얼거렸다.

"충정 없이 하는 예는 한 번으로 족하지."

아일과 라야가 테이블로 와 앉기도 전에 헤르첸은 다과로 나온 과자를 입에 물고는 다시 일어서 창가로 다가갔다. 아일과 라야는 앉지도 못하고 선 채로 헤르첸의 뒤통수나 쳐다봤다. 헤르첸이 창 밖에서 뭘 봤는지 혀를 차고는 고개를 돌려 아일의 허리춤을 보았다.

"검은 들어오면서 빼앗겼나 보지?"

라야는 무심결에 아일의 허리를 보았다. 그녀로서는 검의 유무보다는 부상 입은 옆구리에 더 신경이 쓰였다.

헤르첸이 창 밖을 내다보며 말했다.

"언제부터 이 나라는 나이만 차면 경이라고 부르게 된 거야? 기사들의 나라가 정치꾼들의 나라가 되어버렸어. 전장 대신 테이블에서 싸우는 꼴들이라니…… 근본을 잊어버린 인간만큼 추한 것도 없지."

마지막 말을 할 때 헤르첸의 은근한 시선이 라야에게 가 닿았다. 속을 꿰뚫어보는 듯한 검은 눈에 라야는 얼굴이 뜨거워졌다. 헤르첸의 시선과 라야의 반응을 알아챈 아일이 눈치채지 못할 만큼 머리를 살짝 기울였다. 그가 아는 정보에 공백이 있었다. 라야는, 왕자가 먼저 자신에게 접근했다고 했다. 그녀가 황당한 소리를 자주 하긴 하지만 감이 떨어지는 인간은 아니다. 그게 사실이라면, 어째서? 애초에 왕자가 세르노다에 온 것은 무엇 때문인가?

아일의 생각을 끊어놓으며 헤르첸이 말했다.

"자네들을 이곳으로 부른 건…… 너무 심심해서야."

심심해서?

아일의 눈에서 혼잣말 같은 되물음을 읽고 헤르첸이 웃었다.

"그래, 감사를 표하려고 오라 한 것은 아니야. '없던' 일에 감사를 표할 수는 없잖아? 나랑 잠시 놀다 가. ……나한테 뭐 물어보고 싶은 거 없나? 응, 라야?"

헤르첸은 라야를 콕 지목해서 소파에 앉으라는 고갯짓을 했다. 그리고 상석이 아닌, 그들이 앉아 있던 자리의 맞은편에 앉았다. 라야가 소파로 가기 전 아일을 쳐다보았다. 아일이 가 앉으라는 눈짓을 하자 라야는 헤르첸의 맞은편에 앉았다.

헤르첸이 다시 물었다. 눈을 내리깐 라야가 공손하게 말했다.

"없습니다, 전하."

"헤르첸."

"……"

"헤르첸이라고 불러야지."

"……그럴 수는 없습니다."

"그래야 해. 그래야 할 거야."

미묘한 어조에 라야가 얌전히 모으고 있는 두 손을 움찔하며 눈을 들었다. 헤르첸과 딱 눈이 마주쳤다. 헤르첸이 씨익 웃고는 서 있는 아일을 보며 말했다.

"난 이 아가씨와 대화하는 게 재밌어. 호들갑스럽지도 않고 반응이 풀떼기 같지도 않거든. 자네도 이걸 알고 있나?"

아일이 대답을 주저하는 사이 헤르첸은 다시 라야에게로 시선을 돌렸다.

"네가 그렇게 나온다면 게임을 하나 하지. 어릴 때 날 가르쳤던 교수가 알려준 거야. 내가 아무 말도 않고 있으니 그가 이런 게임을 제안했지. 서로 질문을 주고받는 거야. 어때? 질문에 대답을 못하거나 질문할 거리가 떨어지면 지는 게임이야. 어렵지 않지? 그냥 하면 재미가 없으니까 뭘 걸고 하지. 네가 이기면 소원을 들어주겠어."

아일은 주먹을 몰래 틀어쥐었다. 왕자가 들어주겠다는 소원. 왕가의 무게가 실린 게임이 가벼운 놀이처럼 여겨지지 않았다. 라야도 같은 생각이었다.

헤르첸이 검은 눈동자 속 어둠을 굴리며 말했다.

"하지만 네가 진다면……."

헤르첸은 뭘 하지, 라는 표정으로 손가락으로 턱을 괴고는 머리를 갸웃거렸다.

"아."

좋은 생각이 났다는 얼굴로 헤르첸이 아일을 보았다.

"이 친구의 목을 베어버릴 거야."

42

"죽인 이유야 갖다 붙이면 되는 거고……."

헤르첸이 천진한 얼굴로 두 손을 마주치며 아일을 보았다.

"이 친구 이름 때문에 한동안 소란스럽겠지만 얼마 안 있어 다들 그러려니 할 거야. 아직 결혼도 안 한 사내니 얽힌 관계도 적을 테고. 다행이지? 에드가 엘칸한테 죽었다는 소리를 들으면 모두가 역시 그렇군, 납득하고 넘어갈지도 몰라. 기탄없이 물어봐. 얼마든지 대답해주지. 왕가에 몰래 내려오는 비밀도 알려줄 수 있어."

"전하, 그런 내기는 할 수 없습니다."

라야가 급하지만 정중한 어조로 말했다. 헤르첸이 입을 내밀며 마음에 안 든다는 표정을 지었다.

"에드가, 자네 집안은 아랫사람에게 윗사람이 '그러라.' 하면 '아니요.' 라는 말은 할 수 없다는 걸 가르치지 않나 봐? 라야, 네게 기권할 수 있는 패는 주어지지 않아. 규칙을 하나 더하지. 날 또 전하라고 부르면 그때에도 바로 이 친구의 목이 날아갈 거야."

헤르첸은 크지 않은 목소리로 밖에 있는 호위 기사를 불렀다. 그리고 라야를 응시한 채로, 착실한 인상의 호위 기사에게 말했다.

"이 아가씨가 내 질문에 답을 못하거나 내게 질문하는 것을 멈추면 에드가의 목을 베어버려. 아, 날 전하라고 불러도."

라야는 사색이 되었다.

호위 기사가 이해하지 못한 표정으로 에드가의 뒤통수와 헤르첸의 얼굴을 번갈아 보았다. 라야가 어쩔 줄 몰라 하며 아일을 쳐다보았다. 아일은 침착한 표정이었지만, 머릿속은 라야 이상으로 바쁘게 돌아가고 있었다. 무장한 기사가 뒤에 와 서자, 검도 차고 있지 않은 아일은 라야가 그를 안 이래 처음으로 무력해 보였다.

　라야가 헤르첸의 진의를 읽기 위해 왕자를 보았다. 검은 눈은 농담을 하는 기색이 없었다.

　아, 이 사람은 진심으로 이런 말을 하고 있다.

　그때, 광기라는 꽃말을 가진 보라 꽃의 향기가 바람에 실려 왔다. 바람이 그녀에게 속삭였다.

　이 남자는 거짓말 같은 건 하지 않는 자야. 누구를 속일 필요가 없으니까

　라야는 절망마저 느꼈다. 헤르첸이 천진하게 말했다.

　"그럼 나부터 시작하지. 클레이모어 집안에서 일을 한 지는 얼마나 됐지?"

　라야가 빨리 대답하지 않자 왕자가 웃는 얼굴로 기사에게 신호를 보냈다. 왕자의 뜻을 이해한 호위 기사가 검자루에 손을 가져갔다. 왕자의 말에 의문을 달아본 적 없는 우직한 기사는 그의 명령이라면 에드가가 아니라 공회의장의 목도 이유 불문하고 벨 수 있었다.

　라야가 얼른 대답했다.

　"삼 년이 넘었습니다."

　"소녀로 들어와서 여성이 되었겠군. 이제 네가 질문할 차례야."

　"결혼은 하셨나요?"

　"했지."

　헤르첸은 빠르게 답했다. 아일이 황당하다는 얼굴로 라야를 보았다. 돌아보지 않아도 뒤에 서 있는 기사도 비슷한 표정을 짓고 있을 거란 걸 짐작할 수 있었다. 막상 질문을 시작한 라야의 옆얼굴은 대범해 보였다. 헤르첸이 미소를 거두지 않고 말했다.

"열다섯 살에 했지. 그럼 또 내 차롄가? 클레이모어 부인의 추천으로 아카데미에 입학 희망서를 넣었다 들었어. 흔한 일은 아니지. 삼 년 만에 그토록 주인의 마음을 산 건가?"

"마음을 샀는지는 모르겠지만 마님을 곁에서 모신 건 이 년째입니다."

"좋아. 대답으로 치지. 네 차례야."

"결혼을 하셨다면 반지는 왜 안 끼고 계신가요?"

이것 봐, 내 목이 걸려 있어. 아일은 목 주위가 한층 서늘해졌다.

헤르첸이 오른손을 들고는 약지를 구부려 잠시 쳐다보았다. 그러고는 툭하니 말을 던졌다.

"삼켜버렸지."

"……네?"

"'그 여자'가 결혼한 날 그러더군. 자기 손에서 반지가 떨어지는 일은 없을 거라고. 감동적이잖아? 나도 그에 합당한 반응을 해줘야지 않겠어? 그래서, 반지를 빼서, 삼켜버렸지. 자, 이제 나도 내 몸에서 반지가 떨어지는 일은 없을 거요. 그런데, 가만 생각해보니 삼킨 물건은 뒤로 나오잖아? 깜박했지 뭐야. 뭐 땅속이든 하수구든 가 있겠지. 분명 비싼 물건일 테니 주운 놈은 땡잡은 거지."

'진짜 미친놈이야.' 라야는 생각했다.

'여간 미친 게 아니군.' 아일은 생각했다. 크롬헬에서 왕가에 대한 복종을 배웠을지언정, 머릿속으로 미친놈을 미친놈이라고 부르지 못할 만큼 아일은 순종적인 인간이 못 되었다.

정말 이런 곳에서 어이없게 죽을지도 모르겠다. 아일은 뒤를 흘긋 돌아보았다.

헤르첸이 게임을 계속했다.

"어디서 태어났지?"

"차이드의 람프할레만에서요."

"그 먼 곳에서 태어난 여성이 클레이모어 저택에는 어떻게 들어가게 된 거지?"

왜 두 개나 질문하냐고 하고 싶었지만 질문할 거리가 많지 않은 라야는 지적하지 않았다.

"백부님이 저택에서 일을 하고 있다고 들어서 부모님과…… 헤어진 뒤에 다이런으로 오게 되었습니다. 제 팬이라고 하신 말씀은 사실인가요?"

"사실이야. 이 저택의 주인이 재밌다고 난리를 치는 바람에 더 이상 거절하기도 뭣해서 한 번 걸음해본 거였는데, 생각보다 재미난 거리가 많은 연극이라 놀라고 말았어. 그날 잠을 이루지 못했지. 배우가 될 생각인가? 하녀는 그만두고?"

"나중에는 어떻게 될지 모르겠지만 아직은 하녀 일을 그만둘 생각이 없습니다."

아일은 그 순간 자기 뒤에 검이 번뜩이고 있다는 것도 잊어버리고 라야에게 집중했다. 헤르첸이 물었다.

"어째서?"

라야가 내리깐 눈을 슬쩍 들어 올리며 말했다.

"마님은 제 은인이세요. 곁에 제가 있어야 합니다."

"마음을 주고 말았군. 그런 게 다 족쇄가 되는 거야. 질문해."

"아…… 음…… 왕자비께서는 아름다우신가요?"

"아니. 그대보다 못생겼어. 다음 질문. 에른스트에서 청강을 허락받

앗다고 들었는데 청강은 하고 있나?"

"네."

"누구에게?"

라야는 조금 망설였지만 이내 대답했다.

"나달 교수님께 배우고 있습니다."

"나달. ……나달 앙루? '만 개의 세계' 저자?"

"네."

"흥미로운 책이지. 한번 만나보고 싶은데."

그러지 말라는 말이 혀끝까지 나왔다가 들어갔다. 라야는 왕자와 얽히면 좋을 게 없다는 생각을 게임을 시작하기 전부터 확고하게 하고 있었다. 네 차례야, 라는 듯이 헤르첸이 손짓을 했다. 라야가 물었다.

"세르노다에는 무슨 일로 오셨나요?"

"에드가를 만나고 싶어서."

헤르첸은 단숨에 말했다. 마치 그 질문은 예상 질문에 있었던 거야, 라는 것처럼 신속한 답변이었다. 그리고 아일을 안을 것처럼 그를 향해 두 팔을 크게 벌려 보였다.

"정치적인 의도가 있어서 온 게 아니야. 전혀 아니지. 아무도 내게 정치를 하라고 하지 않거든. 난 말 그대로 긴 산책을 나온 거야."

헤르첸은 어울리지 않게, 스스러운 듯한 웃음을 떠올렸다.

"그거 아나? 난 자네를 근위대에 넣고 싶었어. 자네가 열다섯 살 때쯤? 폐하께 그런 뜻을 내비쳤지. 단박에 안 된다더군. 그때 폐하의 표정이란. 자네도 그 얼굴을 봤어야 해. 내가 자네를 잡아먹기라도 한대?"

지금 상황을 본다면 그때 왕의 판단은 옳은 게 아니었나 싶다. 그런 생각을 하며 라야는 과감한 질문을 연달아 던졌다.

"본인의 두 번째 이름을 싫어하시나요?"

왕자의 얼굴에서 표정이 사라졌다. 너무 즉각적인 반응이라, 지켜보는 이들의 몸도 같이 얼어붙을 지경이었다. 속 깊숙한 곳에서 번져 나오는 듯한 웃음이 헤르첸의 입가에 서서히 피어올랐다. 그가 말했다.

"좋아하는 것도 이상하지 않나? 내가 없는 자리에서 빌어먹을 새끼들은 날 미친 왕자라고 부르지. 내가 뭘 했다고?"

이런 짓.

'……을 했겠지.'란 말을 삼키며 라야는 왕자를 흘깃 쳐다보았다.

헤르첸은 서 있는 아일을 똑바로 쳐다보았다.

"역사서에 적힌 그딴 관계는 되고 싶지 않아. 그게 뭐야. 케케묵은 시대의 이야기 아니야? 좆같은 소리지. 죄다 나보고 좆같은 배역을 맡으라고 하잖아. 미친놈처럼 괜찮은 신하들을 죽여대다가 마지막에 제일 무시한 동생 놈에게 목이 따여 죽은 왕의 이름을 붙여주고 말이야. 좆같은 성명술사 놈. 사람들도 그래, 좆같은 이야기 한 번 봤으면 됐지 그런 이야기를 또 보고 싶어 하는 건 뭐야. 하여간 좆같은 취향들이야."

아일은 그가 '좆같은'이란 표현을 몇 번이나 사용하는지 세고 있었다. 그리고 헤르첸의 말에 일정 부분 공감을 하고 있는 자신에 놀라 속으로 쓴웃음을 지었다. 헤르첸이 말했다.

"우리 둘은 사람들이 기대하지 않는 이야기를 써보자고."

오늘 죽지 않는다면 그럴 수도 있겠지. 아일은 쏘아붙여주고 싶었다.

헤르첸이 팔짱을 끼며 말했다.

"으음, 그럼 내가 또 질문할 차례지? 아일 에드가를 사랑하나?"

"……네?"

라야가 몸을 움찔하고는 되물었다. 질문을 받은 라야보다 아일의 얼굴이 더 굳었다. 한 자도 흘려들을 수 없을 만큼 헤르첸은 천천히 말했다.

"차이드 인이고 하녀인 그대가, 다이런의 영웅이라는, 주인 아일 에드가를 사랑하고 있냐고 물었어."

"……무슨 말씀이신지……."

"기억할지 모르겠는데……."

헤르첸은 라야의 얼굴을 들여다보듯 테이블 위로 몸을 숙였다.

"난 다른 사람들 눈에는 보이지 않는 것이 보인다 했지."

그를 사랑하냐고? 라야는 울 것 같은 표정으로 아일을 보았다. 아일은 아예 창 쪽으로 눈을 돌려버렸다. 라야의 입에선 쉽게 대답이 나오지 않았다. 입이 열렸다 닫히기를 반복했다. 왕자가 호위 기사를 쳐다보았다. 아일은 뒤쪽에서 검이 뽑히는 소리를 들었다. 익숙하다면 익숙한 서늘한 감촉이 목 언저리에 와 닿았다. 검날이 목에 닿는 느낌에 아일은 오히려 마음이 편안해졌다. 라야가 튀어나갈 것처럼 몸을 반쯤 일으켜 소리쳤다.

"아니요, 아닙니다! 그를 사랑하지 않아요! 그렇지 않아요!"

누가 봐도 거짓말이었다. 얼마나 다급하고 절박하게 소리치는지 눈치가 없는 사람도 의아해할 만했다. 헤르첸이 물었다.

"조금도?"

"……조금도."

방 안의 흐름이 멈췄다. 창 밖으로 눈꽃이 조용히 날리고 있는 풍경이 보였다. 정지된 방 안과의 괴리감이 더 크게 느껴졌다. 건물 안쪽의 공간만 박제된 듯했다.

이윽고 헤르첸이 크게 웃음을 터뜨렸다. 농담이라는 것처럼 손을 내젓고는 헤르첸이 앉으라는 턱짓을 했다. 그에 라야가 다시 자리에 앉자 헤르첸이 말했다.

"이제 네가 질문할 차례야."

라야는 곁눈으로 기사가 아일의 목에 겨누었던 검을 내리는 것을 본 뒤에야 입을 열었다. 그새 혀가 바싹 말라서 탁한 목소리가 나왔다.

"외람되지만……."

"기탄없이 물어보라니까."

"아카데미 학생들이 하는 이야기를 들었습니다."

"어떤 이야기?"

헤르첸은 라야의 말을 미리 헤아려보는 듯 몸을 뒤로 물리고 다리를 꼬았다. 라야는 헤르첸의 눈을 한 번 깊게 응시하고는 다시 시선을 내리깔며 말했다. 가라앉은 목소리에 연기력이 더해진 듯 은근한 힘이 실렸다.

"왕가에 대한…… 불손한 소문이 커지는 것을 막기 위해 갈라마 인들과의 전쟁을 만들었다고요."

"세르노다엔 목숨을 내놓고 떠드는 친구들이 많군. 자네도 그렇게 생각하나, 에드가?"

아일은 헤르첸이 시선을 던짐에도 라야를 쳐다보고 있었다. 라야가 이어 말했다.

"저는 왕이 없는 나라에서 태어나서 잘 모르지만, 다이런 인은 왕을 어버이처럼 따른다고 들었습니다. 그렇다면 어버이가 될 분으로서, 전쟁에서 희생된 군인들에 대한 책임감을 느끼시나요?"

"정말 주제넘은 질문이군. 하녀 따위가 할 말이 아니야. 하지만 게임이라 생각하면 괜찮은 공격이군."

헤르첸이 꼬고 있는 다리를 흔들거렸다. 흔들리는 발끝이 시계추처럼 보였다. 잠시 뒤 헤르첸이 불평조로 말했다.

"아우 놈은, 죽은 놈 말이야. 녀석은 백성들이 어제보다 오늘 더 편히 살길 바랬대지. ……뭔 소리야, 그게? 멍청한 소리지. 신은 운명에나 신경 쓰지, 누구 집 부엌에 있는 식탁보가 무슨 색깔인지엔 관여하지 않아. 사실 우리끼리 얘기지만…… 백성들은 누가 왕인지에는 관심 없잖아? 그대도 알고 자네도 알고 나도 알고, 모르는 이 없는 얘기지만 내 앞에선 절대 하지 못하는 얘기."

헤르첸이 웃으며 고개를 기울였다.

"하루에 왕이 세 번 바뀌어도 백성들은 잘 살아가. 살아야 할 이유를 찾는 건 개인의 몫, 죽어야 할 이유를 주는 건 국가, 즉 왕의 몫이야. 그들의 죽음에 책임을 느끼느냐고 묻는다면, 글쎄, 난 아직 왕이 아니니까 모르겠다고 해야겠는데?"

대답을 마무리하며 헤르첸은 아일을 보았다. 막상 말을 해놓고 보니 에드가에게 전쟁에 대한 변명을 한 기분이라 헤르첸은 순식간에 기분이 상해버렸다. 가면을 어디다 뒀더라?

"난 자네랑 잘 지내고 싶어, 에드가. 사람들이 기대하는 대로 되는 건 재미없잖아? 사실 그렇게 되면 곤란한 건 나보다 자네지만 말이야. 내가 질문할 차례지? 부모와는 어떻게 헤어지게 됐지?"

라야의 내리깐 시선이 테이블 위의 어딘가를 헤맸다. 방향을 잃은 시선은 아니었다. 그녀는 기억을 떠올리고 있었다. 그리고 이 위험한 게임을 끝낼 방법도 찾고 있었다. 지루해진 헤르첸이 재촉을 하려고 기사에게 눈짓을 하자, 라야가 입을 열었다.

"아버지는 약제사셨죠. 이곳저곳을 떠돌아다니면서 약이 될 만한 풀이며 꽃을 찾아서 먹을 수 있는 약으로 만들고 사람들을 고치고 다니셨어요. 인근에선 꽤 유명했지요. 다이런 인이셨는데 유랑 상인으로 차이드에 들어와서 람프할레만에서 어머니를 만나셨어요.

어머니는 정말 아름다운 분이셨어요. 부모님이라 하는 소리가 아니라 정말…… 제가 앞으로 더 나은 사람이 된다고 해도 두 분처럼 그렇게 올곧게 살 수는 없을 것 같아요. 마을 사람들도 처음엔 이방인인 아빠를 경계했지만 결국 받아들여주셨다지요. 사람을 성실히 대하는 분이셨거든요. 성주님의 약도 아버지가 챙기셨죠.

성주님은 어머니의 먼 친척이었는데 몸이 약한 분이셨어요. 항상 자기 방에만 계셨죠. 처음 그분을 보고 놀랐던 게 생각나요. 너무 병약해 보여서요. 얼굴도 창백하고 입술은 보랏빛이고 팔은 비록나무 가지보다 가늘었죠. 하지만 친절한 분이셨어요.

제가 그분을 찾아가면 삼촌처럼 절 안고서 어머니의 어린 시절 이야기를 들려주셨거든요. 어머니는 화가셨어요. 성주님의 초상화를 그리기 위해 저와 어머니는 성주님의 성을 자주 찾았죠."

"조금 지루해지려고 하네."

긴 이야기에 변덕스러운 왕자가 따분한 표정을 지었다. 라야는 신경 쓰지 않았다. 의도한 바였다. 아일은 자신의 처지도 잊고 그녀의 이야기를 듣는 데 몰두하고 있었다. 뒤에 서 있는 기사도 왕자도 사라지고, 그녀가 그를 상대로 이야기를 들려준다는 생각이 들었다.

라야는 조금 늘어지는 말투로 천천히 말했다.

"지금 제 처지에 이런 말을 하기도 웃기지만, 어린 시절 저희 집은 제법 잘 살았습니다. 아버지가 람프할레만에 있는 유일한 약제사이니 그럴 수밖에요. 람프할레만에는 주변 지역에서는 나지 않는 특이한 풀이 나고 있었어요. 아버지가 발견하셨죠. 그 뒤로 성이 북적이기 시작했던 걸로 기억해요. 사막 열병을 고칠 수 있는 약을 만들 수 있다고 해서 그 풀을 구하러 상단들이 자주 성을 오갔어요. ……전 아직도 왜 그런 일이 일어났는지 모르겠어요. 평소 친하게 지내는 상단이 오랜만에 성에 왔다고 해서 아버지가 그들을 만나러 집을 비우셨던 날이었어요.

밤에 잠을 자고 있는데 악몽을 꿨죠. 어떤 꿈이었는지는 기억이 안 나지만 누가 절 깨우는 소리를 듣고 잠에서 깼어요. 아버지가 절 깨우신 거였어요. 그런 표정은 처음 봤어요. 지금도 뭐라고 표현할 수 없는데 아버지가 무서운 얼굴로 도망쳐야 한다고 하셨어요. 그리고 어머니가 방에 들어오셨어요.

두 분의 손을 잡고 방을 나갔는데 복도 끝에서 남자들이 달려오던 게 생각나요. 어두운 밤이라 남자들의 얼굴은 보이지도 않는데 목소리만 들어도 무서웠어요.

게다가 전 지금보다 훨씬 어렸고…… 뜨거운 바람이 불고, 정신이 너무 없어서 전 저택을 나와서도 한참 동안 그게 꿈인 줄 알았어요. 아버지가 어머니와 저를 뒷문 계단으로 내려 보내고 문을 닫아버리셨는데…….”

그러고 라야는 말을 멈추었다. 그녀의 말을 듣고 그때 그 뜨거운 바람이 방을 찾아온 듯 주위가 갑자기 더워졌다. 헤르첸이 왜 그런지는 알 수 없지만 침울한 어조로 말했다.

“대답 잘 들었어.”

라야가 고개를 반짝 들었다.

“아직 대답이 끝나지 않았는데요? 어머니와 어떻게 헤어지게 되었는지는 아직 말하지 않았습니다.”

책을 읽다가 강제로 중단당한 듯 라야가 눈을 크게 뜨며 침착하게 항의했다.

“이제 됐어. 그만해. 그렇게 고생하고 도중에 헤어졌다는 거 아니야?”

“아니에요. 더 들어보세요. 그 뒤가 진짜죠.”

“오늘 안으로 들을 수 있는 건가?”

“모르죠. 앞으로 하는 얘기는…… 정말 긴 이야기예요.”

라야는 그 후로 삼십 분을 더 얘기했다. 어머니와 성을 나와 그 밤에 사막을 건넌 이야기, 사막 유목민들에게 신세를 진 이야기, 다른 성에 가 얼마간 산 이야기. 그러다가 그들을 쫓아온 남자들을 피해 다시 성을 나온 이야기를 하고 있는데 헤르첸이 말도 없이 벌떡 일어나 방을 나가 버렸다. 그는 분명 지루한 표정을 짓고 있었다.

아일과 라야는 저택에 올 때 타고 왔던 마차를 타고 시내로 돌아왔다. 아일이 경비대 앞에서 내리자 라야도 따라 내렸다. 라야는, 소년이 마법의 바람에 휩쓸려 이상한 나라에 갔다가 악마와 목숨을 건 내기를 하고 집으로 돌아와보니 겨우 반나절이 지났더라는 유명한 소설을 떠올리고 있었다. 하늘을 올려다보고 있는 아일을 쳐다보며, 라야가 말했다.

"목말라요."

"목이 마를 만도 하지."

아일이 건조한 음성으로 대답했다. 말을 한 건 라야인데 목은 그가 쉰 것 같았다.

"제가 이긴 거죠? 상대가 기권했으니까."

"내 목이 붙어 있는 걸 보니 그런 거 같군."

"목숨을 구해줬으니까 찻집에 들러서 차나 한 잔 사줘요. 아카데미 학생들은 많이 그러던데 전 한 번도 찻집에 가보지 못했어요."

"나도 네 목숨을 구해줬잖아. 빚 갚은 셈 쳐."

"그러네요."

라야가 시무룩하게 대답했다. 아일을 발견한 경비대원이 지나가며 경례를 붙였다. 라야가 익살스럽게 경례를 붙이며 화답했다. 경비대원이 부끄러운 듯 머리를 긁적이고 경비대 건물 안으로 들어갔다. 아일이 걱정스러운 눈빛으로 라야를 보았다. 얼른 인상이 린나우 연기를 하면서 희석되었나 했더니 변한 게 없다. 라야가 어깨를 으쓱했다.

"그런데, 그 사람이 다음 왕이 되는 건가요? 큰일이네요."

"말조심해."

"오늘은 꼭 집에 들어와요. 마님 좀 자주 찾아봬요. 그러다 후회해요. 그냥 하는 말이 아니라고요."

달이 뜬 것을 보고 아넷은 '오늘도 그가 오지 않았구나.' 생각했다. 내일까지 버틸 수 있을까 걱정하던 중에 그레엄이 왔다.

"그레엄! 정말 왔네요."

아넷이 환한 목소리로 방으로 들어오는 그레엄을 맞았다. 항상 무표정인 그레엄이 조금 놀란 표정을 지었다. 침대에 누워 있던 아넷이 힘겹게 몸을 일으켰다. 라야는 아넷이 베개에 등을 기댈 수 있게 거들었다. 덮고 있는 이불을 걷는 아넷의 손은 뼈만 앙상했다. 그레엄은 외간 여자의 방에 들어온 것처럼 문가에 서 있었다. 라야가 자리를 피해주었다. 라야가 나가고 나서야 겨우 침대 곁으로 다가온 그레엄이 그 특유의 삼키는 듯한 말투로 말했다.

"편지가 와서…… 당신이 아프다고, 나보고 와달랬다고……."

혹시 장난 편지에 속은 건 아닐까. 그레엄은 오는 내내 의심했다. 의심이 가도 오지 않을 수 없었다. 약하지만 강렬한 겨울 햇볕처럼, 아넷이 희미하고도 눈부신 웃음을 지었다.

"네, 라야에게 제가 보내달라고 했어요. 정말 올 줄은 몰랐는데, 그 아이는 역시 운이 좋나 봐요. 아니면 당신도 이제 나이가 들어서 성격이 바뀐 건가?"

"……얼마나 안 좋은 거야?"

"더 안 좋아지고 말고 할 것도 없어요. 늘 안 좋았으니까. 당신을 만나기 전부터 약한 사람이잖아요, 나. 늦은 말이지만 미안해요, 이런 사람이라서."

그레엄은 잠시 말문이 막혔다.

"왜 그런 소리를 하는 거야?"

"글쎄요, 왜 그럴까? 죽을 때가 돼서?"

아넷은 자신이 우는 표정을 짓기 전에 지레 가볍게 대꾸했다. 그레엄이 너무 굳어 섬세한 석상처럼 보이는 얼굴로 중얼거렸다.

"건강해야지……."

"이미 늦었는걸."

"건강하라고 떠나 있었던 건데……."

"……."

"그럼 소용이 없잖아. 내가 없는 데서 건강하라고, 그러라고 떠나 있었던 건데 이럴 거였으면……. 왜 아픈 거야, 대체."

아넷은 달빛이 비쳐 하얘진 그레엄의 얼굴을 보았다. 아넷은 애석하다는 투로 말했다.

"'내가 솔직해질 때는 곧 죽을 사람과 대화를 할 때뿐이다. 란 에드가.' 난 그 사람, 당신 조상이라지만 내 아들이 그 이름 때문에 고생하는 것 같아 별로 안 좋아했는데 그 사람 말이 이럴 때 생각나는 건 신기하네요. 라야 말처럼 인생은 정말 알 수가 없어요. 당신도 변했네. 나이 먹었나 봐."

그레엄의 얼굴이 지금껏 본 적 없는 표정인 것은 백월 빛이 비쳐서이거나 달 때문에 솔직해져서일 것이다. 어느 쪽이든 달 때문이다. 나 때문은 아닐 거야. 아넷이 이어 말했다.

"어머님의 뜻에 밀려 결혼하지 않았더라면 서로에게 조금 더 솔직할 수 있었을까요? ……아니야, 우린 고집쟁이들이라 그러지 못했을 거야. 방금 나간 라야라는 아이 알죠? 걔가 얼마 전에 배우로 무대에 섰어요. 그래서 그 애가 공연하는 걸 보러 우리가 처음 만났던 극장에 갔죠. 우리 아들이랑 같이. 기분이 이상했어요. 당신은 나 거기서 처음 만난 거 모르죠?"

"거기서 처음 만난 거 아니야."

그레엄이 괴로운 눈빛으로 아넷을 보았다. 관여하지 않는 달빛 아래서 그레엄이 들려주는 이야기는 뜻밖이었다. 이야기를 듣는 동안 아넷은 오늘 그를 만나지 못했으면 어떡할 뻔했나, 이 이야기를 모르는 채로 죽었다면 얼마나 한스러웠을까 생각했다.

그레엄은 친구를 만나러 들른 세르노다의 찻집에서 아넷을 처음 보았다. 각자 한참 떨어진 테이블에서 시선만 두 번 마주쳤을 뿐이었는데 그레엄은 그녀에게 사로잡혔다. 그리고 극장에서 아넷을 발견하고는 그의 인생에서 가장 큰 용기를 내 그녀의 친구 자리를 빼앗아 앉았다. 하지만 말 한 번 건네지 못했다. 머릿속은 온통 그녀에 대한 생각뿐이었으면서.

그리고 세 번째 만남은 양가가 만나는 자리에서였다. 그 후로 두 사람은 결혼을 하고도 단 한 번도 그전에 만났었던 얘기를 꺼내지 않았다.

그레엄이 숨은 이야기를 투박하게 털어놓자, 잠자코 듣고 있던 아넷이 말했다.

"어쩜…… 당신은 그날 나에게 말을 걸어야 했어. 왜 말을 걸지 않았나요? 그럼 뭔가가 바뀌었을 수도 있잖아! 하다못해 그 이후에라도……!"

"기억도 못하는 줄 알았어. 나 같은 거 당신 눈엔 차지 않는 놈이라고 생각했으니까."

"당신은 내게 청혼도 안 했어."

아넷이 원망스럽게 말했다.

"알아."

그레엄이 대꾸했다. 아넷이 울먹이며 말했다.

"평생 날 미워한다고 생각했어. 함께 멀리 여행도 한 번 못 가는 여자, 잠자리도 만족스럽게 못해주는 그런 여자, 싫어한다고……."

아넷이 소리 없이 울었다. 그레엄은 여전히 결혼 전의 숫기라고는 없는 총각 같았다. 그는 부인의 눈물을 닦아주지도 못하고 슬픈 얼굴로 말했다.

"난 모자란 인간이란 소리만 듣고 자랐어. 지나는 길마다 무가의 수장이 저런 약골이라니 비웃는 소리가 안 따라올 때가 없었어. 여성들이 선망하는 기사의 모습 따위 나한테는 없었으니까. 루브나가 될 것은 기대하지 않더라도 명문 무가 이름에 걸맞은 남성을 남편으로 맞을 걸 소망하고 있을 게 뻔한데, 어떻게…… 내가 당신을 마음에 두었다고 얘기해."

"난 그런 거 바라지도 않았어! 이제 와서 이런 말들이 무슨 소용이야."

"청혼? 내가 무슨 염치로…… 어떤 말로 당신을 평생 내 곁에 잡아둘 수 있었겠어? 오히려, 청혼을 하면 당신이 거절할 것 같았어. 당신에게 거절할 기회를 줄 것만 같았지. 아, 그래, 차라리 그냥 있자. 그러면 당신도 그냥 내 곁에 있겠지……."

그레엄이 고개를 떨구며 말을 흐렸다. 그가 주저앉으려는 것 같아 아넷은 저도 모르게 침대에서 달려 나와 두 팔로 그레엄의 목을 껴안았다. 자신의 품에 안겨드는 부인의 몸이 너무 가벼워서 그레엄은 결국 울었다.

아일은 자신이 꿈을 꾸고 있는 줄 알았다. 요 며칠 정신 차릴 새도 없이 격한 일이 몰아쳤다. 생각도 지나치게 많이 했다. 이쯤 되면 이상한 꿈을 꿀 법도 하다고 생각했다. 머릿속을 다 헤집어놓았으니 바닥에 깔린 흙이고 모래고 자갈이고 죄다 뒤섞이고 위로 올라와 저 아래 가라앉아 있던 의식이 꿈이 되어 나타날지도 모른다고 생각하며 잠이 들었다. 새벽에 귀가해 바로 침대에 쓰러졌는데 깨어보니 여전히 밤이었다. 그리고 침대 머리맡에 어머니가 앉아 있었다. 오 초 정도 꿈이라고 생각했다.

"……여기서 뭐하세요?"

열어놓은 창으로 들어온 바람이 말할 것도 없이 진짜라 현실이란 걸 알았다. 하지만 아넷이 화사하게 웃고 있는 모습은 따뜻한 생동감으로 넘쳐 그의 어머니라고 여기기 어려웠다. 불현듯 혹시 유령이 아닌가 하는 생각이 들었다. 심장이 덜컹했다. 아일은 황급히 이불을 걷고 일어났다.

"난 사랑하는 법을 몰라."

아일이 침대 아래를 발로 딛다가 멈칫했다. 하얀 잠옷을 입고 있는 아넷이 유령처럼 느리게 손을 뻗어 아들의 팔을 잡았다. 뻗어오는 손이 팔을 통과해버릴지도 모른다고 생각했는데 다행히 그건 아니었다.

아넷이 말했다.

"사랑을 주는 법을 몰랐어. 내가 항상 네게 느꼈던 이 감정이 사람들이 말하는 모성애인지 사랑인지, 그것조차 모르겠어."

아일이 눈을 살짝 찌푸리고 아넷을 빤히 보았다. 아넷이 옅게 웃었다. 등불도 없는 어둠 속인데 그녀 주위로 빛이 돌았다. 두려운 마음이 더해졌다.

돌연 아일이 신음을 흘리며 몸을 수그렸다. 또 두통이 시작됐다. 검은 연기가 속을 헤집기 시작했다. 어리광을 부리듯 아프다고 비명을 질러버릴까도 생각했다. 밤기운에 그런 생각을 잠깐 했다.

그때 머리를 부드럽게 쓰다듬는 손이 있었다. 거짓말처럼 두통이 가셨다. 아일이 놀란 눈으로 아넷을 보았다.

아넷이 아들의 머리를 어루만지며 말했다.

"난 너를 보면 늘 마음이 아파. 네가 슬퍼하면 슬퍼하는 대로 네가 웃으면 웃는 대로, 심지어 네가 자는 모습만 봐도 눈물이 나. 그런 나를 이해할 수 없었단다. 이제 겨우, 아주 조금, 이해가 되려고 하는데 이렇게 되어버렸구나. 미안하다, 애야."

아일은 너무 놀라 머리에서 손을 떼지 못한 채, 멍한 눈으로 아넷을 보았다.

"네게 항상 미안하고 미안해. 정확히 무엇이 미안한지 모르겠지만 그냥 항상 미안했어. 만약…… 만약 다음 생이란 게 있어서 우리에게 기회가 주어진다면 다시 한 번 내 아들이 되어주겠니? 그때에는 나도, 사랑하는 법을 가르쳐주는 부모를 만났으면 좋겠구나. 그럼 좀 더 네게 사랑을 줄 수 있지 않을까."

눈물이 차오르는 걸 느끼지 못했다. 그러나 바람이 얼굴을 툭 건드리자 눈가에 눈물이 고였다는 걸 알았다. 아일은 눈을 감아버렸다.

"왜…… 왜 이제 와서 그런 말씀을 하시는 겁니까."

마음과 달리 원망스러운 목소리가 나왔다.

아넷이 서글픈 미소를 지으며 말했다.

"무서워서."

그의 굳게 다문 입매가 흔들렸다.

아넷이 눈물이 그렁한 눈으로 말했다.

"네게서 미움받는 것이 죽음보다 무서워. 나를 끝까지 미운 어미로 기억하지는 않을까…… 그게 너무 무서워."

아일은 바로 대꾸하고 싶었지만 입이 떨어지지 않았다. 이런 말을 하게 될 줄 몰라서 준비한 말도 없었다. 밤바람이 그의 등을 밀었다. 아일이 겨우 입을 열었다.

"전…… 단 한 번도 어머니를 미워한 적이 없습니다."

항상 간절했을 뿐입니다.

어떻게 잠이 들었는지 모르겠다. 눈을 뜨자마자 지난밤 일이 생각난 아일은 정신없이 아넷의 방으로 갔다. 아넷은 편안한 얼굴로 침대에 누워 있다가 아들을 반겼다. 그 옆엔 놀랍게도 그레엄이 누워 있었다. 엎드린 채 잠들어 있는 줄 알았던 그레엄이 실눈을 뜨고, 문가에 서 있는 아들을 보았다. 그리고 인사도 없이 다시 눈을 감았다. 마치 부부 간의 좋은 시간을 아들이 방해라도 했다는 듯, 아일은 그레엄의 작게 뜬 눈에서 불평을 읽었다. 아넷이 작게 웃으며 손으로 그레엄의 머리칼을 빗어 내렸다. 아일은 태연한 부모를 황당한 눈으로 바라보았다.

"무슨 일이 일어난 줄 알았습니다."

사실 그레엄과 아넷이 한 침대에 누워 있는 일도 충분히 놀라운 일이었다. 아넷이 고개를 갸웃했다.

"무슨 일?"

"어젯밤에 제 방에 찾아오셔서……."

"어미가 아들 방에 찾아가지도 못해? 원래 그렇게 하는 거래. 자식이 자고 있으면 부모가 방에 조심스럽게 들어가서 자고 있는 자식의 머리를 쓰다듬어주는 거지."

"……누가 그런 소리를 합니까?"

물어보나 마나지만 아일은 괜한 질문을 해보았다. 아넷이 어깨를 으쓱했다. 마침 라야가 방문을 열고 들어왔다. 얼마나 조심성 없이 열어젖히는지 방문이 열리면서 문 앞에 서 있던 아일의 등과 뒤통수를 찍었다. 난데없이 당한 봉변에 아일이 짜증스러운 표정으로 라야를 돌아보았다. 라야는 물 항아리를 든 채 어리벙벙한 눈으로 "제가 뭐 잘못했어요?"라는 질문을 던졌다.

"어떻게 된 거예요? 기분 좋은 일이라도 있었어요?"

라야가 저택 정문까지 따라 나와 물었다. 아일이 다친 팔등 부위를 눌러보며 무심히 대꾸했다.

"뭐가?"

"왠지 모르게 표정이 말랑말랑해졌는데요?"

"괴상한 소리 하지 말고 가던 길이나 가."

"오늘은 저도 공연이 있어요. 순찰 도는 중에 언덕 지날 일 있으면 들러서 나달에게 오늘 저 못 간다고 전해주지 않겠어요?"

"지날 일이 있으면 그렇게 전하지."

"……거짓말."

라야가 연극적으로 과장되게 입을 가리고 놀란 표정을 했다. 아일이 이건 또 무슨 황당한 짓거리냐는 듯이 그녀를 보았다. 라야가 말했다.

"정말 무슨 일이 있었던 거예요? 왜 그렇게 순순히 부탁을 들어주는 거냐고요?"

아일이 꿀밤을 때릴 것처럼 라야의 이마를 손으로 짚었다. 라야는 그가 간만에 취하는 제스처에 반가워하면서도, 이마를 가리고 빠르게 도망쳤다.

광장은 저녁 어스름에 젖어 있었다.

꽃 파는 소년은 기억력이 좋았다. 가난한 평민 집의 장남으로 태어나지 않았더라면 더 큰 일을 할 수도 있었겠지만, 소년은 현재에 만족하는 유형의 사람이었다. 소년은 예전에 자신의 꽃을 사준 아일을 발견하고 광장을 가로질러 달려갔다.

"꽃 사실래요?"

아일은 꽃을 내미는 소년을 쳐다보고는 주위를 둘러보았다. 이 행인으로 가득한 광장에서 왜 하필 저한테 와서 두 번이나 꽃을 내미느냐는 듯이, 아일이 손가락으로 자신을 가리켰다. 소년이 반짝이는 눈으로 고개를 끄덕였다. 어린 눈동자가 어둑한 저녁 그늘에서 별처럼 빛났다.

아일은 오랫동안 가만히 소년을 쳐다보았다. 처음엔 몰랐는데 찬찬히 뜯어보니…….

겐을 닮았다.

만약 다음 생이란 게 있어 겐이 다시 태어났다면 저 나이쯤 됐을 거란 생각이 들었다.

자기답지 않은 짓이라고 생각하면서도, 아일은 소년이 왼손에 들고 있는 꽃바구니를 가리켰다. 소년이 '이거요?'라는 듯이 꽃바구니를 통째로 들어 보였다. 아일이 물었다.

"그걸 다 팔면 넌 이제부터 뭘 하지?"

"으음, 집에 가겠죠? 연극이 끝난 후까지 있는 게 보통이지만요. 그때나 돼야 바구니가 다 비거든요."

소년이 야무지게 말했다. 대답을 하다가 손님이 무슨 의도에서 이런 질문을 하는지 알아챈 소년의 눈이 기대로 반짝였다. 소년의 기대처럼 아일은 남은 꽃을 모조리 샀다. 소년은 솜씨 좋게 꽃다발까지 만들어주었다. 신나는 걸음으로 멀어진 소년이 다시 뒤로 돌아 아일을 향해 손을 흔들었다.

막상 꽃다발을 들고 서 있자니 뭐하는 짓인가 싶었다. 아일은 뭐에 홀린 듯한 얼굴로 꽃다발을 들어보았다.

술집을 지났다. 생각에 잠겨 무심히 창가를 지나쳤던 아일이 잠시 뒤 다시 뒷걸음질 쳐 돌아왔다.

"메이튼."

술집 안쪽에서 술을 마시고 있는 메이튼을 발견하고 그를 불렀다. 메이튼은 테이블의 요란스러운 분위기를 주도하고 있었다. 자는 도중에 들려와도 기립하게 만드는 목소리를 듣고, 메이튼이 술잔을 입에 댄 채 반사적으로 일어났다. 그리고 창가에서 자신을 쳐다보고 있는 아일을 발견하고 기함했다.

"죄송합니다! 벌을 내려주십시오!"

"이 친구는 왜 자네만 보면 벌을 내려달라는 거야?"

같은 테이블에 앉아 있던 르웨이가 창 밖에 선 아일에게 물었다. 옆자리에 앉아 있는 나달이 테이블을 두들겨대며 취한 목소리로 "합석해, 합석!"을 외쳤다. 언제 저렇게들 친해진 거지? 아일은 조금 울적해졌다.

술집 안은 술기운과 빽빽이 앉아 있는 사람들의 열기로 바깥보다 후끈했다.

아일이 테이블로 오자, 눈 밑이 붉어진 나달이 꽃다발을 가리켰다.

"자네 손에 이상한 게 들려 있어. 며칠간 등불을 약하게 해놓고 글을 썼더니 눈이 침침해졌나?"

"제 눈에도 보입니다, 선생님."

"그렇다면 르웨이 자네 눈도 침침해진 거겠지. 저게 진짜 꽃다발은 아닐 거 아니야?"

아일은 메이튼과 나달 사이에 있는 의자에 앉았다. 관심 대상인 꽃다발은 다른 비어 있는 의자 위에 올려놓았다. 맞은편에 앉아 그걸 유심히 보고 있던 르웨이가 말했다.

"크롬헬에서 자네가 같은 방을 쓰던 동료와 멱살잡이한 이야기를 듣고 있었지."

아일이 메이튼을 지그시 노려보았다. 메이튼이 시선을 피하며 작게 말했다.

"죄송합니다. 벌을 내려주십시오."

나달이 취한 목소리로 말했다.

"아, 맞아. 그 얘기도 재밌었어. 그 같은 방 동료가 고집한다는 작별 인사법."

메이튼이 아일의 눈치를 보면서 덧붙였다.

"헤어질 땐 반드시 '또 보자'는 인사를 해야 하죠."

"그래, 그거. 그 친구 눈에는 다음 생이 보인댔지? 그런 자이니 할 수 있는 인사법이겠군. 또 봅시다, 또 봐요. 내 이번에 죽지만, 다음 생에 또 봅시다. 그러니 너무 슬퍼 마오."

나달이 대사를 읊듯 말했다.

아일이 손짓으로 술집 점원을 불렀다.

"전생을 기억하고 계신다니, 두 사람이 만나면 대화가 잘 통하겠군요."

딱히 농담으로 한 말은 아니었는데, 나달은 킬킬대고 웃었다.

"그렇다면 나는 처음 만나는 사람들마다 '다시 봐서 반갑소.'라고 인사해야 하나? 자네들과도 이미 과거에 몇 차례 만났을지도 모르겠군. 우리의 눈이 어두워 모습을 달리한 상대를 알아보지 못하는 거지. 그러고 보면 우리들은 모두 붙박이별에 매여 있는 천체들일지도 모르겠어. 오랜 시간 각자의 궤도를 돌다가 다시 만나게 되는 순간이 오는 거야."

나달은 신이 나서 얘기하다가, 자신만의 세상에 빠져 종국에는 혼잣말처럼 중얼거렸다.

메이튼이 르웨이를 보며 물었다.

"교수님께서 무슨 얘기를 하시는 건가요?"

"나도 몰라. 종종 저런 못 알아들을 소리를 하시지."

르웨이가 대수롭지 않게 대꾸했다. 나달이 딸꾹질을 두 번 하고 말했다.

"내 아버지는 유랑 상인이셨지."

르웨이가 아일 몫의 술을 주문한 뒤 대꾸했다.

"정말 취하셨나 보네. 선생님, 그 이야기 벌써 세 번째 하십니다. 저한테 하셨고 메이튼이 오고 하시고……."

"그럼 다른 이야기를 하지. 자네들은 무엇이 두렵나?"

"그 소리도 이미 하셨습니다. 저한테 물으시고 메이튼한테도 물으시고……."

"이 친구한테는 안 물어봤잖아!"

나달이 빽 소리쳤다. 아일은 나달의 실제 나이가 궁금해졌다.

다른 사람들이 상대를 해주지 않아도 나달은 교수들만 돌려 볼 것 같은 논문에나 나올 법한 말을 한참 동안 주절거렸다. 메이튼은 알아듣기 힘들다는 표정을 지었다가 급기야 지루한 표정이 되었다. 그리고 술집 주인의 예쁘게 생긴 딸이 테이블 곁을 지나가자 뒷모습을 눈으로 좇았다. 나달은 널뛰듯 화제를 바꿔가며 말을 했다. 옆 테이블에서 정치 얘기를 하면 정치 얘기를 하고, 뒤 테이블에서 음식 얘기를 하면 몇 년 전에 먹었던 차이드식 육포에 대해 말하는 식이었다. 그 와중에 메이튼이 건물을 나가는 주인 집 딸을 쫓아 슬그머니 사라졌다.

나달이 아일에게 가야 할 술을 중간에 가로채며 말했다.

"그래서, 아일 자네는 뭐가 가장 두렵나? 자네는 제법 겁쟁이잖나?"

"겁이 많다느니 두렵냐느니, '에드가'에게 그런 말을 하는 건 당신이 처음일 겁니다. 아, 겁쟁이라는 소리는 한 번 들은 적이 있네요."

아일이 조용히 웃으며 대답했다. 나달이 흐리멍덩한 눈을 하고 고개를 주억거렸다.

"누군지 몰라도 통찰력이 있는 자로군."

라야 말이 맞았다. 나달은 아일이 지금껏 보아온 어떤 사람보다도 자기 자랑을 자연스럽게 했다.

르웨이가 나달의 손에서 술잔을 빼앗아 아일에게 건넸다. 나달이 못내 아쉬운 눈으로 아일의 손으로 넘어간 술잔을 바라보며 말했다.

"내가 이전 생에서 죽던 순간 가장 후회한 게 뭔 줄 아나? 그건, 겁을 먹어서 시도조차 못해본 일들이야. 그게 가장 후회가 돼. 왜 짝사랑했던 그녀에게 고백 한 번 못했나, 뭐가 무서워서. 왜 해야 될 사과를 하지 못했나, 뭐가 무서워서."

괜찮은 이야기가 진행되나 싶었더니, 뒤에 앉은 유랑 상인들이 여자 이야기를 꺼내자 화제는 나달의 첫사랑 이야기로 넘어가버렸다. 유랑 상인들의 음란한 이야기와 나달의 풋풋한 사랑 이야기가 섞여 들려와 아일과 르웨이는 괴상한 기분이 되었다. 내용이 더 이상해지기 전에 나달을 말리고 싶었다. 같은 생각을 한 아일과 르웨이가 눈을 마주치고 웃었다.

아일은 창문 너머를 보았다. 깜깜한 골목에서 메이튼이 술집 주인 딸에게 데이트를 신청하고 있었다. 얼마 전 메이튼이 "세르노다가 마음에 듭니다. 이곳에 눌러살까 봐요."라고 농담처럼 했던 말이 떠올랐다. 문득 이렇게 편안해도 괜찮은 걸까 하는 생각이 들었다.

술잔이 바닥에 떨어져 깨지는 소리가 났다. 두통이 시작되려는 줄 알고 다리를 움찔했다. 아일을 제외한, 술집 안 모두의 시선이 술잔의 깨진 잔해와 술잔을 떨어뜨린 여주인에게로 몰렸다.

「자네는 뭐가 가장 두렵나?」

아일은 흔들리는 눈으로 나달을 바라보았다.

네 사람은 조금 늦게까지 술집에 있었다. 거의 마지막까지 남아 있던 테이블이었다. 아일은 여주인이 테이블을 치우는 모습을 보며 일어섰다. 꽃다발을 집어 들지도 않고 의자에 놓아둔 채로 그것을 잠시 쳐다보았다. 주인 남자의 목소리가 들렸다.

"당신이 그렇게 쳐다보면 손님이 못 가져가시잖아."

무슨 소린가 해서 눈을 들었다. 여주인이 테이블을 치우면서 꽃다발을 계속 흘깃거리자 남편이 농담처럼 부인을 나무란 것이었다. 수더분한 인상의 주인 남자는 이런 것을 잠시라도 들고 있는 게 영 어색하다는 표정으로 꽃다발을 챙겨주었다. 아일은 그것을 받아 들고 선뜻 술집을 나서지 못했다.

술집 문 앞에서 작별 인사를 한 아일은 네 사람 중 가장 나중에 발을 움직였다.

아일은 방향을 집 쪽이 아니라 광장으로 정했다.

연극은 이미 한참 전에 끝나 있었다. 늦은 시간이었다. 연극을 본 사람들도, 극단의 사람들도 모두 돌아갔을 시간이었다. 몇 시간 전까지 환호로 가득 찼을 극장에서도 고요한 어둠이 흘러나왔다.

아일은 계단에 서서 한산한 광장을 바라보았다. 머리는 취하지 않았지만 기분은 취한 듯도 했다. 계단에 앉았다. 평소 같으면 절대 하지 않을 짓이었다. 계단 벽에 몸을 기대고 있자니 차가운 돌 벽에 닿은 머리가 시원해졌다.

"허……. 나니까 갑자기 다가간다고 후려치지 마요."

생각지도 못한 목소리가 들려왔다. 아일이 돌아보기 전에 라야가 그의 어깨를 조심스럽게 잡으며 등장했다.

"정말 맞네? 여기서 뭐하는 거예요?"

그가 묻고 싶은 말이었다. 라야는 화장도 지우지 않은 상태였다. 또 연극이 끝나고 뒤풀이로 술을 마신다고 늦게까지 있었던 건가 싶어 안

색을 살폈지만 그런 것 같지도 않았다. 린나우의 모습을 한 라야가 그의 옆에 와 앉았다.

"길 잃은 강아지 같은 꼴로 뭐하고 있어요?"

"길 잃은 강아지……."

아일이 소리 없이 웃었다. 라야가 그의 눈을 들여다보려는 것처럼 얼굴을 스윽 앞으로 내밀고 말했다.

"아무래도 이상한데요. 표정만 말랑말랑해진 게 아닌데?"

"늦은 시간까지 뭐하는 거야?"

"앙코르 공연으로 다른 연극을 해보자고 해서요. 예전에 했던 연극이라는데 저는 해본 적이 없으니까 연습을 좀 한다고. 잠깐 바람 쐬러 나왔어요."

아일은 라야 쪽으로 몸을 약간 틀고, 뒷머리를 계단 벽에 기댔다.

라야가 말했다.

"마님 많이 건강해지신 것 같지 않아요? 오늘 공연도 베니에게 맡기고 전 빠지려고 했는데 마님이 컨디션이 좋으니 그러지 말라고 하셔서 한 거거든요. 주인어른이 오셔서 그런가? 안색도 평소보다 훨씬 좋아 보이셨죠?"

"너도 기분이 좋아 보이네."

"아! 정말 좋아요. 오늘 관객한테서 꽃다발을 받았거든요."

"……."

"에른스트 학생이라는데 학교에서 절 본 걸 기억한대요. 쑥스럽게. 데뷔 무대가 있던 날, 절 처음 보고 그 뒤로도 세 번이나 더 보러 왔다면서…… 꽃다발이 얼마나 예쁜지 보여주고 싶은데, 소품을 치우고 있는 동안 라렌시가 먹어 치워버렸어요."

"……누가, 뭘 먹었다고?"

"라렌시라고 막내 역할 맡은 배우 있잖아요. 갈색 머리에 귀엽게 생긴 남자 배우, 기억 안 나요? 꽃 먹는 걸 좋아하더라고요. 오늘 특별히 배가 고팠다나?"

라야는 묻지도 않은 극단 사람들 이야기를 한참 했다. 극단엔 떠돌이 예술가들답게 괴짜들이 많았다. 듣는 재미가 있었다. 아일은 조금 웃었던 것도 같다.

라야가 광장 쪽을 내려다보며 퉁명스럽게 말했다.

"이 시간에는 늘 연인들밖에 안 보이네요. 꼴 보기 싫어."

아일이 낮게 소리 내어 웃었다. 라야가 일어섰다.

"집에 같이 돌아가면 좋겠지만 저도 사회적 책임이란 게 있으니까요."

왠지 모르게 라야가 거드름 피우는 말투로 말했다.

"전 단장님이 태워주는 마차를 타고 돌아갈 테니까 먼저 돌아가요."

"라야."

라야가 계단을 올라가다 뒤를 돌아보았다. 아일은 앉아 있는 채로 벽 그림자 속에 내려놓았던 꽃다발을 건넸다. 라야는 멍한 눈으로 그걸 쳐다보았다. 아일은 더 이상 덧붙이는 말 없이 가져가라는 듯 꽃다발을 들고 가볍게 흔들었다. 라야는, 혹시라도 빠르게 내려가면 꽃다발이 신기루처럼 사라질까, 천천히 계단을 내려와 꽃다발을 두 손으로 받았다. 그리고 청혼이라도 받아들이는 것처럼 꽃다발을 받아 들고 거기에 코를 묻었다. 고개를 든 라야는 수줍은 미소를 짓고 있었다.

그녀는 그를 향해 손을 흔들고는 몇 계단 더 올라가고 또 뒤돌아보았다. 계속 그런 짓을 해서, 아일은 그녀가 넘어지기 전에 쳐다보는 것을 관두기로 했다. 아일은 눈을 광장 방향 쪽으로 돌리고 가만히 앉아 있었다. 뒤돌아보고 싶은 충동이 일었지만 참았다. 왜 그런 기분이 드는지 속을 깊이 들여다보면 알 것도 같았지만 애써 생각하는 걸 피했다. 다른 생각을 하려고 했다. 나달이 한 말, 어젯밤 어머니, 아침에 본 아버지, 방금 라야가 해준 이야기 같은 것.

달을 가리고 있던 구름이 흘러갔다. 주위가 갑자기 환해졌다.

아일의 그림자 위로 다른 그림자가 겹쳤다. 아일이 뒤를 돌아보았다. 계단 위로 그림자가 서 있었다. 바닥에 내려진 그림자보다 서 있는 사람이 더 그림자처럼 보였다. 드러난 손이나 골격이 사내였다. 남자는 유랑 상인들이 비와 바람, 모래 따위를 막고자 입는, 모자가 달린 두꺼운 갈색 외투를 걸치고 있었다. 이 더위에도 모자는 쓴 채였다. 모자 아래 드러난 얼굴 피부만으로도 그의 나이가 어리다는 것을 알 수 있었다. 턱에 드문드문 난 수염 때문에 겨우 성인 취급을 받을 수 있을 것 같았다.

남자가 계단을 내려왔다. 몇 걸음 안 되는 걸음이 무척 지쳐 보였다. 돌계단인데도 계단이 삐걱대는 소리가 들려왔다.

그는 아일의 옆에 풀썩 앉았다. 이 넓은 광장, 넓은 계단에서 왜 하필 제 옆에 와서 앉는 걸까? 아일이 이상한 눈길을 보냈다. 남자는 일부러 그의 곁에 와 앉은 게 맞는 것 같은데도 한참을 별말 없이 앉아 있었다. 아일이 일어날까 하는 순간, 남자가 말했다.

"좋은 광장이네요."

남자의 말투가 기억을 건드렸다. 무슨 기억인지 모르겠지만 두통이 또 시작되려는 걸 보아 좋은 기억은 아닌 듯했다. 아일이 살짝 인상을 쓰며 남자를 보았다. 낡아서 해진 모자 아래로 희미하게 웃고 있는 입술만 보였다. 사실 웃고 있는지도 불분명했다.

"제가 살던 곳은 이런 멋진 곳이 없지요. 비슷한 곳은 있지만 그것도 모습이 많이 변해버려서……. 비슷한 거라고는 저 달밖에 없네요."

아일은 두 개의 달을 쳐다보았다. 오늘의 두 달은 겹쳐져 있지 않고 서로 떨어져 있었다.

"……어째서 웃고 있는 거지?"

남자가 내뱉듯이 말했다. 응어리진 것을 도저히 토해내지 않고는 숨이 막혀 못 참을 것 같다는 듯이, 바닥으로 떨어진 목소리가 돌처럼 묵직했다.

아일은 결국 기억을 떠올리는 데 성공했다.

「두려워하지 마라. 네가 그림자가 없는 이라면 괜찮다.」

남자의 다이런 어에는 갈라마 어 억양이 섞여 있었다.

아일이 본능적으로 방어적인 자세를 취했다. 평소 같으면 바람같이 일어섰을 테지만 남자의 목소리에서 슬픔을 느끼는 순간 몸이 굳었다. 차가운 벽이 그의 뒤를 가로막았다. 갈라마 인들이 그에게 안겨준 가장 큰 상흔인 '지독한 두통'이 다시 시작됐다. 듣는 것을 제외한 모든 뇌의 활동이 강제로 중단됐다.

진득한 슬픔, 슬픔보다 더한 원망으로 울먹이듯 흔들리는 목소리가 말했다.

"난 이렇게 괴로운데…… 우리는 이렇게 고통스러운데…… 어째서 네 놈은 그렇게 웃고 있는 거지? 너무하잖아……."

왜 그랬을까. 적의는 적의로 읽어야 했다.

"술집에서 함께 있던 그 인간들 때문인가? 아니면…… 아까 그 여자 때문에?"

그 순간 아일의 눈이 커졌다. 강제적으로 멈춰진 사고가 돌아가고 몸이 움직였다.

보호 본능. 이자의 적의가 친구들과 라야에게로 향할 수도 있다는 생각이 들자 굳어 있던 손가락이 움직였다. 하지만 남자가 더 빨랐다. 칼이 배에 와 박혔다.

살기는 살기로 읽어야 했다. 왜 이 갈라마 인이 그런 적의를 품었는지, 왜 그런 살기를 품고 먼 길을 걸어 이곳까지 왔는지, 그 속에 담긴 은원이나 슬픔, 분투 따위는 짐작지 말아야 했다. 적의 눈에서 고통을 읽는 순간 상대는 가련해지고, 찔러오는 칼에 담긴 살기는 합당한 이유를 가진다.

그게 그 순간 아일이 저지른 실수였다.

갈라마 인이, 아니, 존경하던 대장을 잃은 전사가, 진득한 슬픔이 속삭였다.

"가서 우리 대장을 만나게 되면, 안부나 전해줘."

아일은 칼이 배를 완전히 뚫기 전 오른손으로 칼날을 붙잡았다. 왼손으로, 밀고 들어오는 남자의 어깨를 잡았다. 벽이 아일의 뒤를 가로막아 남자의 부족한 힘을 도왔다. 아직 전사라기엔 부족한 남자의 어린 눈이 격앙된 감정으로 눈물을 글썽였다. 하지만 이윽고 눈에 독기가 비치고 칼로 찌르는 힘이 강해졌다. 칼날을 붙잡고 있는 손에서 피가 줄줄 흘렀다.

누군가가 비명을 질렀다. 그 소리에, 아이러니하게도 아일의 힘이 풀리고 칼이 더 깊이 박혔다. 아일의 입에서 드디어 고통스러운 신음이 터졌다. 이미 난 상처를 밀고 들어와 칼이 반이나 박혔다.

"……멍청하긴……."

갈라마 인은 낮게 웃는 소리를 듣고 아일을 쳐다보았다. 아일이 도발하는 듯한 미소를 짓고 있었다. 그가 신음하는 듯한 목소리로 말했다.

"네놈들 대장이 죽었던 것처럼…… 내 목을 베었어야지……."

"……."

"그놈을 만나게 되면…… 물러빠진 부하를 둬서…… 딱하다고 말해주지……."

적장의 도발에 갈라마 인 남자의 눈에서 약한 감정이 모조리 사라졌다. 텅 빈 눈이 살기만 품었다. 아일이 숨이 끊어지는 듯한 소리를 내며 충격에 몸을 크게 움찔했다. 칼날의 남은 부분까지 모두 안으로 들어가 사라졌다.

칼이 완전히 박힌 것을 확인한 남자가 칼을 비틀어 뽑아내려 했다. 이 자가 제 피 웅덩이 속에 처박히는 꼴을 봐야 만족스러울 것 같았다. 그러면 네놈 말대로 목을 잘라내고 네놈 시체는 광장 중앙까지 질질 끌고 가주지. 남자는 그런 생각을 하며 그의 배에 완전히 박힌 칼을 빼내려 했다. 하지만 쉽지 않았다.

아일이 남자의 손목을 잡고 놔주지 않았다. 칼날을 잡느라 피투성이가 된 손이 남자의 손목을 꽉 움켜잡았다. 제 배에 박힌 칼을 뽑으려는 것이 아니었다. 더 깊숙이 넣으려는 것처럼 왼손으로는 남자의 한쪽 어깨를 잡고 오른손으로는 손목을 잡은 채 자신을 향해 잡아당겼다. 당혹스러운 표정으로 몸을 물리려는 남자와 그것을 막는 아일의 모습은, 모르는 사람이 본다면 순간 영혼이 뒤바뀐 사람들처럼 보일 지경이었다. 호각 소리가 들렸다.

"개자식!"

남자가 분한 소리를 지르며 무릎으로 아일의 복부를 걷어찼다. 그것까진 버텨낼 수가 없었다. 아일은 칼이 꽂힌 채로 벽에 기댔다. 자꾸 감기려고 해 겨우 가늘게 뜬 눈으로 남자가 도망치는 것을 보았다. 그것도 잠시였다. 벽에 긴 핏자국을 남기며 힘없이 주저앉았다. 희미해지는 시야로 순찰을 돌던 경비대원들이 양분되어 도망치는 남자에게로 달려가고 자신에게로도 황급히 달려오는 것이 보였다.

'너무 늦어⋯⋯.'

끓는 피가 용암처럼 뜨거웠다. 몸에 불이 붙을 것만 같았다. 그는 순식간에 정신을 잃었다.

메이튼은 자신이 여자와 침대에서 시시덕거리던 동안 그런 일이 벌어졌다는 것에 큰 충격을 받았다. 생각보다 심각한 아일의 상태를 보고 패닉에 빠졌던 메이튼은 딱 삼십 분 만에 정신을 차렸다. 그도 크롬헬 출신이었다. 도시 출입구를 봉쇄하고 전 대원을 동원해 세르노다를 뒤집어엎은 결과 하루 만에 유랑 상인들 틈에 숨어 있는 갈라마 인 암살범을 찾아냈다.

암살범은 형같이 따르던 대장을 눈앞에서 비참하게 잃은 어린 전사에 불과했다. 하지만 마찬가지로 존경하는 대장을 어이없게 잃을 뻔한 메이튼 역시 반쯤 정신이 나가 있었다. 어린 암살범의 독단 행동이었다는 것이 메이튼을 더 화나게 만들었다. 차라리 거창한 이유를 대거나 민족적 사명을 가지고 그런 일을 했다고 말했더라면, 메이튼은 그렇게까지 격분하지 않았을 것이다.

메이튼이 그 갈라마 인 암살범에게 무슨 짓을 했는지는 모르겠지만, 라야는 사흘이 지나고 암살범이 감옥에서 죽었다는 소리를 르웨이에게서 전해 들었다. 자살인지, 다른 이유 때문에 죽은 건지 라야는 묻지 않았다.

햇살이 찬란한 날이었다.

복도를 조용히 걷던 라야가 문득 멈춰 서서 창 쪽을 바라보았다. 며칠간 시간이 영원처럼 느리게 흘러가는 듯하더니, 어제가 한 수년 전처럼 느껴지기도 했다.

햇빛이 바람에 날리는 꽃잎과 부딪쳐 공중에서 산산조각이 났다. 땅에 떨어진 꽃잎을 주워 손에 움켜쥐면 유리 조각을 쥘 때처럼 피가 흐를 것만 같았다. 라야는 무표정한 얼굴로 가던 길을 계속 갔다. 지금 그녀의 얼굴은 린나우를 닮아 있었다.

라야가 문을 열었다.

커튼을 걷고 들어온 햇살이 두툼한 이불처럼 침대 위를 덮었다. 라야는 얼어붙었다. 아일이 일어나 있었다.

라야는 울지 않는 자신이 기특했다. 달려가서 그를 껴안지 않는 스스로가 대견했다. 어쩌면 며칠 사이에 그녀도 너무 지쳐버렸기 때문일지도 모른다. 라야는 손잡이를 잡은 채 문가에 주저앉았다. 일 년간 갱도에 갇혀 있다가 지상으로 올라온 사람처럼, 태양이 신기한 듯 잔뜩 찌푸린 눈으로 창 쪽을 보고 있던 아일이 라야를 보았다. 그가 조용한 목소리로 물었다.

"내가 얼마 동안 누워 있었지?"

"……한참이요."

"한참……."

멍하던 금색 눈동자가 일순 의식적인 빛을 되찾았다. 훈련에서 부상을 입었든 말든 크롬헬 생도들은 기상나팔 소리가 들리면 반사적으로 몸을 일으켰다. 기상나팔 소리라도 들은 사람처럼, 아일이 침대에서 내려와 방을 나섰다. 놀란 라야가 급히 그를 쫓았다.

"의사가 그렇게 갑자기 걸으면 안 된다고 했어요. 잠깐만요. 할 말 있어요. 기다려봐요."

아일은 자신을 황급히 붙잡는 라야의 목소리에서 부상 걱정 이상의 이상한 낌새를 느꼈지만 무시했다. 그는 아넷의 방으로 향했다. 라야가 그의 곁에 바싹 붙어 애원조로 말했다.

"일단 방으로 돌아가요. 이렇게 가면 안 돼요. 의사부터 만나보고……."

입 좀 닥쳐. 오랫동안 열리지 않아 건조해진 입이 아니었더라면 험한 말이 나왔을 것이다. 왜 그 순간 발끈했는지 모르겠다. 지나서 생각해보면 그건 그가 이미 그 순간 뭔가 잘못되었다는 걸 눈치챘기 때문이었다.

라야가 말을 하면 할수록, 그를 붙잡고 늘어지면 늘어질수록 알 수 없는 불안이 커졌다. 붕대가 단단히 감긴 복부가 불편하고, 상처 입지도 않은 가슴 부위가 그보다 더 답답했다.

계단을 내려가는 발이 빨라졌다.

지나쳐 가는 하인들이 놀란 표정을 짓는 것이 곁눈으로 보였다. 그의 지각력이 그들의 눈에서 놀란 기색에 이은 주저하는 빛을 읽어냈다. 반드시 해야 할 말이 있는데 차마 어떻게 꺼내야 될지 모를 때 사람은 그런 눈을 한다.

부러 무시했다. 모른 체해야 했다. 그렇지 않으면 눈을 뜨는 순간 떠오른 우려와 걷는 동안 선명해지는 불안한 짐작이 진짜가 되어버릴 것 같았다.

"돌아가요. 내 말 좀 들어봐요."

라야는 거의 울려고 했다. 큰 보폭으로 빠르게 걷는 아일을 뛰어서 겨우 따라잡은 라야가 그의 팔을 붙들었다. 아일은 그녀의 손을 뿌리치고 아넷의 방문을 열었다.

아넷의 방은 깨끗하고 조용했다.

침대에는 구김 하나 없는 하얀 시트가 씌워져 있었다. 목이 쉽게 건조해져 늘 달고 살던 차향도 맡아지지 않았다. 테이블 위의 찻잔도 찾아볼 수 없었다. 햇빛을 가리느라 대부분 닫혀 있던 커튼도 걷혀 있었다. 장기 투숙객을 내보내고 다음 손님을 맞으려는 여관방 같았다. 조용한 빛이 새 손님인 양 주인 없는 방을 스윽 둘러보고 있었다.

사람이 방을 사용한 흔적이 없었다.

단 하나, 아넷이 눈이 침침해지기 전까지 읽었던 책이 침대 옆 협탁 위에 붙박인 장식물처럼 놓여 있었다.

"……."

아일은 말없이 라야를 돌아보며 손가락으로 방 어딘가를 가리켰다. 공중 어디일 수도 있고, 빈 침대일 수도 있다. 상황을 설명해보라는 뜻인 듯했다. 라야는 울먹이는 얼굴로 주저했다. 아일을 만난 이래, 한 번도 말을 함에 있어 주저란 것을 해본 적이 없는 그녀였다. 고백을 할 때조차 저돌적이었던 그녀가 아일이 답답해 미쳐버릴 만큼 오랜 시간 망설이고 있었다.

때로는 침묵이 말을 대신하기도 한다. 더 많은 것을 전달한다. 라야의 눈이 말하는 슬픔, 괴로움, 피로, 동정. 하지 못하는 말들이 너무 시끄러워서 아일은 말 한 마디 못하고 있는 라야에게 닥치라고 말할 뻔했다.

라야는 그가 소리라도 지를 줄 알았다. 사람은 그런 거니까. 용납하기 힘든 상황을 맞닥뜨리면 인간은 먼저 현실을 부정하고 분노한다. 원인을 찾아 일단 옆에 있는 사람에게 화를 내게 된다. 만약 아일이 폭발한다면 그 의미 없는 화풀이 대상은 자신이 되어주겠다는 생각이었다. 하지만 아일은 끝까지 화를 내지 않았다.

"나 때문인가?"

방 쪽을 쳐다보고 선 그가 불쑥 말했다. 라야는 한 대 얻어맞은 듯한 표정이 되었다. 아일이 혼잣말처럼 중얼거렸다.

"내가 그렇게 돼서…… 어머니가……."

"아니요."

라야가 단호하게 대꾸했다. 그가 그런 터무니없는 생각을 진실로 받아들이기 전에 끊어내야겠다는 심정으로 빠르게 다시 한 번 말했다. 라야는 그의 앞으로 달려가 그의 두 팔을 단단히 붙잡고 눈을 똑바로 쳐다보며 그런 게 절대 아니라고 말하고 싶었다. 하지만 그가 어떤 표정을 하고 있을지 몰라 문가에서 벗어날 수 없었다.

"작은 마님은 도련님이 그렇게 되시고 다음 날 돌아가셨습니다."

노집사가 방 앞에 와 있었다. 아일이 천천히 뒤를 돌아보았다. 그는 라야의 걱정처럼 울상이지도, 그렇다고 미친 듯이 웃고 있지도 않았다. 그에게선 별다른 기색이 없었다.

노집사는 애써 슬픔을 감추지도, 말을 아끼지도 않았다.

"도련님의 소식은 들으셨지만 이미 그전에 의사가 집에 온 상태였습니다. 다행히 도련님이 피 칠갑이 된 꼴은 보지 못하셨지요. 깊이 잠드셨다가 그대로 편히 가셨습니다."

"편히⋯⋯?"

죽은 사람이 편히 죽었는지 괴로워하다 죽었는지 산 사람이 어떻게 알아?

라야는 이번에야말로 아일이 소리를 지를 줄 알았다. 차라리 그랬으면 했다. 아일은 잠시 조용히 바닥을 응시했다. 부상 때문에, 충격 때문에, 곧 죽을 사람처럼 창백해진 얼굴로 아일이 누구에게랄 것도 없이 물었다.

"아버지는?"

"도련님이 깨어나길 기다리시다가 오늘 아침 '마님과 함께' 아히름으로 돌아가셨습니다. 장례식은 그곳에서 치러야 하니까요. 마님이 숨을 거두시고 사흘 뒤에 화장을 했습니다. 경께서도 충격이 크신 듯 보였습니다. 주제넘은 말이지만, 걸어 다닐 수 있으실 정도라면 장례식에 참석하십시오. 지금 출발하면 장례식 일정까지는 맞출 수 있을 겁니다."

라야가 아연실색해 노집사를 보았다. 냉정한 말투였지만 노집사는 아일의 마음을 누구보다 잘 헤아리고 있었다. 어쩌면 라야보다도.

노집사는 위로에도 인색하지 않았다. 그가 괴로운 미소를 지으며 말했다.

"도련님도 아셨지 않습니까? 아픈 분이셨습니다. 도련님 잘못이 아닙니다. 그걸 도련님이 모르실 리 없지요. 지금은 마음을 어쩔 줄 몰라 그렇게 생각한다 하더라도 상심이 가라앉고 나면 얼마나 바보 같은 소리였는지 아실 겁니다. 알면서도 그렇게 생각해버리려고 하는 것은 상실의 괴로움에서 손쉽게 벗어나려는 짓이지요. 마님에 대한 예의가 아닙니다. 고인이 듣고 싶은 건 살아생전 많은 것이 고마웠다는 말이지 산자의 통탄이 아닐 테니까요. ……마차를 준비할까요?"

아일은 대답 없이 집사와 라야를 밀치고 방을 나왔다. 할아버지한테서 꾸중이라도 들은 손자처럼 굳은 얼굴로 걸어가버렸다. 라야가 집사에게 목례를 하고 그를 쫓아 나왔다.

아일은 저택 건물을 나왔다. 라야와 대련을 하던 장소를 지났다. 분수대를 지나고, 뒷문을 나가 어딘가로 걸었다. 딱히 목적지도 없었다. 불위를 걷는 것처럼 땅이 뜨거웠다.

"제가 끝까지 지켜봤어요. 마님은 잠든 채로 편히 가셨어요. 그렇게 괴로워하지 않으셨어요."

라야가 그를 쫓아 걷고 뛰고 또 걸으며 말을 걸었다.

"주인어른 손을 붙잡고 잠들어서 편안해 보이셨어요."

과연 생사의 기로에서 사신을 걷어차고 돌아온 사람답다고 해야 할지, 아일은 부상당한 사람이라고는 믿기지 않을 만큼 빠르게 걷고 있었다. 라야는 거의 뛰었다.

"마님께는 모두 당신이 조금 다쳤다고만 전했어요."

어머니는 자신이 죽어가는 순간에 아들이 곁에 없음을 이상하게 여기지 않으셨을까?

아일은 괴로워 죽을 지경이었다. 상처가 아픈 것은 느끼지도 못했다.

사람은 너무 괴로워도 웃음이 나오는 모양이었다. 계속 어이없는 웃음이 새어나왔다. 왜 하필. 왜 하필 그때냐.

"당신을 치료해준 의사 선생님도, 주인어른도, 르웨이도 모두 마님한테 당신이 곧 깨어날 거라고 했어요. 슬퍼하는 건 괜찮지만 자기 탓이라고 생각하지 마요. 집사님 말씀 들었죠? 바보 같은 생각이에요."

됐으니까 이제 그만해. 아일은 그렇게 말하고 싶었지만 말할 기운도 의욕도 없었다. 그녀가 제풀에 나가떨어져 빨리 집으로 돌아갔으면 했다. 왜 이 더위에 자신을 저렇게 쫓아오는지도 알 수 없었다. 제발 꺼져줬으면 싶었다.

그의 바람과 반대로 라야는 숨을 헐떡거리면서 잘도 쫓아왔다. 두 사람은 행군에 가까운 거리를 쉬지도 않고 걸었다. 어느 순간부터 라야의 목소리가 들리지 않았다. 아일은 뒤돌아보지 않고 그녀가 떨어져 나갔겠거니 했다.

아일이 드디어 멈춰 섰다. 파도 소리와 바다 냄새가 그를 맞았다. 얕은 절벽 위였다. 파도가 깎아지른 바위를 쳤다. 저택에서 가장 가까운 바다. 아일은 도착하고 나서야 자신이 이곳에 오려고 했다는 걸 알았다. 어린 시절 어머니와 이곳을 찾았었다. 딱 한 번. 자기도 모르게 제 발이 어머니와의 추억을 찾아왔다는 것에 아일은 무너지는 듯한 슬픔을 느꼈다. 자책감이 정신을 차릴 수 없을 만큼 밀려들었다.

"우아, 생각보다 가까운 곳에 바다가 있었네요. 지금까지 멀리 돌아간 거였잖아요."

어느새 쫓아온 라야가 기운찬 목소리로 소리쳤다. 아일이 서늘한 눈으로 그녀를 돌아보았다. 그리고 괴로운 듯 숨을 깊게 내리쉬었다.

그도 이 더위, 이 고행에는 어쩔 수 없는지 땀을 흘리고 있었다. 라야는 말할 것도 없었다. 라야가 땀을 뚝뚝 흘리며 헐떡대는 목소리로 말했다.

"미치겠다. 너무 더워요."

그러고는 갑자기 정신 나간 사람처럼 아일을 지나쳐 절벽에서 바다로 뛰어들었다. 아일이 말릴 틈도 없었다.

햇살이 넘쳐나는 물 표면이 순간 일렁이고, 잠시 뒤 반짝이는 수면 위로 라야가 얼굴을 내밀었다. 라야가 입으로 물을 조금 뿜었다.

"이제 좀 살 것 같다! 들어오고 싶겠지만 참아요. 상처에 물 들어가면 안 되니까요."

그러고 라야는 천연덕스럽게 배영을 했다. 잠시 절벽에서 멀어졌다가 다시 돌아왔다. 그 짓을 두세 번 반복했다.

아일은 괴로웠다. 저 여자는 왜 여기까지 쫓아와 귀찮게 하는지 모르겠다. 이제 뭣 때문에 마음이 이리 괴로운지도 불분명해져버렸다. 한 십 분의 이, 아니, 3할 정도는 저 여자 때문에 괴로운 것일 듯싶었다.

"엄마랑 헤어지고 두 달쯤 지났나? 바다를 처음 봤어요."

라야는 가슴께에 손을 모으고 바다에 누워 있었다.

"차이드에는 바다가 없는 줄 아는 사람들도 있더라고요? 다이런의 이 바다는 차이드까지 이어지죠. 바다는 참 크죠? 바다는 선이 없어서 좋아요. 땅도 사실 그려진 선은 없죠. 바다를 처음 보고 엄마랑 볼 수 있었더라면 얼마나 좋았을까 생각했어요. 또 울어버렸죠. 그래도 당신은 어머니와 바다를 봤잖아요?"

라야가 가슴에 여전히 손을 붙인 채 검지를 세워 하늘을 가리켰다. 햇빛이 쨍했다. 라야는 하늘을 올려다보고는 눈을 제대로 뜰 수 없어 게슴츠레 뜨고 말했다.

"처음 본 바다에서 어촌 일을 도우면서 수영을 배웠죠. 저 그물 되게 잘 짜요. 잠수도 얼마나 잘하는데요? 한 번 볼래요?"

그러고 라야는 숨을 크게 들이마시더니 바다 밑으로 사라졌다. 아일은 라야가 떠들거나 말거나 먼 바다를 보고 있었다.

시간이 흘렀다. 새소리를 두 번 정도 들었다.

아일이 눈을 내려 라야가 있던 쪽을 보았다. ……왜 안 올라와?

수면은 잔잔했다. 물결을 따라 빛 무리만 일렁였다. 새가 세 번째 울었다.

아일이 욕설을 뱉으며 절벽 아래로 뛰어내렸다.

"푸하! 봤어요?"

아일의 몸이 물에 닿기도 전에 라야가 위로 올라왔다. 아일이 뛰어들면서 라야의 얼굴에 물이 확 튀었다.

그가 물 위로 얼굴을 내밀 때까지 기다렸다가 라야가 신이 난 목소리로 말했다.

"봤냐고요? 정말 오래 있죠? 어, 들어오면 안 된다니까!"

그러고 아일을 탓하듯 그의 어깨를 손등으로 툭 쳤다.

아일이 으르렁거리듯 이를 꽉 깨물고 라야를 노려보았다. 그래도 물에 들어온 덕분에 땀은 식었다. 아일은 위팔로 물이 흘러내리는 턱을 훔치며 어느 쪽으로 올라가야 할지 살폈다. 그제야 배가 욱신거리는 게 느껴졌다.

"진짜 시원해. 여기서 잠시만 있다가 가요. 아일은 먼저 올라가요. 의사 선생님한테 한소리 듣기 싫으면."

라야는 자신이랑 무관한 일이란 것처럼 말했다. 아일은 다시 그녀를 쏘아봐주고 몸을 움직였다. 느릿하게 수영해 물을 헤치고 나아갔다.

파도가 몸을 쳤다. 그가 팔을 움직여 물살을 헤칠 때마다 빛 무리가 갈라지고 수면 위로 그림자가 졌다. 움직임을 멈추었다. 그는 물속에 잠시 우두커니 떠 있었다.

바닷새가 길게 울었다.

그는 돌연 머리를 숙여 바다 속으로 들어갔다. 몸을 깊이 담갔다. 아무 짓도 하고 있지 않으니 몸이 점점 아래로 가라앉았다. 눈앞이 파랗고, 주위는 점점 어두워졌다.

소리도 사라졌다. 심장 소리만 들렸다. 머리도 깨끗해졌다. 그와 주변의 구분이 사라졌다. 그것도 좋다고 생각했다. 이대로 가라앉아버려도 좋겠다.

이윽고 수선스러운 심장도 조용해졌다. 숨이 막혀오는 고통도 어차피 육체적 고통. 두렵지 않다. 이런 건 괴로움도 아니다. 작은 물살, 잘게 부서지는 파도 정도는 다 안아버리는 바다 속에 그도 모든 짐을 던져버리고 싶어졌다. 그래서 치러야 할 값이 목숨이라면, 그까짓 것 정도야 바다에 내줄 수도 있었다.

그때, 갑자기 나타난 손이 그의 멱살을 부여잡았다.

아일은 강제로 끌려 올라갔다. 수면 위로 올라가자 빛이 쏟아졌다.

신이 빛을 만들어 세상에 최초로 뿌렸던 순간처럼 산란하는 빛이 바다 위로 쏟아졌다. 물 표면에서 부서진 빛 조각이 그의 눈에도 들어갔다. 오감이 활짝 열렸다. 모든 것을 강제로 느꼈다. 영혼을 통째로 끄집어 올려 따귀를 때리는 듯한 바람. 몸을 휘청거리게 하는 거센 파도.

울렁이는 바다가 몸을 쳤다. 그리고 산개하는 파도의 포말. 온 세상의 소리가 그를 덮쳤다. 파도 소리, 바닷새 소리, 바람 소리, 살았다고 안심하는 본능적인 심장의 소리, 바다의 향기와 자신을 붙들고 있는 그녀의 감촉. 화로 붉어진 그녀의 얼굴.

그 모든 감각을 잡아내는 뇌가 심장이라도 된 것처럼 들썩였다. 그리고 어느 순간 한 감각만이 명료해졌다. 귓전을 울리는 숨소리. 자신의 거친 호흡 소리, 그녀의 숨소리.

라야가 놀라고 화난 목소리로 물었다.

"수영 못해요?"

"……."

젖은 얼굴의 아일이, 마찬가지로 흠뻑 젖은 라야를 조용히 바라보았다.

"대체 무슨 생각이었어요? 혹시 지금 죽으려고 한 거예요?"

"……."

"당신 탓이 아니라니까! 왜 자기 탓이라고 생각해!"

"그래서, 내가 널 불편하게라도 했나?"

라야는 그의 얼굴이 너무 창백해 보여 순간 말을 잇지 못했다. 영혼은 아직 물속에 잠겨 있는 듯, 표정 없는 얼굴이 말했다.

"내 탓이니 네게 미안하다는 말이라도 해서 네가 황당한 죄책감이라도 느끼게 만들었어? 내 이 감정을 지금껏 누구에게도 전가하지 않았다. 누구에게 나눠줄 생각도, 같이 괴로워해주길 바란 적도 없어. 네 마음대로 날 들여다보고 네 마음대로 괴로워했다. 그건 분명 내 탓이 아니라 네 탓이지."

담담한 목소리였다. 거기에 대고 화를 내는 것이 머쓱할 정도로 감정의 흔적이 없는 음성이었다. 책을 읽고 있는 듯했다. 그는 자신의 책을 읽고 있었다. 죽은 후에나 자신만이 읽게 될 자신의 책을 그가 그녀에게 읽어주고 있었다.

"내 탓이 아니면, 누구를 원망해? 그깟 게 뭐 대단한 거라고 한 번 안아주지도 않은 부모를 원망할까? 왜 이딴 이름을 주었냐고 성명술사를 탓해? 세상을 탓해? 신을 모욕할까? 그런다고 바뀌지도 않을 거. 날 원망할 밖에. 내 탓이지. 정말 견디다, 견디다 못 견디겠으면…… 신은 못 죽여도 나는 죽일 수 있을 테니까. 그럼 세상도 없어지겠지."

"왜…… 왜 목숨 귀한 줄 몰라요…….."

"궁금했다."

목소리가 바뀌었다. 스스로 심연 속으로 내려가 있던 그의 영혼이 육신으로 되돌아온 모양이었다. 원망까지 느껴지는 거친 목소리였다.

"명분이나 책임이나 명예나 명령 때문이 아니라…….."

연기할 수 없는 폐가 가쁜 숨을 내쉬었다.

"그냥 마음이 그러라 해서 자신의 몸을 던질 수 있는 것이 가능한지, 누군가를 위해서 목숨을 내놓는 것이 가능한지, 그것이 어떤 기분인지 늘 궁금했다."

바특이 붙은 두 사람의 몸에서 서로의 열기가 상대방에게 그대로 전해졌다.

"그래, 그것이 궁금해서 너를 이용했다. 네게 의도적으로 접근했어. 너는 상대가 마음을 주면 의심 없이 자신의 마음 또한 내주는 사람이니까, 그걸 알기에 네 마음이 상처 입을 거란 걸 알고도 접근했다."

심중을 꿰뚫어보는 금색 눈동자가 그녀를 노려보았다.

"네가 그랬지. 사람은 새로 만나는 사람도 자신이 이미 겪었던 사람의 틀 속에 구겨 넣으려고 한다고. 그 말 그대로 돌려주마! 너야말로 날 좋을 대로 판단하고 네가 이미 겪은 사람들의 틀 속에 날 구겨 넣으려고 했어! 내가 지금껏 운 좋게 만나온 선량한 사람들처럼, 애정을 받으면 그대로 돌려줄 줄 아는 사람들처럼, 그 사람들과 내가 같을 수 있을 거라고! 어떻게 그리 생각했는지 나는 당최 모르겠다. 너무 순진한 생각이라 어떨 땐 기이할 정도야. 나를 분석해보니 아, 이 사람 정도면 이만큼 애정을 주었을 때 너에게 마음을 줄 거란 계산이 나오던가? 그래, 그래서 네 장단에 한번 맞춰줬다. 다른 사람들 장단 맞춰주는 데야 이골이 났으니까!"

"그렇죠. 당신은 뛰어난 배우죠."

그가 하는 연기는 진실과 거짓을 아주 잘 섞은 거짓말.

"넌 감히 날 이해하려고 했어! 나도 날 완전히 이해하지 못하는데 감히 네가 날 분석하고 이해하려고 들어! 이해해달라고 하지도 않았다. 아무도 그럴 수 없어! 너를 소중하게 여기는 척 연기를 하다 보면 다른 이들처럼 완전히는 아니더라도 누군가를 위하는 마음, 누군가를 지키려는 마음을 조금은 느낄 수 있지 않을까 궁금했다."

그가 비난 어린 미소를 던졌다.

"사과하라고 하지 마라. 너도 순수한 마음만으로 내게 다가온 것은 아니잖아?"

"……내기였죠. 에른스트에 들어가려는."

"그리고 자기만족이었지."

"……."

"솔직해져봐. 넌 애정을 주고받을 상대가 필요했던 거야. 태어날 때부터 그랬을 테니까. 그러다 하루아침에 그것을 잃었지. 애정에 굶주린 일가라니, 것보다 좋은 먹잇감도 없었겠지. 실제로 어머니는 네게 완전히 마음을 내주었다. 널 아꼈어. 마치 딸처럼. 고작 이 년 만에!"

"그래서 무엇을 알았나요?"

"……."

"연기든 아니든, 누군가를 아끼는 마음을 가진 채 목숨을 던져보고 나니 어떻던가요? 나도 궁금해요. 아빠가, 그리고 엄마가 어떤 마음으로 날 위해…… 그러했는지."

"미안했다."

"……."

"'이번엔' 정말 죽을지도 모른다는 생각이 드니…… 미안해졌다. 혹시 자책하게 될지도 모를 네게 미안해졌어. 남은 사람은 망자가 죽은 이유를 자신에게서부터 찾으려고 하는 법이니까. 게다가 날 마지막으로 본 게 너였으니……. 실은 네가 자책해야 할 일이 아닌데, 것도 모르고 괴로워할지도 모를 네게…… 그러지 말라고 하고 싶었다. 그게 아니란 말을 하고 싶어졌다. 네 잘못이 아니니……, 쓸데없는 괴로움을 안고 살지 말라고."

아일은 무엇인가를 깨닫고 멍한 표정이 되었다. 자신의 마음을 라야에게 들려주면서 어머니가 죽어가며 자신에게 하고 싶었던 말을, 마음을 깨닫게 되었다. 그제야 겨우 눈물이 떨어졌다.

"그리고 그런 생각을 하니…… 결국 남을 위해 목숨을 던지는 것도 어쩌면 자기만족이 아닌가란 생각이 들었다."

"……후회돼요."

아일이 눈물을 흘리지 않으려고 눈을 감자, 라야가 그러지 말라는 듯 손을 들어 눈물이 흐른 그의 오른뺨을 매만졌다.

"마님을 모시면서 늘 후회가 됐어요. 아버지가 약초를 구하고 약을 만들고 병을 고치고, 아, 그런 것을 좀 더 세심하게 봐두는 건데. 진작 배워두는 건데. 그러면 마님의 병도 낫게 할 수 있을지도 모르고, 아버지와 좀 더 많은 시간을 보낼 수도 있었을 텐데…… 후회가 돼서 약초처럼 보이는 풀만 봐도 눈물이 났어요."

아일이 눈을 떠 그녀의 눈을 들여다보았다.

"그리고 엄마가 검술을 가르쳐주려던 것을 제대로 배워두는 건데. 그러면 당신과 더 긴 시간을 보낼 수 있었을지도 모르는데. 저번 왕자와의 일에서도 당신을 도울 수 있었을지도 모르는데. 그때 당신이 다치지 않았을지도 모르는데. 그림도 배워두는 건데……. 그림을 잘 그렸더라면 좋았을 텐데. 엄마가 화가인데 어떻게 그림 그리는 것 하나 안 배웠을까. 아니야, 검술보다 그림 그리는 법을 알려달라 했어야 했어. 그랬다면 마님 그림도 잔뜩 그려두고, 그리고…… 그랬으면 당신을 그려두고…… 보고 싶을 때마다 꺼내 볼 수 있었을 텐데."

그게 안 되니 머리에 그의 얼굴을 새겨놓고 싶었다. 그래서 계속 쳐다보았다. 그가 다른 곳을 보고 있을 때 드러나는 그의 본래 모습을 닮은 옆얼굴도 좋았고, 쓸쓸해 보여서 달려가 꽉 껴안아주고 싶은 뒷모습도 좋았다.

사방에서 들려오는 물소리에, 젖은 몸 때문에, 꼭 비가 내리고 있는 듯했다. 라야는 그가 바라기에 그가 우는 모습을 숨겨주고 싶었다. 그녀의 마음을 읽고 바람이 비구름을 몰고 왔다. 두 사람을 숨겨주려고 소낙비가 내렸다. 빗소리가 요란스럽지 않고 조용했다. 자장가처럼. 바다도 그 소리에 졸린 듯 파도가 잠잠해졌다.

아일은 고개를 뒤로 젖혔다. 그래도 눈물이 떨어졌다. 주인을 닮아 느릿하고 묵직하게 떨어지는 눈물은 숨길 수가 없었다. 얼굴로 빗물이 흘러내리자 아예 포기해버렸다. 라야가 참지 말라는 듯 그의 얼굴을 두 손으로 잡았다.

왜 이렇게 다가오는 거냐.

상처받을 것이 뻔한데 어떻게 그렇게 두려움 없이 다가올 수 있는 거냐.

아일은 따져 묻고 싶었다.

「내 마음이니 내 마음대로 할 수 있을 줄 알았다.」

어느 순간 눈물이 멈췄다. 숨소리도 표정도 차분해진 그가 라야의 얼굴을 부드럽게 어루만졌다. 그 손길이 얼마나 다정한지 라야는 슬퍼도 나지 않았던 눈물이 나려고 했다. 아넷이 죽은 날 다 쏟아낸 줄 알았던 눈물이 눈에 가득 고였다.

라야가 떠듬거리는 목소리로 울먹이며 말했다.

"당신이…… 다시 깨어나지 않으면 어쩌나……."

아일의 입술이 내려와 그녀의 말을 삼켰다. 그 말에 담긴 마음은 자신의 것이니 자신이 가져가겠다는 듯이.

라야의 눈에 고인 눈물이 뺨 위로 흘렀다. 겹쳐 있는 얼굴 사이로 흐른 눈물이 빛을 담아 반짝였다. 바람이 불고 파도 소리가 들렸다. 눈을 감았다. 세상이 닫히고 둘만 남았다.

지독한 여름이 끝나가고 있었다.

— 3권에서 계속.